*O deus
e o
imperador*

Sam Meekings

❋

O deus
e o
imperador

romance

TRADUÇÃO: HELOÍSA MOURÃO

ARGUMENTO

Título original: *Under Fishbone Clouds*
Copyright © Sam Meekings, 2009
Copyright desta edição © Editora Paz e Terra

Direitos de edição da obra em língua portuguesa adquiridos pela
Editora Paz e Terra. Todos os direitos reservados. Nenhuma parte
desta obra pode ser apropriada e estocada em sistema de banco de
dados ou processo similar, em qualquer forma ou meio, seja eletrônico,
de fotocópia, gravação etc., sem a permissão do detentor do copirraite.

Editora Argumento, um selo do Grupo Editorial Paz e Terra Ltda.
Rua do Triunfo, 177 — Sta. Ifigênia — São Paulo
Tel.: (11) 3337-8399 — Fax: (11) 3223-6290
http://www.pazeterra.com.br

Texto revisto pelo novo Acordo Ortográfico da Língua Portuguesa.

CIP-BRASIL. CATALOGAÇÃO NA FONTE
SINDICATO NACIONAL DOS EDITORES DE LIVROS, RJ.

Meekings, Sam
       O Deus e o Imperador / Sam
Meekings ; tradução de Heloísa Mourão. — São
Paulo : Argumento, 2012.

      Título original: Under Fishbone Clouds.

      ISBN 978-85-88763-19-7

      1. Ficção inglesa I. Título.

11-08216   CDD-823

PARA NOAH

Sumário

1	1946 — O Ano do Cão	9
2	1942 — O Ano do Cavalo	41
3	1944 — O Ano do Macaco	80
4	1947 — O Ano do Porco	119
5	1949 — O Ano do Touro	164
6	1951 — O Ano do Coelho	199
7	1960 — O Ano do Rato	234
8	1967 — O Ano do Carneiro	266
9	1974 — O Ano do Tigre	301
10	1977 — O Ano da Serpente	344
11	1981 — O Ano do Galo	380
12	2000 — O Ano do Dragão	417
13	O Ano do Gato	431

1
1946
O Ano do Cão

Começar é sempre difícil, principalmente quando se viveu tanto quanto eu vivi. Eu poderia iniciar contando a você que esta é uma história comum sobre dois corações, e sobre como eles estão entrelaçados. Mas não será o bastante. O Imperador de Jade não gostaria nada disso. Acho que terei de retroceder um pouco mais.

Numa pequena cidade fronteiriça, aninhada nos mais distantes confins de uma província do Norte, havia uma antiga casa de chá. Era inverno por lá, há milhares de anos. E em seu interior estava o proprietário, com o rosto vermelho apesar do gelo que fazia as janelas parecerem rios de leite coalhado. Ele trancou a porta no fim da noite e passou um trapo molhado nas mãos. Enquanto caminhava, o suor deslizava sob as dobras de sua camisa. Desde cedo, vinha andando de um lado para outro entre as mesas. O chá morno aguardava numa xícara bojuda de cerâmica sobre uma das mesas de madeira escura, as folhas depositadas no fundo como lírios partidos que desistiram da luz.

A casa de chá ficava no fim de uma rua longa e estreita, que parecia ter sido esculpida no gelo. Era um dos últimos edifícios antes de a cidade desaparecer em trilhas escurecidas pela sombra disforme da montanha. Desde o início do inverno, o proprietário não tivera clientes o bastante para manter seus esfarrapados lampiões acesos. Mesmo assim, ele não se habituara à espera. Em vez disso, seus olhos adquiriram uma espécie de brilho dissimulado, como se ele estivesse pronto para agarrar as velas e trazer o pequeno salão de volta à vida a qualquer momento. Ele se sentou e bebericou o chá, quase derrubando a xícara quando ouviu as batidas tímidas na porta.

Do lado de fora, o proprietário encontrou um velho que aparentava ser, no mínimo, um palmo mais baixo que ele, embora talvez a impressão se devesse à maneira com que o homem se curvava e mantinha o corpo meio torto, como se o lado esquerdo pesasse sobre o direito. Parecia ter pelo menos o dobro da idade do proprietário, que o convidou a entrar, preocupado em evitar que o vento frio se infiltrasse, e o conduziu a uma cadeira. O dono se virou para acender dois dos lampiões menores, que sibilaram em resposta quando o óleo se inflamou. O rosto do velho era queimado de sol e tão enrugado que parecia talhado em madeira de carvalho; a barba era como um ninho de pássaros salpicado com cinzas. Um típico montanhês, murmurou consigo o proprietário enquanto aquecia um pouco de água. Definitivamente um montanhês — é provável que há anos não pusesse os olhos numa moeda.

Não vendo necessidade de usar o bule de pescoço de cisne orgulhosamente exposto no centro da sala, o dono encheu os dois copos direto da panela, acrescentando uma pitada sovina de folhas secas a cada um. Sentou-se à mesma mesa que o velho, e ambos fecharam as mãos em torno dos copos.

— Da montanha? — perguntou o dono.

O velho assentiu lentamente, sem tirar os olhos do vapor que saía do chá na frente dele.

— Aposto que faz frio por lá nessa época do ano. Os rios devem estar congelados.

O outro assentiu novamente. Eles ficaram em silêncio por alguns minutos. Quando o proprietário se levantou da mesa, o velho falou:

— Você tem alguma coisa para comer?

O dono fitou-o por um momento, pensando nos restos de comida na cozinha. Sentiu vergonha de si mesmo, mas foi em frente e perguntou:

— Você pode pagar?

O velho passou as mãos sobre o casaco sujo e balançou a cabeça negativamente.

— Tudo bem — suspirou o proprietário. — De qualquer maneira, eu também já ia jantar. Só um pouco de arroz.

Logo ele voltou da cozinha com duas tigelas. Comeram. No momento em que finalmente afastaram as tigelas, a escuridão já se instalava como pó entre as mesas. Contudo, antes que o proprietário tivesse tempo de sugerir uma cama improvisada nos fundos, o visitante se levantou.

— Obrigado, agora tenho que ir. Ainda há um longo caminho pela frente.

O proprietário não tentou dissuadi-lo. Os velhos podem ser bem teimosos.

No entanto, em vez de se dirigir à porta, o velho arrastou os pés em direção à parede oposta. Passou as mãos pela parede, como se fosse uma página gigante em braile, e depois revirou os bolsos. O proprietário assistia com a estranha impaciência daqueles que não têm nada melhor para fazer. O velho puxou do bolso um pano encardido e o desembrulhou, revelando um pequeno pedaço de carvão, que aproximou da parede. Ele começou com um pequeno arco, que logo se tornou um bico, e então nasceu o resto da ave: uma mancha escura para um olho, borrões de fuligem acima da testa, plumas e, finalmente, pernas longas e delgadas que terminavam dentro da água. Nenhum dos dois tinha qualquer ideia de quanto tempo o velho passara desenhando, pois os minutos se misturaram e se perderam no movimento de suas mãos. No momento em que ele baixou o braço, havia cinco garças orgulhosas desenhadas na parede. Ele tornou a dobrar o pano em torno do pedaço de carvão e depois limpou as mãos nas calças.

O proprietário se aproximou para examinar o desfile de aves alinhadas na parede principal de sua casa de chá, sem saber o que dizer.

— Garças — disse o velho. — Ninguém parece chegar a um acordo sobre os estranhos caminhos que seu voo segue, ou as distâncias que percorrem. Com todos os meus estudos, nunca encontrei um consenso sobre o tema. Elas são o meu agradecimento. Pelo chá e pela comida.

Ele inclinou a cabeça e caminhou para a porta. O proprietário abriu a boca, mas continuava sem saber como falar com o homem curvado.

— Faça uma boa viagem, velho tio.

O velho começou a descer a rua sem olhar para trás. O proprietário observou-o ir. Era como se o caminho viesse encontrá-lo, e não seus passos lentos e desajeitados. O proprietário fechou a porta pela última vez naquele início de noite. Dirigindo-se à cama, admirou as garças que baixavam os olhos para ele e balançou a cabeça. Eu gostaria de dizer que ele sonhou com incontáveis aves graciosas voando, ou com o topo da montanha mais próxima que nunca se aventurara a subir, mas o passado é uma coisa e os sonhos são outra, e então teremos que deixá-los para ele.

Na tarde seguinte, três mesas estavam cheias — o maior movimento desde que as noites começaram a encurtar os dias. Um dos clientes, um músico, era habitual; já que o proprietário estava de bom humor pelo aumento da clientela, insistiu que o homem tocasse. Delicadamente, ele declinou com um aceno. Não parecia valer a pena. O proprietário inclinou o bule de pescoço de cisne, enchendo novamente a xícara do cliente até a borda. O músico exagerou um suspiro e se abaixou, erguendo a caixa retangular que estava entre seus pés. Tirou dela o *zheng* e o colocou gentilmente sobre a mesa, passando as mãos pelo bambu antes de pousar os dedos sobre as cordas de seda que viajavam pelo instrumento. Não ficou claro se ele fez uma pausa pelo efeito dramático ou porque buscava nos cantos de sua memória o início de uma certa melodia. Talvez se imaginasse como um mágico, a mão esquerda tensionando as cordas, enquanto a direita começava a beliscá-las e nadar entre elas, extraindo notas como se de algum abismo invisível.

Quando começou a tocar, os outros clientes fizeram silêncio por alguns segundos e escutaram, apenas para retomar a conversa alguns instantes depois, e levou um tempo até que alguém olhasse para a parede. Então, eles viram. Só o músico, concentrado na canção e murmurando enquanto dedilhava, não se voltou com o assombro dos outros. As garças de carvão se moviam pela parede, ao ritmo da música. Elas começaram baixando e meneando as cabeças vagarosamente; em seguida, esboçaram passos mais ágeis e, à medida que o ritmo acelerava, as aves abriam suas asas. A vibração das penas pareceu sacudir toda a sala enquanto as garças saltitavam e dançavam. O dono olhava, coçava a cabeça e sorria nervosamente. No burburinho de palmas, gritos, vivas e cantoria, os fios da água escura se transformavam em poças, os batentes de madeira das janelas sacudiam às batidas dos bicos em movimento e cadeiras e mesas gemiam como animais exaustos ao serem empurradas pelo assoalho na direção do mural vibrante.

No começo da noite seguinte, os clientes já se amontoavam nas cadeiras, outros estavam acocorados no chão. O proprietário mal tinha espaço para se mover entre a animada aglomeração, e assim o longo pescoço do bule abria seu caminho pela sala. Apesar da neve que se acumulava do lado de fora, a casa de chá se abafava de calor enquanto os músicos reunidos se agitavam e transpiravam, cada um tentando superar o outro com melodias incrivelmente rebuscadas. Todos queriam assistir às aves que dançavam e pescavam, no encontro da parede descascada com as tábuas empenadas do chão. Elas faziam círculos sobre a água e estremeciam os lírios magnificamente desenhados quando saltitavam de uma perna para a outra. Era como se pudessem fazer tudo, menos parar de se mover. A música pulsante foi abafada por gritos quando uma ave se lançou num voo. Ela se alçou mais e mais alto, agitando as asas freneticamente, e depois começou a planar: dobrou as pernas sob seu corpo arredondado e voou pelos cantos, desenhando círculos sobre as janelas e portas, conquistando todo o espaço da sala lotada.

O proprietário logo tinha mais moedas do que o espaço sob a tábua torta do chão de seu pequeno quarto poderia comportar. Enquanto esperava o sono naquela noite, seu rosto se iluminava com um sorriso largo, que não desaparecia mesmo com o vento frio que se infiltrava por baixo da porta para interromper seus sonhos. Será que ele acreditava que o mundo podia ser alterado por um simples ato de bondade? Se parasse para refletir, terminaria por se considerar ingênuo, maldizendo-se por encontrar significado em possibilidades que geralmente pertenciam apenas a histórias contadas por velhos fantasmas como eu. Uma coisa era certa: ele não questionava o que tinha acontecido. Por que o faria? Seus bolsos estavam cheios e os braços, doloridos de tanto ferver, mexer e servir. Se as aves dançavam enquanto ele dormia, ao som da música simplória de xícaras sacudidas pelo vento e cadeiras rangentes, ele preferia não saber.

Meses se passaram, e em todas as noites ocorria o mesmo, com habitantes locais e gente de aldeias distantes aglomerando-se na casa de chá, agora famosa, para assistir às garças dançarinas. Certa noite, já bem tarde, enquanto secava pequenos filetes de chá derramado, o proprietário ouviu alguém batendo na porta trancada. Ele abriu, em parte na expectativa de ver o velho de regresso, mas se viu cara a cara com dois guardas da cidade. Eram homens corpulentos e orgulhosos do uniforme que sempre vestiam, bem como do poder que o acompanhava.

— A partir de hoje este estabelecimento está confiscado pelo governo da cidade — disse um guarda.

O proprietário passou os olhos pelas mãos dos guardas, à procura de algum documento oficial, e depois espiou por cima dos ombros em busca do magistrado local. Não viu nenhum dos dois.

— Você tem duas horas para desocupar o imóvel. Nós esperaremos aqui.

— Mas por quê? — gaguejou o dono. — Eu não entendo. Pago meus impostos. Eu...

As palavras o abandonaram. Os guardas continuaram em silêncio na entrada. Ele compreendeu e foi se arrastando, derrotado, para o quarto dos fundos. Uma vez lá, pegou seu lençol e o estendeu no chão. Ao longo de uma hora ele o encheu com suas coisas — suas peles de inverno, uma tigela para arroz, o precioso bule de pescoço de cisne e o punhado de moedas que ficaria sob a tábua do assoalho e que foi furtivamente extraído. Fez uma trouxa e a jogou no ombro. Eu deveria ter imaginado, pensou ele. Não havia sentido em esperar mais nada. Não cogitou lutar, subornar ou argumentar com os guardas, impassíveis, quando passou por eles na rua. Mas também não acreditava ainda — como viria a fazer anos mais tarde — que as paredes da casa de chá eram a pele arrancada de suas costas, esfolada pelo peso de suas posses enquanto ele vagava para cada vez mais longe da cidade, rumo ao inverno.

O governador era um homem barrigudo, não muito dado a sorrisos. Nomeou seu sobrinho desengonçado gerente da recém-adquirida casa de chá e, depois de dispensar os guardas, sentou-se e empurrou as contas de madeira de seu ábaco de um lado a outro, tentando resolver uma equação impossível, em que as variáveis mudavam de forma continuamente para confundi-lo. Seu sobrinho providenciou que cartazes fossem pendurados por toda a cidade, ilustrando em cores brilhantes as fabulosas garças dançarinas.

Na noite da inauguração, uma fileira de lampiões levava à porta recém-pintada. O gerente desengonçado recebeu todos os novos clientes da casa de chá remodelada, curvando-se ao tio carrancudamente sentado no canto, ao lado de dois mandarins visitantes, um músico da corte especialmente convocado e um general local. Jovens serviçais esbeltos e bronzeados serviam chá de jasmim, e as moedas começaram a tilintar. O músico tocou. Por um momento, as garças pareceram responder ao olhar dos rostos ansiosos que as estudavam. A água se movimentou a seus pés e elas se ergueram, estendendo os pescoços orgulhosos e alvoroçando suas penas quando tomaram impulso e alçaram voo, uma por uma. Grasnadas irromperam de suas gargantas delgadas, e elas se incitavam mutuamente a subir. Os novos clientes deram vivas, e até mesmo os contidos mandarins riram e aplaudiram.

O governador foi o primeiro a notar que elas estavam encolhendo. Sua boca se abriu, mas ele não falou. Todos começaram a se acotovelar em direção à parede, e no empurra-empurra o músico derrubou seu instrumento. A música se estilhaçou num barulho de cordas arrebentadas e gritos de reprovação. As garças ficavam cada vez menores à medida que voavam para a linha do horizonte, no limite da vista no alto da parede. Elas se tornaram rabiscos, depois manchas de dedos, e por fim desapareceram. Por alguns instantes, nada aconteceu. Mas logo a casa de chá ficou vazia, exceto pelo governador e seu sobrinho choroso, que ouvia, sentado, os resmungos da massa que descia pela rua. Nenhum dos dois se moveu nem deu voz às suas dúvidas e recriminações. Do lado de fora, o vento frio soprou um cartaz branco para o telhado e bateu a porta num repelão. Eles não se deram o trabalho de trancá-la.

✺ ✺

Bian Yuying passara toda a manhã pensando na história das garças dançarinas — em como tantas coisas podiam resultar de um único gesto de bondade, e em como tantas dependiam dos caprichos da história. Como nada nunca é como se espera. Ela pensou em seu marido internado no hospital e então pegou as malas e começou a caminhar novamente. Garças são um símbolo de fidelidade, ela pensou; elas se acasalam para toda a vida. Não conseguia lembrar quantas vezes tinha ouvido a história das garças dançarinas, quando ela era criança, cantada por contadores de histórias, em casas de chá, ao ritmo de tambores surdos, e depois nos confins do quarto com paredes de pedra, onde o marido a contava a seus filhos, e mais tarde aos netos. A cada vez, a história mudava um pouco, embora isso nunca a incomodasse. Era nas diferenças que ela encontrava o coração incansável da fábula, que, como as garças, nunca se permitia ficar imóvel. As garças representavam o carma, o delicado ato de equilíbrio do Universo que premia os bons gestos com recompensas e os maus, com punição. Todos recebem o que merecem no final. Mesmo depois de tudo o que ela havia passado, Yuying não sabia ao certo se a vida era tão simples assim.

Suas costas doíam por ter ficado tanto tempo encostadas na parede. Ela gostava de passear pelas ruas mais antigas e estreitas em seu caminho de volta do hospital. Assim lembrava-se da casa em que tinha nascido, setenta anos antes, a casa onde se casara, a casa da qual fugira e à qual retornara, a casa onde seu pai morrera, a casa de onde sua mãe fora expulsa após a revolução. Uma casa de esperanças e desesperanças. Ela sempre tinha de lembrar a si mesma de virar à esquerda em direção à estrada principal para retornar ao apartamento da filha, no terceiro andar de um prédio próximo ao beco das massagens, em vez de seguir direto, rumo aos pátios e às casas guardadas por leões de pedra, ainda mais enterrados no passado. Yuying logo chegou à ponte sobre o rio barrento que cortava a cidade, e que lembrava a pele descartada de uma enorme cobra-d'água, cintilando onde a luz se derramava. Ela estava quase lá.

Subir as escadas era uma operação lenta e precisa, e quando Yuying chegou ao apartamento suas mãos tremiam demais para encaixar a chave na fechadura. Por fim entrou e se sentou na cama do neto e olhou pela janela. Abriu a gaveta de madeira e, de sob suas cobertas de inverno perfeitamente dobradas, tirou um pequeno álbum. Ele se ajustava perfeitamente a seu colo. Apenas um par de horas para matar e depois ela voltaria ao hospital, com um pote de plástico cheio de bolinhos frescos para retomar a vigília de cabeceira. Fechou a porta e folheou o álbum rapidamente até a penúltima página, na qual havia uma impressão em preto e branco menor que a palma de sua mão.

Cerca de 3 mil anos atrás, os reis Shang se dirigiam a seus ancestrais mortos em busca de ajuda em tempos difíceis. Os mortos, eles acreditavam, eram poderosos. As provas disso estavam por todo lado — tempestades acumuladas em nuvens baixas, colheitas murchas e escassas, vitórias em violentas guerras de fronteira, tudo podia ser atribuído à imprevisível justiça dos mortos, que se moviam entre o visível e o invisível. Para apaziguar seus antepassados, os reis ofereciam sacrifícios, matando incontáveis prisioneiros e escravos e transformando pastagens de bois em mares de sangue coagulado e moscas alucinadas. Mesmo assim, isso nem sempre resolvia os problemas e, quando as chuvas continuavam, as batalhas se prolongavam e as rainhas ficavam estéreis, eles buscavam comungar mais diretamente com os mortos, para descobrir quanto sacrifício seria necessário. Recorriam a ossos de animais para aprender como domar o futuro. Suas perguntas, para as quais foi criado um dos primeiros modelos escritos do idioma chinês, eram gravadas nos ossos oraculares e respondidas pelas rachaduras que apareciam depois que os ossos eram passados pelo fogo — pois todos sabem que os mortos não falam a mesma língua que os vivos. Os escritos sobreviveram aos reis, e assim outra comunicação com os mortos foi alcançada, embora hoje ainda seja impossível imaginar respostas para suas indagações sombrias e sanguinárias.

Hou Jinyi, com seus fartos cabelos negros e encaracolados tosados e confusamente penteados para o lado sobre sua cara de cavalo, de banho tomado, barba feita, bem-vestido e com um sorriso especial pela ocasião — sua primeira visita a um fotógrafo —, ergueu os olhos para Yuying. Ela passou o dedo sobre aquele sorriso meio torto e muito familiar. Ela também conversava com aqueles que já não podiam responder, embora não esperasse uma resposta. Era assim que queria se lembrar dele, não como aquela coisa definhada que chiava espasmodicamente na enfermaria lotada. Inclinou-se para a frente a fim de estudar o pequeno retrato e lentamente deixou que suas memórias a levassem de volta ao lugar para onde ela sempre viajava quando estava sozinha, o verão de 1946.

A essa altura, talvez você esteja se perguntando quem conta essa história, quem anda ouvindo os pensamentos daquela senhora. Pois bem, deixe-me fazer logo as apresentações. Há muito tempo vivo em meio a *woks* e *hashis* gordurosos, junto a penas de galinha e massas prontas a serem modeladas em bolinhos. Para resumir, eu sou um deus. Mas não do tipo que traz tempestades e decreta mortes, e sim uma divindade doméstica corriqueira: o Deus da Cozinha.

No entanto, a verdade é que ser imortal tem seus inconvenientes. Os prazeres quase infinitos dos muitos paraísos começam a perder seu encanto após o primeiro ou segundo milênio, e não importa quanto se tenta resistir, a maioria dos deuses termina escapulindo de volta à Terra sempre que tem a oportunidade. Não podemos evitar. Não estou sozinho nesses retornos de tempos em tempos, embora eu ainda não tenha me disfarçado de touro branco ou cisne, e tampouco tenha começado a sussurrar nos ouvidos de falsos profetas. Meus poderes não vão muito além de mergulhar nos pensamentos das pessoas, com a mesma facilidade que você pode passar os dedos pelas águas preguiçosas de um rio. E até recentemente eu fazia isso tanto quanto possível. De fato, eu poderia ter passado os últimos cinquenta anos tomando banho de estrelas junto às luminosas corredeiras da Via Láctea, ou comparecendo aos mais pródigos saraus celestiais. Em vez disso segui Bian Yuying e Hou Jinyi, tentando compreender o que permitiu que o amor deles sobrevivesse às separações, à fome, à Grande Revolução Cultural Proletária e até mesmo à morte.

Seria fácil dizer que fiz isso apenas para ganhar uma aposta que fiz com o Imperador de Jade sobre o funcionamento do coração humano. Entretanto, não seria exatamente verdade. Assim que você vislumbra os pensamentos de uma pessoa, fica aprisionado. Se fiquei com essas duas pessoas por tanto tempo, é porque um dia eu também tive um coração, embora nunca tenha aprendido como evitar que ele me destruísse. Mas chegaremos a isso mais tarde — mais uma vez, parece que estou me desviando do assunto. Afinal, esta não é a minha história: é a deles.

— Bian Chunzu, venha cá! Rápido! Tenho uma coisa para você.

Ela ouviu o chamado de seu pai retumbando pela casa. Tinha dezesseis anos, e ele era a única pessoa que ainda a chamava de Chunzu. Os outros a chamava Yuying, o nome que sua professora de japonês lhe dera e que ela recentemente decidira assumir no lugar do original. Chunzu, "bambu de primavera", era bonitinho demais, artificial demais, delicado demais. Quando eu for adulta, pensou consigo, serei uma tradutora de japonês perfeita e ninguém pensará que sou delicada demais. Sua professora de japonês era uma mulher pequena, e Yuying se aferrara a cada palavra que ela lhe dissera nos últimos anos. Contudo, na última vez em que a viu, a professora tinha sido colocada numa jaula de madeira depois que os japoneses se retiraram, e os moradores gritavam por vingança pela ocupação. Yuying tentava não se fixar naquela imagem.

O pai a chamou novamente, e sua voz rouca sacudiu toda a grande casa. Era o tipo de lugar onde os ecos ainda se ouviam dias depois que as palavras eram proferidas, serpenteando lentamente entre os corredores frios de pedra. Ela lutou contra o impulso de gritar de volta. Não sou esse tipo de filha, ela disse a si mesma enquanto colocava a caneta no livro para marcar onde tinha parado. Quando ela voltasse ao quarto, uma mancha de tinta já teria entornado da ponta cega e coberto um ponto intricado de gramática japonesa avançada. Ao passar pela criada do lado de fora, Yuying corou, sabendo que ela também tinha ouvido o grito.

Yuying certa vez ouvira as duas criadas mais jovens fofocando sobre as saídas noturnas de seu pai para visitar uma de suas muitas outras mulheres na cidade. Elas riam ao repetir como o ouviam passando pelos quartos durante a noite. Agora, quando ela não conseguia dormir, a imaginação de Yuying evocava o som das chinelas acolchoadas batendo delicadamente contra o chão do corredor de pedra e o bambu no pátio agitado pela brisa que seu vulto fugidio provocava.

Diante do pai, ela afastou esses pensamentos e se censurou. Amava sua família mais do que qualquer outra coisa que pudesse imaginar.

— Pai.

— Sente-se. Encontrei uma maneira de realizar os nossos desejos, Chunzu.

Ela lhe lançou um olhar decidido enquanto se sentava. Ele parecia exausto. Abaixo de seu nariz chato, o bigode fino se torcia como a crina eriçada de um dragão régio, e, quando ela se atreveu a erguer a cabeça para olhá-lo com mais atenção, viu que suas pupilas tinham se espalhado e eclipsavam o resto de seus olhos. Ela não teve dúvida quanto ao local onde o pai passara a maior parte do dia: a Fênix Dourada, o salão de ópio mais caro da cidade.

— Venha cá. Dê uma olhada. — Ele deixou a mão cair sobre o fino maço de papéis na mesa entre eles. — Já fiz a maior parte dos arranjos. O resto deve ser bastante simples — disse ele enquanto folheava lentamente o maço para achar uma pequena fotografia cinza dentro de uma moldura branca como leite. Ela mostrava um jovem de cabelos revoltos. — Em pouco menos de um mês, este será seu marido.

Ela sentiu a garganta apertar.

— Ele concordou em deixar que você continue seus estudos. Vocês viverão aqui, claro, e assim nossa família não precisa ser separada. Ele até vai assumir o nosso nome. Que tal?

Ela tentou conter as lágrimas que rolavam por seu rosto. O pai bateu o punho sobre a mesa.

— Filha ingrata! Todos me disseram que educar uma menina era a coisa mais tola que um pai podia fazer, mas eu dei ouvidos? Não, só ouvi os seus apelos. E agora que trabalhei tão duro para encontrar um marido adequado, você nem sequer me agradece! Então saia com suas lágrimas daqui, mas não me venha com olhos vermelhos daqui a um mês, quando faremos um casamento feliz. Não traga vergonha para sua família, Bian Chunzu!

Ela fungou e assentiu.

— Pode ir agora. Vá contar às suas irmãs. — E gesticulou em direção à porta.

Ela se levantou, hesitante. Durante meses, examinou fotos de noivos em potencial, que enviavam mensagens por intermédio de agentes de casamento e de seu pai. No entanto, devido às suas demandas incomuns, a família teve de recusar um grande número de jovens. Se alguém finalmente concordava com tudo, segundo o raciocínio de seu pai, não havia mais nada a considerar. Ela logo faria dezessete anos, e ninguém desejaria casar-se com uma velha.

— Posso ficar com ela?

Ele não disse nada, mas olhou para onde a poeira rodopiava no feixe solitário de sol que penetrava pela janela. E bateu os dedos levemente nas têmporas.

— Obrigada, pai.

Yuying deixou o pai estudando uma mosca que entrara no quarto e não conseguia sair. Yuying nunca sabia ao certo em que ele estava pensando. Ela passou por cima do grande cão preto do mudo, que cochilava no corredor, e tentou se concentrar na imagem vertiginosa de um imenso vestido de noiva vermelho, apertado contra sua pele, transformando-a subitamente em outra pessoa. Ela não ousou olhar para a foto outra vez, mas, em vez disso, segurou-a com firmeza junto à lateral do corpo.

Yuying já podia ver sua vida se formando, saltando daquela fotografia. Em seus momentos mais amargos, a mãe lhe dissera que uma mulher é o receptáculo em que um homem derrama seus sonhos e desejos. Yuying fez o que sempre fazia quando o mundo parecia opor-se às suas esperanças: tornou-se pequena, tornou-se uma pedra sobre a qual os rios podem correr, mas sem arrancá-la do chão. Eu gostaria de poder ter dito a ela que, embora seja fácil transformar-se em pedra, é difícil voltar atrás. Mas nós, deuses, temos uma política quanto a interferir na vida dos seres humanos, então não havia muito que eu pudesse fazer.

Deixe-me contar um pouco mais sobre Yuying no verão de 1946. Os outros já confundiam sua timidez com superioridade. Ela já tinha começado a morder o lábio inferior quando o mundo parecia girar para além de seu controle. Já tinha adquirido a teimosia de seu pai e a crença da mãe de que, se os outros falam muito a seu respeito, você se torna a pessoa que eles acham que você é. E já havia aprendido a única coisa que a manteria viva nos anos por vir: às vezes, o silêncio é uma forma de amor.

O quarto de Yuying ficava na ala leste, junto com o de suas irmãs, mas, após o casamento, ela se mudaria para a ala norte, para o grande quarto vazio que ficava pouco antes do quarto do mudo e do pavilhão dos servos, para ter alguma privacidade com seu novo marido. Ela estremeceu com a ideia. Yuying nunca achara estranho que sua mãe dormisse na ala leste, enquanto o pai geralmente ficava em seu escritório no edifício central, próximo ao saguão de entrada e ao pequeno altar, para que pudesse ouvir as pessoas entrando e saindo (ou, como as criadas sussurravam, para que ele mesmo entrasse e saísse furtivamente).

Ela parou, ouvindo risos. No quarto ao lado, suas duas irmãs mais novas, Chunlan e Chunxiang, estavam jogando *weiqi*, embora tivessem aprendido a chamar de Go, como os japoneses diziam. Cada uma tinha um punhado de peças de ardósia e madrepérola, pretas como alcatrão e branco-sujo. As duas estavam deitadas no chão, se esticando para cercar o exército imaginário da outra. Enquanto colocavam as peças, uma tentando aprisionar a outra taticamente em círculos e quadrados cada vez maiores, Yuying não pôde evitar a lembrança dos exércitos que haviam varrido a cidade recentemente, do lado de fora das escolas e dos restaurantes e em torno do parque. Cada pequena vitória para uma de suas irmãs tornava mais difícil para Yuying abrir a boca. Ela parou na entrada do quarto para vê-las jogando. De qualquer maneira, dentro de uma hora todo mundo na casa vai saber, pensou.

Nos tempos de Confúcio, o Go era considerado uma forma de arte, classificado ao lado da pintura, da poesia e da música. Velhas histórias diziam que um antigo imperador o inventara há mais de 4 mil anos, para educar o filho estúpido. No Japão recém-unificado do século XVII, quatro casas de Go foram abertas e patrocinadas pelo governo, instruindo os estudantes nas estranhas e divergentes probabilidades do jogo. Já que as cuidadosas estratégias implícitas asseguram que a ocorrência de duas combinações idênticas é uma impossibilidade quase total, o jogo assumiu um aspecto intelectual para complementar sua aplicação marcial. Os estudiosos debatiam sua relação com a cosmologia, a física, a consciência e o infinito, tomando chá-verde enquanto assistiam a partidas obstinadamente longas. O conceito de impérios infinitamente transformados, conquistados, recuperados, conquistados mais uma vez e continuamente varridos do mapa deve ter atraído os chefes militares do início do século XX, que talvez tenham reconhecido nos padrões mutáveis do jogo a possibilidade de reescrever mapas inteiros de acordo com a formação de cores distintas. Quando os japoneses invadiram o norte da China para proclamar o Estado da Manchúria, quantas pessoas viram os primeiros lances de um punhado de peças negras?

— Ei, diabinhas, venham aqui. Adivinhem.

Suas irmãs ficaram de pé e correram para ela. A do meio, Chunlan, era ossuda e inteligente, com olhos resolutos e lábios crispados sempre prontos para alguma provocação. A mais nova, Chunxiang, era alta e desajeitada, com uma franja na altura das sobrancelhas e óculos de aros pretos e grossos, seu rosto redondo sempre enrubescia e os ombros curvavam para tentar esconder a altura.

— Vou me casar.

As irmãs soltaram gemidos e gritinhos, como pássaros de manhã.

— Yu, quem é ele? De onde ele veio? Não, quero dizer, como ele é?

Ela mostrou a foto, hesitante. Elas se aproximaram para examiná-la.

— Bem, ele é mais ou menos bonito... — arriscou Chunxiang.

— Quando vai ser? — perguntou Chunlan.

— Não tenho certeza. Em breve. Papai já arranjou tudo, eu acho.

— Uau. Imagine só, Yu. Aposto que vamos ter pés de porco, e ovos de ganso, e carne de porco picante, e bem, claro, mais bolinhos do que você jamais viu!

Chunlan repreendeu a irmã:

— Você tem sempre que pensar com o estômago, Xiang? Não será assim. Será romântico, e nós estaremos ocupadas demais ficando lindas, usando as melhores joias da mamãe e vestidos novos de seda, para querer chegar perto de toda essa comida.

— Então você vai embora, Yu? — perguntou Chunxiang.

— Não. Papai disse que ele virá morar aqui. E eu posso continuar frequentando a faculdade.

— Que ótimo você poder continuar com seus preciosos livros, mas quando eu me casar, eu e meu marido vamos viver num lugar bem grande, que seja só nosso, e eu serei a dona da casa e tudo vai ser diferente daqui. Mas viremos visitar vocês, claro. Vamos ver você e seu marido e seu monte de papéis. — Chunlan riu consigo.

Yuying franziu os lábios. Ela não tinha energia para discutir com a irmã, não naquele momento.

— Vou poder tirar meu diploma e depois vou fazer qualquer coisa que eu quiser — disse ela.

— Mas, bem, quem é ele? É da cidade? Foi um agente quem o encontrou? — perguntou Chunxiang, dissipando a tensão entre suas irmãs.

— Não sei — admitiu Yuying. — Pode ser qualquer um.

— Mas ele não é. Ele é seu marido.

A irmã não poderia saber que, nos anos futuros, aquelas palavras ficariam entaladas no fundo da garganta de Yuying como insetos engolidos, lutando e batendo as asas para afugentar a escuridão. A irmã mais nova — que desapareceria em meio à fumaça das fábricas e fundições de ferro que pontilhavam as planícies geladas do extremo norte — olhava para ela e sorria.

— Há tanta coisa para pensar — disse Yuying, e, embora por um momento a frase parecesse séria, as três meninas de repente caíram na gargalhada.

— Pelo menos você sabe que ele não é velho e feio. Lembra o que aconteceu com Meiling, do início da rua? Seu novo marido já estava vivo desde a última dinastia. Se ao menos lhe restasse em dentes na boca a metade do número de barras de ouro que ele tinha escondidas! E quanto a Ting, da escola: você lembra como o marido magrelo dela gaguejou a cerimônia inteira? — disse Chunlan, provocando novas risadas entre elas.

Uma sombra se esgueirou pela porta aberta. Ela se alongou até surgir Peipei, a tia, com um dedo colado nos lábios. Peipei não era realmente tia das meninas, mas, como foi quem amamentou cada uma delas e as acalmou ao longo de incontáveis terrores noturnos, elas nem pensavam em abandonar aquele tratamento familiar.

— Psiu. Seu pai está trabalhando — disse Peipei. — Façam algo útil, como um pouco de bordado. — Peipei ainda acreditava que, apesar de estarem estudando, as meninas não deveriam ficar se demorando em pensamentos. "Educar meninas é como dar banhos em meninos: tudo muito bonito, mas eles simplesmente voltam a se sujar", dizia ela para quem quisesse ouvir. — Vamos, vocês sabem o que sua mãe disse.

— Onde está mamãe?

— Está descansando. — As quatro sabiam que isso não era verdade: sabiam que a mãe fazia tudo, menos descansar. Peipei fez uma careta, que puxou seu trio de verrugas peludas mais para baixo. Ela então as enxotou do quarto. Yuying foi para a aula de japonês e Chunlan, para a de etiqueta. Chunxiang ficou para juntar as peças de Go e guardá-las nas duas caixas. Não se preocupou em separar as cores, e no armistício subitamente negociado os exércitos se tornaram inseparáveis.

∽ ✑

Quando passou pelo escritório, Yuying espiou pela porta entreaberta o pai jogando três moedas de prata no chão. Ela conhecia o temperamento dele o bastante para perceber que não deveria se arriscar a ser pega. No entanto, queria ver o que ele descobriria, pois tinha certeza de que ele estava perguntando sobre seu casamento. Ele contaria o número de caras e coroas e as converteria numa linha contínua ou numa linha tracejada (velho ou jovem, *yin* ou *yang*). Depois que fizesse aquilo seis vezes, teria um hexagrama com o qual adivinhar o futuro. Encontraria o hexagrama correspondente em seu velho exemplar do *I Ching* e leria as obscuras explicações estabelecidas há mais de dois milênios e meio. Ele então trocaria cada uma das linhas do hexagrama pelo seu oposto e leria o versículo que descrevia o hexagrama resultante — porque há dois lados em tudo, e sempre há pelo menos duas maneiras de ver o mundo. O livro descreve tudo e nada: é um pequeno universo em que você deve mergulhar para encontrar algum tipo de sentido para a resposta que ele oferece. Yuying continuou o caminho para seu quarto enquanto o pai terminava de jogar as moedas. O que será que ele descobriu?

Yuying abriu o livro de gramática japonesa e descobriu a mancha de tinta, que enxugou com as costas da mão. O resto do dia foi apagado da mesma maneira. No jantar, os olhos exaustos da mãe fitaram um tempo a mancha parecida com uma marca de nascença que a tinta desenhara na mão de Yuying, mas em vez de falar ela apenas arqueou a sobrancelha cuidadosamente feita.

Com a notícia do casamento, tudo parecia repentinamente diferente para Yuying — a lenta órbita da preguiçosa Susan, os *hashis* de suas irmãs catando os pratos como bicos famintos que reviravam a serragem do pátio, a estranha maneira da criada quando trazia os pratos; até mesmo sua própria mastigação e deglutição arrastadas pareciam fora do lugar. Ela ergueu os olhos e viu que a mãe a encarava. Ainda serei sua filha quando meu marido chegar?, ela se perguntava. Yuying imaginou a casa virada de cabeça para baixo. Vocês continuarão a me visitar, ou será que todos vão vir apenas para paparicar meus filhos?

Yuying observava a mãe, tentando imaginar quando exatamente ela tinha sido jovem. Ela parecia velha, ter mais que seus quarenta e poucos. O marido, o pai de Yuying, já tinha quarenta anos quando cedeu à pressão de arranjar uma jovem esposa de fora da cidade. As bochechas da mãe cediam sob o peso de seus olhos. Não restava pigmento suficiente para descrevê-los como qualquer coisa além de pretos, como observou a filha. Eram mais escuros até que seus cabelos, presos com um palito. Ela era mais baixa que as filhas, com os minúsculos sapatos e os terríveis olhares que podiam paralisar o crescimento dos vinhedos e silenciar qualquer pessoa na cidade — até o marido, embora às vezes ele fingisse não perceber.

O velho Bian não tinha o hábito de comer com elas, e hoje não era exceção. Mais de uma vez, em sussurros quase inaudíveis, as irmãs brincaram dizendo que ele talvez fosse um fantasma, que não comia nem se mexia muito até a chegada da noite, embora só dissessem isso por acreditar que ninguém conseguiria ouvi-las.

— Ouçam, meninas. Amanhã vocês podem começar a preparação para o casamento. Vocês três podem começar costurando os travesseiros. Ah, Yuying, lembre-se: com um sorriso você parece dez anos mais jovem. Será o dia mais feliz de sua vida. Seu pai encontrou um marido maravilhoso para você.

— Quando vamos conhecer a família dele?

A língua da mãe deslizou sobre os dentes da frente, como as mãos de um pianista correm pelo marfim. As meninas reconheceram o movimento — ela sempre fazia isso quando não sabia o que responder.

— Não há necessidade de se preocupar com os detalhes. Vocês, meninas, apenas garantam que tudo esteja preparado, e seu pai fará o resto.

A resposta intrigante nublou a mesa. Yuying reprimiu um arrepio. Alguns restos revirados jaziam entre as quatro. Ela olhou para as irmãs, que baixaram os olhos, e soube que teria de fazer a pergunta.

— Mãe — começou ela —, *vocês* o conhecem?

Antes que a mãe pudesse responder, elas foram interrompidas pelos latidos do cachorro do mudo, sinalizando seu retorno do restaurante. A criada, nervosa, teve um sobressalto, e a mãe se ergueu rapidamente da mesa. Ela se inclinou e beijou a filha mais velha, os lábios como brasas trazidas pelo vento, quase marcando o rosto de Yuying.

— Claro que sim. Agora é melhor descansar um pouco — sussurrou ela. Embora seus passos fossem pequenos e entrecortados, pois andava botando peso na parte anterior, a mãe ainda dava a impressão de conservar uma graça intocável. Depois que ela saiu, as meninas foram cada uma para seu quarto; as duas mais jovens já não se atrevendo a provocar Yuying.

Yuying se atirou na cama de madeira dura, que logo seria dada à sua irmã mais nova. Esse era o momento em que ela deveria ter se isolado no sótão para chorar a ruptura com sua família e amaldiçoar o intermediário que tinha arranjado casamentos, que normalmente separavam famílias. Ela deveria ter entoado estranhos lamentos com suas irmãs pelas coisas que ainda não podia saber que perderia. Ainda não havia aprendido essas canções, ainda não tinha ouvido a música de partida e seus versos agridoces que fervilhavam e ardiam na boca. Todas as suas amigas seguiram caminhos diferentes, esboçando novos começos em pequenos quartos. Mas ela não iria a lugar nenhum.

Ela se imaginou centenária, perambulando de um canto a outro da mesma casa, partilhando o espaço com teias de aranha e sua preciosa coleção de livros, com as lombadas perfeitamente rachadas e páginas cujo cheiro forte de tinta e umidade se impregnavam em seus dedos ansiosos. No entanto, em anos vindouros, quando os livros fossem atirados em fogueiras ou enterrados além do jardim dos fundos, ela daria de ombros.

Incapaz de descansar, Yuying se levantou para examinar mais uma vez a foto que seu pai lhe dera mais cedo. Assim como nunca imaginou que os japoneses — presentes em cada esquina desde que ela era criança — partiriam um dia, Yuying não conseguia imaginar-se casada. O mundo se tornava estranho para ela. As ruas pareciam vazias sem os soldados japoneses, e as celebrações esfuziantes do fim da ocupação rapidamente se desvaneceram em disputas locais. E agora um casamento. Ela não se atrevia a imaginar as salas obscuras em que seu pai provavelmente encontrara o noivo. A foto escorregou de seus dedos.

Ela desabou em meio às pilhas de anotações inúteis pelas quais suas irmãs zombavam dela sem parar. As declinações e os tempos verbais e as equações seriam substituídos por chás e bebês logo que seus quatro anos de faculdade terminassem. Tentar imaginar mais que isso parecia fazer com que o futuro recuasse e se reduzisse a um nebuloso ponto de fuga. Ela folheou alguns livros, sabendo que não os leria naquele momento. À luz metálica do crepúsculo, as pinceladas flutuavam das páginas abertas, um mar encoberto por sombras. Sua cabeça retumbava como uma orquestra de percussão de panelas e frigideiras.

Estas eram as últimas coisas que ela recordava daquele dia, mais de meio século atrás: feixes de prata se infiltrando por baixo da porta, roncos, luar e passos na ponta dos pés no limite mais fugaz do sentido, enquanto toda a casa mergulhava no sono.

∽ ⤳

Ela sonhou com o futuro? Não me pergunte — eu já disse, sonhos são zona proibida. Ela teria sonhado com a maneira como seu coração seria forjado na fornalha de seu casamento e sairia soldado a outro, quente, pesado e inseparável? Ou será que ela sonhou comigo, correndo atrás dela e de Hou Jinyi, tentando descobrir por que eles seguiam em frente?

Deixe-me contar um segredo. Até nós, deuses, temos dificuldade em prever o futuro, mais ainda em sonhar com ele. Observe a cidade de nascimento de Yuying se quiser provas. Quem poderia ter imaginado que as planícies ensolaradas, lavradas por arado, enxada e boi, dariam lugar a blocos de apartamentos apertados e escritórios que sufocam a paisagem como insetos insaciáveis? Será que alguém na casa do velho Bian teve imaginação para prever que Fushun se alastraria para além dos poucos casarões e seus pátios ancestrais, com arranha-céus e chaminés despejando fumaça que deixaria o céu da cor de metal escovado? Que os velhos que deveriam ser reverenciados e acolhidos em cada casa, como ditava o costume, poderiam acabar vasculhando lixeiras em busca de garrafas plásticas e latas de refrigerante, para vendê-las em portas de fábrica por alguns trocados?

No verão de 1946, qualquer um que dissesse essas coisas seria motivo de piada e teria sua sanidade questionada, portanto deixemos os sonhos e previsões para aqueles que querem fazer papel de palhaço, e voltemos aos preparativos do casamento.

❧ ❧

Os jornais de junho de 1946 ainda estavam repletos de histórias sobre a renúncia que fora imposta no ano anterior e suas consequências, enquanto a guerra civil atravessava vilas, cidades distantes e os lábios de toda a gente. À medida que os preparativos para o casamento se tornavam mais frenéticos, Yuying tentava ignorar o fato de que os tradicionais presentes de casamento — bolos, licores, tangerinas ou cartas da família do noivo — não apareciam. Em vez disso, à medida que o dia se aproximava, ela se concentrava em seus estudos, rabiscando em seus cadernos e realizando especulações filosóficas desde as mais simples, até que a vela de cada noite queimasse e se derretesse em camadas de cera. Suas irmãs e seus colegas de classe achavam que ela estava nervosa por causa da noite de núpcias, mas isso não explicava a curiosidade voraz que crescia dentro de seu peito. O pai ficava fora na maior parte desses dias, como um mágico arrastando objetos por trás da cortina de algum teatro barato para produzir truques cada vez mais impressionantes.

Um dia antes do casamento, os filhos de amigos e familiares foram convidados a subir no leito conjugal para apanhar as tâmaras, romãs, sementes de lótus e amendoins que haviam sido espalhados nos lençóis. Dessa forma, acreditava-se que algo do espírito do casal ficaria para trás, tornando o leito mais receptivo à concepção. Talvez seja verdade, pensou Yuying, que deixamos algo de nós mesmos em cada lugar que visitamos, em tudo que tocamos. E se o mundo ao redor retém tais memórias, então é assim que sobrevivemos à morte.

Naquela noite, suas irmãs entraram no quarto dela na ponta dos pés, cada uma segurando uma laranja — o menor dos presentes roubados, para trocar por algo que não sabiam nomear. Espalhando cascas e sementes sobre os móveis, elas fofocaram sobre colegas de classe e compartilharam os rumores que tinham entreouvido da criada.

— Vai ser estranho amanhã, com um homem na casa. Isto é, outro homem, e não apenas o papai e o mudo perambulando por aí... embora ele realmente não conte, já que não pode falar — disse Chunlan.

— Não fale assim do Yaba! Ele é nosso amigo! — respondeu Chunxiang.

— Vocês não acham isso estranho? Que meu marido venha para cá e eu não vá embora?

Suas irmãs trocaram olhares. Ninguém que conheciam tinha vivido experiência semelhante. Segundo os desejos de seu pai, o marido até mesmo abriria mão de seu nome de família para tomar o dela. Era a antítese de séculos de tradição formal.

— Você já viu seu novo quarto ou quer que seja uma surpresa? — perguntou Chunxiang.

— Ei, é verdade! — exclamou Chunlan antes que a irmã tivesse chance de responder. — Por que não vamos dar uma olhada agora? Tenho certeza de que não terá ninguém por perto. Papai não está em casa, e a mamãe provavelmente está ocupada. Vamos ver como um quarto de casal realmente é!

As duas irmãs menores riram e pegaram Yuying pela mão, puxando-a pela casa. Ela consentiu em silêncio, não querendo estragar o entusiasmo delas ao dizer que já havia entrado lá para testemunhar a bênção da cama. De repente, Yuying tomou consciência dos anos que as separavam. Chunxiang esticou o braço e apertou a mão úmida sobre a boca de cada uma das irmãs enquanto elas passavam pelo corredor do eco.

Depois de tomar um atalho através do pequeno jardim, passando pelo pavilhão dos criados e o pequeno quarto onde o mudo roncava, elas encontraram a porta decorada com guirlandas vistosas. Quando tiveram coragem para abri-la, ficaram surpresas ao encontrar a mãe sentada no novo quarto de Yuying, sua pequena silhueta instalada na cama que fora trazida na véspera.

A mãe de Yuying enxotou as duas meninas mais novas do quarto.

— A cama é uma borboleta e o casal são suas asas — explicou ela. — É assim que aprendemos a voar. — Ela não fez qualquer menção à possibilidade de uma borboleta provocar furacões batendo as asas. Yuying estremeceu quando tocou a cama, e por um segundo pensou que talvez o dia seguinte jamais chegasse, que, se realmente acreditasse nisso, o tempo podia parar.

As irmãs a esperavam do lado de fora do aposento nupcial. Elas tomaram suas mãos e atravessaram a casa com ela, de volta a seu quarto de infância, instalando-se então para dormir nos velhos tapetes casualmente dispostos pelo assoalho perto da cama e partilhar sua última noite de menina. Os sussurros conspiratórios da meia-noite logo se transformaram em roncos discretos.

Yuying acordou antes do amanhecer e continuou deitada por um tempo, escutando a respiração das irmãs, uma levemente ecoando a outra. Ela logo ouviu os pássaros orgulhosos que começavam a saltitar e a piar no pátio central, e saiu da cama. Suas irmãs se levantaram lentamente enquanto tia Peipei e uma jovem criada iam e vinham do quarto, carregando grandes panelas de água quente para encher a velha banheira de madeira no canto do quarto.

— Você acha que, se dormir na mesma cama com outra pessoa, alguns dos sonhos dela se misturam com os seus? — indagou Chunxiang, enquanto esfregava os olhos e via a irmã mais velha se despindo em frente à banheira.

O cheiro de flor de laranjeira e de pomelo flutuava entre elas. Yuying entrou na banheira, deslizou e desapareceu em seu próprio reflexo. Sob a água, as vozes murmuradas soavam como a música de um jardim zoológico celestial ou de uma guerra há muito esquecida. Ela não conseguiu ficar quieta na banheira e emergiu após apenas alguns minutos. Enquanto se enxugava, observava o vestido de noiva, agora colocado sobre a cama. Uma fênix cruzava a seda vermelha, movendo-se na direção de algum ponto invisível. As fênix se alimentam de orvalho, ela recordou, e se casam com dragões. Abaixo de seu bico fino e do pescoço de escamas de serpente, suas penas pareciam se agitar e farfalhar como folhas ao vento.

Peipei se sentou atrás dela e começou a arrumar seus cabelos. Era ali que a transformação deveria acontecer, com os longos fios pretos penteados para trás, enrolados e firmemente amarrados no inflexível estilo nupcial. Yuying mexia as mãos no colo. Estava preocupada com as inversões incomuns de seu casamento, e para acalmá-la e mostrar que a ruptura da tradição não precisava ser motivo de tristeza e preocupação, Peipei começou a contar uma história conhecida, a da única imperatriz da China.

A versão de Peipei para a lenda de crueldade de Wu Zetian dava mais espaço a mitos e invenções do que às conquistas históricas do reinado da imperatriz, embora ela tomasse o cuidado de omitir qualquer menção aos inúmeros rapazes que, segundo rumores, haviam partilhado o leito imperial. No entanto, Yuying só ouvia em parte. Em cima de um pequeno armário de pinho estava a fotografia em preto e branco, virada para baixo.

Uma vez que seus cabelos ficaram prontos, ela se voltou para as irmãs.

— Você está linda, Yu. Exatamente como uma rainha. Tenho tanta inveja... — começou a irmã mais nova.

— Eu sei que você está mentindo. Mas obrigada. Tem certeza de que está bom? Sinto como se de repente tivesse virado a mamãe.

— Não, Chunxiang tem razão. Combina com você. Não precisa se preocupar tanto assim, você não tem que lidar com as partes assustadoras e entediantes. Dentro de algumas horas estaremos todas no banquete, comendo e rindo, e todo mundo estará olhando para você, desfilando esse vestido caro, então aproveite — aconselhou Chunlan.

— Eu vou aproveitar, vou, sim. Agora saiam, vocês duas também têm de se preparar.

Brincando, Yuying empurrou as irmãs e elas saíram correndo do quarto. Ela espiou pela janela e ficou inesperadamente desapontada porque o pátio ainda estava vazio. No passado, a família do noivo deixaria sua casa na aurora, ao som de fogos de artifício e velhos tambores, e marcharia para a casa da noiva, onde a porta da frente estaria bloqueada por parentes chorosos, fingindo não querer perder uma filha, uma neta, uma sobrinha, uma irmã. Depois de executar gestos de reverência perante a família da noiva, a comitiva do noivo então levaria a noiva numa pequena carruagem fechada para seu novo lar. Dessa forma, a noiva deixava a casa de sua infância e começava uma nova vida, muitas vezes a quilômetros de sua família. Yuying sabia que isso não iria acontecer com ela. Não seria levada para um lugar distante, para conviver com criados que talvez cuspissem em sua comida pelas costas de seu senhor, ou com os irmãos mais novos e mimados do marido de repente deixados sob seus cuidados atordoados, ou, pior que tudo, para se tornar a mais recente de uma fila de esposas invejosas e beligerantes. Ela ainda não tinha ouvido qualquer menção à família do noivo — era ele quem se integraria à sua família e seria transformado. Até trocaria seu nome pelo dela. Por um breve segundo, ela se imaginou uma imperatriz, seu nome como o de dinastias, imutável e cobiçado, mas, quando se virou, topou os dedos do pé na quina da cama e esses pensamentos se perderam em meio a pequenos xingamentos.

A família se reunira na sala de jantar — seu pai na cadeira de madeira, um cigarro fino nos lábios apertados; a mãe sentada a seu lado, olhando para baixo, e as irmãs de pé, tão recatada quanto possível. Junto delas estava o mudo careca, Yaba, que cuidara de Yuying desde que ela era um bebê. Ele parecia estranho e fora de lugar. Todos usavam túnicas de seda de colarinho alto ou vestidos de seda escura do pescoço aos pés, cada um exibindo uma teia de padrões bordados à perfeição.

— Os convidados já começaram a chegar. Quase toda a família está aqui. Eles estão esperando no jardim. Você não deve se atrasar — disse o pai.

A mãe apertou as mãos de Yuying com força e murmurou algo inaudível em seu ouvido. Lá fora, o sol ameaçava torrar as folhas das árvores esguias. Dos ramos pendiam fileiras de lanternas vermelhas, que à noite lançariam luz por toda a grama e as plantas, fazendo com que parecessem dançar num fogo estranho e sem calor. À entrada de Yuying, os murmúrios dos parentes e amigos se misturou ao chiado dos grilos e das cigarras. Subitamente, o som se transformou num silêncio ansioso quando eles ouviram o trote de cascos preguiçosos contra as pedras brutas do calçamento da rua adjacente. Bufando ruidosamente, um corcel anunciou a iminente chegada do cavaleiro.

Anos depois, Yuying diria a seus netos como tinha sido enganada por aquela fotografia. A princípio teve dúvidas de que aquele homem pequeno, com uma maçaroca de cabelos semelhante a um espanador enlameado, era a mesma pessoa que vira na imagem, e suspeitou que seu pai tivesse simplesmente contratado outro jovem para se sentar e posar para o retrato. O homem diante dela era mais magro, sem nada da robusta exuberância que a imagem sugeria. E, uma vez que o casamento ultrapassasse aquele constrangimento inicial e atingisse o estágio em que os dois ficariam à vontade um com o outro, que só vem com o tempo, ela perguntaria a Jinyi se era realmente ele naquela fotografia ou se ele pedira a um amigo bonito que posasse no seu lugar. No entanto, apesar de tudo isso, não havia como confundir aquele sorriso torto que frequentemente lhe atravessava o rosto. Uma fotografia apresenta um simulacro da vida real, mas é sempre um em que não se pode plenamente confiar, pois quer dar vida a coisas que irremediavelmente já não são as mesmas.

As mesas de majongue que chacoalhavam com os movimentos dos convidados à espera ficaram em silêncio, e os jogos foram abandonados no meio quando Hou Jinyi se aproximou de Yuying. Ela fez o máximo que pôde para não corar quando o casamento começou. Yuying nunca havia experimentado tanta atenção concentrada sobre si. Sentiu-se a fênix estremecendo debaixo do vestido longo quando todos cercaram o casal, avaliando como cada um se comportava na proximidade do outro. Ela tentou tirar da cabeça o fato de que ele era alguns centímetros mais baixo, e eles deram meia-volta, passando sob o arco da porta principal e entrando na casa.

Quando uma noiva chegava à casa do marido na manhã de seu casamento, sua expectativa era permanecer lá até a morte. Hou Jinyi mediu seus passos, tentando não andar à frente da noiva nem ficar para trás e admitir que ignorava a disposição da casa. Como fora ensinada a fazer desde seu nascimento, Yuying não demonstrava nenhuma emoção e tinha uma expressão fixa. Ela também relutava em reconhecer o fato de que eles estavam protagonizando uma estranha inversão dos antigos costumes, como se estivessem do outro lado do espelho. No salão principal, eles se curvaram juntos para uma efígie minha, para o céu e a terra, e para as tábulas de pedra que continham os espíritos dos antepassados da noiva. Ofereceram preces, que se derreteram no ar, misturando-se ao cheiro do leitão assado e das garrafas de licor desarrolhadas, oferecidas e intocadas no altar à sua frente. Da cozinha ouviam a gordura chiando em *woks* quentes enquanto os criados preparavam o banquete. Os antepassados cuidadosamente esculpidos observavam cada movimento.

Os pais da noiva estavam solenemente sentados em poltronas de madeira com espaldar alto, virados para a entrada. Bian Yuying e Hou Jinyi se ajoelharam no chão a um só tempo para reverenciá-los.

— Nós desejamos a ambos um futuro cheio de alegria e compreensão. Que seu amor aprenda com o cipreste e o ginkgo: que suas pequenas raízes se espalhem, se alimentem, cresçam e resistam contra as intempéries. Tome este nome e preencha-o com vida, Bian Jinyi, e seja bem-vindo à nossa família. — O pai da noiva entrelaçou as mãos quando terminou de falar. Em seguida, Yuying e Jinyi se viraram, não exatamente ao mesmo tempo, e se ajoelharam um de frente para o outro.

O casal se levantou e serviu o chá escuro e perfumado de um delicado bule em duas xícaras de porcelana branca, adornadas com pinturas de dragões de barba azul. Cada um se ajoelhou para apresentar uma xícara a cada um dos pais. Enquanto servia seu pai, Yuying observou sorrateiramente as crescentes olheiras sob seus olhos — fazia anos que ela não ficava tão perto dele. Lembrou-se das palavras de provocação de sua irmã e de que teria que passar a vida amarrada à sombra do marido enquanto ficava mais velha e feia. Mas é assim que o mundo funciona, ela assegurou a si mesma. Por que eu deveria resistir a algo tão natural? Depois de servir os chefes da família, eles novamente se viraram, e cada um serviu tias e tios mais velhos em troca de presentes — notas de dinheiro dobradas dentro de pequenos envelopes vermelhos. Finalmente chegaram às irmãs dela, e o casal encheu uma pequena xícara de chá vermelho para cada uma.

Histórias relatam que um antigo buda, determinado a alcançar a iluminação, deixou a cidade e subiu a um platô vazio. No entanto, em vez de meditar, ele logo caiu num sono profundo sobre a relva seca pelo sol. Acabou dormindo por sete anos, seus roncos puxando brotos do chão enquanto pássaros se aninhavam suavemente em seu peito vibrante. Quando acordou, ficou tão desapontado com sua falta de concentração que arrancou as próprias pálpebras para impedir que adormecesse novamente. No local onde elas caíram cresceram os primeiros arbustos de chá. As histórias contam ainda que um antigo governante chinês descobriu como fazer chá quando folhas escuras foram sopradas para sua água fervente. O consumo de cafeína pelos budistas, os primeiros a adotar o chá como parte integrante do dia monástico, era motivado por seu desejo de clareza, para livrar sua visão do mundo de sonhos persistentes.

Durante a cerimônia do chá, Yuying volta e meia lançava olhadelas para o novo marido. Pela estampa de sua família e a costura da longa túnica de seda azul-granito, justa no pescoço e frouxa em torno dos pulsos e dos tornozelos, ela adivinhou corretamente que ele tinha sido escolhido, encomendado e comprado por seu pai. Ele baixava a cabeça diante dos parentes dela, e não pareceu olhar em sua direção em nenhum momento. Ele está mesmo interessado em mim, ela se perguntou, ou fechou algum tipo de acordo com papai? Pelo que ele acha que trocou seu nome? Ao largar a bandeja de chá carregada de envelopes, ela conseguia evocar um possível passado para ele, mas ainda não um futuro.

Do lado de fora, os convidados falavam e comiam, os homens de um lado, brindando e se felicitando, as mulheres do outro, rindo discretamente sobre assuntos que, se entreouvidos, talvez fizessem com que seus maridos ou pais engasgassem com a comida. *Hashis* mergulhavam e deslizavam para baixo e para cima como se fossem pardais dividindo um céu movimentado. Essas eram as comidas que Yuying imaginava: sopa de barbatana de tubarão, fatias crocantes de pato enroladas em panquecas finas como bolachas, frangos recheados com arroz preto e tâmaras, um peixe inteiro banhado com molho picante, com suas espinhas cuidadosamente retiradas, ervilhas e pimentas inteiras, brócolis mergulhado no alho, sopas avinagradas, sopas quentes, sopas picantes, sopas de macarrão, almôndegas da sorte das quatro estações, rolinhos-

-primavera, amendoins e sementes de girassol, e dezenas de pratos vazios cujos conteúdos era impossível saber quais eram.

Mas a verdade era mais prosaica. Até para sua família rica, não havia maneira de obter aquelas delícias, mesmo com o comércio livre do controle dos japoneses. Os russos libertadores haviam partido recentemente, e, apesar de muitos prisioneiros esquálidos terem voltado para casa após anos de ocupação, a fome ainda não se rendera nem fora aniquilada. Alguns poucos pratos tinham que bastar. Ainda assim, Yuying imaginava banquetes. Ela estava no quarto novo do casal. À noiva não era permitido comer nem falar. Apenas esperar. Enquanto isso, seu novo marido fazia a ronda entre as mesas, recebendo brindes e disputando jogos de bebedeira. Ela sabia como isso progrediria, mesmo que em outros casamentos ela e suas irmãs tivessem sido forçadas a se sentar em silêncio, recatadas e tímidas com a boca escondida atrás de intricados leques de papel. Elas eram sempre despachadas em riquixás ou nos automóveis novos e brilhantes de amigos da família antes que a verdadeira diversão começasse.

Enquanto erguiam um líquido claro em copos ornamentais, vários dos convidados mais velhos já tinham o rosto vermelho e suado. Eram sócios do pai dela, homens que Hou Jinyi nunca tinha visto antes e nunca veria novamente. Em seu quarto, Yuying os imaginava — aqueles poucos que estiveram em conluio com os japoneses e que agora negavam tudo: juízes, oficiais e chefes militares na clandestinidade com suas muitas jovens esposas; homens manchus perdidos na república e de partida para o Norte; lojistas, proprietários de bordel, importadores de ópio; os outros poucos *restaurateurs* na cidade que não eram inimigos de seu pai; e, claro, o seu aliado mais confiável, sr. Zhu, um dos homens mais ricos da província. Ele engolia as bebidas e, sem dúvida, distribuía tapinhas nas costas. Yuying ouvira comentários de que ele começara como carrasco para a república, providenciando decapitações rápidas e limpas. E já que todos sabiam que a única cura para a tuberculose era comer um pedaço de massa de pão embebido em sangue humano, logo acumulou fortuna, fornecendo a iguaria para os filhos arfantes de pais ricos e preocupados. Quando os japoneses chegaram, ele descobriu que comprar e vender segredos e lealdades era tão lucrativo quanto.

Enquanto o banquete avançava e os gritos e canções se infiltravam por debaixo da porta fechada, Yuying trancava com o dedo palavras e rostos nas dobras dos lençóis brancos e engomados. A unha afiada imitava as lentas pinceladas utilizadas na sala de aula para produzir os antigos ideogramas. Ao desenhar, ela testava seu japonês, alongando caracteres simples em construções cada vez mais complicadas, depois retrocedendo, apagando e começando novamente, dos mesmos poucos traços, em chinês. Ela percebia onde eles se sobrepunham, onde se mesclavam, convergiam e se separavam. Mas isso era o mais longe que ela permitia ao pensamento. Não traria à mente os amigos de infância, a horda de crianças com quem ela pulava corda, jogava bola de gude e jogos de guerra imaginários, e cujos pais estavam agora perdidos no mundo não mencionado das minas, ferrovias, fábricas e prisões, tudo sob novo comando. Não eram pensamentos adequados para o dia de seu casamento. Tampouco eram os boatos que ouviu sobre um garoto da vizinhança que, cheio de fome nos dias difíceis logo após o início da ocupação, roubou um pouco de arroz de uma loja que não tinha vigilante. As pessoas relataram que, logo após ter engolido a refeição proibida, que deve ter cozinhado rapidamente com a água suja do rio, fora avistado por soldados, que abriram sua barriga como um exemplo para os outros. Ela praticou gramática e caligrafia avançada, e se perguntou quanto tempo após o casamento poderia voltar à faculdade.

Logo Jinyi dava adeus aos convidados mais velhos. Yuying alisou os lençóis e afofou os travesseiros. Ela não sabia ao certo o que deveria fazer com o vestido de casamento. Soltou um botão, e, segundos depois, fechou-o novamente. Ela sabia alguma coisa do que estava por vir, mas os detalhes eram vagos, nebulosos e compostos de instruções pelas quais ela nunca se interessara o suficiente para prestar atenção. Deve ser algo parecido com a duplicação de tudo que há no quarto, ela pensou consigo. Tudo lá estava em pares, desde os dois travesseiros e dois cobertores na cama nova até as cadeiras idênticas de madeira. Cuidadosamente escrito, o caractere para felicidade estava acompanhado por seu duplo e pendurado na parede para dar sorte, e sobre a cômoda se viam castiçais gêmeos, cada um enfeitado com a imagem de uma garça solitária. Garças vivem mil anos, pensou Yuying. Ela se levantou para acender as duas velas.

— Todos já foram embora — disse Jinyi, hesitante, à entrada do quarto, sem embora saber se devia entrar ou não. Seu sotaque era grosseiro, áspero, escorregando nas terminações das palavras. Ela tentou fingir que isso não a incomodava. — Espero que você não esteja decepcionada. Não sei se sou o que você esperava. Mas seu pai me contou muito sobre você, e prometo que sempre terei orgulho de ser seu marido.

Ela sorriu, e ele sorriu também.

— Trouxe algo para você comer — disse, desembrulhando alguns bolinhos doces num lenço. — Apenas sobras. Sei que é contra a tradição. Mas, bem, tudo isso está, de qualquer maneira, um pouco de pernas para o ar, então concluí que não teria importância... contanto que ninguém mais veja. Pensei que você devia estar com fome.

Ela riu dele, e ele riu de si mesmo, ainda apoiado desajeitadamente na porta.

— Então eu posso entrar?

O simples aceno foi suficiente para Jinyi fechar a porta às suas costas. E como seria rude nos intrometermos na noite de núpcias de um casal, temos de nos contentar em esperar junto à porta fechada. Enquanto isso, os criados começaram seu trabalho noturno de garantir que nenhum traço da pródiga festa permanecesse na manhã seguinte. As irmãs de Yuying adormeceram fantasiando sobre seus próprios casamentos. A mãe se deitou sozinha na cama, já não esperava mais ser visitada por seu marido. O velho Bian levou alguns amigos para continuar as celebrações em outro lugar e matar o resto das noites atipicamente longas do verão de 1946 com ópio, licor e uma das muitas mulheres a quem ele tratava pelo primeiro nome. Do lado de fora, os bambus rumorejavam, como se agitados pelos restos dos murmúrios perdidos nos velhos corredores e pátios, e, lentamente, a casa recaiu em silêncio. No quarto de núpcias, as velas gêmeas queimaram até tornarem-se tocos de cera acima das garças delicadamente pintadas que ainda não haviam aprendido a voar.

HAVIA GRANDES PEIXES-LUA DE PRATA, *travessas de lesmas do mar flambadas, sopeiras incrustadas de rubis e transbordando com sopa de estrelas-do-mar, ostras empanadas e pratos de asno salteado. Contudo, a maioria dos convidados simplesmente mordiscava ou assentia em agradecimento, tendo pouca necessidade de alimento. Muitos iam direto às urnas altas que transbordavam com vinho de arroz de 3 mil anos. Eu me servi de uma taça — do contrário, teria sido indelicado — e me preparei para atravessar mais um dos celestiais banquetes do Imperador de Jade aos bocejos, abrindo caminho entre a multidão de espíritos de raposa e de demônios dos feriados, quando fui abordado por um dos dragões menores.*

— Espero que você esteja se divertindo aqui em cima — bufou ele num sonoro barítono. — Todos esses saraus e essa jovialidade forçada podem ser cansativos, e se você tiver a infelicidade de ser encurralado por Confúcio, bem, ele vai falar nos seus ouvidos até seu cérebro derreter.

— Eu estou bem — respondi. — Fico de olho nas coisas lá na Terra quando estou entediado ou sozinho.

— Ah, tenho pena de você. Desisti de me meter com aquela gente há muitos anos. O que há agora? Enchentes, fome, guerras?

— Bem, sim, mas é um pouco mais complexo do que isso...

— Imagino — assentiu o dragão, enroscando seus supremos bigodes. — Alguma chance de haver um imperador competente mantendo tudo em ordem?

— Bem, eles não o chamam mais dessa maneira, mas...

— Hum. Está parecendo uma bagunça terrível — resmungou o dragão.

— E é. Acho que até eu poderia fazer um trabalho melhor do que o Imperador de Jade anda fazendo para pôr ordem em tudo lá embaixo. Talvez ele simplesmente tenha perdido o interesse nos seres humanos.

O dragão assentiu em sábia concordância enquanto eu oferecia minha crítica especializada sobre o mundo humano, segundo eu o entendia. Logo se reuniu algo como uma plateia. Talvez devesse ter me calado naquele momento, mas estava apenas começando a pegar embalo, e quando dou a falar tenho dificuldade de parar. Talvez também estivesse um tanto lisonjeado e encorajado pelos acenos e olhares de um bom número de homens-pássaros, unicórnios, Lao Tsé e seu grupo variado de discípulos, dos sapos imortais e duas das filhas angelicais (embora naturalmente intocáveis) do Imperador de Jade.

O resto do banquete foi repleto dos milagres habituais — fontes de estrelas pulsando do chão; bodisatva relatando os detalhes de suas incontáveis encarnações; orações em mil línguas e orações em peles de tigre e símbolos inefáveis; galáxias inteiras fenecendo e morrendo à nossa volta nas paredes transparentes.

Só quando voltei para minha casa, como uma presença silenciosa nas muitas cozinhas na Terra, levado de volta para baixo na cauda de uma nuvem apressada, foi que pensei nas consequências do que tinha dito.

Eu não era ingênuo para achar que os boatos não chegariam ao Imperador de Jade, pois, assim como na Terra, os cidadãos dos céus só amam uma coisa mais do que fofocar: dedurar os outros. Ainda assim, por algum tempo apenas imaginei como ele reagiria à minha indiscrição. Eu tinha ouvido histórias de pessoas reencarnadas como mosquitos por erros menores. E se você pensa que estar morto limita o medo ou o número de punições que lhe podem ser infligidas, então você não tem nenhuma imaginação.

2
1942
O Ano do Cavalo

Do ponto onde a peruca branca (feita de cabelo humano, claro, e re-cém-empoada com talco perfumado de alfazema) se fixava ao seu couro cabeludo, filetes de suor escorriam para se acumular nas bochechas avermelhadas. Lorde George Macartney enxugava o rosto e se preparava para voltar ao palácio. Era o final do verão de 1793, e ele e sua missão estavam em viagem havia mais de um ano — nove meses torrados pelo sol e pela maresia através de mares revoltos, seguidos por outros quatro meses serpenteando rumo ao norte, ao longo das fronteiras escarpadas daquele país mutável, em direção à capital.

Por aquela viagem diplomática em nome de George III e da Companhia das Índias Orientais, foi oferecido um condado a Macartney, bem como um belo salário. Ele começava a se perguntar se era suficiente. Apesar de ter sido capturado pelos franceses e de ter governado partes da Índia no passado, ele não sabia o que fazer com os estranhos acontecimentos daquela missão. Os tradutores haviam desertado, e assim um jornal da cidade portuária de Tianjin, no Norte, proclamara que os ingleses chegaram trazendo presentes como um elefante do tamanho de um gato, uma ave canora gigante, alimentada a carvão, e um grupo de estudiosos que mal chegavam a meio metro de altura.

Não era bem o caso. Para abrir o comércio entre o glorioso império britânico e a China, Macartney trouxera uma série de presentes mais práticos de George III para o imperador Qianlong. Entre eles havia telescópios, globos representando tanto a Terra quanto todos os confins conhecidos do Universo, uma carruagem com amortecimento de molas e vários barômetros, tudo projetado para demonstrar as proezas científicas daquela nação tecnologicamente tão avançada. Contudo, eles seriam desdenhados como bugigangas e brinquedos, um tributo pequeno e um tanto inútil ao divino governante do único reino celestial da Terra. Passeando por vários portos, Macartney se surpreendera com a estranheza do país: mulheres de cabelos negros avançando agilmente pelas ruas, como se não estivessem tolhidas pelas amarrações nos pés de que ele tinha ouvido falar; marinheiros ladrando e cantando num idioma de pássaro que só seu pajem de doze anos era capaz de decifrar; as cores elaboradamente tramadas nos vestidos, contrastando com o preto uniforme da angulosa arquitetura; e, para onde ele se voltava, crianças nuas correndo, gritando, brigando, brincando, defecando e serpenteando entre as pernas de toda a gente.

Como representante do império mais poderoso do mundo, Macartney esperara ser recebido com muita pompa. Em vez disso, eunucos passaram dias tentando convencer a comitiva de que todos teriam de se prostrar diante do idoso imperador. Macartney voltaria à Coroa inglesa sem atingir nenhuma de suas metas estipuladas. Não haveria embaixada britânica na China, nenhum porto aberto aos navios ingleses, nenhum acordo comercial. O imperador celeste concluiria que aquele povo não tinha nada a oferecer aos já avançados chineses e destinaria seus presentes nada práticos, intactos, a um galpão vazio. Sim, eu também estava lá, entreouvindo como sempre. E, sim, meu poder de ler mentes se estende aos estrangeiros — talvez, como eu, você se surpreenda ao descobrir que eles também têm alma.

Meu ponto é o seguinte: a história nem sempre acontece como se espera. Na verdade, às vezes me parece que ela sai de seu caminho, como uma vespa ardilosa, para picá-lo assim que você se distrai. Se a história pode tomar algo de você, ela assim o fará. Esse se tornaria o lema de Hou Jinyi, constantemente repetido para sua família nos anos seguintes — ao menos até que a história chegasse para roubar também sua memória.

∽ ⌣

Hou Jinyi tinha apenas uma única e obscura lembrança de seus pais. Ele os via como se através de uma garrafa vazia, suas feições exageradas e indistintas a um só tempo, e, com o passar dos anos, rostos cada vez mais entremeados e remendados com centelhas de sonhos. Ele ainda era muito pequeno para compreender a gravidade da doença dos suores que matou os dois com poucas semanas de diferença um do outro e o mandou ainda aprendendo a andar para a fazenda do tio, onde passaria os dez anos cruéis que agora tentava deixar para trás. Assim, ele conhecia seus pais apenas pelo que entreouvira de outras pessoas. Antes da pena, era assim que todas as histórias viajavam, de bocas ardentes a orelhas queimando.

Como Macartney, Jinyi também esperara entre duas possibilidades. Ele saiu de casa aos quinze anos, quando a década de 1930 dava seus últimos espasmos. E, naquele dia fatídico, ele se prostrara na beira da estrada, sentado sobre um saco velho em que espremera outro par de calças, uma camisa usada e suja, que um dia talvez tenha sido quase branca, e uma faca de cozinha pequena e gasta. Estava descalço e sem camisa; nas costas viam-se hematomas como as folhas escuras do outono boiando na superfície de um riacho lento. Nos dois dias anteriores, ele seguira trilhas que contornavam os limites dos longos campos de cereais, oleaginosas e chá, finalmente retornando a algo semelhante a uma estrada.

Algumas horas se passaram desde que ele se sentara para descansar, embora já não soubesse dizer quantas. Ouviu o cascalho crepitando com vivacidade em algum lugar atrás de si, e levantou a cabeça. Uma mula desgrenhada puxava uma carroça bamba, onde um homem enrugado estava meio sentado, meio agachado. Era difícil saber quem estava mais acabado, a mula ou o dono — uma nuvem de moscas pairava em volta dos dois. Eles se moviam tão devagar que Jinyi conseguiu subir na carroça sem que ela parasse. Instalou-se de costas para o condutor de meia-idade. A pele torrada do homem velho parecia uma capa de couro gasto, e sua respiração pesada ondeava seu corpo no ritmo dos passos teimosos da mula.

Jinyi não se preocupou em lhe dizer seu nome, e o homem de meia-idade também não perguntou. Eles estavam a um dia de caminhada de Baoding, a cidade mais próxima. E se o homem não perguntava nada ao novo passageiro, provavelmente era porque ele não se surpreendia ao ver pessoas vagando, perdidas entre vidas. Depois de passar uma hora sentado de costas para o velho em silêncio, foi Hou Jinyi quem falou primeiro, admirando o sol que rolava pelas encostas distantes, mais lento que a mula bamba.

— Para onde você vai?

— Não muito longe. Tenho poucas paradas a fazer. Mas não vou chegar antes de escurecer.

— O que você faz?

O homem riu — uma risada igual ao latido de um cachorro grande, seguida de uma tosse áspera. Ele se virou para dar uma boa olhada no rapaz.

— O que *você* faz?

Hou Jinyi não respondeu. Eles ficaram novamente em silêncio. A carroça balançava através de riachos de ardósia ocre e calcário, e apenas ocasionalmente passava por camponeses cujo sexo era indiscernível sob seus chapéus e cestos de vime lotados. A cada minuto, o condutor puxava catarro das profundezas da garganta e cuspia.

— Não sou um fugitivo.

— Certo.

— E não sou criado de ninguém.

O condutor deu de ombros. Jinyi não mencionou o fato de que havia deixado a casa dos tios havia doze *li*, mais ou menos seiscentos quilômetros. Por que deveria? Ele não planejava voltar. Jamais. Eles me esquecerão em breve, disse Jinyi a si mesmo, e daí podem descontar a raiva nos vira-latas em vez de descontar em mim. Ele pensou nos três cães que dormiam do lado de fora e em como latiam à noite, uivando para os fantasmas da chaminé, enquanto o vento entrecortado arrastava suas correntes do outono até a primavera. Ele roeu as unhas, uma por uma, cada vez mais próximo do sabugo sujo.

— Você não vai chegar muito longe.

— Vá se ferrar. — E voltou a roer as unhas. Em seguida: — Por quê?

— Vou lhe dizer por quê. Você é baixo e magro e parece prestes a dar no pé a qualquer minuto. Você é muito parecido com as pessoas da cidade.

— Vá se ferrar.

Eu não sou nada como as pessoas da cidade, ele disse a si mesmo; porém, sem jamais ter visto uma cidade grande, ele não tinha certeza, e ficou perturbado pelas declarações do condutor. Nem sequer tinha visto uma escola na vida: o mais longe que já tinha viajado antes da fuga era o mercado no vale próximo. Ele queria ir para onde as garças voavam a cada ano.

— Não lembro um só dia que não tenha trabalhado. Não sou um imprestável. Não sou como as pessoas da cidade.

Em sua cabeça, as cidades eram fantásticas e impossíveis; opulentas e, no entanto, indolentes. Eram lugares onde homens ociosos disputavam jogos de majongue derrubando blocos de bronze e jade, apostando casas, mulheres, escravos, filhas, fortunas, montanhas, rios e exércitos em cada rodada. Onde pássaros nas árvores frondosas sussurravam para você os segredos da loteria local; onde bastava se virar para palácios crescerem do chão como ervas daninhas, e tesouros de homens mortos podiam ser encontrados sob qualquer tábua de assoalho; onde os ricos dormiam até meio-dia e onde até seus *chefs* de cozinha, mensageiros e cachorrinhos usavam diamantes no lugar dos dentes. Para criar essas cidades imaginárias, Jinyi reunia pedaços de contos de fadas e evocava o oposto de tudo que ele odiava em sua própria vida no campo: acordar de madrugada para cortar lenha e moer farinha para a tia cozinhar, alimentar o trio de cães sarnentos, cuidar da pequena plantação com as mãos geladas ou queimadas todas as tardes até o sol se pôr, e, acima de tudo, ser esmurrado ou espancado com o cabo de uma enxada pela palavra fora do lugar, bem como pela palavra não dita.

Enquanto avançavam, Jinyi fechou os olhos e desenhou um futuro no interior de suas pálpebras. Por meses, ele passara noites acordado, criando coragem para fugir, tentando decidir para onde iria. Em seguida, numa tarde, um vizinho lhe contara sobre as fileiras de trabalhadores queimados de sol que colocavam trilhos de trem diretamente no terreno de algum proprietário. Desde que fugira de casa dois dias antes, enquanto o tio, a tia e o primo arrogante dormiam, Jinyi tinha um único destino. Ele iria para uma estação. E, a partir dela, o mundo se abriria como uma concha presa entre seus dedos. Ele imaginara motores roncando como o barulho dos tambores que anunciavam o circo. Ele visualizara dragões metálicos com asas esmagadas, condenados a rastejar entre províncias; comboios que uivavam numa língua que podia levar os ouvintes às lágrimas, seus corpos sinuosos reluzindo em prata. Mesmo ali, meio adormecido atrás do condutor, ele imaginava os arrozais infinitos cortados por locomotivas bufantes.

A ideia de ter trens num país de campos e montanhas já havia provocado reações desesperadas. Em 1876, a primeira estrada de ferro da China foi construída por empresários estrangeiros que compraram centenas de lotes familiares e conectaram, em torno de sepulturas estabelecidas segundo os princípios do *feng shui*, conectaram os quinze quilômetros entre Xangai e Wusong. No início, os moradores se aglomeravam para os passeios gratuitos, impressionados e fascinados pelo que era, para os motores britânicos importados, uma viagem ridiculamente curta. No entanto, o governo Qing não ficou impressionado. Depois que um soldado cometeu suicídio se deixando atingir por um trem, a empresa de transporte ferroviário se deparou com dificuldades em relação à burocracia oficial. No fim, o governo negociou a compra da ferrovia dos empresários por um preço alto. Nesse meio-tempo, os trens continuaram a circular, ganhando popularidade enquanto o governo fazia os pagamentos. No dia seguinte à última transação que concluía a compra, o governo desmontou os trilhos, centímetro a centímetro, e os abandonou, acumulando ferrugem. Mas eles não levaram em conta que as invenções vivem independentes de nós, impondo seu próprio futuro a partir das profundezas das ideias.

Após o êxodo da corrida do ouro, foram as ferrovias que também consolidaram muitas viagens só de ida para o outro lado do Atlântico. Em 1865, e dois anos após montar os trilhos para a via transcontinental que serpenteava para leste de Sacramento, a Central Pacific Railroad Company precisava com urgência de mão de obra para completar a união das ferrovias por um terreno que passava rapidamente do nível do mar a uma altitude de 2 mil metros. Eles se voltaram para a massa de imigrantes chineses nas cercanias da Califórnia. Apesar de uma greve abortada, do fato de os chineses chicoteados e trabalharem por mais tempo que os funcionários brancos e do número elevado de vítimas dos invernos rigorosos e das condições ainda piores nos túneis perfurados, os últimos quinze quilômetros necessários para unir o Leste ao Oeste foram instalados num único dia, 28 de abril de 1869, num esforço conjunto de chineses e irlandeses. Fronteiras imaginárias eram constantemente redesenhadas — a despeito do cartógrafo — com suor, com palavras e, talvez não seja preciso mencionar, com dólares.

Os labirintos em miniatura que floresciam à sombra das grandes cidades da América, as onipresentes *chinatowns*, não eram simples cópias transpostas de um continente estranho, mas quimeras capazes de mudar de forma a qualquer segundo — as ruas se transformariam sob seus pés e se tornariam outros lugares se você caminhasse nelas por muito tempo. Não são apenas as cidades reduzidas, mas as ideias e fantasias são reproduzidas, diariamente, até que não se saiba qual era a original e qual era o simulacro. O fato é que, se havia um original, ele acabava irremediavelmente sepultado sob as sucessivas alterações de um palimpsesto cada vez mais espesso. E, nesse mercado de pulgas da história, as cidades aprendem a exibir as feridas como prêmios, sabendo que é dessa maneira que sobrevivem, como as pererecas nas copas da floresta tropical, cuja coloração, ao invés de camuflá-las, alerta o mundo do que pode estar ali por trás.

∽ ∾

Pois bem, sei o que você está pensando. Por que diabos estou seguindo esse fugitivo encardido de onde Judas perdeu as botas? Bem, é muito simples.

Deixe-me dizer o que aprendi sobre Hou Jinyi naqueles primeiros dias. Seu corpo era como um saco de gravetos que ele passava a maior parte do tempo tentando controlar. Nunca sabia o que fazer com as mãos e aprendeu desde a mais tenra idade que falar sobre seus sentimentos só tornava os homens fracos. Era também movido pelo desejo de encontrar um lugar onde finalmente se sentisse em casa, e pela sorrateira suspeita de que nunca o encontraria.

Uma outra coisa: havia uma inquietação em seu peito comum a todos os órfãos, um medo profundamente arraigado de que, se um dia se permitisse amar algo, isso lhe seria tirado. Talvez esse medo não fosse assim tão tolo quanto podia parecer.

∽ ∾

Eu não conto histórias apenas — sou também parte delas. Olhe em torno e talvez descubra que o mesmo pode ser dito de você, e não importa se é imortal ou não. E, por isso, gosto de pensar que, de alguma forma, tive influência na decisão de Jinyi de arrumar um emprego numa pequena cozinha.

— Você vai queimar a droga da mão inteira se não parar de sonhar acordado, camarada. E eu não vou colocar o meu na reta por você outra vez. Você está fazendo isso há semanas. Olhe bem para mim.

— Tudo bem, eu sei o que estou fazendo, tome conta do seu serviço. Você sabe que a sua comida sempre fica cozida demais. Ninguém vai querer esse açúcar amargo queimado que gruda nos dentes e deixa um gosto na boca por vários dias — replicou Hou Jinyi, zombando do colega para esconder que se distraíra outra vez. Ele se inclinou mais para perto da caldeira.

— Que diabos! — continuou o rapaz mais velho, como se Jinyi não tivesse falado nada. — Não faço ideia de com o que você está sonhando, mas se tivesse saído com a gente ontem à noite para os Jardins Celestiais, teria algo para se lembrar. Elas nos trataram como cavalheiros, sabe? Não são como as velhas dos fundos da barbearia da esquina. Valeram cada *jiao* extra.

Hou Jinyi ergueu a sobrancelha e encarou o amigo pela primeira vez durante a conversa, depois riu.

— O pagamento de uma semana, apenas por uma garota? Você não vai me convencer de que ela valia tanto assim, não importa quem seja.

— Valeu cada centavo extra — repetiu Dongming, e sorriu para si mesmo enquanto mexia a caldeira de açúcar fervente. — Você vai entender um dia.

Embora fizesse pouco tempo desde seu aniversário de dezenove anos, naquela primavera quente de 1942, Dongming tentava assumir o ar de professor experiente para Jinyi, que era somente alguns anos mais jovem mas tinha quase trinta centímetros a menos. Apesar da monotonia de aquecer açúcar, mexê-lo e despejá-lo das panelas o dia todo, Dongming dava a impressão de jamais ficar parado, com seu corpo animado por sacolejos e contrações musculares, mesmo nas raras ocasiões em que ele não estava falando. Por seu lado, Jinyi se esforçava para manter um ritmo lento de movimentos cuidadosos. Movimentos que se estendiam até seu rosto, onde os lábios ocasionalmente tremiam como se formulassem ideias que ainda não estavam prontas para serem ditas em voz alta. Apesar das piadas, Dongming era educado demais para apontar essas coisas.

Nas ruas mais largas dessa pequena cidade no norte de Hebei, crianças se reuniam com os avós. Eles se juntavam em torno de uma figura sentada que pingava filetes de açúcar caramelizado sobre uma superfície fria, para produzir imagens dos animais do zodíaco chinês. Palitos eram inseridos naquelas imagens de açúcar pegajosas em forma de animais para que as pessoas pudessem comê-las.

O trabalho feito por Dongming e Jinyi não tinha nada dessa arte. No calor da sala de pedras onde derretiam o açúcar antes de adicionar água e temperos, eles ficavam quase nus, com apenas as calças enroladas até o joelho. O vapor que subia do açúcar deixava seus cabelos grossos. Um terceiro trabalhador ia e vinha, com queimaduras horríveis provocadas pelas borbulhas do caramelo no fogo. Passavam os dias mexendo, misturando e derramando o caramelo em formas metálicas, que levavam para esfriar no pátio, à espera da inspeção do chefe de cara pastosa a quem só tinham visto sóbrio uma vez. Em geral, ele ficava na casa ao lado, fazendo contas e discutindo filosofia com uma coleção de aves em gaiolas que, meneando as cabeças e agitando vigorosamente as asas, fingiam interesse em suas divagações.

Cada lote de balas era vendido por mais do que Dongming e Jinyi ganhavam juntos por dia. Eles trabalhavam, como todos os outros que conheciam, desde a aurora até o último resquício de luz que fugia do céu, de seis a sete dias por semana.

Depois do trabalho, Jinyi seguia Dongming até em casa, não porque não tivesse outro lugar para ir (ainda que, na verdade, fosse o caso), mas porque a tagarelice do rapaz mais velho o distraía de seus próprios pensamentos. Enquanto seus pés descalços se batiam contra as ruas empoeiradas, Dongming seguia num monólogo aleatório que só se interrompia quando os dois viam soldados ou caminhões japoneses.

— A cada ano há mais deles. Canalhas perversos. Você ouviu o que aconteceu com o pequeno Ying, não? Uma crueldade. Acho que deve haver uma fábrica em algum lugar produzindo esses japas, porque eles não podem vir todos daquelas ilhas apertadas, podem? — Dongming olhou em torno para se certificar de que não estavam perto de um posto de controle nem sendo seguidos. — Quer saber, eu iria com meu ir-

49

mão agora mesmo e me juntaria aos nacionalistas, se achasse que isso mudaria as coisas. Mas não vai mudar, não enquanto os comunistas nos apunhalarem pelas costas. Você sabe que todo mundo diz que eles se reuniram e foram para algum lugar a fim de se reorganizar, certo? Eu não acredito, se quer saber minha opinião. Provavelmente eles apenas desistiram. Já era tempo. Eles que desapareçam. Não precisamos de um bando de covardes seguindo a Rússia como cães babões.

— Ora, vamos, Dongming. Você não pode saber. Você nunca saiu daqui. É diferente lá fora — interrompeu Jinyi. Dongming o encarou, nem ofendido nem chocado, mas com o sorriso que sempre dava enquanto formulava uma resposta adequada. — O que eu quero dizer é: não deveríamos estar do mesmo lado? Somos todos chineses. Isso é tudo o que temos. — Jinyi roeu as unhas e olhou para os pés enquanto caminhavam ao longo da estrada estreita.

— Bem, você tem razão, mas o que isso significa, Hou Jinyi? Significa que vamos conseguir mansões e banquetes todos os dias como os chefes militares de Pequim ou os comerciantes lá do Sul? Sem chance. É uma ilusão. Uma ilusão podre que está roubando a razão das pessoas, justamente quando deveríamos nos fortalecer. É claro que todos nós deveríamos lutar contra os japoneses, mas como nossos exércitos poderiam se unir quando um homem não consegue sequer confiar em seu companheiro de caserna? Como vamos ficar mais fortes e lutar contra os japoneses se acabamos partilhando tudo o que temos com os idiotas dos campos, criados como animais? Explique para mim!

A guerra civil vinha trovejando desde que ambos eram bebês, quando o líder e a personalidade que estruturava a jovem república, Sun Yat--Sen, morreu em 1925. A breve aliança entre o Kuomintang e o PCC rapidamente desmoronou em expurgos e guerrilha. Foi preciso a ação desesperada de um general rebelde nos idos 1936 para compor uma frente contra os japoneses, que começavam a se espalhar além do estado-fantoche da Manchúria. O general sequestrou o presidente do Kuomintang, Chiang Kai-shek, para forçá-lo a se juntar aos comunistas na resistência aos japoneses. Por essa ação patriótica, o general Zhang Xueliang foi detido e encarcerado pelo Kuomintang durante os quarenta anos seguintes.

Jinyi não respondeu, e Dongming voltou a seu tema favorito, o futuro. Mas o colega não estava mais prestando atenção. Jinyi estava de volta à casa de onde fugira — ao carvão sufocando seus poros e às críticas de sua tia aos legumes raquíticos que ele cultivara num canto do quintal. Voltava ao lugar onde o tio olhava feio para ele sempre que o ronco de seu estômago não podia mais ser silenciado, onde a umidade penetrava em seus ossos, onde o vento assobiava melodias demoníacas. Onde, à noite, na cabana em ruínas do vale deserto, os quatro dormiam o sono dos mortos trêmulos, arrependidos. Onde cada dia começava com dor de cabeça, músculos exaustos e o suor grudado na roupa. Como podia ser que os anos desde sua partida tivessem se passado da mesma forma que os outros — jogados de lado com o movimento experiente de mãos ocupadas?

Logo chegaram à casa de um andar só, com as paredes de tijolos espremidas numa viela larga o suficiente apenas para uma bicicleta. De ambos os lados, o bate-boca dos vizinhos podia ser ouvido. A casa era composta de dois quartos contíguos que davam para um pequeno pátio onde todas as famílias da rua partilhavam uma fogueira para ferver água e cozinhar. Quando atravessavam o pátio, Jinyi viu uma moça lavando, num balde de madeira, seus cabelos negros como corvos, que chegavam à altura dos joelhos. Mesmo já acostumada às visitas de Jinyi, a família ainda assim varrera a casa e juntara alguns legumes ressecados para não causar má impressão.

Eles comeram numa confusão de ruídos, com os irmãos mais novos se atropelando para catar comida nos pratos cada vez mais vazios, as irmãs tentando disfarçar a magreza com algo que falsamente concebiam como graça, uma avó asmática mastigando e chiando como um lagarto gigante, duas tias solteiras e o patriarca cada vez mais distante, à medida que a garrafa empoeirada de licor se aproximava do fim. Foi apenas na conversa sobre o irmão desaparecido que começaram a levantar a voz.

— Ele deve estar num aperto agora, dormindo de olho aberto, com os japas seguindo para o Sul...

— Não... No fundo, os japoneses são covardes, todo mundo sabe disso. Ele tem que ficar preocupado é por lutar ao lado dos comunas. Ele vai ter que se cuidar...

— Ele estará de volta até o Festival da Primavera, vocês vão ver.

— Você está louco. Há muito trabalho a ser feito antes que alguém possa fazer as malas e soltar fogos.

— *Eu* não entendo o porquê desse alarido. Estávamos bem antes, ficaremos bem agora. Já vimos tempos mais sombrios que estes. Um menino daquela idade, ele devia estar pensando em casamento. Nada vai mudar por...

— Como consegue dizer isso? Os japoneses estão conquistando nosso país, enquanto o resto do mundo finge não ver. São pessoas como você que...

— Quietos. Todos vocês comam e agradeçam aos mortos por terem uma família, um irmão leal e uma cama quente.

O Kuomintang era apenas um dos refúgios das parcas esperanças da família; Jinyi estava feliz por ser ignorado e porque, ao menos desta vez, não pediram a sua opinião. Não que ele discordasse do que estavam falando, mas ainda se via como um coadjuvante sem lugar naquela cena estranha e pouco convincente. Seu mundo começava e terminava com vislumbres de garotas, restos de comida e fantasias sobre um bolso cheio de moedas. Mais tarde, deitado em cima de uma pele de animal sobre a pedra fria, na sala abafada e compartilhada entre todos os homens da família, Jinyi contou os dias desde que saiu de casa, comparando-os com os que ainda estavam por vir. Em meio a essa melancólica matemática, ele adormeceu.

∾ ⌢

Naquela noite, mais tropas entraram na cidade. O rastejar lento mas constante de veículos e as botas pretas de passos rápidos continuavam a avançar rumo ao sul, atropelando cidade após cidade. Era um exército sem rosto, deslizando sobre mapas como a sombra agourenta de uma nuvem baixa. A cada mês, se multiplicavam. Como um enxame, chegaram da Manchúria, ao norte, e todos os dias novos editos sobre territórios ocupados eram emitidos da capital, que fora estabelecida em Nanquim (depois de um massacre para acabar com todos os massacres, assim diziam os rumores). Até os mortos eram enterrados rapidamente, fora da cidade, pontilhando os morros próximos com pequenos montículos. Se alguém sugerisse aos esfomeados, aos exaustos, aos executados, aos aleijados, aos que tossiam sangue, aos excluídos, às crianças de pernas curtas, barrigas inchadas e olhos esbugalhados, aos espancados, aos magros como papel e aos sedentos que, quando seus filhos fossem adultos, o país seria tão populoso que o governo imporia a cremação em vez dos enterros — temendo que logo não houvesse mais espaço para abrigar a crescente população de mortos —, era de se esperar que isso fosse motivo de risos, ou, mais provável, de pena.

Jinyi estava acostumado aos uniformes de combate e serviço em cada esquina e às palavras curtas e bruscas de um idioma desconhecido preenchendo o ar ao seu redor. As escolas se esvaziaram para dar lugar a quartéis, e assim as crianças agora corriam pelas vielas estreitas entre as tropas que passavam. Os restaurantes estavam fechados e vazios, exceto aqueles em que soldados invasores exigiam refeições por conta da casa. Os poucos chineses que ainda vagavam pelas ruas principais caminhavam rapidamente — mas não rápido demais — e com a cabeça baixa.

Em apenas um mês, a fábrica de doces fechou — os japoneses impuseram restrições mais rígidas sobre o racionamento de açúcar. Dongming não disse nada quando foram demitidos pelo patrão bêbado de olhos vermelhos, permaneceu em silêncio quando ele e Jinyi foram se sentar à margem do rio, sem saber ao certo onde procurar outro emprego.

— Deve haver cantos desse país onde ninguém sabe nada de história, do presente, da guerra, do Japão. Onde não chega nenhum jornal, mensageiro ou tropa. Tem que haver... — ponderava Jinyi.

— Se houvesse um lugar assim — indagou Dongming —, você iria para lá?

Jinyi pegou uma pedra e a lançou o mais longe que pôde na correnteza do rio. Eles a viram afundar, e nenhum dos dois se interessou em pegar outra.

— Não. Mas o que quero dizer é: onde estão os lugares de todas as histórias? Você sabe, os lugares sobre os quais nossos ancestrais sempre falavam, onde os monges destroem edifícios inteiros com um dedo, onde cobras e peixes se transformam em belas mulheres, onde os deuses de rosto escuro descem à Terra e se envolvem com todas as dificuldades da vida, ou onde panelas da sorte duplicam tudo o que se coloca nelas? Onde estão esses lugares? Qualquer lugar tem que ser melhor do que aqui, agora.

— É muito fácil falar isso — respondeu Dongming. — Mas você ainda não me disse de onde veio. Você viu a nossa casa: meu avô ajudou a construí-la quando meu pai era criança e os fundos eram repletos de campos.

— Você tem sorte. Ninguém aqui vai a nenhum lugar aonde não tenha que ir. — Jinyi pegou outra pedra e a rolou entre os dedos, estudando o modo como sua superfície cintilava com os feixes de luz que atravessavam as nuvens.

— Então eu estava certo: você está fugindo. Dizer que não se tem uma história e fazer com que isso seja verdade não é tão simples assim, não é? Eu nasci aqui. E se nascer de novo, vou nascer de novo na mesma casa, perto da mesma mesa torta e do mesmo fogo, em meio ao mesmo fedor de carvão, suor e peles mofadas. A vida é assim. Você está louco se acha que vai ser diferente em qualquer outro lugar.

— Como você pode saber se nunca saiu daqui? — perguntou Jinyi.

— A próxima cidade será igual a esta aqui, talvez pior. Você acha que todas as pessoas que buscam trabalho encontram? Elas procuram em toda parte, sabia? Não há trabalho em lugar algum, e isso não vai mudar com toda essa luta. Se quer saber minha opinião, a única opção é simplesmente seguir em frente. Isso ou entrar na guerra. Ah, Jinyi, pare de pensar em si mesmo. Você acha que a vida é difícil? Você não sabe de merda nenhuma. Corpos esfomeados e execuções no pátio da escola, isso é apenas o começo. Você não ouviu falar sobre o que acontece com as pessoas no Norte? Não se pode fugir para sempre, sabia? — disse Dongming.

— Eu não estou fugindo.

O rapaz mais velho bufou com desdém. Mas logo se conteve e se voltou para o amigo.

— O que você acha que vai encontrar? O que você quer? Não, espere. Na verdade, eu não quero saber. Todos esses sonhos... Não sei se isso está certo, se entregar a todas essas fantasias.

— E o que resta? — perguntou Jinyi.

Dongming sorriu, depois cuspiu.

— Levantar a cabeça e viver.

Jinyi deu de ombros, ainda com a pedra entre os dedos. Ele passou o polegar sobre suas arestas e depois tornou a colocá-la no chão.

— Olha, vamos comer alguma coisa — disse Dongming. — E ainda tenho uns trocados para nos embebedarmos, o suficiente para ao menos acreditarmos que estamos em outra cidade. Não que você precise de muito para chegar a esse ponto, mas alguém tem que ensiná-lo a beber antes que você fuja para outro lugar. Vamos.

Córregos de lama se acumulavam entre as pedras tortas do calçamento, e assim os dois rapazes entraram no primeiro restaurante sujo que encontraram. Não havia cardápio, eles comeram o que foi servido e pagaram com as últimas moedas desenterradas de seus bolsos. O licor era azedo e fedia a cereais apodrecidos (só os japoneses tinham permissão de comer arroz agora), mas eles beberam apesar disso, sentados com o proprietário, um homem de nariz de batata que era também o cozinheiro, garçom e quem lavava os pratos num balde de lata, tudo ao mesmo tempo. Os três beberam em silêncio.

A chuva começou a cair, mil aranhas escorregando por fios translúcidos. Nenhum deles bebeu o suficiente para reiniciar a conversa. Em vez disso, assistiam da janela enquanto uma jovem caminhava vacilante pela rua, cada passo acompanhado pela mão esticada como para se firmar contra um muro imaginário, ou pela outra, que tirava do rosto os cabelos molhados colados à testa. Seu olho esquerdo estava escuro e inchado, e um corte fino repuxava seu lábio superior. Reconhecendo-a do Jardim Celeste, Dongming virou o rosto e serviu mais um drinque em cada um dos três copos lascados.

— Se quer minha opinião, só há uma saída — disse Dongming. Ele esperou, e depois olhou para Jinyi, que, desacostumado ao licor, tinha os olhos semicerrados e as sobrancelhas, grossas e escuras, crispadas. Dongming se repetia e sabia disso, inclinando-se para ver se seus pensamentos levariam suas palavras tão longe. — Meu irmão... ele era um canalha estúpido. Preguiçoso também. Toda a casa costumava xingá-lo por nos acordar com seus roncos. Juro que faziam tremer as paredes. Meu pai certa vez jogou uma bacia d'água nele para acabar com aquilo. Ele até acordou, mas só enxugou o rosto com a manga, virou-se de lado e começou a roncar novamente. Meu pai ficava tão irritado com meu irmão que descontava no resto de nós. Mas agora que ele se foi, ninguém se lembra de nada disso.

— E? — disse Jinyi, sem disposição para considerar o fato de que seu tio e sua tia talvez agora sentissem sua falta. Ele sorveu o licor e estremeceu quando sentiu a queimação na garganta.

— E por que eu não sigo o seu exemplo? Ele não é o único que pode fazer alguma coisa. Algo real, quero dizer — balbuciou Dongming.

— Real? E o seu discurso sobre levantar a cabeça e ficar enterrado na merda?

Dongming riu, passando os dedos em volta da borda saliente do copo.

— Aquilo foi para você. Há uma diferença entre sair com um propósito e sair porque você não tem ideia de qual deve ser seu propósito. A maioria das pessoas que vemos passar lá na rua sai pela manhã, e nós sabemos por quê. Elas não têm escolha, mas você tem, e no entanto ainda não disse por que quer ir embora. Você acha realmente que vai encontrar trabalho, alimento e riqueza em outra cidade? Você realmente acha que outra cidade vai ter mais plantações, mais máquinas para o trabalho, mais moedas para serem gastas? Talvez seja assim, mas e se não for?

— Esse "talvez" é o suficiente para mim. É a melhor palavra que temos. Você percebe como ela se pendura em cada frase, como abutres sobre os barracos dos famintos? Talvez. Quem sabe. Há mundos inteiros dentro dessas palavras, você só tem que escancará-los — respondeu Jinyi.

— Não, Jinyi. Elas significam "não, sem a menor chance". Isso é tudo. Elas são só uma forma de manter as aparências. Se pudermos derrotar os japas, ou ao menos escorraçá-los de volta para o Norte, vamos conseguir dar um jeito em tudo isso. Aí não haverá nenhum *talvez*, ou *quem sabe*. Depois todos vão dizer *é assim* ou *com certeza*, ou *sem sombra de dúvida*. Se quer saber minha opinião, ou lutamos ou vemos a cidade sendo levada pela água suja e por armas enferrujadas.

— Você bem que poderia vir comigo. — Jinyi olhava para a mesa enquanto falava, e o rapaz mais velho também desviou os olhos, pois aquilo era o mais longe que o assunto poderia chegar.

— Não posso fugir da minha família. Ou fico aqui e apodreço, ou seguirei o mesmo caminho de meu irmão, onde quer que ele esteja. Nem sei ao certo o que você espera encontrar.

— Quando eu chegar lá, saberei. E aí poderei voltar, e andar com minha cabeça um pouco mais erguida. Os lugares mastigam você e o tornam parte do cenário. Você não é você: é apenas primo, ou tio, ou neto de alguém. Deve existir um lugar onde haja ao menos meio *jin* de oportunidade... é tudo que estou procurando. Um lugar onde você pode escrever sua própria história, em vez de ficar preso a uma teia de memórias.

— Mas esse país é feito de memórias. Mesmo que um homem não saiba ler ou escrever, ele ainda sabe o nome do tataravô do meio-irmão de seu tio, e tudo que ele fez em sua vida infeliz! Você pode vir *comigo*, Jinyi, e virar essas memórias do avesso, como meu irmão.

— Você consegue me ver com uma arma na mão?

A bebida estava quase acabando, e a rua lá fora estava estranhamente tranquila sob a luz do anoitecer, apesar dos soluços do motor de um caminhão militar contornando as muralhas mais externas.

— A gente acaba fazendo parte de uma dessas histórias, não importa o que faça — respondeu Dongming. — Então é melhor escolher uma boa história. Os lugares contam histórias de tudo que podem. Pense na minha família lá sentada, pensando em meu irmão todas as noites. Ou pense no velho Li, você sabe quem é, aquele vendedor magro com o rosto repleto de marcas de nascença que parecem manchas de tinta. Ele passa o tempo todo pensando se a mulher vai voltar um dia, e, toda vez que olha as pessoas nos olhos, ele vê que ninguém esqueceu que ela foi embora. Veja as árvores, o rio, tudo. Eu devo ter ouvido centenas de histórias diferentes sobre as coisas que costumavam acontecer na floresta antes de ela ser destruída, e de como as pessoas juram que o rio mudou seu curso depois que a menina se jogou nele. Ah, qual era o nome dela?

— As histórias são assim. As pessoas distorcem suas lembranças para sentir algum contentamento, ou para disfarçar o horror de tudo à sua volta. Eu não quero ser assim. Foi por isso que saí de casa.

— Então nós dois iremos. — Dongming olhou para o rapaz mais novo como se buscasse encorajamento.

— Você ficou sério de repente. Eu estava esperando para ver como seria isso — comentou Jinyi.

Dongming mostrou um sorriso falso, amarelo de constrangimento.

— Sim, estou falando sério. Se meu irmão inútil pode reescrever sua história, então eu também posso. Pelo menos assim haverá algo para o que voltar.

— Tudo bem. Vamos parar de falar sobre isso e agir.

— Certo. Claro. Nós dois vamos deixar essa cidadezinha de merda.
— Eles ergueram seus copos e viraram o resto do licor áspero.

Nenhum se atreveu a perguntar exatamente para onde o outro planejava ir. Havia falhas e buracos em tudo o que Jinyi dava como certo, e nesse caso, ele sentia, não seria diferente. Quando saíram do bar, algumas horas mais tarde, a noite já estava aninhada nos cantos e esquinas do caminho de casa. O miado inquieto dos gatos contornava as calhas acima deles. Os dois jovens evitaram a dupla de soldados de plantão atravessando pátios desertos. Apoiavam-se um no outro para não tropeçar em bancos quebrados e gaiolas vazias. Quando chegou a hora de se separarem, estavam constrangidos, com o álcool se dissipando em cansaço e desânimo. Enfim, eles se curvaram um para o outro. Ambos repentinamente encabulados, por isso deram meia-volta e andaram até não ouvir mais a batida lenta dos pés do outro contra as pedras enlameadas.

❧ ❧

Antes que o ano acabasse, o ex-chefe de Jinyi e Dongming saltaria da ponte de pedra mais alta para o rio, sem nunca ter aprendido a nadar. No mesmo dia, as aves de plumas brilhantes escaparam de suas gaiolas e viveram em árvores da cidade até o inverno, quando subitamente partiram. Ninguém foi capaz de explicar como elas sempre conseguiam escapar das persistentes tentativas dos japoneses de pegá-las, ou como, depois de passar a vida inteira confinadas num quarto abafado, sobreviveram tão bem à liberdade. As duas coisas seriam por fim atribuídas ao fato de que, ao contrário de todos os pássaros conhecidos dos habitantes da cidade, elas nunca emitiram nem o menor dos sons, nem canto matinal nem um simples piado de advertência.

Os homens da família de Dongming morreriam primeiro, famintos e exaustos, trabalhando por sucata nos canteiros de obras que os soldados confiscaram. A avó asmática e as tias solteiras sobreviveram um pouco mais em suas peles finas como papel. Não restou ninguém para testemunhar como elas misturavam serragem em suas tigelas minguadas de milho depois que o buda sentado da sala fora requisitado pelos soldados e levado para o centro da cidade para ser penhorado.

Dongming seguiria para o Sul, caminhando pelas aldeias que os japoneses haviam ignorado e serpenteando rumo a Chunquim, capital dos nacionalistas desde que eles fugiram de Nanquim no rasto da invasão. Chunquim era então uma cidade dividida ao meio pelas águas rápidas do rio Yangtsé, o mais longo da China, e apertada entre os platôs montanhosos do Tibete a oeste e ao sul e as áreas controladas pelos japoneses a leste. Mesmo setenta anos mais tarde, as extensões de pastos entre as colinas permaneceriam isoladas devido à quantidade de minas colocadas para proteger a última base do exército em retirada.

Talvez Dongming tenha morrido ao cruzar o imenso campo minado, algo que nem os japoneses se atreviam a tentar. Talvez ele tenha se unido às fileiras dos nacionalistas e, tanto após o fim da guerra mundial quanto da civil, tenha fugido com o resto dos oficiais de mais alta patente para Taiwan. Talvez ele tenha trabalhado num dos campos de prisioneiros que ficavam no topo de certas montanhas de Chunquim, coberto pela névoa e responsável pelos prisioneiros comunistas até que fossem executados. Talvez ele tenha sido preso pelos comunistas, quando a República Popular foi criada, e reeducado, enviado para os campos ou fuzilado. O mais provável é que ele jamais tenha conseguido chegar tão longe assim. Contudo, já que Jinyi nunca mais ouviu falar dele, Dongming deve permanecer como um fantasma para nós, do outro lado do conhecimento. Há algumas coisas que nem mesmo eu estou autorizado a dizer.

∽ ∾

Jinyi seguiu o rio estreito que deslizava pelas cadeias de montanhas. Nas partes mais altas, trechos da Grande Muralha já haviam desmoronado, restando alguns dentes cariados projetando-se das gengivas rochosas. Ele decidiu seguir para o Norte, porque para o Sul seria voltar para o tio e a tia, para a escória da família. O Norte era a fronteira, a muralha; onde o passado se derramava no presente. Além disso, seria loucura seguir para o Sul japonês, e, se não havia saída, por que não remar contra a maré, rumo ao olho do furacão, a Manchúria, que se tornava mais e mais próxima a cada dia?

Ocasionalmente, ele vagava próximo aos trilhos do trem que outrora almejara alcançar, mas sempre se afastava, para não ser confundido com um ferroviário desertor. As únicas coisas que pareciam passar por ele eram trens de carga, transportando carvão. Havia dias em que cruzava aldeias onde barracas frágeis serviam bolinhos aguados e chá de flores secas feito com água de chuva, aldeias tão pequenas que as tropas invasoras nem sequer paravam nelas durante as marchas. Faminto, Jinyi comeu até ter vontade de vomitar. Cochilou sob pórticos e nos armazéns ferroviários. Só um pouco mais, continue, logo vai chegar lá, ele dizia a si mesmo.

Ele parou em pequenas cidades, vilas, aldeias. Trabalhou como empregado doméstico, babá para uma família rica, lavrador, faz-tudo em canteiros de obras, aprendiz de carpinteiro. No entanto, em todos os lugares, seus pés começavam a coçar e suas esperanças o empurravam adiante. E ele continuou andando. As estações do ano passavam de samambaia a jasmim, de jasmim a ginkgo. Seus pés descalços criaram bolhas até formar cascos.

Seu aniversário de dezessete anos o alcançou e ainda assim ele continuou avançando rumo ao Norte, buscando aquela parte de si que ainda não sabia nomear, seguindo estradas de terra cujas pedras e o capim alto estavam marcados pelos passos obstinados de mulas cativas. Campos de trigo, campos de cevada, dias inteiros passados com saudade dos pais.

E, enquanto caminhava, Jinyi pensava nas conversas que tinha ouvido no fundo de restaurantes: que os comunistas trariam ao país um novo começo; que arrumar um trabalho já não dependeria de conhecer o tio ou o irmão de alguém ou de lhe entregar um bocado de dinheiro; que não haveria mais estrangeiros sugando o país até o tutano; que o arroz seria repartido igualmente entre todos. O estômago de Jinyi lamentava, gemia. Ele achava difícil acreditar nessas ideias, sabendo, afinal, que, com um pouco de vinho de arroz e a promessa de dias melhores, as pessoas se deixavam levar pelo entusiasmo. Se fosse possível trocar de vida, ele pensava, o mundo inteiro seria uma tempestade elétrica de almas ávidas.

∾ ᔆ

Caminhar é um trabalho árduo. Eu deveria saber, eu me arrastei atrás dele a maior parte do caminho. Por que me dei esse trabalho? Sei como é passar a vida correndo atrás de um sonho fugidio. E já que temos algum tempo nessa longa jornada entre Hebei e a Manchúria, posso aproveitar para dizer como também acabei aqui.

Meu verdadeiro nome é Zao Jun e antes de me tornar o Deus da Cozinha fui um mortal comum, exatamente como você. Suponho que você já esteja familiarizado com meu rosto, meu bigode fino e ondulado e meu longo cavanhaque preto, pois houve um tempo em que toda casa do país tinha uma imagem minha sobre o fogão, e há algumas pessoas hoje em dia que estão retomando esse hábito. Há muitos que desejam me difamar por razões que não consigo entender completamente — se eles invejam os deuses, então não têm mesmo nenhuma ideia do que fazemos —, espalham uma história que me mostra como um velho estúpido e lascivo. Afirmam que abandonei minha esposa depois de me apaixonar por uma bela jovem; que depois fui visitado pela má sorte, perdi a jovem, todo o meu dinheiro e até mesmo a visão; que perambulei esfomeado pela floresta até ser finalmente acolhido e alimentado por uma mulher caridosa, a quem confessei meus pecados; que, ao fazê-lo, chorei lágrimas tão arrependidas que meus olhos foram curados, vendo que a mulher que me tratou tão bem era minha antiga e sempre amorosa esposa. Eles continuam dizendo que fui dominado pela vergonha e que me atirei na fornalha. Entretanto, deixe-me dizer que não há nenhuma verdade nesse relato — seu único propósito parece ser macular minha reputação.

Eu nunca teria abandonado minha mulher por ninguém, pois ela era a mulher mais bonita de nossa aldeia. Eu a amei desde o primeiro momento em que a vi, seguindo o pai até o mercado onde sua família trocava espigas de milho por alguns dos gordos pimentões vermelhos que minha família secava em cima do telhado. Às vezes eu deitava lá em cima, no sol poeirento daquelas longas tardes da infância, entre os pimentões. De lá, podia ver a família dela carregada de sacolas, o pai curvado e suas três filhas, quando tomavam o caminho pela trilha rochosa em direção ao descampado onde todos se reuniam para barganhar a cada mês após a lua nova. Sua longa trança se prolongava até a cintura, um sorriso sempre em seus lábios. Ela tinha cílios longos, e eu corava toda vez que meus olhos encontravam os dela no mercado, apesar de ser cinco anos mais velho e quase um homem-feito.

Ainda assim, meus sentimentos não teriam dado em nada se o pai dela não fosse o pior jogador da província. Ele abandonou as filhas para fugir dos credores, e, graças ao agente de casamentos local, me casei apenas algumas semanas depois.

Quando penso agora nos primeiros dias de nosso casamento — a maneira tímida com que, naquelas primeiras semanas, minha nova esposa sempre olhava para o chão quando falava ou a forma como ela se agarrava ao meu corpo durante a noite como se eu fosse uma balsa num oceano agitado pela tempestade —, nunca sei se devo rir ou chorar. Pois aqueles primeiros dias inocentes não duraram muito.

Nós nos casamos no verão e aquecemos um ao outro durante o longo e amargo inverno que se seguiu. Nossos campos ficaram cobertos de gelo quase até o meio do ano seguinte e, após apenas algumas semanas de sol, tempestades lavaram o solo e arrastaram as sementes que já estavam brotando. Tivemos de catar arbustos e lenha na floresta, mas no inverno seguinte minha mãe morreu pela miséria. E depois de um curto verão, quando os campos foram atacados por nuvens de minúsculos pulgões-verdes, sugando o suco dos pimentões e deixando-os murchos e intragáveis, minha irmã seguiu minha mãe.

Nós passamos a catar restos de comida, caçar camundongos e porcos-espinhos na floresta, fazer sopas com folhas e ervas. Meu irmão ficou tão desesperado que tentou roubar a casa de nosso senhorio no alto da montanha. Ele foi capturado e estripado, e nós fomos expulsos da casa em que nasci.

Por quase um ano, perambulamos pelos vilarejos próximos, cuidando de meu pai, que tinha enlouquecido, como se fosse nosso filho e procurando um primo de segundo grau que ele tinha certeza de que nos ajudaria. Não o encontramos. Em vez disso, depois de trezentos dias bebendo água barrenta das poças e comendo cogumelos e frutas verdes arrancadas dos vinhedos, depois de um aborto e dias incontáveis em que lavamos a sujeira e o suor um do outro na salmoura de nossas próprias lágrimas, chegamos a uma cidade na mesma cadeia de montanhas que dava para nossa antiga casa. Não podíamos ir mais longe.

Um homem que não é um bom filho não pode ser chamado de homem. Ele será para sempre atormentado pelos espíritos de seus antepassados, sua alma estará imersa em vergonha. Meu pai estava frágil e doente; precisava de descanso, calor, cuidado. Eu o deixei num quarto barato, jurando ao proprietário que o pagamento do aluguel estava por vir, e, enquanto ele descansava, minha esposa e eu visitamos todas as lojas, cada fazenda e cada proprietário da cidade, implorando que tivessem piedade de nós e nos ajudassem a encontrar trabalho. Em cada porta encontramos a mesma resposta. Até chegarmos à casa do homem a quem os locais se referiam como O Nobre, o mais rico dono de terras de toda a nossa miserável região.

Sua mansão era vasta e incompreensível. Passamos por pátios que levavam a galerias que se abriam em átrios e jardins, corredores que se espiralavam em pórticos e antecâmaras. Quando o escravo que nos guiava finalmente nos deixou na sala de espera, minha esposa e eu nos postamos diante da figura altiva de um homem barbado e vestido com o tipo de seda cara e colorida que eu só tinha visto nos tecidos estranhos e maleáveis de meus sonhos.

Vendo que estávamos muito nervosos, ele começou a rir.

— Espero que vocês não estejam me confundindo com meu amo. Eu sou Bei, chefe dos criados desta casa. Acredito que vocês vieram oferecer seus serviços a meu ilustre mestre. Por favor, não percam seu tempo. Como vocês podem ver, meu mestre não tem necessidade de mais servos e considera a caridade uma afronta contra os deuses da sorte. No entanto, ele é por natureza um homem generoso e tem uma proposta para vocês. Por favor, sentem-se e desfrutem do chá, pois devem ter viajado por muitos dias.

Fizemos o que ele sugeriu, surpresos e confusos com a extensão do conhecimento do servo sobre nós. Ele desapareceu da sala de espera por alguns instantes, e ficamos estudando as estátuas que enfeitavam o altar junto à parede principal, os deuses de muitos braços que pareciam avaliar nossas chances. O servo voltou carregando uma pequena bolsa, que abriu para revelar cinco moedas de prata. Ele colocou a bolsa em minhas mãos.

— Meu senhor está disposto a lhe pagar isso, com a condição de que deixe esta casa e nunca mais volte.

Eu assenti avidamente, balbuciando palavras de gratidão, e minha esposa e eu nos levantamos para nos curvar ao servo. Ele balançou a cabeça em negativa e estendeu a mão.

— Vocês não entenderam. A oferta é válida somente para você. A mulher deve ficar aqui e ser uma das esposas de meu senhor.

— O quê? — gritei. — Mas ela é minha mulher! Seu amo nunca sequer pôs os olhos nela! Por que ele desejaria nos separar?

O servo sacou outra bolsa de moedas de prata, que acrescentou à primeira.

— Vocês devem tomar uma decisão agora.

Nós dois sabíamos que não tínhamos escolha. O amor pode alimentar, manter uma família segura, evitar a morte? Acabei aprendendo que ele pode fazer todas essas coisas, mas aprendi tarde demais. Antes que eu pudesse abrir a boca para dizer adeus, minha esposa deixou a sala com o servo, sem ousar sequer olhar para mim. Peguei as dez moedas de prata e voltei para meu pai, com o coração marcado por uma cicatriz negra.

Um médico com seus muitos remédios malcheirosos e encantamentos precisos tomou duas das moedas, o proprietário do quarto tomou outra por todos os problemas, e o restante foi gasto em subornos a vários funcionários locais, até conseguirmos um pequeno lote que alugamos de um senhorio ausente e corrupto. Meu pai logo voltou a ser o que era, trabalhando no pequeno campo de sol a sol, e nossa primeira colheita de cenouras foi um sucesso. O dinheiro parecia ter sido bem-gasto. Toda manhã eu acordava naquela casa antes do amanhecer e começava a trabalhar até que a noite sugasse todas as luzes da Terra, com um único objetivo: ganhar dinheiro suficiente para recuperar minha esposa, ou então esperar até que O Nobre morresse e ela ficasse livre para voltar para mim. Eu trabalhava, plantava e lavrava tão duro quanto podia, para impedir minha mente de indagar o que ela estava fazendo naquele momento, em que ela poderia ter se tornado.

Cinco anos se passaram assim, até que certa noite fomos acordados pelo som de gritos e barulho de tambores. Ajudei meu pai a se levantar, saímos correndo de casa e vimos soldados se aproximando da aldeia. Nós éramos pessoas simples e sabíamos muito pouco sobre política, sobre os tratados e guerras entre os Estados. No entanto, tínhamos ouvido o bastante para saber que precisávamos nos esconder. Meu pai e eu corremos até chegar a uma vala imunda perto da floresta, e nos escondemos lá até que o sol apareceu e se pôde ouvir o som do exército marchando a distância. Quando voltamos e vimos que nossa casa, assim como todas as outras na aldeia, tinha sido queimada, meu pai desabou e foi acometido por um mal súbito que, poucos dias depois, levou-o deste mundo.

Mais uma vez eu estava sem teto, sem um centavo e desesperado. Só que agora não tinha nem a força de minha família nem as palavras de minha esposa para manter meu coração aquecido. A invasão-relâmpago mergulhou o estado no caos e na fome, e eu comecei a vagar novamente, em busca de trabalho. Finalmente cheguei a uma cidade grande, onde trabalhei como puxador de riquixá, até que minhas costas começaram a se curvar e deram a impressão de que iam partir ao meio como uma árvore da floresta, e então me tornei um mendigo numa das muitas ruas calçadas. Quando consegui achar um trabalho mais ou menos decente como criado na cozinha de uma grande casa no centro da cidade, eu tinha a idade de minha mãe ao morrer.

Eu partilhava com outros sete homens um quarto do tamanho de um armário no porão, revezando com eles no chão úmido, dependendo de quem tivesse trabalhado por mais tempo sem descanso. Todas as minhas horas de vigília eram gastas na cozinha ou em torno dela, respirando a fumaça das receitas requintadas das quais eu jamais poderia provar, enquanto mastigava um pedaço de pão dormido. Lavava os pratos, arrancava penas, limpava a sujeira dos porcos, trabalhei por um ano inteiro sem ver um membro da família a quem eu servia; mas isso não me incomodava — ver crianças rindo ou mulheres bonitas, quando eu estava no fundo do poço, sem nenhuma esperança para o futuro, só traria à tona a inveja e a raiva que eu mantinha bem enterradas dentro de mim.

A casa era de longe a maior que eu já tinha visto, recém-construída para uma família rica que fugira da invasão. Acontece que, após um ano de serviço, recebi a tarefa de levar uma receita para o chefe da ala leste; já que os outros estavam ocupados com os preparativos de um banquete que ocorreria naquela noite para uma comitiva de funcionários do novo governo. Apesar das instruções simples, logo me vi perdido no labirinto de corredores intermináveis e muitas portas, que levavam todas a outras salas e corredores. Tudo o que eu sabia era que certamente estava longe do lugar onde deveria estar. Senti uma vertigem e entrei em pânico, pensando que ficaria perdido para sempre. Finalmente, parei diante de uma porta qualquer, respirei fundo e bati, torcendo para que alguém tivesse piedade de mim e me mandasse de volta para o meu lugar.

— Sim? Ah, o que deseja? — perguntou uma mulher quando abriu a porta. Ela estava vestida com um robe largo de seda e parecia um fantasma com sua maquiagem branca.

— Sinto muitíssimo incomodá-la, senhora, mas preciso encontrar o caminho de volta para a cozinha. Eu trabalho aqui. Quero dizer, lá. Eu...

— Ah — interrompeu-me com um gesto. — É apenas um servo — disse por cima do ombro, e observei que havia muitas outras mulheres atrás dela, cada uma usando um idêntico robe solto e uma maquiagem igualmente carregada.

— Sinto não poder ajudar. Esta é a ala norte, e somos algumas das esposas do amo. Porém, não as mais populares, creio eu... *essas* vivem na ala oeste! De qualquer maneira, nenhuma de nós jamais teve qualquer motivo para deixar nossos quartos. Temos tudo de que precisamos aqui, veja você, exceto talvez atenção.

— Então, sinto muito incomodá-la, minha senhora. Já vou indo. — Curvei-me e comecei a me afastar quando ouvi outra das mulheres falar.

— Espere! Espere! Zao Jun... é você?

Minha mulher correu para a porta. Ela estava mais rechonchuda agora, o rosto enrugado, as raízes descoloridas dos cabelos traindo sua idade, mas era ela, mais linda do que nunca. Meus olhos se encheram de lágrimas quando fiz menção de ir abraçá-la, mas a primeira mulher colocou o braço atravessado na porta entre nós.

— Nenhum homem é permitido aqui — gritou ela. — Se você for visto, seremos todas mortas. Ande, saia daqui!

Enquanto eu recuava na direção do corredor, minha mulher inclinou a cabeça para fora da porta e sorriu para mim. Em seguida, a porta se fechou. Eu era jovem novamente, mesmo que apenas por um breve momento, e, caminhando pelos corredores tortuosos, comecei a pensar em como poderíamos nos encontrar. Sem perceber, enfim me vi de volta à ala leste. Isso deve ser obra de algum deus, eu dizia a mim mesmo, ou de que outra forma eu poderia ter virado servo do mesmo homem que tomara minha esposa como sua?

No entanto, quanto mais eu pensava, cortando e fatiando num cantinho da cozinha movimentada, mais isso parecia ser o trabalho de um deus para me punir. Quanto mais eu aprendia sobre nosso amo, o homem a quem chamavam O Nobre, mais eu percebia que ele nunca deixaria de bom grado que minha esposa voltasse para mim. Talvez a única razão para esse trabalho ter me sido dado tenha sido o tormento que provocava essa terrível proximidade. Contudo, justamente quando estava prestes a perder as esperanças, recebi uma visita.

Era tarde da noite, mas eu ainda estava na cozinha, ajudando a preparar pratos para o desjejum da manhã seguinte. Minha mulher apareceu à porta e acenou. Dei uma desculpa tola para o *chef* de cozinha e rapidamente me juntei a ela no corredor deserto.

— Tome — sussurrou ela, e enfiou cinco bolinhos em minhas mãos.

— Por quê? — murmurei, examinando os bolinhos com cuidado.

— Eles vão nos ajudar. Leve-os e talvez as coisas possam mudar em breve... Eu não esqueci você.

— Também não pude esquecer você. Eu...

— Eu sei. Mas este não é o momento. Preciso voltar para meu quarto antes que alguém perceba que saí. Nós vamos nos encontrar novamente em breve, tenho certeza.

E com isso ela se foi, deslizando pelo corredor, deixando-me com os cinco bolinhos redondos. Em vez de retornar à cozinha, andei de um lado para outro no corredor e pensei por algum tempo. Talvez houvesse algo de mágico nos bolinhos que poderia me ajudar de alguma forma. Dei uma mordida num deles. Era comum, um pouco velho até. Os outros eram iguais. Então compreendi: eu poderia vendê-los e ganhar um pouco de dinheiro. Com o dinheiro, eu poderia participar de um jogo de dados local e, com sorte, duplicar, triplicar ou até quadruplicar meus ganhos. Pela primeira vez em quase uma década, estava satisfeito comigo mesmo.

Na manhã seguinte, escapei para a rua e vendi os bolinhos. Não foi tão fácil quanto eu imaginara, pois estava competindo com barracas de macarrão e donas de casa vendendo bolinhos quentes e almôndegas no vapor, mas ainda assim terminei ganhando um punhado de moedas. Era menos do que eu esperava, mas o suficiente para alavancar meu plano. Pensei em voltar à cozinha antes que dessem por minha falta, mas a tentação de entrar numa das casas de jogo dos becos era muito forte. Dei uma espiada nas rinhas de grilos, nas bolas de gude e no majongue, até que encontrei uma mesa de dados.

Levei menos de uma hora para perder todo o dinheiro, menos tempo do que levara vendendo os bolinhos. Não consigo lembrar como voltei para a mansão do Nobre. Minha cabeça explodia de raiva e amargura. Eu odiava a mim mesmo e o que tinha feito. Fiquei no meu canto entre panelas e *woks* e tentei parar de chorar. Foi então que ouvi os outros trabalhadores fofocando com o entregador.

— Incrível!

— Não dá para acreditar!

— É verdade, eu juro. Ele estava caminhando, mastigando seu bolinho, quando sentiu algo duro raspando em seus dentes. E já ia começar a xingar quando enfiou o dedo na boca e achou um diamante. Um diamante de verdade! Além desse, logo encontrou mais outros. Num minuto era limpador de ruas, no seguinte, um homem rico!

— Você está brincando!

Fiquei tonto, nauseado. Agora estava claro para mim o que minha esposa tinha feito. Ao longo dos anos ela deve ter guardado todas as pequenezas, joias e outros presentes que O Nobre lhe dera — bem como surrupiado joias das outras concubinas; sem dúvida, quando essa última oportunidade desesperada se apresentou, ela escondeu tudo nos bolinhos que me entregara. Com aquelas riquezas, poderíamos ter comprado uma passagem para longe da região e dos capangas do Nobre; poderíamos ter comprado uma nova vida para nós dois. Eu destruí nossas esperanças. Comecei a vomitar, mas nada mais que bile subiu do nó no meu estômago. Eu não só acabava de nos separar para sempre, mas também coloquei minha mulher em perigo, pois quando o Nobre descobrisse o que ela tinha feito, certamente mandaria matá-la.

Gritei tão alto que todos na cozinha deixaram cair suas facas e panelas para tapar os ouvidos. Em seguida, antes que alguém pudesse me deter, corri e me joguei na fornalha enorme que rugia nos limites da sala. Urrei quando as chamas furiosas começaram a enegrecer minha carne, quando minha pele começou a borbulhar, estourar e se rasgar em pedaços, quando minhas roupas derreteram e colaram em meus ossos. A última lembrança que tenho é de minha língua encolhendo até se tornar um toco carbonizado, e meus olhos estourando, o mundo amargo desaparecendo.

Por um tempo só houve trevas, e sobre o que aconteceu em seguida, há apenas o testemunho de outros. Ao que parece, perturbada com o que eu tinha feito, minha esposa vinha chorar na cozinha e deixar comida para meu espírito inquieto. A cada mês, ela chegava com oferendas e preces, e com o tempo também colocou acima do fogão um quadro cuidadosamente desenhado de nós dois. Nossa história se espalhou pela cidade, depois pela região e pela província, e dentro de cem anos gente de todo o país começou a fazer o mesmo, colocando nossa imagem junto a seus próprios fogões na esperança de que eu os ajudasse a evitar a má sorte que assolara minha vida.

Foi assim que acordei certa manhã aqui em cima para me descobrir transformado num deus. Meu corpo celeste é semelhante ao meu velho corpo terrestre em tudo, embora as queimaduras e cicatrizes tenham desaparecido. Eu tenho tudo que poderia querer — grandes banquetes, uma casa própria maravilhosa, comida de todas as cozinhas da Terra e a capacidade de ir a qualquer lugar, observar qualquer um. Contudo, vocês que presumem que tanto eu quanto minha esposa somos deuses, retratados juntos em todas as cozinhas, estão muito enganados. Minha esposa é um exemplo de piedade e amor, e é verdade que imaginar um de nós sem o outro seria como tentar imaginar a cara de uma moeda que não tem a coroa. No entanto, há mais de 2 mil anos ela está morta e vive num lugar em que, devido a meus deveres divinos, ainda não pude entrar. Talvez no fim dos tempos, se é que existe tal coisa, iremos nos reunir. Talvez quando os deuses estiverem completamente esquecidos, nós também morreremos, e eu vou encontrá-la no submundo. Ou talvez um fim não seja possível, e o máximo que eu possa esperar seja reviver, quando esse ciclo celeste se aproximar do fim e o tempo começar novamente, aqueles primeiros dias do meu casamento, mesmo que isso também signifique reviver todos os meus erros posteriores.

Minha história pode explicar por que o Imperador de Jade fez essa aposta comigo — ele sabe muito bem que gasto muito do meu tempo buscando histórias semelhantes à minha, encontrando outros corações amorosos, mesmo que só para extrair um pouco de conforto das ligeiras semelhanças, do menor dos detalhes secretos que ligam todos nós. É por isso que escolhi Hou Jinyi e Bian Yuying. Como a minha, a história de amor deles foi arrastada pelo turbilhão da história.

∽ ⌣

Jinyi ainda não a havia encontrado. Por isso continuou a caminhar.

Certa tarde, justamente quando Jinyi começava a pensar que já não sabia dizer onde suas bolhas terminavam e o seu pé começava, ele avistou uma fileira de casebres que pareciam prestes a desabar e que eram mantidos de pé com montes de terra endurecida pelo sol, cada um inclinado um pouco na direção do seguinte. Era o início de uma cidade.

Em algumas semanas, ele conseguiu um emprego como ajudante de um velho. Zu Fu estava quase cego e raramente saía da pequena loja, que era úmida e suja, com cabelos e água derramada pelo chão de pedra. Na loja havia três bancos e um espelho solitário pendurado na parede por um pedaço de barbante. Jinyi varria o chão, lavava cabelos e aprendia o ofício observando as mãos firmes do mestre. Em troca, era autorizado a dormir no chão de madeira de um dos cômodos dos fundos, do lado de fora do próprio quarto apertado de Zu Fu, e a partilhar os pequenos bocados adquiridos com os parcos lucros de cada semana. Ele não se atrevia a pedir mais que isso, e tomava o cuidado de estudar os movimentos da navalha e da tesoura entre os dedos do velho — se eu puder aprender alguma coisa, ele pensava, eu poderia ter minha própria barbearia, e uma família para me ajudar. Exatamente como nos tempos em que vivia ao lado das caldeiras de açúcar, nas salas de costura ou na casa da família a quem servira, ele passava suas horas de trabalho peneirando sonhos, como alguém garimpa um rio, na esperança de encontrar um vislumbre de ouro.

Ele conseguiu ir até Jinzhou, no interior da Manchúria, onde o antigo imperador Pu Yi serviu como governante fantoche para um estado controlado pelos japoneses. A Manchúria foi inundada pelas tropas de ocupação, resistentes e brutais desde sua chegada, em 1931. Fazia dez anos que estavam lá, calculava Jinyi, sem ousar prever que percentual de sua própria estada aquele número viria a representar. Às vezes ele entreouvia conversas sussurradas sobre experimentos em seres humanos e campos de trabalho forçado um pouco mais ao norte. Como outros, ele conhecia muitas histórias antigas para não acreditar muito nisso. A Manchúria, ou Liaoning, como mais tarde se chamaria, era como um manto usado demais, entregue pelos manchus aos hans, dos hans aos japoneses e, no fim da guerra, aos exércitos russos libertadores, depois ao Kuomintang e finalmente ao PCC. À medida que passava por um punho cerrado, pensava Jinyi, a cidade se tornava desgastada e manchada, mas mantinha alguma coisa do durável tecido que fora tramado antes da chegada de qualquer um de seus ocupantes.

Jinzhou ficava no entorno de uma estação de trem que todas as manhãs transbordava de homens com rostos completamente enegrecidos de fuligem. Onde terminavam os contornos dos edifícios estreitos de tijolos, começavam florestas, que se derramavam em aldeias escondidas e no interminável cântico dos esquecidos e ignorados. A cidade era o degrau de uma escada, um ponto de passagem entre Pequim e Shenyang, portanto Jinyi concluiu que era o lugar perfeito para ele.

— Quando eu era menino, de manhã nós nos sentávamos na sala da minha tia, devíamos ser uns dez de nós, para aprender alguns cálculos e músicas, e depois do almoço descíamos para assistir aos nossos pais e irmãos colocando os trilhos. Vivo aqui desde os quatro anos, quando a cidade era quase toda floresta.

Uma vez que Zu Fu começava a falar, era difícil fazê-lo parar antes que perdesse o fôlego. Jinyi não se deu o trabalho de interromper a tagarelice sobre a história familiar que transbordava dele.

— Meu pai era do Sul. Ele não sabia falar uma palavra de mandarim, e nem precisava saber. Ele machucou as pernas quando os trilhos estavam quase terminados, e então ficamos aqui. Para nós, era o fim das corridas atrás das locomotivas negras. Ele se instalou aqui, aprendeu sozinho a cortar cabelo e fazer a barba. A cidade estava apenas começando naquela época, mas veja como está agora. Todos param aqui hoje em dia. Não dá para escapar dos trens. Sempre soube que eles eram o futuro. Eles costumavam chacoalhar nosso sono, com os motores fazendo as cabanas perto dos trilhos trepidarem.

— Deve ter sido emocionante fazer parte de algo grande assim. — Jinyi parou de limpar o chão para observar o barbeiro sentado do outro lado da sala, tentando imaginá-lo jovem, tentando imaginar como era viver o fim de um século e ver outro brotar. Este país é muito velho, ele pensou. Muitas raízes emaranhadas minando toda a saúde da terra.

— É claro. Minha avó, no entanto, era supersticiosa. Como muitas pessoas das montanhas por aqui. Ela pensava que os trens eram perigosos, que interferiam no *tao*, na natureza. Não gostava do meu pai trabalhando nos trilhos, de jeito nenhum. Dizia que nossa família tinha de permanecer na terra em que estava há séculos.

— Eles eram proprietários de terras, certo? Eram ricos? Como era isso? — Jinyi imaginou mandarins barrigudos, inebriados e saciados com taças de vinho límpido entre esposas risonhas. Ele imaginou uma propriedade rural, onde homens ricos podiam perder suas lembranças do mundo exterior em meio a infindáveis labirintos de jardins, elaborando poemas meditativos tão facilmente quanto atraímos peixes dourados à superfície de lagos cintilantes.

Zu Fu assentiu.

— Rendeiros. Sem futuro, meu pai dizia. Ele estava blefando, claro, mas talvez tivesse razão. Ele costumava dizer que sua mãe o amaldiçoara, bem como as ferrovias, quando ele partiu. Dizia como piada, mas acho que isso o preocupava, principalmente após o acidente.

— Então, você nunca quis viajar, sair daqui?

O velho coçou a barba, depois voltou a afiar a longa navalha. Era um dia lento, como a maioria deles, e a loja estava vazia.

— Todos nós queríamos viajar. Meu pai só sabia falar disso. Ele achava que tínhamos de nos estabelecer aqui, poupar algum dinheiro, e então subir os trilhos para Shenyang, ou descer para Pequim, ou até mesmo voltar para casa, embora eu ache que ele era um pouco orgulhoso demais para isso. No início, ele costumava fazer planos diferentes todos os dias. Mas olhe em volta. Como poupar quando não há dinheiro? As únicas pessoas que recebiam em dinheiro, na época, eram os estrangeiros. Não eram apenas os japoneses naquele tempo. Havia alemães, russos, ingleses, americanos. Mas nenhum dos habitantes locais tinha dinheiro algum. E ainda não têm. Corte o cabelo do médico e você vai conseguir alguma ajuda quando estiver doente. Corte o cabelo dos soldados e não será importunado. Corte o cabelo de um camponês por alguns ovos ou um punhado de farinha. Logo você verá como é. Não que eu não goste daqui, não é isso que estou dizendo. Mas você está muito enganado, meu jovem, se pensa que o mundo é tão simples que basta um estalar de dedos para fazê-lo mudar.

— Você realmente gosta daqui? — perguntou Jinyi.

— É a minha casa. Minha família está enterrada aqui, sob as pedras da colina. Você não sabia disso, sabia? — Ele sorriu, ansioso por compartilhar aqueles detalhes, como se eles pudessem justificar seus membros cansados, sua rotina calma e inflexível, seus olhos que pareciam o creme que flutua sobre o leite.

— Minha esposa também. Morreu apenas um ano após nos casarmos. Ela está lá fora, nos campos. Esperando por mim. Eu não poderia ir embora agora, mesmo se tivesse dinheiro, o que, como você bem sabe, não tenho. Não há mais mundo para mim além daqui. As coisas encolhem à medida que envelhecemos. Mesmo as migrações das aves, todo aquele vai e vem, parecem viagens desperdiçadas. Melhor dar duro, manter-se aquecido, economizar energia. Isso é sobreviver. Acredite em mim. — Seus lábios se separaram mais uma vez para mostrar seus dentes marrons e as lacunas em zigue-zague. — Mas e quanto a você?

— O que é que tem? — Jinyi encolheu os ombros.

— De onde você é?

— Do Sul. — Ele deu as costas ao barbeiro, passando o esfregão. Havia mais trabalho a ser feito.

— Muita gente é do Sul — respondeu Zu Fu, sem ironia nem emoção. Enquanto Jinyi pensava em sua resposta, o barbeiro se levantou e caminhou para o quarto dos fundos para a soneca diária.

Jinyi voltou a esfregar e cuidar da loja. Quando a noite chegou, ele saiu para encontrar vendedores de rua, comediantes de casas de chá e trabalhadores ferroviários do turno da noite que, não querendo se sentar na rua iluminada por postes, reuniam-se em salas reclusas para conversar. Jinyi se sentia seguro perto daqueles estranhos. Nem viajante em pernoite nem nativo, ele ficava satisfeito por não ter de se explicar. Quando estavam com sorte, partilhavam uma borra de chá reaproveitado e um ocasional cigarro enrolado e babado, que passava entre mãos agradecidas, como um ritual. Embora a multidão dos salões frequentemente mudasse de forma, sua regra tácita permanecia a mesma: só se falava sobre o dia que tinha acabado de terminar. Passado e futuro, junto com os casacos remendados de segunda mão e os chapéus de pele baratos, eram deixados na entrada. Dessa forma, as minúcias da vida cotidiana adquiriam uma significância que, para Jinyi, parecia redimir a pequenez de suas vidas.

Mas quando desabava a cada noite no chão de tábuas soltas e desiguais da despensa do barbeiro, ele percebia que se lembrava pouco do que fora dito — os trocadilhos e as piadas que aceleravam o relógio, as discussões exageradas, os acenos e murmúrios de concordância sérios demais. Há um buraco em algum lugar por onde minha vida está vazando, ele disse a si mesmo; o que preciso é de uma mulher, alguns filhos, alguém para absorver os ecos de minha própria voz. Eu não sou mais aquele menino enraivecido que puxava o cabelo do meu primo, mas não sou ainda um desses velhos que veem o hoje através de um antigo prisma que distorce e divide a luz como o truque de um mágico. Não sei quem sou. Amanhã acordarei como outra pessoa.

Uma guerra começou num continente distante. Bem, eu vou lhe contar, já vi guerras suficientes para saber uma coisa: todas acabam da mesma maneira. Mas se eu tiver que explicar a história militar e as guerras-relâmpago e o mecanismo das metralhadoras e a preferência dos ditadores fascistas por cortes de cabelo questionáveis e todas as outras coisas, além do funcionamento do coração humano, nunca vou ganhar essa aposta.

Enquanto Zu Fu ficava cada vez mais inseguro com seus olhos, Jinyi aprendia a direcionar a lâmina cuidadosamente, seguindo o sentido da pele enrugada, a mover os dedos sobre o crânio, empurrando levemente a lâmina com crescente pressão, e a pentear, prender, limpar e cortar em vários comprimentos os cabelos escuros.

Certa noite, uma batida na porta o arrancou das fantasias flutuantes de seu sono leve. Zu Fu já estava vestido — estava esperando por isso. Jinyi, esfregando os olhos enquanto se sentava em sua cama de tábuas, foi instruído a ficar de pé. Atrás da porta havia um jovem de aspecto severo e dentes de coelho, passando a mão pelo rosto, de um lado a outro, como se tirasse teias de aranha invisíveis.

— Chegou a hora? — perguntou Zu Fu, mas não ouviu nenhuma resposta. O jovem, muito sério, murmurou algo e depois deu meia-volta para caminhar apressadamente pela rua, deixando que Jinyi conduzisse o mestre pela noite.

O barbeiro parecia saber para onde estavam indo, embora não mais que poucas palavras tenham sido pronunciadas entre ele e o visitante. Eles marcharam pelas ruas sem luz até chegar a uma casa pequena e sem janelas. Ao longo do trajeto, ninguém falou nada. O homem sério pôs a mão na boca para cobri-la. O barbeiro fez o mesmo. Jinyi não sabia se eles se obrigavam a ficar quietos ou se não desejavam respirar.

Eles se dirigiram à sala principal na ponta dos pés, e Jinyi continuava confuso. O homem morto deitado numa fileira de três cadeiras não seria acordado por seus sussurros — embora o resto da casa talvez fosse. Por um momento, ele se perguntou se os outros suspeitavam que a alma do morto penetraria em seus corpos pela boca, ou se eles não estavam dispostos a misturar o hálito da vida com o ar carregado da sala fechada. Depois, conforme se aproximavam do cadáver, Jinyi notou as manchas de sangue e o rasgo no centro da camisa suja — uma bala no peito, o método preferido de execução das tropas japonesas locais. Ele já tinha visto uma centena de corpos semelhantes amontoados nas caçambas dos caminhões. Geralmente eram levados para os campos e enterrados sem demora em covas rasas, escavadas por prisioneiros de guerra. Pelo menos aquela família tinha conseguido trazer o corpo de volta para casa.

Zu Fu meneou a cabeça na direção do corpo, e Jinyi o levou até lá. Por um minuto, Zu Fu apenas passou as mãos sobre o rosto, com a barba por fazer, tateando os fios emaranhados dos cabelos e o inchaço no meio do pescoço como um caroço de ameixa.

Uma família rica teria chamado um profissional de defuntos. Isso é trabalho para eles, pensou Jinyi, e não para barbeiros de beco. Mas mesmo assim ele não se moveu de sua posição, agachado ao lado do mestre. Ele estava tão perto do cadáver que via as verrugas e os poros na pele amarelada. Não era nada parecido com os corpos comidos pelo vento com que ele se deparava ao longo dos trilhos no campo, acinzentados como latão e cobertos por feridas abertas e ressecadas.

Aquele corpo também não tinha qualquer semelhança com seus próprios pais, que se tornaram pequenas pedras numa vila à qual nem eles nem Jinyi se atreveram a retornar. Agora eles viviam apenas entre as outras raridades de sua memória.

Jinyi não sabia nada sobre a relação entre os dois, mas, quando as ferramentas foram lavadas, o rosto, lentamente barbeado e o cabelo, penteado para trás, ficou claro que Zu Fu conhecia o morto. O trabalho foi feito em silêncio.

— Um amigo. Era da família da minha esposa. Há anos que eu não os via — sussurrou o barbeiro, e Jinyi assentiu. — Não podemos ficar muito tempo.

— Por quê?

— Temos de deixá-los em seu luto. Não é uma boa hora para estranhos.

Novamente, Jinyi assentiu, sentindo a comichão do cansaço sob as pálpebras.

Em poucas horas, quando a luz se derramasse por baixo da porta, a família desejaria reunir-se em torno do corpo, vê-lo uma última vez antes de levá-lo para ser enterrado no alto do morro. Esse é o fim da vida, enfeitado e disfarçado para nós, refletiu Jinyi ao substituir as mãos trêmulas do mestre, retirando com a navalha o resto da barba ressequida.

Jinyi aprendera a confiar mais no toque do que na visão. Nossos olhos, o barbeiro lhe dissera muitas vezes, mudam o mundo para encaixá-lo em suas estreitas ilusões. A visão é limitada, constituída de sombras e de artifícios em que não se pode confiar. O toque torna o mundo sólido, confere a ele profundidade. O homem morto era provavelmente um marido, um pai, pensou Jinyi. O tiro poderia ter sido por toda sorte de pequenos erros. Jinyi se concentrou nos cabelos, trançando a vida de volta ao alto do ombro. Ao menos os cabelos continuariam a crescer.

Após sete dias, o espírito retornaria por uma noite. Areia seria espalhada do lado de fora de janelas e portas, e na manhã seguinte seria estudada em busca de sinais do animal que o fantasma escolhera como hospedeiro. Este homem voltará como um porco, fuçando e roncando ao redor das paredes curtidas de fumaça de sua antiga casa, concluiu Jinyi. Se meu pai retornasse dessa forma um pouco depois de morrer, ele não teria gostado do que veria. Teria destruído o quarto com seus dentes animais e arrastado meu tio bastardo da cama campo afora. Mas talvez ele não fosse um camponês impulsivo, e fosse mais parecido comigo: calmo, inseguro, escondendo seu embaraço com um teatro de ousadia.

Quando voltaram, a madrugada já crepitava a distância, como a gordura cuspida de uma frigideira quente. Na loja, eles se sentaram para comer mais do milho grudento da semana anterior.

— Você costuma pensar na morte?

— Não há nada para pensar — retrucou o homem mais velho. — Coma.

Jinyi riu e, alguns segundos depois, o barbeiro riu com ele.

Jinyi logo percebeu que estava sorrindo todos os dias. O morto lhe sussurrara enquanto ele raspava a barba de seu queixo de borracha. Viva enquanto tem chance. Dentro de algumas semanas, com os soldados japoneses recebendo cortes de cabelo gratuitos e Zu Fu cada vez mais incapaz de alimentar os dois, Jinyi desapareceria mais uma vez. Mas, pelo menos agora, ele sabia o que estava procurando. Gradualmente, aquela magia estranha e indescritível que ele procurava se tornava mais clara. Ele queria viver.

POR ALGUM TEMPO, *o Imperador de Jade não fez nada, deixando-me sofrer por longos dias imaginando as muitas coisas terríveis que ele me infligiria. Tanto que, depois, quando fui chamado por uma brigada de melros, quase fiquei aliviado.*

Veja bem, o palácio dele é feito de nada. Entretanto, não é apenas o nada barato e abundante tão comum na Terra, mas verdadeiras resmas espessas de interminável vazio. Além disso, é impossível falar do palácio, pois não está lá; e mesmo assim, posso lhe dizer que ficar perdido naqueles corredores não existentes é a essência dos pesadelos. Depois de passar o que me pareceram dias imerso nos profundos recessos desse palácio, buscando o Imperador de Jade, comecei a suspeitar de que aquele era o meu castigo. O Imperador de Jade é evasivo, está em todos os lugares e em lugar nenhum, muda de forma e aparência com tanta frequência que nunca sei como ele estará na próxima vez que o vir. Portanto, quando eu me deparava com uma fonte de vaga-lumes que fingiam ser uma constelação fugitiva, ou uma constelação fugitiva que fingia ser uma fonte de vaga-lumes, ou mesmo com uma simples pedra, eu me dirigia a ela com reverência, para o caso de ela se revelar o imperador celestial.

Mas de repente eu o vi, de pé bem a meu lado com o começo de um sorriso no rosto.

— Você sabe como o Rei Macaco foi punido por se rebelar contra mim? — perguntou ele.

Eu balancei a cabeça em negativa.

— Ele foi preso sob uma montanha por milhares de anos, se bem me lembro.

— Ah — foi tudo que consegui dizer.

Vendo-me ali plantado e tremendo de nervoso, o Imperador de Jade começou a rir, a portentosa barriga sacudindo com suas gargalhadas.

— Você realmente acha que poderia dirigir o mundo humano melhor que eu? Você sabe a quantidade de esforço necessário apenas para garantir que a

Terra continue a girar em torno de seu eixo, e que o Sol pareça nascer todas as manhãs? Creio que você não é capaz nem de imaginar, muito menos de lidar com alguns dos detalhes mais minuciosos do meu trabalho. Pode parar de tremer agora. Não tenho intenção de puni-lo. Na verdade, tenho algo muito mais interessante em mente — completou, acariciando seu sedoso bigode preto.

— Avô Celestial, você sabe que farei qualquer coisa para atendê-lo — respondi rapidamente.

— Claro. Pois bem, você acha que sabe alguma coisa sobre a vida na Terra, já que foi mortal outrora? Mas os tempos mudaram desde então, meu amigo. Eu controlo o funcionamento de todo um universo. Aposto que você nem sequer pode imaginar o funcionamento de um único coração humano — disse o Imperador de Jade, fechando as mãos na frente do corpo.

— Só isso? — Segurei minha risada. — Isso é tão fácil quanto chamar um cão faminto para comer. O que eu ganho?

Os olhos do Imperador de Jade encontraram os meus.

— Sua liberdade.

3
1944
O Ano do Macaco

A pele na sola dos pés de Bian Shi era como o pão velho que foi assado mas abandonado na mesa do restaurante. Ela avançava oscilando sobre a base do calcanhar. Os dedos quebrados se dobravam e as unhas se enterravam no chão como garras de galo. Lírios dourados de três polegadas, a mãe lhe dizia. E ela entreouvira, em meio a gargalhadas reclusas de sua horda de irmãos mais velhos, conversas sobre as sublimes ondulações que são criadas nos lábios vaginais por aquela tradição. Sua mãe a beijara duas vezes antes de esmagar seus pés firmemente atados com um tijolo. Prometeram-lhe sobremesas por uma semana.

O que repugnava Bian Shi era o cheiro, o cheiro azedo de carne morta e de hálito de homens bêbados. Por essa razão, ela nunca tirava as sapatilhas de bordas douradas na presença do marido. Nem mesmo agora, após quinze anos de casamento. Havia se obrigado a se acostumar com as jornadas noturnas do marido em busca das muitas mulheres da periferia da cidade, a ignorar os rumores de um exército de filhos secretos. Pelo menos não havia outra esposa, nenhuma concubina, e Bian Shi agradecia a mim e aos deuses domésticos por isso.

Mesmo antes de ser enviada como um presente para o Velho Bian, ela ouvira falar sobre os fantasmas que assombravam casas antigas. Assim, não ficou surpresa ao descobrir que os cantos da casa eram povoados pelos incansáveis bate-bocas, pelas traições insignificantes e conversas abafadas dos antepassados; que as vozes dos parentes antigos estavam presas como teias de aranha entre as árvores do pátio; e que a lua da cidade abria seu caminho através de cada canto minúsculo, transformando os vermelhos comemorativos nos dourados da guerra, e reinvestindo vida nas peles úmidas das camas. Ela estava habituada a compartilhar a cama com a irmã mais velha e solteira, seus corpos apertados no estrado estreito. Durante os primeiros anos na nova casa, ela afundava na grande cama matrimonial, nunca sabendo em quais noites seu marido se infiltraria a seu lado e em quais ela ficaria sozinha, ouvindo as paredes. Agora, porém, marido e esposa dormiam em lados diferentes da mansão.

Apesar de seu lento claudicar, equilibrando-se nos calcanhares enquanto caminhava pela rua, Bian Shi chegou ao restaurante do marido na hora certa.

∽ ∽

O *chef* de cozinha careca e corpulento soltava fogo pelas ventas. Sua mão direita agarrava um adolescente magricela pelo cabelo.

— E então, o que está havendo? — perguntou ela, cansada.

O *chef* abriu a mão, permitindo que Hou Jinyi desse meia-volta e visse a pequena mulher de meia-idade que acabara de entrar na cozinha apinhada. A barriga volumosa exibia a flacidez resultante de uma década de gestações, mas, para Jinyi, ela parecia quase majestosa, com seu vestido azul solto nas laterais do corpo, seus olhos estreitos e escuros. Ela, por sua vez, o estudava. Apesar de seus dezenove anos, Jinyi era baixo, ainda à espera de um incerto crescimento que provavelmente fugira quando ele não estava olhando. Havia meses que seus cabelos não eram lavados nem cortados. A gordura e a sujeira permitiam que ele os prendesse atrás das orelhas, revelando seu rosto oblongo e as bochechas apertadas.

Os dois se encararam, quase olhos nos olhos. Jinyi baixou o olhar. Se não concedesse o respeito que uma dama aristocrática merecia, arrumaria uma encrenca ainda maior. Assim, ele fixou o olhar na própria sombra, observando como ela se espalhava em torno de seus pés como um embaraçoso acidente. Sua busca por uma nova vida não estava indo bem — ele vivia inquieto, querendo fincar raízes, mas nunca sabendo onde o solo seria acolhedor. Mais cedo naquela manhã, ele tinha visto um caminhão japonês cheio de homens de rosto fundo atravessando a cidade. Reconheceu alguns dos rostos desesperados espiando na parte de trás, todos evitando os olhos das pessoas na rua.

— Pois bem. — Bian Shi tinha o hábito de dizer isso, esperando que as lacunas em sua fala fossem preenchidas por outra pessoa. — Você foi pego roubando. — Não era uma pergunta, mas ainda assim ele se sentiu compelido a falar.

— Fui.

Bian Shi assentiu, e algo fervilhava dentro dela. Tudo está se repetindo, ela pensou; não é o que sempre acontece se esperamos tempo suficiente? Ela já havia concluído que o *déjà-vu* era a forma com que os deuses lhe diziam alguma coisa. (Sinto muito, mas não posso confirmar nem negar a veracidade disso, pois até os deuses têm ordens de sigilo.) Ela não considerou que os roubos continuavam acontecendo porque havia mil bocas famintas na cidade e apenas uma dúzia de famílias e restaurantes com comida o bastante.

— O que você pegou?

Jinyi engoliu em seco.

— Um *mantou*. — Um pequeno pão cozido no vapor. Farinha e água. Ele pegara um único bolinho de um prato sujo, empilhado junto à entrada dos fundos da cozinha, esperando para ser lavado. Embora duro e velho, tinha sido a melhor coisa que ele provara em semanas. — Pensei que era apenas um resto da comida.

Jinyi estava na rua, a mão se esgueirando pela porta, os dedos rastejando como aranhas sobre a sanfona de pratos empilhados, tateando em busca do pão que alguém desprezara. Mas quando ele procurava outro pão, aquela mão se fechou em torno de seu braço e o puxou para dentro. A cozinha rapidamente se tornava uma nota de rodapé na história do roubo, Bian Shi não pôde deixar de pensar; um catálogo de inúteis jornadas que de alguma forma conduziam a ela. No entanto, era incapaz de mandar alguém embora.

— Poderia ter sido qualquer coisa. Há facas caras aqui — disse o *chef* de cozinha, de pé com as mãos pesadas sobre os ombros de Jinyi. Atrás dos três, a equipe da cozinha se agitava em suas tarefas. — Temos que chamar o patrão para dar uma surra nele. Ou enviá-lo para as tropas. Eles estão sempre à procura de trabalhadores. Mandar você para uma daquelas minas japas, o que acha disso? — O *chef* lambeu os beiços. — Isso lhe ensinaria uma lição: vocês não podem se meter com a gente.

— Não seja ridículo. Ele é apenas um garoto com fome. E pelo visto você já começou a aplicar punições — disse Bian Shi ao ver o corte na boca do rapaz e o olho esquerdo mostrando o começo de um hematoma. — Dê o *mantou* velho a ele.

O *chef* começou a gaguejar, depois cruzou os braços e caminhou de volta à sua tábua de picar no fundo da cozinha.

— Claro, por que não sentimos pena de todos os bandidinhos e indesejáveis da cidade? — murmurou ele, frustrado, como de hábito, pela estranha demonstração de compaixão de Bian Shi.

O golpe raivoso de seu cutelo sobre a madeira se ergueu acima do barulho de pés apressados e ordens retransmitidas. Não é comum encontrar um *chef* de cozinha cortando bifes finos de carne de porco, mas o restaurante estava mais vazio do que nunca. E isso, devido à ocupação: as únicas pessoas que podiam agora se dar ao luxo de comer ali eram os japoneses hospedados na cidade ou que acabavam de seguir as rotas de avião para o novo Estado da Manchúria. Entre eles havia muitos que optavam por não pagar, que penduravam tudo na conta. E eles pareciam perguntar em desafio: o que o restaurante pretende fazer a respeito?

— Pois bem. Qual é seu nome?

— Hou Jinyi.

— Você não é daqui. — Aquilo não era uma pergunta. Ela o examinou de cima a baixo.

— Não sou de lugar nenhum. Isso não é desculpa, eu sei. Sinto muito, mas quem ia comer aquilo? As galinhas bicando aquelas cestas chegariam ao bolinho em alguns segundos, se eu não o pegasse.

— Então é isso que você faz. — Ela ainda estava sorrindo, mas seu tom mudou, tornando-se um pouco mais profundo.

— Não! — Ele rapidamente olhou em torno, feliz por perceber que os outros funcionários ao menos fingiam ignorar aquela pequena cena. — Eu não sou assim. Olhe para mim — insistiu ele. — Todos os dias da minha vida, eu estava trabalhando como um condenado ou tentando trabalhar. E posso lhe dizer qual das duas situações é a pior. Prefiro viver mancando e cheio de hérnias a viver nervoso, pensando em como fazer para que as coisas se materializem como mágica.

— O que você faz?

— Tudo que as pessoas querem. Qualquer coisa. Já trabalhei no campo durante mais de vinte horas num dia chuvoso, cultivei, arei, já cozinhei, limpei casas, cuidei de crianças mimadas, fiz doces, varri ruas, contei carregamentos de carvão, cortei cabelos, trabalhei como coveiro de plantão, costurei sapatos velhos que caíam aos pedaços e foram consertados uma centena de vezes e continuavam sendo usados mesmo contra a sua vontade, e — ele parou para tomar fôlego e deixou que os lábios se crispassem na direção das sobrancelhas grossas — fiz mais bicos do que posso me lembrar.

Bian Shi se apoiou contra a porta. Por sorte, havia chegado à cozinha antes do marido, ela refletiu. Bian Shi sempre fazia as contas pessoalmente, apesar de não saber ler ou escrever, somando os números na cabeça e fazendo nas caixas na cozinha números e rabiscos de aves, luas, dragões e leões, símbolos que só ela entendia. Quando suas filhas não estavam na escola, estavam com Peipei, a ama-seca, enquanto o marido passava os dias em partes da cidade que as tropas não se davam o trabalho de inspecionar.

— Mostre-me suas mãos.

Jinyi estendeu as mãos sujas para longe do corpo, como se tivesse vergonha delas.

— Você trabalha com as mãos?

— Eu e todo mundo.

— Sabe cozinhar?

— Claro. Eu e todo mundo.

— Mas sabe cozinhar bem?

Jinyi deu de ombros.

— Bem o bastante para comer. — Ele deixou cair as mãos junto ao corpo, já não sabendo o que fazer com elas; procurou por bolsos que não existiam e, sem encontrá-los, colocou as mãos para trás.

— Por que não nos mostra, então? — Ela apontou com a cabeça um balcão de trabalho ao lado de uma panela amassada de água fervendo.

Jinyi não se atreveu a olhar para ela e verificar se aquilo era piada ou não. Ele se aproximou do balcão, caminhando tão despreocupadamente quanto conseguiu. Os hematomas latejavam, e sua língua passeava sobre o corte no lábio e se eriçava com gosto metálico.

Ele estudou as pilhas de ingredientes, panelas, tigelas, tábuas e facas.

— Você quer que eu faça bolinhos?

O *chef* bufou atrás dele.

— Claro, é só entrar aos pulos e fazer bolinhos. Hah!

— Nossos bolinhos são feitos com uma receita secreta — disse Bian Shi, ignorando o *chef*.

Olhando em torno, Jinyi viu um prato de carne de porco moída. Um segredo? Qual? Cebolinhas? Alho, certamente. Sal, pimenta. Pimentões? Achava que não. Ele avistou a massa, disposta em folhas e pronta para ser dobrada e pregueada como nuvens ao redor de bolinhos de carne moída do tamanho de bolas de gude. O segredo deve ser a farinha, ele pensou. Havia uma tigela de farinha a seu lado, pronta para ser amassada.

— Por que não faz algo mais simples para nós? *Wotou*, talvez?

Comida de camponês. Durante meses, Jinyi comera *wotou* no café, no almoço e, nos poucos dias em que havia três refeições, no jantar também. Aqueles pãezinhos feitos de farinha de milho e água, talvez com um pouco de amido de batata para dar liga, são cozidos por vinte minutos — ou menos, dependendo da urgência da fome. Não têm muito gosto, mas matam a fome. Já vi vidas inteiras sustentadas por eles.

— Certo. — Jinyi pegou a tigela de farinha de milho e afundou a mão nela, deixando que os grãos deslizassem entre seus dedos. Seus olhos procuraram algo para acrescentar na bancada. O que os impressionaria? Ele ouviu a respiração pesada do *chef* de cozinha às suas costas, e sabia que Bian Shi estava observando suas mãos. O mais rápido que pôde, e não ousando erguer os olhos, tirou um punhado de farinha de bolo de uma bacia cor de tijolo e juntou-a à sua. Mergulhou um copo numa panela e tirou bastante água morna para começar a misturá-las como uma cola pastosa e amarela.

Com uma das mãos ele borrifava o líquido, um pouco de cada vez, enquanto a outra rolava a massa pela tigela, o polegar funcionando como um eixo que a impedia de grudar no centro. Este era o segredo: deter o fluxo de água antes que a massa ficasse muito mole, mas ainda solta o bastante para se romper quando esticada. O vapor faria o resto, ele esperava. Aquilo era uma entrevista, um teste? Será que na escola era assim? Ou tudo não passava de uma estratégia para matar tempo até que os soldados chegassem para prendê-lo? Ele se perguntava se teria permissão de comer a comida quando terminasse de fazê-la, e seu estômago roncou como se fosse um carro que custa a pegar. Ele se sentiu subitamente culpado pelas ruas cheias de gente com quem deveria compartilhar aqueles tesouros estranhos e desperdiçados. Inconscientemente, moldou a massa em bolinhos como se fossem pequenas tendas, enfiando o polegar bem no meio. Suas mãos trabalhavam sem ele, como se ainda estivesse mexendo açúcar ou massageando couros cabeludos, como se tivesse voltado no tempo. Terminou mais rápido do que podia imaginar, e colocou os oito *wotou* na prateleira, pronto para ser cozido no vapor.

— Agora esperamos? — perguntou ele.

Ela assentiu e depois se sentou num banquinho salpicado de farinha.

— Somos chineses, não somos? Isso é o que fazemos.

— Isso é o que fazemos — ecoou o *chef* de cozinha, como se fosse um mantra.

— Quantos clientes tivemos hoje?

— Um monte. Mas pagando? Oito, talvez. Mas ainda é cedo.

Eles falaram sobre as minúcias de pratos, estoques, ordens, equipe e lucros, o *chef* tentando arrancar informações concretas das respostas vagas de Bian Shi. Às vezes eram interrompidos por chamados dos dois garçons que entravam e saíam, sempre vermelhos, correndo e suando entre os diversos andares. Yaba, agora magro e alto, com o cabelo malcortado, debruçava-se compenetrado sobre a pia. Bian Shi começou a rabiscar a superfície a seu lado com giz.

Alguma vez você já sonhou em ser invisível? É fácil, ponderava Jinyi. Olhe para o chão enquanto os outros estão falando. Seja magro numa terra de esqueletos; tenha fome perto de um homem diante de sua refeição. Curve-se em meio às costas eretas de homens com medalhas e insígnias; esteja sóbrio entre os bêbados. Seja um menino do campo nas ruas movimentadas da cidade. É assim que servos e garçons fazem seu trabalho — são as massas invisíveis que mantêm o país inteiro, são os átomos ocupados correndo despercebidos entre corpos lentos. Jinyi sabia muito bem como ser visto: ter uma moeda em seu bolso entre os famintos; falar entre os mudos e os de lábios costurados; festejar entre os quase mortos.

Quem é você? As pessoas nem sequer se preocupavam em lhe perguntar isso. Quem eram, Jinyi queria saber, aquelas pessoas de cara azeda que o cercavam a cada dia? Eram rostos, sepulturas, tijolos, pagodes vazios abandonados por sacerdotes desnutridos. Em suas viagens, Jinyi passara por um punhado desses locais decrépitos para orações apressadas. Um dia seriam derrubados, e blocos de edifícios mergulhados em fumaça se ergueriam em seu lugar.

Os *wotou* ficaram prontos, macios e brilhantes por causa do vapor. Jinyi os dispôs num prato e entregou-os a Bian Shi. Ela deu uma mordida e assentiu, sem sorrir nem fechar a cara. O *chef* era mais exigente, apertando a massa e observando como ela aos poucos voltava a seu formato, depois farejando-a como um cão, nada impressionado, e passando-a para o auxiliar de cozinha mais próximo. Jinyi esperou, segurando o prato e sentindo-se um idiota. Ele se retraía cada vez que se ouviam passos junto à porta.

— Você pode começar a trabalhar amanhã — disse ela, quebrando o silêncio. — Mas trate de se limpar antes. E se pensar em roubar algo de novo, terá que se preocupar com mais coisas além do *chef* de cozinha.

~ ~

Bian Shi tinha uma afeição pelos perdidos. Talvez porque fora abandonada numa casa estranha com um novo dono estranho. Talvez porque ela mesma nunca conseguiu reunir coragem para fugir. Ou talvez simplesmente porque precisava de um passatempo.

Hou Jinyi não era o único jovem ladrão que ela colocara sob sua asa. Na verdade, sua primeira visita ao restaurante se dera de maneira muito semelhante.

Os budistas veem a repetição como algo a ser superado, mas também como algo com que aprender. As pessoas nascem e tornam a nascer, e cada vida oferece a oportunidade de ver as mesmas coisas de forma diferente, para se alcançar a iluminação e escapar do círculo vicioso. Os mesmos acontecimentos podem repetir-se mil vezes, com pequenas diferenças. Esse é o significado de história. E é por isso que Bian Shi não conseguia expulsar uma só boca faminta.

Aconteceu quando ela ainda era uma jovem noiva espantada com o tamanho de seu novo lar. Em seu primeiro ano em Fushun, só deixou a casa grande apenas duas vezes. Não sabia ao certo como falar com os criados e suspeitava de que os sorrisos escondiam planos contra ela — na primeira noite em que o marido se ausentou, ela ficou acordada ouvindo como eles riam das roupas rústicas e campesinas que ela guardara sob o enxoval de casamento.

Durante todo aquele dia fatídico, quatorze anos antes de ela conhecer Hou Jinyi, o bebê se agitara e dançara em sua barriga, que pendia como um balão acima de seus quadris estreitos. Ela havia concluído que seria um menino. (Era o que agradaria ao marido, portanto tinha que ser.) Apesar do esforço da caminhada, do suor se acumulando nos pelos escuros de sua barriga e de seus sapatos apertados de criança, ela decidiu aventurar-se pela cidade.

— Vá ao mercado, precisamos de peixe fresco para o jantar. Você, sim, vá e descubra quem é a melhor parteira desta cidade. Vocês, que sobraram: seu amo espera que o quarto no canto leste esteja totalmente mobiliado para a nova criança até o final da semana.

Essa foi a primeira vez que ela se dirigiu aos funcionários diretamente, em vez de passar tímida por eles. Deu aquelas ordens súbitas plantada desajeitadamente à porta, e aos poucos começou a saborear aquela autoridade teatral, embora a imitação do tom de suas tias velhas soasse estranha. Bian Shi era uma caricatura de ópera-bufa, e, pela primeira vez em meses, estava se divertindo. À medida que mais mentiras lhe ocorriam, ela levantava a voz de canário e colocava a casa em marcha. Depois sorria para si mesma, com as palmas das mãos úmidas e os músculos na parte de trás das coxas tremendo como cordas de piano.

Assim que os servos se puseram em ação, ela escapuliu da casa, segurando a única lembrança de seu primeiro lar que não se permitira abandonar: uma bolsa vermelho-escura feita à mão. Movia-se como um boneco de madeira, oscilando para um lado e para outro na direção de um dos restaurantes de massas onde talvez o marido estivesse. A família Bian possuía três restaurantes na cidade, refeitórios de madeira de muitos andares, onde os ricos mergulhavam os pastéis e bolinhos artesanais em pratos rasos de porcelana que continham molho de soja, vinagre e azeite repletos de pimentas vermelhas como batom. Talvez ele não esteja em nenhum dos restaurantes, pensou ela. Afinal, ela levara apenas duas semanas de noites às lágrimas para ver que ele não era o tipo de homem que haviam dito que ela desposaria.

Ela passou por cavalos vagarosos que levavam homens de volta do mercado e pelos comerciantes agachados com suas peles enrugadas e queimadas de sol, sob as sombras oblíquas de seus chapéus de palha. Diante dela, o telhado de ardósia se inclinava acima do restaurante, com os dois leões de pedra e com cara de cachorro sorrindo ou rosnando (ela não sabia dizer) de cada lado dos degraus que conduziam à porta. Um garçom apareceu entre os leões Fu na entrada; era muito magro, com movimentos firmes que a fizeram lembrar dos mosquitos bem-alimentados que zumbiam preguiçosamente em seu quarto. Virou numa rua lateral, procurando pela entrada da cozinha. No beco, duas crianças nuas perseguiam uma à outra, e um cachorro latia para as cestas de galinhas cujos pescoços ainda não haviam sido torcidos. Elas cacarejavam lamentos inquietos que acompanhavam o ritmo na tábua de cortar vindo das janelas abertas.

Foi então que sentiu alguém segurar a alça de sua bolsa e puxá-la de repente e com força. Instintivamente, seus dedos se apertaram, puxando a bolsa para trás. O menino, surpreso, já pronto para disparar com seu prêmio, soltou e tropeçou num caixote de verduras recém--entregues.

— O que você pensa que está fazendo? — gritou com ele, agarrando--lhe o braço.

O ladrão era um pré-adolescente, a pele bem lisa, ombros altos e o rosto fino como o de um pássaro. Bian Shi adivinhava que ele tinha cerca de onze ou doze anos. Seus olhos escuros eram como óleo boiando na água, e ele piscava furiosamente a cada pequeno movimento.

— E então? — gritou ela novamente, a bolsa sacudindo em suas mãos. Depois, lembrando que já não tinha que desempenhar aquele papel, inclinou-se mais para perto dele. Algo, talvez o peso do bebê, como o leme de um navio perdido virando-se instintivamente para a terra, obrigava Bian Shi a se aproximar do rosto do menino. Ele apertou os olhos e franziu o nariz. Eles estavam apenas a centímetros de distância. Ele continuava a piscar rapidamente, como se suas pálpebras tirassem fotografias sem parar.

— Abra a boca — sussurrou ela, e ele obedeceu.

Ela já tinha visto aquele tipo de criança antes. O chão oco e escuro da boca coberto de cicatrizes; o toco da língua que fora cortada, da cor de uma romã madura demais, o caule de uma flor arrancada instalado acima da curva da garganta. Ela tentava não mostrar sua náusea, e, percebendo isso, o menino fechou a boca. Quando os olhos dele encontraram os dela, Bian Shi já havia tomado sua decisão.

Xiao Yaba, ela o chamaria, "pequeno mudo"; e esse nome pegaria, pois ele não tinha nenhuma maneira de dizer qualquer outro nome a ninguém. Havia muitos mais como ele — silenciosos Oliver Twists da China, órfãos levados e criados por redes de pequenos ladrões, com as línguas cortadas por seus captores na mais tenra idade para que não os denunciassem às autoridades ou aos chefes militares, e, claro, para que passassem a depender deles. Sem nenhum outro recurso, eles seguiam as ordens e entravam num mundo de portas destrancadas e pontas dos pés, de bolsas surrupiadas e hematomas. Seus olhos inquietos eram testemunho dos minúsculos quartos de fundos em cada cidade, do fato de que tudo tem seu reverso.

Ele fazia o melhor que podia para devolver o olhar dela.

— Pois bem. O que você quer fazer agora? — perguntou ela com autoridade, segurando-lhe o pulso com firmeza. Ela afrouxou o aperto, mas ele não se mexeu. Em vez disso, inclinou a cabeça e seus lábios se torceram em algo que um dia talvez tenha sido confundido com um sorriso. Ficou imediatamente óbvio para Bian Shi que fazia anos que ele não fazia isso. Um pensamento súbito lhe ocorreu, e ela olhou ao redor. Além das crianças e das aves, o beco estava deserto. É dessa maneira que as vidas se cruzam, onde o instinto se liga à razão.

— Você quer vir comigo? — perguntou ela, ainda sem largar o pulso dele.

Ele não disse nada. Bian Shi tomou isso como um sim. Ela sorriu e, ainda que seus motivos não fossem totalmente altruístas, sentiu uma onda de calor correr por seu corpo não na direção da cabeça, mas na da barriga arredondada.

Yaba sentia a umidade nas pequenas mãos dela aderindo à sua pele. E naquele momento arrastado comparou-as às garras de seus "tios" da rua, aos braços fortes que prendiam os seus durante a luta e torciam seu pescoço aos dedos gordos que fediam a alho cru e mijo velho e que fechavam suas narinas e sua boca, às mãos ásperas que esmagavam seu maxilar enquanto ele arfava e arfava, a boca se enchendo primeiro com ar e depois com o acre de seu próprio sangue.

— Você pode ficar comigo agora. Nós podemos nos ajudar. Você entende? — Ele assentiu rapidamente, e ela pensou em patos balançando a cabeça pedindo comida. — Meu nome é Bian Shi — Esposa de Bian; seu nome de solteira havia sido deixado sob uma tábua do assoalho da casa de seu pai. — Eu moro ali. — Ela apontou para o outro extremo do beco, em direção às ruas mais amplas das quais ele nunca se aventurara a chegar perto. Ele olhou em volta, procurando por seus "tios", sem acreditar no que estava acontecendo. Era uma brincadeira?

— As coisas mais importantes primeiro. O que podemos fazer? — Ela olhou em torno, e por um momento Yaba pensou que ela tivesse mudado de ideia e quisesse arrastá-lo até um juiz. Ele se encolheu, um hábito involuntário. — Bem, ouça, não posso levá-lo para casa sem emprego, sem propósito. Isso só vai deixá-lo furioso, e com nós dois. Sem nome, sem família, isso já é ruim o bastante — comentou ela, como que para si mesma, colocando a mão nas costas dele e empurrando-o pelo beco, em direção à porta lateral do restaurante. Ela olhou para ele e piscou, embora seu coração estivesse mais acelerado do que nunca.

Juntos, eles passaram pelo amontoado de caixas e pacotes e entraram na cozinha. O chão estava coberto de restos, pontas de cigarro, brotos de batata, água, legumes sem cor, as extremidades podres, e pegadas sobrepostas de cozinheiros; assistentes e meninos descalços corriam de um lado a outro no calor abafado e pegajoso. Bolinhos flutuavam na superfície de vastas panelas de água fervente, *woks* chiavam e a carne presa a ganchos na parede pingava. O homem que poderia ser considerado o *chef* de cozinha, corpulento e com a barba por fazer, estava xingando e gritando com a equipe intimidada, embora suas mãos jamais se afastassem das tiras delicadas de massa com que ele envolvia a carne moída. Quando viu uma grávida bem-vestida e uma criança de rua imunda, parou de gritar. O barulho ensurdecedor rapidamente se reduziu a um silêncio constrangido.

— Acho que vocês estão no lugar errado. — As palavras do *chef* de cozinha eram calmas e medidas, mas havia nelas um gume afiado e urgente.

— Não, vim falar com você. Você é o *chef* de cozinha, não é? — Ouviram-se alguns risos abafados. As batidas do coração de Bian Shi tomaram conta dela. O *chef* voltou a dobrar a massa, e de seus lábios saíram palavras com um sotaque pesado.

— Aqui é um restaurante. Eu tenho trabalho a fazer, então é melhor você mandar suas reclamações para outro lugar.

O burburinho da cozinha recomeçou, com mais pratos se chocando na pia superlotada. A interrupção estava evidentemente encerrada, mas ela não se moveu.

— Ouça — a voz dela falhou até alcançar a oitava seguinte —, vim lhe pedir que dê um emprego a este menino. Algo simples, como lavar pratos ou picar legumes. Ele não causará nenhum problema, eu garanto. Basta ficar de olho nele, ensinar o que fazer, e ele pegará o resto.

O *chef* limpou as mãos na camisa cheia de manchas. Seu rosto estava vermelho.

— Não há empregos. Onde você pensa que está? Agora, eu vou pedir de novo: *por favor* — ele exagerou nas palavras, imitando um afetado funcionário público —, saiam da minha cozinha.

— Só um trabalho simples. Tenho certeza de que há algo que precisa ser feito por aqui. Está uma bagunça, e vocês todos parecem ocupados. — Ela tentou rir no final de seu discurso, mas se arrependeu de imediato.

— Se eu entrasse em sua casa pedindo um emprego, provavelmente levaria uma surra e acabaria em alguma cadeia fedorenta. O que faz você pensar que pode entrar aqui e me dar ordens? Hein?! Eu já disse: não há trabalho! Por que você não...

— Agora escute...

— Não! Escute você — a voz do *chef* se elevou, os funcionários baixaram a cabeça e não tiraram mais os olhos do trabalho. — Vocês, vadias arrogantes, são todas iguais. Não sabem que existem centenas de outras famílias passando fome na rua, todas pedindo emprego? O que você quer que eu faça, que eu abrigue um epilético, um moleque preguiçoso ou retardado só para que você possa comer os doze pratos da sua merda de refeição em paz? Por que você não volta para o pobre idiota do seu marido, se é que tem algum, e leva esse porcaria embora daqui? Ande, saia da minha cozinha!

Ele cuspiu a última palavra com o rosto inflamado como brasa. Houve mais algumas risadas, mas a maioria da equipe sabia manter distância do *chef* quando aquela veia começava a latejar em sua testa.

— O "pobre idiota" do meu marido é o dono deste restaurante — disse ela, com as mãos cruzadas sobre a barriga, os dentes trincados.

Não houve mais risadas.

— Seu marido? — gaguejou ele, sem saber se acreditava nela ou não.

— Você parece muito ocupado e, como já é quase hora do almoço, é melhor que ele comece imediatamente. Eu confio que você cuidará bem dele.

Ela acenou para o menino, e ele deu um passo à frente, encorajado pela força dela. O *chef* finalmente baixou a cabeça e apontou para uma tábua de cortar ao lado das aves amarradas.

— Yaba, voltarei para buscá-lo às oito. — Ela se virou e saiu pela porta.

Do lado de fora, apoiou-se contra a parede do beco e deixou que seu pulso acelerado se espalhasse até os pés, com os sons de palavrões reprimidos e abafados chegando pela janela. Ela fechou e abriu os punhos, mordeu os lábios e, finalmente, sorriu. Quando voltou para casa, mandou que os criados limpassem um pequeno quarto na ala norte, e depois colocou nele alguns dos brinquedos e presentes que separara para o bebê. No momento em que seu marido atravessou o salão naquela noite, com olhos mortiços e agarrando os pilares de madeira para corrigir seus passos frouxos e cambaleantes, ela já tinha uma história cuidadosamente construída e não parou de falar, apesar das interrupções arrastadas dele, até terminá-la. O mudo, disse ela ao marido, mostrando uma força de vontade que ele nunca imaginou que ela possuía, fora maltratado por ladrões de rua e merecia uma segunda chance, uma infância. Se eles o ajudassem, argumentou ela, o deus das crianças ficaria mais inclinado a lhes conceder graças para seu próprio bebê. Ela então marchou para a cama antes que o marido tivesse tempo de formular uma resposta.

Depois que Yuying nasceu, cinco semanas e meia depois, foi Yaba quem primeiro pegou o bebê em seus braços magros e confortou seu choro murmurejando canções das montanhas. E foi Yaba quem mais tarde pôs Hou Jinyi sob sua asa, quando, mais de uma década depois, a história tornou a se repetir.

∾ ᷇

A língua de Yaba não foi a primeira e não será a última. Existe um fio tênue que liga o ato de falar ao ato da violência. É com esses fios que as pessoas tramam o tecido frágil de suas vidas. Pode acreditar — já testemunhei minha parcela de discussões. Desentendimento, discordância, confissão, liberdade de expressão, réplica. Todas são palavras carregadas, palavras marcadas na carne. Palavras que as pessoas usam com demasiada leviandade.

Vejamos, por exemplo, Sima Qian, trabalhando até a noite. O primeiro século a.C. se aproximava de seu fim, embora na época ninguém tivesse ainda compreensão dessa forma de medir o tempo. Mesmo 2 mil anos depois, o calendário gregoriano seria visto como algo indecifravelmente estrangeiro e, além disso, desnecessário, já que ainda era possível medir a passagem dos anos pela duração do reinado do atual imperador. Sima Qian seguiu os passos de seu pai e se tornou o historiador real da corte Han. O livro em que ele trabalhava, desenhando os caracteres da base até o topo da página, era o *Shiji*, a primeira história a registrar os personagens, a política e a economia dinástica dos 2 mil anos anteriores.

Sima Qian traçava os ideogramas até que a luz ficasse muito fraca. Ele não ouvia nada além dos pássaros noturnos, zunindo entre as árvores que se erguiam do fundo do jardim, e os minúsculos rangidos da madeira velha. Escrevia sobre o homem que unificou o vasto país a partir de diferentes reinos em guerra, o primeiro imperador, Qin Shi Huang.

Se você dissesse a ele que, milênios mais tarde, mesmo quando todas as dinastias estivessem acabadas, um líder da China imitaria descaradamente a política daquele primeiro imperador, queimando livros e regulando informações com a violência sancionada pelo Estado, Sima Qian provavelmente teria apenas assentido, nem um pouco surpreso. As políticas e a propaganda do partido que prometiam libertar a China e o culto à personalidade construído em torno do rechonchudo presidente comunista seriam muito familiares a Sima Qian. Os líderes chineses, imperadores, generais, chefes militares, presidentes ou politburos devem ser o porto em que o Estado está atracado. Eles devem ser deuses para os homens. O que mais há para conter o caos? Os temas da história de Sima Qian — os altos e baixos cíclicos, as destruições e renovações, as separações e unificações — sugerem que pouco do último e sombrio século seria um choque para ele.

Sima Qian não conseguia dormir. Voltou à mesa e sentou-se com as pernas cruzadas sob o corpo enquanto acendia uma pequena lanterna. Ele esfregou as mãos, aquecendo-as. "Embora amargo, o bom remédio cura a doença", escreveu. "Embora talvez doa, a crítica leal terá efeitos benéficos." Prendeu a respiração e interrompeu o que escrevia.

O dia se afastara da casa como uma maré se afasta da costa apenas para aguardar seu inevitável regresso. Até os pássaros estavam em silêncio, mas ainda assim ele não conseguia dormir. Foi então que os guardas do imperador chegaram para buscá-lo. Sua esposa e seus filhos estavam dormindo. Ele partiu com os guardas de forma pacífica, sem luta. Havia semanas que vinha esperando por isso, desde que cometera o erro de interceder junto ao imperador em nome de um velho amigo, um general que se rendera ao inimigo numa batalha nas planícies distantes fora da capital. No entanto, Sima Qian deveria saber que a crítica leal (especialmente na forma de defesa de outro que se atreveu a desobedecer à vontade do deus vivo) muitas vezes tinha um custo.

— Vamos tentar fazer o mais rápido possível. Morda isso.

Ele mordeu. Era uma tira de couro grossa, com gosto de suor e saliva. O cirurgião era velho e cuidadoso, com mãos gordas e firmes. Sima Qian estava nu, imobilizado. Ele tentou não gritar e tremer, tentou controlar a bexiga e os intestinos. Fracassou. Era um castigo destinado a levar o culpado a cometer suicídio pela vergonha. No entanto, não foi a escolha de Sima Qian. Após a operação, continuou trabalhando em sua história épica, com a nova voz aguda quase nunca ouvida e ataduras em torno de sua pelve escura e coberta de cicatrizes. O fio entre a fala e a violência pende acima de tudo, como uma rede de fios de telefone grampeados acima de uma cidade.

Naquela mesma cidade onde Sima Qian fora castrado apenas com as ervas das montanhas como anestesia, onde ele fora mutilado e levado para casa pelo menor dos crimes, com o sangramento estancado pelos pontos precisos do cirurgião da corte, ali o mesmo ciclo de fala e violência continuaria. O que há nas palavras? Será que elas contêm a ameaça de acabar com o delicado equilíbrio do qual o mundo todo depende? Ou será que elas são fáceis demais de se dizer, mas impossíveis de serem desditas? Palavras e medo, fala e violência. O que persiste vence. Ou como o historiador poderia ter dito: ninguém vence, tudo persiste.

∽ ∾

No dia seguinte à tentativa de roubar o *mantou*, Jinyi chegou ao restaurante uma hora antes de abrir e esperou do lado de fora até que destrancassem a porta dos fundos. Bian Shi estava novamente lá, passando por entre as tábuas de cortar, comentando e perguntando. Foi só depois que ela saiu, trinta minutos antes da hora do almoço, que a cozinha se tornou mais alegre e animada. O *chef*, porém, logo silenciou a equipe com um grito rouco.

— Você, ladrão. Sim, você. Venha cá.

Jinyi se aproximou lentamente do *chef*. Toda a cozinha parou de trabalhar para assistir.

— Muito bem, você pode se considerar seguro quando a esposa do patrão estiver aqui. Mas ontem você tentou roubar a minha cozinha. Eu não dou colher de chá para ladrões. E quero que você saiba disso. No entanto, estou disposto a deixar que você fique e trabalhe aqui. Eu sou generoso, está vendo? Acho que é minha maior fraqueza. — Ele sorriu, satisfeito consigo, e alguns funcionários abafaram o riso. — Eu me orgulho de manter uma boa cozinha. Se alguma coisa dá errado, sou eu quem leva uma rasteira. Entendeu? Isto é, se você pretende trabalhar aqui, preciso ter certeza de que posso confiar em você.

— Pode confiar em mim — respondeu Jinyi, talvez rápido demais.

— Ah, se sua boca for tão rápida quanto sua mão, acho que sua palavra não vale muita coisa, caipira.

— Então o que você quer que eu faça?

— Bem, se você está tão faminto quanto disse que estava ontem, quando ficou parado ali como se fosse chorar ou mijar nas calças, imagino que temos de lhe dar algo para forrar o estômago, não?

O *chef* sorriu e se virou para pegar algo. Quando tornou a se virar, os olhos de Jinyi se fixaram em suas mãos de urso. Entre seus dedos havia um pote cheio de gordura de porco quente, usada para untar os *woks* e dar sabor às carnes. Pedaços cinzentos flutuavam no líquido espesso e viscoso.

— Eu não vou beber isso.

— Não me parece que você tenha escolha, garoto.

Jinyi passou os olhos pelos muitos rostos à espreita. O *chef* tinha razão.

— Certo.

— Espere um minuto. Você está ansioso, não é? Aposto que isso é uma iguaria no lugar de onde você vem. Bem, eu não gostaria de machucar um de meus funcionários. Quero que você beba tudo até o final, sem derramar uma gota. Por isso, vamos fazer a gentileza de esfriar isso para você, não vamos? — ele se dirigia ao restante dos funcionários, que murmuraram em concordância.

O *chef* tirou os jornais amassados que tapavam o pote, aproximou o rosto e escarrou, com um ruído áspero vindo do fundo de sua garganta, e cuspiu uma bola de muco verde e aquoso dentro da banha. Ele então passou o pote para o assistente a seu lado, que fez o mesmo. O pote foi de mão em mão, com o escarro de cada um se misturando ao óleo asqueroso. Só Yaba se recusou, meneando a cabeça. Eles relevaram, afinal, o mudo morava na mesma casa que o patrão. O *chef* finalmente pegou o pote de volta e, depois de cobri-lo com os jornais, sacudiu delicadamente, misturando todos os líquidos. E o entregou a Jinyi.

— Saúde.

Ninguém disse uma palavra. Jinyi segurou o pote, tentando não olhar para dentro. Estava morno, mais da metade cheio. Ele fechou os olhos e virou o vidro, abrindo bem a garganta e tentando ignorar os pedaços pegajosos. Ele engoliu e engoliu, e, mesmo quando o pote ficou vazio, teve que continuar a engolir por medo de vomitar tudo de volta. Ele soltou um arroto alto e o *chef* assentiu, e, como se nada tivesse acontecido, todos retomaram o trabalho.

～ ～

O *Tao Te Ching*, aquele livro escrito há milênios com traços de tinta preta sobre folhas de seda, revela o fluxo e o refluxo de processos indomáveis, o desenrolar de todas as coisas segundo sua forma natural, o *tao*. As crenças por trás dele sobrevivem nas minúcias dos rituais e ações cotidianas. O equilíbrio intricado de *yin* e *yang* insufla todos os aspectos da vida. Jinyi já tinha ouvido aquilo antes, mas só agora o tema se tornava um mantra de trabalho. No interior do preto, um ponto branco, e dentro do branco um ponto preto idêntico: nada é absoluto. Preto e branco, noite e dia, elétrons e nêutrons, terra e céu, masculino e feminino, tudo pairando sobre balanças invisíveis. *Yin* e *yang*.

Tomemos, por exemplo, a culinária. Na cozinha, eles sempre mediam o equilíbrio entre o *fan* e o *cai* — a massa (arroz, grãos, bolinhos e pães no vapor) e o gosto (carne, peixe e aves, várias raízes e folhas flutuando nos molhos) —, certificando-se de que nenhum deles dominasse a refeição. Salgado, doce, azedo, amargo, picante. Jinyi gravava na memória os cinco elementos do paladar, quando vez após vez esfregava alho na carne de porco moída e no repolho, quando vez após vez recebia ordem de misturar o masculino e o feminino, a massa e o sabor.

Desde o *chef* de cozinha e seus ombros largos até Yaba com seus tiques e sinais que cada um na cozinha interpretava de um jeito, passando pelo próprio Jinyi, todos ficavam junto ao fogão da manhã até a meia-noite, tirando apenas cinco minutos para uma refeição de pão dormido ou das panquecas menos ressecadas do dia anterior.

Os melhores dias na cozinha eram aqueles em que os clientes pediam mais do que podiam sonhar em comer — banqueiros e empresários japoneses expatriados tinham o hábito de exagerar nos pedidos para impressionar seus convidados. Afinal, ninguém queria perder a pose. Nesses dias, os pratos voltavam das mesas ainda com um resto de molho, de bolinhos ou de tiras finas de sobras remexidas.

E assim Jinyi aprendeu a participar da súbita correria do pessoal da cozinha quando os garçons voltavam com uma pilha de pratos e a entrar na batalha de *hashis* quebrados e das mãos sujas de restos de comida. Também provou coisas de que antes só tinha ouvido falar, coisas que outrora pareciam tão alheias à sua própria vida quanto dragões ou unicórnios. Peixe amarelo pescado entre as barcaças de carvão no rio, pedaços de carne de porco adocicada e picante, cogumelos catados na floresta e escurecidos com molho de soja. Cada vez que tinha a sorte de conseguir mais que um restinho, evitava beber água durante as horas seguintes, a fim de preservar em sua língua a lembrança dos sabores estranhos e melancólicos. Até mesmo o fogo sempre aceso impressionava Jinyi. Na casa de seus tios, eles juntavam capim seco e estrume para alimentar uma chama de cinco minutos, assando a comida o mais rápido possível, antes que o combustível se reduzisse a cinzas.

Yangchen, que Jinyi acreditava ter mais ou menos a sua idade, apesar das entradas na testa, da obsessão por dinheiro e da forma estranha de balançar a cabeça de um lado para outro enquanto trabalhava, passou as primeiras semanas importunando-o com perguntas.

— Você quer saber de uma coisa?

— Hein?

— Aquele homem de bigode enrolado que está agora no andar de cima, eu vi quando ele estava trazendo os baldes. Sabe como o chamam? O Açougueiro. Eu não teria adivinhado, com aquele terno ocidental e aquelas garotas de braço dado com ele, vestindo peles... você teria? E sabe por que o chamam assim? Porque ele é...

— Chega — gritou o *chef*.

— Ele tem razão, Yangchen — acrescentou um garçom de passagem. — Se o sr. Bian ouvisse você falando assim dos clientes, todos nós perderíamos o emprego, e você sabe disso.

Yangchen deu de ombros e abaixou a voz para que só Jinyi, a seu lado, pudesse ouvir.

— Nunca vi o venerável sr. Bian. Nem uma vez, nesse tempo todo em que estou aqui. Mas ouço falar dele todos os dias. Eu não ficaria surpreso se houvesse algumas pessoas que rezassem para ele. Deveríamos ter um altar ou algo assim — disse, rindo da própria piada.

Jinyi percebeu que tinha cometido o erro de conceder atenção, Yangchen a confundiu com interesse.

— Você já viu um carro? São pretos e grandes, como leões da meia-noite. Quase me mijei na primeira vez que vi um. Você já viu?

Cansado, Jinyi assentiu.

— É claro, já vivi dez anos em cidades grandes.

— Mas você ainda tem uma coisa de interiorano.

— Que coisa? — perguntou Jinyi.

— Como se não conseguisse acreditar em nada do que vê.

— O campo não é assim tão ruim. E não sou um caipira.

O *chef* gritou outra vez.

— Ele tem razão. Você tem aquela maneira de olhar as coisas como se não soubesse se tenta falar com elas ou comê-las. Essa cara aí. — A cozinha borbulhou de risadas.

— Melhor do que ser careca e com a cara toda bicada de galinha — retrucou Jinyi, e mais risos vieram. E o relógio andou um pouco mais rápido.

∽ ∾

Jinyi logo se sentiu em casa em Fushun. Era um sentimento novo para ele, uma nova e estranha sensação de estar subitamente confortável em sua própria pele. Mas o que lhe dava aquela sensação não era o chão de pedra que ele dividia com outros sete num quarto apertado à noite, encolhido sobre uma pele de animal mofada, ouvindo recém-nascidos choramingando e sendo confortado por canções de ninar murmuradas. Era a cozinha suada onde ele passava cerca de dezoito horas de seu dia. Eu compreendo isso: cozinhas nos falam num idioma de calor e conforto. Quanto mais tempo passava junto à temperatura abrasadora dos fogões, mais Jinyi conseguia esquecer seu humilhante rito de apresentação e a primeira surra que recebeu do *chef*. Quanto mais ele trabalhava e recebia pequenos elogios e gestos de aceitação, mais empurrava para o fundo da mente as ideias sobre continuar viajando. Tudo é pago e ganho com o tempo, ele pensava consigo, e até tentou partilhar essa nova ideia com os outros. Ninguém ouviu. Por que deveriam? É preciso aprender essas coisas por si mesmo.

— Nós temos sorte... — Jinyi às vezes se pegava dizendo. Os outros auxiliares sempre zombavam dele por isso, mas ele descobriu que não se importava.

Uma cozinha, ele ponderava, podia ser qualquer país. Os cheiros evocavam províncias, cidades, casas, pessoas, iguarias. O assobio do repolho fritando na panela lembrava as brincadeiras ao ar livre com os cães e outras crianças do campo. Um rosto tomado pelo vapor das torres de bolinhos o transportava ao esplendor carmim do início do verão. Nosso olfato traz de volta pequenas lembranças, que nos assombram com nossa incapacidade de localizá-las. Os cheiros nos perseguem com associações. Jinyi até imaginou o rosto pálido de seus tios aparecendo entre as nuvens de farinha moída que subiam da massa, e deixou que ficassem observando como ele fazia bolinhos.

— É uma forma de arte. Qualquer um lhe dirá isso.

— Verdade? — Jinyi não sabia ao certo se Yangchen estava brincando com ele ou não. — Como caligrafia?

— Exatamente. Todo mundo tem seu estilo, e isso é tão importante quanto o que é criado.

— Você sabe escrever?

— Não, claro que não. Mas sei ler. Bem, algumas palavras. O suficiente para sobreviver. E você?

— Não.

— É, ouvi dizer que ninguém sabe escrever no interior. Se vissem tinta por lá, pensariam que era vinho de amora e beberiam... — Yangchen sorriu, satisfeito consigo mesmo.

— Eu queria saber. Já vi pessoas fazendo isso. Isto é, fazendo corretamente, com o papel e a tinta certos. E como pintar os veios de uma folha. Vou aprender um dia.

— Com certeza. Você vai aprender depois do trabalho. E, quem sabe, não faz uma petição aos japas para que deixem você entrar na universidade? Claro!

Jinyi deu as costas a Yangchen, concentrando-se em sua tarefa. Ele não gostava de ser motivo de chacota, especialmente quando se abria a alguém.

Aquilo era uma arte? Ele não sabia ao certo. Existem centenas de tipos de bolinhos, e aqueles servidos nos três restaurantes Bian eram reconhecidos como os melhores na cidade. Em momentos como aquele, quando Jinyi dobrava as bordas das folhas de massa fina em torno do recheio e seus dedos faziam sulcos na parte de cima, ele não teria acreditado que aquela habilidade, o segredo da dinastia dos restaurantes Bian, morreria com ele. Ele teria sacudido a cabeça em descrença e respondido que as pessoas só precisam comer.

— Sabe o que você deve fazer? Juntar-se aos comunistas. Não é brincadeira, meu irmão já se alistou e foi para o Sul, para ajudar a acabar com os japoneses — disse Yangchen.

— Não seja idiota — respondeu Jinyi, ficando irritado. — Em que isso vai ajudar? Fugir para o Sul enquanto estamos presos no meio da Manchúria me parece um pouco covarde.

— Faça como bem entender. Mas pelo menos estou pensando em alguma coisa e não simplesmente ignorando tudo.

Jinyi balançou a cabeça e riu. Dê espaço demais a sonhos tolos sobre o futuro, pensou ele consigo, e você perderá o presente.

≈ ≈

— Hoje à noite? — foi um sussurro vertiginoso, pronunciado num tom geralmente reservado para fofocas obscenas. A pergunta reverberava pela cozinha; até os garçons, desengonçados, pareciam mais agitados que o habitual.

A cozinha estava abrasada pelo verão. O vapor subia ao teto e depois se espalhava como nuvens úmidas, enquanto corpos pegajosos trombavam abaixo. O fogo fritava os legumes.

— Assim que terminar o turno?

Yangchen se esgueirou na direção de Jinyi.

— Você vem?

O *chef* ouviu.

— Nem pensem nisso! Ele, não. Já temos o suficiente.

Yangchen abriu a boca para falar, mas não conseguiu pensar em nenhuma resposta. Yaba, porém, inclinado perto da janela solitária, bateu o punho repentinamente contra a bancada de madeira manchada. Depois voltou o rosto para os outros e bateu o punho uma segunda vez antes de encarar Jinyi e lhe dirigir um breve aceno de cabeça. Todos tinham parado para observá-lo, mas ele não fez nada mais, apenas voltou a picar os legumes. O *chef* suspirou.

— Tudo bem. Mas se ele causar algum problema, vamos jurar que não o conhecemos. Certo?

Jinyi manteve a cabeça baixa e esperou, fazendo o máximo para não decepar os próprios dedos enquanto sua mente vagava, como óleo flutuando na água. Depois que os últimos clientes terminaram e os garçons se alimentaram, os funcionários lançaram as últimas tigelas, facas, tábuas e *hashis* gordurosos num tanque retangular para esperar que a água chegasse pela manhã, e se aglomeraram junto à porta. Yaba agachou para atar o corpo pesado de seu cão a uma perna de mesa. Sobravam cinco deles: o *chef*, Yaba, Yangchen, um manco de meia-idade que trabalhava na cantina e Jinyi.

— Muito bem, isso é o que vamos fazer. Eu vou primeiro, ao longo do rio e até passar pela ponte principal. Qingsheng, você e Yangchen dão a volta pelo mercado coberto, ao longo da passarela. Yaba, você leva o caipira e vai por trás das casas, passando pelo segundo restaurante. Quando chegar lá, hoje são três batidas, espere, e depois mais duas batidas. Entendeu?

E assim eles seguiram caminho. Jinyi foi andando ao lado de Yaba, esperou até que os passos dos outros não pudessem mais ser ouvidos e falou:

— Então, para onde estamos indo? Quero dizer, seria melhor eu ir embora? Não quero nenhum problema, Yaba, você sabe disso.

Yaba se virou e sorriu, dando tapinhas no ombro de Jinyi e acelerando o passo. Eles passaram pelas barracas do mercado e pelos vendedores ambulantes em frente ao restaurante, e agora se aproximavam de pátios escurecidos pelo pó de carvão carregado na brisa. Contornaram os pátios até chegar a uma série de edifícios em ruínas, as pedras do calçamento dando lugar ao barro endurecido e ao cascalho. Depois se viram no meio de barracos feitos de restos, com tetos improvisados de ferro amassado e enferrujado. Tampos de mesas de restaurante quebradas faziam as vezes de porta, e os tijolos eram empilhados precariamente, sem cimento para agregá-los, deixando o vento do verão assobiar pelas frestas. Yaba colocou o dedo sobre os lábios e depois apontou para um pequeno beco entre as fileiras de casas.

Eles tinham de se mover como caranguejos, andando de lado e se espremendo pelo beco, o peito contra os tijolos escuros de um lado e as costas raspando as quinquilharias acumuladas do outro. Jinyi sentiu a mão de Yaba novamente em seu ombro, fazendo-o parar e ouvir o som de cascalho sob botas gastas, o som inconfundível dos patrulheiros noturnos. Jinyi não ouvia nada além da respiração ritmada de Yaba, espessa e nasal, e de repente ficou feliz apenas por não ter ido embora para o chão de pedra onde dormia nos dias quentes.

Eles tomaram o cuidado de caminhar lentamente, passando pelo segundo restaurante do Velho Bian e acima da ponte da ferradura.

— É verdade que você vive na casa deles? Dos Bian, quero dizer?

Yaba assentiu, sem se voltar para Jinyi nem perder o passo ritmado.

— Isso não é um pouco estranho?

Yaba deu de ombros e Jinyi achou que havia entendido. Claro que é estranho, o mudo parecia dizer com os ombros, mas todo o resto também é. Como a vida deveria ser? Jinyi pensou na casa do tio, na família de Dongming, no velho barbeiro e no cubículo de pedra úmido que dividia com pessoas famintas que passavam o tempo à procura de migalhas de trabalho, vasculhando lixeiras no escuro ou apenas tentando ficar fora da vista das forças de ocupação. Como é fácil, pensou ele enquanto atravessavam a ponte sobre o rio lento, deixar que as menores mudanças nos transformem em outra pessoa. E nesse momento Jinyi se pôs a coçar a cabeça, perguntando se a parte da cidade daquele lado do rio era um reflexo da outra, se sua mão direita se tornaria a esquerda, se seu cabelo malrepartido se voltaria para o outro lado.

Eles pararam diante de um restaurante fechado com tábuas e bateram três vezes, fizeram uma pausa e depois bateram mais duas vezes nas ripas de madeira frouxamente pregadas. Um velho apareceu, espiando entre as tábuas, e depois sumiu. Alguns segundos depois ele estava ao lado dos dois, conduzindo-os ao redor do prédio até a porta do porão. Enquanto desciam, não havia nenhum vento frio, o que era de se esperar em cavernas de pedra como aquela, e logo ficou evidente o porquê. Uma vez que a pesada porta fora fechada e trancada às suas costas, eles se curvaram para passar sob um lençol manchado que pendia do teto, e foram recebidos por um ruído baixo de aplausos e palavrões sussurrados. O porão estava cheio de homens, acocorados ou curvados sob a abóbada do teto como cisnes deselegantes.

Ao contrário da modesta adega do restaurante, não havia repolhos armazenados para o inverno nem garrafas de licor refrigeradas que se destinavam àqueles homens em quem eles sonhavam cuspir. A cada poucos passos passavam por jogos diferentes. Avistando alguns conhecidos do outro lado do recinto suado, eles começaram a abrir caminho entre as pequenas aglomerações até o fundo da adega.

Eles passaram por jogos disputados com tiras de papel branco de diversos tamanhos e por dominós derrubados como se tivessem sido oferecidos a alguma divindade furiosa. Contornaram homens apostando quais das miudezas empilhadas umas sobre as outras debaixo de uma xícara de chá restariam quando a pilha fosse cortada quatro vezes, e cruzaram furiosos com varas que derrotam tigres que comem galinhas que engolem minhocas que roem as varas, e vários dados de madeira lascada. O jogo ainda não era completamente ilegal (como seria quando o Partido Comunista tomasse o poder, deixando os cassinos apenas para a ilha de Macau, cedida aos portugueses), mas era cada vez mais malvisto na florescente república. Ninguém sabia ao certo como os japoneses reagiriam a esses encontros noturnos, mas todos concordavam que era improvável que os tolerassem sem que seus bolsos fossem significativamente enchidos.

Yangchen e o *chef* de cozinha estavam acocorados num círculo muito animado. Jinyi teve de empurrar alguns homens para conseguir ver o que havia no pequeno ringue — dois grilos escuros dançavam frente a frente, e os homens os encorajavam a lutar. Um conjunto de cabaças e potes de barro, dois com as tampas abertas, alinhava as fronteiras externas do círculo.

— Acho que isso não é uma competição de canto.

Yangchen voltou o rosto e sorriu.

— Aí está você. Sabe, eles são umas coisinhas muito violentas quando querem. Estou apostando no mais claro, veja: ele está cercando o inimigo... é, isso aí, garoto!... esperando para atacar.

O combate de grilos era um passatempo popular desde o início da dinastia Ming e do reinado do imperador Xuande, também conhecido como o imperador Grilo. Ele favoreceu tanto o esporte que, todos os anos, milhares de grilos eram ofertados como homenagem à família imperial, e decisões de Estado eram frequentemente baseadas na ferocidade dos antebraços crepitantes dos insetos. Por milhares de anos, grilos cantantes, com seus hinos ásperos e entrecortados, foram mantidos como animais de estimação no Reino do Meio, em gaiolas de bambu junto às camas, ou louvados em dezenas de poemas outonais por suas asas em fúria.

— Costumava haver galos aqui também, claro. Mas todos viraram comida muito antes da invasão. Quem tem aves sobrando hoje em dia?

— Depois foram as cobras. Mas elas também foram comidas — acrescentou o *chef* de cozinha à conversa, provocando risadas entre alguns do grupo, embora Jinyi duvidasse de que fosse apenas uma piada. À medida que os grilos se aproximavam, o pequeno público ficou em silêncio, na expectativa.

Por toda a adega, homens bebericavam de grandes potes de geleia, cheios até a metade com folhas de chá flutuando como escuras palmas à luz das velas. Foi então que Jinyi notou o que estava sendo disputado. Não havia uma única moeda à vista, embora isso não fosse grande surpresa. Em vez disso, Jinyi notou uma série de coisas no chão: maçãs, facas, *hashis* pintados, sapatilhas com solas malremendadas, um conjunto manchado de dentes de madeira, botões e outros objetos que ele não conseguia identificar, atirados em cada aposta. Ele tateou os bolsos das calças. Havia um pedaço de barbante e um pente com metade dos dentes quebrados. Por onde começar?

Gritos se elevaram do círculo e foram rapidamente abafados. O grilo de Yangchen vencera — o outro estava deitado de costas, zumbindo como uma lâmpada ruim. Yaba andou na direção de uma esteira onde moedas e fichas eram divididas em quatro pilhas, e fez cálculos com estranhas torções dos dedos. Jinyi começou a avançar para se juntar a ele, mas o *chef* colocou a mão grande em suas costas.

— Melhor não. É falta de educação se sentar ao lado de um homem quando ele está jogando. Se ele perder, vai pensar que você lhe trouxe má sorte, e se ganhar, vai pensar que você está querendo uma parte de seus ganhos.

— Além do mais, quem sabe o que ele vai contar depois lá na casa grande? — acrescentou Yangchen.

Jinyi balançou a cabeça.

— Yaba não dirá nada a eles, Yangchen, ele não pode falar.

— Haha. Você sabe o que quero dizer. Não tem como não ser diferente: dormir lá em cima e até comer com eles de vez em quando, depois passar o dia conosco. Não está certo. Isso me dá arrepios.

— Não era o que você estava dizendo no mês passado, Yangchen.
— Um homem baixo ergueu os olhos de onde os cestos de vime eram preparados e as apostas contadas para a próxima luta. — Lembro-me de você dizendo que daria sua mão direita para dormir na casa grande.

— Bem, é claro. Mas isso foi antes de meu irmão me contar sobre os comunistas. Enfim, não dou a mínima para dinheiro... mas deve ser bom ter mais do que pão velho para levar de volta para os meus pais. E eu estou falando das três filhas. Dê uma força aqui, Qingsheng! Eu sei que você também viu, quando elas vieram com o patrão para aquele banquete no ano passado, quando isolamos o segundo andar inteiro, lembra? Você sabe exatamente do que estou falando.

O cantineiro de meia-idade balançou a cabeça.

— Uma esposa é mais que suficiente para mim. A gente vive melhor apenas sonhando com elas, pode acreditar.

— Isso é tudo que ele faz. Olha para elas e sonha. Eu já vi seus olhos vidrados — sorriu o *chef* de cozinha. — Seu safado indecente.

— Sim, pode zombar de mim, só porque estou numa maré de sorte. Mas você já viu aquelas garotas de tirar o fôlego, sabe do que estou falando. Elas parecem feitas de porcelana. A mais velha principalmente, com aquele rosto redondo e olhos enormes. Li, você mesmo disse que eram os mais bonitos da cidade, não foi?

Li deu de ombros, mas Jinyi já ficou intrigado. Não pelo tom da conversa, na fronteira entre o jocoso, o obsceno e o sutilmente maldoso, mas pela menção às garotas. Desde que ele começara a trabalhar em Fushun, as únicas mulheres que tinha visto além de Bian Shi eram as cabeças que saíam do restaurante, prostitutas esfarrapadas sob a penumbra de ruelas mal-iluminadas e as mães de rosto constrito do quarto onde ele dormia, que lutavam para alimentar seus bebês chorosos.

— Bem, só vi os pés delas no começo do banquete, porque eu tinha que manter o fogo aceso, já que estava nevando e tudo o mais. Mas eu me lembro bem deles. Sapatilhas de ouro. Juro, elas estavam usando sapatilhas de ouro! — Yangchen falava num tom conspiratório, sussurrando a seus colegas, enquanto os outros homens remexiam em seus bolsos para a próxima rodada de apostas.

— Isso é verdade. Há anos que eu não via hans tão bem-vestidas. Elas estavam usando sedas também, e seus cabelos desciam em tranças brilhosas. Graciosas, elas... não eram o tipo de mulher que costumamos ver por lá, penduradas nos braços de soldados ou banqueiros — admitiu Qingsheng.

— Parece que fiquei horas esperando a refeição acabar para poder ver o restante do corpo delas, especialmente com vocês todos falando de como elas eram e do que tinham ouvido. E só de ver o movimento daquelas conchas de ouro brilhando pelas tábuas do assoalho, eu soube que todos os boatos eram verdadeiros! Ah, amigo, elas eram...

Gaguejando, Yangchen se deteve quando viu Yaba se aproximando. Os funcionários da cozinha se viraram e agacharam para assistir à partida seguinte, com os insetos libertos das cabaças e se atirando um contra o outro num zumbido crepitante, como o som de bombardeiros solitários se aproximando por um céu vazio. Logo os inquietos saltos dos grilos pareciam contagiar os jogadores, e eles ficaram irritados e brigões; Jinyi se retirou da adega com alguns outros logo cedo, tomando o cuidado de fechar a pesada porta acima dos sons das vozes erguidas. A maioria dos homens sairia da adega direto para o turno da aurora, sem se preocupar em deitar para dormir.

A brisa de verão atingia o rosto de Jinyi enquanto ele se dirigia ao quarto de pedra para dormir entre seus pensamentos, movendo-se instintiva e despreocupadamente, como se estivesse usando solas de sapatilhas de ouro.

Lorde George Macartney foi embora da China desapontado. As trocas comerciais eram esparsas — os comerciantes britânicos na China eram proibidos de falar com a população local, e foram impedidos até de aprender o idioma. Nos vinte anos da missão fracassada de Macartney, os ingleses, com seu gosto crescente por bebidas quentes, importaram milhões de quilos de chá vindo de Cantão a cada ano. No entanto, para contrabalançar este comércio unilateral, eles não tinham nada além de seu cobiçado lingote de prata. Isso era obviamente inaceitável para uma nação de construtores navais acostumados a intervalos para o chá da manhã.

Em extensões de campos abrasados pelo sol na Índia rural, a Companhia Britânica das Índias Orientais se deparou com uma solução para realinhar a balança: papoulas. Das plantas ainda verdes, a resina era extraída e seca, e a massa de cor castanha era embalada em sacas do comércio britânico. Na década de 1830, apesar da proibição chinesa sobre a importação ou o cultivo do ópio, os comerciantes britânicos reverteram o fluxo do comércio. A prata britânica — assim como a prata dos estoques chineses em rápido esgotamento — começou a fazer o caminho de volta pelo oceano. Para deter o comércio ilegal que estava incapacitando a economia chinesa, em 1838, representantes do governo interditaram navios e ordenaram que lhe entregassem o ópio. Eles, então, despejaram no mar um montante de prata mexicana no valor de 9 milhões de dólares. Por dias a fio, as ondas que batiam no porto borbulharam, espumaram e salivaram. Os britânicos interpretaram como um ato de guerra.

As Guerras do Ópio conseguiram demonstrar a supremacia militar das forças estrangeiras. Durante a Segunda Guerra do Ópio, forças britânicas incendiaram o palácio de verão em Pequim e impuseram tratados humilhantes aos chineses derrotados, incluindo a ocupação perpétua de Hong Kong e de uma área ao redor da península de Kowloon. Talvez o mais importante disso seja que o comércio de ópio foi legalizado.

Esta era uma das muitas razões pelas quais o Velho Bian estava deitado sobre uma cama de ópio almofadada, testemunhando em privado como as ondulantes cortinas de seda se derretiam em fios de luz como chuva. Anos passaram por ele dessa forma, nas ondas da suave maré. Seus dedos pinçaram o ar, e ele recebeu o longo cachimbo de bambu de um garçom ágil que aguardava por perto. Ele tinha vindo de um prolongado almoço com uma de suas amantes e, observando o jovem garçom magrelo, ponderava se tinha energia suficiente para lidar com aquela situação.

O quarto de sua amante estava uma bagunça, mas ao menos ela havia preparado algo para que os dois comessem, ainda que ele deixasse os pratos intocados. O lugar precisava de uma faxina decente. Ele não estava pagando pelo quarto e pela manutenção? Será que valia a pena ouvi-la reclamando de seu fedelho por duas horas apenas por uma trepada piegas e lacrimosa? Ele concluiu que não. Havia muitas outras a quem ele podia recorrer. E, de qualquer forma, os contornos do rosto dela começavam a se crispar em pés de galinha, e ele não podia suportar isso.

Até que Bian desse sua tragada, que a dor fugisse e o êxtase ardesse por trás de suas pálpebras, ele ficava inquieto. Insônia, coceira na pele, constipação. Deu outra tragada. Suas preocupações se dissiparam. Alguém estava falando. Ele ergueu os olhos e sentiu seu corpo flutuando, luminoso: ele sentia o formigamento em seus poros.

O estabelecimento em que Bian estava deitado era construído em torno de um corredor longo e sinuoso; as portas para cada um dos espaçosos quartos permaneciam fechadas enquanto houvesse pessoas caminhando entre eles, pois nunca se podia saber; talvez o filho ou vizinho de alguém estivesse num quarto adjacente. Além disso, ninguém parecia sair pela mesma porta por onde entrara, e Bian não sabia se era pelo mesmo motivo ou não.

A massa em suas mãos era negra e firme, como um corte de favo de mel escurecido à luz morosa da tarde. Claro, ele acenou para o garçom, apenas coloque na minha conta.

A lista de colegas, sócios escusos e rivais do Velho Bian mudava tão rápido que ele quase não conseguia acompanhar. Muitos tiveram seus negócios fechados pela ocupação, denunciados anonimamente às autoridades por uma ou outra ofensa — uma palavra no ouvido certo após um longo jantar era o suficiente. Outros tinham sido esmagados pelo custo das refeições gratuitas para os novos cidadãos de primeira classe, onipresentes em seus uniformes camuflados. Enquanto isso, os que não partiram em direção ao Sul para um exílio autoimposto com os nacionalistas tentavam pagar para se livrarem de problemas. Isso nem sempre funcionava. Cada semana, onde o rio se estreitava, pescadores içavam corpos pálidos e inchados que atrapalhavam o fluxo. Depois de livrá-los de roupas, anéis e às vezes dos dentes, eles eram jogados de volta. E daí?, pensou Bian. Bem feito para eles. Agora Bian estava habituado à visão de velhos conhecidos tremendo de abstinência, homens adultos definhados como fantasmas feitos de areia, contando trocados e vestindo as mesmas roupas dia após dia, enviando suas antigas namoradas e concubinas a bordéis ou cidades diferentes, onde não seriam reconhecidas. E daí? Sempre haveria gente com quem fazer negócios: chineses, japoneses, britânicos, franceses, alemães, americanos ou até mesmo os russos, apesar de suas ideias malucas. Ele riu. Como é que se discute negócios com pessoas assim? Agora ele ignorava seus antigos sócios quando passava por eles nas ruas.

Foi seu avô, careca e corcunda desde o início dos vinte até sua morte prematura, quem expandiu o primeiro restaurante famoso para que houvesse três deles gravados como marcas de nascença na carne resistente da cidade. E lá estava ele agora, levantando um braço flácido ao garçom para pedir que colocassem uma poltrona reclinável ao lado da pilha de almofadas espalhadas de Bian. Não, pensou Bian consigo, isso não pode estar certo, ele morreu há quase cinquenta anos. Ele esfregou os olhos e viu que o homem ao lado não era seu avô e tampouco completamente careca — na base da calva lustrosa, uma fina cauda preta se trançava em sua nuca. Ele estava falando.

— Ah, Bian. Meus bons votos à sua família. Imagino que estão todos saudáveis e felizes, não?

— Estão. E a sua?

— Está maravilhosa. O Imperador de Jade tem abençoado a nós dois, não é? — Os dois homens agiam como se o mundo fosse o mesmo que sempre tinha sido, como se não houvesse invasão, guerra, fome, pobreza ou morte. Ambos sentiam que tinham de fingir que nada havia mudado, ou então eles mesmos começariam a desaparecer, a definhar no passado.

— Os negócios — e aqui o homem do rabo de cavalo deu uma tragada em seu próprio cachimbo, deixando a frase no ar com os finos tentáculos da fumaça — vão bem? Ora, eu não tenho nenhuma dúvida disso. Xiang, ouvi dizer, está indo terrivelmente mal. Pena.

— Seria terrivelmente vulgar falar de trabalho...

— Claro.

— Mas os restaurantes estão em boas mãos.

— Claro.

— E não tenho nenhuma dúvida de que você está indo bem. É um ano auspicioso para expansão, ou assim andam dizendo. — Bian deixou que suas pálpebras se afundassem mais próximas umas das outras enquanto o outro falava. Ele não conseguia lembrar exatamente quem era aquele homem.

— Claro, concordo plenamente, seria vulgar falar disso. Entretanto, como você sabe... — Mas as palavras já fugiam ao alcance de Bian, fundindo-se ao zumbido de insetos, à irritante agitação de asas roçando umas nas outras. Ele fechou os olhos e deixou que elas o levassem. Foi só quando a sala mergulhou em silêncio que Bian percebeu que se esperava uma resposta dele.

— Que os céus sejam louvados pela prosperidade — disse ele.

O homem do rabo de cavalo assentiu. Ele estava satisfeito.

— Suas filhas estão quase terminando os estudos, não? — perguntou o homem com um vestígio de sorriso.

Bian sabia o que vinha pela frente, mas não conseguiu encontrar forma de contornar a etiqueta exigida, o sutil pugilato e as insinuações. Então é isso que ele quer, pensou Bian. Um casamento com minha filha. Bian pegou o cachimbo, tentando parecer descontraído e agradável, embora estivesse tentado a ignorar o homem e torcer para que ele compreendesse a deixa e se retirasse. Já havia empregado essa tática muitas vezes, e em qual funcionava, com as pessoas finalmente se afastando enquanto ele olhava sem titubear para a janela; mas contanto que o cachimbo estivesse próximo. Ele calculou rapidamente e, embora ainda não pudesse ligar um nome àquele homem, supôs que arriscar-se a ofendê-lo seria imprudente. Talvez ele viesse a se provar útil de alguma forma.

Bian suspirou.

— Elas anseiam mais por aprender do que ter apenas joias.

— E por que não? Uma mulher educada se torna uma mãe iluminada, capaz de criar filhos fortes e inteligentes.

— Quem dera fosse assim tão simples. Ela tem planos para a faculdade. — Ambos sabiam que ele estava falando de Yuying, a filha mais velha, de quatorze anos e meio: idade de casar. Seria desastroso pensar em casar outra filha antes da mais velha. Seria vergonhoso. Bian poupou seu interrogador da pior parte: que a filha queria continuar estudando japonês.

— Ah, mas quando ela estiver casada terá coisas mais importantes em que concentrar seus esforços.

— Claro, claro, ela não negligenciaria seus deveres de mulher. — Bian estava ansioso por terminar a conversa.

— Meu filho, você sabe...

— Será um grande homem. Não tenho dúvida disso. Já ouvi elogios de muita gente, o bastante para saber que ele será igual ao pai. — Bian estava habituado a essas falsas reverências; ele não tinha a menor lembrança do jovem de quem estava falando, mas pelo menos o homem do rabo de cavalo a seu lado agora sorria e meneava a cabeça com falsa modéstia.

— E eu também ouvi falar dos muitos pretendentes para sua filha que você dispensou. Nós seremos os próximos?

— Não, claro que não. No entanto, ela pretende fazer faculdade.

— Mas seja razoável. São caprichos de mulheres: elas mudam a cada dia. Hoje é a faculdade, amanhã serão sapatos novos, um vestido; um dia depois, um bicho de estimação, uma criança. E por aí vai.

— Quem dera.

— Estou começando a acreditar que você não quer vê-la casada. Você prefere manter suas filhas junto de si, sua família dentro da sua casa. Não é fácil abrir mão de uma filha. Mas ela terá uma nova vida. O mundo é assim. Pense nisso.

O homem desconhecido se levantou e se afastou claudicando da cama de almofadas, o rabo de cavalo balançando às costas. Bian tragou o cachimbo e tossiu a fumaça áspera, irritante; estava quase acabado, quase no fim. Ele tragou e fechou os olhos. Odiava esses encontros, os falsos sorrisos e as regras de falsidade mútua. Mas talvez o outro tivesse razão — de todos os intermediários que vieram apresentar pedidos de jovens ricos e renomados das famílias mais tradicionais da cidade, ninguém o impressionara o bastante para levá-lo a mutilar sua família. Uma vez que uma moça partia, não podia voltar. Ou, se o fizesse, seria como esposa, como mãe, como outra pessoa — não como a filha que ele observara em silêncio por mais de uma década. Netos, bem, seria bom, mas o que eles seriam — Lis, Xues, Wangs? E quanto a Bian? Quem manteria vivo aquele nome? Em sua mente emergiram os rostos dos antepassados esculpidos no salão principal de sua casa, suas feições se torcendo e contorcendo no fluxo dos veios da castanheira. (Eu conheci cada um deles em seu tempo, e, pode acreditar, era um bando difícil de agradar.)

A sombra da tarde conquistava o xadrez do chão de azulejos, e Bian fumava e contava quantas semanas havia desde a última vez em que dormira com sua esposa.

Ele deu outra baforada e deixou que seus pensamentos vagassem para o bordel a duas ruas dali e para as garotas que ele catalogara de acordo com seus defeitos: a adolescente dentuça, a matrona marcada de varíola, a jovem de vinte e poucos anos com cabelos avermelhados e a pança de gravidez. Ele não se interessava pelas moças bonitas, pelas madames bem-vestidas que se despiam timidamente das sedas para se deitar com os clientes em almofadas ciciantes. Podia encontrar aquele tipo em qualquer lugar. O que ele queria era a visão das veias, o cheiro do hálito azedo e o som de grunhidos; a aspereza de pelos escuros nas pernas ou axilas, mapas de verrugas traçados por coxas úmidas, e todas as outras partes que elas já não se preocupavam em esconder. Naquilo havia uma honestidade que ele negava a si mesmo em todos os outros aspectos de sua vida.

"Por que não arranja uma concubina, como nós?", indagavam muitos de seus sócios. Bian não tinha nada além de desprezo por elas — grupos de mulheres que partilhavam os segredos do amo entre si e falavam dele pelas costas; o que poderia ser pior? Era mais seguro desta forma: quartos baratos alugados em diferentes cantos da cidade, um quebra-cabeça não exatamente resolvido. Saltar de cama em cama em sua própria casa não pode ser respeitável, ele ponderava. E, apesar dos maus exemplos de seus impulsos (que ele dizia a si mesmo ser tarde demais para remediar), suas filhas tinham de aprender que uma mulher não precisa desaparecer no abismo insondável da sombra de um homem. Frequentemente, era o rosto de suas filhas o que persistia em seus sonhos, e não o dos muitos filhos — meninos que, embora lhes faltasse o nome de família, tinham herdado seu queixo furado, as pernas finas de frango e a testa de tigela de arroz —, meninos que brincavam nas ruelas por onde ele muitas vezes se esgueirava. Quantos filhos secretos ele tinha? Não sabia ao certo. Bian levava pedaços de frutas nos bolsos para distribuir quando os meninos corriam em sua direção, para que não tivesse de falar com eles. Ele deu outra tragada e tentou se livrar desses pensamentos.

Aos olhos de seus iguais ele era muito reservado, muito imprevisível. Todo aquele dinheiro e nenhuma concubina! E agora filhas que não davam o menor sinal de deixar a casa da família! Bian sabia todas as coisas que eram ditas a seu respeito. Além disso, embora fingisse ignorar, ele sabia que sua esposa tinha um grande papel em seu império comercial (afinal, alguém tinha que fazê-lo — e ele nunca teve cabeça para números, margens de lucro, estoques ou problemas de pessoal). Uma vergonha, as pessoas sussurravam. Numa época em que as mulheres ainda eram tratadas como escravas em muitas famílias ricas, e em que se sabia que novas esposas muitas vezes cometiam suicídio nos quartos severos e gelados de casarões patriarcais, a visão de sua única esposa claudicando sozinha no restaurante, balançando em seus delicados pés atados, era o suficiente para atrair o falatório das últimas famílias poderosas. Mas a influência de Bian era tanta que poucos ousavam mencionar essas simples verdades em público.

Estas são as coisas que foram oferecidas a Bian (discretamente, claro, por agentes de casamento enviados nervosamente à sua casa para sondá-lo) por sua filha:

quatro burros e uma mula (esta última já um tanto velha);
um diamante do tamanho de uma ameixa seca;
um par de leões Fu de mármore para proteger sua casa;
metros e metros de seda amarela de Suzhou (a cor antigamente reservada aos imperadores);
campos de trigo e arroz que se estendiam além dos limites da cidade;
uma escultura de demônio da dinastia Ming, que ele cobiçara no restaurante de um concorrente;
os diversos colares e anéis que haviam pertencido à mulher de um comandante militar recém-executado e que por acaso tinham chegado às mãos de um pretendente;
vastidões de prata;
peles de animais, curtidas e modeladas em roupas, tapetes e peças de parede;
uma mesa de jantar da dinastia Qing talhada à mão e majestosas cadeiras, repletas de motivos da fênix;
armazéns cheios de diferentes chás: chá-verde, sementes de melão, *oolong* e jasmim.

Mesmo no século XXI, continua sendo fácil comprar uma esposa. Todo mundo precisa de filhos e herdeiros, especialmente quando há trabalho a ser feito. E com a população masculina disparando, há aldeias distantes, na verdade cidades inteiras no campo, sem mulheres suficientes para seus homens. Há dinheiro para isso. Embora não venham por vontade própria, elas continuam chegando, mulheres traficadas e migradas à força para lugares sem nem mesmo a mais precária das rodovias esburacadas para levá-las de volta para casa.

Nem os mortos podem começar sozinhos suas jornadas do crepúsculo para além das ruelas da cidade. Famílias em áreas rurais não medem esforços para garantir que cadáveres de moças solteiras sejam enterrados junto aos corpos de seus filhos; e se não podem ser comprados, às vezes os corpos são roubados. Sabe, os solteiros só formam meia vida. Se nenhum cadáver for encontrado, um feito de palha terá que bastar. Talvez, nas ruas dos mortos, essas mulheres de palha pousem os olhos sobre seus maridos e falem. O que elas dirão? Você pode comprar universos inteiros e escondê-los em lugares em que ninguém mais pensará em olhar. Há lugares onde você ainda não esteve, que são mais vívidos em sua memória do que aqueles que você deixou para trás.

As brasas feneciam em carvão enegrecido na grelha, e o vento choroso abriu a janela num sopro. Bian ouviu o rangido longínquo de rodas de caminhão, enquanto as tropas eram carregadas e descarregadas em postos designados. Ele decidiu o que faria. Bian não confiava no olhar dos agentes de casamento, todos aqueles sorrisos tortos e sorrateiros, com piscadelas, insinuações e tapinhas nos bolsos. Talvez ele pensasse em Pu Yi, instalado como um imperador fantoche na Manchúria para dar um ar de legitimidade ao domínio japonês, ou talvez pensasse em seu nome de família, o único símbolo arqueado que estava pendurado acima dos restaurantes Bian havia quase cem anos. Talvez ele só pensasse em sua filha. Mas agora ele tinha um plano, e os herdeiros dos homens mais importantes da cidade eram desnecessários. Ele mesmo encontraria o marido para ela. Por que desistir de uma filha, quando podia ganhar um filho? Tudo que ele precisava fazer era encontrar um candidato adequado, alguém que seguisse as ordens, e seria tão simples quanto todas as suas outras sutis manipulações, as transações que ele conduzia diariamente com o mais lânguido dos sorrisos fixos.

No entanto, ele não desejaria que eu revelasse o funcionamento daquele tipo de truque de mágica: seus negócios, assim como suas outras intimidades mais casuais, eram sempre conduzidos a portas fechadas.

A VEZ SEGUINTE EM QUE VI O IMPERADOR DE JADE *foi quando eu estava no céu, exe-cutando tarefas pedidas em orações reclusas. Ele estava entre os dragões e oito imortais, mas, logo que me viu, desceu de seu trono e me convocou a um jardim que brotou bem debaixo de nossos pés — em poucos minutos eu me vi ao lado de um córrego tranquilo, e esperei, embaraçado, enquanto o imperador se instalava em um banco de pedras murmurejantes.*

— Pensei em ver como andam as coisas — disse ele, sorrindo para mim. — Eu me pergunto, o que você aprendeu sobre o coração humano até agora?

— Bem, Vossa Excelência, sei que o coração bate cem mil vezes por dia, que sem ele a vida engasga e para... que é um músculo de quatro cavidades, que se comprime e se contrai para bombear o sangue através do corpo...

— Sim, sim — disse ele, impaciente. — É o motor de uma viagem: a vida flui do coração para a artéria, para os capilares, para as veias, e de volta ao coração. Talvez você venha a entender que tudo está ligado neste ciclo. Não há fim nem início para este movimento, embora ele possa admitir variação, ou a entropia final inevitável de determinados componentes. Por exemplo, o próprio tempo, ou a ficção a que os humanos se referem como história. Só existe o círculo. Há guerra, depois paz, e então novas guerras; a divisão do país, depois sua unificação, em seguida a redefinição de suas fronteiras; heróis libertadores que se tornam tiranos, depois novos heróis que se levantam para derrubá-los e estabelecer novos regimes; estagnação, depois revolução e em seguida conservadorismo; nascimento, morte, depois renascimento.

— Ou talvez seja que tudo mude constantemente, exceto a nossa forma de ver o mundo — arrisquei.

— Ninguém vê o mundo além de mim — declarou o Imperador de Jade enfa-ticamente. — Todos os outros apenas o interpretam. Uma pena, lamento, mas

tenho outros negócios para tratar. Diga-me ao menos como sua pesquisa está progredindo. Um passarinho me contou que você escolheu um homem para seguir simplesmente enfiando um alfinete num mapa.

Eu dei de ombros.

— Seu espião está certo. Bem, de que outra forma eu poderia escolher entre bilhões? Pelo menos assim eu posso chamar de destino, em vez de preferência. E meu trabalho está indo muito bem, obrigado; você deve estar ficando nervoso! Por exemplo, eu já descobri que nenhum coração funciona sozinho: é preciso dois corações para fazer uma história.

— Sim, o yin e o yang entrelaçados, cada um incompreensível sem referência ao outro. Nada mal. Está começando a entender algo do coração. Mas você pode explicá-lo? Afinal, uma coisa é reconhecer algo e outra, muito diferente, é explicar como funciona. — Seu bigode escuro se torceu num sorriso. — Você fracassará.

— Você me subestima — respondi. — Eu faço isso toda primavera, e nunca fracassei em lhe trazer uma história. Coleciono vidas, os pequenos segredos que se derramam em cozinhas e sussurrados por homens bêbados ou mulheres de meia-idade. Você pode ter o infinito em suas mãos, mas ao menos eu aprendi o que faz com que as pessoas vivam. Ademais, sei onde mora o coração: entre o pensamento e a ação.

Enquanto eu falava, o córrego diante de mim se reduziu a teias de aranha, as rochas cantantes encolheram a grãos soprados sobre assoalhos empoeirados, e eu estava de volta a uma cozinha na Terra; contudo, de alguma forma sentia que o Imperador de Jade ainda estava sorrindo.

4
1947
O Ano do Porco

Fazia duas semanas que estavam viajando, caminhando lentamente para o sul conforme o outono se recolhia em seus castanhos mais fechados. As sapatilhas acabadas de segunda mão de Jinyi já caíam aos pedaços e seu cabelo preto ensebado se colava à testa. Dois sacos de pano eram suspensos em cada extremidade de uma vara de bambu sobre seus ombros, onde seus braços frouxos se apoiavam. O estômago de Yuying ainda exibia parte do volume extra da gravidez recente. E o filho de seis meses de vida, Wawa, ocasionalmente se agitava e se remexia na rede que ela usava cruzando o peito. O bebê balbuciava e suas grossas sobrancelhas negras — sobrancelhas de seu pai, grandes lagartas escuras e espessas, já totalmente formadas quando ele nasceu — dançavam sobre seu rosto rechonchudo. Enquanto caminhavam, Yuying cantarolava para Wawa e ele sorria, tentando cerrar os punhos minúsculos em torno das dobras de sua manta.

Havia quase um ano e meio que estavam casados. Jinyi tinha 22 anos e finalmente voltava para o local onde seus antepassados estavam enterrados; Yuying tinha quase dezoito e nenhuma outra escolha senão seguir o marido. Suas sapatilhas de pano vermelho chafurdavam entre folhas espalhadas, esterco, água escura e, a cada poucos dias, cápsulas de balas abandonadas.

Até eu estava fora de meu elemento, acompanhando os dois naquele trecho incomensurável de campos e matas, sem uma cozinha à vista. O velho e fiel cocheiro de Bian os deixara na periferia da cidade dizendo que não podia ir mais longe, não enquanto a guerra civil ainda seguisse com violência, a menos que quisesse levar um tiro ou ser forçado a se alistar — e ele não sabia qual opção era pior. Sendo assim, o jovem casal se mantinha perto das estradas de terra para não perder o rumo, embora nunca andassem diretamente por elas, com medo de soldados de passagem. Tampouco ousavam entrar muito nos bosques e colinas que desciam e subiam à volta.

As aldeias e cidades não eram seguras. A maioria delas era leal aos comunistas, e assim geralmente hospedava viajantes desconhecidos de bom grado, desde que não fossem japoneses, do Kuomintang, russos, feudalistas, latifundiários ou traidores. No início da caminhada, Jinyi tentou ensinar à esposa a agir mais como uma camponesa.

— Isso vai facilitar as coisas, só para o caso de encontrarmos alguns comunistas que confundam você com uma latifundiária fugitiva ou algo assim. Fale com a boca fechada. Como se cada palavra ficasse meio presa na sua garganta. Como se você tivesse a boca cheia de dentes quebrados. E tente ao máximo não usar o nariz quando falar.

Yuying franziu os lábios e murmurou algo incompreensível.

— Bem, claro que você tem de abrir os lábios um pouco, mas é um bom começo. E tente não andar tão esticada. Lembre-se, você não quer ser notada. Então curve-se um pouco. Bom. Isso! E cabeça para o chão, lembre-se, como se seus pés fossem as coisas mais fascinantes com que já se deparou. Isso mesmo. E aperte seu corpo um pouco mais com as mãos, como se o protegesse caso alguém tentasse sequestrá-lo a qualquer momento.

Ele deu um passo para trás e a examinou, plantada desajeitadamente com as mãos pálidas cruzadas sobre o bebê, os ombros curvados e a cabeça caída para a frente, olhando para o chão. Ela parecia uma tartaruga míope. Quando Jinyi desatou a rir, o sorriso de Yuying desapareceu no rosto neutro que lhe fora ensinado a apresentar para esconder suas emoções. Mas Wawa não tinha essas reservas e espelhou o pai, rindo com os olhos apertados e batendo os braços na lateral do corpo.

Eles seguiram por uma trilha de terra que se desviava por aglomerações de árvores desfolhadas, plantações abandonadas e montes de cascalho e entulho, e, embora o bom senso lhe dissesse que eles estavam avançando, andando distâncias cada vez maiores, Yuying não pôde evitar a sensação de que estavam apenas andando em círculos sem fim.

— Hoje vá para Yue, mas chegue ontem — murmurou Yuying para Wawa.

Ela citava um paradoxo escrito por Hui Shi, um antigo praticante de jogos de lógica linguística. Não me faça falar daqueles pensadores da Escola de Nomes; eles realmente me dão um nó na cabeça. Mas o que o paradoxo de Hui Shi parece sugerir é que o mundo só é observável através da lente curva do olho. Tanto o tempo quanto o espaço são conceitos subjetivos, com constância mantida apenas pelo observador. Qualquer medição objetiva de ambos é impossível, pois quem pode sair de sua posição de espectador e ver o mundo através de outra óptica? Esse é o trabalho da imaginação, o trabalho que torna as pessoas humanas. Não há diferença entre ontem e hoje, agora e depois, exceto pela experiência e pela catalogação dos mesmos. E tudo isso tornava a viagem de um mês de Yuying e Jinyi ainda mais tediosa.

Jinyi tentava conservar o bom humor, embora as coisas não corressem como ele planejara. Mesmo assim, tinha dado sua palavra e pretendia cumpri-la. O que ele mais queria era uma família, e desistir de seu nome lhe parecera um pequeno preço a pagar para obter tudo que já tinha almejado.

— Quão distante isso pode ser? — reclamou Yuying.

— Uns dois dias. Eu acho. Só tente relaxar, certo? Estou fazendo o melhor que posso.

— Não deveríamos encontrar um lugar para dormir antes que fique escuro? — perguntou Yuying.

— Ainda temos toda a tarde. Poderíamos aprender com Wawa neste assunto; ele não dá a mínima para onde vai dormir. De qualquer forma, logo vamos chegar a uma aldeia. Você não conhece nenhum conto antigo? Os heróis sempre encontram abrigo e esperança bem no último minuto. Eu não disse que cuidaria de nós? — replicou Jinyi.

— Sim, eu lembro, eu só...

— Bem, confie em mim. Não estamos mais na cidade grande. Existem diferentes maneiras de fazer as coisas por aqui. Em todo caso, agora é tarde demais para voltar atrás.

— Nunca disse que queria voltar, Jinyi. Confio em você. É só que Wawa está cansado, e...

— Eu sei, eu sei. Escute, não se preocupe, está bem? Prometi que cuidaria de você, e é exatamente o que vou fazer.

Houve um longo silêncio. Nenhum dos dois sabia ao certo se ele estava sendo totalmente sincero. Yuying queria acreditar que ele só estava tentando salvar a família das bombas e dos tiroteios que dominavam a cidade, mas não podia deixar de se perguntar se ele só queria tomar o controle — afinal, apesar de toda a estranheza dos primeiros meses do casamento arranjado, ela ainda ficava triste por ver aquele homem jovem e nervoso se demorando soturnamente pelos cantos desocupados da mansão. Jinyi queria acreditar que apenas tentava levar sua nova família para o local onde estavam os ossos de seus antepassados, para trazer uma bênção à sua nova vida juntos, mas no fundo ele sabia que tivera de fugir do abafamento de sua nova casa antes que sufocasse.

— É engraçado — começou Jinyi novamente, para preencher o silêncio entre eles. — Tudo parece um pouco diferente quando você vê de outro ponto de vista. Você sabia que existem árvores que saem do chão à noite e reorganizam suas posições para confundir os viajantes?

— Verdade? — perguntou ela com ceticismo.

— Com certeza. Eu me deparei com algumas no meu caminho para o Norte. E aves de rapina que roubavam a voz humana para desviar as pessoas da estrada, e assim pudessem arrancar e comer pedaços de sua carne. Mas não encontrei nenhuma delas, graças aos deuses.

— Você deve ter sido protegido por alguma coisa.

— Talvez.

— Quando saiu de casa, achou que voltaria?

— Não. Bem, talvez sim, lá no fundo. Sempre pensei que poderia voltar quando encontrasse o que estava procurando.

— E o que é que você estava procurando? — perguntou Yuying.

— Uma razão.

— Foi este o caminho que você fez quando viajou até nós? — perguntou ela.

— Não. — Jinyi apertou o passo. Na maior parte da viagem até ali, ele não se atrevera a olhar para trás por medo de ver o rosto da esposa suplicante ou exausto. Temia que, se a encarasse, seu coração o forçaria a desistir e voltar. Assim ele continuou andando até encontrar algo a dizer. — Mas eu sei onde estamos. Mais ou menos. Então não se preocupe.

— É bonito por aqui, não é? A luz, quero dizer. E o silêncio. Você conhece aquele poema de Liu Zongyuan? Nós tivemos que aprender na escola. Você sabe, aquele sobre uma aldeia vazia?

Mais uma vez ele apertou o passo e não respondeu. Não conhecia o poema e não queria lembrar à esposa que ele nunca tinha ido à escola. Aquele lugar, lindo? Era estéril e úmido, com uma névoa que se derramava da fileira de picos a distância. Os dedos de Jinyi estavam dormentes, e o estômago dos três roncava.

— Chama-se "Viajando por uma aldeia vazia" — disse ela, e começou a recitar as palavras que tinha decorado anos antes:

O orvalho sinuoso mancha de gelo a grama
enquanto a senda se eleva sob meus passos.
Venço pontes sobre córregos de folhas castanhas,
e aqui não resta a viver sequer uma alma.
Flores chamejam entre a trama do rio:
meus planos esquecidos, tudo que ouço é
o crepitar e o ruído de meu caminhar aflito
afugentando o alarmado gamo que salta.

E enquanto falava, Yuying foi repentinamente surpreendida pelas semelhanças entre as viagens do poeta da dinastia Tang que ela conheceu na escola e sua própria jornada. Ela recordou o professor dizendo que a carreira de Liu Zongyuan como mandarim fora interrompida, logo após a virada do século IX, quando ele foi exilado da corte depois de cair em desgraça junto ao imperador Xianzong (que, o professor contou com certa satisfação, mais tarde seria assassinado por um de seus eunucos dentro das muralhas do palácio). O poeta viajou do esplendor imperial do Norte até os escassos e inclementes descampados das províncias do Sul. Enquanto pai, mãe e bebê se afastavam mais e mais da cidade natal de Yuying, ela sentia uma afinidade com o poeta clássico que fora forçado a deixar sua antiga vida para trás. Mas se o mundo de repente parecia imensurável, selvagem e imprevisível para ela, ele também parecia encolher; afora eles mesmos, estavam sozinhos.

E, pensando que havia deixado toda sua vida para trás quando abriu mão de suas amadas rotinas e posses, o poeta exilado também procurou entre a beleza feroz dos infinitos campos do país, apenas para se encontrar uma vez mais, despido até os ossos, o coração, a língua.

〰 〰

Eles haviam passado o primeiro ano de casamento tentando descobrir o que dizer um ao outro, beliscando-se para ter certeza de que aquela era realmente a vida deles agora. Eles coravam e gaguejavam. Yuying confundia a incerteza de Jinyi sobre como se portar na casa com insatisfação, e passou meses tentando descobrir o que uma mulher deveria fazer para que o marido relaxasse — tanto durante os longos silêncios quando se sentavam juntos à noite, ouvindo o som de tiros nas ruas distantes, como quando as luzes eram apagadas e eles se aproximavam para se aquecer. Nos primeiros meses do casamento eles foram cautelosos, roubando toques sob as cobertas, abraçando-se e esperando nervosamente, nenhum dos dois querendo ser o primeiro a se mover. Além das fofocas e piadas, eles pouco sabiam do que era esperado. E no calor úmido dos últimos momentos antes do sono, abraçados após o sexo inábil, atrapalhado, Yuying perguntava a Jinyi quem ele era, e o estreitava com força para ver se ele era de fato real. E ele a apertava de volta, em resposta.

A vida na casa grande não foi como Jinyi esperava. O casal ficou instalado num canto caindo aos pedaços, destinado a ouvir o corre-corre dos funcionários entre os quartos, como ratos. Além do mais, seus antigos amigos do restaurante passaram a ignorá-lo. Após o trabalho, ele descobriu que, graças aos criados, pela primeira vez na vida não tinha nada que precisasse ser feito — ele passava o tempo estalando os dedos enquanto sua esposa contava piadas com suas irmãs, em visitas que tomavam toda a noite. No entanto, acima de tudo, o que lhe parecia estranho era a agitação e o barulho da casa, tão diferente dos casebres do campo, onde os dias eram pontuados apenas pelos uivos lamuriosos dos cães, onde as pessoas passavam semanas sem se falar. Ele e Yaba se encontravam no jardim sempre que possível, fumando os poucos cigarros que conseguiam remendar, tentando ignorar os criados, que também tentavam ignorá-los.

Embora a guerra com os japoneses estivesse terminada, a cidade ainda se encontrava cheia de soldados. Ele lembrava como, nos meses logo após o sumiço das tropas, metade da cidade adoecera de constipação, azia ou diarreia, com os estômagos desacostumados ao arroz, às carnes e aos peixes que eles de repente tinham permissão de comer novamente. Primeiro foram os russos, e depois os comunistas: dezenas de soldados camponeses de camisa encardida demarcando os edifícios que os japoneses tinham abandonado.

Yuying ficara deprimida em Fushun. Sua faculdade foi fechada por causa da guerra civil: os alunos lutavam nos corredores e as salas de aula foram transformadas em quartéis improvisados para o exército esfarrapado de camponeses de cara dura e adolescentes que nem sequer tinham começado a se barbear. Aquelas mesmas tropas roubaram e queimaram os livros de Yuying para se aquecer: estudar japonês já não parecia mais uma ideia tão boa. Pelo menos os japoneses proporcionavam ordem; depois que eles foram embora, a vida só parecia tornar-se mais perigosa, com carros sendo virados nas ruas, som de tiros atravessando as janelas barradas e corpos de desertores (identificados pelo vão do buraco vermelho onde o olho direito deveria estar) encontrados em ruelas e becos. Ela passava a maior parte do tempo em seu quarto, tricotando coisas para o bebê.

E então o bebê chegou. Horas suando, gemendo e xingando todo mundo à vista, e de repente uma coisinha rosa, viscosa e enrugada lhe foi entregue quando ela se recostou na cama. Ao tomar o filho choroso nos braços, Yuying também começou a chorar. Os dois ainda estavam chorando quando Jinyi teve permissão de entrar e, apesar do discurso que passou semanas preparando, ele também começou a chorar. E foi assim que a pequena criatura com o rosto redondo da mãe e os olhos escuros e as sobrancelhas revoltas do pai os uniu; de repente, eles tinham algo em comum que transcendia a casa grande e as diferenças de suas origens, e celebravam cada balbucio, cada riso e cada arroto como se fossem pequenos milagres que só os dois compreendiam totalmente.

O horóscopo do bebê foi elaborado por um homem idoso, gordo como Buda, com tantos queixos quanto tinha dedos. Ele escrevia com cuidadosa lentidão, como se desenhar uma linha com muita rapidez pudesse trazer desgraça para toda a vida do bebê. Após cada pincelada, limpa, exata, ele lançava o olhar ao longe, sacudindo a bela papada antes de deixar o pincel viajar mais uma vez do tinteiro ao livro. Talvez fosse um truque profissional, talvez um tique ou apenas uma excentricidade inconsciente. A partir das datas e estrelas, o homem definiu uma vida. Ele pediu o minuto exato do nascimento, observado no relógio do avô do Velho Bian, depois nomeou os animais zodiacais da criança. Seus pais, ansiosos, foram informados, Wawa seria irascível, honesto e teria grande força e determinação. Os novos pais assentiam avidamente e, mesmo antes de o idoso astrólogo acabar de falar, eles já encontravam provas de suas palavras na forma como Wawa golfava e piscava para eles e batia os braços rechonchudos contra as laterais do corpo.

Nem mesmo as noites insones podiam deter seus sorrisos orgulhosos e a admiração infinita pela criança rechonchuda que tinha aparecido, como se por mágica, no meio de suas vidas... isto é, até o dia em que o telhado das três casas do outro extremo da rua caiu. E assim Jinyi ficou em casa, com o restaurante fechado e tomado como caserna e cantina temporária, e tudo o que restava eram os rumores sobre o que aconteceria às pessoas que viviam nas grandes casas se o exército camponês vencesse. A guerra civil seguia com violência no Norte, com o Kuomintang sempre lançando contraofensivas aos comunistas, que, impulsionados por um exército rural treinado em táticas de guerrilha, não tiveram problema algum em dominar toda a região e, uma vez instalados, não planejavam sair.

A expressão no rosto do Velho Bian foi ilegível quando Jinyi disse que levaria Yuying e Wawa para conhecer seus tios, mas estava claro que aquele era um desenrolar que nenhum deles havia esperado.

Yuying avistou uma fina espiral de fumaça acima das árvores e cutucou o marido, desesperada para ser útil em alguma coisa. Eles seguiram naquela direção e passaram pela linha inclinada de abetos, derrapando e agarrando os pulsos um do outro para se apoiar enquanto desviavam dos troncos retorcidos, um denso emaranhado de galhos que só deixava passar alguns feixes finos de luz. Levaram uma hora para descer pouco mais que meio *li*, segurando com firmeza o bebê que chorava. Quando eles se livraram da massa de árvores, viram a casa. Emoldurada por algumas plantações, era de argila e pedra entremeada com palha seca, e o teto era feito de um ponto cruzado de sapê. Uma pequena fogueira queimava em frente à entrada, aquecendo lentamente um balde d'água amassado. Uma menina estava acocorada junto ao fogo e o alimentava com galhos e folhas, e Yuying arriscou que ela deveria ter cerca de nove anos. As cinzas sopravam em suas pernas nuas, e assim elas pareciam feitas de pedra.

— Olá, tudo bem? Precisa de ajuda? — perguntou Jinyi, enquanto sua esposa rapidamente se escondia às suas costas. A menina ergueu os olhos para vê-los e em seguida voltou a atiçar o fogo.

Eles continuaram de pé, meio constrangidos, diante dela, até que um velho apareceu pela parte de trás da construção, andando em direção ao fogo. Ele também encarou os desconhecidos.

— Viagem longa?

Eles assentiram.

— Claro. Nós vemos um monte de gente de passagem. Vocês já comeram? — Eles balançaram a cabeça e o velho se virou para a casa.

— Estávamos pensando se poderíamos passar a noite. Apenas uma noite. Em seu estábulo, digo. Qualquer coisa seria ótimo. Temos um pouco de dinheiro, não muito, mas...

O velho se voltou:

— Tire isso da minha frente. Não preciso do seu dinheiro! Você pode ficar uma noite; temos algum espaço na despensa, onde vocês e seu pequeno podem descansar. Vocês não são os primeiros. Bem, vamos até lá.

A menina sussurrou para eles enquanto passavam:

— Vovó é uma bruxa. — Sua voz era grave para sua idade, um zumbido lento e baixo.

O velho sorriu enquanto se afastavam:

— Não liguem para o que ela diz. Minha tia não é uma bruxa. Mas pode ver o futuro. É aqui. Bem, depois de vocês.

Eles adentraram a escuridão e jogaram suas sacolas na palha aglomerada.

— Obrigado por sua gentileza e hospitalidade, nobre tio — começou Jinyi.

— Esqueça isso — interrompeu o velho. — Você pode me ajudar a encontrar lenha.

— E eu? — Yuying não ficou animada em deixar o bebê por muito tempo na despensa abafada, com cheiro de palha e do esterco usado para remendar partes das paredes que desmoronavam. O velho a examinou de alto a baixo.

— Cozinha. A esposa de meu filho vai precisar de alguma ajuda.

E com isso ele começou novamente a caminhar, com Jinyi logo atrás, voltando para o pequeno grupo de abetos de onde Yuying achava que tinham chegado — era difícil ter certeza, pois árvores circundavam a casa por todos os lados, parecendo cada vez mais próximas.

Não foi difícil encontrar a cozinha. Um berço de vime estava suspenso de uma viga no teto, e nele um bebê de rosto vermelho balançava suavemente, fechando os punhos como bolas enquanto dormia. Outra criança, talvez de dois ou três anos, dava voltas em torno da perna de uma jovem, puxando seu longo vestido sujo. Yuying rapidamente calculou que a mãe tinha pelo menos três ou quatro anos a menos que ela. A mulher abriu um sorriso dentuço e se aproximou de Yuying e Wawa, ignorando o menino agarrado a ela.

— É um bebê bonito, não é mesmo? — disse ela.

— Você acha? Ele se parece com o pai, mas não diga a ele que falei isso. — Yuying sorriu.

— Ponha seu filho ao lado do meu. Eles podem descansar juntos.

Relutante, Yuying passou seu filho firmemente embalado para a mulher, que deitou Wawa ao lado de seu bebê adormecido. Ele acordou e resmungou para o intruso, mas, com a outra criança balançando a cama de vime, os dois bebês logo fecharam os olhos.

— Sabe esfolar um coelho?

— Ahn, eu... bem... como?

— Vou mostrar para você. — Ela levou Yuying até a mesa, onde um coelho estava esticado, um saco de ossos pressionados entre a carne peluda. As orelhas estavam puxadas para trás, sobre seus olhos abertos e congelados. Yuying fitou o leve corte aberto no pescoço rechonchudo.

— Você é da cidade, não? — A moça sorriu.

— Acho que... sim — respondeu Yuying.

— Humm. Eu nunca fui lá.

— Bem, na verdade é como aqui, só que com mais gente — mentiu Yuying.

— Ah, entendo. Sempre pensei que pessoas da cidade fossem mais altas. Então, qual é a idade de seu menininho?

Yuying abriu a boca, e depois fechou de novo. De todas as coisas que ela pensou que a jovem mãe comentaria — a barra úmida e enlameada de seu vestido azul-marinho, o coque frouxo que mais parecia um ninho em seu cabelo, ou suas unhas outrora perfeitamente conservadas e agora arrasadas por duas semanas de crescimento e sujeira —, somente a criança lhe interessava: o resto nem sequer merecia ser mencionado.

— Cerca de trinta semanas. Seu nome é Bian Fanxing, mas nós o chamamos de Wawa. Ele já é um macaquinho atrevido. Não quero nem pensar em como estará levado quando começar a andar.

— Haha! Aproveite enquanto ainda puder correr atrás dele. Num minuto são apenas risadinhas e abraços, no próximo estão rodopiando à sua volta.

— Você tem dois filhos?

— Por enquanto. Veja, primeiro você deve fazer um corte, aqui embaixo, junto ao pé do coelho.

— Certo. Como o pegaram?

A jovem mãe encarou Yuying como se esta fosse a pergunta mais ridícula que já tinha ouvido na vida.

— Não faço a mínima ideia. Melhor segurá-lo pelos tornozelos, assim, depois puxe para baixo. Vou começar e depois você continua. Veja só.

Yuying viu a pele sangrenta do animal deslizando lentamente de seu emaranhado de músculos. A jovem mãe terminou sozinha, e depois passou uma velha faca com cabo de madeira para que Yuying picasse a carne para o cozido. Em meio às tarefas, cada uma tentava falar, hesitante, sobre como erroneamente imaginava ser a vida da outra. Yuying não sabia ao certo quanto tempo havia passado desde que chegara com Jinyi: ela desejava desesperadamente poder se lavar e trocar de roupa, mas não se atrevia a pedir. Não queria que sua anfitriã a julgasse mimada ou

129

despreparada para o trabalho. E assim a tarde mergulhou nas trevas, e Jinyi e o velho reapareceram com braçadas de madeira recém-cortada.

Eles logo se reuniram em torno de uma pequena mesa na sala ao lado. Uma mulher, com uma pele tão enrugada que parecia a casca de um velho carvalho, entrou e tateou o caminho até seu lugar à mesa. Era completamente cega, mas o resto da família esperava em silêncio por ela, sem ousar perguntar se precisava de ajuda. Seu sobrinho, o velho, sentou-se junto dela. Depois foi seu filho, Wei (cuja jovem esposa continuava na cozinha, amamentando tanto seu filho quanto o da hóspede enquanto fazia sua refeição diretamente da panela), e finalmente a menina de nove anos suja de cinzas. Jinyi se viu sentado junto à velha, cuja pele, em uma inspeção mais próxima, parecia ter sido tirada de rolos de papel crepom engomado, usado para embrulhar lanternas festivas e baratas.

— Então vocês dois são os viajantes? — A velha se virou para o local aproximado de onde Jinyi e Yuying estavam.

— Esperamos que não por muito tempo. Estamos indo para a casa da minha família, não muito longe daqui — respondeu Jinyi.

— Você nunca deve esquecer sua família, meu jovem. — Ela estendeu a mão e lhe tocou o braço. — Caso contrário, você também poderá acabar esquecido.

— É claro, você é muito sábia, velha tia — disse Jinyi entredentes.

Ela sorriu.

— Ah, não me leve tão a sério! Sou apenas uma velha cega. Tenho certeza de que você é um bom filho.

Houve um silêncio constrangedor, que Yuying nervosamente preencheu com a única coisa que lhe ocorreu:

— Se a senhora é cega, tia, como vê o futuro?

A velha riu.

— Minha jovem, se você não sabe que jamais deve fazer essa pergunta, então não sabe de coisa alguma! Aposto que essa diabinha aqui disse que eu era uma bruxa, não é? Haha! Passe um pouco mais de *mantou*. — Ela mergulhou a massa na sopa antes de enfiá-la na boca. Com o caldo escorrendo pelo queixo, falou enquanto mastigava.

— Eu ouço os chamados da floresta, o tremor das paredes durante a noite. Tenho certeza de que você também os nota. Estações do ano, padrões; eu os sinto. Basta ouvir o mundo, e ele lhe dirá o que está por vir. Quais são seus signos, um tigre e um cachorro? Adivinho pelo som de suas vozes. Não estão casados há muito tempo, estou certa? Vocês são jovens, mas não são mais crianças. Qualquer um pode ver o futuro, se souber olhar. — E então ela riu de novo, um profundo grasnado que sacudiu os *hashis* colocados junto às tigelas tortas de barro. — O amanhã — acrescentou a velha— já aconteceu. Não há nada novo, apenas o murmúrio do vento nas árvores à noite, o sol e as tempestades e as secas e as colheitas, todos roendo até seus ossos.

— Muito bem, velha tia — disse Jinyi. — O que existe à frente para nós, então?

— Vocês voltarão para o lugar de onde vieram, claro. Todo mundo sempre volta... Acho que é hora de ir para a cama. — Com isso, a velha se ergueu da mesa e, apesar de todos estarem no meio da refeição, ela se afastou, as mãos trilhando as paredes enquanto se guiava para a cama no quarto ao lado.

Depois de comer, a jovem mãe chegou e recolheu as tigelas vazias. O par de velas foi apagado e Yuying buscou Wawa na cozinha, onde ele ria da criança mais velha que dava chutes no berço a seu lado. Ela o levou de volta à despensa pela escuridão particularmente densa do campo, à qual os olhos de ambos lentamente se acostumavam.

Eles colocaram Wawa no berço de vime que trouxeram de Fushun e, depois de cantarem cantigas de ninar suficientes para fazer pesar as pálpebras do bebê, Jinyi e Yuying se aninharam sob o lençol que amarrava seus pertences, ainda vestidos e cansados demais para falar, embora nenhum dos dois conseguisse dormir. O som de bichos correndo por folhas molhadas era estrondoso no vasto silêncio pastoral, atravessando as vigas, cruzando o teto e penetrando seus sonhos vacilantes.

∽ ∾

Antes de deixar a cidade com o marido e o bebê, Yuying se sentara de pernas cruzadas com suas irmãs na cama de casal de seu quarto, o bebê deitado no meio do colchão de palha, onde sempre dormia, contornado por corpos inquietos.

— É uma piada? Ele quer que você use calças e aprenda a andar balançando sua bunda enorme de um lado para outro como uma caipira? — perguntou Chunlan à irmã mais velha.

— Eu acho romântico. Ele está apenas tentando cuidar de você, não é? Como um príncipe, levando você para algum castelo distante. Não que ele tenha um castelo, mas será uma mudança. Quem não gostaria de ser resgatada?

— Ah, cale a boca, Chunxiang! — exclamou Chunlan. — Não é romântico. É ridículo. Qual é o sentido de estudar por todos esses anos apenas para se tornar uma lavadeira, com a carne toda flácida tremulando em seus braços enquanto você esfrega um chão fedido? Tudo que posso dizer é que você tem sorte de a mamãe não ter atado nossos pés... você não conseguiria andar cem *li* dessa forma!

— Ora, vamos, Chunlan, não seja assim — censurou Yuying. — O que você faria? Não é seguro aqui, especialmente para um bebê. Olhe para ele. Ele aperta os olhos e dá chutes cada vez que há uma explosão ou um tiro de pistola. Já perdemos um criado nas batalhas lá fora. Eu acho que é corajoso da parte de Jinyi. É nobre. Ele só está fazendo isso por nós. E quando a guerra civil terminar, vamos retornar e tudo voltará ao normal.

— Ele está fazendo isso porque tem medo do papai. Nunca vi os dois na mesma sala por muito tempo. Você não acha isso estranho?

— Mas e o casamento? Não foi ideia do papai? — perguntou Chunxiang.

— Não importa quem teve a ideia: estamos casados agora, e nada vai mudar isso. Ou seja, vocês vão ter que se acostumar com minha distância. Vamos, Chunlan, qual é o problema? Você vai se casar depois do Festival da Primavera, e as coisas terão que mudar de qualquer maneira. Então nos dê uma chance.

Chunlan não sorriu. Ela ainda tinha que descobrir para onde seria enviada com o casamento e à qual família se juntaria, talvez uma viagem de vários dias para longe de sua casa e sua infância. Pela primeira vez, ela segurou a língua, não se atrevendo a expressar sua opinião de que tudo foi diferente para Yuying, a favorita, e de que sua irmã estava jogando tudo fora só para agradar ao marido. Damas não dizem esse tipo de coisa, ela pensou consigo. Elas são silenciosas, estoicas, solidárias.

— Pelo menos você não tem que estudar em casa! — lamentou Chunxiang. — Eu juro, sei mais do que aquela velha louca da viúva Zhang. Eu deveria ser paga para ensiná-la! Tenho que aturar suas enrolações quatro vezes por semana. E certas interrupções de Peipei, não consigo ver pé nem cabeça nelas. Se fosse pelas duas, eu estaria acreditando que uma mulher já morou na Lua, que os chineses inventaram tudo e o que eles não inventaram deve ser ignorado!

Elas riram. A vida andava diferente desde que as escolas tinham sido fechadas. Ir a algum lugar novo tinha que ser melhor do que ficar sentadas o dia todo na casa cada vez mais lotada.

— De qualquer forma, vocês podem vir me visitar. O bebê vai sentir falta de vocês duas — disse Yuying, e elas se abraçaram, cientes de que isso não aconteceria.

Lá fora, enquanto um cigarro desmazelado passava entre dedos calejados, uma conversa semelhante ocorrera.

— O que mais posso fazer? Não posso fugir para algum lugar novo. E agora que o restaurante foi fechado, não sei o que fazer comigo mesmo. Preciso ser útil. Ou fico aqui e rezo para não sermos pegos no fogo cruzado, ou volto de cabeça baixa. Prefiro ser humilde a ter minha família fuzilada.

Yaba assentiu sabiamente e passou o cigarro de volta. Jinyi falara de forma lenta e hesitante, inseguro de si e desacostumado a ser o principal contribuinte de uma conversa.

— Obrigado. Eu tenho uma história lá atrás: a casa de meus pais, a terra deles. Estou perdendo tudo aquilo neste lugar, me despindo de tudo como se fosse a pele de uma cobra. Já fui forçado a desistir de meu nome e de minha dignidade. Mas ainda posso passar algo a meu filho. Posso mostrar a ele as pedras de seus antepassados, e ensiná-lo a sobreviver com suas habilidades, a viver da terra. Tudo o que ele vai aprender aqui é como se esquivar de homens com armas de fogo e fazer malabarismo com ideologias. Ninguém quer isso.

Yaba assentiu novamente, esfregando as mãos para se aquecer.

— Sim, tudo bem, talvez eu também esteja pensando um pouco em mim mesmo — disse Jinyi, inclinando-se mais para perto. — Às vezes sinto como se estivesse usando sapatos muito grandes, ou como se minhas feições fossem apagadas pela sombra enorme que se projeta aqui.

Quero que Yuying veja a minha... não, a nossa família como deve ser. Não emprestada de ninguém. Só nós e o bebê. Quero ser o chefe de minha família. Certamente não é pedir demais, é?

Jinyi fez uma pausa, ainda segurando o cigarro, que não levara aos lábios.

— Eu sei, estou sendo estúpido. Mas olhe para nós. Você sabe o que as pessoas dizem. "Garoto do campo, mão de obra." "Eles venderam suas almas." As pessoas nesta casa talvez não pensem assim, mas você sabe que os outros pensam. "Eles não deveriam estar lá, na casa grande." Você já ouviu isso também, embora talvez tenha fingido que não. Especialmente desde que Yangchen se juntou ao comunas. E se você não pode mudar a mente de outras pessoas, como vai mudar a sua? Esse tipo de trabalho leva anos: rituais todos os dias, como oração ou religiosidade ou qualquer outra coisa que você tenha que fazer sob as vistas dos deuses, você se força a fazer até que realmente acreditam naquilo, até que não tem mais que se obrigar.

Yaba sacudiu a cabeça, colocando a mão no ombro de Jinyi.

— Sabe, quando eu era jovem, quando estava viajando ou dormindo em chãos sujos e roubando comida quando podia, tudo o que conseguia pensar era em ter uma família. Não para cuidar de mim. Mas para que eu tivesse algo com que me preocupar, para que eu sentisse que pertencia a algo. Agora tenho Yuying, e nós temos Wawa para pensar. Tudo o que importa agora somos nós três, e não ligo se tiver que levá-los ao outro lado do mundo para mantê-los seguros, é o que eu faria de qualquer maneira. Talvez esta seja minha única chance.

<hr />

Yuying passara dias decidindo o que levar consigo na viagem; ela precisava impressionar seus sogros. Decidiu-se por dois pares de sapatos — um vermelho vivo, o outro azul profundo —, quatro vestidos longos de seda com fenda lateral até a coxa, uma combinação de algodão grosso, um cachecol de lã de cordeiro e dois xales bordados à mão. Depois, havia os presentes que ela tinha que levar. Jinyi tentava ficar fora do quarto enquanto a esposa fazia as malas. Ele esperava na sala, onde o Velho Bian e Bian Shi se alternavam na tentativa de enfiar notas de dinheiro entre suas mãos relutantes, dizendo que eram para a criança. Como ele poderia negar? Afinal, todos sabiam o que ele ganhava. Vestido com o mesmo casaco quente e remendado que usava havia cinco anos, Jinyi viu seu corpo avolumado pelos maços de dinheiro firmemente amarrados e espremidos em seus quatro bolsos frontais.

Yaba apertou a mão de Jinyi por quase um minuto, e se curvou diante de Yuying. Ele então beijou Wawa logo acima das frondosas sobrancelhas, assim como beijara a mãe da criança dezessete anos antes. O pelo na verruga do pescoço de Yaba se arrepiou entre eles, como um solitário bigode de gato ligando a criança ao passado.

Essa foi a imagem que Jinyi e Yuying levaram consigo do mundo que deixaram para trás: um homem alto, silencioso, quase em lágrimas, enquanto o restante da família se plantava sem emoção à porta, vendo sua partida. O pai ficara em algum lugar do lado de dentro da casa; a mãe tinha as mãos nos quadris, os olhos semicerrados; as duas irmãs atravessaram bocejando aquilo que lhes parecera a mais longa das despedidas arrastadas e Peipei, a ama-seca, acenava avidamente como se colocada como representante do conjunto de criados, ansiosos por aproveitar a pausa de cinco minutos.

Entretanto, depois disso os pensamentos do casal divergiram: à noite, deitados junto ao bercinho entre os dois, outras imagens se derramavam em suas mentes. As de Jinyi eram de comida, de mãos batendo massa e fazendo macarrão a partir de camadas de farinha. As de Yuying eram casacos de seda estampados com dragões, vestidos de seda e livros didáticos japoneses, os últimos minutos de luz e o rosto do bebê se esticando num sorriso ou bocejo. E naqueles segundos, antes que a vigília desaparecesse como os últimos filetes de fumaça de uma vela apagada, suas pernas trepidavam, chutavam e, por fim, desabavam.

❧ ❧

Na manhã seguinte, Wawa os acordou com tosse e choro. Jinyi o ergueu do berço e o abraçou forte contra o peito enquanto a primeira luz da aurora se derramava entre as ripas do velho celeiro bambo.

— Você é uma coisinha corajosa, não é?

— Talvez ele queira ir para casa — disse Yuying enquanto o bebê começava a balbuciar e sorrir ao fitar os dois rostos que o encaravam.

— Ele está indo para casa. Está apenas ansioso por continuar, não é mesmo?

Como se respondendo ao pai, Wawa agitou os braços para cima e para baixo, como se tudo estivesse decidido.

Eles lavaram o rosto com a água de chuva que enchia a calha atrás da casa, agradeceram à família e começaram a caminhar novamente, com suas sacolas avolumadas pelo pão de milho cozido no vapor, que se sentiram culpados por aceitar. Eles avançavam, decididos, contando em silêncio as fileiras de vilas de duas casas, como mãos perdidas de um jogo de cartas disputado apenas para matar o tempo.

O grande rio os seguia pelos condados, passando por morros, florestas, vales, plantações, matas, bosques, montes e campos; às vezes eles não sabiam dizer qual parte era reflexo das águas e qual era real. Era possível até acreditar que cada um era simplesmente reflexo do outro, e que eles mesmos só existiam na imagem do espelho; que, apesar de seus pés cobertos de bolhas, sofrendo cãibras e espasmos, de certa forma eles não eram mais reais quando separados de seu ambiente habitual. As estradas de terra que seguiam eram cicatrizes mapeadas no corpo da província, enquanto os arbustos e os cedros corcundas, as árvores de ginkgo e os arbustos de urtigas, a grama morta emaranhada por todo o trajeto, todos eram cascas de ferida ao longo do terreno irregular.

Seguindo Jinyi e Yuying em suas viagens, eu me lembrei de outra viagem empreendida por jovens cheios de espinhas, homens e mulheres, mais de uma década antes. Após breves períodos de convivência, o Kuomintang, liderado por Chiang Kai-shek, começara uma série de expurgos na tentativa de destruir os comunistas. Em 1933, cerca de meio milhão de membros do Kuomintang cercaram a cidade de Jiangxi, um dos últimos redutos dos comunistas, com o objetivo de interromper o fluxo vital de comércio e obrigá-los à rendição em uma guerra de atrito. No final do ano seguinte, as forças comunistas, enfraquecidas e famintas, fartas do fracasso humilhante em suas tentativas de atacar o exército circundante, não tiveram muita escolha fora organizar uma retirada em grande escala na direção de Hunan, deixando Jiangxi ao cerco do

Kuomintang. Esse foi o início do que ficou conhecido como a Longa Marcha.

E porque não podiam levar os corpos consigo, em vez de deixá-los jogados nos campos eles empurravam seus amigos para dentro da água, entrando depois eles mesmos enquanto os cadáveres flutuavam rio abaixo. A água chegava ao alto da barriga, do peito, e eles ficaram agradecidos por isso. Era hora de acelerar o ritmo. Eles também evitavam as estradas, atravessando aldeias esquecidas onde não havia nenhuma diferença entre eletricidade e magia, pois ambas não passavam de lendas. Acessos de tosse, gangrena, exaustão, frieiras, bebês abandonados em campos (seu choro delataria as tropas), minas, amputações improvisadas feitas por pessoas com pouca ou nenhuma formação médica, feridas por estilhaços, talhos de arame farpado, traidores entregando os soldados por alguns trocados, gripe, sarampo, ataques cardíacos, insolação, sanguessugas, pulgas, vermes, pneumonia, malária, queimaduras de gelo, desidratação, diarreia e muitos outros perigos para mencionar. Este foi o Exército Vermelho: ensanguentado, maltratado e impenitente.

De outubro de 1934 a outubro de 1935, eles bateram em retirada por todo o país, sempre se movendo para oeste e norte. Eles estavam aprendendo com o passado: algumas mulas esfarrapadas, uma fila única em trilhas montanhesas, e homens com máquinas de escrever e munições de vergar a espinha equilibradas nas costas.

Foi aí que o conhecimento recuou ao mínimo. Talvez eles tenham ficado tentados a acreditar que a história havia acabado, que cada dia era uma repetição do anterior, mas com uma diferença crucial: a cada dia, um número cada vez menor deles chegava aos acampamentos, estábulos, grutas, florestas ou refúgios antes que as trevas distorcessem seu horizonte e borrassem suas fronteiras. Árvores se transformavam em soldados durante a noite, seus ramos viravam facões, armas, a ponta reluzente de uma baioneta. Eles evitavam acender fogueiras, em vez disso se prensavam uns contra os outros para partilhar calor, cabeças deitadas contra pés, como os mortos, braços colados a pernas úmidas, tremendo ao longo de noites insones.

Contra todas as probabilidades, eles alistaram mais camponeses à medida que prosseguiam — esses homens mais tarde diriam que se voluntariaram pela firme crença no ideal comunista, embora historiadores debatam sobre quantos, na verdade, foram raptados, chantageados ou atraídos por oficiais mulheres com ofertas de sexo que nunca se materializavam. Eles trincavam os dentes e atravessavam campos de urtigas. Alguns nem sabiam por que estavam fugindo. Não foi apenas o Kuomintang, mas os próprios comunistas, sob a direção de Mao, que também realizaram expulsões entre seus efetivos. Provavelmente eles se perguntavam em quem poderiam confiar. Suas gargantas ardiam apenas por respirar. Dezenas de milhares desertaram e desapareceram na história.

Depois, em 1935, mudaram de tática. Eles se separaram em unidades menores, mais difíceis de encontrar, e se deslocaram de maneira sinuosa e imprevisível, como o agitar da cauda de um dragão; rumaram a Shaanxi, para se reagrupar com outras tropas e recomeçar a guerra do zero.

Quatorze anos depois, no fim da guerra civil, a sorte deles fechou o ciclo, e ali os soldados do Kuomintang foram forçados a fazer uma retirada-relâmpago para Taiwan, deixando campos minados e incendiando cadeias lotadas de presos (e eventualmente levando consigo todas as reservas de ouro da China).

E se não parece possível ver através dos mitos, dos heróis, da propaganda, das retrospectivas e dos contos fantásticos, então não se desespere: assim é construído o edifício da história, e você já está trancado em seu interior. A porta não tem chave, e o que você pensava que eram janelas são simplesmente quadros magnificamente desenhados, borrados pelo toque de muitos dedos.

∾ ∾

— Então, o que vamos fazer? — Yuying tentava evitar que sua voz traísse seu cansaço.

Eles haviam parado no ponto mais alto a que a trilha os levara, numa série de colinas aglomeradas como ombros curvados num vagão lotado de trem. Acima deles, garças se alçavam a distância. A última aldeia, onde tinham passado uma noite em meio a arados cobertos e amarras de boi no depósito de um curral, já estava a quase oito horas de distância. Ela vai saber, Jinyi pensou consigo, mesmo que eu apenas pense em desistir, ela vai saber. Ela vai pressentir minha confusão. Eles não podiam ver nada à frente além da cadeia de montanhas cada vez mais esparsas e, talvez, se apertassem os olhos, o brilho do rio que usavam como referência para se localizar.

Enquanto um se apoiava no outro, recuperando o fôlego, Jinyi pensou por um momento:

— Teremos de encontrar um lugar para acampar esta noite.

Ela o encarou:

— Não há outra escolha?

— Não se preocupe. Vamos encontrar um abrigo, em breve, antes que fique escuro, depois encontraremos um pouco de madeira e faremos uma fogueira. Vai ficar tudo bem. Ainda temos bastante comida nas sacolas para um lanche. Vamos pegar um pouco de água desses riachos da montanha e ferver no fogo. Vai ser bom para nós.

Wawa tossiu um bocado de catarro, pensou em chorar mas desistiu e se aninhou entre a roupa úmida de sua mãe.

À medida que a trilha começava a descer novamente, a grama ficava mais escura, desgastada e pisada entre o cascalho e as pedras. Yuying caminhava atrás de Jinyi, uma mão no ombro dele, a outra segurando o bebê amarrado em uma faixa contra seu peito. O sol pendia acima deles como um abutre em busca de carniça.

Quando era menina, Yuying às vezes tinha permissão de acompanhar o pai em viagens de negócios curtas. Foi uma fase breve e certamente não durou mais que um ano, mas ainda assim parecia dominar as lembranças de sua infância. Ela passava as tardes sentada à mesa em restaurantes, os garçons competindo para diverti-la com pequenos truques de mágica e previsões lisonjeiras sobre o seu futuro, enquanto seu pai discutia coisas que não interessavam a ela com outros homens de meia-idade. Toda vez que saíam de um restaurante, o pai a colocava diante de um dos leões gêmeos Fu que guardavam as entradas, impedindo-a sempre que ela tentava alcançar o chocalho redondo preso entre os dentes de pedra do animal:

— Ouça — sussurrava ele, conspiratório —, eu tenho os olhos do leão. — Ela olhava cada um e notava a semelhança das grandes íris escuras. — Ou seja, mesmo que você não possa me ver, eu sempre poderei ver você — continuou o pai.

Se você vir um leão Fu, quer dizer que não estarei longe e você nunca precisará ter medo. — Mas não havia leões Fu nos passadiços montanhosos ou no interior da floresta, pensava Yuying enquanto eles seguiam caminhando, apenas com o uivo dos lobos e os movimentos agitados dos morcegos.

— Já estamos chegando — disse Jinyi, tentando soar otimista. Ele fazia questão de jamais perguntar como ela se sentia e de nunca dizer como ele realmente estava. Assim, pretendia poupar as forças de ambos, robustecê-las. Mas no fundo não fazia diferença: quando ela estava tensa ou esgotada, seu corpo inteiro sentia o mesmo.

— O que estamos procurando? Uma caverna?

— Pode ser — respondeu ele.

— Você está brincando comigo, Jinyi? Você não sabe?

— Ainda não — confessou ele. Mas, já que nenhum dos dois tinha energia para discutir, eles riram: o que começou como uma risadinha embaraçosa cresceu numa gargalhada conjunta, incontrolável e absurda.

— Você não faz ideia de aonde estamos indo!

— O bebê sabe. Pergunte a ele, ele vai dizer. — Jinyi se virou e sorriu, e, embora ela fizesse o máximo para manter a expressão fixa e séria, Yuying logo começou a sorrir também.

Eles descobriram uma clareira de árvores frondosas pendendo acima de uma entrada nas rochas e, sob um aglomerado de arbustos ásperos, um trecho de grama. Eles se comprimiram sob a grama coberta e se tornaram invisíveis para soldados ou bandidos que passassem pela trilha, protegidos pela sombra volumosa dos pinheiros nodosos e pelo cercado de arbustos cortantes. Jinyi colocou as sacolas próximas a si, juntamente com ramos e galhos que havia coletado ao longo do caminho. Ele os dispôs num círculo irregular e se preparou para esfregá-los e fazer fogo. Yuying sacou cobertores e mudas de roupa para servir de colchão e travesseiros para os três. Wawa estava deitado de bruços, chilreando enquanto apertava as dobras das roupas a seu redor.

Eles se aproximaram o máximo que podiam das chamas sem engolir ondas de fumaça e cinzas. Os ramos começaram a queimar rapidamente, e Jinyi usou uma vara maior para pescar a lata de água que borbulhava no centro oco da pequena fogueira, como se estivesse puxando um peixe agitado por uma linha. Eles tinham pão de milho dormido e o que restava de uns cogumelos secos numa corda, com caules longos e chapéus chatos, murchos e borrachudos, tirados de uma refeição na aldeia dois dias antes, embrulhados num jornal manchado. Eles rasgaram e dividiram os cogumelos. Yuying aqueceu um pote de mingau de arroz grosso e derramou num copo do tamanho de uma xícara para o bebê, pois ela já não era forte o suficiente para produzir leite para o filho. Em vez disso ele se alimentava das montanhas, como eles disseram um ao outro, e sugava a umidade das nuvens.

— Isto o tornará forte o suficiente para lutar contra demônios, combater meteoros. Não há nada de errado com a papinha de arroz. É mais do que eu tive — disse Jinyi, arrancando um longo cogumelo da corda. Yuying assentiu, pensativa.

Ele suspirou:

— Mulheres se preocupam demais.

— E os homens de menos.

Ele riu.

— Você tem razão. Não estou preocupado. Não se lembra do que eu lhe disse em nossa noite de núpcias? Vou cuidar de nós.

— Lembro que, quando você disse isso, seus pés e joelhos tremiam por baixo das roupas, apesar do calor.

— Isso não quer dizer que não era verdade.

— Nem quer dizer que não acreditei em você.

— Ah. — Ele examinou outro pedaço endurecido de cogumelo antes de enfiá-lo na boca. — E agora?

— Não tenho mais que acreditar em você, estou do seu lado.

— Mas de qualquer maneira acredite em mim. Ele será nosso pequeno imperador.

— Porque o pai dele é um dragão?

— Porque o pai dele está aqui.

É a proximidade, pensou Jinyi, que une vidas. Não as palavras, nem o toque, nem o dinheiro, basta saber que alguém está próximo.

Quando o fogo começava a fenecer e o bebê se acostumava ruidosamente ao berço coberto, eles se abraçaram, resistindo a tudo, exceto um ao outro. O sexo foi suado, silencioso, rápido. À meia-luz vermelha das brasas, sob a qual caíram no sono, eles não notaram que o bebê ficou atipicamente silencioso. Mas quando os cometas perdidos do orvalho começaram a cintilar por toda a grama, ele tossiu e choramingou, e eles acordaram, os pulmões doloridos como se aves tentassem se libertar de seus peitos e alçar voo.

∽ ⌇

Ao meio-dia, o rio estava à vista novamente. Era furioso, largo e inevitável.

Ele crescia à medida que se aproximavam, e a trilha pisada parava às suas margens escorregadias. A água era lodosa, tão grossa quanto café, e quase tão escura.

— Parece o macarrão grudento feito pelos aprendizes na primeira tentativa — disse Jinyi à sua esposa cansada.

Uma estrada de terra recomeçava do outro lado, a cerca de trinta metros de distância. Um grupo de homens descansava na margem oposta, sentado nos braços de um banco rústico como reis esfarrapados e sujos.

— É este o caminho para a Aldeia Focinho de Porco? — gritou Jinyi para o outro lado.

— É claro —gritaram eles de volta.

— Mas onde está a ponte?

Então eles se mexeram, levantando-se e fingindo uma busca desnorteada. Havia cinco deles; puseram as mãos na testa, olhando de um lado a outro do rio em estado de choque e procurando freneticamente sob o banco. Em pouco tempo, essa pequena mímica acabou em risos.

— Deve ter sido explodida pelos exércitos de passagem — disse Jinyi a Yuying. Ele não tinha ideia de qual exército, nem que retirada "estratégica", teria desmontado a ponte, mas ambos sabiam que a prática era bastante comum.

— Então o que faremos? — perguntou ela.

— Bem, não parece fundo demais, então...

— Não! De jeito nenhum. Tem que haver outra ponte em algum lugar, ou... ou uma parte mais estreita, com pedras, para atravessar, ou... ou algo assim.

Jinyi balançou a cabeça. Os homens do outro lado pararam o teatro e começaram a acenar.

— Ei! Ei! Vocês realmente querem cruzar?

— Com certeza — exclamou Jinyi de volta.

— Você está com sorte. É bem barato.

— Quanto?

Eles negociaram o preço em gritos bruscos acima do barulho da correnteza, com os números ecoando pelas rochas nuas de ambos os lados. Yuying olhava para o marido, sabendo muito bem que ele não tinha ideia do que estava negociando. Mas eles ainda tinham algum dinheiro dado por seus pais, e ela queria encontrar uma cama em vez de um monte de folhas secas para se deitar naquela noite. Ela apertou Wawa contra si, e os homens chegaram a um acordo.

Em seguida, os cinco homens começaram a discutir entre si, até que quatro deles ergueram o banco, que acabou se revelando uma liteira construída às pressas, com uma capa maltricotada. Eles a içaram sobre os ombros e, sem a menor cerimônia, desceram até a margem. No centro do rio, a água agitada escurecia os bolsos mais altos de suas jaquetas esfarrapadas, mas mesmo assim eles avançavam. O banco vazio, carregado como se portasse um imperador invisível, parecia deslizar sobre suas cabeças. Eles gradualmente começaram a subir, os cabelos agitados pelo vento como caudas arrebitadas de patos, os dentes ferruginosos se mostrando com mais clareza.

Quando finalmente chegaram à outra margem do rio, atiraram a cadeira aos pés de Yuying e esperaram ofegantes, as costelas para cima e para baixo entre as roupas encharcadas. Ela se sentou no banco, com Wawa ainda agarrado a seu peito, piscando com o frio. Jinyi estendeu uma sacola. Ela ergueu as sobrancelhas, mas não protestou quando ele a depositou em seu colo. Ele pensou melhor, desistiu de dar a outra para Yuying e a apoiou de volta nos ombros. Ela então foi içada acima das cabeças dos homens, e o grupo enlameado desceu para o rio.

O rio seguia seu curso, uma cauda enroscada com escamas rijas cintilando nos feixes perdidos de luz. Os rios são controlados pelo espírito do dragão, que também tem poder sobre a chuva. Quando o dragão está irado, os rios inundam. Jinyi tropeçava, afundava cada vez mais, e seus joelhos tremiam. Ele caminhava como se não houvesse gravidade, mas como se o mundo ficasse repentinamente mais pesado. O deus-dragão ronronava, suas correntes passavam mais rápido pelos campos. A água subiu até o peito de Jinyi, puxando-o para a esquerda, e ele segurava sua bolsa com força para impedir que fosse arrastada pela corrente.

Acima da cabeça dele, Yuying sacolejava sobre os ombros retesados. Seu rosto redondo, em algum lugar entre nervoso e obstinado, olhou adiante. Silenciosamente, Jinyi a desafiou a baixar os olhos para ele enquanto faziam a lenta travessia, mas ela observava com atenção as trilhas íngremes e lamacentas da margem oposta. A cadeira o sobrepujava, Jinyi se esforçava para encontrar o equilíbrio e avançar com a sacola erguida cada vez mais alto contra a correnteza.

Foi quando os quatro homens estavam subindo na margem que Jinyi escorregou de verdade e submergiu. Sua cabeça se ergueu rapidamente, cuspindo água salobra enquanto a pesada sacola era arrastada atrás dele. Ele a agarrou com as duas mãos enquanto ainda teve tempo de olhar para um ardente borrão; ele só conseguiu divisar um movimento furioso de empurrões sobre a margem. O único homem ocioso estava mergulhando, e os outros quatro se viraram e largaram a liteira, deixando que ela se espatifasse e deslizasse em direção à água. Yuying gritou e pediu ajuda, ecoada pelo bebê, que a imitava com sons estridentes, enquanto a cadeira deslizava para trás, escorregando pela terra molhada e inclinando-se até ser aparada por um tronco e suspensa na lama. A água lambia seus tornozelos e puxava a barra de sua saia quando Yuying sentiu o tronco começando a trepidar; seriam apenas alguns segundos antes que o rio os arrancasse da cadeira quase virada e os arrastasse para longe. No entanto, os cinco homens já a tinham esquecido, e afundavam na água rumo a Jinyi, acotovelando-se e socando-se para abrir caminho.

Jinyi tentou berrar:

— Não sejam idiotas, deixem-me, ajudem minha esposa e meu filho! — mas ele então olhou em volta. Não era para ajudá-lo que eles vinham.

Os bolsos da frente de seu casaco encharcado haviam se rasgado, e o dinheiro nadava em todas as direções, difícil de agarrar como punhados de petróleo. Os últimos resquícios do dinheiro que o Velho Bian dera a Jinyi agora flutuavam com a corrente. Eram tantas notas boiando na superfície do rio que, se eu ainda fosse mortal, certamente também estaria chapinhando pela água. Os cinco homens venceram o fluxo e de repente Jinyi se viu cercado.

Tentando conservar sua esposa à vista, ele elevou mais a cabeça enquanto as braçadas dos homens levantavam água à sua volta. Mantendo o bebê choroso junto ao peito, Yuying tentava sair da liteira abandonada que escorregava para trás. Ela não conseguia se livrar. Cada vez que apoiava um pé, derrapava nos córregos de lama que se formavam à sua volta. Jinyi tinha que chegar até ela.

Contudo, algo o deteve por um segundo. Ele estendeu um braço, sem se atrever a largar a sacola. Nadando para a frente, agarrou uma, duas, três notas, mas logo havia doze mãos peneirando a água raivosamente e tentando pegar o dinheiro. Ele levantou o cotovelo, acertando a parte de trás da cabeça de um dos homens e lançando-o de costas na água. Suas mãos frenéticas pegaram outra nota, depois outra. Jinyi tentou pensar no que alguns de seus amigos tinham dito em apoio aos comunistas; que eles acabariam com o dinheiro, que o dinheiro perderia o sentido, seria desnecessário, pois se todos trabalhassem juntos, todos teriam tudo de que precisavam. Eram uns idiotas, ele concluiu, enquanto mergulhava a mão mais uma vez.

Em seguida, o grito de Yuying o alcançou. Ela o trouxe de volta à razão e Jinyi percebeu que era ele o idiota. Embora os homens ainda chapinhassem pela água em busca do dinheiro, Jinyi fez uma escolha; ele trincou os dentes, grunhiu e passou por eles, em direção à sua família. Não havia mais nada que pudesse fazer.

Jinyi colocou os braços em volta de Yuying e puxou-a para a parte superior da margem, onde o casal caiu sobre a sacola encharcada. Wawa parou de chorar, chutando e olhando para os dois adultos ensopados que o observavam. Wawa sorria. Eles ainda podiam ouvir os homens no rio disputando as últimas notas.

— Eu sei! — Foi tudo que Jinyi disse. Havia poucos segundos antes do inevitável.

— O que vamos fazer agora? E o dinheiro?

Em vez de responder, Jinyi pegou as duas sacolas e começou a avançar pela trilha, resistindo à vontade de voltar e chutar a liteira abandonada no rio. Yuying não teve outra escolha senão segui-lo, com as bochechas se avermelhando enquanto seus pés escorregavam através das extensões de pedras e grama descolorida. No rio às suas costas, braços e pernas ainda sacudiam e espirravam água.

Eles se arrastaram ao longo da via, úmidos e irados. Wawa começou a chorar novamente. Yuying teve de convocar suas últimas reservas de força de vontade para não exigir ser levada de volta para casa naquele exato momento. O sol começou a baixar no céu, e sua fúria fervia e sibilava como uma panela de óleo abandonada num fogão aceso.

— Eu não posso acreditar... — começou ela.

— Não, Yuying. Simplesmente não. Tudo bem?

— Mas como vamos...

— Não faça isso, estou implorando a você.

— Quero dizer, o que diabos...

— Chega! — Jinyi largou as sacolas ensopadas a seus pés e se virou para encarar a esposa. Seu rosto estava vermelho e manchado, as roupas pingavam. — O que você quer que eu faça? Que eu volte e arranque cada maldita nota das mãos deles? Sinto muito. É isso que você quer? Isso melhora a situação?

Não, não melhorava. Ambos se enfureciam em silêncio. Ela queria bater os pés e convocar uma charrete para voltar para casa. Mas não havia charretes. Não havia nem um burro. Apenas a trilha cinzenta, seu marido molhado e seu bebê aos prantos.

— Ouça, o dinheiro se foi, então vamos tentar esquecê-lo. Chegaremos a uma vila em breve, tenho certeza disso. Vamos simplesmente seguir andando.

Yuying assentiu e seu marido pegou as sacolas. Ela queria perguntar por que foi ela quem teve de deixar para trás suas esperanças enquanto eles partiam em busca do passado. Embora houvesse apenas algumas semanas de viagem, ela começava a entender a atração que o lar exerce sobre a alma, e a maneira irritante com que as coisas das quais ela prometeu fugir se fixavam em sua mente.

Eles continuaram andando em silêncio, e Wawa finalmente mergulhou num meio-sono resmungado junto ao peito da mãe.

Você não entende que só estou fazendo isso por você?, Yuying queria dizer. Porque me foi dito que o amor só floresce na terra fértil do sacrifício. Porque eu sei que você quer me proteger. Porque eu quero que você me proteja. Mas ela não falou — em vez disso, mordeu o lábio até sangrar.

Jinyi ouvia os sapatos dela escorregando contra as pedras e o cascalho, a melodia amarga no fim de seu dia. Você não sabe que só estou fazendo isso por você?, ele queria dizer, mas não disse nada.

∞ ∞

De qualquer maneira, o dinheiro valia cada vez menos. Nas semanas que eles passaram viajando, o valor diminuiu pela metade, e depois novamente pela metade, até que eles já não sabiam se alguma coisa ainda podia ser comprada com um punhado de notas sujas. Com a inflação se espalhando pelas cidades depois do renascimento da guerra civil, as pessoas tinham que encher cestas inteiras com notas amassadas para a mais simples compra. Mesmo nas grandes cidades, mercados e lojas conceituadas sofreran a ponto de permitir o escambo — alguns ovos por meia xícara de farinha de milho —, enquanto sapateiros trocavam seu trabalho por envelopes caseiros cheios de folhas de chá ou sementes de girassol. Em todo o país, todos diziam a mesma coisa: essas notas são boas apenas para uma coisa. E o que era aquela coisa, bem, é melhor deixar para a sua imaginação.

Nas poucas horas seguintes, eles viram duas famílias rumando em direções diferentes, ambas escolhendo a trilha pedregosa das mulas em vez da estrada alguns *li* a oeste. Seus rostos eram máscaras de exílio, as roupas frouxas eram mapas dos lugares por onde passaram e das pessoas que tinham deixado para trás. Não houve comunicação entre os viajantes esparsos quando se cruzaram — cada viagem era feita de arrependimentos e dificuldades particulares, que não podiam ser partilhados. O fluxo de pessoas indicava uma coisa, porém: que mais à frente devia haver uma aldeia grande o bastante para fornecer aos desgarrados e suas histórias de fracasso uma cama para a noite.

Jinyi e Yuying andavam com a cabeça baixa, ignorando as colinas que afundavam e se alçavam ao nevoeiro a seu lado, com o rio correndo ao fundo. Eles apenas observavam a trilha batida que se estreitava sob seus pés. A paisagem ainda era linda? Não, havia mudado. Nada é belo sem ser visto; o que equivale a dizer que é apenas observando uma coisa que ela se torna real. O entorno definhava na cor da ferrugem, como pinturas arruinadas e esquecidas no sótão. Jinyi se perguntou novamente se tudo aquilo tinha sido um erro, sua tentativa de provar quem era ao arrastar a família de volta ao coração da terra que ele abandonara quando adolescente. Ele empurrou para o fundo de sua mente o medo do que descobririam um do outro quando a jornada chegasse ao fim. Yuying mantinha a boca fechada, acariciando o cabelo de Wawa e ignorando os suspiros e a tosse rouca do marido.

O que era aquilo que Peipei costumava dizer? A esposa perfeita não tinha língua, mas seis mãos. Um par para cozinhar e limpar, um par para alimentar e educar e um par para abraçar e acariciar. A imagem de Guanyin, uma bodisatva do panteão budista chinês, com olhos chamejando em cada uma das cem palmas das mãos estendidas, passou rapidamente pela mente de Yuying. E talvez não devesse ser surpresa para nós que esta deusa da misericórdia tenha sido retratada pela primeira vez como homem, antes de passar por uma mudança de sexo há cerca de mil anos. Compassiva, dotada de seus muitos braços, misericordiosa e com a força dos homens, Guanyin abandonou o bendito vazio do nirvana para ajudar os outros, para orientar as pessoas através do vertiginoso ciclo de reencarnações. Seu nome significa prestar atenção aos sons, ouvir orações. Ela ouve, mas não fala. Uma senhora adorável, pode acreditar em mim.

❧ ❧

Os habitantes de Putuoshan, uma ilha ao largo da costa leste, têm uma história própria sobre as origens dessa bodisatva, que dizem ter encarnado na China há cerca de 2.500 anos. Nos tempos em que os barítonos que trinavam nas planícies de trigo do gelado Nordeste encontravam os sussurros agudos dos campos de arroz do Sul, existiu um velho rei. De suas três filhas, apenas a caçula ainda era solteira, e assim o rei se ocupava de examinar os presentes e propostas extravagantes recebidos dos vários príncipes dos estados vizinhos, esquecendo com qual deles estava em guerra no momento. No entanto, quando sua filha Guanyin anunciou que pretendia tornar-se uma iniciada num templo distante, ele nada disse. Durante dias perambulou pelos corredores intermináveis de seu palácio, abrindo e fechando os punhos, rilhando os dentes, até que seus servos passaram a ter pesadelos com prisioneiros encadeados quebrando rochas.

Por fim, ele cedeu. Vá ao templo, disse a ela, mas lá você deve trabalhar limpando as latrinas todos os dias. Ela foi. Semanas mais tarde, uma vez que ela não reapareceu arrependida, o sorriso calculado do rei começou a se transformar numa carranca. Isso nunca tinha acontecido antes. Como sempre parece ocorrer, o rei foi confrontado com duas opções: deixá-la continuar no templo e perder o respeito dos reinos beligerantes vizinhos ou mandar executá-la por desobediência.

Tarde naquela noite, dois soldados foram enviados ao templo, disfarçados de peregrinos, com espadas escondidas sob suas vestes cor de açafrão. Depois de um teatro de exagerada prostração e oração, eles penetraram os prédios até encontrarem o andar do dormitório em que a princesa descansava, e, para sua sorte, viram-na encolhida bem perto do corredor, com o espaço mais amplo do andar tomado por um conjunto de freiras roncando. Contudo, quando o primeiro soldado lançou a espada para o pescoço da moça, a arma se partiu em mil pedaços. Eles baixaram os olhos e viram que os fragmentos do metal caído da espada nada mais eram que gotas d'água refletindo o luar rosado em torno da cabeça dela. Com isso eles fugiram do templo e voltaram gagos e incoerentes para o rei, só para descobrir da maneira mais dura que a espada do segundo soldado ainda era bem afiada.

Na noite seguinte, o rei enviou um general para o templo, sem nenhuma pretensão de disfarce. Ele atravessou o telhado coberto de fuligem na ponta dos pés descalços até chegar ao pátio interno, depois se pendurou pelas unhas nas calhas salientes e deixou-se cair sobre quatro patas como um gato, à entrada do dormitório. Ele agarrou o pescoço de Guanyin e não largou até que se passassem completos vinte minutos, após os quais ela arfou seu último suspiro rascante e parou de respirar. Ele então retornou ao rei para receber seu pagamento e títulos.

Guanyin acordou no inferno, com a garganta seca e latejante. Ela passava os olhos em torno, enquanto a escuridão ondeante lentamente encontrava forma. Sua laringe estava inchada, esticada. Algo passou correndo por trás dela, em seguida a seu lado. Ela abriu a boca para gritar, mas, em lugar do som, um bando de borboletas brancas emergiu, dando cores às cavernas. Ela se aproximou e, à luz emanada das asas agitadas, viu flores se erguendo do barro avermelhado onde quer que seus pés pisassem. (Pois, quando sua visão só alcança os limites de sua própria terra, o que pode ser mais misericordioso que um solo acolhedor?) Não demorou muito para que o rei do inferno, inquieto e ressaqueado, percebesse que algo estava errado. O desabrochar de flores de cores vivas através das rachaduras nas paredes de barro incomodava sua conjuntivite. Ele esfregou os olhos e gritou, emitindo um lamento colossal do fundo de seu estômago revirado. Com isso, as paredes se fecharam em torno de Guanyin. Toda a terra prendeu-se a seu corpo e a empurrou lentamente para cima, apertando-a através dos estratos, até que, com um arroto gorgolejante, ela irrompeu da superfície da terra e se viu, sem fôlego e exausta, livre do mundo dos mortos.

Ela surgiu na ilha de Putoushan, um pequeno pedaço de terra longe do reino de seu pai. E foi ali que Guanyin decidiu ficar, após verificar que, no curso de sua estranha jornada, havia adquirido o poder de curar os enfermos com o mais leve toque de seus dedos e de guiar pescadores perdidos para longe de naufrágios com a mais simples das melodias levada pela brisa da ilha. Durante nove anos ela trabalhou para curar os aleijados, os cansados, os doentes, os desesperados e os exaustos que lhe chegavam, dormindo apenas poucos minutos entre pacientes e marés. Embora fizesse o máximo para não ouvir o ruído da multidão que passava por seu quarto discutindo sobre batalhas, príncipes e impostos, depois de quase uma década longe de sua primeira casa ela achava cada vez mais difícil ignorar as conversas frequentes que ouvia sobre a saúde vacilante do rei. Ele estava morrendo, seus ossos lentamente apodreciam de dentro para fora.

Após pesquisar entre os textos misteriosos que descobriu ser capaz de decifrar nas faces dos precipícios e nas folhas caídas da montanha do centro da ilha, Guanyin descobriu a receita de um elixir que curaria seu pai. No entanto, a receita incluía o uso de carne humana. Cedendo à sua compaixão infinita, ordenou que um monge arrancasse os olhos dela e retalhasse seus braços para completar a poção, e depois mandou-a ao pai. À luz cristalina de sua cegueira, ela entrou na floresta do topo da montanha e desapareceu. Do outro lado do mar, seu pai se recuperou e, tomado de gratidão e arrependimento, convocou o maior escultor do reino. Faça-me uma estátua dela, o rei ordenou, com braços e olhos tão impressionantes que todos ficarão maravilhados com a extensão de seu sacrifício. O resultado do trabalho do escultor, uma deusa de mil braços com olhos fitando cada uma das palmas abertas, sobreviveu até mesmo à segunda juventude do rei recuperado. Mas é fato conhecido que nossas ações sempre sobrevivem a nós mesmos.

No momento em que chegaram à aldeia, Yuying já havia esquecido a deusa. Ela forçava seus passos, segurando o bebê choroso e encatarrado contra o peito e colocando a mão na própria boca quando espirrava e tossia, os pés ainda chapinhando enquanto caminhavam. O marido não fazia tais cerimônias; ele simplesmente virava a cabeça de lado, pressionava com força um dedo sobre uma só narina e salpicava o chão com bolas grudentas de um verde gelatinoso.

Barracas vendendo alguns repolhos brancos murchos se enfileiravam nas ruas entre as casas apertadas de terra batida e madeira empenada. Era o tipo de aldeia, Jinyi pensou, que um único fósforo podia destruir em uma noite. Eles passaram por um poço comum no cruzamento de duas ruas, onde velhos esquálidos faziam fila para tirar água, murmurando entre si sobre as filhas que tinham partido para lugares que já não podiam localizar no mapa.

Duas mesas de madeira estavam colocadas do lado de fora de uma cozinha com a frente aberta, as pernas frágeis tremendo sempre que as pessoas se sentavam, se erguiam ou se esticavam para pegar os potes de barro com vinagre ou azeite apimentado. Jinyi e Yuying se instalaram à mesa que estava um pouco menos lotada e colocaram Wawa no berço úmido sobre a trouxa macia de sacolas. Eles pediram tigelas de sopa de macarrão, a única coisa à venda, e, como todos os habitantes aglomerados à sua volta, debruçaram-se protetoramente sobre o caldo, com medo de deixar escapar até o mais fino filete do vapor espesso. Com olhos arregalados, Wawa observava o mundo que passava, as sobrancelhas negras subiam e desciam enquanto ele ruidosamente sugava o macarrão quente que seu pai lhe dava.

— Com licença, tias — disse Jinyi a duas velhas sentadas ali perto, que examinavam Wawa. — Existe algum lugar por aqui onde uma família poderia passar a noite?

— Há muitos lugares — respondeu a primeira velha, calva. — A aldeia mais hospitaleira no condado é esta aqui.

— Ela tem razão — disse a segunda mulher, que tinha um leve buço. — Eu nunca viajei, mas minha irmã aqui, ela andou por todo o país. Esteve em três, talvez quatro povoados diferentes. É verdade. Nenhum tão bom quanto este. É comum que pessoas de passagem digam a mesma coisa.

— Não tenho dúvidas disso — comentou Jinyi. — E então, o que recomendariam?

— Recomendar? Bem, quanto a isso eu não sei. Um casal jovem e bondoso como vocês, bem, poderia ser facilmente enganado.

— Ela está certa, existem pessoas que fazem isso sem piscar um olho — acrescentou a segunda velha.

— Não quer ser feito de palhaço, não é? Eu já vi isso acontecer com esses tipos da cidade que aparecem por aqui.

Jinyi pegou sua tigela e sugou o resto do caldo gorduroso juntamente com os poucos restos de macarrão que estavam no fundo. Ele chegava à exaustão e, como sua esposa começava a cabecear com o início do sono, Wawa passou a choramingar por atenção.

— Nós não somos tipos da cidade. Vamos ficar bem. Obrigado por sua ajuda. — Ele começou a se levantar.

— Agora espere um pouco. Se você está procurando por uma cama quente e confortável, nada muito requintado, há um quarto vazio na casa de nosso irmão. O filho dele foi para a floresta caçar. Só vai voltar dentro de alguns dias.

Jinyi voltou a se sentar.

— É muito generoso da sua...

— Bem, é claro — interrompeu a mulher careca —, ele teria de limpar o quarto primeiro, e acender o fogo, o que significaria perder metade de um dia de trabalho. Mas eu tenho certeza de que você não seria rude a ponto de não recompensá-lo, só para devolver o que ele perderia, não?

Jinyi assentiu. Ele estava esperando por essa parte.

— Certamente, não queremos causar nenhum problema, generosas tias. — Ele olhou para Yuying, desperta de seu torpor pelo bebê irritado a seu lado. Ele a cutucou no braço.

— Sim. Será ótimo — disse ela, sem se virar para encará-las enquanto mergulhava o dedo mínimo no caldo e o levava aos lábios abertos de Wawa.

Jinyi notou os rostos que o examinavam, descaradamente esperando para ver como ele lidaria com a esposa. Ele corou, trincou os dentes e deu de ombros.

— Obrigado por nos ajudar, graciosas tias. Tem sido uma viagem longa.

As duas velhas foram embora juntas pela estrada, de braços dados e curvando-se sobre os passos curtos, para preparar o quarto vago para os viajantes que — como descobririam na manhã seguinte, para sua decepção — não eram tão ricos quanto aparentavam.

— Wawa está doente — disse Yuying, sem se importar com quantas pessoas estavam ouvindo.

— Ele acabou de acordar. Está com um pouco de frio, como nós. Nada que um pouco de comida e uma cama quente não curem — respondeu Jinyi.

— Não. Ele está doente, olhe para ele.

Jinyi examinou o bebê. Wawa tinha os olhos um pouco inchados, mas certamente era apenas cansaço. Jinyi então olhou para as sobras de pele escura sob os olhos da esposa, e esfregou os seus próprios.

— Precisamos de roupas mais quentes. E mais dinheiro. Não vou dormir ao relento novamente, e nem o seu filho — decretou ela.

— Ouça, Yuying — Jinyi se inclinou para sussurrar, o hálito cheio de vapor e um toque de caldo temperado com alho. — Eu estou tentando. Apenas confie um pouco em mim. Estou fazendo tudo que posso. Em breve nós chegaremos lá, então fique tranquila. Não se desespere e, por favor, não faça vergonha aqui. Lembre-se de que não estamos mais na cidade, tudo bem?

— Não — retrucou ela com os dentes arreganhados. — Não está tudo bem. Cuide de Wawa, e não saia daqui!

Yuying pôs o bebê no colo de Jinyi e, antes que ele tivesse tempo de balbuciar uma resposta surpresa, atravessou a rua e virou a esquina, com uma das sacolas na mão. Jinyi deu de ombros e tentou ignorar as pessoas que o encaravam enquanto ele embalava Wawa em seus braços, equilibrando seu volume. Wawa balbuciava preguiçosamente, enfiando o rosto na dobra do cotovelo do pai. Jinyi tinha a face quente e vermelha; estava envergonhado. Para distrair a ambos, ele começou a cantarolar aos sussurros, baixo o bastante para que só Wawa pudesse ouvir, a canção que sempre cantava para seu filho rechonchudo, uma melodia que vinha naturalmente de algum canto remoto de sua memória.

Ao virar a esquina, Yuying se apoiou contra uma parede de barro para recuperar o fôlego. Não queria chorar. Sua mãe lhe dissera que o amor tinha de ser merecido. Ela se impeliu à frente e estendeu a mão para um homem de meia-idade que claudicava pela rua, segurando-o pelo ombro.

— A casa de penhores? — sussurrou ela. Seus olhos estavam desesperados, como água subitamente agitada pelo movimento frenético de peixes escondidos. O homem fungou, um alto estrépito de aspiração de oxigênio e muco, e a examinou de cima a baixo.

— A casa de penhores?! — Ela falou mais alto dessa vez, apertando a camisa suja com mais força.

Ele levantou a mão e apontou, depois virou-se e recomeçou a andar, sacudindo a cabeça e resmungando consigo sobre os tipos da cidade. Ao contrário do marido, Yuying já não dava a mínima para como as pessoas a veriam. Ela alisou as dobras de seu casaco vermelho salpicado de lama e esticou o xale em torno do corpo.

A porta se abria apenas até a metade, pois estava bloqueada por pilhas de caixas de madeira aglomeradas. Yuying se esgueirou para dentro e viu um homem de barba longa sentado sobre o que parecia ser uma mesa circular. A roupa do lojista era testemunho de sua profissão — uma mistura de cores descombinadas, incluindo um barrete vermelho, pantalonas azuis fluidas e um casaco verde no estilo Qing, fazendo um belo contraste com o cinza da água parada das ruas e da gente do lado de fora. Ele estava construindo um castelo de cartas.

— Roupas. Estou certo? Seda? É de verdade? Não responda, eu sei que é terrivelmente indelicado de minha parte fazer esta pergunta a uma senhora. — Sua voz era um gemido agudo.

Aquela provavelmente era uma das poucas casas de penhores que não dispunham de uma vitrine — o lojista preferia deixar que os necessitados, os falidos e os caçadores de pechinchas chegassem a ele. Num lugar onde todo mundo sabe da vida de todo mundo, um pouco de discrição faz toda a diferença. Yuying passou os olhos pela estranha coleção de objetos que enchiam a pequena sala. No silêncio que precedeu a fala do lojista, ela teve certeza de que tinha ouvido asas batendo perto das cômodas. Atrás dele havia um grande armário com uma porta aberta, como se para proporcionar um vislumbre das longas túnicas penduradas no interior. Um solitário leão Fu de mármore estava no chão, à procura de seu par. Ao lado do guarda-roupa havia uma grande gaiola vazia e três relógios, cada um mostrando uma hora diferente. Seu tique-taque ecoava pela sala apertada, batendo nas panelas dispersas, nas garrafas de ervas medicinais, nas heranças abandonadas e na parafernália não catalogada dos desesperados.

— As raposas estão mais barulhentas este ano. Já ouviu falar delas? Elas devem estar criando coragem, porque juro que andam por aqui a noite toda. Pegadas por toda parte, minha cara. Pela manhã todas desaparecem, naturalmente. Meu avô se tornou uma raposa, sabe? Certa manhã, ele simplesmente não estava em sua cama. Nunca mais o vimos, mas uma raposa começou a regougar pedindo restos de comida logo depois. Ele deixou a casa para as brigas entre uma mulher envelhecida e quatro concubinas amargas. Pode imaginar?!

Ele falava sem esperar resposta para deixar a freguesa à vontade, como se só pôr o pé dentro da loja já fosse vergonhoso. Seus olhos nunca deixavam sua vacilante pirâmide de cartas.

— Os pais podem ser assim. Eu não conheci meus avós, mas, certos dias, meu pai se torna um fantasma — respondeu ela enquanto abria a bolsa e começava a retirar alguns de seus vestidos, ainda úmidos e fétidos do rio.

— Sim, eu entendo muito bem. Suas roupas são lindas — proclamou ele arrastadamente.

— Tudo tem sua beleza, mas nem todos podem ver. Não é o que dizem?

— Ah, Confúcio. Não sou tão ignorante quanto você talvez pense — respondeu ele. — Sabe, dentro desta loja há um país diferente, que não é mostrado em nenhum globo, e tão longe da aldeia lá fora quanto você pode imaginar. Talvez você tenha notado que as coisas são diferentes aqui. Pode confiar em mim.

— Então, quanto você vai me dar?

Ele estendeu as mãos diante de si.

— Você tem duas opções. Eu lhe darei cinco por cada peça se você vendê-las diretamente a mim. Mas se você as quiser de volta, terá que pagar o preço de mercado na ocasião, seja ele qual for. Ou, e esta é a opção mais popular, eu lhe darei dois por peça e você pode comprá-las de volta pela mesma quantia a qualquer momento, dentro do período de um ano.

— E quantas pessoas voltam?

Ele não respondeu. O castelo desabou com a penúltima carta e a última ainda suspensa entre seus dedos.

— Eu vou voltar. Em breve. Por isso vou ficar com a segunda opção, obrigada. É só por alguns dias, entende? Uma semana, talvez — disse Yuying.

— É claro. Então vou vê-la novamente em breve.

Os dois falavam sem pensar, como se estivessem lendo um roteiro conhecido. Yuying entregou cada um de seus vestidos, tentando não chorar. O proprietário então apontou discretamente para um espaço ao lado do guarda-roupa onde ela poderia retirar o vestido e o casaco que estava usando.

Jinyi ergueu os olhos para vê-la quando ela se reaproximou da mesa com a bolsa vazia. Yuying tentou encontrar neles aceitação, perdão, amor, mas não encontrou nada daquilo. Apesar dos momentos de ternura, do sorriso torto e do jeito suave com que ele afagava as costas das mãos dela, como ele agora fazia com o filho adormecido, Yuying nunca sabia bem o que Jinyi estava pensando. De suas conversas secretas por sinais com Yaba, Yuying sabia que Jinyi também era assim na cozinha: quieto, defensivo e pensativo. Perto da algazarra e das exclamações de sua família e das outras meninas que conhecia da escola, a ponderação contida de Jinyi parecia estranha, quase assustadora. Ela se lembrou do jeito como ele pairava à porta em sua primeira semana na casa, sempre esperando pela permissão para cruzar o limiar; da forma como ele timidamente lhe perguntara se ela podia ensiná-lo a ler e a forma como suas sobrancelhas se torceram em nós quando ela riu, pensando que ele estava brincando — "é claro que você sabe ler!". Contudo, uma vez que a casa foi deixada para trás, nenhum deles sabia se aqueles papéis ainda funcionavam. Se pudesse, Jinyi talvez teria dito a ela que estava apenas tentando cuidar da primeira família que ele já tivera. Se pudesse, talvez ele teria mencionado o amor, o estranho frio na barriga que não conseguia entender. Mas ele não podia e não faria, e é por isso que eles geralmente caminhavam em silêncio.

Yuying se perguntava se aquela era a aparência mais próxima daquilo que ele esperava de uma esposa. Ela agora estava vestida com a lã cinzenta usada por todas as pessoas em quase todas as aldeias por onde haviam passado. Calças masculinas apertadas na cintura, camadas de camisas de lã áspera e um casaco Zhongshan preto e volumoso, todos de segunda mão e pechinchados na casa de penhores. Suas sapatilhas brilhantes foram substituídas por botas quentes, forradas com pele. Será que ainda sou quem sou sem as coisas de minha casa?, ela se perguntava, parada diante do marido. Quantas pequenas partes terão de mudar para que eu deixe de ser a filha de minha mãe e comece a ser alguém que nunca conheci? Ela separara alguns cobertores revestidos de pele para Wawa, mas nada para Jinyi. Ele ao menos parecia feliz em suas velhas roupas sujas. Os dois agora estavam quase idênticos. Os lábios de Jinyi se abriram num sorriso, enquanto seus olhos a examinavam.

— Está rindo de mim? — perguntou ela.

— Não, não, claro que não! Não seja tão boba. Eu só estava pensando no que seus pais diriam se pudessem vê-la agora.

Ela também sorriu.

— Eles pensariam que você me corrompeu.

— E que eu acabei com todo o trabalho duro. Sorte que lhes demos um neto, senão ficariam furiosos comigo. Vamos, Wawa está esgotado. Ele nem sequer riu quando eu lhe fiz cócegas. Vamos agasalhá-lo e chegar ao quarto. Aquelas solteironas estão voltando.

Era assim que suas tréguas geralmente funcionavam, cada um fingindo que nada fora do normal tinha acontecido, cada um fingindo esquecer. Era mais fácil do que pedir desculpas. No pequeno quarto eles compartilharam uma só *kang* de pedra, com os tijolos sob seus corpos, aquecidos por um pequeno fogareiro. Embora ainda estivesse no meio da tarde, eles desabaram com Wawa no meio, empurrando os pezinhos contra os pais. No outro quarto, as donas da casa se ocupavam, fervendo pote atrás de pote de água do rio, e a pequena família afundou lentamente num sono leve e inquieto.

Yuying acordou com a mescla de sons de animais que sempre acompanhava o amanhecer. Imediatamente ela se sentiu confusa — Wawa não a acordara nenhuma vez, e tinha comido pela última vez junto com eles. Seu coração batia tão alto que ela não conseguia ouvir mais nada. Ela ergueu o corpo adormecido do bebê para junto de si. Ele estava pesado, um saco flácido de pequenas pedras. Ela abriu a boca para gritar, mas, em lugar de som, o que lhe veio foi um ruído seco.

∽ ∾

Eles o sepultaram a meio *li* da aldeia, onde uma encosta se desdobrava em névoa e capim. Jinyi não discutiu com a esposa quando ela colocou os cobertores novos, os conjuntos de roupas quentes que havia tricotado e o pequeno travesseiro com dois tigres no trecho raso que ele cavara, punhado a punhado, agarrando a terra aos pedaços entre os dedos. Wawa precisaria levar consigo aquelas coisas, longe do alcance de seus pais. Eles não só enterraram aquele excesso de gordurinha de bebê, aquele sorriso travesso, aquela penugem de cabelos pretos e aquelas sobrancelhas escuras como piche que sempre dançavam acima dos olhos curiosos, mas também os soluços, os puxões no cabelo de sua mãe, o primeiro dente e as primeiras dores da dentição, o pijama minúsculo e todos os seus possíveis futuros.

Eles perderam um ao outro para a silenciosa maré do luto, o repelão sem palavras que os arrastava, enquanto eles resistiam às profundezas do pensamento. Suas águas tinham uma estranha claridade, como se as camadas de vitrais pelos quais eles geralmente viam o mundo de repente fossem estilhaçadas, e o céu explodisse através delas, com seu vasto espectro queimando suas retinas.

— Ele tem a minha família agora — disse Jinyi, embora não alto o suficiente para ser ouvido.

A rapidez do fato os chocou. Eles permaneciam em silêncio, atormentando-se com a lembrança das tosses que ignoraram, dos gemidos à meia-noite para os quais talvez não tivessem despertado, da vermelhidão das bochechas, da cor de suas fraldas sujas, da falta de leite materno, da limpeza da água, do pequeno copo transportado no fundo da sacola úmida, e, acima de tudo, da cansativa jornada para a qual ainda tinham que encontrar um fim. Havia palavras e esperanças e soluços trancados dentro deles.

— Eu sinto muito — sussurrou Jinyi, ombro a ombro com ela, tão perto que sua respiração parecia fantasmagórica, quase incapaz de acreditar que o Universo havia desmoronado sem arrastá-los consigo.

Yuying não disse nada, a boca salgada, cheia de lágrimas. Ele não deu mais uma palavra.

Era difícil saber se eles haviam passado alguns minutos ou dias inteiros junto ao minúsculo monte de terra. Finalmente, recomeçaram a caminhar. E, porque a morte é terrível, não há nada a ser feito além de prestar o silêncio que ela merece; pois nada humilha tanto nossos sentimentos de perda como tê-los descritos ou mencionados. Mesmo nós, deuses, somos impotentes nesse caso.

Eles enterraram os soluços no fundo de suas entranhas, e continuaram andando. De alguma forma, agora era mais fácil odiar um ao outro do que pensar no ano que passou. De repente, até mesmo o dia anterior parecia incrivelmente distante, perfeito em sua inocência.

Há dois tipos de campo. Um que as pessoas carregam consigo, esculpido pelas palavras de livros lidos na segurança de casas bem-iluminadas; o outro existe além das pessoas, e suas palavras são uivos indecifráveis, sua linguagem é a de cascas, arbustos e cipós. É o segundo que as pessoas enfrentam, se é que chegam a enfrentar o mundo. E desta forma há dois futuros: o que as pessoas evocam para tornar o presente mais fácil de digerir e o que é como um urso enjaulado que não será domado, e que tampouco se exibirá. São suas patas duras e úmidas que as pessoas sentem na pele durante a noite.

❧ ❧

Eles viram a casa a distância, destacada como uma silhueta curvada contra o esplendor do horizonte, próxima ao fundo de um vale cerrado.

Chegariam antes que a noite caísse. O lugar era parecido com todas as outras construções pelas quais haviam passado ao longo dos dias anteriores: uma casa principal, estreita e da cor de barro vermelho, com um moinho e uma calha à esquerda, e uma estrutura coberta à direita sob a qual se aglomeravam ferramentas ou animais. Um muro rústico de pedras, na altura do joelho, corria ao redor do pátio, com uma única interrupção estreita como entrada. Yuying só percebeu a singularidade daquela última casa pela mudança em seu marido. Ele diminuiu o passo, e Yuying conseguiu ouvir sua mandíbula começando a rilhar, mas tinha tato suficiente para não fazer nenhum comentário.

— Você pode colocar suas sacolas em seu antigo quarto; seu primo não está mais aqui — disse a mulher de cerca de cinquenta anos, marchando pelo pátio para dar uma olhada nos viajantes que se aproximavam. Ela era mais alta que os dois. A pele em volta do nariz chato era enrugada e marcada de varíola, os cabelos tosados sem precisão. Sua voz não era nem acolhedora nem fria, soava simplesmente exausta.

— Obrigado. Você parece bem, tia Hou. Esta é minha esposa, Bian Yuying.

— Então você deve ser Bian Jinyi. Mas eu não sei por que você está me chamando de tia, uma vez que deixou a família quando tomou outro nome. Como é, sem filhos ainda? Tem certeza de que estão realmente casados?

Yuying tentou, mas não conseguiu reprimir um soluço. Tia Hou a encarou com uma mistura de desprezo e confusão.

— Bem, imagino que vocês precisam de um descanso depois da viagem. Nós já comemos, mas sobrou um pouco de caldo. Vou esquentar — suspirou ela.

— É um prazer conhecê-la, tia Hou — gaguejou Yuying em meio às lágrimas.

— Eu sei. Prazer em conhecê-la também, Bian Yuying. Imagino que vocês dois vão ficar, não? Então espero que você se sinta confortável aqui. — Antes mesmo que acabasse de falar ela já se afastava, perdendo-se na última meia hora de sol empoeirado.

O caldo era uma água morna em que outrora talvez um vegetal ainda verde tivesse passado algumas horas. Eles engoliram o caldo, não ousando trocar olhares. Uma garça atravessava os campos, ainda molhada pela água em que tinha pescado. Sobre um monte em algum lugar atrás deles — um monte indistinguível dos muitos outros pelos quais haviam passado, e que não seriam capazes de encontrar novamente —, um broto começou a se preparar sob a terra, esperando a chegada da primavera para lançar seus ramos.

TENHO VERGONHA DE DIZER QUE DESCOBRI *que me era impossível esquecer as palavras do Imperador de Jade, e aos poucos deixei que a dúvida me roesse os dedos das mãos e dos pés, até que terminei sentindo dores no corpo inteiro. Talvez ele tivesse razão. Depois de passar semanas me preocupando com minhas habilidades, decidi agir. Eu pediria um conselho de um escritor de verdade. E concluí, quem melhor que Li Bai? Afinal, todo mundo sempre disse que ele foi provavelmente o maior poeta que nosso país já produziu. Assim, decidi encontrá-lo.*

Levei algumas garrafas de licor barato e azedo e me sentei às margens do rio Amarelo, bebericando e cantando antigas canções sobre árvores e animais, esperando que a noite caísse do céu. Quando estava tão bêbado que já via duas de cada estrela que cintilava no tecido escuro sobre minha cabeça, tirei os sapatos e corri em direção ao rio. Entrei nas águas turvas até descobrir o lugar onde a lua cheia se refletia no balanço das águas; e foi ali que afundei, submergindo na luz prateada.

Minha cabeça surgiu quase instantaneamente no meio de um pequeno lago. Eu saí da água e sacudi as algas e as pequenas carpas koi emaranhadas em minhas vestes, e olhei em torno. Era noite deste lado também, embora a lua parecesse mais próxima, enchendo metade do céu entre mim e as montanhas a leste e a oeste. À minha frente havia uma pequena cabana de madeira com calhas lascadas, a única construção no vale vasto e escuro. Eu bati com a aldrava de bronze e entrei.

— Talvez você seja um viajante — disse um homem baixo que estava sentado no chão com as pernas dobradas sob o corpo. Ele estava cercado por garrafas meio vazias de vinho de arroz e pilhas de papel; na parede havia retratos em nanquim de mulheres de beleza inimaginável.

— Talvez você seja um viajante — repetiu —, sempre procurando em vão por um caminho para retornar à sua cidade natal.

— Bem... na verdade, não — respondi. — Eu vim para pedir seu conselho, honorável poeta do Caminho. Preciso encontrar uma maneira de descrever o funcionamento do coração humano.

Ele assentiu lentamente. Um afiado filete de barba negra se projetava de seu queixo redondo.

Ele finalmente falou:

— A longa viagem nos leva por um rio de estrelas.

Foi a minha vez de assentir, embora eu não soubesse ao certo se aquilo era útil. Será que ele tinha me ouvido direito?

— Quer dizer que o coração é como um rio, senhor? — perguntei.

— Não — disse ele, parecendo irritado. — Quer dizer que a vida é uma jornada, e somos arrastados por ela como plantas aquáticas desterradas. Ou tenta decifrar para onde ela o levará e ignora as coisas que passam por você, ou pode apreciar as estrelas refletidas no rio e não se preocupar por onde estará no final.

— Entendo — respondi. E eu achava que quase tinha entendido mesmo.

— É claro, muitos discordariam. Se você pretende mesmo estudar as vicissitudes do coração, talvez deva falar com meu amigo, o grande poeta Du Fu. Certamente ele terá uma opinião diferente.

— Obrigado, senhor — disse eu, recuando em direção à porta. — E onde eu poderia encontrá-lo?

— Você precisa atravessar uma ponte que cresce sobre córregos como se fosse um arco-íris — disse Li Bai, antes de retornar a seu vinho de arroz.

5

1949
O ANO DO TOURO

SE VOCÊ NUNCA VIVEU NO CAMPO, participando da semeadura e do culti-vo, do comércio, do plantio, se nunca tirou ervas daninhas, ou tricotou, fiou, moeu, amassou, picou, assou, lavrou ou arou, tudo antes que o sol se derramasse como uma gema de ovo quebrado sobre os montes; se nunca sentiu que o único consolo na vida era a esperança de algumas horas de descanso, filhos, netos, e uma morte indolor; se nunca mediu as fronteiras do seu mundo por um trecho de rio, pelas sombras de uma floresta ou por alguns rostos sulcados pelo sol da única aldeia que já visitou, então você não pode compreender. Mas espere — sempre que eu tento contar uma história como esta para o Imperador de Jade, ele bate os pés, à beira de um de seus ataques. Ataques que você *não* quer ver, acredite. Enfim, ele sempre me diz que podemos imaginar qualquer coisa, e que tudo está interligado. Então acho melhor suspender meu ceticismo e começar esta parte de novo.

A mim me parece que muitos de nossos maiores poetas, como Bai Juyi, Du Fu e Qu Yuan (não que eu goste de me gabar citando meda-lhões, mas conheço a maioria deles muito bem), pareciam partilhar o talento para cair em desgraça. Bem, quando enviados ao outro lado do continente, ao exílio ou a algum cargo oficial humilhantemente longín-quo devido ao capricho de um imperador, aqueles antigos poetas iam desaparecendo em seus versos, seus corpos sumindo até que tudo que restava eram suas palavras, estrofes soltas marcando o caminho no lugar dos passos.

Estes eram os versos que Yuying aprendera de cor e recitava para si mesma quando ainda era a favorita do pai, nos tempos em que ainda era estudante e recebera a proposta de uma posição privilegiada como tradutora para uma das unidades do então resplandecente Exército japonês. Agora, ela mais uma vez murmurava as rimas entre os dentes enquanto se agachava na terra virada, as mãos enlameadas segurando uma pá enferrujada. E se outrora os poemas pareciam surreais, estranhos e exageradamente românticos para ela, agora eram duros, rijos, inflexíveis. O crepitar das folhas sob os pés; aves planando solitárias, templos abandonados, aldeias vazias; o luar penetrando sob portas e entre frestas das paredes, ou refletido na cheia de um rio — todas essas imagens se mesclaram à sua nova casa, com a infinita extensão de terra vazia por todos os lados. Yuying se agarrava aos antigos versos para tornar sua nova vida mais tolerável, para tentar aplacar sua solidão e seu arrependimento. Ela dizia a si mesma que não era a única. Nos mais minuciosos detalhes, os poetas pareciam ter encontrado a verdade sobre todo o mundo; dentro do menor dos átomos escancarados, há universos inteiros.

Yuying buscava uma claridade semelhante, uma forma de domesticar seu estranho entorno, fazendo com que ele se rendesse a seu escrutínio. Enquanto trabalhava, ela imaginava os nomes de gramíneas e flores, arrancando tanto estas quanto aquelas, já que, por não serem comíveis, eram de pouca utilidade. Ela sentiu o segundo bebê chutando em sua barriga e reprimiu um sorriso, movendo-se para o próximo sulco da pequena plantação. Jinyi estava à procura de lenha, a tia fervia o velhíssimo mingau na cozinha e o tio estava fora de vista do outro lado da casa.

As paredes eram ripas de madeira lixadas sobre uma fundação de terra batida. Cobrindo as janelas, folhas de papel açoitadas pelo vento. A primeira coisa que Yuying procurou após sua chegada foi um pequeno nicho na parede frontal, onde pudesse colocar uma tigela de barro. Ela ficou feliz por encontrá-lo, mas também surpresa consigo mesma. Você não era tão supersticiosa quando criança, disse a si mesma, embora não soubesse ao certo se isso era verdade ou não. Um pouco de vinho de arroz — do tipo que tinha uma acidez quente, arrepiante — balançava na tigela, com uma fina camada de poeira e cinzas recentes pairando no topo. Era uma oferenda ao Deus do Céu e do Inferno, para apaziguamento ou expiação, uma prece por constância em tempos de irreversível mudança. Até as aves do terreiro ficavam longe dele, embora isso talvez tenha mais a ver com o odor ácido do licor do que com o medo de uma deidade rancorosa e imprevisível.

A casa era dividida em três cômodos. Yuying e Jinyi dormiam no menor deles, agarrados sobre a laje de pedra coberta por peles esfiapadas. O quarto pertencera ao primo de Jinyi, mas eles acharam melhor não mencioná-lo ao casal de velhos; ele tinha sido recrutado pelos comunistas durante a guerra contra os japoneses, e desde então nunca mais se ouvira falar seu nome. O quarto ficava pegajoso e causava coceiras no verão, e ventoso e úmido no resto do ano. Mesmo sendo varrido pelo menos cinco vezes por dia, o piso estava sempre empoeirado pelos pesados ventos desérticos que sopravam do oeste. Os ventos também traziam pragas, mas todos estavam tão ocupados se preparando para o nascimento iminente que não prestaram muita atenção.

Levava-se quase meia hora a pé para chegar à casa mais próxima. A parteira, cujas visitas se tornavam cada vez mais frequentes, viajava quase o dobro para alcançá-los. Ela tinha lábio leporino, era atarracada, a cabeça larga e massuda, e a forma um tanto rude com que exercia sua vocação sugeria que ela a assumira apenas por penitência pelo acidente do próprio nascimento. Ela cutucava e beliscava Yuying com seus dedos enrugados, soltando muxoxos e grunhidos como se nunca tivesse visto pior projeto de mãe. Seus conselhos ressoavam nos ouvidos de Yuying, que, enquanto trabalhava, ouvia sem cessar o tom autoritário:

— Se você ficar assim tão magra, a criança será uma porcariazinha esquelética. Você se lembra do que eu disse? Mais cenouras e tofu se quiser um menino, e tenho certeza de que quer, porque só sendo uma idiota para rezar por uma menina. Pelo amor de Deus, não esfregue sua barriga desse jeito, ou você vai acabar com um fedelho mimado! Ninguém ensina nada a vocês na cidade?

Yuying passou a mão sobre a pele esticada de seu ventre volumoso, e depois voltou ao trabalho.

⌒ ⌒

À medida que o verão se aproximava, os dias começaram a se fundir em um só para Yuying. Ainda assim conseguiam ser monótonos e apresentar novas e pequenas humilhações a um só tempo.

— Vocês têm bolsas sob os olhos, os dois — dizia tia Hou, sem um traço de emoção na voz.

— O sol está nascendo mais cedo agora, então acho bom que já estejam prontos ao amanhecer. Não podem ficar perdendo tempo, ou todo o nosso trabalho será um desperdício — acrescentava o Velho Hou. Esta era a extensão habitual das conversas ao jantar, alguns legumes malcozidos e panquecas feitas de farinha de batata-doce.

Enquanto observava Yuying fazendo a farinha na moenda suja e disforme, tia Hou resmungou, balançando a cabeça:

— Passou mais de um ano aqui e não sabe o que está fazendo! Eu só vou mostrar uma última vez, está ouvindo? Melhor ter cuidado com esse bebê aí dentro também, ou os fantasmas famintos vão devorar vocês dois.

— Sim, só vou...

— Você está toda mole, menina. Quantos anos você tem, dezoito ou oito, hein? Bote força nisso, aí está, e agora gire. Pelos deuses!

É assim que nos medimos, pensou Yuying, com os quadris duros e retraídos contra o vento, descobrindo o que não podemos fazer, descobrindo o que não somos. Ela olhou para tia Hou, ainda balançando a cabeça enquanto caminhava de volta para a cozinha, e observou os hematomas no rosto e no pescoço da velha. Certas noites, Yuying e Jinyi se deitavam em silêncio em seu leito de pedra e o Velho Hou gritava no quarto ao lado, a voz estridente e crua, sem o menor esforço para esconder sua ira ébria. Em seguida vinha o som de seu punho ou do cinto encontrando a carne da mulher, embora eles nunca ouvissem um só grito dela. Esta é a diferença entre este lugar e minha casa, pensou Yuying. Hematomas, ali, eram exibidos como marcas de nascença, a mais simples das verdades da carne. As pessoas tinham orgulho de seus calos e bolhas e aceitavam as surras como se as merecessem. Yuying parou de girar a moenda por um breve momento, enviando suas orações pelos ventos intermitentes para que a guerra acabasse em breve e os dois pudessem voltar para casa.

Quando os vizinhos passavam para comerciar e comentar as colheitas, Yuying reduzia o ritmo do trabalho, inclinava a cabeça e ouvia as vozes.

— A pior em anos, eu diria...

— ...demônios nos campos, estragando o solo...
— ...uma seca de novo... a mais longa já vista...
— ...cem dias de luto...
— ...bem, nós superamos as outras, vamos passar por esta também...
— ...e quanto a seu filho, já deu algum neto? E se não, por quê? Não que eu queira bisbilhotar, imagine...

Em todas as vozes, ela registrava uma trepidação na garganta, como o crepitar de troncos num incêndio, o palpitar seco do esôfago, e a forma como cada frase parecia terminar com uma afirmação. Eles aprenderam sobre a terra, pensava ela, e por isso a conhecem tão bem quanto conhecem o toque de suas esposas ou as unhas de seus dedos. Eles nunca conhecerão livros ou casas de chá, bolos de lua ou criados. Para onde diabos ele me trouxe?

Quando a estação se acomodou no calor, uma manada de bois surgiu além dos fundos de sua plantação, e Yuying não podia acreditar que aquilo não era fruto da sua imaginação por causa de alguma aula de arte perdida lá atrás na memória, por um rasto de tinta preta mergulhando entre trilhas de montanhas enevoadas. Ela queria correr e mostrá-los para seu marido; queria se sentir como na infância, impressionada pelos mínimos detalhes que todos julgavam corriqueiros. Ela queria pegar Jinyi pela mão e admirá-los com ele, as criaturas lentas, transpiradas e corpulentas, golpeando pulgas com as caudas duras e peladas, as cabeças ondeando enquanto avançavam. Ela imaginava a sensação de seus hálitos, quentes, úmidos e enjoativos, mas não se atrevia a chegar mais perto, deixando em vez disso que eles se afastassem ao acaso, com os focinhos molhados pressionados contra as ancas peludas dos que iam à frente.

Jinyi ouviu um mugido baixo e gutural vindo do outro lado da casa, e se virou por um segundo. Provavelmente eram animais de trabalho, pensou ele, seus preços despencando devido à guerra e metade deles coberta de doenças, sendo levada às pressas para a feira; ou então o astuto boiadeiro pretendia deixar que eles pastassem na terra de outro.

Jinyi balançou a cabeça, pensando nas coisas que poderia fazer com uma junta de bois e um pouco de terra. Ele ouviu os passos de sua esposa e voltou ao trabalho.

❧ ❧

— Eu sinto que ele está virando, tentando ficar confortável. Ele está mudando de posição, como se não tivesse muita certeza de seu corpo — disse Yuying a Jinyi naquela noite.

— O que significa isso? Se você tem um corpo, você tem certeza dele. Ou então você deve ser algum tipo de fantasma. Se sente cansaço ou dor, é prova de que está vivo, e deveria agradecer por isso. É quando não se sente nada que uma pessoa deve se preocupar — comentou Jinyi, rolando sobre as antiquíssimas peles de animais que cheiravam a muitas gerações de suor.

— Você sabe que não foi isso que eu quis dizer. Só estou preocupada. Depois da última vez, eu...

— Eu sei, eu sei. Quis dizer que são sinais para nos dar esperança. Movimento, isso é um bom sinal. Um coração batendo, um corpo curioso. Deveríamos nos tranquilizar. Ele ficará bem.

— Por que nós dois estamos tão seguros de que será um menino? — indagou Yuying, um sorriso se formando no escuro.

— Porque deve ser um menino.

— E quando ele nascer? O que faremos? — Ela estava sondando, esperando ouvir de Jinyi que eles poderiam ir para casa.

— Aí nós vamos cuidar dele. Não vamos começar a caminhar novamente para outro lugar, eu prometo. Nós temos uma cama quente aqui, uma casa segura e comida suficiente.

— Desde que ele goste de batata-doce — murmurou ela.

Parecia que eles jamais comiam outra coisa. Os campos ao redor da casa eram semeados e arados apenas para aquela raiz tuberosa do tamanho de um punho fechado, que podia ser arrancada facilmente com um único puxão. Eles comiam batata-doce cozida, purê de batata-doce misturado com sal, batata-doce frita com cebolas — se conseguissem negociar algumas — e, para celebrações e festivais, batata-doce caramelizada, pedaços alaranjados que reluziam com fios escuros de açúcar queimado. A farinha que moíam também era tirada da batata-doce, misturada com o trigo de um branco-sujo quando das raras ocasiões em que o comércio ia bem. Alguns sacos cor de tijolo com a casca carnuda ficavam socados junto à cama, e os tubérculos eram cortados e jogados fora quando os vegetais eram armazenados para o inverno. Só de pensar em batata-doce, Yuying já sentia náuseas.

— Não há nada de errado com batata-doce. Há séculos que minha família cultiva batata-doce. Certa vez, um chefe militar de passagem decidiu parar de lutar e se instalar aqui porque jurou que eram as melhores que ele já tinha comido em todas as suas viagens. Bem, em todo caso, isso é o que diz o tio Hou — comentou Jinyi.

— Eu sei. Essa é a única história que ele conta.

— Ora, vamos, não é tão ruim assim. É aqui que vivem meus antepassados. Eles ainda estão lá fora; só que não podemos vê-los. Quando você ouvir o vento soprando, ou o grasnado de aves que não consegue reconhecer, ou tambores distantes, são eles. É o que eu costumava pensar sobre meus pais, para não enlouquecer aqui quando era jovem.

Yuying imaginou seus filhos crescendo ali e se sentiu sufocada. Seus dias seriam preenchidos da mesma forma que os dela, com lama e dor e fome. A casa ficava ao lado de um vale, ligada a algumas outras mais no alto para formar uma aldeia raquítica e esparsa. Havia um dia de feira na pequena cidade mais próxima uma vez por mês, e uma pequena escola abandonada do outro lado do morro. Todas as famílias da encosta viviam como aranhas no centro de uma desmazelada teia de orações, pragas, esperanças e os onipresentes antepassados mortos, que os observavam sobre os ombros, seu hálito fraco, quase perceptível, sobre a penugem de suas nucas.

Yuying percebeu que a perna de Jinyi estremecia. Ele estava meio adormecido, mas ela ainda não tinha acabado.

— Ouvi alguns comerciantes conversando outro dia. Eles disseram que a guerra civil está quase no fim.

— Humm.

— Talvez acabe até o ano que vem.

— É uma boa notícia. Quem está ganhando? — resmungou Jinyi.

— Você não sabe?

— Claro que sim. Só estou brincando. Vamos dormir um pouco. — Jinyi apertou o cobertor peludo mais perto das orelhas; o luar espiava entre as lágrimas que corriam pelo papel sobre a janela quadrada.

— Será uma boa notícia para a minha família. A cidade ficará segura novamente. — Yuying não soube bem o que queria dizer. Segura como quando os japoneses estavam lá, guardando tudo que caía dentro de sua esfera de interesses e empurrando todo o resto para as sombras? Ou segura como antes da invasão, um tempo que ela conhecia somente pela nostalgia nebulosa das ocasionais reminiscências de sua mãe?

— Que bom — respondeu Jinyi.

— Mas eles talvez necessitem de ajuda para reconstruir a casa e colocar todos os restaurantes em funcionamento novamente.

— Não será fácil, mas eles vão conseguir.

— É tudo que você tem a dizer? — perguntou ela, virando-se e pressionando a cabeça contra o ombro dele.

— Sim. Boa noite.

Ela deixou que ele dormisse, e se rendeu às pequenas dores e aos chutes do bebê empurrando as laterais de seu corpo, pequenos soluços que faziam seu abdômen trepidar.

O que é isso que leva as pessoas para tão longe de si mesmas? Seria para ver quanto podem renunciar sem deixar de ser quem são? Ou para testemunhar o que resta quando tudo lhes é arrancado? E por que fazem isso? Por amor? Alguns anos atrás, Yuying não teria hesitado em dizer, "Sim, por amor", mas agora ela não tinha tanta certeza. Esse pensamento a fez corar de culpa, deitada ao lado do marido, que já roncava. Ela se perguntava se sua mãe também tivera de se construir e desconstruir. E esta era apenas outra versão da pergunta que ela se fazia todos os dias: O que acontecerá comigo se eu nunca mais retornar?

∽ ✑

Yuying continuava acordada, passando os dedos em seu ventre, tentando incitar o bebê a chutar, a compartilhar sua insônia. O que acontecerá comigo se eu nunca mais retornar? Jinyi fungava e roncava a seu lado. Será que nós nos encontramos apenas na forma como somos vistos?, ela se perguntava; e quando isso muda, nós mudamos também? Ela não gostou desse pensamento, e por isso começou a imaginar seu marido repentinamente mudando de ideia. Sorriu para si mesma enquanto pensava em Jinyi pegando suas mãos e anunciando que eles deveriam voltar para casa.

A dor de repente cruzou seu corpo, como se ela estivesse sendo acionada como um motor, e ela uivou alto o bastante para despertar não apenas o marido, mas toda a casa. A dor a agarrou e a espremeu, pulsando e tensionando e aguilhoando seus músculos. Seu marido se ergueu na cama bruscamente, esfregando os olhos com força enquanto os joelhos se lançavam para fora do cobertor. Yuying se dobrou em espasmos, e naquele segundo ela teve certeza.

E novamente veio, a dor começando na base da espinha e enchendo-a de súbito; uma maré sufocante de uma dor de morder a língua, virando suas entranhas do avesso.

— Vá buscar ajuda — gemeu ela para Jinyi, que já estava de pé e vestindo as calças.

— Você está bem? Qual é o pro...

— Traga ajuda! — berrou Yuying. Ela abriu e fechou a boca, a dor substituída por um fluxo, o derramamento úmido de seu ventre revirado. Ela passou os dedos no alto das coxas e os olhou, pegajosos, cheirando a cobre oxidado e ao odor acre de mingau velho. E embora ainda faltassem muitas horas antes que o quarto tivesse uma mínima centelha de luz, ela sabia que suas pernas estavam cobertas de sangue.

❧ ❧

Poucas horas depois, a parteira local chegou, com o lábio leporino se contraindo visivelmente e seus cachos curtos colados à testa exagerada, e Yuying começou o trabalho amargo de parir o bebê natimorto, tingido de azul e sangue. Não havia nenhum consolo em saber que eles tinham razão, que era um menino. A pequena massa torcida de pele viscosa e rugas foi retirada rapidamente do quarto, escondida da vista de Yuying enquanto ela se apoiava nos cotovelos, estoica, suada e silenciosa, sem falar com ninguém, e sem que ninguém se atrevesse a falar com ela.

Olhava fixamente para um ponto no teto enquanto seus lábios adquiriram um formato oval, ela queria pronunciar algo, mas não conseguia. Se eu falar, pensou ela, isto vai se tornar real. As pessoas se moviam em câmera lenta a seu redor, deixando-a para as profundezas de sangue e dor; a parteira desgrenhada tinha outras mulheres para ver, a tia e o tio já tinham saído, de qualquer maneira o trabalho precisava ser feito. Finalmente, só restava seu marido, assistindo nervosamente a seu peito que subia e descia lentamente.

Quando o sol apareceu, ela pediu para ver seu filho. Jinyi se aproximou timidamente da criança, quase com medo de tocá-la. Era úmida e pequena e estava embalada num lençol sobre a mesa da cozinha, aguardando para ser levada e enterrada nos limites do terreno pelos homens. Yuying só falava com o filho, sussurros exaustos pronunciados à cabeça enrugada e às pálpebras fechadas, como se seu hálito quente pudesse levá-lo a se mover, falando tão baixo que o marido teve de deixar o quarto, incapaz de tolerar o murmúrio de suas palavras de carinho, com um tom mais cálido e mais delicado que qualquer coisa que já tinha ouvido dela.

Uma vez do lado de fora, Jinyi tentou recuperar o fôlego, atordoado diante daquele segundo fim tão súbito; seis horas e meia desde que acordara e ele só conseguia se lembrar de alguns momentos, que faria o máximo possível para esquecer. Ele sentia seu coração esmagado, mutilado; e, mesmo assim, de repente ele quis reviver tudo, as breves meias vidas de ambos os bebês, ver todos os momentos que tinha perdido, valorizar cada segundo, mesmo que significasse reviver tudo novamente. Um grito se coagulou em sua garganta e lágrimas embaraçaram os cantos de sua visão; ele pegou a pá e atravessou as plantações; afinal, o que mais poderia fazer?

∽ ∾

Em algum lugar ao longo de um desfiladeiro, ou em alguma floresta oculta, Jinyi e Yuying devem ter chamado a atenção de um demônio faminto, murmurava tia Hou consigo. Cabeça de cobra, todos os dentes pretos e a língua queimada, ele deve ter seguido os dois até a casa dos

Hou. Tomara dois de seus filhos. Se fossem meninas, talvez tudo teria acabado bem, mas eram homens, o sangue de uma família, sua força e seu nome. A cada crepitar de folhas arrastadas pelo vento, ou ranger da madeira empenada das paredes, tia Hou ficava cada vez mais convencida de que o demônio que levara as duas crianças ainda estava lá, esperando. Quando não estava trabalhando, ela recolhia ervas secas para queimar no lugar do incenso diante do altar grudento instalado atrás da mesa da cozinha. Ela tentou se lembrar de todos os seus pecados e pediu que o marido e a mulher em luto fizessem o mesmo. Vocês estão amaldiçoados, garantiu-lhes ela.

Jinyi foi o primeiro a acreditar nas palavras da tia e desenhou linhas de giz sobre sua porta para impedir o retorno do demônio. Os pesadelos cheios de garras que o deixavam empapado de suor ao menos eram melhores que a tortura de se perguntar se de alguma forma a culpa era sua. Já era quase época da colheita, o calor pegajoso já era lentamente soprado ao sul, e Jinyi passava todo seu tempo livre rezando para o punhado de divindades cujos nomes conseguia lembrar, pedindo que o próximo bebê fosse saudável e forte. Yuying passou as mesmas semanas prometendo a si mesma que jamais deixaria que o marido chegasse perto de seu corpo novamente.

— Há um médico... não se preocupe, não é um daqueles modernos que mexem com medicina ocidental! Ah, não, estou falando de um médico de verdade; que talvez consiga impedir que o demônio nunca encontre vocês novamente — disse tia Hou a Jinyi.

Ela tinha ouvido falar dele por uma família vizinha, cujo filho doente fora trazido de volta à vida pelo médico havia algumas décadas. Jinyi concordou sem perguntar a Yuying, suspeitando que ela talvez não cooperasse. Ela não tem que saber, pensou ele. No entanto, apesar de seus melhores esforços, enviando mensagens por todos que passavam e até sondando pessoas na feira, não conseguiu encontrar o famoso médico. Ao que parecia, ele não era visto desde o início da guerra civil.

Em pouco tempo, Yuying estava de pé e vagando pelas plantações novamente; ainda assim, às vezes ela parava e passava horas estudando os pontos onde os limites dos campos rajados mergulhavam na bruma do horizonte, sua mente em outro lugar. Ela se sentia mais próxima dos noventa anos que dos dezenove; seu corpo era um catálogo de dores, sua mente era inundada pelo que poderia ter sido. Quando o sol desapareceu inesperadamente à sua volta, ela seguiu os outros para dentro, e se sentou com eles na minúscula cozinha espremida entre os dois quartos, mastigando sem vontade a comida.

— Não foi um ano totalmente ruim para as batatas-doces, não é? — comentou Jinyi, tentando sem jeito preencher o silêncio. Em resposta, seu tio terminou suas colheradas e deglutições apressadas demais para a boa saúde e deixou a mesa, sem uma palavra, para começar a talhar um graveto com uma faca suja no quarto ao lado.

— Por que não levamos as batatas para o mercado juntos, semana que vem? Você poderia me ajudar dessa vez. Acho que talvez possamos conseguir um pouco de tofu, e talvez alguns ovos em troca. O que você acha, Yuying? — continuou.

— Se você precisa que eu vá, eu irei — suspirou ela.

Ele assentiu, e ficou combinado. Yuying pôs de lado o *hashi* e seguiu tia Hou para a despensa, nos fundos da casa, onde as poucas velas eram guardadas.

Jinyi ficou comendo sozinho, imaginando quanto poderia negociar pelas batatas-doces e o que mais elas poderiam render no ano seguinte. Ele se deteve e pensou num pequeno plano para animar Yuying — com um pouco de trigo da feira, moído como farinha, poderia fazer bolinhos para ela. Ele deixou a mesa e foi para o quarto, e dentro de dez minutos estava dormindo. Dormiu vestido, deixando que as roupas absorvessem o suor de outono. Ao amanhecer, as mulheres lavariam a louça com a escura água de chuva da calha.

Na despensa, as velas foram acesas e Yuying e tia Hou trouxeram o tear rangente de volta à vida, girando a estrutura de madeira para tramar o espesso algodão cru, adquirido num local que ficava a menos de um dia de distância. Dessa forma, elas arruinaram seus olhos até a madrugada, esticando e desembaraçando a linha fina até que estivesse pronta para ser tricotada em roupas de baixo, meias, xales e coletes para o inverno. A cada volta do mecanismo, o tear crepitava e murmurava para si mesmo.

— Preste atenção, senão teremos que começar do zero. Ande, menina — repreendeu tia Hou, embora em voz baixa para não perturbar o sono dos homens do outro lado da parede.

— Você não pensa muito na morte, tia?

Tia Hou suspirou, sentindo que sua paciência era testada.

— A morte está em todo lugar, mocinha. A vida apenas se intromete. É por isso que trabalhamos, para fazer tudo o que podemos para manter a morte a distância, mas ela ainda aparece de alguma forma. Há fantasmas até mesmo na calha de água que me dão arrepios quando me abaixo para encher um balde. Mas você se acostuma com eles. É simplesmente assim.

Tia Hou fez uma pausa, olhou para Yuying e balançou a cabeça:

— Ao menos eles estão juntos; eles têm um ao outro. Mas, aqui, nada muda. Vai ser bom para você lembrar disso.

Yuying assentiu, sem tirar os olhos do tear.

— Sim, tia.

— Não perca a concentração agora! Céus! Isso, continue agora, com cuidado.

Mesmo depois que tia Hou arrastou os pés para a cama, Yuying continuou no tear, pinçando, puxando e enrolando as linhas finas. Ela tinha um plano.

Mais tarde naquela noite, Jinyi acordou e, sentindo Yuying agitando-se a seu lado, tentou consolá-la.

— Tudo vai ficar bem, sabe?

— Hum.

— Eu tenho uma ideia, para garantir que o demônio não nos encontre novamente.

— Não me venha com esse demônio de novo, Jinyi. Por favor, esqueça toda essa baboseira. Nós fracassamos com eles, e não vai adiantar nada tentar encontrar alguém para colocar a culpa.

— Não diga isso. Apenas escute, certo? Estive pensando, se pouparmos um pouco, talvez pegando um pequeno empréstimo com seu pai, poderíamos ter nosso próprio terreno não muito longe daqui.

Ela se virou na cama.

— Por quê?

— O que quer dizer com isso, *por quê*? Para que possamos plantar, ter um lar de verdade para nossos filhos, construir uma casa com um pequeno altar para meus antepassados, garantir que nenhum demônio ouse se aproximar. O que mais você poderia querer?

Ela não respondeu. Por fim, Jinyi concluiu que ela estava ponderando sobre sua sugestão, e caiu no sono. Contudo, Yuying ainda estava acordada a seu lado, na esperança de que, em seus sonhos, as crianças talvez engatinhassem de volta pelos campos para serem confortadas e embaladas mais uma vez.

∽ ⌣

A caminhada até a feira exigia que saíssem de casa no escuro. Foi um alívio ver a luz do sol nascendo sobre outros campos, a estrada de terra entre eles oscilando à luz meliflua, e Yuying imaginou que a luz a banhava, renovando todas as coisas. Logo estavam marchando o mais rápido que podiam e ultrapassavam um pastor com um rebanho modesto, sem dúvida rumando para o mesmo lado.

— O que há na bolsa? — perguntou Jinyi, observando a jovem esposa com mais atenção agora que havia luz. Apoiados nas costas de ambos, lençóis sujos estavam atados para transportar o máximo possível de batatas-doces, mas Yuying também tinha uma bolsa menor, mais colorida, um resquício da viagem desde Fushun, presa no ombro.

— Coisas que eu fiz.

— Que coisas?

— Chapéus, babadores, fraldas, meias, coletes. Você sabe. Bordados. Você já viu.

— Não, nós embalamos os que você e a tia fizeram na noite passada. Estão no topo da minha trouxa, com o *mantou* para o almoço. Espere!

Ele parou, obrigando Yuying a fazer o mesmo.

— O que você disse que eram?

— Chapéus, meias, coletes, fraldas...

— E babadores. Yuying, essas são as roupas do bebê?

Ela começou a andar novamente, usando todas as energias para se impedir de gritar.

— Yuying?

— Não! — Foi tudo que ela disse, sem diminuir o passo, e seu tom foi o suficiente para calar Jinyi, embora ele não conseguisse deixar de se perguntar se ela havia guardado as roupas do bebê para o próximo filho ou se tinha enterrado com o menino natimorto. Contudo, Jinyi não tinha dúvidas de que ela estava dizendo a verdade. Caminharam outro *li* antes que ela abrisse a boca novamente, ainda fixando os olhos à frente.

— São coisas que fiz. Depois que sua tia foi para a cama. Já tínhamos alguns para trocar por comida, que ajudei a fazer. Eu só queria fazer alguns mais, para ver se alguém os levaria hoje.

— Por quê?

— Eu queria tentar conseguir um pouco de dinheiro.

— Você não tem que fazer isso, Yu. Temos o suficiente, não temos? Estou fazendo o melhor que posso, e se há algo mais que você queira, só precisa dizer.

— Não é para nós. Quero escrever uma carta para a minha família.

— Ora, vamos, Yu, sua família está aqui agora.

— Você quer que eu me esqueça deles? Honrar os mais velhos: era isso que você dizia; era o que meu pai dizia; é o que Confúcio dizia. É por isso que estamos aqui, não? Pela memória de sua família. Enfim, só quero saber se eles estão bem, como andam com a guerra e tudo o mais.

— Desculpe. Escreva a sua carta. — Jinyi estava magoado; ela realmente acha que é por isso que estamos aqui?, perguntou-se ele.

Como não sabia ler nem escrever, Jinyi tinha medo do poder das cartas, como se elas fossem uma espécie de magia. Todas as novidades e fofocas nos campos eram levadas apenas por vozes, assumindo as cadências baixas do sotaque local, e o sentido do boato era totalmente dependente de quem o transmitia.

— Há um posto dos Correios em Baoding, a mais ou menos meio dia daqui. Eu nunca fui lá, mas tenho certeza de que eles podem ajudar. Ou podemos tentar encontrar algumas pessoas que seguem para o norte, e pedir que levem a carta. Deve haver alguns trabalhadores migrantes partindo para as planícies de carvão em breve. Normalmente há muitos deles no inverno, especialmente após a colheita.

— Eu vou aos Correios — respondeu Yuying.

— Espere, tenho uma ideia melhor. Deveríamos guardar o dinheiro e gastá-lo com remédios. Sabe, para o seu útero. Na feira passada havia um rapaz vendendo osso de tigre em pó. Se pudermos poupar o suficiente para comprar um pouco, só um pouco, tudo ficaria bem.

— E o demônio?

— Nem os demônios são páreo para esse tipo de força. A força dos tigres.

— Vou pensar a respeito — replicou Yuying, só para interromper a conversa.

Na feira, eles se espremeram entre a multidão no centro fervilhante. Era simplesmente um trecho aberto de terra batida e poeirenta entre algumas construções desajeitadas de tijolos, e parecia não haver ordem alguma, nenhuma barraca — apenas incansáveis grupos de pessoas tentando trocar uma coisa por outra. A maioria das pessoas se movia sem parar, examinando as mercadorias de um enquanto a mesma pessoa examinava as suas, em seguida, encaravam-se, questionando quão bom era o negócio que fariam. A feira estava repleta de pessoas com chapéus largos de vime que falavam aos berros, tomando cuidado para não perder uma única sílaba. Yuying mostrava os pequenos babadores e coletes bordados diante dos rostos de passagem, torcendo por uma reação. Jinyi aproveitou o tempo entre a negociação para abordar o jovem que furtivamente abria um saco contendo ossos pálidos, mas se afastou logo após algumas breves palavras. Partes de tigre são caras — afinal, a caça leva tempo e energia. E acredite no que digo, os demônios que conheço, aqueles com lábios espumantes e olhos reptilianos, não são tão fáceis de deter. Uma vez que enfiam algo na cabeça, eles viram o mundo ao avesso para obtê-lo.

Parecia que ninguém nunca conseguia tanto quanto esperava; as vozes que se erguiam constantemente da praça enlameada no fim da tarde eram indistinguíveis em seus pequenos lamentos e suspiros, os corpos uniformes com os ombros encolhidos e pés arrastados, todos jogando seus bens duramente negociados sobre as costas.

— Podia ter sido pior — disse Jinyi quando eles começaram a caminhada de volta para casa, pegando ritmo à medida que o sol se emaranhava nos ramos retorcidos das árvores enfileiradas nas colinas a oeste.

— Eu sei.

— Pelo menos nós conseguimos um pouco de farinha. Não muito, mas se racionarmos dá com facilidade para alguns meses. Ovos também. Quanto você conseguiu para sua carta?

— Não o bastante. Talvez meio *jiao*. Um selo vai custar quatro.

— Você terá que fazer muitos outros babadores, então — comentou ele.

— Eu não vou desistir.

— Eu acredito em você. Eles ficaram bonitos, aliás.

— Verdade?

— É claro. Especialmente aquele com as garças. — Jinyi fez uma pausa, logo recuperando o ritmo, olhando diretamente à frente enquanto falava. — Eu costumava observar garças, sabe? Todo outono olhava para cima quando elas passavam, toda primavera esperava seu retorno. Não há muitas por aqui, claro, mas ainda há algumas perto dos lagos, e elas costumavam passar voando. Não havia apenas garças, claro, mas também gansos. Todas as grandes aves.

— Eu costumava fazer isso também, e nós celebrávamos a primavera quando as aves voltavam.

— Ah, mas era a partida o que me interessava. Bandos inteiros viajando com o mesmo estranho objetivo, algo que nem precisavam lembrar: apenas faziam. Eu gostava dessa ideia. E quando alguém disse a nós, crianças, que o mundo era redondo, bem, eu pensei que provavelmente era isso que elas estavam fazendo. Dando toda a volta, jamais pousando, apenas voando por toda a Terra. Eu pensava que elas estavam mapeando o mundo, aprendendo tudo, e nunca parando até que chegassem ao lar.

— Mesmo quando elas voltavam da mesma direção pela qual tinham saído?

— É. Eu realmente não era assim muito esperto, não é? — disse Jinyi num tom cantarolado.

— Não, não foi isso que eu quis dizer — acrescentou ela rapidamente. — Enfim, nós dois observávamos garças. Isso é legal de pensar.

Yuying não mencionou que a jornada dos pássaros, de exploração, emulava seu anseio particular. Era muito cedo para isso. Ela precisava sondar sua família primeiro, uma vez que tivesse economizado o bastante para um selo, com mais meia dúzia de viagens para a feira. E assim, logo que chegaram a casa, ela montou o tear de novo e apertou os olhos por noites inteiras, até que os pavios queimassem e as velas virassem restos de cera. E uma vez que ela tinha o fio, podia começar a tricotar e lançar os frágeis contornos de tigres, dragões e garças numa dança sobre os pequeninos conjuntos de roupa.

O confucionismo exalta a rotina como uma virtude fundamental. A vida é um conjunto de ações, e a execução apropriada dessas ações, seja no respeito aos idosos ou na realização de seu trabalho, por mais servil que possa parecer, é essencial para se viver uma boa vida. Rotinas e rituais nos permitem localizar nossa posição no mundo. Yuying respeitava Jinyi porque era sua esposa, e ela sabia que era isso que as esposas deveriam fazer. Ela trabalhava porque estava viva. No entanto, essa repetição a amedrontava, porque só havia uma saída da rotina sem fim, e até o próprio Confúcio era notoriamente silencioso sobre a questão da vida após a morte.

∽ ∾

Foram necessárias mais três viagens à feira para obter quatro *jiao* para o selo, embora Yuying já tivesse perdido a noção de qual era o dia da semana, do mês e em qual mês estava; ela percebeu que se tornara igual ao resto da casa, medindo viagens à feira, dependendo do conteúdo da despensa, do número de batatas-doces armazenadas e do tamanho da lua.

— Amanhã irei aos Correios. Tudo bem?

— Creio que sim. Podemos nos virar sem você por um dia, se é preciso. Já escreveu sua carta?

— Sim.

— Você mencionou o demônio?

— Não, claro que não.

— Ótimo. Escrever sobre as coisas pode torná-las mais reais, sabe? — Jinyi fez uma pausa. — Então, o que diz na carta?

— Você sabe.

— Eu não tenho nenhuma ideia. E você sabe que eu não sei ler.

— Não diz nada ruim. Por que diria? Meus pais se preocupam conosco, lembre-se disso. Com nós dois. Apenas pergunto como eles vão, e conto como estamos indo. Só quero conversar com eles.

— Você pode conversar comigo, sabe? Eu ainda estou aqui.

— Eu sei.

Mas eles não tinham mais nada a dizer um ao outro, e ela tinha que levantar em algumas horas para iniciar a longa caminhada.

A carta foi escrita num canto de um cartaz endurecido pelo vento e rasgado de uma parede de tijolos vizinha à feira. Ela tracejara os caracteres com caligrafia meticulosamente pequena, usando um velho pincel e água da chuva misturada a fuligem.

Dizia:

Mamãe. Como você está? Por favor, conte-me de Fushun. A vida aqui na aldeia do Monge de Pedra é difícil, mas sinto que é bom para mim aprender sobre as dificuldades. Meu marido está cuidando de mim. Seu neto adorado não sobreviveu à viagem. Estas são as palavras mais difíceis de escrever. Espero saber de você em breve. Sua filha.

Yuying a segurava firmemente nas mãos enquanto caminhava, sem coragem de dobrá-la ou pressioná-la no bolso.

Na casa mais próxima à deles vivia um casal mal-humorado e seus cinco filhos. Yuying passou pela casa algumas vezes no caminho para a feira, e Jinyi lhe contara o motivo pelo qual ela só via um dos filhos de cada vez. Eles só tinham um par de calças para todos, explicou ele, e assim o filho que saía de casa para trabalhar, para buscar água do poço ou para executar uma tarefa as vestia, atadas com força com barbante, ou nem tanto, dependendo do tamanho. Ela riu quando ele contou, pensando que era uma piada, mas a parte de cima das sobrancelhas crispadas do marido imediatamente mostrou que ele estava falando sério. Jinyi e seu primo tinham partilhado um único par de sapatilhas até sua partida, e ele nunca esqueceria aquela sensação pegajosa de enfiar os pés descalços no calor úmido de um sapato recém-usado. Quando passou pela casa, Yuying se perguntou o que eles faziam durante todo o dia, os quatro filhos que ficavam para trás, com o fogo apagado no único quarto que compartilhavam, e nada mais que a imaginação para fazer passar o tempo.

Yuying chegou ao correio no início da tarde. A equipe consistia de dois homens, ambos usando seus uniformes desbotados afrouxados com o tempo e irremediavelmente maltratados como se fossem uma outra pele. Eles ficavam próximos no calor enfumaçado da penumbra que penetrava pela janela, derrubando cinzas de cigarro longe das sacolas de cartas que se espalhavam a seu redor, à espera de triagem. O selo custava, como lhe haviam dito, quatro *jiao*.

— Mas um envelope vai custar outros dois, porque não podemos entregar nada que não esteja devidamente selado dentro de um envelope.

Ela pousou a carta sobre a mesa de madeira que fazia as vezes de balcão, uma vertigem súbita passando por seu corpo. Os dois homens continuaram esperando, e, mesmo tendo levado rapidamente a mão ao rosto, Yuying não conseguiu evitar o choro. Ela tossiu e quase engasgou com as lágrimas quentes e ácidas, que só aumentavam, até que começou a apenas emitir soluços gaguejados e úmidos, enquanto tentava falar. Nenhum dos dois homens, ainda de pé desajeitada e embaraçosamente em suas poses oficiais do outro lado do balcão, conseguiu entender uma palavra.

— Eu não tenho, eu não tenho isso. Eu não tenho mais.

Nervosos, eles ficaram tocando suas lapelas e esfregando os queixos.

— É a ordem oficial...

— Sentimos muito...

— Se pudéssemos, claro...

— Nós não hesitaríamos...

— Mas, sabe como é...

— Sentimos muito...

Ela assentiu e tentou sorrir, esfregando o nariz nas mangas esticadas. Um dos homens começou a vasculhar entre os sacos para liberar um banquinho infantil de madeira, que ofereceu a ela. Ela se sentou e fitou a porta.

Eles levaram dez minutos inteiros fingindo-se ocupados com o trabalho, até que um deles pensou numa solução.

— Mas não precisa ser um de nossos envelopes! Veja, você poderia dobrar sua carta...

— Sim, com a parte escrita de um lado...

— E dobrar o canto...

— E fechar com um pouco de cola, claro...

— Temos um pouco aqui que você pode usar...

— Depois escreva o endereço do outro lado, coloque o selo e...

— E pronto.

Yuying soluçou seus agradecimentos até os dois homens enrubescerem, e delicadamente transformou a carta em seu próprio envelope, recordando os delicados cisnes de papel que suas colegas costumavam construir sempre que tinham um pedaço de papel sobrando.

O sol já se punha quando ela partiu, e assim ela desviou da estrada principal, passando mais perto das aldeias esparsas, de modo que as únicas pessoas que encontrou foram mulheres recolhendo a roupa e amarrando os animais. Se ela mal via os homens esfarrapados, os desertores, mendigos, migrantes e vagabundos pelos quais passava, era apenas porque mantinha os olhos a distância, esperando ver um cavaleiro rumando ao norte com uma sacola cheia de cartas.

∽ ↶

Jinyi percebeu que sua esposa ficou mais calma, os ombros um pouco mais altos enquanto trabalhava, livrando-se dos dois últimos anos, do tempo entre o crescimento e a consolidação da primeira gravidez e o sepultamento do segundo filho. Seus longos cabelos negros estavam firmemente puxados no couro cabeludo e presos num coque, ao passo que antes eles lhe caíam sobre os olhos. Apenas três anos de casamento e Jinyi já achava difícil associar a graça estoica daquela mulher agachada às risadinhas e bochechas vermelhas da menina de dezesseis anos que o guiara pela casa de seu pai. Os tempos deviam estar numa ascendente outra vez, Jinyi se convenceu, como o fluxo que sobe numa roda-d'água depois de descer no mesmo engenho. Tudo vai dar certo. Se nós dois trabalharmos só um pouco mais, tudo vai ficar bem. Ele não pensava no cavaleiro com sua sacola de cartas rumando ao norte, nem imaginava que o carteiro quase desistiria de buscar pela cidade em ruínas e coberta de estilhaços, onde placas de rua haviam perdido o sentido, e que seria apenas ao parar faminto e esgotado num restaurante que ele reconheceria o nome e enfiaria a carta nas mãos de um dos garçons... não, Jinyi apenas avançava entre os campos semeados, arrastando um ancinho raquítico às costas.

Nenhuma carta chegou em resposta. Em vez disso, um mês e meio depois da visita de Yuying aos Correios, eles foram acordados, em algum momento após a meia-noite, pelo estrépito de cascos na trilha de cascalho perto da casa. Tia Hou foi a primeira a se levantar, encontrando o cocheiro do lado de fora antes que ele sequer tivesse tempo de bater na porta.

— Não queremos nada, então pode voltar agora se você pensa...

Mas sua voz desapareceu quando ela avistou a charrete à qual os cavalos estavam atrelados. Era uma carruagem coberta, de madeira, mas sólida, e o cocheiro diante dela, a tia agora percebia, usava um sóbrio casaco preto e, muito mais importante a seus olhos, resistentes sapatilhas escuras. Você sempre pode depreender a situação de um homem pelo estado de seus sapatos, pensava ela.

— Eu vim de Fushun. Esta é a residência dos Bian, não?

— Certamente que não! Meu nome é Hou Shi, e esta é a casa do meu marido! Espere aqui. Jinyi! — gritou ela em direção à casa.

Ela não precisava ter se dado esse trabalho. Tanto Jinyi quanto Yuying já estavam à porta, observando a inquieta imponência dos cavalos.

— Estou certa de que isso tem algo a ver com vocês dois, ou será que me enganei? — proclamou tia Hou, cansada. — Vou voltar para a cama, mas é melhor amarrar esses cavalos antes que acordem o Velho Hou, entenderam?

Jinyi se aproximou do confuso cocheiro.

— Quem mandou você?

— A sra. Bian. Vim para levá-los de volta a Fushun, por ordem dela.

— Por ordem dela? O que significa isso?

O cocheiro observou os dois nervosamente.

— Ela me deu ordens de dizer a vocês dois que tudo está seguro agora. A guerra acabou... mas, claro, eu tenho certeza de que vocês já sabem disso. Ela disse para voltar rápido, porque o Velho Bian está doente. E, bem, ela enviou isto.

Ele mostrou uma pequena caixa de madeira. Jinyi avançou, mas o cocheiro limpou a garganta e recuou o braço.

— Para a filha.

Mesmo assim, Jinyi estendeu a mão e tomou a caixa do condutor, antes de passá-la para a esposa. Os dois homens observavam Yuying, mas ela simplesmente segurou a caixa junto ao peito, sem fazer nenhuma menção de abri-la.

— Bem, ninguém vai a lugar nenhum — disse Jinyi balançando a cabeça. — É claro, é melhor que você entre e descanse um pouco de sua jornada. Não há motivo para voltar imediatamente. Minha esposa vai improvisar uma cama. Venha, vou ajudá-lo a conduzir os cavalos para lá.

Uma vez que o condutor e os cavalos estavam instalados, Jinyi e Yuying se enfiaram de volta no quarto.

— Você não vai abri-la?

— O que quis dizer com "Ninguém vai a lugar nenhum"?

— Quis dizer que acabamos de nos instalar. Nós iniciamos uma nova vida juntos, e não podemos desistir agora. Enfim, você não quer saber o que tem dentro?

— Acho que já sei — disse ela entredentes enquanto tirava a apertada tampa quadrada.

No interior havia uma pilha de vinte moedas de prata grandes, arranhadas e denteadas, mas mesmo assim refletindo a luz como uma lupa inclinada para fritar um inseto morto.

— Cacete! — exclamou Jinyi, boquiaberto.

Yuying rapidamente recolocou a tampa e pôs a caixa na beira da cama, acima de suas cabeças.

— Não há necessidade desse tipo de linguajar, Hou Jinyi. Agora, vamos dormir um pouco. Podemos falar mais sobre isso pela manhã.

Contudo, nenhum dos dois conseguiu dormir, e assim ficaram deitados, exaustos e imóveis, um de costas para o outro, até a manhã, cada um temendo o que o outro faria em seguida. No momento em que eles se espreguiçaram e se arrastaram para um desjejum de sobras de grãos num mingau grudento partilhado com o nervoso cocheiro, ambos já estavam decididos.

— Jinyi — ela quase sussurrou, a cabeça baixa se projetando sobre a mesa da cozinha. Ele deu um trago em resposta, esvaziando o último líquido de sua tigela —, eu quero voltar.

Jinyi teve de se obrigar a engolir para não cuspir a comida, seu pomo de Adão se alçando rapidamente no pescoço.

— Escute, Yuying, nós já passamos por isso antes. Você só está com saudades de casa. Estamos apenas começando a nos estabilizar aqui. Escute, se você ainda se sentir assim em um ano, dois anos, nós voltamos, eu prometo. Mas temos responsabilidades aqui. Não podemos deixar as sepulturas de nossos filhos. Elas precisam ser cuidadas, seus espíritos precisam de nossa proteção.

— Jinyi, isso é apenas superstição e...

— Não! Estou farto de outras pessoas me dizendo em que acreditar ou como me comportar. Meus pais estão aqui, meus filhos estão aqui, mesmo que você não consiga ver nenhum deles. Este lugar é parte de mim. Esta é a minha história, meu passado, meu futuro. É o único lugar ao qual realmente pertenço, mesmo que eu tenha levado quinze anos para ver isso. Com esse dinheiro poderíamos comprar um sítio aqui perto. Podemos começar nossa vida juntos corretamente, apenas nós dois e nossa família.

— Mas a guerra acabou. Não foi por isso que partimos?

— Não. Partimos para que pudéssemos ter um novo começo. Para que pudéssemos encontrar um lugar onde fôssemos iguais. Este é o único lugar que eu compreendo. Nós não podemos simplesmente desistir e voltar correndo.

— Por que não? Minha família está lá. Seu antigo emprego ainda estará lá. E é seguro agora, Jinyi, tenho certeza disso. Eu ouço sua tosse aqui, é frio e cheio de gelo e parece que está abrindo um buraco em sua garganta. Nós nos sentiremos melhor na cidade. Podemos ter conforto novamente. Podemos ser felizes.

— Você não é feliz aqui comigo? Diga-me que não é feliz.

— Você sabe que não é o que eu quero dizer. Fico feliz por termos vindo para cá, fico grata. Mas isso não é o que somos. Olhe em volta: isto não é nossa vida, Jinyi. Eu tentei, realmente tentei, mas estou cansada e quero ir para casa! — Ela gritava agora. — Eu não me encaixo aqui, com certeza até você consegue ver isso!

— Escute, não somos donos desta terra, Yuying, mas ela nos possui. Meus pais, eu, até mesmo nossos filhos agora. Todos os seus espíritos estão ligados ao solo. Se voltarmos, o demônio simplesmente nos seguirá até lá. Temos de enfrentá-lo em nosso próprio território.

— Jinyi. — Ela estendeu a mão para ele, implorando, arrastando a segunda sílaba, mas ele recuou a mão. — Meu pai está doente. — Ela já tinha os olhos vermelhos e inchados.

— Ora, vamos — suspirou ele. — Vamos conversar sobre isso mais tarde. Há trabalho a fazer.

— Não, Jinyi, ouça. Eu vou voltar com o cocheiro. Hoje. Não haverá outra chance. Por favor, nunca voltarei a lhe pedir nada, eu serei uma esposa perfeita de agora em diante, prometo! Eu juro pelo Deus da Cozinha bem ali — decretou ela, apontando para minha efígie no canto da sala. — Simplesmente me leve de volta para minha casa!

Ele a encarou, fitando seus olhos inchados, as faces trêmulas.

— Eu não vou, Yuying. Não posso deixar nossos filhos aqui sozinhos.

— Eles não estão aqui, Jinyi. Eles estão mortos. — Ela soluçava.

— Não posso fazer isso. De novo, não. Sinto muito, mas é o fim desta conversa.

Era um blefe, mas ele não deixou transparecer. Ele queria dizer "Eu ficaria perdido sem você. Fique comigo. Eu amo você". Ele não pôde. Jinyi empurrou a cadeira e se ergueu da mesa, dirigindo-se para a plantação, o coração pulando numa percussão em seu peito.

Yuying se virou para o constrangido cocheiro.

— Quanto tempo?

Ela se moveu rapidamente pelo quarto, procurando as coisas que tinha trazido consigo. Não havia nada da primeira viagem que não houvesse sido negociado ou penhorado por roupas e cobertores mais práticos. Ela pegou seus dois casacos quentes, ambos manchados de lama e remendados, e o casaco de criança que vinha decorando — um tigre semiacabado rastejando na direção do bolso — e deixou o resto. Sob as peles de seu lado da cama, ela pegou o cobertor de Wawa, com seus buracos de traça espalhados pela barra; era a única coisa dele que fora poupada do enterro; a única coisa de que ela ainda tinha de lembrança. "Não pode haver perda", Chuang Tsé escrevera milhares de anos antes. Tudo deve continuar. Constrangida pela falta de posses embrulhadas em seus braços, Yuying seguiu o cocheiro para fora da casa.

Enquanto ele emparelhava os cavalos, ela atravessou o terreno na direção do marido, que olhava decididamente para o outro lado.

— Jinyi — sussurrou para que ninguém pudesse ouvir —, venha comigo. Por favor.

— Eu não posso — sua voz falhou —, Yuying. Não posso deixá-los. — Ele suplicava.

— Temos que deixá-los. Temos que escolher. O passado ou o futuro. E eu sei que nosso futuro é eu e você juntos, Jinyi, se queremos um futuro. Escute, sei que está sendo muito rápido, é difícil. Vamos começar de novo, exatamente como você disse. Como iguais. Mas não aqui. Vamos deixar todas as partes ruins aqui, todo o azar, os fantasmas e os pequenos deuses irados que governam este lugar.

Jinyi balançou a cabeça. Ela não parecia entender que não era assim tão simples.

— Jinyi, eu amo você. — Sua boca estava tão perto do rosto dele que Jinyi sentiu seu hálito fazendo cócegas em seu pescoço. Ela se sentia estranha dizendo aquilo: não era o tipo de coisa que as pessoas deveriam ter que dizer na vida real.

Ele assentiu, ainda sem se voltar para ela. Também amo você, ele queria dizer. Mas as palavras ficaram presas em sua garganta. Ele passou a mão sob o nariz e fungou, uma fungada molhada e canina, antes de assentir novamente.

— Jinyi, eu vou. Eu não posso viver aqui. Você deve ter percebido, mesmo que não tenhamos falado sobre isso. Estou indo agora, e não vou voltar. Por favor.

— Eu não posso deixá-los. — Isso era tudo que ele podia dizer. E ele sabia, mesmo então, que se arrependeria por aquele dia pelo resto de sua vida. Contudo, ainda assim ele não conseguia falar.

— Nós ainda temos o resto de nossas vidas. Não posso passar outros cinquenta anos aqui. Sinto muito. Esta é a única chance de voltar. Por favor.

Houve um silêncio.

— Muito bem. Fique com isto, por favor. — Ela soluçou e pôs dez das moedas de prata, exatamente a metade, na mão dele. — São suas agora. Se mudar de ideia, pode usá-las para voltar e me encontrar. Você sabe onde estarei. Eu não estou desistindo, Jinyi. Estarei esperando por você. — Ela chorava agora, sem vergonha de suas lágrimas. — Eu ainda sou sua mulher, e não vou deixar de ser sua mulher. Estarei esperando por você...

Ela enxugou o rosto.

— Cuide-se, Jinyi.

Yuying se virou e caminhou, tão calmamente quanto pôde, até o cocheiro.

— Eu amo você, Yuying. Por favor, fique.

Ela estava muito ocupada subindo no coche para ouvi-lo. No momento em que os cavalos, ansiosos, começaram a trotar e ela conseguiu se obrigar a voltar os olhos para a plantação, ele já caminhava na direção contrária.

~∾ ∽~

Jinyi ficou porque, mais que tudo, ele queria se agarrar às memórias ali enterradas; Yuying se foi porque não conseguia esquecer.

Ela passou a viagem de retorno semiadormecida, a cabeça trepidando levemente contra a estrutura do coche, com as pernas dobradas sob o corpo no assento de madeira. Eles pararam algumas vezes para comer tigelas de *wontons* boiando em caldo de carne, e depois seguiram em frente, cobrindo maior distância à noite. Pegaram a estrada principal, uma linha reta desembaraçada do emaranhado de montes e florestas, uma terra aplainada pela retirada de muitos exércitos diferentes. Passaram por pequenas aldeias de beira de estrada que estavam abandonadas, diversos esconderijos vazios e sombras que desapareciam rapidamente por trás das laterais das construções. A viagem de volta levou apenas dois dias. Como era mais fácil desfazer do que fazer, pensou Yuying, sabendo que no oposto residia realmente a verdade, que mesmo o mais desajeitado dos nós é mais fácil de atar que soltar.

O dinheiro que ela deixara para ele seria o suficiente para trazê-lo para casa, quando ele recobrasse a razão. O esquecimento era, afinal, uma mercadoria dispendiosa, que poucos podiam pagar. Yuying não conseguia acreditar que ele aceitara o dinheiro e não a chamara de volta, embora ela também não tivesse considerado nem por uma vez pedir ao cocheiro que desse meia-volta. Ela mordeu o lábio e orou aos deuses guerreiros dos campos. De repente percebeu quanto sentiria falta dele. Se Jinyi não voltasse, não haveria nenhum futuro para ela exceto envelhecer entre os brinquedos de sua infância, pois nenhum homem desejaria uma mulher de segunda mão com o cheiro da vergonha.

O vento do rio, arrastado por arrozais e estábulos, sussurrava entre as fendas do coche, brincando com sua saia. Seria a respiração do demônio ofegando atrás dela? Yuying balançou a cabeça; demônios não entram nas cidades.

— Quase lá — gritou o cocheiro para ela.

Como se ela não fosse reconhecer sua cidade natal. E, no entanto, estava diferente; os edifícios vestiam suas saraivadas de tiros como medalhas. Bandeiras esfarrapadas, apressadamente rabiscadas em tinta borrada, pendiam do banco, dos Correios e das vastas mansões dos sócios de seu pai, que ela imaginava dotados de mais bom gosto. Ela ainda não sabia que aquelas casas já não eram habitadas pelos amigos da família que outrora via em pródigas festas. As bandeiras vermelhas lhe diziam que a guerra tinha acabado, e, embora ela já soubesse disso, era um choque pensar numa cidade funcionando sem a guerra, como se seu mecanismo dependesse da música dos tiros e do medo para seguir girando. Leões Fu sorriam dos restaurantes e riquixás eram puxados pelas ruas, desviando--se dos bêbados vespertinos e dos velhos casais que se apoiavam um no outro enquanto caminhavam em direção ao parque reaberto.

Quando o cocheiro embicou para as pedras da calçada do lado de fora da casa da família, Yuying olhou para baixo para ver Yaba sorrindo para ela, exatamente como fazia quando ela era criança. Quando ela desceu, Yaba pôs uma mão no rosto numa falsa surpresa, e fingiu segurar braça-das de ar à sua volta. Como assim, nenhuma bolsa para carregar?

— Nenhuma bolsa dessa vez, você ficará feliz em saber. Só eu. Apos-to que você está pensando que estou parecendo velha, não?

Yaba balançou a cabeça. Depois, quando a viu entrando na casa, ele correu para impedi-la. Tarde demais.

Quando Yuying entrou na casa, um odor azedo e seco a envolveu. Ela se virou para Yaba com um soluço fervilhando em sua garganta, e ele juntou as duas mãos trêmulas sobre o rosto, como cortinas, um gesto que significava morte.

∽ ∾

O pai falecera no dia anterior, 1º de outubro de 1949. Foi apenas me-ses depois que Yuying percebeu o significado daquela data, e, nos anos posteriores, como o resto do país (embora por razões diferentes), ela adquiriu o hábito de dividir a vida em duas eras distintas: antes e depois da instituição da República Popular da China.

O Velho Bian morreu pela manhã, acamado e silencioso, sufocado por sua própria respiração. E naquele mesmo momento, enquanto ele deslizava do quarto em direção às entranhas do mundo, uma névoa suave e entrecortada começou a se dissipar da praça da Paz Celestial, trazendo alívio para os artistas, cinegrafistas e fotógrafos oficiais que, ansiosos, se reuniam ali. As imagens gravadas não seriam vistas, claro, pois apenas alguns poucos milionários tinham ouvido falar sobre a estranha magia conhecida como televisão, e, em todo caso, aquelas caixas elétricas estrangeiras eram sinais de corrupção burguesa, e o povo não as desejaria mesmo que fossem de graça.

De pé sobre um pódio elevado acima da multidão, cercado por oficiais de alta patente, estava um homem baixo, vestindo um casaco azul atado até o pescoço com laços alternados de algodão. Era um pouco corpulento, mas ainda privado da pança flácida que o distinguiria em anos posteriores, enquanto metade da população morria de fome, e seus cabelos negros engomados já começavam a recuar nos limites da testa. Uma verruga escura se destacava do queixo redondo de seu rosto de lua cheia. Ele estava diante do Portão da Paz Celestial, entrada do que outrora fora a cidade celestial particular do imperador, pronto para proclamar a paz e a revolução ao país. Ele apertou suas anotações nas mãos e se inclinou para o grande microfone preto.

"O povo chinês se levantou!", começou Mao Tse-tung. Sua voz zumbia e ecoava dos alto-falantes estridentes, e os homens que o flanqueavam assentiam, alguns severos e patriarcais, outros mostrando os dentes tortos em sorrisos largos.

Enquanto ele anunciava a instauração do novo Estado, da "ditadura democrática" liderada pelo povo, os milhares espremidos na praça gritavam e aplaudiam febrilmente, e todo o centro da cidade pareceu tornar-se um mar fervilhante de bandeiras vermelhas desfraldadas. As pessoas se acotovelavam, ombro a ombro, na ponta dos pés, para ver melhor — e por que não deveriam estar felizes? Este foi o fim da guerra e do feudalismo e da repressão e da injustiça e da pobreza. Agora o país era deles. Era o início do futuro. Alguns até davam tapas nas costas dos outros, incapazes de ficar parados. Quando o discurso terminou, a estática dos alto-falantes deu lugar a salvas de tiros, tambores espasmódicos e os estrondos de mil fogos de artifício, deixando rastros de papel vermelho pelas ruas, as primeiras dádivas secas do outono.

Poucos dias depois, Yuying se sentou em seu quarto de infância na ala leste, com uma túnica branca envolvendo seus ombros. Roupas de luto são neve sólida, sua mãe lhe dissera; são possibilidades tornadas rijas e reais. Mas o branco não era o branco dos campos de inverno, dos picos de montanhas ou das valiosas peles de panda. Era o símbolo de uma ausência, como a paisagem desbotada da precipitação nuclear, o albume algodoado do vagaroso crescimento da catarata.

Deixando o quarto, Yuying teve de navegar em torno de pilhas de caixas e sacos. A casa se esvaziou aos poucos, preparando-se para o luto: suas irmãs mais novas agora cuidavam das necessidades de seus maridos, e os servos se demitiam na esperança de uma vida nova no novo Estado socialista. A mãe de Yuying ficaria sozinha com Yaba, cada um em alas diferentes. Entre eles, todas as coisas que os habitantes nunca puderam dizer trepidariam pela dezena de quartos abandonados, disputando espaço com a poeira e o mofo.

O velório já durava dias, o corpo deitado no silencioso salão principal. Yuying quase esperava que o pai se levantasse a qualquer segundo e saísse da casa, balançando a cabeça. Aos pés do caixão colocaram um retrato de Bian, tão jovem que nenhum dos amigos e parentes reunidos conseguia lembrá-lo daquela maneira em momento algum de sua vida. Os deuses do lar foram empacotados, todos os espelhos, cobertos. Yuying se colocou junto ao pai e pegou sua mão fria, lembrando como ele segurava a mão dela sempre que a levava a um pródigo banquete quando criança: uma menina pequena encarando os narizes em pé dos primogênitos de outros empresários, a única mulher na sala. Se seu pai possuíra inúmeras falhas, então também tivera suas qualidades. Ou ele nunca se importava com o que pensavam dele ou era suficientemente astuto para saber que poucos se arriscariam a atrair sua ira falando mal dele pelas costas.

As carpideiras sentadas atrás dos convidados comuns ofereciam um grande espetáculo de dor. Elas choravam, uivavam e rasgavam suas roupas, tudo por um preço muito razoável. Os mortos absorvem aqueles fragorosos soluços, ainda tentando manter as aparências, mesmo no submundo. E é lá, aliás, que são fornecidas as mais exuberantes oferendas aos deuses: gritos e gemidos guturais, lágrimas ardidas sobre pele esfolada. Eu nunca estive lá pessoalmente, claro, mas as línguas falam.

Os cânticos finais mergulharam em silêncio, e as carpideiras viraram as costas quando o caixão foi fechado e selado. Os olhos de Yuying

193

procuraram por sua mãe entre as cabeças baixas — atipicamente, ela deixara soltos seus cabelos grisalhos, cobrindo as severas linhas de sua testa crispada. Ela ainda não havia perguntado nada a Yuying sobre os dois anos anteriores. É isto que todas as famílias fazem melhor, pensou Yuying: fingem esquecer.

O caixão foi içado da mesa acima do pequeno altar e levado da casa. A magra procissão, com suas bandeiras brancas memoriais, circulou pela cidade, e cada uma das irmãs se perguntava por que não havia mais sócios do Velho Bian. As ruas estavam agitadas, mas as multidões espremidas abriram caminho e pararam para assistir, deixando passar o cortejo. Não era simplesmente por respeito aos mortos — a maioria dos observadores calculava em silêncio o custo, imaginando quanto fora gasto com o funeral. Yuying observava os outros, ignorando os olhares fixos. Todos à sua volta pareciam distantes — sua mãe, confusa e vagarosa, Yaba conduzindo-a com cuidado pelo cotovelo, as irmãs tentando superar uma à outra na quantidade de lágrimas que conseguiam derramar —, e ela encontrou sua mente vagando para onde seu marido talvez estivesse.

O cortejo parou no pátio do maior dos restaurantes do Velho Bian, para oferecer as orações finais antes que o caixão fosse levado para a colina. Eles queimaram enormes buquês de flores de papel, densos maços de dinheiro falso e até um cavalo feito de papel colorido habilidosamente amassado para enviar a Bian e ajudá-lo no outro mundo. Depois de lágrimas, nada melhor que uma oferenda de fumaça a um deus ou uma alma desprendida. As nuvens de fumaça de incenso, os papéis e cartões carbonizados, os finos e delicados anéis se derramando de lábios devotos, ou o voluptuoso vapor se erguendo da oferenda de porcos sacrificados; cada filete de fumaça é delicioso. Mas eu não sou um grande degustador — o Buda e sua legião de bodisatvas, até o velho Lao Tsé e os taoistas, eles se fartam com as oferendas nos templos todos os dias. Eu recebo doces uma vez por ano, no Festival da Primavera. Não que eu esteja reclamando.

Eles encontraram as ruas no caminho de volta para casa ainda mais lotadas que antes. Em cada canto, praça ou cruzamento havia homens de pé sobre cadeiras, cercados por multidões de curiosos. As vozes erguidas de cada um oscilavam entre agitação e frenesi, e alguns chegavam até a levantar os punhos no ar para pontuar suas declarações. Yuying era a única do silencioso grupo ainda não acostumada àquela visão.

— Este é o começo de uma nova vida para nós, meus camaradas. É o fim da tirania dos latifundiários! É o fim do sofrimento nas mãos de empregadores gananciosos! É o fim da pobreza! É o fim dos estrangeiros nos dizendo o que fazer! O presidente Mao proclamou...

Ela virou uma esquina, deixando seguir o resto do grupo, somente para observar outro orador, a multidão em torno dele assentindo exageradamente.

— Dividir tudo igualmente. Uma ditadura do povo! Um país grandioso mais uma vez! Mas não será fácil, meus amigos! Ah, não! Há muito trabalho a ser feito, as terras devem ser redistribuídas, os traidores, senhorios e tiranos ainda têm de ser perseguidos...

Se você quer saber o que penso (e deveria, uma vez que eu reuni meu quinhão de opiniões ao longo dos milênios), é assim que as ideias se disseminam melhor, levadas por bocas famintas e punhos cerrados. Realmente não importa quão ridículas elas sejam, a raiva e a indignação são contagiosas. E todo mundo quer um mundo melhor, não é?

Yuying voltou a caminhar, não querendo ficar para trás. Alguns cartazes foram colados às paredes de edifícios abandonados, e o ar era como eletricidade. O que significa tudo isso?, ela se perguntava quando eles alcançaram a rua de casa. E será que significa que Jinyi vai voltar?

— Nós fomos salvos dos japoneses! Salvos dos demônios nacionalistas, da perseguição e da injustiça! Joguem fora os velhos deuses quebrados, livrem-se dos velhos costumes. Nós somos livres! O Partido promete reforma econômica e social completa, igualdade total. Em breve...

Outro homem vociferava para uma aglomeração menor perto da casa dela, mas Yuying já não escutava. Não havia necessidade de ouvir, pois as palavras penetravam entre as fissuras nas paredes, sopradas através das janelas abertas, esgueirando-se sob portas empenadas e através de claraboias, até serem absorvidas como pão umedecido. As palavras estariam lá cada vez que Yuying saísse, repetidas em cada casa de chá, restaurante ou sala de jantar de família, até que aderissem às suas roupas como o cheiro de fumaça, e, finalmente, penetrassem seus poros.

Yuying e sua mãe voltaram a fazer vigília em seus quartos, esperando, como ditava o costume, que a alma voltasse sete dias depois. Elas espalharam farinha nas portas para tentar captar as pegadas reveladoras do espírito de Bian, transformado em seu animal zodiacal para uma última viagem de volta antes da jornada maior. Elas não consideraram a possibilidade de que o espírito optasse por vagar até uma de suas outras mulheres, ou que se perdesse numa cidade que se transformava a cada dia.

SEGUI AS INSTRUÇÕES E LOGO CHEGUEI À PONTE *que o poeta havia descrito. Embora eu realmente a confundisse com a curva sublime de um arco-íris a certa distância, quando cheguei mais perto descobri, para minha decepção, que ela parecia ser inteiramente construída de ossos, que, pisoteadas por uma centena de invernos, transformaram-se em penedos e concavidades. Além disso, grande parte da via se desintegrara em pó e areia, deixando enormes buracos abertos em meio a uma névoa que ocultava a queda inevitável. Levei muitos dias para atravessar, passando metade do tempo de quatro, meus dedos castigados pelo granizo, tateando em busca do próximo nó retorcido de ossos para alçar meu corpo um pouco mais à frente.*

Quando finalmente cheguei ao outro lado, meus pés estavam cheios de bolhas e sangue, e minha cabeça girava. À minha frente, no ponto mais alto do desfiladeiro, havia uma pequena cabana de sapê. Quando me aproximei, notei que o casebre era cercado por um enxame de vaga-lumes zumbindo ruidosamente; eles bisbilhotavam entre as flores do jardim, iluminando as paredes de pedra e o telhado de palha, e podiam ser vistos até no interior através das janelas, esvoaçando pelo escritório. Eu passei por eles e entrei pela porta semiaberta.

— Honorável Du Fu — cumprimentei, dirigindo-me a um velho sentado com uma barba luminosa que acabou se revelando, em inspeção mais atenta, um queixo de vaga-lumes. — Seu amigo Li Bai me deu seu endereço. Vim pedir seu conselho, poeta da história. Preciso encontrar uma maneira de descrever o funcionamento do coração humano.

— Aha — assentiu ele. — O coração é um viajante que jamais chega. Suponho que o velho Li Bai lhe disse que o coração vive nos mínimos detalhes que absorve?

— Disse, sim, de certa maneira. Você concorda, então?

— Eu vivi com muito sofrimento: pobreza, prisão, exílio, desprezado pela corte, guerra, doença, a morte de meu filho, entre outras dificuldades. Não lhe digo isso em busca de compaixão, pois nisso não estou sozinho. Sempre haverá grandes mansões onde os ricos realizam pródigos festins, e do lado de fora dos portões sempre haverá mendigos tremendo de fome. Talvez não exista limite para os ventos que podem atravessar o coração e congelá-lo. Você precisa encontrar aquilo que faz com que ele sobreviva.

— Ou seja, se eu descobrir o que faz o coração seguir batendo, apesar de tudo, terei descoberto como ele funciona? — perguntei.

— Precisamente. Lembre-se, porém, de que assim como os corações são escravos do amor, os homens são escravos da história. Você realmente só pode rezar para que apanhe um momento, um sentimento, um olhar, antes que ele se vá.

Eu lhe agradeci profusamente, e o deixei aos murmúrios sonoros dos vaga-lumes que enchiam sua casa.

6
1951
O Ano do Coelho

Para comemorar o Festival do Meio-Outono, Bian Shi comprou bolos de lua, aqueles pudins octogonais cheios de massa de grãos vermelhos adocicados, frutas e geleias, às vezes com uma gorda gema de ovo escondida no centro. Ela não conseguia pensar em nenhuma outra maneira de alegrar Yuying. Certamente não podia ser saudável deprimir-se por mais de um ano — leva um tempo até que a vida ganhe ritmo de novo, disse ela à filha. Yuying deu meia mordida em um dos bolos e o largou, deixando uma meia-lua de marcas de dentes, na mesa antiga da cozinha.

Quando era criança, Yuying aguardava o Festival do Meio-Outono com expectativa, por conta dos bolos de lua e das histórias que sua mãe costumava contar sobre Chang E, a mulher da lua, que passara sua juventude no Palácio dos Imortais. Ela era um daqueles seres divinos cujas camas são o interior das nuvens sedosas do verão, nos tempos em que nossos nomes de deuses e deusas ainda não tinham sido atirados na lama. Ela era alta e esbelta, sua crina de cabelos negros como carvão desciam até os dedos pálidos dos pés. E vou lhes contar uma coisa, os boatos eram verdade: ela era a mulher mais bonita que já respirou sobre a terra. Seus olhos pareciam formados de lascas de gelo do Ártico. Melindrosa e fria, ela possuía aquele tipo singular de beleza de parar o coração e deter os movimentos, que permite à dona fazer praticamente tudo o que desejar.

Em contrapartida, o marido de Chang E, Hou Yi, era um homem comum, conhecido apenas por suas habilidades no arco e flecha. Certa manhã, ele acordou ao lado da esposa e descobriu que mal conseguia abrir os olhos devido aos raios de uma ofuscante luz vermelha que incendiava o céu. Protegendo o rosto, ele saiu do quarto aos tropeções, baixou os olhos e viu a face da Terra sob seus pés sendo lentamente carbonizada e fervilhando no calor. Dez sóis em brasa giravam pelo céu como um grupo recém-apartado de bolas de bilhar. Hou Yi rapidamente pegou seu arco e aljava e, sem perder tempo, abateu nove sóis, deixando uma única estrela ardente pendendo nos céus.

— O que foi toda essa algazarra? — Hou Yi ouviu sua esposa sonolenta reclamando de dentro da casa.

— Nada, querida — respondeu ele. Depois enxugou a testa e voltou para a cama.

Marido e mulher foram acordados várias horas depois pelos gritos furiosos do Imperador de Jade; quando ele está irritado, todo o Universo fica sabendo. O Imperador, irado, quis saber por que Hou Yi matara nove de seus filhos. Hou Yi gaguejou, murmurou um pouco, corou e baixou a cabeça.

— Vocês não são mais bem-vindos em meu reino. Ambos estão banidos, irão para a terra, onde viverão o resto de suas vidas como mortais — anunciou o Imperador de Jade.

Chang E chorou e gemeu durante todo o mês seguinte, sentando, levantando e abanando-se, enquanto o marido construía uma pequena casa para eles nas montanhas escarpadas em que foram exilados. Durante um ano eles viveram sozinhos, Hou Yi cortando madeira, cultivando legumes, caçando lebres e cozinhando, enquanto Chang E fechava a cara e dava chiliques. Então, certa noite, Chang E de repente se sentou na cama e, rindo, acabou acordando o marido.

— É tão simples, e mesmo assim nunca pensei nisso antes! Você já ouviu falar da Mãe do Oeste, não? Todo mundo diz que ela conhece o segredo da vida eterna.

— Sim — respondeu ele, esfregando os olhos e bocejando. — Acho que já ouvi falar. Mas não é apenas uma história?

— Claro que não! Que coisa estranha de se dizer! Você precisa encontrá-la e aprender o segredo, dessa forma não ficaremos condenados a virar fantasmas neste lugar horrível.

— Eu faria qualquer coisa por você — respondeu ele. — Partirei assim que o sol nascer.

Lágrimas começaram a florescer nos cantos dos olhos de Chang E.

— Mas como será possível dormir agora, sabendo que não teremos que morrer neste lugar sujo, fedoren...

— Sim, você tem razão, minha querida. Partirei imediatamente! — disse ele, já vestindo suas roupas.

Hou Yi selou seu cavalo e partiu na direção em que o sol se pusera apenas algumas horas antes. Eu poderia contar a vocês sobre os picos escaldantes das montanhas que ele subiu, os rios infindáveis que atravessou a nado, as refeições de carne de cavalo assada que foi forçado a fazer, e os milhares de *li* que atravessou, marchando por planícies desérticas e ressequidas e florestas densas e sussurrantes, mas isso levaria mais tempo do que dispomos. Talvez vocês se interessem mais em saber como Chang E sobreviveu por conta própria, tendo que cozinhar e se virar sozinha nos dois anos em que o marido viajou para o Oeste. Isto é muito mais simples — pois até nos trechos mais remotos da terra, sempre há homens dispostos a ajudar uma pobre mulher bonita tremulando seus deslumbrantes cílios e fazendo biquinho nos lábios cor de cereja.

A Mãe do Oeste era uma matrona com quadris largos e um sorriso permanente instalado em sua papada de cão *basset*. Ela se apiedou do homem magro e maltrapilho que entrou mancando em seu palácio e fez uma mesura diante dela.

— Ouvi falar sobre seu julgamento injusto e sei que você viajou de longe para me encontrar. Portanto, estou pronta para lhe dar o medicamento.

Ela convocou um leão com cabeça de cachorro, que carregava uma pequena caixa na boca. Hou Yi se aproximou quando ela abriu a caixa e revelou uma pequena pílula de prata, do tamanho de uma castanha de caju.

— Sem dúvida você já ouviu falar que agora há imperadores aqui na terra, assim como no céu. O que você talvez não saiba é que Shen Nung, o segundo imperador deste país, foi gerado pelo grande dragão imperial em pessoa. Ao dar à luz Shen Nung, os gritos de sua mãe causaram terremotos e avalanches. Esta pílula é feita das lágrimas que ela verteu quando o filho do dragão saiu de seu corpo padecente.

Ela colocou a pílula na mão dele e sorriu.

— Quebre no meio; metade deste comprimido é suficiente para qualquer um se tornar imortal. Ele permitirá que você e sua esposa vivam para sempre. Mais uma vez. Boa sorte, Hou Yi.

Hou Yi lhe agradeceu a generosidade e fez reverências até que seus joelhos e palmas ardessem, depois saiu às pressas do palácio. Ele levou um ano para fazer a viagem de volta, e àquela altura a esposa já estava ficando impaciente.

— Por que demorou tanto? Você não pensou no que eu teria de aturar enquanto você estivesse fora? Ah, que desgraça uma mulher ter que sofrer tanto quanto eu! — reclamou Chang E, sentada do lado de fora da casa e fitando com desdém o homem emagrecido e coberto de crostas de barro que caminhava em sua direção.

— Sinto muito, minha querida. Mas eu consegui! Consegui uma pílula da Mãe do Oeste. Espere, deixe-me mostrá-la a você. — Ele ofegava, entregando-lhe a caixa.

Ela ergueu as sobrancelhas ao examinar a pílula prateada:

— Só isso?

— Ah, sim; esta é a chave para a vida eterna. Metade deste comprimido nos fará imortais novamente!

Hou Yi se inclinou para beijar a esposa. Ela franziu o nariz e ergueu a mão perfeitamente manicurada.

— O que pensa que está fazendo? Você está imundo e cheira pior que um cachorro em decomposição! Nem pense em me tocar antes de tomar um banho. Argh!

Enquanto o marido marchava para dentro para se lavar, exausto mas contente, Chang E estudou a pílula mais uma vez. Metade de uma pílula — ela se perguntava —, seria realmente o bastante? Se metade podia torná-los imortais na terra, então certamente a coisa inteira seria suficiente para devolvê-la ao Palácio dos Imortais. Não só isso: antes de mais nada, Hou Yi era o único culpado por terem sido banidos para a terra, ela concluiu. Ele era sujo e precipitado, e claramente não a merecia, então por que ela deveria compartilhar a pílula com ele? Assim, com este pensamento, ela atirou o comprimido inteiro na boca e engoliu.

Subitamente, foi tomada por tonturas e seu estômago começou a queimar, como se algo estivesse fervilhando nele. Alfinetadas anestesiaram os dedos de suas mãos e de seus pés, antes de se espalharem pelo restante do corpo. Ela se sentia embriagada e tonta, e só então percebeu que começara a flutuar no ar. Agarrou o beiral da casa com força enquanto subia, mas não pôde se prender e começou a flutuar mais e mais alto.

— Hou Yi! Venha aqui agora! — gemeu ela quando começou a passar dos topos das árvores mais altas.

O marido correu para fora da casa, seminu, e ficou boquiaberto quando viu Chang E desaparecendo entre as nuvens.

— Socorro! Hou Yi, faça alguma coisa!

Ele buscou a aljava e, sem um segundo a perder, pôs uma flecha no arco e mirou.

— O que pensa que está fazendo, seu idiota? Você vai me matar com isso! Pense em outra coisa, depressa! — urrava ela.

Contudo, no momento em que ele abaixou o arco, já era tarde demais. Precisava apertar os olhos para ver a minúscula partícula que era sua esposa, continuando a subir sem parar pelo céu. Ela sacudia os braços e batia as pernas furiosamente, tentando impedir a subida, atraindo os olhares curiosos dos pássaros que pairavam a seu redor. Logo eles também estavam abaixo dela, e Chang E sentiu uma súbita espocada quando rompeu a atmosfera da Terra, mas mesmo assim ainda não conseguia parar. Foi somente quando virou a cabeça para trás que ela viu seu destino, escarpado, amarelado e crescendo mais e mais à medida que ela se aproximava.

Foi com uma trombada nada digna de uma dama que Chang E caiu rolando na superfície da Lua. Depois de se limpar com um pequeno tapinha, olhou ao redor. Não havia nada além de crateras escuras e cumes rochosos. Ela passou as primeiras horas em sua nova casa saltitando, agitando os braços freneticamente e tentando voar, mas não adiantou. Estava presa. Foi só então — como a mãe de Yuying costumava enfatizar com as mãos erguidas apontando para o céu — que Chang E começou a sentir falta do marido e a pensar em todas as coisas que agora havia perdido por sua decisão precipitada. Pois para que serve ser imortal se você tiver de passar a eternidade só?

Ao ver o fluxo de lágrimas amargas maculando o rosto outrora belo de Chang E, o coelho que vivia na Lua se apiedou; ele saltitou até ela e se sentou a seu lado, agitando as orelhas para tentar fazê-la sorrir. Eles estão lá até hoje. Olhe para a face da Lua numa noite clara e você os verá: uma jovem solitária acariciando um coelho branco.

Yuying não conseguia tirar essa história infantil da cabeça, novamente deitada em seu antigo quarto, onde a Lua espiava através das janelas

203

sem cortinas. Bian Shi tinha tato demais para mencionar Jinyi na presença da filha, mas isso não impedia Yuying de se atormentar com a culpa pelo que tinha acontecido. Apesar da tristeza insistente — algo que, ela suspeitava, era agora como a cor de seus olhos ou a verruga embaixo de seu ombro esquerdo, simplesmente uma parte de quem ela era —, Yuying passou a ver a morte dos dois bebês como algo que os ligava, e não que os separava. Ninguém compreende além de nós, dizia ela a si mesma. Ninguém sabe como é esse sentimento, essa farpa enterrada nas artérias, esses fantasmas na minha barriga.

Há uma lista enorme de pessoas que, ao longo da história, ofenderam os deuses de uma forma ou de outra; mas, além de Chang E, apenas uma outra foi banida para a Lua. Era um lenhador chamado Wu Gang, que foi enviado para lá por tentar tornar-se divino. Sua punição foi apenas continuar seu ofício — uma vez que ele cortasse a árvore solitária que crescia no lado oculto da Lua, estaria livre para sair. No entanto, toda vez que ele golpeia e derruba o tronco, outro é gerado pelo toco em seu lugar, até que, em poucos minutos, ramos são lançados e atingem a mesma altura da árvore recém-cortada. Para cada uma que ele corta, uma nova cresce em seu lugar. As esperanças de Yuying eram assim, a cada dia rejeitadas como irracionais e idiotas, só para de alguma forma voltarem a crescer dentro dela no dia seguinte.

Toda manhã, às oito horas, Yuying se colocava na fila com o resto do pessoal na entrada da fábrica. Era um enorme edifício construído com tijolos de segunda mão próximo ao novo quartel, numa área onde antes havia um parque privado. Todo o local cheirava a esgoto e vegetais podres, mas os novos trabalhadores não se deixavam desanimar com isso. Eles se perfilavam, as aparências e posturas criteriosamente avaliadas pelo novo chefe. Tanto os homens quanto as mulheres ali tinham sido designados para aquele emprego pelas autoridades locais. Todas as manhãs, eles ouviam o jovem membro de cabeça raspada do Partido, seu discurso de quinze minutos sempre pontuado por movimentos frenéticos dos braços, como se falasse com um bando de crianças tontas da escola primária; só depois que ele terminasse, e todos gritassem sua lealdade à nova república, é que o trabalho podia começar.

Pouco depois do começo da nova década, Yuying e sua mãe receberam a visita de uma dupla de oficiais uniformizados. Não era algo inesperado, uma vez que a fofoca se espalhava rapidamente entre os donos de restaurantes e empresários da cidade.

— O Estado agora é dono dos três restaurantes de massas — dissera um dos oficiais a elas.

— Nós compreendemos. Faremos tudo que for possível para ajudar nosso país a se tornar grandioso novamente, para ajudar nossos camaradas — replicou Yuying com afobação.

— Você tem autorização de permanecer como sócia no empreendimento, sra. Bian. Uma sócia silenciosa, claro.

— E a equipe? Eles ainda terão seus empregos? — Bian Shi se apressou em perguntar.

— Certamente. Tudo que fazemos é para o povo. No entanto, como representante do povo, essas decisões caberão ao oficial do Partido em Fushun. Não podemos tolerar nenhum mau elemento sabotando tudo que trabalhamos tão duro para conquistar até agora, podemos?

— Não, claro que não — concordou Bian Shi, sem saber muito bem o que eles queriam dizer.

Já que havia séculos que sua família trabalhava com comida, Yuying foi designada para um emprego numa fábrica de pães. Pela primeira vez ela tinha orgulho da pele seca em suas mãos, das cutículas grossas, das unhas quebradas e dos círculos rijos que marcavam o começo dos calos; quando os oficiais fizeram um estudo rápido de suas mãos, eles assentiram em aprovação — apesar do ambiente ostentatório, ela obviamente não era uma burguesa mimada como tinham imaginado.

Yuying se sentiu estranhamente satisfeita com a alocação, e não apenas porque alguns de seus antigos colegas de escola foram designados para colher frutas sob o sol escaldante, ou lavar louça em cantinas públicas. Ela se sentia orgulhosa por ser parte da nova forma de fazer as coisas, animada pela mudança, principalmente porque estava ciente de que antes a única opção para uma jovem sem marido era o ostracismo social, o trabalho de uma governanta ou babá dos filhos de suas irmãs, ou o desaparecimento lento, rendido à amargura e a conversas com as sombras. Era assim que tinha de ser, ela pensava, ser escolhida especialmente para algo, em vez de se infiltrar em algo porque seu pai é amigo de um amigo do patrão.

Bian Shi pegou algumas das joias e moedas de prata restantes que agora escondia num velho penico sob sua cama e as trocou secretamente (pois se suas riquezas fossem encontradas, seriam confiscadas pelo Estado para redistribuição) por uma bicicleta para Yuying ir trabalhar. A filha ficou tão constrangida pela bicicleta nova em folha que deliberadamente a deixou pegar chuva para que pudesse desenvolver uma capa de ferrugem e combinasse com as outras que ficaram enfileiradas do lado de fora da fábrica. Enquanto Yuying trabalhava, sua mãe vagueava pela grande casa, esperando por cartas das outras filhas, que agora viviam em cidades distantes, ou que Yaba terminasse seu turno na cozinha e viesse ficar em silêncio junto dela. Quando ficava entediada, Bian Shi se sentava no pátio, esperando ouvir os sons do regimento local passando em marcha, ou as vozes abafadas das outras famílias abastadas fazendo as malas e discretamente abandonando suas casas indiscretas.

O trabalho de Yuying era levantar as bandejas de pães doces fumegantes dos fornos e levá-los ao posto de trabalho, para que fossem avaliados, embalados e carimbados para transporte a determinada cantina pública, onde mais tarde seriam trocados por cupons e pelas notas recém-impressas do Banco Popular. Todos recebiam a mesma coisa. Havia dois meses que ela estava lá, e agora suas mãos começavam a tarefa antes mesmo que sua mente chegasse a pensar a respeito. Enquanto Yuying passava o papel fino em torno de uma baguete, a sra. Li cutucou seu ombro e sussurrou pelo canto da boca.

— Atenção, ele está vindo.

Ela não precisou erguer os olhos para saber que sua colega se referia ao camarada Wang, o jovem chefe com o cabelo tosado e uma paixão sombria e sincera por duas coisas: o Partido e Yuying. Sua voz era estridente e ele tinha o hábito inconsciente de deixar a língua repousar no lábio inferior quando não estava falando.

— Ah, camarada Bian, acredito que estamos bem adiantados no cronograma.

— Sim, camarada — respondeu ela. O camarada Wang dissera várias vezes aos trabalhadores que não o chamassem de chefe. Pelas costas dele, os colegas de Yuying explicaram a insistência: seu pai havia trabalhado para os japoneses como um "assistente administrativo"; o filho entrou no Partido no fim da guerra e se desdobrava para escapar da vergonha do nome da família.

— Estamos esperando uma visita do Comitê Central a qualquer momento, e sei que você está tão ansiosa quanto eu para impressioná-los com a notícia de que ultrapassamos a cota do mês.

— É claro, camarada.

— Vamos mostrar a eles que todos vocês são exemplos da promessa com que este país agora se ilumina. E claro, claro, o trabalho não está sendo feito apenas no campo e no Parlamento, mas também em nossos corações.

— Sim, camarada.

— Lembrem-se de que cada um de vocês desempenha um papel vital na reconstrução do país.

— Nós lembraremos, camarada.

E com isso ele se afastou, acenando com entusiasmo. As mulheres trocaram olhares e voltaram a passar o papel em torno do pão quente. A visita do escritório central, claro, nunca aconteceu. Em vez disso, os representantes dos representantes realizavam repetidas verificações pontuais, durante as quais sempre reiteravam aos trabalhadores a certeza de uma inspeção iminente.

∾ ∾

Mais um mês, mais uma verificação pontual. O camarada Wang salivava e quase saltitava enquanto guiava o entediado representante grisalho sob o telhado reverberante de ripas de latão e entre os fornos cuspindo fogo.

— E esta, senhor, é Bian Yuying, outra das nossas novas aquisições. Como pode ver, apenas vinte anos de idade e mesmo assim já abraça por completo o espírito coletivo que nós...

— Certo. Bian, humm. Reconheço esse nome. Dos restaurantes de massas?

O camarada Wang se intrometeu antes que Yuying tivesse tempo de responder.

— Ah, sim, eles eram os proprietários do restaurante, burgueses até a alma, o que torna a transição e a reeducação desta moça aqui ainda mais maravilhosa como exemplo de...

— Sim — interrompeu o representante, farto. — Seu marido está na mesma unidade de trabalho, presumo.

— Não, senhor. No momento ele está realizando um importante trabalho na zona rural. — Ela teve de se esforçar para não corar enquanto falava. A verdade é sempre maleável.

— Eu entendo. Muitos trabalhos importantes estão em marcha por lá.

— Sim, senhor.

— Muitos de nossos melhores homens estão dando suas vidas pela revolução. É assim que tem de ser. Não é possível que todos tenham esta colher de chá das fábricas aquecidas. Não é verdade, camarada Wang? — O representante levantou a sobrancelha brevemente, fazendo Wang embaralhar os pés e lamber o lábio inferior muito mais que o habitual enquanto se afastavam.

Wang não voltou a falar diretamente com Yuying. Era dessa maneira, com o mais sutil dos eufemismos, com palavras discretas ou movimentos cujo significado talvez permanecesse para sempre obscuro, que as vidas se reorganizavam. Antes de mais nada, fora devido a um momento tão sutil quanto este que Wang entrara no Partido. Ele recordava como, ainda criança, caminhava vacilante pelas salas quando seu pai recebia seus chefes — burocratas e urbanistas do Exército japonês — para jantar. Com um metro de altura e plantado sonolento à porta, Wang viu como um coronel japonês, de cabelos engomados para trás e óculos novos, enfiara a mão sob a mesa para tocar a coxa de sua mãe, enquanto ela fazia o máximo para continuar sorrindo. Logo o menino foi enxotado e a porta se fechou. Essa foi a maneira que encontrou de melhorar as coisas.

Contudo, a história da família de Wang voltaria para assombrá-lo. Depois de uma denúncia pública uma década e meia depois, ele seria atacado a caminho de casa por estudantes. Ele foi empurrado, chamado de traidor e conspirador, e pressioram os calcanhares de suas sapatilhas barrentas contra seu rosto, dizendo que ele era a escória que estava arruinando o país; e também quando chutaram suas costelas e sua barriga flácida até um rim se romper e ele sofrer uma hemorragia interna. Foi aí que pensou em sua esposa colocando suas duas filhas na cama, sua esposa que, à meia-luz, se ele realmente apertasse os olhos, podia ser confundida com uma jovem que trabalhara na fábrica onde outrora ele fora o patrão.

∾ ⌢

Em casa depois do trabalho, Yuying revirava o repolho mole e borrachudo na tigela, tentando não olhar para a mãe, sentada à sua frente. As duas estavam na sala de jantar, que no passado era usada apenas para ocasiões especiais, mas que agora estava tão cheia de teias de aranha que se assemelhava a um rio pelo qual redes translúcidas eram casualmente arrastadas. Sua mãe ainda não se acostumara a sobreviver sem um cozinheiro, e tentava buscar na memória algumas receitas simples. Um esforço inútil, especialmente agora que eu, o Deus da Cozinha, havia desaparecido de sua casa com os últimos servos. Será que as pessoas nunca aprendem?

— Encontrei o velho Zhao no mercado, à tarde. Ele estava doido tentando compreender o novo sistema, e não se saía nada bem. Tive de dizer a ele para esconder melhor suas moedas de ouro, se não quisesse perdê-las — disse Bian Shi.

— As coisas não funcionam mais dessa forma, mãe. Tudo deve ser dividido igualmente agora. Antes de mais nada, o velho Zhao deveria se sentir culpado por tê-las. Ele só tem as moedas por causa do sofrimento dos outros.

— Ah, eu sei. Mas foi uma pena vê-lo daquele jeito, só isso. Ele costumava ser um homem tão bonito, confiante. Você lembra?, ele sempre visitava o restaurante para conversar com seu pai.

— Eu lembro. Ele usava uma bengala com uma cabeça de dragão na ponta, e nos dizia que o dragão mordiscaria nossos olhos se olhássemos para ele por muito tempo.

— Sim, isso mesmo. Haha. De qualquer forma, seu filho mais novo acabou de retornar de seu posto e agora está lotado no novo quartel construído perto de sua fábrica. Você sabe, o filho bonito, com olhos grandes. Um verdadeiro cavalheiro. Agora ele certamente tem boas perspectivas, já que esteve com os comunistas antes de os japoneses chegarem. Se ao menos soubéssemos o que aconteceria... Yuying?

— Sim, mãe.

— Está me ouvindo?

— Claro.

— Pois bem. Eu não me importo em falar sozinha. Espere, onde eu estava? Ah, sim, convidei os dois para um jantar na próxima semana.

— Eles não virão. Nós não somos mais importantes, mãe. Tivemos nossa época, e agora temos de compensar isso. As coisas são diferentes agora. De qualquer maneira, o velho Zhao provavelmente se esquecerá de que esbarrou com você hoje.

Bian Shi espalmou as mãos contra a mesa para se levantar.

— Você deveria lembrar que seu pai não toleraria sua nova maneira de falar. Não pense que ele não pode ouvi-la. Só quero que você seja feliz, e o filho de Zhao realmente é...

— Desculpe, mãe — Yuying baixou a cabeça —, mas eu ainda tenho um marido.

— Eu sei disso. Mas muita gente tem desaparecido. Eu ouço meus amigos sussurrando sobre isso todos os dias. Se ele não voltar, ninguém precisa saber que você continua casada. Agora já faz um ano, Yuying. Você ainda pode ser uma ótima esposa para um bom homem, sabe?

Era verdade — havia pessoas sumindo, mas ninguém podia tocar no assunto. A redistribuição de terras e recursos por todo o país não foi voluntária. Muitos camponeses, incentivados pelo novo governo, organizaram tribunais para aplicar sua própria justiça contra os latifundiários; em alguns anos, cerca de 1 milhão de proprietários de terras foi executado, e muitos outros foram enviados para reeducação em províncias distantes das suas. Todo mundo conhecia alguém que desaparecera; ninguém conhecia alguém que havia retornado.

— Uma boa esposa esperaria — exclamou Yuying para a mãe, que havia deixado a sala.

— Uma boa esposa faz tudo que é preciso fazer — murmurou a mãe enquanto cambaleava lentamente pelo corredor deserto.

Yuying não conseguia pensar em mais nada a fazer senão voltar para seu quarto e se enterrar sob os lençóis, com o cheiro de arroz queimado entrando pela janela aberta misturado ao ar quente do verão. Ela se deitou e ouviu as marchas vespertinas dos jovens em treinamento para a guerra além da fronteira, suas ofegantes e cantaroladas perguntas e respostas confundindo-se com o canto preguiçoso dos pássaros e a tosse seca dos trabalhadores rumando para o turno da noite. Yuying se odiava por querer que Jinyi voltasse rastejando para ela, mas ela já não sabia mais quem era sem ele.

∽ ∾

A primavera de 1951 rapidamente se acomodou, apressada pelas últimas notícias sobre o Exército, que avançava ao sul da península, ajudando os vizinhos da Coreia. Yuying descobriu que dormia melhor quando sabia que havia uma guerra acontecendo. O que a acalmava não era a sinfonia de vidro estilhaçado, homens lutando em frenesi entre escombros ou rifles empenados sendo amaldiçoados e pisoteados — afinal, a mais recente guerra estava a centenas de quilômetros de distância —, mas a sensação de que seus problemas eram insignificantes novamente, apequenados pela escala do caos que existia do lado de fora de seu quarto. Ela se consolava com a lembrança de que a vida era frágil, preciosa e ameaçada. As vidas encolhem, assim como os problemas. Yuying parava em filas e mercados e cantinas esforçando-se para ouvir trechos de conversas sobre os garotos locais que tinham ido para a Coreia, sobre os avanços furtivos e os inesperados contra-ataques. Logo ela já havia memorizado os nomes das cidades do Norte que os exércitos haviam tomado, as sílabas estrangeiras murmuradas entredentes enquanto ela tentava pegar no sono. Era assim que o tempo passava.

Atribuída a Sun Tzu, a coleção de antigos conceitos chineses sobre a guerra retrata a guerra como uma delicada forma de arte. E, assim como a arte, ela força as pessoas a enfrentarem as fronteiras e as periferias de seu autoconhecimento; assim, a guerra lhes fornece a referência para que o resto de seus desejos e experiências possa ser medido. E para escapar do horror do genocídio, da mutilação, da tortura, da dor e da morte, sistemas inteiros de crenças são lentamente construídos. Sun Tzu salientava a estupidez de buscar regras que explicassem ou ditassem algum resultado, no entanto isso é o que as pessoas sempre fizeram para sobreviver. O paradoxo é este: as pessoas precisam da guerra, porque sem ela não sabem quem são, não sabem o que é ser humano. O mundo é feito do próximo e do longínquo, escreveu Sun Tzu, de perigo e segurança, de planícies abertas e caminhos ocultos, das possibilidades de vida e morte.

❧ ❧

A chuva escorria pelos telhados das antigas mansões, recém-convertidas em quartéis do Partido e hospitais, e a bicicleta de Yuying passava pelas poças, espirrando nos rostos sisudos e molhados que faziam fila junto à cantina pública. Ela acompanhava as outras centenas de bicicletas bambas das fábricas e dos postos de trabalho em direção à ponte, cruzando o rio de volta aos cortiços apinhados e aos novos prédios residenciais. Ela guiava com uma das mãos, ziguezagueando com os outros trabalhadores castigados pela tempestade, usando a mão para tirar os cabelos emaranhados dos olhos.

Suas roupas estavam encharcadas, coladas à pele, no momento em que ela chegou a casa e desceu para puxar a bicicleta até o portão e entrar no pátio.

— Yuying.

Ela se virou, instintivamente perscrutando a tempestade. Ele estava de pé, sem guarda-chuva e descalço, o colarinho reto de seu casaco escuro colado no alto do pescoço, do outro lado da rua. Atrás dele, a linha das árvores se dobrava ao vento. Por um minuto, talvez mais, ela apenas o observou, antes de se recompor e chamá-lo com um aceno, voltando então a puxar sua bicicleta para o saguão de entrada.

Bian Shi estava comendo sementes de girassol, que se espalhavam em seu colo, quando a filha entrou, timidamente seguida pelo marido encharcado. Enquanto Yuying buscava uma toalha seca nos quartos próximos, ou ao menos um lençol limpo, Bian Shi quebrava as sementes entre os dentes que ainda lhe restavam, sugando o núcleo salgado com a língua e observando seu genro enquanto ele roía as unhas. Ela não pretendia se mover.

— Já comeu? — perguntou Yuying.

— Sim, não se preocupe. — Ambos sabiam que ele estava mentindo para ser educado.

— Você vai ficar? — Yuying surpreendeu até a si mesma com sua pergunta direta.

— Sim. Isto é, se você, bem, quero dizer, sim. Sim — respondeu Jinyi.

— Que bom.

Eles ficaram frente a frente, constrangidos e sem saber se deveriam se aproximar. Yuying esfregou os cabelos com uma toalha úmida, a única que conseguiu achar e que as traças não haviam destruído, e em seguida entregou-a para ele. O som de sua mãe mastigando sementes ecoava pelas paredes de pedra.

— Como você está? — perguntou ela.

— Não posso reclamar. Vejo que houve pouca mudança por aqui — respondeu ele, obviamente ignorando as lojas bombardeadas pela rua, as bandeiras e os estandartes em todos os edifícios e o ar de decepção e negligência que se infiltrava pela velha casa embolorada.

— Não muita. Bem, é melhor eu começar a fazer o jantar.

E isso foi tudo que disseram sobre a ausência dele. Yuying se deslocou para a cozinha e adicionou outro pedaço de madeira ao pequeno fogo sob o forno. Ela não perguntou como ele viajara de volta, como sobrevivera naqueles dezoito meses, mas algo nela calculava que talvez ele tivesse levado aquele tempo todo simplesmente para cruzar províncias, agora que as fronteiras eram controladas e as comunas, estritamente reguladas. Ela ficava envergonhada em pensar que, enquanto ficara ali duvidando dele, talvez Jinyi estivesse tentando encontrá-la, obrigado a evitar todas as grandes cidades e a parar e trabalhar em pequenas aldeias agrícolas por um ou dois meses para poder continuar. De fato, com tantos enviados ao campo e os planos para a emissão de cartões de residência urbana a fim de conter o grande êxodo de pessoas para as cidades, era excepcional que Jinyi tivesse conseguido viajar tão livremente. Ele nunca mencionaria como conseguira fazê-lo.

— Quer voltar para o restaurante, Bian Jinyi? Yaba ainda está lá. Ele chegará dentro de algumas horas e ficará contente em vê-lo, tenho certeza. Ele vai gostar de ter companhia na cozinha, agora que tantos dos antigos colegas se foram — disse Bian Shi, seguindo os dois em direção à sala de jantar enquanto Jinyi se instalava à mesa.

213

Ele deu de ombros, e Bian Shi assentiu como se tivesse entendido.

Yuying não perguntou sobre o dinheiro da caixa. Não perguntou se ele sentira sua falta — as bolhas nos pés, as cicatrizes nas mãos e o sorriso cansado que ele mostrava para ela eram prova suficiente. Ele voltou; era tudo que importava — voltou com apenas um par de calças e um casaco esfarrapado como posse. Ambos decidiram jamais falar da separação, dos dezessete meses, uma semana, dois dias e cinco horas que ela contara, enquanto suas mãos carregavam bandejas em brasa com pães saindo do forno.

∾ ∽

— Sonhei que minha bicicleta podia voar — disse ela, como que para si mesma, enquanto os dois estavam espremidos em sua cama de criança. Eles não ousaram voltar ao quarto da lua de mel, com medo do azar e de alguma surpresa desagradável deixada, talvez, pelos servos de partida. Eles se colavam à parede, mas sem exatamente se tocar, ainda não completamente prontos. A chuva tilintava como um xilofone pelo telhado e atritava o papelão agora colado sobre a janela.

— Talvez você soubesse, no fundo, que eu estava a caminho — respondeu Jinyi. — A verdade usa esses disfarces estranhos.

Eles continuaram assim, deitados de costas com uma só polegada de ar quente entre os dois, até que adormeceram. Acordaram pela manhã com as mãos entrelaçadas.

∾ ∽

Dentro de alguns meses eles foram alocados numa casinha perto da fábrica — onde Jinyi recebera um emprego de forneiro por intermédio do camarada Wang, que se lembrava das palavras do inspetor. Os dois deixaram a casa grande para Bian Shi e Yaba, para um passado que ficavam mais felizes em apagar. A nova casa consistia de dois quartos quadrados com paredes de tijolos nus, a fumaça do fogão a lenha era levada por um cano ao longo dos aposentos, aquecendo a cama *kang* de barro onde eles sempre se sentavam e conversavam. Era uma boa acomodação, como foram informados por seus novos vizinhos: espaço para montes de estrados no quarto, uma bomba de água logo na esquina e apenas uma curta caminhada até o recém-construído galpão das latrinas, embora, na verdade, este não passasse de uma cabana com ripas de madeira cruzando-se acima de um rio de esgoto, onde os homens do local iam para conversar e partilhar cigarros enquanto se agachavam sobre a sujeira. Quando o vento nordeste soprava, o cheiro chegava até a casa deles.

Este era o lugar onde eles começariam novamente, a três *li* da casa onde Yuying nascera, na cidade que Jinyi brincava ser uma cidade de mil invernos — sempre que um parecia acabar, outro começava de repente, mais frio e mais rigoroso que o anterior. Jinyi se sentia uma criança outra vez, impressionado com a neve, agora que ela já não afetava sua subsistência, admirado pela fria cidade do Norte pintada de branco. Juntos, eles aprendiam a ver o mundo ao redor do zero, a extrair mil possibilidades dos mil invernos. Apontavam um ao outro os milhares de tipos diferentes de neve: as partículas de cristal que infligiam pequenos arranhões aos que enfrentavam as ruas; o desenho de impressões digitais sobre o gelo fino como fogos de artifício que irradiam em mil traços circulares; a névoa do hálito de um dragão pairando pela manhã; as espessas geadas que dominavam todo o horizonte; os flocos de neve acres, provados na boca; as quebradiças mantas de neve que lambiam botas militares; os bonecos de neve perdidos e confusos entre parques e jardins públicos; e os sopros gelados e secos do nevoeiro pálido, atravessados por bolas de neve sem rumo. Assim seria o degelo para eles.

Quando o gelo negro foi varrido e as ruas se tornaram seguras para seus pés minúsculos, Bian Shi os visitou, a fim de criticar o apartamento apertado e o sofá caquético que o casal colocara entre a mesa e o fogão. Ela ressuscitou um relógio de pêndulo como presente, para que eles pudessem ter noção das horas, e uma velha pintura em nanquim de um par de garças, para pendurar em uma das paredes nuas de pedra. Os três se sentaram à mesa, e conversaram sobre as irmãs de Yuying e seus maridos errantes, um dominador e irascível, o outro, gordo, estoico e silencioso, e passando entre eles um folheto de propaganda entregue na fábrica.

— Você me ensina a ler? — Jinyi criou coragem para pedir novamente a ela.

Dessa vez Yuying nem pensou em rir.

— Seria um grande prazer.

— Afinal, se não posso ler, como vou saber o que está acontecendo? Todo mundo está falando sobre as coisas nos jornais, o que se deve fazer, as novas regras, ou como deveríamos ajudar o país. Eu sou parte disso também; eu vivi no campo, sei o que significa sofrer injustiça. Se há alguém que sabe corrigir antigos erros, esse alguém sou eu. Se todos são iguais agora, bem, eu também deveria ser igual. Mas sem ler em breve estarei perdido nesta cidade — explicou ele.

— Não se preocupe. Dentro de um ano você estará devorando os jornais. Podemos começar após o jantar.

— Eu sempre quis ler — cantarolou Bian Shi, mas o casal lhe deu pouca atenção. — Havia uma centena de livros na casa de meu pai, mas não tínhamos permissão de tocar em nenhum. Livros que podiam fazer os mortos retornarem, dicionários que tinham os nomes de todos os animais que viveram neste país há milhares de anos, e tomos enormes que sugavam a medula do inverno, ele vivia se gabando. Mas eu nunca vi sequer uma página.

— Bem, você também pode ouvir as lições — suspirou Yuying.

— Oh, não! Estou muito velha, e, de qualquer forma, é melhor deixar algumas coisas como desejos. Ah, vejam, está nevando outra vez.

O inverno parecia durar anos, com suas muitas roupas de baixo e a paisagem das crianças pequenas afundadas em casacos dos pais; com sua hibernação e as noites aconchegadas. O inverno é uma aposta, um desafio, um teste de força. O inverno diz: resista ou desista, pois não há outra escolha. O inverno diz: abra caminho para a morte e nasça de novo, que toda história deve começar com um fim. E se o barulho que eles ouviam quando o sono chegava naquelas longas noites de inverno não era o som de um demônio faminto pegando carona nas nuvens espessas, então talvez fosse apenas o vento que zurrava e soltava um pouco as dobradiças.

Depois do trabalho, com os cabelos ainda polvilhados de cinza e traços de farinha, Yuying e Jinyi se instalaram à mesa dobrável e a aula começou. Yuying pegou o bastão de tinta e o esfregou cuidadosamente numa fina poça de água no pequeno prato de porcelana. Ela então deixou que o pincel pairasse por um momento, pensando por onde começar.

— Isto... — disse Yuying, passando o pincel com um movimento para a direita, depois outro para a esquerda e, por fim, uma pincelada horizontal pelo centro, para criar o que pareceu a Jinyi um boneco de pauzinhos decapitado, com os braços estendidos. — Isto significa *grande*. É...

— Sim, sim, até eu conheço esse!

— Tudo bem. Mas veja, desenhando outra linha, um telhado plano no alto, ele vira *paraíso*, *céu*, *dia*. É assim que você pode recordá-los: esta linha no alto é o limite do infinito, a fronteira do *grande*... pois nada é mais alto que o céu, e às vezes parece que não há tempo mais longo que um dia inteiro.

Dessa forma eles passavam pelos ideogramas, agrupando-os até que tivessem um vocabulário em comum, até que as intricadas pinceladas se tornassem pontes que eles podiam atravessar juntos. E no mesmo ano em que começaram, um processo de simplificação da língua foi iniciado na capital: os ramos crescidos demais foram podados para deixar a escrita mais esbelta, arrumando a antiga floresta para que a luz pudesse brilhar entre os espessos pinheiros. Mais de 1.500 caracteres de uso corrente foram simplificados. Afinal, as pessoas concordaram que as velhas palavras estavam maculadas pelo sangue dos camponeses obrigados a fabricar tinta para os imperadores cobiçosos. A nova língua seria totalmente democrática — porém, claro, todo mundo teria de falar a forma do mandarim típica de Pequim, como acordaram os oficiais do Partido. Afinal, se as pessoas falassem em línguas que eles não entendiam, como os oficiais saberiam o que era dito a seu respeito?

Quando os aconchegos do inverno se tornaram bocejos de verão e a mesa foi empurrada mais para perto da porta, sempre aberta, Jinyi avançou para jornais e folhetos, e eles criaram um jogo para testar um ao outro. "Comunismo" — significava o fim da pobreza e da injustiça. "Imperial" — algo injusto e repressivo. "Burguês" — ou seja, qualquer um que havia escravizado o povo e acumulado dinheiro a partir de sua miséria. "Popular" — havia o Parque Popular, próximo ao local onde o rio se curvava e retraía seu ventre; a Praça Popular, onde a bandeira era hasteada e onde estátuas estavam em construção; o Governo Popular, a

Escola Popular, a Moeda Popular impressa pelo Banco Popular na República Popular da China — bem, isso significava que tudo pertencia a eles, não? Eles finalmente estavam recebendo o que mereciam.

Yaba acompanhava Bian Shi aos jantares com mais frequência no verão. O mudo de músculos largos que ajudava a senhora manca era a única pessoa do restaurante que não tinha vergonha de ser vista com seus ex-empregadores. Com seus delicados movimentos de mão, ele relatava a Yuying as mudanças na disposição, no serviço, na clientela e até no cardápio do restaurante, e Yuying traduzia para o marido, enquanto a mãe enterrava o rosto entre as mãos, exasperada ao final de cada frase.

— Você ainda faz dinheiro com ele, mãe, e ele só está mudando para tornar o país um lugar melhor para todos, não apenas para alguns de nós.

— Bem, sorte que seu pai não está aqui para ver isso. Ele teria enlouquecido com algumas dessas mudanças. Lembre-se de que esses são os restaurantes de massas mais antigos da cidade, e estão em sua família há...

E assim era proclamada a história embelezada, aquela que Yuying aprendera quando criança e cujas palavras podia repetir uma a uma, em uníssono com a mãe. A verdade era um pouco diferente — talvez o Velho Bian tivesse sorte de estar morto, mas apenas porque senão ele talvez acabasse como seus amigos, os imponentes empresários com quem ele jogava e fumava que agora chiavam e sofriam carregando arados nos ombros através de intermináveis campos de terra em províncias das quais sequer tinham ouvido falar antes.

Jinyi logo entrou na conversa, vencido por sua curiosidade.

— Aquele *chef* rabugento ainda está lá?

Yaba balançou a cabeça em negativa.

— E quanto a Liu, o garçom?

Yaba repetiu o gesto.

— Yangchen?

Yaba balançou a cabeça em negativa, as mãos fazendo uma continência.

— Ele é um chefe? De quê? De uma fábrica? Hah, parece que ele se deu bem com o irmão se alistando na guerra; sempre ajuda estar do lado vencedor. Ainda há mais algum dos nossos antigos colegas em Fushun?

Yaba deu um trago no cigarro e encolheu os ombros. Novos tempos, novos rostos. Ele tinha expressões diferentes para cada tipo de resignação ao inevitável.

— Ah, tudo bem. Deve haver alguma palavra para esse tipo de mudança brusca, mas não sei qual é — brincou Jinyi, e ele e a esposa riram. Yaba ergueu as mãos como se quisesse dizer: "Bem, palavras não são da minha alçada!"

A língua sempre foi como um tigre do sul da China: não tem nenhum desejo de ser domada. No início da dinastia Qing, o imperador Kangxi, ansioso por agradar os mandarins Han — ainda fiéis aos derrotados Ming — e desconfiado dos manchus no palácio, colocou-os para trabalhar na elaboração de um gigantesco dicionário. Quando completo, ele continha cerca de 47 mil verbetes. Assim como o presidente Mao, o imperador sabia que a maneira de conquistar o apoio das pessoas era dar-lhes tarefas que as mantivessem ocupadas enquanto o mundo à sua volta era irrevogavelmente alterado. Ele deve ter percebido que exercer o poder sobre o idioma é exercer poder sobre os pensamentos do povo. Ele foi o imperador de reinado mais longo da história da China.

∽ ⌑

Com pincéis se chocando como talheres e o bastão de tinta misturado e agitado na água, Jinyi e Yuying se puseram a reescrever sua história. Eles riscaram os longos meses de luto, culpa, recriminações e dúvidas que os separavam e começaram do zero. Cobriram a parte sobre demônios ou espíritos e começaram a escrever no tempo presente. Cada palavra que desenhavam era uma promessa, um juramento.

Isso é o engraçado nos seres humanos. Vejam bem, não me interpretem mal, também já fui mortal um dia, mas vocês se lembram como me saí bem, não? Como deus, tenho uma perspectiva diferente. Os seres humanos parecem pensar que podem controlar as próprias vidas. Eles pensam que, de alguma forma, se agirem de modo um pouco diferente, podem fazer tudo dar certo. Nunca é tão simples assim. Podem chamar de destino, se quiserem. Ou carma, ou sina, ou qualquer outra coisa. Mas algo sempre se põe no caminho. Não é isso que a história significa?

Mesmo quando o verão começava a fervilhar entre as pedras do calçamento, os dois se enlaçavam, pensando que, se fossem separados até por alguns centímetros, talvez tudo fosse desmoronar novamente.

— Prometa — Yuying sussurrou na escuridão da noite, ouvindo a respiração dele a seu lado.

— Eu prometo.

— Nunca vamos sair de perto um do outro novamente.

— Eu prometo. E você?

— É claro.

— Então diga.

— Jinyi, eu prometo.

E depois suas mãos se encontraram, e seus rostos se aproximaram, e por um momento eles enganaram a si mesmos acreditando que aquelas promessas, que se mostrariam impossíveis de cumprir, eram o bastante para mantê-los seguros.

O dia se estendeu num âmbar vermelho e queimado, tão úmido que quando Jinyi finalmente terminou de enfiar e retirar bandejas dos fornos furiosos, descobriu seu cabelo espigado e úmido, e seu rosto transformado num suspiro rosáceo e inchado. A fábrica ficou aberta por mais uma hora para aproveitar a luz do sol. Entretanto, aquela hora extra de trabalho era recebida pelos trabalhadores não com irritação, mas com celebração. Por todo lado, as pessoas pareciam animadas, repletas de energia, dizendo que trabalhariam de graça se o Partido pedisse, e competindo para ver quem mostrava mais lealdade ao novo Estado, "uma China finalmente dirigida pelo povo". Elas permaneciam na fábrica, nos campos redistribuídos, nas cantinas coletivas e nos canteiros de obras até que todos os vestígios da luz do sol tivessem desaparecido, até que seus músculos tensos começassem a soluçar, até que fossem mandados para casa, com um sorriso aberto no rosto.

Enquanto Yuying e Jinyi deslizavam levemente de volta pelas ruas lotadas em sua bicicleta partilhada, desviando de soldados em marcha e oficiais do mercado que pastoreavam as multidões de volta à periferia mais rural, passando pelos últimos condutores de riquixás — inseguros sobre o que fazer agora que eram obrigados a abandonar seu ofício feudal —, Jinyi até se esquecia de que precisava continuar pedalando.

Ele se distraía com o próprio contentamento, com a moça de 21 anos empoleirada no guidão e com a esperança de que ele se espremeria para caber na vida dela. Se não lembrasse, eles desabariam no pavimento, e seriam varridos de vista se lá ficassem por muito tempo. As ruas tinham de permanecer limpas — a aparência era tudo. Foi só quando viraram a esquina para a rua de Bian Shi, com as mansões de pedra mais antigas espreitando entre os casebres de tijolos erguidos às pressas, que eles ouviram a comoção.

— Ihh! Velha, você não está falando coisa com coisa! Apenas devolva nossa galinha e não vamos denunciá-la às autoridades, que tal?

Bian Shi estava plantada no pátio da velha casa, fazendo o máximo para que sua silhueta franzina preenchesse o grande portão. À sua frente havia um homem e uma mulher — tinham o rosto queimado, os narizes vermelhos e os cabelos sujos e amarrados — que não ficavam nem quietos nem calados. Por trás dela, na casa, os cacarejos preguiçosos de uma galinha podiam claramente ser ouvidos.

Bian Shi estufou o peito.

— Esta galinha é minha. Como se atrevem a me acusar de roubo! Eu nunca vi vocês na minha vida!

— Escute! — eles tentavam um argumento exasperado. — Nós estávamos trabalhando na feira quando notamos que uma de nossas galinhas tinha escapado, uma com penas brancas e um penacho preto. Procuramos por toda parte, e alguém nesta rua disse ter visto você pegar uma galinha, uma com penacho preto e penas brancas, hoje cedo.

— Quem? Quem lhe disse isso? Diga!

— Não importa. Veja bem, sabemos que você tem uma galinha aí dentro. Nós podemos ouvi-la! Não pense que pode nos enganar, só porque está com fome! Você teve colher de chá aqui, velha, em sua grande casa; nós deveríamos ser iguais agora!

— Ora, escutem aqui. Não gosto dessas suas insinuações. A galinha é minha. Há meses que está comigo. E eu certamente não tenho intenção de comê-la. É um animal de estimação.

O pobre casal se entreolhou em choque, boquiabertos. Eles não compreendiam. Os animais classificavam-se em duas categorias: para trabalho ou para comida. Cavalos, burros, bois e mulas compunham a primeira. Porcos, vacas, cordeiros, cabras, cavalos, jumentos, mulas, cachorros, cobras, coelhos, ratos, qualquer tipo de ave, gatos, esquilos, macacos e muitos outros formavam a segunda. Manter um animal gordo e suculento sem comê-lo parecia a própria encarnação da loucura burguesa sobre a qual tinham sido alertados.

— Você é louca! Não podemos voltar sem nossa galinha: temos cotas a cumprir e fizemos oferendas ao Deus do Céu e do Inferno para guardar nossa criação.

— Bem, vocês não deveriam mais seguir essas superstições feudais, então é bem feito!

— E você não pode mais mandar em nós por aqui. Podemos até ser camponeses, mas também somos cidadãos agora. Nós conhecemos o representante da nossa aldeia, ele jantou em nossa casa no ano passado. Ah! Espere até ele ficar sabendo disso!

Bian Shi suspirou e ergueu a mão, os dedos passaram entre seus fios de cabelos lisos e grisalhos. Ela tirou os brincos e juntou os dois num punho fechado, que lentamente estendeu à sua frente. Por um brevíssimo segundo ela deixou a mão abrir um pouco, permitindo que eles vissem o brilho das minúsculas pedras preciosas, como escamas lustrosas cintilando por um rio claro. O casal de camponeses assentiu, e o homem trocou com ela um aperto de mão. Eles partiram com os ombros erguidos, sem que nada mais fosse dito.

Não era assim que os negócios deveriam ser feitos. Na verdade, logo seria difícil comprar oficialmente qualquer coisa com dinheiro ou joias. No trabalho, todos recebiam cupons, maços de duas polegadas de papel colorido que podiam ser trocados por vinte *jin* de arroz, por exemplo, por dez *jin* de batatas ou um pequeno saco de sal. O dinheiro era complementar — podia ajudar a adquirir um pouco mais (pois nós, chineses, não resistimos a negociar e a pechinchar em busca de um bom negócio), mas sozinho era quase inútil. Contudo, a portas fechadas, as regras sempre têm significados diferentes. Bian Shi continuaria a receber cupons mais que suficientes por sua sociedade silenciosa com o Estado no antigo império de restaurantes de seu marido, mas ela armazenaria todos num porta-joias em seu quarto, pois sua família trabalhara duro por seu dinheiro, e ela não perderia seu orgulho, apesar dos protestos da filha.

— Mãe — começou Yuying quando estavam sentados ao redor da antiga mesa de jantar, com a comida sendo preparada na cozinha e a galinha trotando orgulhosamente entre os tornozelos —, de onde veio essa galinha?

— Ela veio para cá de livre e espontânea vontade, mocinha. E pode fazer o favor de falar baixo?

Ela então se inclinou mais à frente na mesa para sussurrar pelo canto da boca:

— É seu pai.

Yuying e Jinyi se entreolharam. Nenhum dos dois sabia ao certo como responder.

— Não é tarde demais para o espírito dele voltar? — Yuying percebeu que também estava sussurrando, para que a indiferente ave não ouvisse. — Quero dizer, depois de sete dias ele retorna para uma última visita, e depois segue sua jornada. Mas o papai morreu há quase dois anos.

— Eu sei. Coitado, ele deve ter passado todo esse tempo procurando por nós. Eu sabia que deveria ter escutado meu coração. Sempre que eu queria bisbilhotar na biblioteca do meu pai, minha mãe me dizia que há mais em nossos corações do que nos livros. E ela estava certa.

— Mãe, essas ideias são apenas histórias. Você não tem ouvido nenhuma notícia? São apenas superstições, inventadas para controlar as pessoas e evitar que elas queiram mais para suas vidas. Nós não temos que voltar a cair nisso. Temos ciência e esperança.

— Também tenho esperança, e ela finalmente foi recompensada. Você mesma disse: anos de repressão, invasão e pobreza, e finalmente estamos recebendo o que merecemos; se quisermos e trabalharmos um pouco mais por isso, então teremos um país do qual poderemos nos orgulhar. Essas foram suas palavras.

— Não são *minhas* palavras! Todos deveríamos trabalhar juntos agora, pela pátria. E não roubar uma galinha na rua e fingir que é o espírito de um homem morto!

— Eu não vou ouvir mais nada disso! Que audácia!

Bian Shi recolheu a massa agitada de penas em seus braços e marchou para a porta, apenas para se voltar antes de sair da sala.

— Eu pensei que nós a havíamos educado melhor. Todas aquelas lições, tudo que você desejou, e no fim você abandona o antigo pelo novo sem sequer piscar. Tenho pena de você.

Com isso ela fechou a porta, a galinha cacarejando por trás das paredes espessas. Yuying suspirou e Jinyi colocou a mão sobre seu ombro.

— Deixe sua mãe para lá. Pense na guerra, ou pense em *nós*: acreditar é melhor do que desistir de tudo.

— Mesmo se você acredita em algo que é errado?

Ele assentiu.

— Especialmente quando é errado.

Eles terminaram de comer e saíram da casa sem dizer adeus. Ao longo das semanas seguintes, mãe e filha se evitaram, com Yuying mordendo o lábio e tornando-se cada vez mais agitada e inquieta, enquanto do outro lado da cidade Bian Shi limpava as plumas cinza sarapintadas da galinha com sua própria escova de dente, fazia uma cama para ela com uma velha mala cheia de jornal rasgado e a levava consigo sempre que saía de casa. Ela varria os pequenos montes de excremento escuro de seu quarto e afagava a cabeça da galinha antes de ir dormir. A velha casa começou a feder, e Yuying e Jinyi começaram a inventar desculpas para não visitá-la.

Somos transfigurados pelo amor. A solidão tem a mesma força. Sem dúvida, esta é a minha experiência. Nós aceitamos que somos impotentes em relação ao amor, a seus sintomas e à forma como ele escancara as páginas em branco do livro de nosso coração, desenhando nelas tempestades e batalhas. A característica mais estranha dos seres humanos, em minha opinião, é que eles são capazes de preencher qualquer coisa com amor. Uma criança com um cobertor surrado, um velho cuidando de uma planta esquálida num pequeno pedaço de terra, uma viúva admirando uma aliança ou uma miudeza ou um cachorro ou um gato ou uma galinha.

～～

Jinyi sacudiu o ombro de Yuying de leve, e ela balbuciou enquanto esfregava os olhos. O sol ainda não raiara, embora houvesse uma luz fraca se derramando das fogueiras noturnas dos quintais, das chaminés de casas próximas a estações de trabalho. Do lado de fora badalava uma sinfonia vertiginosa de sinos de bicicleta, de gritos de carteiros perdidos e dos passos arrastados dos trabalhadores da noite finalmente voltando para casa. Yuying levou os penicos para fora e voltou com um balde de água de banho, enquanto Jinyi fazia o café da manhã no escuro — rolinhos de legumes fritos à luz de velas, para serem mergulhados em leite de soja ou comidos com as sobras da noite anterior. Mesmo antes de engolir o último eles já lançavam as pernas por cima da bicicleta.

Já que os oficiais se orgulhavam de que todos os dias na fábrica eram exatamente iguais, há pouco para ser dito sobre o movimento diário de suas mãos enquanto suas mentes vagavam.

— Se couber no forno, precisaremos do próximo lote antes do almoço, estamos um pouco atrasados. — Yuying retransmitiu a mensagem ao marido e aos outros trabalhadores ao redor do forno, esforçando-se para não olhar apenas para Jinyi. Ela remexeu os pés, lutando para impedir que seus lábios se curvassem num sorriso. Havia outros casais na fábrica, mas, depois de chegarem juntos, cada um fingia que eram apenas conhecidos; cada um decidido a provar que o trabalho, o trabalho que faziam por uma nova China, vinha em primeiro lugar.

— Claro, sem problema... camarada — respondeu Jinyi, tão neutro quanto possível.

Yuying se inclinou e sussurrou, constrangida:

— Eu convidei a sra. Li e o marido para jantar na sexta-feira. Não me deixe esquecer.

Ele assentiu, sabendo que ela havia cronometrado o anúncio para que ele não pudesse argumentar, e ambos voltaram rapidamente ao trabalho.

Eles não almoçavam juntos; apesar das tentativas do camarada Wang para integrar a mão de obra, as pessoas tinham receio de descartar seus velhos hábitos, e as diferentes equipes se sentavam juntas em suas mesas, as mulheres de um lado da sala e os homens do outro.

Depois que Yuying e Jinyi terminaram mais um turno de doze horas na fábrica ("Precisamos alcançar as economias ocidentais!", anunciavam os jornais e alto-falantes da rua), eles testaram um atalho para casa. Manobraram a bicicleta pelas vielas estreitas e cheias de gente: velhas que ignoravam a recente campanha anticuspe, velhos de cueca lavando seus corpos franzinos junto a bicas enferrujadas, um sapateiro de rua consertando sapatos de um oficial enquanto outro remendava o buraco na roupa de um trabalhador, meninas pequenas atando barbantes sujos nos dedos uma da outra enquanto suas irmãs mais velhas penduravam suas roupas remendadas de segunda mão. Entrando em sua pequena casa, eles encontraram Bian Shi sentada na cozinha, chorando.

— Mãe? O que você está fazendo aqui? O que aconteceu?

— Oh, nada — disse ela limpando a garganta. — Eu estava andando de volta do restaurante... só parei para dar uma olhada e bater um papo com os leões Fu, como às vezes faço, mas não me olhe assim, mocinha, eu só queria ver como as coisas andavam, só isso... enfim, eu estava voltando quando ouvi um homem fazendo um discurso. Você sabe, um desses oradores em cima de caixotes nas esquinas. Bem, eu não estava com pressa, embora todo mundo pareça viver tão apressado esses dias, e então eu o escutei durante algum tempo. Pensei que talvez ouvisse alguma novidade. Peipei, sua velha ama-seca, disse que esta é a melhor maneira de conseguir notícias hoje, e você sabia que ela tem um quartinho próprio e um emprego como faxineira na nova escola? Pode acreditar?

— Isso é ótimo, mãe. Mas perguntei por que você está chateada.

— Estou chegando lá! Bem, eu pensei que o homem talvez dissesse algo sobre o clima ou desse algum conselho útil do Presidente, mas em vez disso ele contou uma história sobre uma menina camponesa. Apenas oito anos, nunca foi à escola e tem que cuidar de dois irmãos mais novos. O pai morreu de tanto trabalhar e por desnutrição, que foi culpa de um senhorio ganancioso, a mãe foi levada pelos japoneses e o irmão mais velho foi assassinado pelos nacionalistas. Mas ela nunca desistiu, ela continuou trabalhando todos os dias em seu pequeno terreno para alimentar os irmãozinhos. Agora ela é parte de uma comuna, pode ir à escola, e seus irmãos também.

— Bem, isso é bom, mãe, não é? Por que você está chorando?

— Só fiquei um pouco emocionada, só isso.

Yuying assentiu e não disse nada, mas não acreditou na mãe. Contudo, decidiu não insistir no assunto e convidou Bian Shi a ficar e jantar com eles.

Mais tarde em seu quarto, Yuying interrompeu as tentativas de Jinyi de reconhecer as palavras na velha folha solta de jornal que ele adquirira o hábito de ler e reler.

— O que você achou sobre o que minha mãe disse?

Ele não parou de passar o dedo sujo pela linha.

— Nada de mais. Já ouvi uma centena de histórias como aquela. E você também.

— Mas esse é justamente o meu ponto. Não me interprete mal, também acho essas histórias tristes, e às vezes elas se fixam em minha mente e eu paro para pensar e me sinto um pouco melhor sabendo que tudo mudou. Mas elas não me fazem chorar. E você conhece minha mãe, ela não pensa dessa forma. Ela é mais durona que isso.

— Talvez ela finalmente tenha percebido que tudo mudou.

— Ah! Acho que não. Ela ainda está esperando que os restaurantes sejam devolvidos. Você já viu a forma como ela torce o nariz quando eu falo sobre a fábrica. Ela acha que é uma fase que as pessoas estão atravessando. Não, deve ser outra coisa. Bem, só temos que garantir que ela não esteja mais perambulando por aqui quando os Li chegarem para jantar.

Jinyi ergueu os olhos.

— O quê? Quem são os Li?

— Eu lhe disse na hora do almoço. — Ela corou ao dizer isso e virou o rosto, ciente de que agora Jinyi estava erguendo as sobrancelhas. — A sra. Li está no meu grupo de trabalho desde que comecei. Enfim, ela vive na primeira transversal descendo a rua, e acho uma pena que não tenhamos um pouco de companhia. Todos os nossos outros amigos se dispersaram, e minhas irmãs estão em cidades diferentes. Só achei que poderia ser bom. Além disso, o marido dela é um oficial do Partido.

— Sei.

— Não diga isso, sei exatamente o que você está pensando quando diz isso. Como se tivesse entendido tudo. — Os dois riram.

— Vou vestir meu melhor casaco — brincou Jinyi; ele só tinha duas jaquetas verde-azuladas, que alternava. Eram idênticas, exceto por um rasgo no cotovelo de uma delas.

— E isso me lembra que nós precisamos repassar as coisas que não podemos falar.

— Acho que não entendi.

— As coisas que não devemos mencionar enquanto eles estiverem aqui. Claro, não devemos falar sobre o arranjo do nosso casamento... — Ela parou de falar e o fitou em busca de apoio.

— Sei.

— ...e o exame de admissão que fiz para ser tradutora no Exército japonês deve ser evitado; melhor não falar muito sobre meu pai ou sobre sua mudança de nome; e também sobre onde você estava antes, quando eu comecei na fábrica. Aí vai dar tudo certo.

Jinyi assentiu, cansado, e pôs de lado sua folha de jornal, os dedos agora com um tom arroxeado. Ele tentava não discutir mais com Yuying; desde seu retorno ele queria ser um homem diferente, refazer sua vida — se o país podia começar de novo, então por que eles não podiam? Os dois caíram no sono rapidamente, cansados demais para encontrar conforto nos corpos um do outro; enquanto isso, em torno do velho casarão, uma velha buscava uma galinha perdida.

❧ ❧

A primeira coisa que eles notaram sobre o camarada Li, como implorava para ser chamado, foi sua semelhança com um bicho-pau: era ossudo e alto, seus braços longos se esticavam como pinças finas.

— Eu não costumo comer à noite — anunciou ele enquanto sua pequenina esposa de cara de lua ficava em silêncio a seu lado. — Tantos almoços oficiais, sabem... Ademais, não gostaria de desfrutar de nada além do meu justo quinhão.

Entretanto, no jantar ele comeu tão rápido quanto pôde, atacando cada prato com seus *hashis* estendidos — repolho branco frito, pepinos picantes cortados em quadrados e um pequeno monte de tofu flutuando num molho pardo aguado.

— Sabem, acho que está maravilhoso — disse ele com a boca cheia. — Comida de camponês. É o que todos deveríamos comer. Muito democrático.

Yuying e Jinyi trocaram olhares rápidos, sem saber se tinham sido elogiados ou insultados. Eles se sentiam como alunos aguardando os resultados de uma prova surpresa.

— Como estão seus filhos? — perguntou Yuying.

— Bem. — Li não sorriu. Os Li tinham três meninos dentuços. — Estão com os avós. O Presidente Mao nos disse que as famílias grandes são gloriosas. Nossos filhos são o futuro deste país, sabem? Como vão os seus?

— Não temos. Por enquanto — respondeu Yuying.

— Ah! — Li deixou a mão vagar, lembrando que sua esposa talvez tivesse mencionado aquilo. — Bem, lembrem-se das palavras de nosso sábio Presidente. Está em seu poder fazer nosso país brilhar mais forte.

— Então, Li Shi, minha esposa me disse que você é de Jinzhou — disse Jinyi, tentando mudar o foco da conversa. — Eu passei um ano por lá, trabalhando numa barbearia.

— Sim, ela é de lá — respondeu o marido. — Cidadezinha apertada. Nós nos conhecemos quando eu passava a caminho de casa, depois da Longa Marcha.

Yuying estava surpresa por sua amiga, alegre e risonha, sempre a primeira a transmitir fofocas e rumores no trabalho, ficar tão nervosa e quieta ao lado do marido.

— Você deve ter visto muita coisa, camarada Li.

Camarada Li se lembrou da primeira vez que matou um homem; ficara pasmo com a facilidade e como o fato pouco o perturbara. Não era nem sequer um nacionalista, era apenas um camponês que se preparava para delatar o regimento de Li, escondido num celeiro abandonado, e que fora ouvido gabando-se para o filho sobre como o Kuomintang poderia recompensá-lo. Li se aproximou sorrateiramente por suas costas e atirou um tijolo solto, plaf, rachando o crânio do homem como se fosse um ovo. Ele recordava como o corpo tombara à frente, amolecendo vagarosamente.

Ele assistira à queda do camponês, seus joelhos cedendo em espasmos enquanto um camarada com uma lâmina enferrujada perseguia o filho. Realmente não há nada de mais nisso, ele dissera a si mesmo.

— Por todo o país. De que outra forma poderíamos conhecer as necessidades de nossos compatriotas de maneira tão íntima? Revolução é ação, afinal, não é imaginação.

— Sim, entendo o que quer dizer — assentiu Jinyi, olhando por cima do ombro de Li. — Você realmente só conhece um lugar quando chega lá, e ele lhe mostra sua vida oculta, seus becos invisíveis, sua gente e suas histórias, suas almas.

O camarada Li quase engasgou com o repolho, e para empurrá-lo para baixo agarrou uma xícara do vinho de arroz avinagrado que eles haviam guardado para o jantar.

— Alma? Alma?!

Ele parou com os braços longos no ar, e depois relaxou — são gente simples, seu sorriso parecia anunciar, que precisa que o mundo lhes seja explicado para que possam compreendê-lo.

— Isso não existe. A "alma" é um brinquedo de criança, uma corda atada pelos latifundiários e burocratas. Você vai descobrir que essas ideias logo cairão, embora, naturalmente, não esperemos que aconteça da noite para o dia. — Ele riu.

— Ah. É claro. Bem... um brinde — sugeriu Jinyi, embora só ele e o camarada Li estivessem bebendo da garrafa de 750ml. — Por um futuro próspero. — Depois, quando os copos estavam perto de seus lábios, ele acrescentou: — Não para nós, claro; para o país e para o povo.

Eles esvaziaram os copos e ficaram em silêncio.

— Sabe, meu marido não gosta de se gabar, mas ele não se restringe só às leis e aos discursos. — Todos ficaram um pouco surpresos por finalmente ouvir a sra. Li falando. — Outro dia mesmo, por exemplo, fizemos um jantar para uma família pobre que meu marido conheceu no caminho de volta do trabalho. Uma mulher grávida com cinco filhos pequenos e seu marido que morria de tuberculose. Todos magros como cobras; juro que você nem conseguia vê-los de lado. Meu marido ouviu quando eles tossiram sangue do lado de fora de uma cantina coletiva. Todos seis vinham dormindo no chão úmido de um barraco num parque abandonado.

O camarada Li assentia e sorria, tentando ao máximo emanar uma modéstia que não possuía.

— Enfim, chamem de sorte ou destino se quiserem, mas no mesmo dia uma galinha entrou do nada em nossa casa. Tentamos enxotá-la, mas ela simplesmente não saía. Era uma galinha incomum também, com um orgulhoso penacho preto e suaves penas brancas. Deve ter sido um sinal. Nós então reunimos algumas batatas e cebolas, cozinhamos uma canja escura e levamos para eles. Vocês tinham que ver a expressão na cara das crianças; elas acharam que era o Festival da Primavera chegando mais cedo!

O camarada Li sorriu e estufou o peito

— Parece que até as aves estão virando socialistas! — Ele riu da própria piada, enquanto Jinyi e Yuying fitavam os pés.

Depois que os dois foram embora, Yuying virou-se de costas para os pratos sujos que boiavam no balde de louça.

— Acho que vou vomitar.

— Não diga a ela. Desaparecimentos são melhores que fatos consumados, todos sabem disso.

— Estou falando sério. — Ela correu pela porta e se curvou na noite; Jinyi viu o tremor de suas costas enquanto ela se retesava e começava a vomitar.

Ela fechou a porta de trás num movimento, respirando fundo com um chiado.

— Você está certo. Não deveríamos mencionar a galinha na frente da mamãe; provavelmente ela vai apenas concluir que o papai, enfim, criou coragem para fazer a jornada.

— Ou que foi arrebatado pelo Deus do Céu e do Inferno por invasão. Yu, como está se sentindo?

— Cansada. Sinto muito por esta noite. Só pensei que seria bom encontrar algumas pessoas para conversar.

— É para isso que temos o trabalho e a família.

— Eu sei, mas...

— Só estou brincando. Mas é sério, você tem a mim. Nós temos um ao outro. E sempre que você quiser conversar, por favor, fale comigo. Quero dizer, talvez eu não entenda todas aquelas palavras difíceis que você usa, mas ainda assim...

Ela lhe deu um tapa de brincadeira no braço, e ele se virou e agarrou o punho dela.

Eles deslizaram para o quarto e desabaram nos braços um do outro, ambos se perguntando se havia alguma coisa no fato de ela ter vomitado três noites seguidas. Contudo, falar sobre algo significa moldá-lo a partir da substância maleável da esperança e do anseio em algo concreto. Assim, em vez disso eles se aninharam um no outro, ambas as imaginações silenciosamente evocando horóscopos apressados para o próximo filho, abraçados sob uma lua pálida enredada em acúmulos fragmentados de fios de nuvens entrecortados.

Foi só depois de deixar a cabana do poeta que me ocorreu que eu não tinha ideia de como voltar para casa. Ora, na terra e no céu o procedimento é bastante simples para os deuses: só precisamos pensar no lugar onde queremos chegar e pronto — infelizmente, só o Imperador de Jade é onipresente. No entanto, eu agora não estava no céu nem na terra, mas em algum ponto entre os dois. Não só isso, também estava perdido no alto de um penhasco perigoso, e não me agradava em nada galgar novamente a escorregadia ponte de ossos. Caminhei até a beirada e baixei os olhos para a névoa. Só havia uma saída. Fechei os olhos e pulei.

Como eu esperava atravessar nuvens e bruma por horas, ou mesmo dias, antes de atingir o chão, fiquei surpreso ao ver meus pés de repente tocando a superfície, como se não tivesse caído mais que alguns degraus.

— Ei, você! O que pensa que está fazendo? Saia daí!

Eu abri os olhos e me virei para ver um homem atarracado, de rosto vermelho, correndo de um celeiro e erguendo o punho para mim. Pelo visto, eu estava no meio de um pequeno galinheiro. Enrolada nas palhas de um canto havia uma fênix adormecida, as penas de fogo estremecendo quando ela respirava. Rapidamente saltei a cerca de madeira que ia até a minha cintura e me aproximei do homem irado.

— Sinto muito. Eu simplesmente caí aqui. Não quero causar nenhum problema. Mas... ahn, você poderia me dizer onde eu estou?

— Ah, entendi! Bem, este é o zoológico particular do Imperador de Jade. Na verdade, você é o primeiro visitante desde que abrimos, o que agora deve fazer cerca de 10 mil anos. Estamos muito bem-escondidos. Gostaria de dar uma olhada?

Eu murmurei algo com apreensão e ele começou a visita guiada. Não fiquei surpreso ao ver os quatro guardiões dos pontos cardeais empoleirados em plataformas elevadas nos cantos opostos do parque — a tartaruga preta vigiava o norte, o dragão azul olhava para o sol nascente, outra fênix vermelha erguia seu penacho para o sul, e, voltado para oeste, o pálido qilin. Era a primeira vez que eu via aquele feroz unicórnio, um estranho cruzamento entre um tigre e um dragão, embora já tivesse ouvido histórias sobre ele. Diz-se que quando o grande marinheiro do século XV, Zheng He, retornou à China com uma girafa, depois de suas viagens à África, todos os cortesãos se prostraram diante do animal de pescoço longo, acreditando ser o celestial qilin.

Porém, eu estava mais intrigado com o vasto cercado contendo um grupo de gordas e desengonçadas bixis — tartarugas gigantes que voam do céu a mando de Confúcio, carregando nas costas blocos de pedra talhados com suas lições. Ao lado havia uma gaiola lotada de vorazes tao ties, pequenas gárgulas sujas rasgando a carne umas das outras em sua fome insaciável.

— Esta é apenas a primeira seção. — O homem do rosto vermelho sorria para mim. — Temos um lago cheio de peixes-diabos gigantes e garças dançarinas; uma matilha de espíritos de raposa e melros e pintassilgos de nove cabeças em nossa pequena floresta; e até alguns demônios em jaulas trancadas na parte de trás.

— É impressionante — respondi. — Mas tenho que voltar para meu posto antes que alguém perceba que eu saí. Você tem alguma ideia de como posso voltar para a terra?

— Sem problema. Você pode descer cavalgando um qilin; hoje à noite eles sairão mesmo, e nunca têm dificuldade de encontrar o caminho de volta — disse ele.

— Obrigado, seria maravilhoso. Mas o que você quer dizer com "eles sairão hoje à noite"? Você não os deixa soltos na terra, deixa?

— Oh, não, eles não ficam soltos. Correm através dos sonhos das pessoas. Eles precisam de exercício, entende? Não podemos mantê-los trancados aqui o tempo todo.

— Se eles se movem através de sonhos, você acha que eles têm alguma coisa a ver com o coração humano? Sabe, estou tentando descobrir como ele funciona.

— Humm. — Ele coçou o queixo. — Talvez. A forma como eles entram nos sonhos das pessoas é através das histórias que elas conhecem. Afinal, ninguém sonha com coisas de que nunca ouviu falar. E vou lhe dizer uma coisa, se você quer saber do coração das pessoas, aprenda quais histórias elas ouvem, quais histórias elas contam a seus filhos. Se quer saber minha opinião, essa é a única maneira de saber em que as pessoas realmente acreditam, ver como elas realmente enxergam o mundo. Agora deixe-me encontrar uma sela para você.

Ele saiu em direção ao celeiro, para ser saudado por uma repentina salva de grasnados e piados; eu nem sequer ousei arriscar um palpite quanto aos tipos de criaturas guardadas lá dentro.

233

7

1960
O Ano do Rato

Apesar de seu irmão ser um ano e meio mais velho que ela, Hou Manxin o pegou pela mão e com ele passou pelas álceas lânguidas rumo ao galpão de pedra que servia de sala de aula. Hou Dali gostava das álceas: pareciam orelhas de porco ásperas em torno de curtas antenas, uma incongruência úmida e arroxeada em meio a arbustos crescidos e trilhas desgastadas. O som de crianças brincando e discutindo atingiu seus ouvidos e ele se encolheu. Ao contrário de sua irmã, ele não gostava da escola. Não tanto pelo professor Lu — embora a chibatada da régua acertando seus dedos quando ele não conseguia lembrar as palavras dos poemas do Presidente Mao lhe parecessem brutalmente injustas —, mas pelos outros alunos, pelos jogos no recreio em que ele tropeçava e fungava e pelos insultos que fazia o máximo por ignorar. No fim das contas, concluiu ele, não era fácil ter sete anos. Ele mal podia esperar para fazer oito.

— Vamos nos encontrar aqui quando o sino tocar e voltar juntos para casa, como a mamãe mandou — disse pacientemente Hou Manxin a seu irmão. Ela não gostava quando Dali se afastava.

— Eu sei! — Ele arrancou sua mão da dela e marchou em direção à sala de aula, exibindo de forma teatral a confiança que lhe faltava. Ele tinha o emaranhado selvagem de cabelos escuros e a falta de altura do pai e o rosto redondo da mãe.

Dali se juntou aos outros quarenta alunos de pernas cruzadas sobre o concreto, olhando acima das fileiras de cabeças empertigadas que tinham sido raspadas para o verão ou atadas em tranças. Diante deles havia um quadro-negro sujo, que ainda exibia os fantasmas de palavras escritas dez anos antes. Dali estava feliz por não ser sua vez de tentar limpá-lo. Acima estava pregada uma imagem em preto e branco do Presidente Mao, sorrindo e olhando para fora da janela, talvez, imaginava Dali, para ver quais crianças ousavam chegar atrasadas.

— Vamos começar revendo o que aprendemos ontem. As palavras de nosso grande líder. Deng Liu, comece! — O professor Lu marchava de um lado para outro diante dos alunos, o nariz largo se contraía junto com as sobrancelhas grisalhas. O quepe era quase idêntico ao mostrado na imagem às suas costas. Dali também desejava ter um quepe com uma estrela. Assim eles nunca o perseguiriam.

Deng Liu se pôs de pé num salto e entrelaçou as mãos sujas atrás das costas.

— Nosso líder nos ensinou que é possível realizar qualquer coisa. A gloriosa pátria...

O professor Lu assentia, esperando por um deslize. Eles aprendiam por memorização. Afinal, o grande líder em pessoa dissera ser prejudicial ler livros demais. Se eles se saíssem bem, seriam recompensados com a autorização para cantar uma canção sobre um peixinho perdido. O professor Lu observava o rosto das crianças, pronto para punir qualquer insinuação de bocejo ou olhar de soslaio. Outrora ele tinha sido um famoso calígrafo, mas agora descobria que suas mãos não conseguiam parar de tremer sempre que pegava um dos delicados pincéis de junco, pelo menos não até que ele tivesse secado um copo de vinho de arroz, o que era cada vez mais difícil de encontrar por lá. O professor fez uma careta e pegou um pedaço de giz. Um pouco de matemática e depois alguns caracteres mapeados no quadro sujo. Teria que ser o suficiente para o dia.

O almoço era uma multidão de corpinhos espremidos em bancos de madeira na cantina apertada, tomando pequeninas tigelas de caldo de milho. Dali arranjava maneiras de perder os pedaços de fruta que sua mãe sempre o fazia levar — não queria mais ser humilhado por ser burguês. Ele não tinha ideia do que "burguês" significava, e nem os outros alunos, mas eles tinham visto um professor dizer a palavra e cuspir, então devia ser realmente ruim. Depois do almoço, vinha o cochilo, a melhor parte do dia, quando ficavam esparramados nos pisos cobertos de peles e no calor embotado do sono que se instalava. Quando acordavam, a jornada escolar estava acabada e eles ficavam livres para brincar no campo e em torno dos edifícios sujos por toda a tarde, até que os professores os mandassem para casa. Dali ficava perto da porta da sala de aula, esperando que os meninos o deixassem participar das brincadeiras — eles eram soldados libertando os arbustos nos limites do terreno do jugo dos malignos nacionalistas, os casuais gritos de guerra se desdobrando em empurra-empurra e hematomas.

∽ ⌣

— Hou Dali! Aí está você. Mamãe disse que era para me encontrar quando o sino tocasse. — Manxin olhava para baixo, confusa em ver seu irmão mais velho timidamente agachado atrás de um arbusto, com lama seca de um lado do rosto. Suas chiquinhas até o queixo se sacudiam enquanto ela falava.

— Eu sei! — Ele olhou em volta, endireitou-se e tirou uma mecha perdida de cabelo dos olhos.

— O sino já tocou, Dali. Você não ouviu?

— Eu sei. Eu ouvi. Estava no meio do jogo. Você não entenderia. — Ele limpou as mãos enlameadas em seu novo casaco Zhongshan. — Tudo bem, vamos embora — disse ele, impaciente, e começou a andar.

Eles passaram por pequenas casas detonadas que davam para colinas de espigas amareladas, e até mais perto de casa as ruas movimentadas estavam abarrotadas de cascas de milho aglomeradas, enquanto fios de espigas morenas e sarapintadas pendiam de telhados e portas. Cada espiga era vigiada de perto por olhos desconfiados — todos tinham ouvido os rumores sobre a fome no campo, e ninguém queria correr risco.

— Eu gosto de milho. Milho amarelo. Shaoqui nos dizia que fantasmas comem milho. É por isso que as pessoas colocam milho perto das portas, para alimentar os fantasmas. Eles devem estar com muita fome. É por isso que não recebemos muito, ainda que estejam em todos os lugares. Não é isso? — perguntou Manxin.

— Não. Fantasmas só comem o coração das pessoas, e só quando as pessoas querem alguma coisa, quando querem muito, muito uma coisa que não podem ter.

— Ah. — Manxin não entendeu, mas não disse mais nada. Ela queria bolinhos para o jantar, mas não achava que era o que teriam. Era isso que ele queria dizer?

A garotinha se ocupava em contar o número de fornos de fundo de quintal que cuspiam brasas e arrotavam fumaça atrás dos prédios, e quando se cansou daquilo, ela brincou de procurar imagens daquele homem alegre com queixo furado que olhava para ela da maioria das casas por onde passavam. As molas das bicicletas despertaram as duas crianças de seus pensamentos errantes, e Manxin virou para ter um vislumbre do mercado aberto — aquele era certamente o lugar mais mágico da cidade, pois era só a mamãe dizer que tinha ido ao mercado e algo novo haveria para comer. Manxin se lembrava do último Festival da Primavera e da carne de porco na brasa, que ela devorou até que a barriga doesse e gemesse.

— Como foi a escola? — perguntou a Vovó Bolinho, como eles chamavam Bian Shi, quando as duas crianças atravessaram a porta.

Vovó Bolinho descobriu que preferia passar o tempo na casa da filha, onde marido, mulher e as três crianças se amontoavam num só quarto suado, do que presa na vastidão vazia de sua própria casa. Os ecos a assustavam; a solidão a assustava. Seus longos cabelos brancos agora lutavam para se soltar de sua trança algodoada — "ele ficou branco", ela dizia às crianças, "porque eu contei uma mentira, aí meus antepassados voltaram à vida e roubaram a cor durante a noite; não deixem que a mesma coisa aconteça com vocês!". Ela segurava o bebê no colo e misturava a água amarelada e a ração da fórmula produzida pelo Estado com o dedo mindinho. Manxin apertou o braço escuro de sua irmã bebê.

— Veja o que aprendi na escola hoje, pequena Liqui. Vou mostrar para você. — Manxin balançava de um lado para outro, segurando as mãos rechonchudas do bebê, cantarolando a canção da escola. Dali instalou-se à mesa para ver as fotos borradas de aviões que ele tinha recortado dos jornais de segunda mão que encontrara nas ruas ou retirara de pilhas de lixo.

— Sua mãe logo estará de volta, então por que você não vai buscar água para sua velha avó? — perguntou Vovó Bolinho a Manxin.

Ela desistira de pedir a Dali, já que ele sempre voltava de mau humor, e muitas vezes levava o dobro do tempo da irmã. Outros meninos muitas vezes entravam na sua frente na fila, e ele não tinha o olhar arregalado ou os gritos desembaraçados de Manxin para detê-los. Enfim, como era o único menino, Vovó Bolinho decidiu que ele deveria ter permissão de fazer como quisesse.

— Vamos, ande, ande, antes que um dragão balance sua cauda e nos traga chuva.

Enquanto Manxin pegava o balde de madeira e atravessava a porta, Vovó Bolinho se voltou para o neto, absorto nas imagens de aviões. Ela observou como ele passava os dedos pelas páginas, e depois se voltou para o fogão.

∽ ∾

Nos tempos em que Dali ainda saltitava em seu ventre, Yuying se voltara para Jinyi e lhe dissera que eles fariam as coisas de forma diferente. Em primeiro lugar, apesar das proibições, eles levariam uma oferenda ao templo mais próximo. (Jinyi acabaria indo à noite, dizendo àqueles por quem passava que visitaria um parente doente. Alguns quilômetros fora da cidade, ele encontrou o rotundo pagode fechado com tábuas, sem sinal dos monges. Conseguindo saltar um muro em ruínas, ele deixou a oferenda de duas maçãs perto de onde lembrava vagamente que o gordo buda ficava outrora.) Em segundo lugar, continuou Yuying, quando a criança nascesse, ela pretendia ficar em casa nos primeiros meses, assim como sua mãe fizera, sem deixar que nem mesmo o mais leve sopro do vento lambesse sua pele. Jinyi concordara e teve uma ideia.

— Precisamos mudar nosso nome.

Yuying o encarara com ceticismo, sem saber aonde ele queria chegar. Ela gostava de seu nome; era o único pedaço de seu pai que ainda lhe restava.

— Escute, eu falo sério. Não é só porque eu gostaria que nossos filhos levassem o nome de minha família, embora Hou seja um bom nome, mas porque o nome vai salvá-los. Bian é amaldiçoado. Desde que assumi seu nome, tudo tem sido estranho. E o mais importante, se eles tiverem um nome diferente, o demônio não conseguirá encontrá-los.

E assim eles decidiram dar às crianças o antigo nome de Jinyi, e deixar a linhagem da família fluir para o lado dele a fim de interromper o fluxo de má sorte da família dela. O único problema parecia ser contar para a mãe, que no fim das contas recebeu a notícia tão filosoficamente que Yuying temeu que ela não tivesse compreendido.

— O mundo está cada vez mais cheio de novos nomes para as coisas — respondera a mãe. — Tudo parece ter um novo nome agora. Nós costumávamos ser honoráveis e agora somos burgueses. Às vezes nem sei o que essas novas palavras significam. Mas, contanto que as coisas continuem como são, você pode chamá-los como quiser.

Yuying não concordava — mesmo a mais sutil alteração de um nome poderia alterar exponencialmente a que ele se referia: as coisas só existiam na forma como alguém as via. Os nomes fixavam as coisas no mundo, definiam seus limites. No entanto, ela segurou a língua, e isso encerrou o assunto; as crianças receberiam Hou como sobrenome. Jinyi, contudo, estava errado quanto ao demônio — ele os encontraria, só levaria apenas um pouco mais de tempo.

Não há muitos nomes de família entre os quais escolher. No século X foi compilado o *Livro de Cem Sobrenomes*, e ele se tornou instantânea e imensamente popular. Junto à lista havia numerosas ilustrações de figuras históricas importantes que levavam o correspondente nome de família — não é difícil supor que pelo menos parte de sua popularidade derivava do amor das pessoas por fazer o passado corresponder às suas próprias vidas, por ter a imagem de si elevada por um parentesco com alguém mais ilustre.

Eu desisti de meu próprio nome quando me tornei um deus, embora não possa dizer que sinto tanta falta dele quanto sinto das pessoas que costumavam me chamar por ele. Contudo, quando os filhos de Jinyi e Yuying já haviam nascido, na década de 1950, quando as pessoas chegavam a ousar falar de mim, era em tom de desgosto. Eu me tornei apenas um símbolo do feudalismo e da tirania das crenças, ao que parecia. Algumas pessoas ainda rezavam para mim e enchiam minha boca com fios de caramelo derretido quando o novo ano chegava, mas o faziam com culpa, com um olho na porta. Isso doía.

Para onde vão os deuses quando são abandonados, proscritos, esquecidos? A lugar nenhum. Ainda estamos aqui, apenas matando o tempo — você vai descobrir que somos muito bons nisso. Em despensas, sótãos, porões; em lembranças, teias de aranha, livros; instalados no fundo de uma memória e ansiosos por ser trazidos à luz e espanados. Eu fui um dos sortudos: fácil de ser lembrado pelas crianças e difícil de ser esquecido pelo gosto dos doces e do açúcar. Além disso, quando a fome começou lentamente a se espalhar por todo o país, um deus dedicado à cozinha deixou de parecer uma ideia tão ruim.

~ ~

Hou Manxin esperou diligentemente na fila para a bica, parada entre um homem atarracado na casa dos vinte anos e uma adolescente magricela cujas sapatilhas com enfeites caseiros, pontilhadas por botões de rosa malbordados, revelavam uma pitada de personalidade sob o familiar uniforme de túnica azul-escura e calças pretas folgadas.

Uma voz no fim da fila interrompeu o silencioso marasmo.

— Pelo menos a bica ainda está funcionando, então, mesmo que passemos fome, não teremos sede, certo?

Cabeças se viraram com cuidado. Quem falou foi um homem barbudo e bambo, como se uma de suas pernas tivesse problemas em manter a outra na fila. Ele deveria ter cerca de quarenta anos, e usava o cabelo tosado salpicado de cinza.

— Quero dizer — continuou ele, um pouco mais alto que antes —, logo seremos nós, vocês sabem, nós não teremos nada para comer, e não me surpreenderia se alguém fugisse com a bica para derretê-la e assim cumprir uma cota.

Agora as cabeças já se voltavam para a bica, e as pessoas na fila torciam para que o velho ditado fosse verdade: se você ignorar algo, talvez ele desapareça. Isso não pareceu desencorajá-lo.

— Vocês todos entendem o que quero dizer, não é? — Seu tom estava em algum lugar entre suplicante e petulante. — Meu primo vive no campo, não muito longe daqui; algumas horas, só isso, algumas horas rumo ao norte. E ele trabalha na fornalha todos os dias, assim como seus filhos, e até mesmo sua esposa. Nenhuma surpresa, isso é o nós estamos fazendo também. *Pelo bem do país.*

Nisto ele parou e sorriu, quase alheio ao fato de que o pequeno grupo estava tentando se afastar dele. Manxin e seu balde começaram a se aproximar lentamente do fluxo entrecortado de água amarelada. As palavras dele passavam acima de sua cabeça; foram as gargantas pigarreando e os ombros rígidos à sua volta que a alertaram para a possibilidade de que algo talvez não andasse bem. Havia mais três pessoas na sua frente — logo ela poderia voltar para casa. Manxin torcia para que eles andassem mais rápido.

— Então, o que quero perguntar a todos vocês é o seguinte: enquanto eles trabalham no forno dia e noite para cumprir sua cota na comuna, quem vocês acham que está no campo, quem vocês acham que está cultivando o arroz?

O grupo se moveu quando o rapaz corpulento de vinte e poucos anos na frente de Manxin se virou e saiu de seu lugar na fila, trincando os dentes.

— Você está bêbado, e está fazendo uma cena. Controle-se! Você deveria ter vergonha de si mesmo, falando assim na frente de mulheres e crianças.

— Eu não tenho vergonha da verdade, garoto — murmurou o homem de volta. — Você não é cego. O que acha que vai acontecer?

— Já chega! Agora, vamos voltar a esperar na fila, e você não dirá mais nenhuma palavra. Há policiais e soldados por todo lado que talvez estejam interessados em sua opinião, mas nós, não. Então que tal todos esquecermos que você abriu a boca... Certo?

O homem ia responder, mas em vez disso murmurou baixo antes de se virar e cambalear para longe. Eles ouviram algumas palavras que restaram enquanto ele partia — "tentando ser útil... vocês vão ver... nada de bonito na verdade... idiotas...".

A fila inteira pareceu relaxar, mas permaneceu silenciosa, pensativa; contudo, no momento em que Manxin terminou sua vez na bica e levou o balde aos sacolejos de volta à sua impaciente avó, já havia esquecido completamente a estranha conversa.

❧ ❧

Yuying retornou logo depois e se inclinou sobre o pequeno fogão sem se preocupar em tirar o casaco. Seu cabelo estava preso num coque apertado e os finos sulcos em sua pele se dobraram num sorriso quando ela atravessou a bagunça da sala lotada. Ela ficava extremamente alegre por se ver ocupada, por não ter muito tempo para parar e pensar, por perder-se nos pequenos cantos da própria vida. Ela olhou para o filho e pensou no marido. Suas mãos inclinaram a panela para aquecer o último fio de óleo no fogo. Ela não deveria sentir-se dessa forma. Não era isso que ela queria para seu futuro: todos eles atravessando os dias com a fome revirando suas barrigas; mal vendo o marido ou filhos por causa de seus turnos na fábrica e depois na fundição comunitária, onde eles se dedicavam tanto à construção de um novo país quanto ela e Jinyi se dedicavam à construção de um novo casamento. Mas, apesar disso tudo, ela estava feliz. Eles estavam juntos, ainda, e chegar em casa tarde da noite para o som de três filhos roncando no escuro de seu quarto era tudo que podia pedir.

Enquanto Yuying fritava o que restava da massa de farinha de milho em panquecas, Manxin se perguntava por que seu pai, que era o melhor cozinheiro da casa, era também a pessoa que menos cozinhava. As melhores coisas devem ser poupadas, para não perderem seus poderes, concluiu ela. Tornar-se bom demais em alguma coisa pode ser perigoso. Ela prometeu não praticar demasiadamente tudo o que importasse.

— Comam — disse Yuying a seus dois filhos mais velhos. — Esta será nossa última refeição em casa por algum tempo.

Eles olharam para a mãe como se ela estivesse brincando.

— É porque não há mais comida? — perguntou Manxin.

— Não. — Yuying riu. — É claro que há comida! Nós ainda vamos comer, só que você e seu irmão terão de fazer todas as suas refeições na escola, e seu pai e eu vamos comer na fábrica.

— Mas eu odeio a comida da escola. Não é justo! Por que temos que comer aquilo, mãe? — perguntou Dali.

— Porque precisamos levar nossas panelas para a fundição. Ah, não faça essa cara, Hou Dali. Quanto mais fizermos aço, mais depressa nosso país se tornará poderoso novamente. Você quer ajudar, não quer? — perguntou Yuying.

Dali assentiu timidamente, mas não estava convencido.

Quando se viveu tanto tempo quanto eu — isto é, mais do que qualquer um deveria ser exigido de lembrar —, fica cada vez mais fácil detectar semelhanças entre as menores ações. A demanda nas cantinas públicas e refeições comunitárias, por exemplo, me faz recordar algo que aconteceu no reinado do primeiro imperador, Qin Shi Huang. Bem, você não pode unificar um país imenso sendo diplomático: Qin Shi Huang era cruel, sanguinário e impiedoso, mas fez seu trabalho. Naturalmente temendo represálias e rebeliões, assim que derrotou o último dos reinos opositores impôs um decreto por todo o país: todas as armas deveriam ser entregues ao seu exército. Isso incluía facas de cozinha, ferramentas de jardim e qualquer outro instrumento cortante que pudesse ser indevidamente utilizado. Sem facas de cozinha, a alimentação comunitária — refeições partilhadas entre grandes grupos — logo se tornou uma necessidade. No entanto, o decreto ignorara um ponto importante: quando em privação, a primeira coisa que as pessoas fazem é improvisar.

Tanto Yuying quanto a Vovó Bolinho seguraram os pratos pelas bordas e os empurraram às duas crianças que, no entanto, reclamavam de fome insaciada quando acabaram de comer. Yuying notou que sua mãe vinha comendo cada vez menos desde que tinham recebido a notícia sobre sua filha do meio, Chunlan. Ela e o marido tinham morrido numa batalha local no início do ano. Os moradores famintos da aldeia rural derrubaram a porta de sua casa quando souberam que a família abastada vinha armazenando comida durante a fome, e, na luta que se seguiu pelos míseros suprimentos da despensa, os aldeões espancaram o marido, a esposa e dois filhos pequenos até a morte.

Yuying envolveu uma única panqueca empapada numa folha de jornal borrada para Jinyi. Ela beijou o bebê e depois procurou no armário para ver se havia alguma faca, prego, chave, colher ou qualquer outra coisa feita de metal que talvez lhe tivesse escapado durante a última busca.

— Agora sejam bonzinhos com sua Vovó Bolinho e vão para a cama quando ela mandar. Se forem bonzinhos, eu voltarei para contar uma história a vocês — disse Yuying, parando junto à porta.

— Mãe, por que temos que queimar as coisas? — perguntou Dali quando ela se virou para ir embora.

— Por quê? Bem, o fogo purifica as coisas, e isso nos ajuda — respondeu a mãe.

— Como?

— Nós usamos o fogo para transformar o metal, para fazer coisas novas que ajudem as pessoas. Mas temos de tomar muito cuidado, pois o fogo pode ficar irritado e enciumado.

— Por quê?

— Porque ele é muito quente. Pense em como você ficaria desconfortável se ficasse fervilhando e suando o dia todo.

— Ah. — Dali fez uma pausa. — Mas por que *nós* temos que queimar as coisas?

— Porque queremos ser bons chineses. Você não quer ser bom também? — indagou Yuying, antes de dar meia-volta e sair.

— Por que você não vai também, Vovó Bolinho?

— Não tenho força suficiente. Os ancestrais tiraram minha força quando roubaram a cor do meu cabelo. Mas tenho certeza de que logo você será forte o suficiente. Não falta muito para você ser capaz de ir também e ajudá-los. Você gostaria disso?

Dali não respondeu, mas voltou a observar sua coleção de fotos de avião, os olhos deslizando sobre o borrão de hélices, a inclinação perfeita das asas preguiçosas e, em algum lugar entre os borrões, pilotos sorridentes que estreitavam os olhos. Após algum tempo, ele tornou a erguer os olhos.

— Eu terei que derreter pedaços de aviões?

— Ah, não, acho que não — garantiu ela, mas a verdade é que as pessoas que trabalhavam compulsoriamente nas fundições pareciam derreter qualquer coisa que aparecesse em suas mãos.

O fogo não é apenas furioso e possessivo — é também a condição da existência. "Tudo está em chamas", começou Buda no Sermão do Fogo; nosso anseio pelo mundo está em chamas. Pois quando pensamos que o fogo é o total abandono e impulso da paixão sem controle, estamos errados; ele é a obra sóbria dos sentidos, e por isso é ainda mais perigoso. Desejo, cobiça, sofrimento, ódio, tristeza... são as fogueiras que afligem todos os poros do corpo, que se espalham por todas as fendas da mente. São os incêndios que não podem ser apagados, que são alimentados pela tentativa de extingui-los. É apenas se desapaixonando, notou Buda, abandonando a ficção do eu, a ideia de existir no mundo, que essas fogueiras podem ser domadas, controladas.

Os rolos derramados de fumaça obscureciam a lua minguante, e Yuying instintivamente cobria a boca quando o ar se tornava espesso e seco. Todo o seu quarteirão fora organizado para atuar em uma fornalha, e cada uma das famílias levava suas próprias posses, junto com uma quieta sensação de incerteza, para alimentar o fogo. Ela entrou no galpão, mais ou menos demarcado por uma cerca capenga de arame, e Jinyi acenou para ela, com um sorriso torto se abrindo em seu rosto. Ele estava suado e vermelho junto às baforadas do monstro de tijolos que o grupo montara às pressas, imitando aquele que os jovens recrutas do Exército haviam construído perto da fábrica. Quando Jinyi começou a fazer perguntas sobre o processo, um jovem soldado enfiou um pedaço de metal bruto em suas mãos e disse: "Aqui está a parte científica: deixe isso quente pra cacete!"

— Você parece cansada — disse ele, preocupado. Ele largou a pinça incandescente e tirou a luva chamuscada para enxugar o suor do rosto.

— Todo mundo parece cansado. É assim que você sabe como as pessoas estão trabalhando duro.

Ele riu.

— Como estão as crianças?

— Estão bem. O bebê...

— Não temos tempo para as suas conversas burguesas! — interrompeu um homem barrigudo com cabelos recuados. Era Yangchen, agora chefe da comuna; a maneira amigável que sempre mostrara na cozinha do restaurante se transformara num sorriso de sarcasmo semipermanente. — Sei que você deve estar achando difícil, Bian Yuying, cumprir minhas ordens quando antes sua família me tratava como um escravo. Mas os tempos mudaram, e você terá que aceitar isso. Você conhece as regras. A comuna é sua família agora, então nem tente fingir que você é melhor que o resto de nós.

Yuying corou e mordeu o lábio.

— Nós vamos cumprir a cota — disse Jinyi. — Por favor, me perdoe, camarada Yangchen. A culpa foi minha, peguei minha esposa desprevenida. Ela teve um dia difícil na fábrica e...

245

— Todos temos dias difíceis — respondeu Yangchen. — Todos temos que trabalhar pelo bem da comuna, pelo bem do país, pelo bem do povo. Vocês dois não são exceção. Talvez você pense que é especial, Hou Jinyi, mas todos sabemos o que você realmente é. Sigam com seu papinho, façam o que quiserem, mas não pensem que vai passar despercebido.

Yangchen arregaçou as mangas e bufou junto com o forno, e Jinyi e Yuying murmuraram entre si em voz baixa, abafada pelos movimentos frenéticos da pequena multidão em torno da insaciável fera de tijolos.

— Eles estão bem. O bebê está comendo muito, o que é bom.

— E quanto a Dali? Ele andou brigando de novo? — perguntou Jinyi.

— Não. Ele está bem. Estão todos bem — respondeu Yuying, ansiosa por ser vista participando do trabalho.

— Certo, certo. Mas como posso saber? Eu nunca estou lá. Estou sempre aqui ou na fábrica. Sabe, não era isso que eu imaginava que seria a vida familiar.

— Não diga isso. Você só vai nos meter em mais problemas. Você sabe que tem uma família, e que cada um deles admira quem você é. Você vê tudo isso com o coração, mesmo que não com os olhos. Agora vamos em frente, conversaremos mais tarde, eu prometo.

Yuying se afastou para onde as escadas e canos se cruzavam junto aos rugidos do forno, e Jinyi tentou não perder a paciência. Ele passara sua juventude ansiando por uma família; e agora tinha uma esposa e três filhos, apenas para ser informado pelo Estado que a comuna tinha de ser sua nova família.

A cota seria cumprida, mas apenas se eles fizessem a mesma coisa que tinham feito no mês anterior: mentir. Não é grande coisa, todo mundo faz isso, as pessoas asseguravam umas às outras: mês que vem certamente compensaremos a diferença, sem dúvida. O que eles não sabiam, embora alguns começassem a suspeitar, é que o ferro-gusa encaroçado que produziam era inútil — a qualidade do produto final era, previsivelmente, baixa. O Grande Salto à Frente, projetado para fazer a China ultrapassar a Inglaterra na produção de aço dentro de uma década, na verdade arrastava o país à miséria, com desperdício e escassez. No entanto, nem todos podem partilhar a visão dos olhos deste deus, e os homens e mulheres que ofegavam por longas horas naquele pequeno galpão geralmente ficavam felizes o bastante para confundir empenho e fanatismo com progresso.

Quando era quase meia-noite, Yuying se aproximou de Jinyi, que estava parado junto ao local de resfriamento do metal.

— Você está pensando nele novamente.

Ele deu de ombros.

— Como você sabe?

— Geralmente consigo adivinhar o que você está pensando. Não é isso que o casamento significa? Você ainda está preocupado.

— Não, claro que não. Eu também era assim na idade dele, fantasias e pedacinhos de sonhos fervilhando na cabeça. É só coisa de menino. Tenho certeza de que ele pode cuidar de si mesmo.

Ela sabia que ele estava mentindo, mentindo para lhe dar esperança, e assim ela pensou duas vezes antes de aumentar suas dúvidas dando-lhes voz. Em vez disso, começou:

— Então você não acha que ele está...

— Não. Independentemente do que pretender dizer, não, eu não acho. Preocupar-se com as coisas apenas faz com que sejam mais prováveis de acontecer, você deveria saber disso. Ora, vamos, só me falta uma hora, e eu vou dar uma olhada em todos eles quando chegar.

— E quanto a Yangchen? — sussurrou ela.

— Eu vou arranjar uma maneira de acalmá-lo. Antigamente nós éramos amigos: não pode ser tão difícil.

Todo o confuso grupo de trabalhadores usava roupas idênticas, calças escuras e casacos em diferentes estágios de decomposição, embora nem todos tivessem o luxo de usar sapatos. Os rostos exaustos pareciam rosados como siris ao luar, e eles se agachavam em torno da fornalha como se realmente fossem crustáceos, venerando o que poderia ser uma carcaça gigantesca de um naufrágio estrondoso sendo arrastada para a costa.

Havia algo em seu filho que nem Jinyi nem Yuying conseguiam definir. Talvez fosse a testa franzida que muitas vezes anunciava um ataque de fúria, ou as frases que arranjava e que só faziam sentido para eles dias depois. Talvez fosse a infelicidade que ele jamais admitia.

Jinyi depositou a última pilha de toras recém-cortadas da noite e caminhou para onde Yangchen estava parado, assistindo aos outros homens e mulheres que se agitavam em torno do fogo.

— Cigarro? — Jinyi ofereceu sua última guimba meio amassada ao antigo colega.

Yangchen a pegou e acendeu sem responder.

— Camarada, você se lembra daquela noite, durante a guerra civil, quando o teto do restaurante desabou e todos ficamos sem trabalhar por semanas? Bian Shi continuou a nos pagar e levava comida para aqueles que tinham família, ela...

— Sei aonde você quer chegar, Jinyi. Este é o seu problema, o apego aos antigos costumes. Tudo isso é passado agora, foi totalmente apagado. Estamos refundando o mundo sobre uma página em branco.

— Eu só queria pedir desculpas, camarada. Você pode ver que temos dado duro aqui; ninguém que chegue perto deste forno pode negar isso. Nem eu nem minha mulher vamos conversar fora de hora novamente, eu juro. Talvez, se puder ceder uma ou duas horas de seu tempo, você poderia nos honrar com sua presença num jantar qualquer dia, e deixar que nós provemos como somos dedicados à causa.

Yangchen pensou a respeito.

— Amanhã — disse ele.

— Amanhã? Bem, claro, ficaríamos encantados, mas...

— Então será amanhã. Não se preocupe, sei onde vocês moram.

Yangchen jogou a guimba no chão e depois se afastou para gritar com uma dupla de mulheres enluvadas que disputavam os frágeis aparatos. Jinyi suspirou e partiu para casa, enquanto o restante das famílias do galpão se aproximava mais da fornalha, como se para provar sua intenção resistindo ao calor.

❧ ❧

Apenas algumas horas mais tarde, depois de duas mamadas na madrugada e um pesadelo, Jinyi e Yuying acordaram entrelaçados, uma bagunça de braços e pernas e cabelos desgrenhados, com o bebê chorando e a luz começando a cintilar timidamente pelas janelas. Ao beijar a esposa, Jinyi sussurrou sobre sua conversa com Yangchen.

— Jantar? Na única noite da semana que não temos que estar na fundição? Sem um *wok*, sem nenhuma comida? Você quer que passemos vergonha?

— Podemos trazer um pouco da comida da cantina e fazer alguns pratos frios; pepinos no azeite picante, alguns ovos coloridos; e o vinho de arroz vai fazer descer bem a comida.

Yuying pensou em citar as crianças e seus infinitos apetites, o suprimento cada vez menor de bebidas que restavam da adega de seu pai, ou os rumores sobre a escassez que varria cidade a cidade, mas decidiu se calar. Ela não queria correr o risco de as crianças entreouvirem e ficarem assustadas.

Jinyi olhou para ela e sorriu, sabendo como fazê-la mudar de opinião:

— Eu conheço você, Yu, mesmo que estivéssemos morrendo de fome, você não recusaria um convidado.

Yuying ergueu as sobrancelhas.

— Nós não vamos passar fome, Jinyi. Isso é coisa do passado. O Partido vai cuidar de nós agora, só precisamos trabalhar duro.

Jinyi deixou o quarto e as crianças despertas para sua esposa e sogra — esta era a parte delas no dia — e pegou o balde para enchê-lo na bica próxima. No entanto, assim que abriu a porta emperrada e sem tranca, foi confrontado pela camisa e pelo quepe verde de um carteiro mal-humorado, que enfiou um pedaço de papel sujo em sua mão. De um lado havia alguns caracteres quase ilegíveis, e do outro estava escrito "Bian Jinyi".

— Espere. Onde está o envelope? — perguntou ele ao carteiro.

O homem carrancudo bufou:

— Negócio estranho, na verdade. Este pedaço de papel foi encontrado dentro de um pacote enviado ao oficial da feira. Deve ter sido enfiado em segredo por alguém que não podia pagar a postagem. Você tem sorte de viver logo ao virar a esquina, e que já não haja muitos Bians por aqui.

— Meu nome não é Bian — disse Jinyi. — Quero dizer, costumava ser, por um tempo, mas...

— Não me interessa — disse o homem carrancudo. — Já fiz a minha parte.

Nisto ele seguiu pela rua, deixando Jinyi com o papel manchado nas mãos. Ele finalmente o virou do avesso e leu o bilhete curto:

Bian Jinyi. O Velho Hou deseja informá-lo de que sua tia foi baleada. Enterro na sexta-feira. Ele está no hospital de campanha daqui. O sítio foi tomado pela comuna, tudo perdido. Venha assim que puder. Um amigo.

Jinyi respirou fundo e abaixou o balde. Um amigo? Jinyi não sabia que ele e sua antiga família ainda tinham essas coisas. Tia Hou, finalmente morta. O Velho Hou em apuros. Ótimo. Ele amassou a folha de papel sujo e a jogou no beco.

Durante a hora seguinte, ele atravessou os rituais matutinos de gente reclamando e arrancando os cabelos, de sinos de bicicleta driblando poças escuras, dizendo a si mesmo durante todo o tempo que não deveria se importar. Livre-se dos velhos costumes, ele pensava; é o que o Grande Presidente nos disse. Eles ficam melhor no passado, ao qual pertencem. Por outro lado, Yuying o perdoara por seus erros, por seu coração vacilante. Seus pensamentos deslizavam por seu corpo; ele passou o dia ao lado do forno de pão escaldando as mãos, até que ficassem vermelhas e manchadas, com as cicatrizes de sua culpa.

∽ ⌣

— Tudo bem? Você me pareceu um pouco calado essa manhã, mas eu não quis dizer nada na frente das crianças — disse Yuying, encontrando Jinyi na fila da cantina da fábrica.

— Oh, eu estou bem. Apenas sonhando acordado. Você sabe como é — respondeu Jinyi.

— Bem, não sonhe muito. Você sabe que sonhos só causam problemas.

Às vezes dizemos mentiras para que nós mesmos acreditemos nelas. Até os deuses mentem, sabe? Mas só porque algumas coisas são difíceis demais de dizer, pelo menos foi o que ouvi dos outros. Havia vários homens, alguns com quem Jinyi até comia e partilhava piadas bobas no trabalho, que tinham trançado falsos passados com as bobinas soltas e as linhas esfiapadas de seus desejos e necessidades. Havia exércitos inteiros de soldados nacionalistas que tinham desertado quando o fim se tornou inevitável, escondendo-se até que a poeira baixasse. Eles estavam por toda parte, vestindo os disfarces mal-ajustados do empenho e da modéstia. Às vezes nós carregamos nossas mentiras nos olhos, nas mãos, e às vezes elas nos carregam, nos tecem um casulo de palavras, até que emergimos, ágeis e transformados.

Estas são as coisas sobre as quais Jinyi havia mentido:

o macarrão do Festival da Primavera deixado do lado de fora para esfriar enquanto a tia respondia ao chamado da natureza e que ele jurara que os cães tinham roubado;

de onde viera;

quem talvez tinha sido antes;

que era feliz;

o que podia e não podia lembrar.

Outras coisas eram encobertas em silêncio. Estas são as coisas sobre as quais Yuying havia mentido:

a boneca que roubara da irmã e enterrara no jardim em certa madrugada;

como desejara passar no exame e se tornar uma tradutora para o Exército japonês;

seus sentimentos.

Estes últimos haviam mudado com os anos, com o seguir da vida, com os pequenos gestos de ternura que substituíam a paixão, com a flacidez gradual de seu corpo, as cicatrizes e as estrias, com o orgulho feroz da maternidade e o medo de perder tudo num segundo para algo inesperado e inexplicável. Ela arriscou chamar a atenção e se aninhou junto ao marido na fila, deixando-se tomar por sua calma silenciosa.

Mentiras são como demônios correndo em seu encalço — afaste isso de mim. Estão sempre alguns passos atrás, escapulindo à sua visão sempre que você se vira. Sua respiração sôfrega e salivante, seus lábios estalados que pingam em perpétua expectativa são confundidos com um vazamento no telhado, com rangidos de portas ou outros ruídos variados da cidade. Tomam seu tempo, esperando para alcançar você.

～ ～

Jinyi chegou em casa com uma nova queimadura inchando sua mão, e os bolsos cheios do pão dormido que iam para o lixo da fábrica. Deve haver coisas interessantes que podem ser feitas com cascas endurecidas, ele disse a si mesmo. Dali e Manxin, como se atraídos por algum sentido extra que se perderia na adolescência, deixaram Vovó Bolinho e as lanternas de papel que estavam construindo no quarto para se enfileirar junto à mesa numa formação militar jocosa. E, assim como novos recrutas, ambos estavam ansiosos e ingenuamente empolgados.

— Cadê o convidado, pai? Ele é invisível? — perguntou Manxin quinze minutos depois.

— Invisível? Claro que não, todos os convidados invisíveis já chegaram. Por que você e seu irmão não levam um pouco de comida para servir a eles no quarto com a Vovó Bolinho, hein?

Yuying, varrendo o quarto enquanto prendia e soltava os cabelos sem parar, espantada com a poeira recorrente que ninguém mais parecia notar, cutucou o marido, que, sentado, perdeu o apoio nos cotovelos, onde descansava a cabeça.

— Se tivermos sorte, ele só estava implicando conosco. Não sei se ele realmente terá o descaramento de vir aqui.

— Bem, se ele não vem, então não vem. Dê comida para as crianças, elas precisam.

— Dá azar — exclamou Vovó Bolinho do quarto. — Um convidado que não vem é algo tão ruim quanto um fantasma faminto, um vento preso numa sala empurrando uma casa inteira para o desastre, ou coisas que saem dos pesadelos das crianças para tomar forma...

— Sim, sim, já entendi — bufou Jinyi. — Dá azar. Mas também seria má sorte se ele a visse novamente; talvez ele lembrasse demais os velhos tempos. Yaba deve estar esperando por você.

Apenas alguns minutos depois que Jinyi levou sua claudicante sogra para fora, a porta se abriu para revelar Yangchen e outro homem mais alto, com um bigode escuro, ambos vestidos em perfeitos tons de azul-marinho.

— Ah, camarada, por favor, entre, nós... — começou Yuying, erguendo-se da mesa.

— Boa noite, camaradas — interrompeu Yangchen. — Este é meu irmão, de quem tenho certeza todos ouviram falar.

O homem alto fez uma breve mesura de cabeça, o bigode teso.

— General, estamos honrados por tê-lo entre nós — disse Jinyi com ênfase, enquanto tentava lembrar seu nome. Afinal, ele provavelmente tinha ouvido uma centena de vezes. — Eu gostaria de apresentar meus filhos: este é Dali, meu filho, e estas...

— Sim, sim. Certamente teremos um momento para isso mais tarde. Nós não temos muito tempo; meu irmão é um homem muito ocupado. Vocês podem imaginar... — disse Yangchen com um gesto, e se sentou à mesa. O irmão o seguiu imediatamente.

— Por que vocês não vão cuidar do bebê no quarto? — sussurrou Yuying para Manxin e Dali. Emburrados, eles obedeceram, fechando a porta atrás de si.

— Bem, general, o senhor deve ter muitos assuntos importantes para tratar na região — disse Yuying enquanto colocava os pratos mornos sobre a mesa de madeira.

— Sim — resmungou o general. — E todos confidenciais. Isso é tudo?

— Temo que sim. Por favor, perdoe-nos, se soubéssemos que o senhor viria... — disse Jinyi, sentando-se ao lado do general, deixando que a esposa se instalasse desconfortavelmente junto de Yangchen.

— Será o bastante. Agora reconheço você. Costumava trabalhar na cozinha com meu irmão aqui, não? — perguntou o general.

— Sim, isso mesmo — disse Yangchen. — Hou Jinyi. Ou é Bian Jinyi? Nunca consigo acompanhar todas as mudanças. Sim, Jinyi sempre foi um trabalhador dedicado; chegou até mesmo a se casar com a filha do patrão.

Yuying e Jinyi começaram a enrubescer, esperando que seus convidados se servissem dos pratos antes de fazerem o mesmo. Um silêncio nervoso se abateu como uma camada de mofo sobre os pratos e as pilhas de raízes de lótus, pãezinhos amanhecidos e pepinos apimentados.

— Um brinde — disse Yangchen com um sorriso lascivo. — Ao Grande Presidente, que nos ajudou a nos livrar da crueldade dos latifundiários e dos burgueses.

Os três homens beberam em silêncio, o general tossindo sobre o copo para deixar clara sua desaprovação quanto à qualidade da bebida.

Eles comeram rapidamente, Jinyi e Yuying passando os pratos e enchendo os copos com vinho de arroz. Jinyi tentava pensar numa maneira de fazer uma piada sobre os velhos tempos na cozinha, encontrar uma lembrança amigável em comum, algo para diminuir a distância dos anos entre eles. Os *hashis* clicavam e se batiam freneticamente; se até os oficiais estão famintos desse jeito por nossas míseras sobras, pensou Jinyi, talvez os rumores sobre a fome no campo não estejam tão longe da verdade.

— Aceitável — comentou o general, a ninguém em particular, após um arroto alto.

— Então, Jinyi, o que aconteceu quando você saiu do restaurante? Num dia você estava lá, no outro você deixou a cidade. Todo mundo sabe o que aconteceu comigo, especialmente depois que a revolução recompensou minha lealdade e fé. Mas em algum ponto ouvi dizer que sua esposa voltou a Fushun sozinha. Certamente deve ser apenas um rumor pérfido, pois quem poderia abandonar uma mulher tão bela e bem-criada, heim? — perguntou Yangchen.

Jinyi olhou para a esposa, notando o rubor novamente brotando em seu rosto. Então foi por isso que ele concordou em vir aqui, pensou Jinyi, para nos humilhar por algum rancor antigo, não para fazer as pazes.

— Eu fiquei para ajudar minha família. Eles estavam sofrendo com uma má colheita e outros problemas. Por sorte, logo veio a revolução e todos os problemas deles se resolveram, e assim eu pude retornar.

— Interessante. Muito interessante — replicou Yangchen.

— E então, general, o senhor tem filhos? — perguntou Yuying, tentando mudar o rumo da conversa.

— Não. Meu irmão e eu achamos que dedicamos muito tempo à pátria para algo que sobre para outras trivialidades — respondeu Yangchen pelo irmão mais velho.

— Talvez você queira vir conhecer meu escritório em algum momento, camarada Yuying, para aprender mais sobre o importante trabalho que estamos realizando. Acho que eu poderia lhe ensinar muitas coisas.

— Talvez... Algum dia... é claro que seria muito generoso de sua parte — respondeu Yuying, de cabeça baixa. — Mas talvez seja melhor esperar, pois estamos muito ocupados no momento com a fábrica e a fundição, enviando coisas para a aldeia de minha irmã para ajudá-la durante a escassez de alimentos de lá...

— Não há nenhuma escassez! — disparou o general. — Isso é apenas discurso derrotista, propaganda de direita. Está tudo indo bem. Leia os jornais, escute o rádio, olhe ao redor. O país nunca esteve melhor.

Ele ergueu-se vigorosamente.

— Temos outros negócios para tratar. Boa noite!

O general marchou para fora, com Yangchen em seu rasto, seguidos por Jinyi e Yuying balbuciando seus agradecimentos pela honra de sua presença.

Yuying se virou para o marido:

— Não podemos deixar que eles saiam desse jeito.

— Eles são oficiais. Provavelmente têm outro lugar para ir. Eles só vieram aqui para obter alguma comida e bebida de graça e tirar sarro de nós.

— Não seja ridículo. Assim vamos passar vergonha. Pelo menos vá encontrar Yangchen e peça desculpas pelos pratos pobres. Não podemos nos dar ao luxo de irritá-lo — implorou ela.

Do lado de fora os últimos fios de luz penetravam os telhados. Jinyi suspirava em seu caminho através da fumaça das fornalhas locais, evitando as barracas apinhadas e os cadetes em marcha. Colados em quase todas as paredes, cartazes coloridos mostravam camponesas de faces rosadas fazendo biquinho entre colheitas abundantes, ou mãos fortes segurando uma bandeja de vistosas espigas de milho, cevada, maçãs lustrosas. Apesar de ter acabado de comer o magro jantar, Jinyi tentava parar de lamber os beiços.

Ele odiava ter de pedir desculpas. E agora teria de pensar em algumas para evitar que Yangchen passasse um tempo a sós com sua esposa. Ele correu pelas ruas, procurando pelo gorducho entre os homens raquíticos ainda na rua àquela hora. Após vinte minutos dando voltas em torno da fundição, Jinyi desistiu. Eles obviamente decidiram desaparecer no interior de nossas preocupações, pensou.

Os poucos homens que viu pelo caminho de volta evitaram seu olhar, suspeitando que ele também, na rua àquela hora e não ao lado de um forno, de uma família ou num turno da noite, devia estar tramando algo não aprovado pela legislação estatal. Ele manteve os olhos treinados no horizonte, na rua logo depois da sua, onde edifícios e campos se revezavam e a estrada de terra se reduzia, enfim, a cabanas, barracos desmazelados e chiqueiros vazios.

Yuying mandou os filhos para a cama sem deixar que comessem as sobras. Mesmo que ficassem azedas pela manhã, mesmo que tivessem gosto de tiras de jornal endurecido, bem, isso ainda era melhor do que acostumá-las com a completa saciedade, pois assim as crianças passariam a esperar por essa sensação de estômago satisfeito e medir cada refeição miserável segundo este parâmetro. Ela então pegou o sabão preto e lavou o rosto no balde da noite antes de se juntar a Jinyi na cama de madeira, ambos cansados e constrangidos demais pelo jantar para arriscar uma conversa a respeito. Jinyi tinha os olhos abertos e revia o vermelho trêmulo das chamas da fornalha nos movimentos das mariposas preguiçosas e nas sombras da janela. Estas eram lançadas por um mundo que, em sua corrida para o futuro à frente, não se permitia descansar por um segundo sequer.

∞ ∽

— É claro, a China sempre esteve à frente do resto do mundo; só que o resto do mundo nem sempre soube disso — gostava de dizer o professor Lu. Ele obrigava todos os seus alunos a memorizar as quatro grandes invenções da China antiga e fazia questão de que lembrassem como elas tinham sido roubadas por poderes estrangeiros séculos mais tarde.

A bússola: uma magnetita flutuante usada pela primeira vez para encontrar ferro nos templos taoistas montanheses e depois usada para desenhar o mundo ao longo de seu eixo. A pólvora: a busca de Qin Shi Huang por um elixir da imortalidade inadvertidamente levou à criação dos fogos de artifício, uma fonte de beleza e prazer, até que os estrangeiros tomassem a coisa e a usassem para criar técnicas modernas de guerra. A prensa: blocos de madeira dispostos para carimbar caracteres há mais de mil anos. (Os tipos móveis de argila também foram criados e logo abandonados — aquilo nunca faria sucesso, concordaram os impressores.) E o papel: as experiências do eunuco Cai Lun com cânhamo e bambu, com seda e casca de amoreira levaram às primeiras folhas lisas. Esta arte cuidadosa mais tarde foi levada para o exterior após o sequestro dos papeleiros chineses por árabes, espalhando aquela que foi a invenção mais perigosa de todas (se você ainda acha que a pólvora é mais poderosa, não deve estar prestando atenção).

O professor Lu marchava diante da classe, encarando as filas de cabeças baixas, muitas recém-raspadas devido à temporada de piolhos. Ele temia que a chibatada rápida de sua régua, o tapa confiável quando as costas de sua mão encontravam uma nuca, e até mesmo a torção de uma orelha entre o polegar e o indicador estivessem perdendo o efeito. E mais, não havia ninguém com quem ele pudesse reclamar, apesar de saber a causa dos recentes problemas de concentração de sua classe. O professor Lu sabia que dissidência era um palavrão e, naqueles dias, fome também era. Mantenha a cabeça erguida e a calma, e você se sairá bem na vida, o reitor Han muitas vezes dizia à equipe e a seus alunos. O professor Lu ouviu vozes abafadas de algum lugar na fileira de trás, mas tentou ignorá-las. Afinal, com o estômago roncando e a boca salivando, ele também tinha problemas em manter a mente concentrada na questão do momento: se o agricultor Wang fornece dez *jin* de arroz para a coletividade e o agricultor Bai fornece quinze, então...

Ouvindo a disparada dos alunos de outras salas, o som das portas sendo escancaradas, o grito entusiasmado dos primeiros a correr e os berros e gemidos dos que caíram ou que foram deixados para trás no bando em disparada, ele liberou sua turma.

— Ah, hora do almoço. Agora, por favor, posicionem-se em fila e...

Ele não conseguiu terminar a frase porque as crianças dispararam à sua volta, e ele ficou pasmo e confuso pela energia que ainda lhes sobrava. A lógica do mundo lhe escapava, e era tudo que ele podia fazer para evitar que a tabuada recuasse para zero.

Se a corrida louca para a cantina mostrava o otimismo inabalado pela memória, possível apenas aos muito jovens ou muito velhos, então o subsequente retorno às salas de aula mostrou a amargura da experiência. Água e farinha de batata transformadas em panqueca chata e enegrecida numa frigideira sem óleo, ou copos de caldo espumoso em que boiavam algumas bolotas endurecidas de painço, ou batatas cozidas e borrachudas que estavam armazenadas em porões desde quando ainda havia boas colheitas: até os professores se perguntavam se não seria melhor não comer nada a ter que partilhar tão pouco, provocando e despertando o estômago apenas para não saciá-lo.

— Pelo menos não estamos passando tão mal quanto no Sul — sussurrou um colega do professor Lu. — Meu tio vive em uma província do Sul, e na última vez em que o vi, parecia que o latido de um cachorro podia derrubá-lo. Magro como um graveto. Ele me contou sobre uma mulher de sua aldeia que tinha três filhos, de como o mais velho tinha morrido e eles esconderam o corpo, para continuar a receber a ração de arroz do menino morto, e no momento em que as autoridades foram investigar, encontraram o cadáver sem um braço, as duas pernas e partes do peito. Bem, *isso* é que é fome. Nós deveríamos estar contentes.

— Rumores estúpidos. Os jornais dizem que não é tão ruim assim. Com todos trabalhando tanto agora, como poderia ser? — respondeu o professor Lu, sem conseguir convencer nem a si mesmo. Ele não aprovava aquele tipo de conversa fiada: isto é o que acaba com todos nós, pensou, mas não tinha energia para censurar seu colega de forma adequada.

Quando o último sino tocou, no final do dia escolar, Manxin encontrou seu irmão mexendo em seu olho novamente roxo atrás do carvalho gigante que as crianças chamavam de Velho Mestre Barbudo, e o levou para casa.

— Quem bateu em você dessa vez? — perguntou Manxin.

— Ninguém.

— Você está parecendo um panda — riu ela.

— Isso não existe — respondeu ele, irritado, ainda esfregando a carne ferida em torno do olho.

— O quê? É claro que existe, todo mundo diz que sim. Eles comem bambu.

— Você já viu um? — perguntou ele.

— Eu já vi fotos.

— Ah. Então pronto.

— Só porque a gente não pode ver algo, não significa que não existe. Como o vento.

Ela ganhou a discussão, então ele desdenhou e riu para ocultar o fracasso de sua provocação. Eles passaram por pequenas casas destruídas que davam para campos de redemoinhos de poeira. À medida que chegavam mais perto de casa, as ruas desertas eram abençoadas com flocos de cinza e fuligem.

É um equívoco comum acreditar que os tempos difíceis nos tornam todos irmãos. Não foi esse o caso. Cupons de racionamento que caíam na rua sumiam no momento em que o dono se agachava para pegá--los. Famílias se agarravam obstinadamente ao pouco que tinham, e a desconfiança crescia na escuridão de cada estômago faminto. Alguns homens esquálidos salivavam diante de um cartaz que mostrava uma soberba colheita, as cores brilhantes manchadas pela estranha arte das nuvens de poeira.

— É só coisa de menino, não há por que se preocupar. Alguns arranhões e machucados vão torná-lo mais forte — sussurrou Jinyi para a esposa quando eles voltaram da fundição naquela noite. — Não dê muita importância a isso, certo?

— Mas não é a primeira vez — respondeu ela.

— Melhor ficar de olho — disse Vovó Bolinho, intrometendo-se na conversa particular. — Quando eu tinha a idade dele, havia crianças da nossa aldeia sendo sequestradas e vendidas como escravas a chefes militares locais. Bem, sei que não existem mais aqueles chefões, mas as pessoas não mudam assim tão rápido. Velhos costumes, novos costumes, maus hábitos, bons hábitos, velhos problemas, novos problemas.

— Então o que faremos? — perguntou Yuying a Jinyi, ignorando a mãe.

— Não há nada a fazer. São apenas crianças, elas vão cansar de caçoar dele. É parte do crescimento; confie em mim, isso fará dele um homem.

Fez de você um homem?, Yuying quis perguntar, mas ela não se atrevia a ser desrespeitosa, não quando outros podiam ouvir.

— Bem, por ora vamos esperar, mas se acontecer de novo... — disse Yuying, com sua determinação enfraquecida pela incapacidade de pensar em algo que pudesse fazer para mudar a situação.

❧ ❧

Enquanto o resto da família dormia na manhã seguinte, no único dia de folga do fim de semana, Vovó Bolinho já claudicava pelas ruas. Balançando, mas resoluta, em seus pés pequeninos — que, apesar das mudanças na lei, ela não se atrevia a desenfaixar por medo da visão e do cheiro constrangedor —, levou quase uma hora para chegar ao outro lado do rio. Ela notou que os becos sinuosos por trás dos restaurantes ribeirinhos, geralmente cheios de vagabundos revirando e disputando os restos, estavam absolutamente silenciosos. Quando outrora a cidade costumava despertar à noite para o som de canções gemidas de amor, de brigas furiosas e de dentes quebrados, agora havia apenas o derramamento rítmico dos restaurantes jogando fora a água suja. Enquanto andava, Bian Shi recordou uma receita de ensopado de perna de cachorro, transbordando e borbulhando com couve, pimenta e tofu, a carne rija e avermelhada boiando na superfície.

A antiga rua era um arco curvo, um antídoto incomum para os ângulos retos e paralelas precisas das mais recentes ampliações da cidade, e ela tinha de agachar para evitar as roupas lavadas agitando-se em varais de diferentes alturas. Entre duas oficinas de sapateiros de frente para a rua, ela avistou um pequeno barraco de madeira com a única janela coberta com tábuas, a referência indicada, e verificou os rostos à sua volta antes de se esgueirar pela pequena porta de madeira.

— Doutor Ma? — O chamado foi feito em meio à escuridão entre panelas de barro e potes de vidro que lutavam por espaço nas prateleiras inclinadas e se acumulavam no chão entre pergaminhos e papéis enrolados com barbante.

— Eu sinto muito, tudo isso pertence ao meu tio. Estou apenas de visita — disse um homem baixo com minúsculos olhos e tufos de cabelos grisalhos, agitando as mãos em sinal de desculpa ao emergir da sala dos fundos.

— Uma mulher do hospital me orientou a vir. A camarada Lin disse que o doutor Ma poderia ser de alguma ajuda para os... ahn... as aflições de meu neto.

— Ah, entendi. Eu sou o doutor Ma. Queira me perdoar por essa baboseira de há pouco, mas cuidado nunca é demais. Embora você talvez ache difícil de acreditar, há alguns que gostariam que eu parasse de oferecer ajuda aos enfermos e necessitados. A revolução é realmente maravilhosa, não me interprete mal, mas continuo um pouco cético sobre o uso de tanta medicina ocidental nos hospitais. Afinal, minha família vem curando pessoas há mais de mil anos. Queira sentar-se, e conte-me mais sobre seu neto.

Ele tirou alguns papéis de um banco e, enquanto ela falava, começou a desdobrar uma grande cartilha, pontuando as frases dela com murmúrios exagerados de interesse.

— Ele não parece estar indo muito bem na escola; problema com outros meninos, acho. Ele diz que não consegue se concentrar porque seu estômago está sempre roncando.

O doutor Ma pigarreou e postulou uma teoria: um desequilíbrio no estômago.

— O estômago, o que nós, médicos, chamamos de mar de água e cereais, é um órgão *fu*, e está vinculado ao órgão *zang* do baço. Ambos são essencialmente ligados à terra. Contudo, pelo visto o equilíbrio foi perturbado. Não está indo bem na escola, claro, isso é porque o baço domina o intelecto. Palmas frias? Falta de concentração? Sim? Entendo, bem, aí está.

— Você não acha então que ele está apenas com fome?

— Oh, imagine, não, não, não. Nosso corpo e mente estão unidos, e se um é perturbado, o outro sofrerá. Felizmente, existe um remédio. É claro, estes são tempos incomuns, e todos nós estamos fazendo tudo que podemos para ajudar o país, por isso... — murmurou o doutor Ma, esperando que ela o interrompesse.

— Ah, sim, você é muito bondoso em nos ajudar dessa forma. Por favor, aceite isto em troca.

Ela enfiou a mão no bolso e tirou uma joia vermelha. O doutor Ma a examinou sem convicção, tentando decidir se a joia, não importando seu valor, poderia ser de alguma utilidade quando o único comércio naqueles dias era realizado com os carnês de racionamento ou apertos de mão secretos.

— Ah, eu não poderia... — disse ele, quase esperando que ela substituísse a joia por um *jin* de arroz ou de farinha, algo que seus sentidos pudessem medir com mais facilidade.

— Por favor, não desejo obter algo de você sem dar algo em troca.

E assim a negociação, disfarçada de cortesia, atingiu o clímax; ele enfiou a joia no bolso, e ela saiu segurando um pequeno pote de barro repleto de ervas escuras de cheiro rançoso e o que parecia ser um fungo gelatinoso.

Se tudo está interligado e o mundo é fluido, no fluxo entre o movimento e a invisibilidade, como afirmou o médico, então a zona entre o calor dos fornos comunitários e a certeza ardente da crença, o equilíbrio entre a expectativa e a realidade, mesclara-se, tornara-se inseparável. Vovó Bolinho se perguntava se uma cura para o fervor que parecia ter infectado a cidade também podia ser encontrada numa mistura de ervas e orações. Seus pés atrofiados latejavam e ela se agachou para descansar sobre os calcanhares enquanto um burro, com a pele sarnenta esticada exibindo as grandes costelas e pernas finas, gemia para o homem furioso que o chibatava na rua. O corpo, ela havia aprendido por experiência, é uma armadilha.

Ela entrou na pequena casa de sua filha e encontrou Jinyi dando uma bronca em Dali por ter arrancado um tufo de cabelo da cabeça de Manxin. Yuying balançava o bebê para fazê-lo dormir. Eles nunca sabiam o que fazer com o pouco de tempo que tinham a sós com a família.

Os vapores do remédio espumando no pote que Vovó Bolinho pôs no fogão subutilizado rapidamente encheram ambos os quartos.

— Ah, Vovó Bolinho, vá cozinhar essa coisa no banheiro público para expulsar os outros fedores — suplicou Manxin, apertando as narinas.

— Que espécie do mal vive nessa panela? — perguntou Dali, nervoso.

— Não se preocupem com o que há nela; é o efeito que conta. Um golinho de nada lhe dará poderes especiais, poderes mágicos. O que foi?, você não achava que poções mágicas tinham gosto de mel, achava? Nada de bom acontece sem algum tipo de sacrifício.

Vovó Bolinho depois passou a obrigar Dali a engolir o líquido espesso, um copo ácido atrás do outro, ignorando suas ânsias e cuspes e engasgos enquanto Manxin observava, sem saber se ria ou aplaudia. Uma pequena gota da gosma marrom viscosa escorreu pelo canto da boca dele. O último copo continha apenas os restos empapados de bagaço de folhas e pedaços sólidos de ramos, mas ela deu de ombros e disse ao neto para apertar o nariz enquanto engolia. Ele tossiu e engasgou.

— Vamos, vou levar os dois para a cantina pública e tirar esse gosto da sua boca. Está quase na hora — disse Jinyi rapidamente, antes que Dali tivesse tempo de começar a chorar.

❧ ❧

Uma hora depois Jinyi retornou com os dois filhos — seus estômagos, decepcionados, ainda pediam mais do que apenas a desprezível porção de nabos cozidos que tinham recebido —, e encontrou Yuying cuidando do bebê. Ele então correu para a fundição, onde parou com Yaba e alguns outros na frente da grade de chamas explosivas para debater sobre quanto além da cota mensal eles deveriam reportar. Quando voltou, tirando as crianças de junto da esposa e instalando-se no espaço aquecido, ele estava ao menos meio contente. Subitamente pensou em sua tia morta, mas logo a afastou de sua mente. Ainda há tempo para o amor, ele pensou consigo, para a esperança reaquecida — aprendida, desaprendida e aprendida mais uma vez —, de conhecer a vida de outro além da sua própria. Suas mãos deslizaram para os braços da esposa.

Ela sentiu o cheiro enfumaçado e azedo dos cabelos gordurosos dele e, com os olhos fechados, disse:

— É isso o que eles significam?

— O quê?

— Os provérbios, as histórias? É disso que eles falam?

Silêncio. O luar se anuviou, as sombras limparam suas gargantas.

— Eu acho que é. — Ele sorriu no escuro.

Do lado de fora da janela, na expansão ocidental do céu, nas províncias do Tigre Branco, perto do Bico da Tartaruga e em frente à Cabeça Peluda, ficava a constelação da Mansão do Estômago, conhecida por alguns como Áries, as três estrelas mais brilhantes que derramavam sua luz de muitas vidas a partir de um passado distante.

E junto ao berço desgastado, no *kang* quente, deitado junto à irmã, Dali se virava e girava à luz das estrelas, o estômago roncando. Em silêncio ele temia mais um dia na escola, mais uma rodada de provocações, insultos e apelidos, outra chance para a humilhação. No fim das contas, ele concluiu, não era fácil ter oito anos. Ele mal podia esperar para fazer nove.

Nós FLUTUAMOS PELO CÉU COMO SE FÔSSEMOS *folhas de outono descendo por um córrego, preguiçosamente navegando ao balanço do fluxo. Eu segurava o bicho ofegante por suas orelhas eriçadas, agarrando-me, até que seus cascos roçaram as pedras do calçamento. Aterrissamos no pátio de um templo — o único lugar onde* qilins *podem surgir. No entanto, todo o lugar parecia estar em ruínas, e as partes das antigas muralhas que não estavam desmoronando se viam cobertas de trepadeiras e cipós. Mato nascia entre as rachaduras. Arranhões nas pedras mostravam onde a plataforma de ferro para o incenso tinha sido tombada e arrastada para ser derretida.*

— Para onde você vai agora? — perguntei enquanto descia do lombo arrepiado do animal.

— Há uma fenda fina como um fio de cabelo entre os pensamentos e os sonhos. Eu vou para lá, esperar que se abra — bufou o qilin, *antes de pegar impulso e partir galopando.*

A resposta me pareceu bastante plausível — já passei muito tempo examinando o pensamento humano para saber que muitas coisas estranhas e inexplicáveis acontecem lá. Decidi dar uma olhada no lugar. O pátio levava a um pequeno prédio retangular. O fogo devastara o interior, e as telhas tinham sido todas roubadas. Uma vez que meus olhos se acostumaram às sombras, vi que os pássaros haviam se aninhado junto aos restos carbonizados de uma imagem de Lao Tsé, e uma cobra fazia seu caminho preguiçosamente para a antessala nos fundos, onde os jovens noviços outrora dormiam. Espanei uma camada de poeira e cinzas do centro da parede principal para revelar o enorme taijitu *redondo.*

— Ouvi dizer que você andou recebendo ajuda — disse o Imperador de Jade, ao que dei meia-volta para vê-lo casualmente de pé atrás de mim.

— Isso não é contra as regras. Você nunca disse que eu não podia... — gaguejei, surpreso.

— *Você pode ter a ajuda que quiser* — respondeu ele. — *Mas talvez você queira lembrar que cada coração funciona de forma um pouco diferente; os corações de Li Bai e Du Fu talvez não lhe ensinem nada sobre os corações de Bian Yuying e Hou Jinyi.*

— *Ah, não sei bem se posso concordar, senhor. Para conhecer um coração é preciso aprender pelo menos um pouco sobre tudo a que ele está ligado.*

Um sorriso irrompeu em seus lábios finos.

— *Então você está se saindo melhor do que eu esperava. Diga-me, o que estava olhando?*

Apontei para o taijitu sujo.

— *Você pergunta sobre isso?* — Como era possível que ele não soubesse o que era? *Como se estivesse lendo meus pensamentos, ele soltou uma risadinha.*

— *Tenha paciência. Explique-me o que é, se não se importa.*

— *Tudo bem. É um círculo onde estão representados o yin e o yang.*

— *Diga-me, o yin e o yang existem?*

— *Claro que sim. Tudo é feito deles: dia e noite, homem e mulher, luz e trevas.*

— *Então círculos existem?*

— *Desculpe, não entendi.*

— *Você já viu um círculo no mundo natural?*

— *Bem, eu vi coisas que têm uma forma circular. Mas nunca um círculo perfeito, não. Quero dizer, há apenas formas tridimensionais do mundo natural, como esferas e cubos. Nada existe sem profundidade. Mas eu já vi gente que se move em círculos.*

— *Ah, pronto. Não só a luz e a escuridão do yin e yang nesta imagem são símbolos, mas também o círculo que os encerra. Yin e yang são o próprio tecido do Universo; o tempo é o círculo infinito contínuo que os engloba.*

— *Sim, entendo. Mas o que isso tem a ver com o coração?* — perguntei, e uma vez mais o sorriso enervante do Imperador de Jade se espalhou por seu rosto.

8
1967
O Ano do Carneiro

Jinyi ouviu a porta da frente subitamente se escancarar com o estrépito nas dobradiças, depois as vozes abafadas e ordens sussurradas: a lista de pequenos sinais que estava esperando. Fazia semanas que ele não dormia, antecipando o acontecimento, imaginando as possíveis acusações e os resultados, ensaiando as frases que tinha decorado. No momento em que foi chamado, ele já estava de pé e na porta do quarto, tendo passado a noite completamente vestido no escuro. Sobre o *kang* morno estavam suas três filhas: Manxin, quase quatorze anos; Liqui, de nove; e a mais nova, Xiaojing, de quatro. Seu filho não estava em casa, o que Jinyi considerou uma bênção antes de atravessar a porta para a sala principal. Ele já transpirava, molhado na umidade no início do verão, e se alguém lhe dissesse que do outro lado deste planeta confuso estavam batizando a estação como o verão do amor, ele não saberia dizer se chorava ou morria de rir.

A verdade é que havia quase oito meses que Jinyi não dormia direito. Ele se sentia apequenado pela cama de madeira sem ninguém a seu lado. Quando não era perturbado pelos augúrios indecifráveis dos pesadelos, ficava deitado e observava os filhos dormindo, tentando não pensar sobre onde estava a mãe. Tudo tinha acontecido rápido demais. Claro, eles tinham lido os cartazes, reportagens e pronunciamentos, e Jinyi concordava de todo o coração com todo mundo que algo mais drástico precisava ser feito em relação aos imperialistas e burgueses que tinham causado a fome e tentavam desfazer o trabalho da revolução. Mas ele não imaginara que eles se referiam a pessoas como sua esposa.

Na esteira da Reunião para Crítica na cantina comunitária local, Yuying fora aconselhada a "tirar um descanso, uma folga" do trabalho, e seus amigos gradualmente pararam de falar com eles. Depois que até os comerciantes do mercado coberto começaram a cuspir nela ou fingir que ela era invisível quando ia comprar verduras, Yuying passou a ficar em casa o dia todo. Até que em certa manhã o caminhão chegou e a levou embora.

— Feche essa porta. Não queremos acordar seus filhos, tio. Por favor, sente-se.

A polidez confundiu Jinyi; não era assim que ele havia imaginado, sendo convidado a se sentar à sua própria mesa de cozinha. Ele hesitou, e depois se sentou.

Havia quatro deles, adolescentes em casacos verde-escuros idênticos, em algum lugar entre verde-floresta e alga-esmeralda, os colarinhos cuidadosamente dobrados para baixo, longe dos rostos vestidos com falsos sorrisos. Cada um tinha um quepe achatado verde com as cinco pontas de uma estrela de metal amarelo-ocre cravadas na frente, e braçadeiras de algodão vermelho costuradas sob seus ombros. Eles haviam passado horas à meia-luz de quartos compartilhados, bordando pacientemente as braçadeiras com as letras amarelas que anunciavam seus postos: "Guarda Vermelha". Dois rapazes e duas moças, dos quais, Jinyi rapidamente notou, três mais altos que ele.

O porta-voz era um rapaz corpulento, com uma franja oleosa e sem os dois dentes da frente — os outros três rondavam o ambiente perto dele, agitados e impacientes, à espera dos sinais que lhes permitiriam saltar sobre a presa.

— Devo dizer, tio, é uma bela casinha esta que você tem aqui, mas parece que você se esqueceu de pendurar o retrato de nosso Grande Presidente, que eu esperava ver colocado num lugar privilegiado, em vez desses... pássaros estranhos — disse o líder, apontando para o desenho pendurado na parede.

Jinyi tateou o bolso superior do casaco, de onde assomava o canto desgastado de um livro do tamanho da palma de sua mão, folhas finas e engorduradas apertadas entre uma capa vermelha encerada.

— As palavras dele estão sempre comigo, perto de meu coração. São suas ideias, afinal, que importam. Quero dizer, não que ele próprio não seja importante; nós todos ainda seríamos escravos dos japoneses e dos latifundiários se não fosse por sua grande força. Mas onde estão meus modos? Aceitam um chá?

— Qualquer um pode professar respeito por nosso Grande Presidente: a ação é o que conta — zombou o líder de cabelos oleosos, e os outros se permitiram sorrir com satisfação. — Sim, uma bela casinha. Mas não posso deixar de questionar, se você e sua família vivem aqui, o que você fez com todas as suas riquezas? Não imagino que tenha se limitado a doá-las. Vamos, não precisa ser tímido. Nós ficamos sabendo de tudo sobre você através do camarada Yangchen. Ele é realmente uma fonte de conhecimento.

Jinyi tentou continuar sorrindo. Ele não ficou surpreso ao ouvir o nome de Yangchen novamente — fora ele quem denunciara Yuying.

— Não temos riqueza alguma. — Jinyi resistiu ao impulso de acrescentar: se você sabe tanto sobre nós, já deveria saber disso.

Ele forçou um pequeno sorriso, e depois se arrependeu, sabendo que provavelmente parecia tão patético quanto se sentia. Mas ele sabia que não havia outra escolha.

Na semana anterior mesmo, Jinyi se deparara com o professor Dong, especialista em física da escola secundária de seus filhos, mancando de volta do hospital. Era vergonhoso ver um homem ainda na casa dos trinta sem nenhum dente. Ele usava um galho nodoso como muleta e tinha o rosto transformado num lago sujo de roxos e vermelhos. O professor Dong não conseguiu ser atendido por ninguém no hospital: muito cheio, todos ocupados demais. Ele voltaria para a escola abandonada e descansaria: talvez, quando as coisas se acalmassem, algumas crianças retornassem para as aulas, dissera. Então hesitou na encruzilhada e sussurrou, constrangido, para que Jinyi lhe apontasse a direção certa para a escola, porque haviam esmagado seus óculos. Foi isto o que o havia destacado como um burguês: um par de óculos arranhados de aros finos, com vinte anos de uso. Jinyi o ajudara nos primeiros passos, depois recuara, temendo que alguém estivesse olhando, inquieto com a coincidência de que alguns de seus filhos tinham ficado fora até depois da meia-noite com suas facções na noite anterior, mas tentando afastar o pensamento da mente.

— Se você não pretende ser honesto, tio, como podemos ajudá-lo? — O líder se inclinou mais para perto. Ele estalou os dedos e esperou por uma resposta, enquanto alguns outros começaram a revirar os armários, o exaustor da lareira, as panelas velhas e caixas empilhadas num canto.

O líder se orgulhava de sua estrita observância às palavras do Presidente. Seu grupo acreditava na justiça, na punição de crimes que não podiam mais ser ignorados. Muitos dos outros grupos que visitavam domicílios ou dormitórios tarde da noite agiam de forma diferente: derrubando portas para começar o espancamento o mais rápido possível, ou então fazendo com que as confissões públicas de culpa se traduzissem em punição imediata. Era uma tolice, explicou o líder banguela, embora ele admirasse o espírito e o zelo com que os outros se dedicavam à tarefa. Ele preferia analisar as provas, como o Presidente teria feito, antes de decidir o nível de punição. Por acaso era apropriado quebrar as costelas tanto de um direitista quanto de um traidor, tanto de um intelectual quanto de um crítico, tanto de um nacionalista quanto de um colaborador? Ele achava que não. Seu grupo escolhia as partes do corpo em que trabalhariam de acordo com as particularidades do crime que descobriam.

— Eu juro, estou sendo sincero. Não há riqueza: o pai da minha mulher foi rico, admito, mas ele dilapidou seu patrimônio, assim como o resto dos burgueses imundos, sem se importar com mais ninguém. Mas isso foi antes de que eu entrasse na família — respondeu Jinyi.

— E eu aposto que isso frustrou você, não? Porque você fez todo o trabalho, bajulando os ricos, lambendo botas; sim, senhor, não, senhor, é claro, senhor; abrindo seu caminho ao seio de uma família burguesa, apenas para descobrir que não seria tão rico quanto pensou. Sim, o camarada Yangchen nos contou tudo. Você deve ter ansiado demais pela riqueza, para abandonar sua casa, sua família, seu nobre modo de vida camponês, até mesmo seu nome, tudo para pôr as mãos em algum ouro. Que tipo de homem você é?

— Não foi assim. Antes do Presidente e da grande revolução, a vida era difícil, era injusta. Eu tive que deixar o campo devido aos latifundiários e à corrupção, portanto...

— Isso não é desculpa. Os membros do Partido estavam arriscando suas vidas naquele momento, por todos nós. Por que não participou, se a vida era tão difícil para você?

— Eu, bem, eu não sabia ao certo como fazer. A quem eu poderia perguntar? Se eu me aproximasse de alguém na rua e perguntasse "Você é comunista?", talvez eles me atacassem ou suspeitassem de que eu era um espião nacionalista.

A mente de Jinyi disparava à frente, tentando se adiantar à boca. Contudo, ele estava dolorosamente ciente de que suas palavras soavam menos críveis em voz alta do que quando ele as ensaiara mentalmente.

— Não há nada por aqui. — Dessa vez uma das moças falava, virando-se junto à pilha de caixas e armários no canto para o líder. Quando deu meia-volta, uma trança única se jogou em seu ombro, pendendo frouxamente de seu quepe. Dois olhos redondos que piscavam sem parar espiavam de seu rosto equino, em busca de mais instruções.

Jinyi sabia o que estavam procurando. No ano anterior, Mao anunciara que, embora a burguesia estivesse derrotada pela revolução, suas ideias não estavam. Livros, antiguidades, retratos, poesia; qualquer coisa, por menos que fosse, parecida com a cultura da China imperial não era confiável. Como a maioria das famílias do bairro, naquela época Jinyi juntou todos os seus livros, velhas notas de banco, fotos e relíquias do tempo do restaurante, roupas vagamente coloridas e gerações inteiras de cadernos escolares. Ele enfiou tudo por baixo das calças e sob o casaco e depois partiu com uma calma falsa e teatral pelos becos agitados, até alcançar a fogueira do lado de fora da universidade, onde dois professores tinham sido mortos e doze outros mandados para o hospital na semana anterior.

O líder parecia ler sua mente.

— É claro que não há. Eles podem ser burgueses, mas não são completamente estúpidos. Eles devem ter destruído tudo que não podiam ter. São sorrateiros, astutos, mentirosos, todos eles. Você deveria saber disso, camarada Weiwei.

— Sim, camarada. — Weiwei voltou ao grupo, que agora cercava a mesa onde Jinyi estava sentado com as mãos cruzadas à frente.

— Ouça, camarada. — Jinyi sabia que essa era uma tática perigosa, falar assim, diretamente com eles, mas temia que o desprezo do grupo por suas rugas e mechas grisalhas, por seus quarenta e poucos anos vividos sem atividade revolucionária, logo transbordaria, e sentia que tinha de fazer tudo que estava a seu alcance para tentar acalmá-los. — Quando nasci, não havia nada além de labuta. Nós não chamávamos de luta de classes naquele tempo, mas fazíamos tudo que podíamos para sobreviver. Lutávamos para comer, para sobreviver. Lutávamos para não levar um tiro dos japoneses. Eu não tive meu próprio par de sapatos até chegar quase aos trinta anos, como um homem casado.

"Escutem, eu até roubei, só que sempre dos ricos, entendem? Um pedaço de pão na janela de uma mansão ou surrupiado da cozinha de um restaurante fino. A vida era comprada e vendida, e assim foi meu casamento. Não foi para meu benefício, eu lhes digo: o Velho Bian já controlava um império de restaurantes, e eu era apenas alguém em quem ele podia mandar e desmandar. Era simples assim: ele dava uma ordem, e você cumpria. Não houve outra opção na época: ele era uma das pessoas mais poderosas da cidade, e se eu quisesse trabalhar, comer, ou até cagar nesta cidade novamente, tinha de fazer o que ele mandava.

"Camarada, eu sou grato à revolução. Ela tornou este país justo, e agradeço a Mao todos os dias pelas coisas serem diferentes para meus filhos, para meus irmãos nos campos, para meus companheiros da zona rural. Mas eu sou um homem honrado, e me casei, e agora não há como voltar atrás."

O líder balançou a cabeça. Jinyi sentiu sua boca se enchendo de saliva, o gosto amargo de nervos em frangalhos.

— Honra, tio, é servir ao seu país, é ajudar seus camaradas, é lutar pela revolução. Você é apenas um típico direitista.

Jinyi sentiu que uma gota de suor serpenteava em sua sobrancelha, e resistiu ao impulso de enxugá-la. Um direitista. Pois bem, estava dito, e agora não poderia ser retirado. Eles o rotularam, e num só golpe repintaram sua pele, remodelaram sua vida em algo que ele não conseguia reconhecer.

O outro rapaz, rechonchudo e de olhos esbugalhados, tomou sua vez de falar:

— Por que você virou as costas ao seu país, a seus camaradas? Sua geração teve a chance de mudar o mundo, e você fracassou. — E, em seguida, cuspiu uma grande bola de goma amarelada.

Jinyi não sabia ao certo se eles estavam realmente tentando desvendar sua vida ou apenas brincavam com ele, desfrutando da escalada até o começo da verdadeira ação. Ele deixou seus olhos correrem um a um.

E num piscar de olhos Jinyi começou a entender a fome furiosa naqueles olhos: ele tinha sido exatamente igual quando jovem, querendo redesenhar as fronteiras entre o conhecimento e a possibilidade. No entanto, eles acreditavam mesmo que possuíam a capacidade de dividir o mundo em preto e branco, de agarrar este país monstruosamente inchado, túrgido, tormentoso, e prendê-lo na palma da mão, de reduzir milênios de formalidades e rituais a uma lista de regras que podiam ser aplicadas apenas com mão firme.

— Bem, qual é sua resposta, *camarada*? — O líder se inclinou para a frente e sussurrou entre o buraco onde seus dentes da frente deveriam estar. — Por que você negligenciou o Partido, virou suas costas covardes à revolução e à luta de classes quando outros como você estavam na linha de frente? Diga-nos — e ali ele se permitiu um sorriso —, o que você realmente pensa do Presidente?

∽ ∾

Jinyi tentava lembrar quando toda a confusão começou. Teria sido no dia em que as fundições foram desativadas em meio à fome, no dia em que os erros foram admitidos pela primeira vez? Teria sido no meio do verão anterior, em 1966, quando os jornais anunciaram que todos os direitistas, intelectuais, nacionalistas e imperialistas (entre outros) tinham de ser expurgados? Teria sido quando o Grupo da Revolução Cultural do governo nacional decretou que "o proletariado deve continuar a luta, deve mudar as próprias mentes da sociedade, deve criticar, esmagar e destruir aqueles que seguem a via capitalista, os professores, artistas, burocratas, intelectuais e todos os outros que enfraquecem as fundações da revolução"? Ou foi no dia em que o estômago de Jinyi cedeu à nova atmosfera de medo e o pôs em urgente disparada ao fétido banheiro público seis ou sete vezes ao dia?

Não. Tudo começara antes disso. Jinyi lembrava o dia em que a praga de gafanhotos, moscas e mosquitos arremeteu das montanhas e tomou os campos da periferia da cidade. Um enorme zumbido negro varreu as casas, uma névoa de insetos agitados penetrando cada fresta ou fenda nas paredes. Aquilo deve ter sido uma mensagem dos deuses, ele pensou, um aviso dos tempos sombrios que estavam por vir.

A pele de Jinyi comichava só de lembrar os dias em que ele não podia abrir a boca para falar sem que insetos mergulhassem para dentro. Anteriormente o governo já havia declarado que os pardais tinham de ser considerados inimigos do povo, pois eles eram responsáveis pela grande fome. Todos foram incentivados a enxotá-los com varas e pás, a bater panelas e *woks* para mantê-los em fuga perpétua, para que eles morressem de exaustão. Apenas alguns meses após a ordem, a nuvem de insetos cobriu o país com sua sombra colossal.

◦◦ ◦◦

Quando o líder saltou à frente e jogou a cadeira de Jinyi no chão, Jinyi tentou ouvir os movimentos no quarto; mesmo enquanto seu joelho se batia contra a superfície dura e suas mãos se lançavam para conter sua queda, metade de sua atenção lutava para divisar as vozes das filhas entre as paredes finas. A perna dele gania com uma dor latejante, e ele se apoiou sobre as mãos e os joelhos, na esperança de que elas ainda estivessem dormindo ou, mesmo ouvindo o barulho repentino, que tivessem o bom senso de fazer silêncio.

— Essa é sua última chance, então por que simplesmente não admite o que fez? Entregue o dinheiro e ele irá para onde pertence, para as pessoas que se acabavam enquanto a família que você bajulava enriquecia com a miséria delas.

— Se eles ainda tinham algum dinheiro — disse Jinyi, tentando erguer tanto a cadeira quanto seu próprio corpo de uma maneira que não ofendesse os adolescentes uniformizados —, nunca me disseram.

— Balela. Você está casado há quanto tempo, quase vinte anos? Mesmo que nós acreditássemos em suas desculpas esfarrapadas sobre ter sido forçado a se casar, que, devo admitir, tio, não me impressionam, você não pode esperar que também acreditemos que não pôs as mãos em tudo que pôde. Direitistas estão sempre pensando em si mesmos. — O líder pronunciou a última frase aos outros como se fosse uma verdade profunda que ele se dignava a partilhar com eles.

Jinyi sentiu a dor se espalhando por seu rosto. Não era nada se comparada à dor que lhe apertava o peito toda vez que ele pensava onde sua esposa poderia estar. Yuying, ele murmurou entredentes, como se o nome fosse uma prece.

— Ele está mentindo. Camarada Yangchen nos disse que ele mentiria. Deve estar escondido em algum lugar — acrescentou a garota alta.

— Talvez a esposa tenha levado tudo — disse o gordinho. — Afinal, ela era uma traidora.

O líder assentiu.

Jinyi considerou a ideia. O que ela faria se estivesse aqui? Qualquer coisa para proteger seus filhos, ele pensou.

— Sim, minha esposa...

— Sua esposa! Sua esposa é uma cadela, uma vagabunda de merda. Isso mesmo: uma prostituta. Uma traidora. — O líder agora realmente começava a se divertir, e seus lábios torcidos de repente lembraram Jinyi dos cães de raça pura e pernas atarracadas que guardavam as mansões antes da revolução, que soltavam rosnados baixos se você sequer pensasse em andar na calçada das casas de seus donos ricos.

— Sim. Ela aprendeu japonês, isso é verdade, e guardava dinheiro, mas eu pensava que ela mudaria, com um novo marido e uma nova China em que acreditar. Todo o resto, porém, as coisas reveladas na denúncia pública, eu não sabia de nada, eu juro.

Assim que as palavras deixaram sua boca, Jinyi sentiu náuseas. Ele imaginou Yuying de pé a seu lado, perguntando entre soluços por que ele enterrava seu nome em mentiras.

— Um bom marido teria mantido sua mulher na linha. O Presidente Mao nos disse para proteger os interesses das mulheres e crianças; mas às vezes as pessoas precisam ser protegidas de si mesmas. Às vezes é preciso ensinar às pessoas como diferenciar o certo do errado.

O líder estendeu a mão acima do rosto de Jinyi, esticando os dedos limpos, livres de queimaduras, bolhas e calos que Jinyi possuía:

— Você sabe como usar uma destas, não sabe, tio?

Jinyi assentiu timidamente, fazendo o máximo para não se encolher:

— Mas eu...

— Talvez você precise de alguma ajuda. Deixe-me refrescar sua memória.

O líder desceu a mão de súbito, o impacto dos nós de seus dedos lançando a cabeça de Jinyi para trás.

O gordinho olhou para a mais baixa das duas moças, cujas mãos nervosas remexiam a trança.

— Lembre-se — sussurrou ele para ela, citando o livro: para se livrar da arma, primeiro é necessário tomar a arma.

Jinyi se obrigou a falar através da dor pungente que se espalhava sob seu olho:

— Você está certo, é claro, você está certo. Mas, escute, sempre fui tratado como um servo aqui; as pessoas paravam de falar quando eu entrava na sala, sussurravam a meu respeito pelas minhas costas. Eu sou apenas um camponês tentando cuidar da família na cidade, só isso. — Jinyi começava a gaguejar. — A revolução salvou minha vida, me tornou um igual, e eu serei eternamente grato. E... e... eu sou um... ahn... um bom cidadão: eu ajudo os outros na fábrica... sempre comi menos nas cantinas coletivas... eu nunca duvidei da sabedoria do Partido, nenhuma vez. Essa é a verdade.

— Depois de todas as chances que lhe demos para confessar, tio, por que você tem que mentir para nós? Você teve uma centena de oportunidades de ajudar seu país, mas virou a cara para todas, assim como está virando a cara agora. Tudo que tinha a fazer era admitir suas falhas, admitir que você decepcionou o país, decepcionou a revolução, decepcionou seus camaradas! — A voz do líder saltava, alcançando um tom que teria sido o orgulho das estrelas da Ópera de Pequim, nos tempos em que todos os teatros ainda não tinham sido incendiados. — Você odeia seu país ou apenas o povo que vive nele? Você não é um camponês; é um traidor!

O líder agarrou a borda da mesa de madeira e a virou. Ela caiu ao chão com o barulho de uma agulha de vitrola riscando um disco, saltando erraticamente de uma melodia familiar a agudos de ruidosa estática, com violinos tocados com os dentes: o som do futuro. Enquanto o bule, as tigelas e os copos sujos do jantar se espatifavam; enquanto o caos se abatia e Jinyi perdia toda a noção de tempo entre as botas e — ele agradeceu sua sorte — sapatilhas surradas que o chutaram até que ele não passasse de um saco frouxo de hematomas combinados e ossos quebrados; enquanto o líder gritava: "O Presidente é o sol que arde em nossos corações!"; enquanto os que não cuspiam chutavam, socavam ou atiravam coisas no camarada Hou Jinyi, derrubando as prateleiras e esmagando tudo que havia nelas sob seus pés; em meio a tudo isso, Jinyi fechou os olhos e tentou evocar a imagem de sua esposa.

Afastando-se da fúria dos pés de seus companheiros, as duas moças abriram os armários e gavetas antes de também arrebentá-los no chão.

Os óculos de leitura de Yuying foram pisoteados; *hashis* decorativos gravados com um casal de garças, um presente de casamento, foram partidos ao meio; cartas foram rasgadas; tigelas quebradas; o grande rádio (um presente da Vovó Bolinho) foi atirado contra a parede; fotos arrancadas de álbuns; bastões de tinta, espatifados.

Jinyi afundou sob os rasgos, hematomas, cortes, fraturas, socos; sua mente vacilava, dentro e fora da sala.

∽ ∽

O sol escorregou sob a porta, aproximando-se timidamente do corpo ensanguentado e encolhido entre a madeira quebrada e os cacos de porcelana.

— Manxin? — chamou Jinyi com voz rouca. No entanto, ele descobriu que sua voz era um gemido baixo que não chegaria ao quarto. Com meio olho aberto, o outro fechado sob o inchaço, ele examinou a bagunça na sala. Os Guardas Vermelhos tinham partido. Ele tinha a boca cheia de dentes soltos, o gosto de cobre do sangue eriçando sua língua.

— Liqui? — Quando ele respirava, seu peito crepitava, os ossos torcidos comprimindo seus pulmões. Deve ser por isso que chamam de grade costal, pensou. Ele encolheu as pernas mais para perto do tronco, jogado onde o haviam deixado, junto à mesa quebrada, e esperou.

Do outro lado da porta, suas filhas estavam acordadas, as mãos juntas num aperto sob o lençol suado, mas com olhos obstinadamente cerrados, seguindo a lógica às avessas do pavor, que as convencera de que qualquer um que entrasse no quarto recuaria rapidamente por medo de acordar três meninas adormecidas. Elas permaneceram assim até a aurora, fechando os ouvidos para os gemidos do pai, audíveis apesar da pesada respiração combinada das três, sem ousar sair do quarto, embora os gritos, bufos e socos e coisas se espatifando já tivessem parado havia algum tempo.

Enquanto jazia no chão de concreto, Jinyi enumerou as vezes nos últimos meses em que ouvira seu filho à noite, deitado de bruços e abafando os baixos soluços chiados com o lençol, pensando que todos estavam dormindo. Mais que pensar em seus ferimentos ou hematomas, Jinyi se perguntava onde Dali poderia estar, e quando ele voltaria para casa.

— Ah!! Papai! Você está bem? — Manxin se aventurou para fora do quarto com o nascer amanteigado do sol. Ela não esperou pela resposta antes de continuar: — Vamos levantar você. Vamos lá.

Manxin e Liqui, com sua longa trança balançando ao redor dos olhos vermelhos, conseguiram puxar o corpo curvado de Jinyi para o quarto ao lado e o ajudaram a se deitar no *kang* ainda quente.

— Obrigado. — Jinyi esticou o braço para sua magricela filha do meio. — Foi uma queda bem feia a que eu tive — disse ele. A tentativa de um sorriso, que acabou se revelando uma confusão de gengivas roxas, foi recebida com silêncio.

As duas meninas mais velhas começaram a limpar a sala, nenhuma ousando fazer referência aos acontecimentos da noite anterior. Em vez disso, elas limpariam, consertariam, varreriam e tirariam o lixo e alimentariam esperanças, até que a sala estivesse reorganizada, de apagar o passado. A pequena Xiaojing se aproximou do pé da cama e, apesar de seu medo e confusão, logo caiu no sono.

Jinyi ficou lá, deitado, deixando que o quarto girasse à sua volta, até não poder suportar mais.

— Meninas — chamou ele debilmente. As duas se reuniram ao redor da cama, entregando a água quente ao pai, mas sem olhá-lo nos olhos. Manxin, forte e quase decidida, Liqui, magra e inquieta. — Acho que eu deveria ir ao hospital. Sei que estão ocupadas, mas alguma de vocês pode me ajudar?

Elas trocaram olhares.

— Talvez você se sinta melhor depois de descansar um pouco, pai — disse Manxin.

Será que elas tinham ouvido como ele falara de sua mãe? Será que pensavam que ele a traíra? Ele queria dizer que tinha feito aquilo por elas, para que pudesse ficar e cuidar delas — sua mãe já tinha sido levada, mas ainda havia uma chance para eles. Dois pais com nomes sujos, dois adultos enviados para os campos, como eles ficariam? Mas ele não disse nada.

— Está com fome? Uma boa refeição e você logo se sentirá bem — continuou Manxin.

— Não, não, você tem razão, só preciso de um bom descanso. — Jinyi virou de lado, suprimindo um gemido quando a dor se espremeu

277

e saltou como molas quebradas em seu peito. Suas filhas tinham muito medo de levá-lo para fora, de admitir a verdade do que tinha acontecido. Elas tinham vergonha dele. E ele não podia culpá-las. Ele tinha vergonha de si mesmo.

Enquanto se encolhia na cama, esperando que suas filhas saíssem, Jinyi se viu desejando que a fábrica não estivesse paralisada após o protesto da Guarda Vermelha contra o gestor no mês anterior, para que tivesse algum lugar para ir, alguém para ser.

Suas filhas deixaram a casa para passar o dia em marcha pela cidade, combinando denúncias violentas com empenhado trabalho voluntário em seus próprios grupos de Guardas Vermelhos e do Movimento da Juventude da Guarda Vermelha, ao qual Liqui levou sua atônita irmã menor.

Jinyi esperou um pouco depois da saída das filhas para se levantar da cama e mancar até a rua. Cada passo enviava choques erráticos por todo seu corpo, e ele levou uma hora para caminhar algumas centenas de metros. As pessoas atravessavam para o outro lado quando se aproximavam deles, desviando o olhar de seu casaco manchado de sangue, de seu rosto inchado e arroxeado. Até os postes tortos, que foram instalados em cada esquina dois anos antes e funcionaram por três semanas antes que a eletricidade fosse desligada, balançavam a cabeça para ele. Você deveria ter vergonha, tilintavam os sinos das bicicletas e cantavam os varais. Eu sei, respondia ele. Eu sei.

Uma olhada rápida pela sala de espera do hospital levantou em Jinyi a suspeita de que a maioria dos pacientes tinha chegado tarde demais. Só a vivacidade das feridas, a vermelhidão dos cortes recentes, crua como tijolo cozido, e os roxos marcianos e aveludados onde a carne tinha sido mutilada, socada ou esmagada, o convenceram de que as pessoas aglomeradas na pequena sala de espera ainda estavam vivas. Jinyi notou que, mesmo que a vida se anunciasse pelos gemidos quase incontroláveis que escapavam dos corpos — quando cada paciente tentava equilibrar o estoicismo esperado dos bons cidadãos com a vontade de mostrar que suas aflições eram mais urgentes que as das pessoas à sua volta —, o cheiro da sala era de morte. Havia três bancos de madeira e cerca de trinta pessoas jogadas nos cantos, inclinadas, deitadas ou dobradas no menor dos espaços livres próximos da porta do salão principal. Jinyi se espremeu para entrar e abriu caminho até um canto da parede, para se apoiar e arfar com o resto das pessoas. Ele meteu a mão no bolso — conhecia a ordem de atendimento: primeiro aqueles que conheciam um médico de alguma forma (um parente distante, um contato de negócios ou um antigo colega de classe); depois, os que cobravam um favor passado; em seguida, aqueles com uma doação suficientemente significativa para o hospital; e, finalmente, aqueles como Jinyi, que juntaram algumas notas sujas e engorduradas para espalhar por algumas mãos. As paredes prestavam testemunho de dias inteiros de espera e de legiões vorazes de mosquitos que enxameavam o verão espatifadas.

A fila de pacientes dava a volta e invadia a sala de exames, pequena como um armário, e os médicos, irritados, acendendo um cigarro no outro, não faziam qualquer tentativa de falar baixo. O mofo manchava uma das paredes sem janelas — marcas de gordura e formas abstratas num tom verde de pré-escola.

À tarde, Jinyi fez uma contagem rápida de quanta gente havia na sua frente na fila improvisada. Instalado num banco, o homem na frente, mancando de uma perna retalhada, tossiu na mão e disse:

— Eu tive uma queda feia, doutor, devo estar ficando velho. Há algo que você possa me dar para isso?

As mulheres eram enviadas para a única sala extra; metade dos enfermeiros tinha desaparecido e o recente surto de quedas de energia transformava o centro cirúrgico num último recurso perigoso. Jinyi apertava as laterais do corpo, tentando não gemer. Agora ele era o segundo da fila, vendo o homem espancado na sua frente se inclinar para um jovem médico e dizer:

— Desculpe incomodá-lo, doutor, mas eu tive uma queda feia.

A vez de Jinyi chegou e foi com um médico mais ou menos de sua idade, bem-barbeado, que revirava uma caneta com um cigarro aceso entre os lábios, assentindo e rabiscando num bloco pautado barato.

— Boa tarde, doutor. Bem, eu levei um tombo na noite passada e estou com um pouco de dor — disse Jinyi, o mais baixo possível.

— Onde? — perguntou o médico, exausto, deixando claro que tinha pouco interesse na resposta.

— Ah, aqui. Meu peito. E minha cabeça, um pouco.

— A cabeça só tem escoriações, talvez uma pequena pancada. Não é grave. Agora me deixe ver seu peito. — O médico se levantou e, enfiando o cigarro atrás da orelha, cutucou a parte superior do corpo de Jinyi.

— Isso dói? Entendo. Isso? Certo. Você tem algumas costelas fraturadas. Nada sério. Pelo som de sua respiração, as pontas das fraturas não perfuraram seu pulmão. Considere-se um homem de sorte.

O médico tornou a se sentar e começou a escrever. Jinyi não sabia ao certo se aquilo era ou não o fim da consulta, se deveria dizer algo mais. Ele se perguntou o que Yuying teria feito.

— Existe uma cura?

O médico parou de escrever, e seus olhos encontraram os de Jinyi pela primeira vez.

— Repouso, e respirar fundo muitas vezes. — Ele chamou o paciente seguinte. — Ficar grato por seus ferimentos serem tão leves: essa é a cura.

O discreto obrigado de Jinyi se perdeu sob o inventário de sintomas do homem seguinte. Enquanto ele mancava pela sala de espera, reprimindo uma tosse e todos os pungentes tremores que o acompanhariam, ele entreouviu dois homens debatendo sobre uma caixa que podia fotografar o interior do corpo de um homem.

— Eles têm uma aqui, eu juro, escondida no porão.

Jinyi balançou a cabeça. As pessoas acreditam em qualquer coisa. Será que não sabem que esse tipo de conversa é perigoso, especialmente agora?

∽ ∾

Como pode um homem mudar o curso da história? O primeiro imperador, Qin Shi Huang, passou as últimas décadas de sua vida à procura de uma maneira de se tornar imortal. Além de construir um exército eterno de terracota para substituir seus soldados de carne e osso — menos duráveis —, ele enviou seu principal alquimista, junto com quinhentos meninos e quinhentas meninas, para os mares além da costa leste, a fim de encontrar a Ilha dos Imortais. Em vez de retornar com a notícia da descoberta, dizem que o alquimista e seus protegidos encontraram e povoaram as ilhas do Japão. Quanto ao próprio imperador, dizem que morreu — assim como um imperador Ming alguns milhares de anos depois — de uma overdose de mercúrio, que ele bebia diariamente na crença de que assim detinha o envelhecimento de seu corpo.

Contudo, o Presidente Mao encontrou a melhor maneira de alcançar a imortalidade: através de livros, emblemas, bandeiras, cartazes, jornais e ameaças. Por alguns anos após o fracasso do Grande Salto à Frente, ele foi forçado pelos críticos a ocupar um papel secundário, mas logo a necessidade de renovar a revolução, de moldar o país segundo sua visão, tornou-se avassaladora. Mao elaborou um plano: manipularia a vontade do povo para purgar o Partido. Afinal, ele ainda tinha seu mito — era a figura paterna que simbolizava a luta de uma nação, a própria figura de proa da revolução.

Tudo começou com um mergulho no rio. O sexagenário se despiu até a cueca e deixou sua barriga pálida desabar livremente enquanto entrava no rio Yangtsé numa tarde na primavera de 1966. Ele administrou um leve nado de costas e um letárgico nado de peito, mais tarde reescritos como uma vigorosa maratona aquática. Uma equipe de filmagem foi convidada, assim como repórteres dos jornais controlados pelo Estado. Ele lutou contra a corrente, depois deixou-se arrastar tranquilamente de volta aonde começara. Após quase cinco anos nos bastidores, permitindo que outros tentassem fazer uma reforma econômica para consertar o desastre anterior de sua má administração, ele deu um basta. Basta num governo inclinado ao centro e que dilui suas políticas; basta na nova geração de líderes que deixam as coisas fugirem de controle; basta em burocratas locais que usam a filiação ao Partido como um trampolim para o poder e a notoriedade; contudo, o mais importante, basta em se esconder nas sombras. Ele acenou para as câmeras enquanto entrava na água, embora não tenha sorrido. O nado servia para provar que ele ainda estava vivo e bem, ainda estava em forma para a luta e cheio de ardor. Poucos meses depois do mergulho os jornais estavam cheios de discursos de Mao e proclamações convocando os jovens a formar grupos de Guardas Vermelhos, a criticar as falhas dos velhos costumes, a se levantar e lutar para fazer da utopia socialista uma realidade.

∽ ∾

Depois que as escolas foram fechadas, Manxin e seus irmãos se juntaram a vários grupos da Guarda Vermelha. Eles foram instruídos que essa era a verdadeira educação; não algo estúpido como livros antigos e prolixos. O jovem Dali se absteve enquanto pôde quando os grupos estavam sendo estabelecidos, mas a simples pronúncia da frase "Ou você está conosco ou está contra nós!" e a matemática por trás dela logo o convenceram da necessidade de forjar um compromisso com a nova causa.

"Unidos e erguidos! Unidos e erguidos! Sempre à frente com a revolução!"

Manxin e sua amiga Liuliu integraram o coro, o volume de vozes oscilando e se elevando quando os manifestantes atravessaram a ponte e viraram uma esquina em direção à rua que antes abrigava a loja de departamentos estrangeira. Os sapatos se batiam com urgência contra o calçamento irregular enquanto o ritmo aumentava, com punhos socando o ar no ritmo dos gritos.

"Ousar lutar! Ousar vencer!"

Havia cerca de trinta adolescentes em filas de quatro ou cinco, trinta quepes se agitando enquanto seguiam em frente, trinta medalhas brilhando com o rosto de prata do Presidente.

"Esmaguem os contrarrevolucionários!"

"Levantem-se e unam-se à luta de classes!"

"Destruam o velho para criar o novo!"

Na frente ia uma mulher de meia-idade, com cabelos desgrenhados e grisalhos escapando de seu coque apertado enquanto ela era empurrada por uma massa de mãos concorrentes. Ela estava imprensada entre duas placas presas cobertas de críticas precisamente redigidas a seus ombros, e fazia o melhor que podia para manter os olhos no chão. Sua boca era uma confusão de sangue e buracos ardentes de onde seus dentes tinham sido arrancados, o que transformara seu rosto numa figura maligna. Ela era uma comerciante conhecida por aceitar subornos e guardar os melhores produtos para clientes especiais. A parada do dia era em sua homenagem. Ela era empurrada à frente aos tropeções, com as placas batendo contra seu peito e o suor se acumulando em suas axilas, escorrendo pelo interior do casaco.

"Se não falarmos, quem falará? Se não agirmos, quem agirá? O Povo deve se rebelar. Encontrar os traidores e sua pele arrancar, encontrar os traidores e seu crânio esmagar!"

O grupo das meninas era chamado Guarda Escarlate, ao passo que Dali pertencia aos Jovens Soldados Vermelhos. Cada facção costurava seus nomes nas braçadeiras e evitava contato com as rivais, acreditando que sua maneira de defender a revolução era a melhor.

Manxin surpreendeu sua amiga dando uma olhadela para um rapaz magro, com os primeiros tufos de um bigode sob seu nariz bulboso, e a cutucou no braço.

— Liuliu! — Ela sussurrou pelo canto da boca. — Não se lembra do que aconteceu com Chunhua?

Liuliu assentiu e voltou a olhar para a frente, acrescentando sua voz às perguntas e respostas exclamadas do catecismo do Pequeno Livro Vermelho.

No entanto, a verdade é que nenhuma delas sabia ao certo o que realmente acontecera com sua colega de classe Chunhua. Os rumores eram constantes e contraditórios, embora concordassem em alguns pontos: muitas reuniões estratégicas tarde da noite entre ela e o líder do grupo local ao qual ela se juntara (a Juventude Vermelha); uma prima invejosa que alertou a família sobre um batom vermelho escondido entre os livros de Chunhua; a vergonha posterior da família e o desaparecimento da própria menina. Especulações sussurradas sugeriam que ela agora trabalhava afundada em arrozais, numa província tão ao sul que, no verão, milhares de moscas entravam sob sua roupa, procurando abrigo contra o sol implacável.

Quando eles marchavam pelas áreas residenciais, as famílias que lavavam roupas em bacias de metal pela calçada e os velhos que conversavam sobre passados imaginários esgueiravam-se para o interior de suas casas. As portas eram fechadas com o máximo de sutileza, e lençóis molhados eram abandonados de qualquer maneira na água que se resfriava. Apenas seis meses antes, a marcha teria sido confrontada por algum cidadão irado, um delegado local preocupado com as coisas que saíam do controle ou um apologista que suplicava em prol da pessoa humilhada. Contudo, tendo aprendido que isso só os tornava os próximos da lista de capitalistas, traidores e direitistas a serem criticados, os cidadãos começaram a aceitar as marchas como ocorrências diárias.

Em todo caso, a maioria das pessoas agora tinha poucos amigos; com rivalidades mesquinhas logo se transformando em críticas oficiais, era difícil encontrar alguém em quem confiar. Até mesmo a família da lojista desdentada ficara a distância, fugindo dela e da desonra que o contato poderia trazer. Finalmente o mundo começava a ter bom senso, diziam os Guardas Vermelhos uns aos outros entre tapinhas nas costas.

❧ ❧

Jinyi acordou com as dores dando um nó em seu corpo. Ele se obrigou a levantar e descobriu que suas filhas haviam preparado pilhas trêmulas de tofu para ele. Tinham o mesmo gosto de quando elas o chamaram de "papá" pela primeira vez. Ele se lembrou de quando as filhas apenas balbuciavam e riam, e das primeiras vezes em que ele anunciara seu novo nome — "Papá chegou" ou "Está tudo bem, papá está aqui" —, saboreando as sílabas curtas e rechonchudas, o brilho de seu novo papel no centro de um pequenino universo. Ele fez o máximo para alimentar a lembrança, para fazer com que durasse, antes que o presente forçasse sua entrada.

Jinyi pensou na promessa que ele e Yuying tinham feito, de que nunca se separariam novamente. Jinyi vinha contando os dias desde o desaparecimento dela. E continuaria a contar. Ele se retraiu quando a porta se escancarou.

— Ouvi um grande discurso hoje, papai — disse Liqui para quebrar o silêncio quando os quatro se sentaram em torno do *kang* de barro, que agora fazia as vezes de mesa de jantar. — Não vai demorar muito até que tudo se transforme, e que haja justiça. Não é sensacional? Quando a mamãe voltar para casa, as coisas já estarão melhor.

Jinyi assentiu, pensativo.

— Ela ficará feliz por ver nossos sonhos virando realidade.

— Não são apenas sonhos, papai — comentou Manxin. — Liqui tem razão. Temos uma chance real agora, com todas as lideranças locais em atividade, e não imperialistas como Liu Shaoqi, deixados no governo para nos deter. O mundo inteiro estará olhando para nós, seguindo nosso exemplo.

— Eu sei. Só quis dizer que é importante ser paciente — murmurou ele.

— Já acabou o tempo para a paciência. Sua geração ficou esperando que o mundo fosse transformado para eles, e as pessoas da idade da Vovó Bolinho ainda se lembram de como eram servidas em todos os momentos e como prestavam deferência a imperadores e parentes corruptos. Agora está em nossas mãos.

Manxin se dirigia às irmãs, que seguiam suas palavras atentamente, enquanto o pai remexia o prato, embaraçado. As chiquinhas curtas sacudiam em torno de seu rosto enquanto ela falava, com o quepe pousado diante dela.

— Vejam nosso jantar, por exemplo. Apenas cinco anos atrás, não tínhamos nada além de caldo e cascas de pão velho, se tivéssemos sorte, e sentíamo-nos culpados demais por comê-los com todas as notícias sobre os camponeses que davam tão duro e morriam de fome a apenas algumas comunidades de distância. Mas agora temos o suficiente; agora todo mundo está começando a ter seu justo quinhão.

Jinyi assentiu. Sua orelha esquerda zumbia, como uma campainha de telefone. É estranho como as crianças se lembram das coisas, ele pensou. Elas não se sentiam culpadas naquele tempo: não mesmo, elas comiam até não sobrar nada e depois choramingavam, gemiam, soluçavam, faziam bico e batiam o pé. Mas, claro, ele concluiu, o passado ainda é mais fácil de mudar que o presente. Ele pensou em todas as pequenas delícias: as maçãs carameladas e os passeios ao Zoológico Popular, a pipa caseira e os bolinhos de festas feitos à mão, a ajuda com a lição de casa e o colo após incontáveis pesadelos, e a única coisa que eles pareciam recordar daqueles primeiros anos era a ocasião em que ele se zangara e distribuíra tapas na nuca delas com as costas da mão. Jinyi balançou a cabeça. Ele não conseguia nem lembrar por que ficara tão irritado.

— E quanto a você, Xiaojing? — perguntou ele, tentando mudar de assunto. — O que aprendeu hoje?

Xiaojing esperou um segundo antes de responder e estufou o peito, com seus cabelos curtos espigados e elétricos. Ela tinha passado a dizer que tinha cinco anos a todos que conhecia, como se em sua cabeça já tivesse corrido os quatro meses que faltavam e chegado lá mais cedo:

— Eu, Weiwei e Shuxi aprendemos sobre as dificuldades da vida dos camponeses com aquelas pessoas ovelhas.

Jinyi sorriu. Ela obviamente passara um bom tempo memorizando a frase.

— Entendi. Pessoas ovelhas, sim, deixe-me lembrar, são aquelas com cabeças de gente e corpo peludo e cascos, não?

Xiaojing não estava impressionada.

— Não, papai. São uns homens sujos que têm ovelhas. Eles têm um cheiro engraçado.

Jinyi e Liqui riram, mas Manxin fez uma careta.

— Eles se chamam pastores. E não são sujos, apenas não têm os recursos à higiene que você é tão afortunada de ter. Eles são gente nobre, honesta, de espírito cálido, assim como todos os camponeses.

— Então o que você aprendeu sobre as dificuldades deles? — perguntou Jinyi à filha mais nova.

Xiaojing franziu o nariz.

— Ovelhas são sujas!

Antes que Manxin interviesse novamente para corrigir a irmã, a porta principal se abriu, e todos se viraram para ver Dali esgueirando-se para dentro. Seus olhos fitavam o chão e seu corpo magro estava coberto de lama endurecida, ressecada em crostas por todo seu casaco escuro, e pedaços de terra poeirenta caíram de seu quepe quando ele o apertou com as mãos. Embora a princípio apenas avançasse entre os escombros e a bagunça que tinham sido cuidadosamente varridos e amontoados em pilhas por suas irmãs, logo parou e olhou em torno na sala. Notando a ausência de mesas e cadeiras, além das prateleiras e de tudo que havia nelas, as pinturas e todas as habituais miudezas, inclinou a cabeça como talvez um cão fizesse quando confrontado com um castigo que não conseguisse compreender.

Jinyi fez tudo que pôde para resistir à vontade de perguntar ao filho onde ele havia passado as últimas 24 horas. Por fim, disse aquilo que achava que sua esposa talvez dissesse se estivesse lá:

— Por que não se senta e come alguma coisa, Dali? Você deve estar com fome.

Dali deu de ombros, mas mesmo assim atravessou a sala e se sentou entre eles na cama de madeira. Por dez minutos eles comeram em silêncio, as bocas sugando e os palitos bicando o prato cada vez mais vazio, acompanhado de pequenos aglomerados de arroz cozido demais.

— Você parece um pastor! — exclamou Xiaojing, ansiosa por experimentar a nova palavra.

— Obrigado. É assim que todos temos que andar agora, não? — respondeu Dali, espanando a sujeira do ombro sobre os lençóis.

— Não seja ridículo, você vai confundi-la — reclamou Manxin.

— Não, estou falando sério. — Ele pousou os *hashis* e olhou para sua família. Dali ainda era tímido e desajeitado, mas com um tipo de graça desengonçada que surpreendia e irritava os parentes ao mesmo tempo. Sua falta de altura era intensificada pela forma como ele curvava os ombros, e até mesmo as sobrancelhas espinhosas se crispavam tão próximas uma da outra que a gravidade parecia puxar seu rosto para baixo.

— Como você acha que os camponeses realmente vivem? Vivem entre merda de porco, dormindo em colchões feitos de carvão, tossindo catarro preto e sangue. — Ele abaixou a voz até que ela mal passasse de um sussurro. — Quero dizer, é desse jeito que as coisas sempre foram. Por que de repente queremos ser como eles agora?

Manxin abriu a boca para discutir, mas antes que ela pudesse fazê-lo Jinyi esticou a mão e a colocou sobre o ombro do filho, arriscando-se na dor que o movimento disparava através de suas costelas.

— Melhor guardar ideias como essa para você.

— Eu sei, pai, mas...

— Sua mãe teria dito o mesmo. — Nos últimos meses, Jinyi aprendera que esta era uma forma eficaz de encerrar qualquer discussão. Era como se Yuying fosse uma presença fantasmagórica pairando sobre cada palavra, de alguma forma mais absolutamente presente agora do que antes da denúncia e do exílio. O fato de eles não terem certeza de seu paradeiro apenas servia para reforçar a ideia de que ela, de alguma forma, mantinha todos unidos.

— Mas, quero dizer, bem, vocês nunca se perguntam como é em outros países? — continuou Dali. — Imaginem: seu cabelo pode ser dourado em vez de preto, seus olhos podem ser esmeralda em vez de pretos, vocês podem...

— Já basta! — berrou Jinyi, e os olhos do filho se lançaram para encontrar os dele. — Isso é uma conversa absurda. Eu não sei o que você andou fazendo hoje, e não quero saber, mas isso tem que parar, senão você vai acabar em sérios apuros. Vá se lavar; você está imundo. E aproveite para limpar essas ideias da sua cabeça. Se eu voltar a ouvir você falando desse jeito, vai levar uma surra maior do que pode imaginar. — Jinyi sabia como suas ameaças soavam vazias, saindo entre tosse e chiados. Ele colocou a mão no peito com força e olhou para suas filhas. — O mesmo serve para todas vocês.

Quando se levantou do *kang*, segurando as tigelas de metal vazias que sua irmã pegara emprestado naquela tarde com os únicos vizinhos que não os ignoravam, Dali murmurou um breve pedido de desculpas.

— Apenas tentem ser como todo mundo, está bem? — suspirou Jinyi. — Agora deem o fora daqui, todos vocês, preciso descansar um pouco.

— Você não pode, papai. Não esta noite. Vai acontecer aquele espetáculo na cantina coletiva. Todos nós iremos — disse Manxin.

Jinyi fez menção de se deitar, mas as meninas não saíram. Ele apontou as feridas espalhadas pelo rosto:

— Não será apropriado que as pessoas me vejam assim.

— Mas se você não for, todos vão pensar que você prefere as velhas óperas decadentes e que não aprecia as novas peças revolucionárias — disse Manxin. — Ou podem pensar que você tem algo de que se envergonhar, algo a esconder.

— Nós temos algo a esconder? — perguntou Xiaojing, com a curiosidade fervilhando em seus olhos.

— Não! — Todos três responderam em uníssono, com a força da resposta sacudindo a cama de madeira a seu lado.

— Pai — Xiaojing se aproximou dele —, quando a mamãe volta para casa?

— Logo — respondeu ele.

— Promete?

Toda a família parou para ver como o pai responderia. Jinyi apertou suas costelas e se dirigiu ao quarto para se preparar para o passeio.

— Prometo. — A mentira lhe doía tanto quanto suas costelas quebradas.

Enquanto o pai desaparecia no quarto para se aprontar, Dali pegava a água do balde da cozinha com as mãos em concha, lavando seu rosto sujo e xingando a si mesmo. Ele odiava aqueles dias com os meninos de sua facção de Guardas Vermelhos, cheios de ordens, insultos e humilhações.

— Você não tem orgulho deste país, do trabalho que estamos fazendo? — perguntou Manxin enquanto ele se lavava.

— É claro que tenho — devolveu Dali. — Só que ainda há tanta coisa errada que eu me pergunto como as coisas realmente vão mudar um dia.

— As coisas estão mudando. As coisas melhoram a cada dia, e nós temos o Presidente Mao para nos guiar. — Ela tocou o ombro do irmão. — Se você acreditar, vai acontecer.

Jinyi não dormiu naquela noite. Cada lufada de ar que aspirava era uma punhalada. Cada pensamento sobre sua esposa o queimava. Ele não conseguia parar de se perguntar onde ela estava, se ela sabia que ele estava pensando nela, se ela também continuava fiel à sua promessa.

Que distâncias o amor pode viajar? Vou contar a vocês. Tomemos Yue por exemplo, uma grande tainha que viveu num tempo anterior a quando as pessoas começaram a se preocupar com datas. Ela nasceu numa baía com forma de feijão na costa leste, ladeada por morros frondosos, por um pagode inclinado e uma vila de pescadores. Tanto sua mãe quanto seu pai também eram peixes. Ela levava uma vida feliz — tão feliz quanto um peixe pode ser, imagino —, disparando como um dardo de bronze entre as águas cinzentas, mordiscando peixes menores e insetos e admirando o estranho mundo que ondeava vertiginosamente acima da superfície da água.

Ela havia aprendido a evitar as redes finas e as sombras arqueadas de barcos de pesca empurrados para fora da costa, mas começou a se aventurar nadando mais perto, observando formas onduladas de famílias que se despediam de maridos e filhos com presentes de arroz envolto em folhas de bambu e orações esvoaçantes. Foi numa dessas ocasiões que ela avistou Shen, parado na margem enquanto seu pai boiava para os trechos mais distantes do mar. Livro surrado na mão, ele era baixo e tinha uma pele escura, com queixo pontudo, os olhos rasgados e a boca como uma fatia de melão. Ela o achou fascinante. Todos os dias ele se sentava no pagode, as pernas magras balançando sobre a borda e os dedos dos pés sujos vez ou outra mexendo a superfície da água enquanto lia seu livro. Uma vez, Yue ousou ainda mais e nadou mais perto, e conseguiu ouvi-lo recitar para si poemas antigos, percebeu os olhos se fecharem e se embaralharem com os versos, tentando memorizá-los. Ela o ouviu xingando e depois murmurando: "Só mais um mês até os exames imperiais! Por que estou me enganando? Nunca vou conseguir ser um mandarim, sou apenas um caipira condenado a arrastar redes de pesca pelo resto da vida."

Foi só quando ele deixou a aldeia, levado à capital por um comerciante de bois para fazer os exames imperiais, que Yue percebeu que estava apaixonada. Talvez, ela pensou, eu possa usar parte da minha mágica para ajudá-lo a realizar suas ambições. Pois, veja você, todos os animais estão mais próximos dos deuses que os humanos, que a cada dia se distanciam mais e mais do divino, e todos têm um pouco de mágica — os peixes no agitar de suas caudas, as corças no menear da cabeça e no balançar de seus chifres, as aves nas pontas de suas asas estendidas. Contudo, antes que Yue pudesse se decidir, Shen retornou à aldeia.

Ele passou o mês seguinte mal-humorado e preocupado, chutando pedras por toda a baía enquanto aguardava o resultado do exame. Certa noite, após se embriagar com o vinho de arroz que seu pai produzia no quarto dos fundos, Shen chegou chorando até o pagode. De repente foi surpreendido por sons às suas costas: uma série de ruídos aquosos, de folhas molhadas sendo esmagadas, o farfalhar de arbustos. Ele deu voltas, os olhos frenéticos, ficou tonto, apenas para concluir que os sons eram os ruídos habituais de animais. Shen estava acostumado a eles: os grasnados de garças e mergulhões, o rugido dos lobos e a tagarelice dos macacos no alto das montanhas rochosas. Ele então ouviu algo mais próximo: passos em sua direção. Deu mais uma volta e esfregou os olhos: quanto tinha bebido? Diante dele havia uma moça tão bonita que ele acreditou piamente que sua imaginação a havia criado, pois como algo tão belo podia ser real? Mas ela era real, e seu rosto redondo se abriu num sorriso e covinhas. Ele abriu a boca para falar, mas ela se inclinou à frente, levemente tocando os lábios dele com os seus, e ele perdeu as mãos na cascata de cabelos de ébano que chegavam à cintura dela.

— Minha vida é cheia de segredos. Se você prometer que não vai me perguntar por enquanto, eu prometo que lhe contarei no futuro — disse ela mais tarde, ao final de semanas de encontros todas as noites depois que Shen concluía seus afazeres.

— Eu prometo. Se passar nos exames, vamos morar na cidade e casar, e nossos passados não importarão em nada, porque teremos um ao outro — respondeu Shen.

Quando ele a deixava, pouco antes do amanhecer de cada dia, Yue deslizava de volta à água e voltava à sua forma original. Em pouco tempo, um mensageiro chegou à aldeia a galope, para entregar uma bandeira na casa de Shen. Ele havia passado nos exames. Seu pai pendurou a bandeira na porta e fritou uma perca gigante com alho e gengibre, para ser consumida com as últimas reservas do licor caseiro. O velho também renomeou sua casa e acrescentou um degrau de pedra no limiar do pátio, para indicar o novo status da família. Tias e primos de primeiro e segundo graus e tios-avós vagamente conhecidos vieram para o jantar comemorativo. Enquanto as bocas se enchiam do carnudo peixe branco, Shen anunciou que tinham outra coisa para celebrar, pois logo estaria casado.

Seu breve discurso foi recebido com um silêncio sepulcral. Seu pai ficou vermelho, os convidados constrangidos por ele.

— E quanto ao intermediário? E ao papel dos pais, à negociação, ao dote, aos arranjos, às tradições? — gaguejou o pai, ciente de que estava perdendo a compostura na frente de quase todos os seus conhecidos.

— Pensei que você ficaria contente — respondeu Shen.

— E a família dela? Diga-me, ao menos ela é de boa família?

— Não tenho ideia. Não há necessidade de nada disso. Nós nos amamos — disse Shen.

— Amor? Amor! Nunca ouvi nada parecido em minha vida. A maldita poesia lhe subiu à cabeça! Amor! Você trouxe vergonha para sua família. Esqueça esse casamento imediatamente. Se alguém vai encontrar uma noiva adequada para você, esse alguém sou eu!

Shen disparou para fora da casa, e, ao encontrar Yue esperando no pagode, começou a viagem para a capital, enquanto seu pai arrancava a bandeira comemorativa e mudava o nome da casa de "Residência do Erudito" para "Dez Gerações de Pescadores". Yue e Shen se casaram um dia antes que ele se apresentasse em seu novo cargo num dos prédios mais afastados do palácio, e sua lua de mel foi no quarto que alugaram na casa caindo aos pedaços de uma senhora.

Foi nesse momento que o Imperador de Jade passou a se interessar. Pois uma coisa era assumir a forma humana e se divertir um pouco — todo mundo tem seus impulsos, afinal —, e outra completamente diferente era casar com um homem quando ela ainda era, sob a capa de pele rosada, um peixe. Tudo tem o seu lugar, e isso, anunciou o Imperador de Jade aos guardas em seu palácio celestial entre as nuvens, era demais.

No dia seguinte, depois que seu novo marido saiu para o trabalho, Yue estava lavando roupas no rio que dividia a capital quando sentiu o vento leve começando a tremer e sibilar como uma vela sendo soprada. Antes que tivesse tempo de se virar, um bando de pássaros negros arremeteu e agarrou cada pedacinho de suas roupas com seus bicos arqueados. Ela tentou se livrar, sacudindo braços e pernas freneticamente contra os pássaros, mas seus cabelos e roupas se emaranharam naquele puxão. De repente eles começaram a bater asas, as penas escuras agitando-se enquanto ela era arrancada do chão, gritando ao ser içada acima dos telhados vermelhos.

Shen voltou para casa apenas para descobrir que não só suas roupas não estavam lavadas e penduradas, mas seu jantar também não estava pronto. Por um segundo ele deixou que dúvidas sobre o amor de Yue entrassem em sua mente. Será que seu pai estava certo? Era isso que acontecia quando você se casava com alguém cuja família não conhecia? Enquanto ele se amaldiçoava e se perguntava se alguém no trabalho notaria que ele estava dois dias seguidos com a mesma roupa, Yue se encontrava sentada numa nuvem, cercada pela legião de melros que batiam asas, saltitavam e piavam quando ela tentava se mover. Ao final de apenas uma hora, ela começou a chorar, surpreendendo e assustando seus barulhentos guardas. Pouco depois, um estridente chamado foi ouvido, interpretado pelos pássaros como a deixa para mudar a formação, e assim eles saltitaram agilmente para as costas dela, empurrando-a decididamente na direção de onde vinha o som. Ela não teve escolha senão começar a andar.

Yue foi levada ao palácio do Imperador de Jade, que estava sentado, como sempre, no dorso de seu poderoso dragão amarelo, girando os dedos pelo bigode fino.

— Eu sei por que estou aqui. Peço desculpas, Vossa Graça, sei que não deveria ter me casado. Mas eu lhe imploro, não me aprisione apenas por causa do meu coração.

— Todos somos — respondeu o Imperador de Jade — prisioneiros das formas que nos são dadas. E — ele meneou a cabeça, indulgente — cada um de nós é prisioneiro de nossos anseios. Eu não pretendo mantê-la aqui: sua vida é lá embaixo, no mar.

— Mas eu não posso voltar para lá agora! Não posso abandonar meu marido. Nós estamos apaixonados.

Ele suspirou.

— Existem regras, regras que nem eu posso quebrar. O Universo depende de equilíbrio. Você deve saber que leva séculos para se tornar um ser humano. É algo que já foi feito antes: com oração, com meditação, com esperança e com esforço, você pode usar sua magia para se tornar humana. Plenamente humana, e não apenas transformando suas escamas em pele toda manhã. Mas você tem que provar seu valor. E isso vai levar mil anos. Eu lhe desejo sorte.

— Mas eu não tenho mil anos! No momento em que me tornar humana, meu marido estará morto.

— Eu sinto muito.

O dragão bocejou, e bojudas nuvens de fumaça saíram de sua língua púrpura. Os melros já a empurravam em direção à porta quando ela tornou a falar.

— Deve haver outra maneira! Não há nada que eu possa fazer para ficar com ele?

O Imperador de Jade sorriu.

— É claro. Sempre há escolhas a serem feitas, senão tudo seria simples. Quando você voltar para a baía, pode arrancar fora suas escamas. Seria horrivelmente doloroso, mas você se tornaria humana muito rapidamente. Contudo, se perder suas escamas desta forma, também perderá seu poder. Será o fim da magia e, mais importante, o fim da imortalidade. Acho que você descobrirá que a paciência é muito mais atraente. Talvez lhe faça bem. Adeus.

E com isso Yue despencou dos céus, sem nenhum pássaro à vista, e seus imaculados dedos brancos começaram a se converter em escorregadias nadadeiras. Com um baque ensurdecedor ela se viu de volta, agitando a cauda entre as águas conhecidas, suas guelras pulsando enquanto ela deslizava entre o azul banhado de sol. E em algum lugar entre as algas, os menores berços de camarões e as mais frias e escuras profundezas, ela pensou em Shen, sozinho na capital, e percebeu que não podia esperar, que trocaria a mágica pela perda, pois de que serve a vida eterna se for para vivê-la só? Com isso, ela começou a sacudir toda a extensão de seu corpo, torcendo desde os lábios franzidos à cauda em espasmos.

A princípio, nada aconteceu. Mas Yue não parou, ela se lançou com mais decisão no movimento, e os peixes e enguias menores fugiam do rebuliço de suas águas. Logo se ouviu o som de algo se rasgando, o assobio de uma costura se rompendo, e a primeira escama saltou de seu corpo como um botão que pula de calças apertadas. Yue gritou de dor, mas continuou a se contorcer, com as rijas lascas de prata sendo arrancadas de seu corpo e a água se tingindo de um rosa de romã. Com seu corpo lanhado e inchado, seus gritos atravessaram a superfície da água e puseram as gaivotas numa fuga apavorada.

Os gritos de Yue chegaram ao céu, e as nuvens se sacudiram ao partilhar sua agonia. Até hoje, quando vir fios de nuvens, aquele céu encarneirado em que nuvens se abrem esparsamente sobre um fundo azul, numa mímica de um peixe que perde suas escamas, saiba que esta é a maneira com que o céu mostra sua compaixão pelo fato de que, em algum lugar, há alguém dando uma parte de si por amor.

Shen viu o céu pontilhado de uma janela estreita em sua nova casa, e sentiu seu coração saltar e se apertar. Na manhã seguinte, uma hora antes do amanhecer e com as lascas de nuvem cereja ainda baixas no horizonte, Yue entrou claudicando pela porta, suada, ofegante, com todo seu corpo trêmulo tingido por cortes e arranhões. E é assim que a história termina: ambos envelhecendo no pequeno quarto alugado, que cresceu em uma casa só deles, com crianças brincando no jardim, que se reduziu a um par de túmulos, estreitas covas de terra lado a lado numa colina sobre uma baía.

Meu ponto é o seguinte: o amor é uma questão de obstinada descrença, de contorções e ultimatos. O amor luta em nós e nos faz lutar. É o que nos impele a ir em frente. E, por isso, há algo nesse conto que me incomoda. Pois é o tipo de história que o próprio Imperador de Jade gosta de ouvir de mim, em que o foco, e na verdade todo o propósito da história, é a ação cinematográfica. Ele sempre me diz para me apressar, para cortar os detalhes desnecessários, para fazer uma certa edição e apresentar a versão mais enxuta. Mas a vida não é assim. É mais provável que a luta para garantir a sobrevivência do amor encontre suas mais duras batalhas entre os pequenos resmungos da troca de fraldas ou do ato de dar de mamar à meia-noite ou do bom e velho tédio; é mais provável que se concentre em pequenas traições ou deslizes ferinos da língua, que apresente o heroísmo cotidiano de fingir não ver mil pequenos hábitos irritantes. Em suma, o amor é trabalho duro, e o final feliz de nossa história é só o começo do verdadeiro trabalho de manter vivo o amor. É por isso que me incomoda; e, entretanto, quem pode negar o fato de que sempre precisamos de histórias de amor?

∾ ഗ

O espetáculo na cantina coletiva foi longo e torturante. A família trabalhou duro para manter o sorriso de interesse fixo no rosto enquanto a ópera revolucionária — sobre um jovem da cidade que descobre, com os simples agricultores do campo, como os costumes dele estavam errados — se arrastava infinitamente. Depois eles deixaram a cantina ao som dos murmúrios de ex-amigos às suas costas.

Manxin acordou na manhã seguinte antes que os galos da feira começassem seus hinos. Ela se descolou delicadamente das irmãs, da mistura de suor frio molhando suas roupas. Até Dali ainda dormia, encolhido como um feto no canto mais afastado, sobre uma pilha de jornais velhos e roupas rasgadas. Só a cama de madeira onde seu pai dormira estava vazia.

— O que está fazendo de pé? Você deveria estar descansando! — repreendeu-o ela quando entrou na cozinha.

Jinyi equilibrara o tampo da mesa sobre duas pilhas de madeira quebrada das prateleiras derrubadas, e estava sentado num banquinho bambo que ela nunca tinha visto antes. Diante dele havia uma tigela de madeira cheia de farinha, outra com um pedaço de carne de porco que atraía uma vertiginosa multidão de moscas e um par de cebolinhas ainda sujas de terra. A chaleira apitava e soprava sobre o fogão. Manxin não pôde deixar de notar que a bola de carne tinha quase a mesma cor dos hematomas do pai.

— Sente-se. Tenho algo que quero lhe mostrar.

Ela se aproximou, cética:

— Quanto custou tudo isso?

Ele fingiu não ouvir a pergunta.

— Agora quero que você observe com atenção; só posso fazer isso uma vez. Vamos começar com o recheio: tudo depende daquela primeira mordida, da carne quente aquecendo sua boca, do caldo se derramando e eriçando sua língua, do cheiro...

— Pai — interrompeu ela —, por que você está fazendo bolinhos? Faltam meses para o Festival da Primavera. Não é aniversário de ninguém. Mamãe está voltando para casa hoje?

Ele balançou a cabeça:

— Temo que não. É só algo que você precisa aprender. Você deve saber como cozinhar essas coisas sozinha. Eu vou lhe ensinar, e depois você pode mostrar aos seus irmãos.

— Mas nós fizemos bolinhos juntos centenas de vezes! Eu sei o que fazer!

— Você sabe como pegar um monte de recheio, enfiar na massa e fechá-la com uma dobra. Você precisa ver como fazer tudo, desde o começo, para que possa fazer por conta própria.

— Tudo bem. — Ela se agachou do outro lado da mesa e olhou para ele. Jinyi bufava e arfava, picando e amassando, parecendo muito mais velho do que era. Ela compreendia o raciocínio dele: as autoridades podiam chegar a qualquer momento e enviá-lo para reeducação, assim como havia acontecido à mãe no ano anterior. Os anéis de cebolinha picada faziam os olhos de Jinyi arder.

— Quem ensinou você a fazer bolinhos, pai? — perguntou Manxin, rompendo a linha de pensamento dele. — Sua família?

— Ha! — Sua risada lançou uma corrente de dor por seu corpo. — Não, eles, não. Meus pais morreram jovens, e o resto... bem, a única coisa que me ensinaram é que o pior crime do mundo é esquecer sua família. Lembre-se disso, Manxin. Eu mesmo sou culpado disso, tenho vergonha de dizer, mas hoje eu compreendo.

— Eu sei, pai.

— Enfim — continuou ele, tentando aliviar o clima —, nós não tínhamos os meios ou o dinheiro para fazer bolinhos no campo, quando eu era jovem. Só podíamos comer o que se achava na terra; caules, raízes, vegetais murchos, às vezes punhados inteiros de terra esfarelada que ficava entre os dentes, brotos estranhos, lesmas, minhocas, lagartas...

— Não acredito nisso — disse Manxin, mas ele percebeu que ela não tinha certeza do que falava. Ele riu.

— Não, foi sua avó quem me ensinou. Vocês, crianças, a chamavam de Vovó Bolinho, porque ela herdou os restaurantes de massas quando seu avô morreu, antes que tudo fosse redistribuído, lembra? Bem, nos velhos tempos, antes de termos a força e a sabedoria do Presidente para nos guiar, eu trabalhava na cozinha de um desses restaurantes. Foi assim que acabei me casando com sua mãe.

Ele desfiou a carne de porco com movimentos precisos, sem jamais desviar os olhos da filha.

— Mas e quanto aos outros tipos de bolinhos? De cenoura, cordeiro, coelho, repolho ou camarão? Você também vai me mostrar? — perguntou Manxin.

— Não, só vamos fazer estes. Você terá de improvisar com os outros.

Ela se retraiu — as regras, os decretos, os discursos e as exortações do Estado faziam todo o possível para restringir qualquer possibilidade de operação livre. Ela via a própria ideia de improvisar com suspeita; soava intelectual, direitista e, portanto, assustador.

— Foi assim que os primeiros *chefs* de cozinha descobriram há séculos as receitas que usamos agora. Você só vai saber se algo funciona ou não se tentar. Talvez esbarre com um gosto muito bom; nunca se sabe. Aconteça o que acontecer, você aprenderá algo sobre si mesma.

Manxin balançou a cabeça. Aquela conversa, ela sentia, estava definitivamente entrando em território perigoso. Será que seu pai era de fato um inimigo das novas ações, que realmente merecera a visita de duas noites atrás?

297

— Eu já sei tudo sobre mim — disse ela, desafiadora.

Jinyi quis rir e afagar seu ombro, mas se conteve, já que se lembrava bem de quando tinha quatorze anos.

— Eu sou uma comunista batalhadora, dedicada, honesta, e sigo o Partido com todo o meu coração. Não há nada mais a saber.

Jinyi tossiu e seu corpo se dobrou como uma sanfona cheia de água. Sua filha deu um salto para impedi-lo de desmoronar sobre a bancada de equilíbrio precário, mas se afastou bruscamente quando viu a forma como a dor remapeara o rosto de seu pai.

Manxin voltou para o quarto para acordar seus irmãos. Os gritos da feira e os hinos da manhã entravam em ondas pela janela; o dia começava. Jinyi se debruçava sobre os rolos semiacabados de massa e as bolas trêmulas de recheio macio, ouvindo o burburinho confuso e a distorção do amplificador ligado do lado de fora da Câmara Municipal tocando a primeira reprodução do dia de "O Oriente é Vermelho", e sentiu que seus olhos ficavam vermelhos também, ardidos e apertados.

Enquanto a música rufava, Jinyi se lembrou de um velho conto sobre um músico, um mestre do choroso *gugin*, uma cítara de sete cordas longas feita do mais fino cedro. A cada dia, do amanhecer até o crepúsculo, o músico se sentava no pátio de sua casa para tocar suas composições. Um dia, um andarilho desconhecido parou junto à casa e se agachou para ouvir a melodia sinuosa e aguda que se livrava do ventre do instrumento em forma de caixa. Quando terminou a música, o estranho falou.

— Um grande rio, desdobrando-se em direção ao mar. Uma mulher nas pastagens, à espera do retorno de um barco.

O músico estava impressionado:

— Sim! — exclamou. — É exatamente esse o sentimento que quis comunicar. Ouça mais uma.

O músico voltou a beliscar as cordas, mais rápido dessa vez, as cordas se estiravam e se soltavam uma e outra vez, a música penetrante fragmentava o ar da tarde. Quando ele terminou o segundo tema, o estranho falou:

— A terrível excitação da batalha; as gêmeas possibilidades de morte ou glória.

Mais uma vez o músico ficou pasmo. Finalmente, ele pensou, encontrei o ouvinte perfeito, alguém que sabe de fato apreciar minha música.

O músico e o estranho passaram juntos todos os dias depois daquele, o músico tocando e o estranho ouvindo e comentando antes de recaírem num silêncio de contentamento comum, compartilhando vinho de arroz. No entanto, quase um ano após sua primeira reunião, o estranho morreu de uma doença fulminante. No dia do funeral, o músico tomou um machado e despedaçou seu *gugin* numa centena de lascas de madeira e as atirou na pira de seu amigo.

— Não há nenhuma razão para tocar mais — disse ele aos presentes —, pois ninguém mais compreenderá minhas canções tão bem quanto ele. Não sou mais um músico.

Jinyi apertava seu corpo, respirava fundo e ouvia seus filhos bocejando e deixando a cama. Ele se acalmou e fez um esforço para continuar sentado tão pacientemente quanto possível, pois o que mais podia fazer agora senão esperar?

O İmperador de Jade correu as mãos *pelos redemoinhos em preto e branco do tai-jitu, que imediatamente começou a brilhar — um estranho calor se espalhou pelas paredes, que se despiram de suas manchas de fumaça e de repente pareciam recém-construídas. Olhei em torno e vi que tudo no templo estava restaurado, com o toque final de folhas de ouro e pilhas de escrituras bem-amarradas; tudo, exceto o local onde a imagem de Lao Tsé deveria ficar.*

O Imperador de Jade pescou meu olhar.

— O velho sábio ficaria bem mais feliz com um ninho de pássaro que com uma caricatura. Pois bem, o que pode me dizer sobre o Caminho?

Eu não tinha percebido que seria posto à prova. E, além disso, o velho deus ainda não tinha respondido à minha pergunta. Mesmo assim, dei de ombros e decidi entrar no jogo.

— Bem, é claro, no Tao Te Ching, *Lao Tsé nos diz: "O caminho que pode ser descrito não é o Caminho." Se isso é verdade, certamente não se pode esperar que um homem humilde como eu seja capaz de dizer qualquer coisa sobre isso.*

Ele sorriu.

— Mas você explica o amor. E é claro que o amor é igualmente impossível de apreender, de definir. É melhor desistir de sua busca agora, Deus da Cozinha.

— Não... bem, talvez você tenha razão, mas... ei!

Eu ergui os olhos e vi que o Imperador de Jade tinha desaparecido, embora suas palavras continuassem ecoando pelo pequeno templo. Ao que parecia, o Imperador de Jade só sabia me dar dor de cabeça.

9
1974
O Ano do Tigre

Há coisas que as pessoas não podem ouvir: terremotos antes que comecem a murmurar sob a terra, vulcões antes que explodam, a guinada do vento que avisa às aves a hora de fugir, os apitos estridentes que obrigam os cães a se encolher e ganir — os túneis sinuosos e cerosos que levam ao tímpano humano deixam escapar os lamentos agudos e as vibrações da natureza chamando sua fauna. Existem cores que o olho não pode identificar, pontos que a retina não pode reagrupar, pontos cegos que nem a visão periférica captura. E quando todos eles são somados, o mundo inteiro torna-se obscuro. Há, e acho que você já imagina aonde quero chegar, perguntas que não podem ser respondidas. Existem universos além do nosso alcance.

O que isso quer dizer? Que nossa experiência é limitada, está tomada de escuridão e névoa por todos os lados. Até aqui em cima, observando todos vocês aí embaixo, eu e meus colegas deuses muitas vezes ficamos intrigados. Provavelmente é uma das principais razões pelas quais o Imperador de Jade me desafiou. Mas, embora nossa curiosidade — humana e divina —, nossos instintos e nossa imaginação possam ser estimulados por perguntas impossíveis, acabam sempre deixados de lado, pois as minúcias da vida continuam apesar de nossa ignorância, e nossas dúvidas também se incluem entre nossos pontos cegos.

∾ ∾

Jinyi tentava dormir. Contudo, a névoa que subia dos arrozais tinha outros planos, serpenteando em torno das palafitas da cabana e se infiltrando entre as tábuas do piso. O quinto inverno de Jinyi no campo ainda não estava acabado e seus ossos já rangiam e estalavam enquanto ele rolava sob um monte de peles rançosas e fedorentas. Cinco outros homens dividiam o quarto, encaixados em fileiras de três em cada lado, todos protegendo ferozmente sua parte demarcada de chão duro. As paredes tortas estremeciam ao ritmo de seus roncos. Jinyi suspirou e imaginou os dedos de seus pés, crivados de bolhas e pele morta, colando-se uns aos outros pelas horas intermináveis chafurdadas entre os arrozais. A escuridão era absoluta; até a lua parecia ter ficado para trás, na cidade onde seus filhos estavam.

Ele se virou mais uma vez e se amaldiçoou. Estava tão exausto que não conseguia dormir — como era possível? Não que ele quisesse dormir, pois sempre sonhava com ela, e quando acordava se via sozinho no chão frio, sem saber em que província sua esposa poderia estar, e isso era intolerável. Ele obrigou sua promessa a mergulhar no fundo de sua mente.

Em apenas algumas horas, o ciclo monstruoso começará outra vez, ele pensou, e eu então estarei rezando por descanso. Não, espere, não posso me permitir pensar assim. Isto é para o meu benefício, é para o meu bem.

Jinyi tinha centenas de outras pequenas frases que dizia a si mesmo para atravessar a trituração dos minutos, horas, dias, meses, estações; qualquer que fosse o tempo para que ele pudesse ver sua família novamente.

Enquanto o sono se aproximava, sua mente retornou à viagem até ali. Ele passara dias ombro a ombro com um professor corcunda, idoso e meio cego de um lado e um belo e jovem dentista do outro: havia uma dúzia deles amontoada na parte traseira de uma caminhonete aberta que sacolejava por tantas estradas que era impossível enumerar. Os joelhos se chocavam e os vapores de seus hálitos se elevavam como desesperados sinais de fumaça à medida que as montanhas subiam e desciam ao seu redor, o motor tossindo sempre que as marchas eram alteradas para combater o desafio de outra subida. Jinyi lembrou-se do rugido dos rios que ficavam para trás; dos gritos dos gaviões e das explosões distantes de pedreiras; dos tambores tribais da chuva contra a lona puxada sobre suas cabeças, enquanto eles tentavam dormir sentados, cabeças caindo contra corpos desconhecidos; do cheiro persistente de suor e cigarros;

das distantes protuberâncias e dos buracos de minas precariamente perfuradas em encostas; da cara feia dos homens uniformizados em infinitos postos avançados; do som das cidades trazido de longe; da beleza ameaçadora da paisagem à medida que uma província se desdobrava em outra; e do silêncio estrondoso que nenhum deles podia quebrar.

Conforme chocalhavam através da paisagem, Jinyi percebeu de onde reconhecia os montes e planícies sem fim. É daqui que tudo vem, ele pensou consigo, o mundo gravado nos pergaminhos e gravuras pendurados nas paredes dos mil salões e restaurantes que atravessei.

Por um longo tempo, a pintura chinesa ignorou as armadilhas da arte ocidental: o realismo e a obsessão com a luz e o espaço. Em vez disso, o foco estava na sombra e na silhueta, na fluidez das linhas dançarinas de tinta. Por quê? Uma sugestão é de que a chegada do budismo ao longo da Rota da Seda deu origem à ideia de que o mundo é transitório, nada mais que uma ilusão, por isso tentar capturá-lo de maneira realista era considerado ridículo, pois todos concordavam que não havia nada de real a capturar. Outra possibilidade é de que a fluidez das linhas sugeria um mundo de fluxo contínuo, um mundo que não tem lugar para a permanência. Além disso, as pinceladas rápidas e cuidadosas invocam o trabalho meticuloso do calígrafo, sugerindo que as imagens partilham do mesmo trabalho que as palavras: corrigir e definir a natureza das coisas, e assim controlar o caos.

Os pintores paisagistas da dinastia Song foram ainda mais longe, tracejando linha após linha para criar uma sensação de intangibilidade: montanhas escarpadas, desfiladeiros encimados pela neve, vastos precipícios e os onipresentes rolos de neblina e nuvens borrando a distância. Contudo, uma coisa quase sempre ausente de suas pinturas eram pessoas, como se a harmonia que os taoistas procuravam entre a natureza transcendente e a desordem humana sempre estivesse além do alcance. Foi na paisagem desses artistas — uma paisagem de montanhas sublimes que lançavam sombras intermináveis, de caminhos sinuosos e trilhas bifurcadas de floresta, onde o futuro era obscurecido por névoa e garoa — que o caminhão entrou gaguejando. Estou sendo levado, Jinyi pensara, para a imensidão desconhecida do passado.

Ele estava quase dormindo quando a frágil porta de madeira foi aberta num repelão e o gordo oficial entrou gritando no quarto:

— Levantem-se, seus preguiçosos de merda! Não sabem que aqui não tem esse negócio de esticar o sono? Há trabalho a fazer, e se vocês acham que são bons demais para isso, estão redondamente enganados. Os verdadeiros camponeses estão de pé há quase uma hora... parece que vocês perderam o café da manhã e terão que ir direto para o trabalho! Andem *logo*!

Enquanto falava, ele chutou o urinol coletivo para o centro da sala, com o objetivo de forçar os homens a se erguer num salto para evitar os filetes derramados de urina quente e escura. Já que eles dormiam vestidos, até mesmo com os casacos mastigados pelas traças, a transição dos sonhos fragmentados aos tristonhos campos acinzentados era curta. Tão logo passaram pela porta, colocados no mesmo grupo porque cada um tinha em torno de cinquenta anos (como foram informados, a maioria das pessoas no campo não sabia sua idade exata), os seis homens foram dispostos em unidades de trabalho e postos em ação.

Jinyi passara o dia anterior guiando os bois velhos às pastagens e à forração de inverno, com a irritabilidade e a indigna voracidade dos animais fazendo seu infeliz condutor patinhar na lama salpicada de gelo em intervalos regulares. Hoje seria a mesma coisa, conduzir os bois pelos arrozais ondulados para fora da aldeia, em direção à riqueza da floresta. Com a infância passada no campo, Jinyi se saía melhor que a maioria, sofrendo menos com a fúria do oficial e com o desprezo dos camponeses. Ele já sabia que a única coisa que irritava as pessoas do lugar não era a monotonia, pois o trabalho era o mesmo em todos os lugares, mas a imprevisibilidade e a simples luta que consumia as horas do dia.

— Espere, Jinyi. Pare, pare! Este aqui resolveu fazer o que quer! — Um membro de seu grupo, um homem baixo e atarracado que o oficial apelidara de Banha, estava lutando com um dos bois menores, encolhendo-se quando a língua quente e pegajosa do animal saltava em sua direção. O rosto redondo de Banha estava manchado e vermelho; sua respiração era ofegante e seus olhos pequenos se estreitavam em atenção.

— Segure o chifre e puxe. Ele está acostumado com isso, então não vai avançar em você. Fique calmo, e ele se acalmará também. — Apesar de sua inclinação natural para desaparecer em segundo plano, Jinyi acabou sendo apontado como líder de seu pequeno grupo.

Além de Jinyi e Banha, havia um homem alto, de costas arqueadas e mandíbula frouxa, apelidado de Peru. Ele era o membro mais recente, as cicatrizes ainda rosadas em sua cabeça raspada estavam lá como prova. Havia também um rapaz magro — talvez quinze anos de idade, ou algo por aí — que dizia se chamar Bo. Jinyi parecia passar os dias pastoreando homens e animais, e aqueles seguiam cada palavra sua; era a única vez, observava Jinyi com tristeza, que ter crescido no campo lhe trouxera mais do que condescendência.

— Ele não vai respeitar nada, ele é só um... um grande idiota. Tem aquela expressão nos olhos, como se estivesse planejando algo — queixou-se Banha, e os outros deixaram que ele continuasse. Melhor que ele desabafasse longe dos ouvidos dos camponeses. Se reportassem suas palavras ao oficial, algum tipo de punição cuidadosamente elaborada poderia se abater sobre todos eles.

— Você não está olhando para esses animais direito — disse Jinyi. Eles haviam chegado ao topo da encosta e se agrupado, preparando-se para a descida entre os arbustos congelados e sorrateiras poças de gelo. — Você está olhando para eles como se estivesse num zoológico ou como se fossem animais de estimação ou manchas distantes numa pintura antiga. Está olhando como se eles estivessem pensando coisas. Não estão. As pessoas aqui os tratam como você talvez trate um carro, ou uma ferramenta, não como uma criança teimosa. Temos que ver o mundo com olhos diferentes; lembre-se: é por isso que estamos aqui.

Os outros baixaram a cabeça numa resposta muda. Todos sabiam por que estavam lá. Cerca de vinte bois com flancos emaranhados e caudas agitadas baixaram os olhos, indispostos para começar a descer depois de uma subida tão laboriosa. Seu destino, as cascas viscosas de uma floresta de ciprestes, ainda era apenas uma vaga ondulação no horizonte.

Peru arrancou um de seus sapatos e praguejou:

— Porcaria! O calcanhar está cheio de buracos, vejam! Minhas meias também estão assim; as que não estão encharcadas, quero dizer. Minha mulher costumava costurar, remendar e tudo o mais. Não sei se consigo fazer isso sozinho.

Sem querer que aquele tipo de conversa os dominasse antes mesmo de terem começado a parte mais difícil do dia, Jinyi acenou e os quatro começaram a empurrar os grandes traseiros dos animais teimosos.

Jinyi levara quase três meses para construir uma ideia de onde estava. Nada era certo — até a distância da primeira viagem parecia confundir--se após alguns dias na estrada. Tanto que, quando chegaram, ele não sabia dizer se tinham se amontoado na traseira do caminhão por cinco dias ou dez anos, após tantas voltas e curvas por passagens estreitas, sua bússola interior girara e zumbira como se próxima de um ímã poderoso.

Entretanto, os moradores só conheciam os nomes de suas vilas, da aldeia do outro lado da montanha e da cidade comercial mais próxima. A província em que estavam situados era uma irrelevância, não mais importante para eles do que a arbitrária nomenclatura da galáxia em que seu planeta por acaso se localizava. Os infindáveis mergulhos e encostas e a ondulação contínua de florestas e platôs confundiram o sentido de geografia de Jinyi, embora os arrozais e as chuvas frequentes sugerissem que eles se aproximavam do equador. Mais tarde ele descobriria que estava a apenas duas províncias de distância de sua esposa, contudo isso não importava — quando não se estava autorizado a fazer visitas, não fazia diferença se a distância era de um quilômetro ou mil.

— Não falta muito agora. Bo, como você está indo? — Jinyi mantinha o fluxo da conversa a cada poucos minutos, a fim de encorajar os outros e de se impedir de pensar em si mesmo. O rapaz deu de ombros e continuou a empurrar.

A aldeia se instalava perto da base de uma colina longa e esticada. Era como se uma montanha alta tivesse sido esmagada por um punho gigante, com os confusos destroços sendo depois cobertos por uma massa de árvores e riachos. Toda semana um caminhão a atravessava, com um médico não muito treinado que passava a maior parte de suas visitas tentando derrubar as superstições dos habitantes locais e alertá-los quanto a seus remédios caseiros. Não havia nenhuma saída. A estrada de terra poderia levar a qualquer lugar, o par de mulas de carga parecia já ter assinado um acordo longo e arrastado com a morte, e o oficial sempre ficava de olho em sua moto enferrujada, mesmo, como as pessoas sussurravam, enquanto dormia.

— Estamos perdidos? — perguntou Banha melancolicamente enquanto eles lutavam para subir até uma clareira irregular, entre pontas de rocha que se estendiam entre eles e os verde-escuros da madeira. Ele ofegava, suando apesar do frio, apoiado num dos animais. O grupo serpenteara por uma distância tão grande, esquivando-se de urtigas, pedras e extensões de solo congelado, que sentiam como se estivessem se deslocando em círculos cada vez maiores. Um dos bois mugiu em resposta à pergunta de Banha, e Jinyi fez uma contagem rápida das cabeças.

— Não, estamos indo bem. Deixem a direção comigo. E mesmo que nos percamos, os animais provavelmente podem nos levar de volta. Aposto que eles já fizeram esse caminho uma centena de vezes ou mais.

Bo deixou-se cair sobre uma pedra baixa, e um boi começou a lhe lamber os tornozelos. Eles se instalaram ali, e Jinyi buscou no bolso do casaco alguns sabugos de milho murchos e ressequidos, quebrando-os ao meio e passando pela roda. Peru acendeu um cigarro que foi passado de boca faminta a boca faminta, e fios de saliva se esticavam da ponta empapada.

— Então, como isso funciona? — perguntou Peru, tímido. — Quanto tempo ficamos aqui? Alguns meses, alguns anos, o quê?

— Enquanto for preciso, acho — respondeu Jinyi.

— Entendi — assentiu Peru, deixando as mandíbulas sacudirem. Ele passou a mão na cabeça, sentindo as pontas espinhosas onde sua cabeleira frondosa costumava estar. Guardas Vermelhos tinham raspado metade para humilhá-lo, e ele pediu à esposa para raspar o resto, para acertar.
— De certa forma é engraçado, sabe, antes disso eu costumava ser...

— Não! — interrompeu Banha, surpreendendo todo mundo com a força de sua fala. Ele baixou a voz. — Não falamos sobre nossas antigas vidas aqui.

— Certo. — Peru olhou para Jinyi, que suspirou e começou a explicar.

— Três razões. Primeiro, se os moradores escutarem e denunciarem, todo mundo apenas pensará que você prefere os velhos costumes burgueses ao verdadeiro trabalho, e ficarão em cima de você. Se isso acontecer, você passará semanas arrancando arbustos. Segundo, estamos aqui para mudar, e você não pode fazer isso com um pé no passado. E em terceiro lugar, mais importante que tudo, se você passar o dia todo pensando em sua esposa e filhos e em todas as outras coisas que deixou para trás, vai ficar louco.

Peru e Banha riram, e até Bo conseguiu abrir um sorriso fraco. Eles recomeçaram a andar, cada homem deslizando entre os animais enormes e preguiçosos, empurrando-os cada vez mais perto da vastidão de bosques verdes que se prolongava à frente.

∽ ⌇

Horas depois, os sapatos arrebentados ainda patinhavam e trituravam a grama rija, as mãos se apoiando nos grandes volumes de gordura do rebanho para não cair.

— Alguma vez vocês já pensaram em como as palavras podem ser peculiares? — disse Peru, para quebrar o silêncio. — Quando eu era jovem, minha tia nos contava histórias sobre o inferno. Você sabem, os demônios que vivem lá, os truques que eles pregam, os fantasmas famintos; todas aquelas asneiras para assustar os outros, todas as coisas que o governo felizmente baniu antes que pudessem causar mais danos. Enfim, me ocorreu que o inferno... bem, o que isso realmente quer dizer?

Banha olhou para ele, limpou os rios de suor do rosto e tentou recuperar o fôlego.

— Isso não significa nada — arfou ele. — Era apenas uma forma de impedir que as pessoas questionassem o horrível mundo feudal à sua volta.

— Sim, eu sei, eu sei, mas e quanto às palavras? Inferno. *Diyu*. Dois caracteres, não? E se nós dividirmos e lermos cada um isoladamente? *Di*: campo. *Yu*: prisão.

— Eles se referem ao que acontece sob os campos, Peru — respondeu Jinyi. — Quando você enterra um corpo, coloca embaixo da terra, então ele fica preso lá, como uma prisão, e não pode jamais voltar a sair. E ponto-final.

— Talvez. Ou talvez nos diga outra coisa. Talvez o inferno seja um campo que é também uma prisão. Como quando você fica perdido a céu aberto sem ter para onde fugir. Isso lembra alguma coisa?

— É melhor você parar com isso agora — disse Jinyi num corte. — Não sou muito bom em dar conselhos, e sou muito pior em aceitá-los, mas você tem que me ouvir. Estou acostumado a ficar quieto, e passei a maior parte da vida tentando evitar encrencas, fugir delas a qualquer custo. Mas aqui estou eu, e aqui está você, e todos temos de fazer o melhor que podemos com o que temos. Você está olhando tudo ao avesso.

Ele trocou o peso nas pernas, limpando as unhas enquanto falava:

— Escute, se aprendi alguma coisa em todo esse tempo em que estive aqui, foi isto: se você acha que algo é um inferno, ele será um inferno. Você tem que mudar a forma como pensa: quando isso acontecer, todos nós voltaremos para casa.

— O que você está dizendo é que estamos aqui para descobrir o que temos que aprender. — Peru riu, mas ninguém estava no mesmo clima. Não era uma piada; era a única coisa que ainda tinham para se agarrar.

O grupo alcançou a floresta em silêncio, cada um com o estômago uivando e a boca se torcendo involuntariamente em dentes arreganhados. Eles tinham ouvido falar de outros grupos brigando entre si pelas coisas mais ínfimas; gritos, choro, tapas e outras reações eram ouvidos sob nesgas de luar com certa frequência. Banha já estava apertando o peito, andando cada vez mais devagar.

Jinyi cerrou os punhos e mordeu os lábios; por mais que tentasse, não conseguia parar de seguir a linha de raciocínio de Peru. Ele se lembrou da aula de caligrafia à mesa da cozinha, quando Yuying lhe ensinara a desvendar a teia intricada de veias e artérias de cada ideograma e depois a colocá-los em ação com a ponta do pincel. O céu se esticava à sua volta, e Jinyi orou em silêncio para que sua esposa ainda estivesse lá, em algum lugar, olhando para as mesmas nuvens esfarrapadas e pensando nele.

Atravessando a primeira linha de pinheiros aglomerados, eles se depararam com uma clareira coberta, onde o gelo ainda não se espalhara completamente. As quatro figuras se acocoraram enquanto os bois pastavam, todos perdidos em seus pensamentos. Eles tinham recebido ordens de vir para a floresta, e vieram; não havia mais nada a fazer. Eles foram orientados a retornar ao anoitecer, e era o que fariam. Assim como os budistas nos diziam que nós renasceríamos de acordo com nossas ações acumuladas, Jinyi pensava enquanto o grupo esperava pela tarde: aqui estamos agora renascendo em lugares diferentes, nossas antigas vidas abandonadas e com novas vidas impostas, não há nada que possamos fazer em relação a isso. Com a luz mergulhando em direção ao oeste, espalhando-se entre as copas trêmulas para alcançar suas sombras, Jinyi acenou para os outros, e eles começaram a fazer os animais darem meia-volta para retroceder. A viagem não parecera valer a pena em nada. Acima deles, as nuvens enlameadas de inverno começavam a correr pelo céu, como se um bando de camponeses sem banho tivesse subitamente criado asas sujas e encontrado um meio de escapar.

∽ ∾

Enquanto isso, o oficial desmontava e verificava meticulosamente as peças do revólver. Ele fazia questão de usá-lo pelo menos uma vez por ano, dando apenas um único tiro em direção às árvores para assustar os moradores e lembrá-los de quem estava no comando, embora fosse conhecido por abrir fogo contra lobisomens que se esgueiravam pela aldeia na escuridão, contra nebulosos fantasmas que emergiam do fundo de suas garrafas de vinho de arroz e contra o espírito do tigre selvagem que, como as famílias mais antigas da aldeia contavam a seus filhos, ainda vinha da floresta uma vez por ano para perseguir suas presas. O oficial pegou um pano úmido e correu pelo metal.

— Eu não estou com pressa de usar você novamente, mas cautela nunca é demais. Especialmente nestes dias.

Ele desenvolvera o hábito de falar consigo quando estava sozinho em sua cabana de dois quartos no alto da aldeia, a fim de combater o vazio silencioso que ameaçava tomar conta do lugar. Ele nunca se casou, nem sequer olhou para uma mulher com outros olhos desde as "mulheres para alívio" que se ofereciam na Longa Marcha, nos tempos em que ele ainda tinha a cabeça cheia de cabelos e uma barriga enxuta.

— Você ainda serve por um bom tempo, seu safadinho. Ainda serve.

Cerca de dois meses antes, no meio de uma das longas noites suadas de verão que surgiam como que das profundezas dos arrozais para atormentar a todos, com exceção dos mosquitos gordos e ruidosos, ele liderara um grupo de homens pela floresta, onde fuzilara um dos aldeões. Era esta a parte que ele odiara; não o condenado tremendo e borrando as calças de segunda mão, mas os olhos fixos dos homens da aldeia, estudando cada movimento seu para ver se ele teria coragem de ir até o fim. Embora ele estivesse a apenas seis metros de distância, sua mão gelada e trêmula se torceu e disparou uma bala que passou ao lado do condenado e acertou a árvore atrás dele. Consciente de que estava perdendo a compostura e a autoridade, o oficial marchou até o homem e enfiou a arma tão fundo em sua garganta que os soluços e uivos do criminoso de repente se tornaram ânsia de vômito. Nem o oficial nem os espectadores ficaram muito impressionados quando, um minuto depois, viram suas roupas manchadas de sangue, crânio, cérebro e outros pedaços irregulares na massa carmesim que brotara como uma flor escura da cabeça baleada do condenado. Apesar disso, os moradores insistiram em esperar ali por mais de dez minutos antes de levar o corpo destroçado para sua família, para ver se ele se levantaria, se espanaria e coçaria a comichão causada pelo novo buraco em seu crânio.

— Eu não vou fazer aquilo de novo. Há dez anos, eu não teria sido obrigado. Mas agora os camponeses precisam saber o seu lugar, ainda mais com todos esses burgueses chegando para estudá-los. Se alguém causar algum problema por aqui, quem leva a culpa sou eu.

O Comitê Central o enviara àquele vilarejo em particular porque estava a apenas com *li* de sua cidade natal, e, apesar de todos os seus anos com o Exército de Libertação Popular, ele era um forasteiro para os locais, ele e suas regras, seus maneirismos, seu sotaque e sua raiva. O verão anterior foi tão quente que os aldeões pensavam que suas roupas estavam em chamas, e o oficial teve de lidar com dois estupros. Após as denúncias sobre o primeiro, ele marcou um encontro privado com o acusado, usando apenas o peso de sua pistola. Pela maneira como o acusado saíra mancando desajeitadamente da reunião, o oficial teve certeza de que aquilo não se repetiria. No entanto, apenas dois meses depois, aconteceu. Mas ela estava pedindo por isso, concordavam todos os homens do local, e depois que viram o oficial fuzilar o estuprador, eles alertaram que seu fantasma voltaria e se vingaria da aldeia.

O Presidente Mao sorria na enorme foto pregada na parede — sua verruga ampliada ao tamanho de uma semente de pêssego — e murmurava palavras de encorajamento que ninguém mais podia ouvir. Quando o oficial abaixou a pistola para buscar os cigarros, ouviu os gritos que vinham dos campos. Ele pegou a pistola e começou a correr, só lembrando que tinha de abotoar as calças ao chegar à porta.

Até o cão idoso que passava seus dias dando voltas pela vila interrompeu sua ronda para uivar e abanar a cauda quando a multidão se reuniu. O oficial abriu caminho a cotoveladas entre o anel de agricultores ruidosos e os guinchos de suas mulheres, empurrando para alcançar os exilados da cidade, que saíram da frente às pressas quando o viram. Ele avistou Jinyi com o chapéu na mão e inclinado sobre um homem que gemia.

— Levante-se! Agora! Afaste-se dele. — O oficial agarrou Jinyi pelo ombro e o empurrou para revelar o corpo estendido de Banha, sacudindo e espumando numa cama de capim e gelo. O oficial baixou os olhos com desprezo, e depois balançou a cabeça. — Vocês da cidade são todos iguais. Não saberiam o que é o verdadeiro trabalho nem se ele esbofeteasse suas caras. Ele apenas terá que se acostumar com isso, como todos os outros. Agora, quanto ao resto de vocês, voltem ao trabalho!

No entanto, a multidão não deu nenhum sinal de se dispersar.

— Desculpe-me, senhor — disse Peru, e, pela gengiva arreganhada do oficial, percebeu que talvez aquilo fosse um erro. De qualquer maneira, ele continuou. — Acho que ele está sofrendo um ataque cardíaco.

— Você é novo por aqui, não, Peru? — vociferou o oficial em resposta. — Mal chegou da cidade e pensa que sabe como tudo funciona, é isso? Você é um intelectual, certo? Suponho que você acha que sabe mais até que o próprio Presidente Mao. Bem, deixe-me dizer uma coisa: você não sabe de nada. A China é grande, e você é pequeno. A vontade do povo é enorme, e você se curvará a ela ou será esmagado. Todos vocês, traidores, aprenderão aqui que não são nada se não estão trabalhando para o povo, com o povo.

O oficial parou e olhou para Banha, vendo seu cabelo empapado de suor, os olhos revirados e o ar estrepitando ruidosamente por suas narinas dilatadas.

— E se vocês tiverem que ser completamente esmagados e refeitos para aprender isso, que seja. Você, Peru, fará um turno à noite, limpando as latrinas.

As convulsões de Banha começaram a diminuir, reduzindo seus gemidos a guinchos de camundongo. O oficial se virou para sair novamente, mas dessa vez houve murmúrios dos aldeões.

— Não podemos deixá-lo aqui.

O oficial suspirou:

— Quando ele parar de palhaçada, poderá se levantar e caminhar de volta para o dormitório. Até lá, ele fica onde caiu. Ninguém vai carregá-lo como se fosse seu maldito servo.

— Não. — Um velho levantou a mão. — Não podemos deixar que um homem morra aqui, nos campos. As plantações vão parar de crescer e vamos morrer de fome. Isso todo mundo sabe.

Outros assentiram e deram voz ao protesto:

— Os campos vão secar e a chuva evitará este lugar. Já aconteceu antes.

— Sim, sim, é verdade. Não podemos deixar que ele morra aqui.

O oficial começava a sentir que seu rosto ficava cada vez mais vermelho. A superstição, como ele bem sabia, era perigosa e proibida, mas havia também cotas a cumprir, expectativas que não podiam ser frustradas.

— Tudo bem. Mas ele não será levado para dentro até que possa chegar lá sozinho; não me importa se ele terá de arrastar sua cara gorda no meio da lama para isso. — E com isso o oficial marchou de volta à sua cabana.

O velho musculoso se dobrou e agarrou a perna direita de Banha, erguendo-o no ar e arrancando dele um súbito gemido.

— Vamos. — O velho incentivou a multidão, e outros se adiantaram; uma mulher atarracada com nariz torto segurou um braço, um homem baixo içou um ombro e um adolescente esguio puxou a perna esquerda. Vendo que não teria tempo de argumentar com eles ou debater os méritos daquela ideia, Jinyi rapidamente se lançou para embalar a cabeça descaída de Banha enquanto seu corpo era erguido no nível das cinturas.

A respiração de Banha começou a acelerar, com assobios estridentes que faziam escorrer saliva de seus lábios fortemente crispados.

— Mexam-se, ele é gordo demais para carregar por muito tempo — reclamou o velho, e o grupo avançou desajeitadamente para a esquerda, na direção que o velho apontou com a cabeça. Eles puxaram e carregaram o corpo, soltando gemidos baixos enquanto claudicavam pelo terreno irregular, evitando poças de gelo, rochas perigosas para os dedos do pé e os últimos veios de chuva ainda não congelados que serpenteavam pelos arrozais. Enquanto Jinyi mantinha as mãos em torno do pescoço carnudo de Banha, apoiando a cabeça pesada enquanto o corpo sacolejava entre mãos escorregadias, lembrou o jeito como carregara cada um de seus filhos, rechonchudos, rosados, recém-nascidos e tão frágeis que ele tinha medo até de respirar sobre eles.

— Espere! — gritou a mulher atarracada, e parou de repente, obrigando o restante do grupo quase a tombar para a frente, lutando para manter o equilíbrio e não derrubar Banha, cujos olhos agora estavam completamente fechados. — Não vamos para nossas casas! Oh, não! Não queremos um espírito da cidade à nossa volta, dando calafrios nos porcos. Precisamos voltar.

Eles rodaram no sentido horário e partiram na direção oposta. Assistindo à vacilante procissão, os outros moradores ainda continuavam parados junto aos antigos armazéns de grãos onde os visitantes burgueses da cidade agora dormiam.

— Aonde vamos levá-lo? — perguntou Jinyi, notando que eles se distanciavam da linha de casas e barracos tortos que, talvez, se ele prolongasse a suspensão da descrença quase ao limite, abrigasse alguém com uma vaga compreensão de medicina ou reanimação. Afinal, quando ele era criança, havia um homem cego numa aldeia próxima que podia desvendar a doença de uma pessoa apenas verificando o latejar de seu pulso, e recomendava ervas e capins segundo o diagnóstico.

— Para o leito do rio seco no vale do Homem Morto, é claro! — respondeu o velho, impaciente, enunciando cada palavra no tom paternalista que os aldeões adotavam em unanimidade quando transmitiam palavras aparentemente óbvias de sabedoria aos estranhos retrógrados que agora trabalhavam entre eles.

— Mas é deserto por lá, não é? Não há nada além de corvos e pedras. Nós não vamos encontrar um médico nenhum nesse lugar.

— Um médico? Ele não vem até domingo. Um médico! Ha! Vocês da cidade não têm nem um cérebro para dividir entre si. O que vem depois dessa? — riu a mulher atarracada.

— Acorda, garoto — disse o velho, desconcertando Jinyi, que não era chamado de garoto havia vinte anos. — É claro que é deserto. É onde fazemos todas as piras hoje em dia.

Jinyi baixou os olhos para a cabeça apertada em suas mãos e agradeceu pelos olhos estarem completamente fechados:

— Mas ele ainda não está morto! — murmurou ele, revoltado.

— É só uma questão de tempo. Você não quer ter que fazer duas viagens, não é?

Jinyi percebeu que não havia nada que pudesse fazer. Ele manteve seus xingamentos bem presos entre os dentes, e a cabeça do homem moribundo em seu punho.

Eles desceram a uma extensão de pó de calcário e cascalho solto, os rostos embranquecidos pela nuvem de fumaça que se erguia à medida que eles escorregavam rapidamente pela trilha batida. Assim que contornou os tocos de árvores e as tocas de coelho em seu caminho para o fundo, o grupo soltou o corpo no chão e se agachou à sua volta. Jinyi sentiu o pulso de Banha, seu pescoço. Ele queria perguntar se algum deles conhecia seu verdadeiro nome, mas já podia prever a resposta: não sabiam nem se importavam.

Era em momentos como aquele que Jinyi fazia o máximo para não pensar em Yuying e nos filhos, a fim de evitar que se perguntasse se os estaria decepcionando, totalmente, completamente. As palavras de sua promessa ecoavam por sua cabeça. Esta é a grande peculiaridade dos mortais, se quer saber minha opinião: se você enfiá-los no lugar mais ferrado da Terra e fizer de suas vidas um inferno, ao invés de tentar se animar, eles vão se esforçar para se sentir ainda pior.

Para se acalmar, Jinyi se agarrou à sua lógica própria: a China é um país tão vasto, ponderava, que tudo que acontece provavelmente tem um contraponto ou alternativa em outra cidade de outra província. Se estou sofrendo aqui, então outros devem estar felizes e contentes. Se estou com fome, em algum lugar outros devem estar empanturrados. Se tenho frio, outros devem estar aquecidos. Que outra razão poderia haver para o envio de tantas pessoas da cidade aos campos para lhes mostrar o inverso de suas vidas senão para provar este silogismo de opostos? Para cada ação ali devia haver uma ação oposta ocorrendo lá. Se aqui é o inferno, pensou ele, só prova que deve haver um paraíso em outro lugar... Por favor, que seja onde está minha esposa, onde estão meus filhos.

— Ele tem pulso. E acho que ainda está respirando — relatou Jinyi, embora nenhum dos aldeões parecesse interessado.

— Então vamos esperar — respondeu o velho. O sol afundava sob a linha de casas no alto da encosta, e a geada se eriçava e ansiava por mais uma noite de ataque em duas frentes, avançando ainda mais morro abaixo e subindo ainda mais pelas paredes rachadas.

As pessoas passam a vida esperando por coisas que nunca acontecem. Isso, contudo, era inevitável. Jinyi se perguntava como Peru sabia chamar os espasmos e o desmaio repentino; ele mesmo já tinha ouvido a expressão "ataque cardíaco", e sabia o que ela implicava. Em outro século, ele ponderava enquanto os quatro aldeões se inclinavam mais para perto e murmuravam entre si, talvez ainda acreditássemos na ficção terrível de que não existe um fim — neste caso, eu poderia sussurrar no ouvido dele, dizer quem ele deveria procurar do outro lado. Meus pais, minha tia, meu sogro, meus dois filhos pequenos; o cadáver que vi numa trilha de terra em algum lugar entre a minha juventude e meu casamento; o homem morto cujo rosto barbeei quando ainda era um adolescente; metade de meus amigos, mortos ou quase. Melhor assim, é melhor guardá-los como lembranças, nada mais. Você pode manter as memórias a salvo, mesmo que nem sempre seja possível controlá-las.

— Não deveríamos tentar fazer alguma coisa? — lançou Jinyi finalmente, interrompendo os murmúrios baixos dos aldeões.

Eles pararam de falar e o encararam. Até que o velho estendeu a mão e o estapeou na orelha. Jinyi mordeu os lábios até tirar sangue, não querendo inflamar a situação, sabendo que seria culpado por tudo que acontecesse, uma vez que seu nome já estava sujo.

— Você está aqui para passar por uma educação, certo? Ouça bem. Nós não toleramos qualquer porcaria intelectual por aqui. Você já deveria saber disso a essa altura. Ressuscitar os mortos está além do poder até mesmo do Grande Presidente, então certamente não pode ser feito por gente da sua laia. — O velho fez uma pausa para pigarrear o que soava como uma laringe cheia de destroços de um naufrágio e cuspiu a bola de catarro pegajoso com um olhar de satisfação. — Mágica. Imortalidade. Essas histórias são perigosas, meu jovem. Melhor ficar de boca fechada.

Eles ficaram em silêncio, a orelha de Jinyi cada vez mais vermelha no frio do anoitecer. Era difícil dizer exatamente quando Banha morreu, medir o último dos espasmos, tremores e gases que o corpo flácido expulsou, registrar o momento em que o coração se rendeu às lentas batidas finais como reticências no fim de uma frase. Eles checaram e depois checaram de novo, pressionando os ouvidos nos lábios e no peito do homem gordo, até que finalmente ficaram satisfeitos e o cheiro azedo de morte e dos intestinos soltos os atacou. Eles se levantaram e espanaram as roupas — vamos lá, hora de dormir, dia cheio amanhã. Jinyi se demorou e, quando os outros não estavam olhando, ajeitou os cabelos do morto em algo semelhante a um penteado de lado e cruzou suas mãos pálidas sobre o peito derrotado.

E se você está se perguntando o que nós, deuses, sabemos sobre a morte, eu sinto muito por não poder dizer. Recebo relatos diferentes o tempo todo, e, para ser franco, nenhum é confiável. Minha experiência foi de acordar e me encontrar transformado num deus — isso, entretanto, é uma ocorrência rara e provavelmente não deve ser esperada pela maioria das pessoas; não quero ser responsável por qualquer falsa esperança. Meu departamento sempre foi responsável por assistir, estudar e relatar, e devido à intensa rivalidade entre os serviços aqui em cima é difícil saber o que está acontecendo em outras áreas mais sombrias. Deixe-me apenas dizer isto: a vida, em todas as suas formas manifestas, é complicada — por que a morte deveria ser mais simples?

∾ ↶

Os olhos mortos de Banha espiavam da pira funerária construída às pressas no dia seguinte; ripas de madeira e pedaços de arbustos cortados formavam uma cama compacta para o impressionante diâmetro do direitista morto. Apesar de não desejarem desperdiçar o dia quando tarefas mais importantes podiam ser cumpridas, os locais foram convencidos pela insistência do oficial a voltar ao vale, e permaneceram com os braços cruzados enquanto ele fazia um discurso. Jinyi, Peru, Bo e os outros vinte enviados de mundos distantes para ter seus espíritos despidos e remodelados baixavam a cabeça, cientes de que poderiam ser o próximo.

O oficial pigarreou. Era prática corrente que o Partido fizesse um julgamento da vida de uma pessoa após sua morte, e isso era exatamente o que ele pretendia fazer, embora não só desconhecesse qualquer coisa sobre a vida do homem antes de sua chegada à cidade, sete meses atrás, como também não lembrava seu nome verdadeiro.

— Nosso camarada aqui nos lembra do trabalho que ainda precisamos fazer. Por todos os lugares há imperialistas, capitalistas, intelectuais, seguidores de Liu Shaoqi. Juntos podemos derrubá-los; podemos mudar suas mentes poluídas e disputar corações com o espírito do pensamento de Mao Tse-tung. Ousar criticar, ousar lutar! Embora haja muitos homens como ele, agarrando-se ao velho mundo corrupto, juntos podemos acender as chamas dessa Grande Revolução Cultural Proletária e transformar toda a sociedade, todo o nosso poderoso país. O preço da revolução é sangue e sacrifício. Cada um de nós deve trabalhar mais, fazer mais, lutar e se fortalecer; ou morrer.

O oficial pigarreou mais uma vez e sacou um isqueiro de prata polida, enfeitado com uma imagem do Presidente Mao, raios de luz se projetando por trás de seu rosto de lua. Ele o acionou uma vez, duas, três vezes e, ao conseguir a chama, se agachou para iniciar o fogo. À medida que a carne começava a crepitar e enegrecer, Banha ia se tornando um dos perdidos e esquecidos.

É difícil estimar quantas pessoas desapareceram durante a Revolução Cultural, quantos nunca voltaram para casa. O número teria de incluir não só a primeira onda de burgueses, direitistas, moderados, intelectuais, escritores, artistas, seguidores dos soviéticos, atores e políticos que de alguma forma despertaram a inveja ou os mesquinhos ciúmes de Jiang Qing (segunda esposa de Mao) e até membros do Partido que ousaram criticar o governo, mas também a segunda onda de professores, empresários, médicos e profissionais, e ainda a terceira onda, composta dos próprios Guardas Vermelhos, considerados perigosos demais para ter permissão de formar grandes facções, portanto dispersados no campo para embarcar numa educação alternativa. Inúmeros foram vítimas de disenteria, diarreia, gripe, tétano, tuberculose, malária e outros germes com que não estavam acostumados; insuficiência cardíaca, desnutrição, escorbuto, fraturas, ligamentos rompidos, violência contínua, infartos, epilepsia, ataques de nervos, estupro e suicídio mataram muitos outros. Tomemos a irmã caçula de Yuying, Chunxiang. Naquele mesmo dia ela faleceu num campo em Anhui, derrotada por insolação e pela lembrança de seu estupro e espancamento por garotos jovens o bastante para serem seus filhos. Não é sabido quantas centenas de milhares nunca conseguiram uma forma de sair dos pontos esquecidos do mapa e encontrar o caminho para casa, pois a maioria dos que sobreviveram à Revolução Cultural desejava nunca mais falar daqueles anos amargos.

∽ ∾

A cada momento, a sobrevivência parecia exigir uma suspensão da racionalidade. Lembro-me de Zhuxi, um renomado filósofo da dinastia Song. Vendo seus companheiros filósofos e professores venerando os espíritos de seus ancestrais, ele se deparou com uma ideia: não é pelos outros, mesmo os mortos, que nos apegamos a essas crenças primitivas, mas por nós mesmos. Esses espíritos, ponderou ele, não existem; a prática de adorá-los, contudo, é importante porque constitui um ato elaborado de lembrança, um reconhecimento coletivo da maré incontrolável da história, em que lutamos para nadar. Nós nos levamos a acreditar no que não podemos compreender.

Diz a lenda que, tarde da noite, após retornar de seu trabalho como funcionário do governo, Zhuxi se sentou para escrever essa ideia, mas quando pegou o pincel uma brisa soprou a vela. Ele acendeu a vela de novo e esfregou o bastão de tinta num prato raso com água, mas logo que trouxe a ponta escura do pincel ao papel rugoso, a vela se apagou novamente. Zhuxi chamou seu servo, mas ninguém veio. Quando esticou o braço para acender a vela uma última vez, ele ouviu um som baixo e gemido, e pés se arrastando.

Zhuxi ergueu os olhos e, como de hábito, não se espantou. Embora o espectro em seu quarto parecesse um esqueleto — com fragmentos de pele esfolada e restos de músculos pendendo dos ossos expostos, além dos olhos vermelhos espiando de uma cabeça disforme e barbada —, Zhuxi, sendo o político que era, estava habituado a ver o impossível acontecer.

— Boa noite, honorável Mestre Zhuxi. Seu aprendizado inigualável e erudição incomparável são reconhecidos até no outro mundo. Queira aceitar os cumprimentos do Senhor dos Fantasmas.

Nisto a aparição fez uma reverência para o filósofo sentado. No entanto, Zhuxi também estava habituado a lidar com bajuladores. Ele ergueu uma sobrancelha e disse, impaciente:

— Certo. O que está fazendo aqui?

— Eu vim para suplicar, em nome do meu povo, que não escreva este tratado — respondeu o fantasma, hesitante, antes de fazer outra mesura desengonçada.

— Por que você deseja isso? — perguntou Zhuxi.

— Como eu disse, sua sabedoria é sem igual, e sua opinião é respeitada acima de todas as outras por todo o país. Se você provar que fantasmas não existem, ninguém duvidaria — gaguejou o fantasma.

— E isso seria uma inconveniência para vocês, talvez?

— Para dizer a verdade, não sabemos ao certo o que aconteceria conosco. O que aconteceria com você se ninguém acreditasse em sua existência? Talvez desaparecêssemos por completo, consumidos pelo éter. Talvez nossas vozes sumissem, nossos corpos também, e apenas nossos pensamentos e lembranças restassem. Talvez nossas súplicas ao mundo dos humanos só fossem respondidas com riso e zombaria. Eu não sei dizer. Mas peço-lhe que não escreva que não existimos.

Zhuxi analisou a questão por alguns minutos, mas o fantasma começou a ficar impaciente.

— Veja! — gritou ele, sacudindo as mãos ossudas. Os dois se viram de repente do lado de fora, na montanha que assomava sobre a casa de Zhuxi, uma única, vermelha no pórtico, agitando a escuridão do vale.

— Veja. Nossos poderes são grandes, para além mesmo de seu grande conhecimento.

— Sou obrigado a concordar. Mas somos de mundos diferentes, o *yin* do dia e o *yang* da noite, e nosso conhecimento é definido por estas fronteiras — argumentou Zhuxi.

— É verdade. Somos sombras que falam, vislumbres em espelhos, possibilidades ainda não consideradas. É por isso que você não deve nos destruir.

— Você nos transportou da minha casa num instante. Diga-me: pode transportar meu coração do meu corpo, para que eu possa compreender o funcionamento da minha própria vida?

O fantasma balançou a cabeça deformada:

— Até nós estamos limitados por certas leis.

— Então ainda há esperança para vocês, pois tudo deve ter seu lugar nos grandes princípios da natureza, dos quais sabemos ainda tão pouco. Leve-me para casa, senhor.

De repente eles estavam de volta ao escritório fracamente iluminado. O fantasma sorriu, colocou o dedo manchado de sangue sobre a vela e viu quando ela saltou em chamas. No momento em que Zhuxi ergueu os olhos da luz agitada, a aparição havia sumido.

Ele mexeu a tinta, misturando-a com a ponta de seu pincel, e depois começou a morder a outra ponta fina de madeira enquanto seus pensamentos corriam em sua mente. Finalmente, ele começou seu ensaio: "Se você acredita em algo, assim será. Se não acredita, não será."

Se um país inteiro acreditava que podia rasgar 4 mil anos de história num instante e começar de novo, quem poderia pará-lo? Templos foram reduzidos a escombros e lenha, mansões, queimadas até que nada sobrasse, pais foram denunciados por seus próprios filhos. Não fazemos isso pelo ontem, nem pelo amanhã, fazemos pelo hoje, eles cantavam enquanto pisoteavam as cabeças dos cães capitalistas; eles gritavam e clamavam, milhões de adolescentes com quepes e camisas idênticas alinhados na praça da Paz Celestial, tomando chuva para ter um vislumbre de um velho balançando as mãos curtas e rechonchudas sobre um palanque bambo.

∾ ✺ ᔆ

Yuying vinha contemplando a mesma onda sinuosa de matagais por mais tempo do que conseguia se lembrar. A cada ano ela ficava mais forte, alimentando-se de suas experiências, limpando de si algumas das manchas de seu passado burguês. Ela acreditava, do fundo do coração, que estava se tornando uma cidadã melhor, e isso diminuía a saudade de casa e as preocupações com seus filhos, muito mais do que ela imaginava quando chegou ali. Eles estariam seguros, porque estavam juntos. Era o marido que ela via toda vez que fechava os olhos, murmurando incessantemente uma promessa. Tentava empurrá-lo para o fundo da sua mente. Mas não conseguia.

Ela se inclinou no campo, arrancando os vegetais pela raiz, como fazia quando vivera com os tios do marido, e sentia os erros do passado sendo lentamente purgados. Ela se pegou observando distraidamente a trilha que descia pelos campos em direção a um dos afluentes do Yangtsé, arqueado como uma meia-lua em torno da vila, marcando a fronteira que não era autorizada a atravessar. Se fechasse os ouvidos para todo o resto, ela podia ouvir sua correnteza, a terrível força dos lugares que o rio percorreu.

Yuying se agachou, pegou a sacola de vime abarrotada e jogou-a nas costas, caminhando com cuidado entre as fileiras de cenouras. Quem era ela agora? A questão dava voltas e mais voltas em sua cabeça, erodindo suas certezas. A soma de seus pais, irmãs, marido, filhos? Ela encontrava consolo na vastidão da paisagem, na linha do horizonte de campos planos e bosques interrompidos apenas pelas pequenas casas de madeira e o ocasional caminhão ou carroça que descia pela estrada estreita e pedregosa a leste. A paisagem a tornava pequena, e seu passado, insignificante. Ela se entregava, permitia-se dominar e remodelar para quaisquer tarefas que o futuro viesse a exigir.

Elas eram ascetas ali, Yuying se convencera, fitando a mirada calma do dever, despojando-se do eu até restar apenas o país e toda sua misericórdia. À noite, sentadas em torno de uma fogueira na pequena praça da aldeia, as mulheres lembravam umas às outras como estavam mudando o mundo para melhor, e entoavam canções aprovadas pelos oficiais. Era assim que tinha de ser, esse era o significado de sua vida, ela compreendia agora.

Ela deixou a sacola deslizar de suas costas doloridas para o chão do armazém, e depois virou o conteúdo para inspeção.

— Bian Yuying, já é suficiente por hoje. Bom trabalho, você tem feito muito bem. Pode retornar ao seu quarto — disse o camarada Hong enquanto examinava as cenouras espalhadas. Sua voz era contida, seus maneirismos, trêmulos e comedidos, especialmente quando comparados à aspereza do segundo oficial, o camarada Lu. Ele acenou uma mão flácida em direção à porta, seu bigode ralo saltando num tique acima dos lábios pequenos e franzidos.

Yuying olhou para o brilho rosado onde as nuvens se dissolviam na beira do céu; ainda havia pelo menos uma hora de luz.

— Ficarei feliz em continuar a trabalhar, camarada. Quero dar minha parte justa.

— Claro, todos nós queremos fazer o máximo pela revolução. Mas você não ouviu falar que sua filha chegou para visitá-la? Devemos lembrar, Bian, que às vezes temos que deixar o coração tomar as rédeas. — O camarada Hong começava a relaxar com o som de sua própria voz e do seu sermão escolhido. — Afinal, são nossos corações que armazenam as palavras e o honorável exemplo do Presidente Mao, e são nossos corações que anseiam por um mundo melhor. Se ignorássemos o coração, seríamos como os americanos ou os ingleses, que amam o dinheiro e pensam apenas no capital. Vá ver sua filha, e assegure que o ardor revolucionário esteja queimando também no coração dela. Tenho certeza de que ela fez grandes avanços.

Yuying ficou muda: por que sua filha estaria ali? O pânico se elevou em seu estômago, mas ela o ignorou. Contornou os limites das hortas, depois deu a volta pelas paredes dos fundos das casas em fileira, onde velhos e mulheres já estavam do lado de fora, batendo o arroz em grandes bacias, separando o grão da casca. Os movimentos preguiçosos de seus pulsos geravam uma dança de grãos nas bacias; enquanto o arroz saltava e caía, Yuying pensou na chuva e nos passos rápidos dos ratos, no mais leve dos tímpanos, na música do poente e da fome.

— Mãe! Ei! Mamãe!

Yuying deu a volta na lateral de uma casa para ver sua filha do meio parada desajeitadamente junto à caminhonete de abastecimento. O rosto de Liqui estava pintado com uma mistura de suor e poeira, e fios de cabelo soltos saltavam eletricamente dos confins de sua longa trança. Ela estava mais magra do que a mãe tinha na lembrança, pouco desenvolvida para sua idade; o casaco desbotado pendia frouxamente de seus ombros magros. Ela balançava uma mochila suja nas mãos. Era difícil manter a noção do tempo ali, pois o único idioma usado era o de semear, colher e estocar, mas uma contagem rápida das estações levou Yuying a calcular que Liqui tinha agora quase quinze anos.

— Minha nossa, Hou Liqui, como você cresceu! — disse Yuying. Elas pararam frente a frente, ambas hesitando em se aproximar e se tocar. Fazia três anos desde o último encontro. Um silêncio constrangedor começou a se desenvolver enquanto elas se estudavam, cada uma insegura demais para ousar dar o passo à frente.

Foram precisos dez longos minutos para começarem a se sentir confortáveis na companhia uma da outra. Yuying queria dizer que sentia muito, mas não conseguia. Liqui queria dizer à mãe que voltasse para casa, mas não o fez.

Finalmente, elas entraram. Liqui seguia alguns passos atrás, observando como Yuying cambaleava em direção a um dos frágeis barracões de madeira. A mãe também estava mais magra do que Liqui esperava, com os cabelos atados firmemente num coque e traindo sua idade pelos poucos fios brancos que serpenteavam entre os negros. Suas costas arqueadas puxavam seu corpo numa curva e seu rosto redondo estava mais esticado sobre os ossos do rosto.

— É aqui que você dorme? — perguntou Liqui enquanto elas passavam sob a roupa que secava pendurada no telhado para entrar na sala apertada, com as tábuas do piso divididas em áreas de dormir, as paredes e vigas baixas manchadas de fumaça e insetos mortos.

— É aqui que todo mundo da comuna dorme. Há oito de nós aqui; todas mulheres, claro, apesar de sermos todos tratados exatamente da mesma forma, homens e mulheres — respondeu a mãe, e as duas se sentaram de pernas cruzadas no canto onde Yuying dormia. Ela estendeu a mão e afastou uma teia de aranha, limpando os dedos depois na calça escura.

— Como foi sua viagem?

Liqui deu de ombros, torcendo o quepe nas mãos:

— Foi boa. Quando eu soube que alguns médicos descalços da nossa cidade também tinham sido mandados a Hubei, percebi que precisava vir. Manxin está muito ocupada cobrindo seu posto na fábrica, e Xiaojing é nova demais para viajar sozinha, por isso tinha que ser eu. Por sorte, alguns dos médicos descalços recusaram a oferta de carona; disseram que atravessariam quatro províncias a pé como prova de sua convicção. Assim, tivemos um pouco de espaço sobrando. Tive de caminhar por alguns dias para chegar a Xiantao depois que eles me deixaram, mas aquela caminhonete de suprimentos me pegou exatamente quando eu estava saindo de lá, então tive muita sorte.

— Xiantao? Onde fica isso?

— É a cidade mais próxima daqui, mãe. Fica a apenas quarenta *li* de distância. Você não sabia?

— Ah, entendi. Os moradores só se referem a ela como "A Cidade". Nunca tinha ouvido o nome. E nada de ruim aconteceu a você na sua jornada?

Liqui se retesou e torceu o nariz:

— Claro que não. Antigamente eles eram Guardas Vermelhos. Nós somos todos camaradas, no fim das contas. Enfim, coisas ruins não acontecem para pessoas que não merecem.

A mãe assentiu, e depois suspirou:

— Como estão... todos?

Liqui abraçou os joelhos e começou a se balançar.

— Ótimos.

Ela não disse que fazia um ano que não via o pai, pois a última vez que ele teve permissão para visitar sua casa foi no Festival da Primavera, quando parecera cansado e abatido, e passara a maior parte da visita de três dias dormindo. Ela tampouco fez menção à recente gagueira e aos ataques de pânico de Dali, à sua recusa lacrimosa de sair de casa quando havia qualquer pessoa na rua, ou como ele voltara a molhar a cama, o que aterrorizava suas irmãs mais novas.

— Na verdade, mãe, há algo que tenho de dizer a você. Vovó Bolinho morreu. Nós achamos que você deveria saber.

Yuying inclinou a cabeça e abriu a boca, como se tentando resolver uma equação que não parecia exatamente correta.

— Como? Quando?

— Há anos que ela estava doente, mãe. Ela não saía da cama desde os sessenta. Não lhe dissemos antes porque, bem, de que teria servido? Ela estava velha e doente, e simplesmente não havia nenhuma maneira de conseguir medicamentos. Aconteceu enquanto ela dormia, simples assim. Yaba estava cuidando dela; quando passou de bicicleta para levar o café um dia, Manxin o encontrou roncando numa cadeira à cabeceira da cama.

— Entendo.

Liqui esperou que sua mãe dissesse algo mais, mas Yuying apenas fitava os últimos fios frágeis da pegajosa teia de aranha que haviam escapado de seus dedos.

— Queríamos trazê-la para o funeral, mas tudo aconteceu tão rápido que não soubemos o que fazer. Enviamos algumas mensagens, mas ninguém tinha certeza se chegariam até você. Não pudemos esperar, mãe. Perdão.

— Está tudo bem. Vocês fizeram o que era melhor.

— Pensamos em levar as cinzas para onde o Vovô está enterrado, mas Yaba não deixou. Nós nos perguntávamos o que você pensaria.

— Yaba provavelmente conhecia sua avó melhor que ninguém, sabe? Até melhor que eu. Ela confiava nele, então vocês devem fazer o mesmo — disse Yuying.

— Você ficará feliz em saber que o veredicto do Partido no funeral dela foi muito menos severo do que se esperava. Eles mencionaram brevemente suas origens burguesas, claro, mas disseram que ela serviu bem à nova ordem e foi um bom modelo de como as pessoas podem se reformar. Não é sensacional? — disse Liqui.

Yuying sorriu. O que o Partido queria dizer era que ela entregou um império de restaurantes altamente rentável sem qualquer resistência.

— Isso é maravilhoso. Mas não sei se ela se reconheceria nessa descrição; ela aceitava muitas coisas, mas isso não significa que compreendia tudo.

— Mas ela sempre sabia quando nós estávamos mentindo.

— Ah, não, ela apenas dizia isso para garantir que vocês se comportassem. Ela tinha uma historinha para tudo, mas nenhuma era verdadeira. Acho que isso a ajudava, de certa forma, a encontrar um lugar no mundo. Eu gostaria que ela tivesse vivido para ver os resultados da Grande Revolução Cultural Proletária, para ver um novo começo, um mundo perfeito. Ela nasceu na época errada. Pense só, depois de nós, ninguém nunca terá de ver um mundo onde as coisas estão às avessas, onde algumas pessoas têm tudo e outras não têm nada, um mundo de ganância e pobreza. — Yuying apertou as mãos da filha. — Nós estamos mudando isso agora, não estamos? Seus filhos, meus netos, não precisarão ser reeducados, porque não haverá velhos costumes para desviá-los. Tudo será muito melhor. E sua avó teria ficado contente em saber disso. Ela sempre quis ajudar as pessoas, especialmente os pobres ou perdidos, como Yaba ou seu pai.

Sua voz começou a ficar embargada ao mencionar Jinyi. Ela queria pedir à filha que lhe dissesse onde ele estava, que descrevesse exatamente como ele parecia agora, que repetisse cada palavra que ele dissera desde que ela o viu pela última vez. Mas não podia. Não podia sobrecarregar a filha com suas saudades. Não podia correr o risco de parecer que não estava reformada. Imagine o que eles diriam — uma mulher que se preocupa mais com o marido do que com a revolução. Há alguma coisa pior?

E assim Yuying e Liqui recaíram num silêncio íntimo, o silêncio de família, o silêncio herdado com o qual as pessoas crescem, até que Liqui pegou a mochila empoeirada. Ela vasculhou o conteúdo por alguns instantes e logo sua mão se fechou em algo saliente no fundo.

— Mãe, trouxe uma coisa para você. A sra. Xi, da sua fábrica, nos deu isto. Guardei um para você.

Seu punho saiu da mochila, fechado em torno do globo macio de um tomate amassado. Era imenso, como uma maçã deformada, rotundo e inchado perto do buraco fundo do talo. Tinha cor de batom desbotado, com pedaços de cabelo, migalhas e penugem colados pela viagem. Liqui o limpou na manga, tomando cuidado para não acrescentar mais um machucado à coleção já considerável e depois o colocou nas mãos de sua mãe.

— Obrigada, mas...

— Vá em frente, mãe. — Liqui empurrou as mãos da mãe para a boca.

Yuying ensaiou cravar os dentes na aquosa carne vermelha, com bolsas gotejantes de sementes e suco da cor do rubi se derramando por seus dedos. O gosto era azedo, quase fermentado, mas, fora isso, Yuying ficou surpresa com o quanto era suculento, saciando uma sede que ela não havia registrado até então. Ela devolveu o tomate.

— Por favor. Vamos dividi-lo — disse ela, só que recusando quando ele lhe foi oferecido novamente. Ao final, ficou vendo a filha, faminta, comer a coisa toda, ambas com sorrisos idênticos começando a se formar nos lábios.

∾ �◊

Mãe e filha continuaram ali sentadas enquanto o resto do dia se encerrava. Quando as outras mulheres começaram a entrar lentamente, Yuying apresentou sua filha com o maior tato possível, sabendo que algumas de suas companheiras ainda sentiam o coração parar de saudade e anseio por suas famílias.

Os olhos de Liqui estavam carregados de cansaço pela viagem — foram duas noites tentando não cochilar para que sua cabeça não caísse no ombro de um dos meninos, ou, ainda mais mortificante, para que não roncasse. Ela não decorava bem os nomes ou histórias; em vez disso, o que lhe ficava era a maneira como as mulheres exibiam suas cicatrizes, como outros talvez mostrassem braçadeiras ou medalhas. Em vez de tentar escondê-las ou atrair a atenção para longe delas, as mulheres identificavam a si mesmas e umas às outras por suas marcas, estudando as cicatrizes em busca de sentido e consolo, como se fossem chagas sagradas. A mulher com manchas rosadas pelo rosto e pescoço escaldados; a outra com cinco dedos quebrados a marteladas, que agora se arqueavam para fora, inchados, irregulares e tortos; e a mulher com o olho fundo, branco e cego, cercado por carne costurada. As marcas deixadas nas outras não eram tão fáceis de ver.

Liqui se recostou mais para baixo na parede, pronta para se deitar com a mãe e se recolher a seu calor aconchegante, quando uma das mulheres se voltou para elas.

— Onde está Mingmei? — perguntou a mulher com a mão de garra. Uma rápida contagem das cabeças mostrou que havia apenas sete mulheres, além de Liqui. Yuying encolheu os ombros.

— Ela não esteve aqui com vocês? Achamos que ela estava enjoada de novo, como na semana passada, e que tinha voltado para se deitar. Não? Verdade? — acrescentou ela enquanto coçava o rosto com a mão boa, a outra caída flacidamente na lateral do corpo.

— Será que deveríamos sair e procurar por ela? — perguntou uma das mulheres aparentemente ilesas.

— Não, ela voltará quando estiver pronta — opinou a mulher do olho fundo. — Vocês sabem como Mingmei é. Vive distraída, estranha. Ela se apega a seus pensamentos, guarda para si, se deixa torturar por eles. Nós dissemos a ela que, com o pensamento de Mao Tse-tung, tudo é possível. Ela finge concordar, mas é claro que não desistiu de seu passado burguês. — Ela parecia dizer tudo aquilo para os ouvidos de Liqui, listando explicitamente as críticas com o nariz em pé, como se pudesse sentir o cheiro de cada palavra que escapava de sua boca.

Houve grunhidos de concordância, embora Liqui não soubesse ao certo o que significavam. Contudo, o ressentimento da mulher por sua colega desaparecida era bastante evidente, e Liqui sabia por experiência própria que o que as pessoas mais gostavam de fazer era julgar. Além disso, a imoralidade era como piolhos; a simples proximidade era o suficiente para correr o risco de ser infestado.

— Ela merece aqueles castigos. O oficial só está fazendo o que é melhor para ela. Um dia ela verá isso, e vai parar de reclamar de tudo — disse a mulher da garra.

— E ela também não faz nenhum bem a si mesma; nunca participa das canções da noite, nunca costura nada, nunca fala com os habitantes locais. E isso se reflete muito mal no restante de nós, porque as pessoas pensam que somos todas iguais — acrescentou outra mulher.

Liqui esperara irmandade e solidariedade entre as mulheres, mas aquilo ali era outra coisa; uma proximidade fragmentada fundada sobre o terreno comum de sua raiva e hostilidade partilhada. Elas se queixavam de Mingmei não porque ela trazia descrédito a seu dormitório, mas porque elas não podiam reclamar de nenhuma outra coisa, muito menos de sua situação atual. Elas falavam da outra porque tinham que falar de alguma coisa para impedir que suas bocas se escancarassem em gritos.

∾ ∽

Elas dormiram. A noite estava quente e melosa, derretendo-se em torno de seus corpos, o cheiro de suor úmido, mofo e sapatos velhos subindo pelas paredes, e embora todas já imaginassem como aquilo ia acabar, elas apenas desejavam que o sono chegasse sorrateiramente dos campos. A má notícia podia esperar até a manhã.

À aurora, os gritos chegaram misturados ao canto dos galos. A distância, enquanto elas rumavam na direção do barulho da aglomeração de camponeses às margens enlameadas do rio, Mingmei parecia ter desenvolvido escamas, brilhando como uma cota de malha sob as farpas agitadas da luz da manhã. Os fundos de suas calças e seus pés descalços estavam cobertos com barro molhado, e Yuying não pôde deixar de notar que as unhas dos pés expostos da jovem estavam rachadas e sujas.

A água escura pulsava indiferente, guiando e correndo como se algum poder invisível e bravio em suas profundezas a empurrasse com força cada vez maior aos limites da batida do coração, cuspindo gotas nas margens escorregadias. Seus sapatos agora provavelmente já estão em outro condado, pensou Yuying; o que sobrevive a nós são as pequenas coisas. Ramos molhados se agarravam às roupas de Mingmei, outros se enrolavam em seu cabelo. O rosto inchado lhe dava a aparência de quem acabara de chorar.

— Seus membros ficaram presos naquela barragem de lá, uma coisa asquerosa, se querem minha opinião; acho que os machuquei ainda mais quando a puxei para fora. Ela afugentou todos os gansos, patos e garças. Também havia pedras em seu bolso, mas acho que não foram necessárias; afinal, as pessoas das cidades não sabem nadar, sabem? — dizia um homem de meia-idade ao camarada Lu, o mais robusto dos dois oficiais.

— Hunnf — bufou o camarada Lu em resposta.

— Você tem sorte por ela ter ficado presa. A maioria dos corpos desaparece. Mas o rio a devolveu. Isso deve significar alguma coisa — continuou o homem de meia-idade.

— Acho que ela deve ter chegado pelo lado leste do campo e se atirou, antes de ser arrastada — disse calmamente o camarada Hong.

— Bem, sim, claro — concordou o camarada Lu, antes de voltar sua atenção para a multidão reunida, uma mistura de moradores e forasteiros, com Yuying na parte de trás, apertando a mão úmida da filha. — Espero que todas vocês deem uma boa olhada nisso! Você, você, você e você — ele pontuou as palavras com curtas punhaladas de seus dedos grossos no meio da aglomeração —, levem o corpo de volta para a área das casas; não podemos deixá-la aqui à beira da estrada. O resto de vocês, é hora de voltar ao trabalho.

Com isso, ele as enxotou; um rápido vislumbre da morte antes do café podia proporcionar um bocado de fofoca por alguns dias, pensou ele, talvez até mesmo uma história instrutiva para assustar criancinhas, até que ela seja esquecida.

— Liqui, não quero que você pense... — começou Yuying enquanto elas se arrastavam de volta às hortas.

— Mãe, está tudo bem. Eu tenho quinze anos; sei como as coisas são. Nossa força é testada o tempo todo. Já vi coisas piores. Se fosse fácil, não teríamos necessidade de fazer tanto agora — respondeu a filha, soltando a mão de Yuying. Ela era muito velha para isso, e, Liqui dizia secretamente a si mesma, agora sabia mais do mundo que sua mãe.

A multidão se dispersou pelos campos rumo às tarefas simples com que se amarravam ao dia. As mulheres do lugar haviam se tornado imunes à morte. Elas não falaram da morte, exceto, talvez, para murmurar que Mingmei atraíra aquele destino para si. Nos anos posteriores, as mulheres daquele dormitório reveriam esses momentos com outros olhos, lembrando a maneira como cada uma ignorara as lágrimas de Mingmei e as noites em que ela retornara mais tarde que o habitual, machucada, com os cabelos grudados e as roupas manchadas de sujeira. Lembrariam como lhe disseram para calar a boca e deixá-las dormir, ou como examinaram com desdém a curva crescente de sua barriga, dizendo que a culpa era unicamente dela. Como o fogo ofuscante de estrelas em agonia ou sóis ardentes, algumas coisas só podem ser examinadas de uma distância segura. Na época, abrir-se para aquilo era impossível, pois teria significado uma invasão aos sótãos bloqueados da mente e a libertação de coisas que tinham sido, ao longo de vários anos, cuidadosamente empacotadas, amarradas, amordaçadas, imobilizadas, espancadas, acorrentadas e trancadas lá dentro.

— Ela está melhor assim — disse a mulher da garra às outras enquanto se inclinavam para a colheita; ninguém discutiu.

∾◞ ◟∾

O "Longo Rio", o Yangtsé, corta o país num rabisco horizontal, seu mergulho lento desde as montanhas de Sichuan até a costa de Xangai semelhante aos rodopios e saltos de uma pipa que o vento arrastou das mãos de uma criança. Ele tem mais de setecentos afluentes, que irrigam 1 milhão de terras, e mesmo agora escorre por 10 milhões de sonhos. Ele é dragão, deus, rei — conferindo graça ou punição às pequenas vidas que conserva dentro de si, de acordo com algum plano desconhecido: ao golfinho do Yangtsé, ao boto do Yangtsé, crocodilo, esturjão, carpa, tainha, peixe-espada, peixe-espátula chinês e outros.

Como todos os taxados de indesejáveis e exilados no campo — tanto trabalhadores urbanos de língua solta quanto membros ardilosos do Partido como Deng Xiaoping, enviados para se reformar através do trabalho —, Qu Yuan, vagando ao longo das margens de outro rio mais de 2 mil anos antes, não teria imaginado a reabilitação dramática que receberia. Ele observava as garças circulando sobre a rede de arrasto, cantando alguns de seus versos recém-compostos, quando ouviu uma voz atrás dele.

— Ei! Eu conheço você, não? — perguntou um pescador idoso; sua pele enrugada e irregularmente manchada de sol, seu corpo frágil em marcante contraste com seus braços musculosos e ondeados. O delgado poeta e estudioso era, em contrapartida, pálido e nervoso, com sua longa barba trançada salpicada por um cinza prematuro.

— Não, creio que você está me confundindo com outra pessoa. Sinto muito. Estou atrapalhando você?

— Não. De maneira nenhuma. — O velho pescador sorriu, mostrando as gengivas vazias enquanto começava a caminhar até a margem onde seu barco estreito estava atracado, escondido atrás de um acúmulo de capim alto. Depois, ele se voltou de repente. — Espere. Eu conheço você, sim. Você é aquele oficial, não é? Sim, sim, ouvi tudo sobre você. Você é Qu Yuan. Ora, meu filho sabe até recitar alguns de seus poemas, embora eles sejam um pouco complicados demais para um velho como eu.

Qu Yuan corou um pouco quando o velho retornou para encará-lo.

— Mas a questão é a seguinte, meu amigo. Todo este condado é de pescadores e catadores de chá ou, se você tiver sorte, criadores de porcos. Então, me diga, o que um homem renomado como você está fazendo por aqui, hein?

Qu Yuan passou a mão pela barba enquanto pensava na resposta. Até pouco tempo, ele era ministro no governo do estado de Chu, e, mais ainda, fora um dos conselheiros de maior confiança do rei. No entanto, o rei tinha ido contra seu conselho e participado de uma reunião em outro estado. Lá, uma armadilha estava preparada e capturaram o rei, que morreu na prisão estrangeira antes que o resgate exigido pudesse ser pago. Qu Yuan incitara o filho do rei, que se tornou o monarca seguinte, a levantar o exército para vingar a humilhação. Contudo, o novo rei dera sua confiança a ministros mais bajuladores, que lhe aconselharam cautela e, invejosos da antiga preferência por Qu Yuan, argumentaram em favor do exílio do ministro. O novo rei concordou; afinal, ele não queria se arriscar a outra humilhação.

Quando Qu Yuan falou, sua voz foi rouca e gutural, apesar de sua enunciação cuidadosa e óbvia seriedade:

— Onde todos são sujos, só eu me conservo limpo; onde todos estão bêbados, só eu permaneço sóbrio. Essa é a razão por que fui banido para cá.

O velho riu.

— Não seja tão arrogante! Certamente um homem sábio como você percebe que tem de acompanhar os tempos. Se todos ao seu redor estão enchendo a cara, por que não tomar ao menos um gole? Ninguém é perfeito, sabia? Se quer saber minha opinião, senhor, você é o único culpado.

— Se um homem acabou de lavar o cabelo, você não esperaria que ele logo pusesse um chapéu imundo; se acabou de se banhar, você não esperaria que ele logo vestisse roupas sujas. Eu prefiro me jogar no rio a me sujar rolando no chão com os hipócritas no governo — respondeu Qu Yuan.

O velho pescador suspirou e caminhou de volta à margem para liberar o barco, balançando a cabeça enquanto se afastava.

No dia seguinte, antes que o sol afundasse na correnteza, Qu Yuan se provou fiel à sua palavra, entrando na água e deixando que a correnteza tomasse posse de seus pensamentos errantes e os arrastasse para o oceano. Quando o pescador chegou para passar piche em seu fiel barco, ficou impressionado com o silêncio, a ausência daquela voz sonora cantando estranhas e desesperançadas poesias. Percebendo o que tinha acontecido, convocou tantos homens quanto pôde, e eles entraram no rio em jangadas precárias e canoas velhas, barcos a remo lotados e botes improvisados e furados, para procurar o corpo. O pescador batia um velho tambor de pele, lançando um estrepitoso ritmo entre os barcos e incitando os remadores a acelerar, enquanto tentavam desesperadamente chegar até onde o corpo do famoso poeta poderia estar.

Após horas arrastando remos entre juncos e cardumes de cintilantes peixes de bronze, que em outras ocasiões eles ficariam exultantes em descobrir, os homens começaram a se exasperar. Um deles começou a cantar:

Aves de asas de ouro e dragões de escamas de jade
Eu amarrei às rédeas da tempestade;
E planando sobre o cinza e a escuridão
Sonho que renascerá meu aflito coração.

O velho pescador lembrou que o filho cantava aquele mesmo verso, parte do épico lamento de Qu Yuan, *Dor no exílio*, e finalmente compreendeu. Ele se dirigiu aos outros.

— Nós procuramos durante todo o dia, e não encontramos nada. Não conseguiremos encontrá-lo agora. Mas não vamos desistir da esperança. Embora não possamos trazer seu corpo de volta para um funeral adequado, ainda podemos fazer o bem e mostrar nosso respeito. Peguem o arroz que trouxeram para o almoço... ora, vamos, eu sei que vocês que têm esposas estão com uma refeição preparada. Ótimo, isso aí. Agora joguem no rio!

Ninguém se moveu. Eles trocaram olhares nervosos, cada homem segurando cobiçosamente sua comida.

— Andem logo! Vocês querem que os peixes comam o corpo dele? Que fim ignóbil seria este para um homem tão grandioso? Joguem o arroz e deem algo mais de comer aos peixes, e assim eles deixarão Qu Yuan em paz, e seu corpo poderá ao menos ter algum descanso!

O velho então jogou o próprio almoço, bolos de arroz grudento embrulhados em folhas de bambu, no rio. O jovem que cantara alguns versos do poeta em seguida o imitou, encorajando outros ao redor a fazer o mesmo. Logo a tarde suja foi preenchida com os ruídos e estampidos da comida sendo atirada aos peixes que se aproximavam. Os pescadores voltaram para casa naquela noite com fome e desanimados.

No entanto, eles não esqueceram Qu Yuan. Perceberam que as rimas idealistas e saudosas se derramavam de seus lábios enquanto eles navegavam, semeavam, colhiam e capinavam, mesmo quando não tinham se dedicado a memorizá-las. E à medida que sucessivos governos caíam por causa da corrupção, má gestão ou conflitos militares, a prudência e sobriedade de Qu Yuan foi ainda mais lembrada. Assim, no ano seguinte, no mesmo dia, os pescadores se reuniram mais uma vez para partir em direção ao rio, com tambores e sacos de arroz a postos, dessa vez acompanhados por homens e mulheres das aldeias vizinhas.

A felicidade é a coisa mais fácil de se perder. A tristeza, por outro lado, é impossível de esquecer.

∽ ⌇

Era a véspera do quinto dia do quinto mês, quando havia o Festival de Barcos do Dragão que homenageava Qu Yuan, mas Jinyi não podia acompanhar os festejos. Era primavera, seu sexto ano fora, e nada mais importava. Jinyi não estaria de volta à sua família para o Dia da Lavagem dos Túmulos, para o Dia do Trabalhador, para o Dia do Duplo Nove, para o Festival do Meio-Outono, nem mesmo para o Dia Nacional, o único que ele tinha certeza de que ainda era celebrado. Ele tinha permissão de fazer apenas uma visita anual à sua casa, míseros sete dias, incluindo os dois de ida e volta que levava para fazer a viagem. Ainda assim, mantinha bem-guardadas nos bolsos furados suas esperanças de voltar a Fushun para o Festival da Primavera do ano seguinte. Também mantinha as palavras que sempre quis dizer mas que teve de armazenar sob a língua inchada, além da imagem dos rostos de seus filhos, que evocava sempre que fechava os olhos.

Era por isso que estavam ali: para abandonar tudo que pensavam que sabiam, para reconstruir-se. Passando da aceitação ao ressentimento, do ressentimento ao contentamento, e depois voltando ao zero novamente, Jinyi ziguezagueava através de emoções que ele pensava já ter domado e enjaulado. Ele até começou a roer as unhas novamente, algo que não fazia havia quase trinta anos, embora ainda tivesse presença de espírito de só roê-las quando pensava que ninguém estava prestando atenção.

— Veio buscar água? — Bo o arrancou de seu transe.

Jinyi assentiu e se levantou do longo banco da apertada cantina da vila, agarrando sua tigela de madeira com firmeza e evitando escorregar na sopa derramada e no cuspe que cobriam o assoalho. Ele seguiu Bo e Peru para fora, saindo para o crepúsculo.

— Tem poeira em meus dentes; posso sentir. Poeira e areia daquele vento filho da mãe de hoje — murmurou Bo. À medida que envelhecia, ele se tornava mais franco, embora apenas perto daqueles com quem já tinha passado bastante tempo. Bo acabara de completar dezesseis anos, mas não comentou com ninguém. Adivinhando alguma data especial, Jinyi e Peru pouparam suas rações para presenteá-lo com um maço de cigarros quase cheio.

— Sopro de dragão — disse Peru, apontando o queixo na direção do borrão vermelho de nuvens derretidas que se esticavam rumo à escuridão.

— Sopro de dragão? Seria melhor dizer que esses ventos empoeirados são enormes peidos de dragão! Você dois falam como minha avó. Ah, por favor, vocês não são tão velhos assim! — disse Bo.

— Nós somos velhos — respondeu Jinyi. — Você sabe quando está ficando velho, não sabe? É quando você fica preso entre a irritação com todas as coisas que de repente não consegue se lembrar e a raiva de tudo que não consegue esquecer. Que caia um raio na minha cabeça se também não me sinto velho. Estou quase a meio caminho dos cem.

— Besteira. Nosso nobre Presidente é mais velho que eu e você juntos, e o camarada Zhou Enlai também, um dos homens mais justos e grandiosos que este país já viu. Ambos ainda estão fortes — argumentou Bo.

Jinyi riu.

— Você poderia nos meter numa encrenca bem grande, se alguém ouvisse nossas comparações com nossos benfeitores em Pequim.

Eles pararam diante de uma longa calha de metal e passaram as mãos na poça nebulosa de luz das estrelas. Todos encheram suas tigelas com água de chuva manchada, mexendo até misturá-la com o pouco de arroz queimado preso no fundo e dotá-la do vago sabor do jantar daquele dia.

Beberam. Este provavelmente era o gosto da lua: azedo, rude, o sabor amargo da saudade e dos restos.

— Bebam. Vamos precisar de força para amanhã — advertiu Jinyi.

Ele estava certo. No momento em que consumiram a refeição seguinte, um desjejum tardio de pães duros salpicados com cebolinha, já haviam passado da planície rochosa e começavam a subida de um morro coberto de espinheiros. Seis bois (que Bo fora rápido em apelidar de

Marx, Engels, Lenin, Stalin, Bethune e Lei Feng, mesmo que só para perturbar o delicado patriotismo de seus dois companheiros) esmagavam moscas batendo as caudas contra os flancos acobreados e passeavam entre os homens suados.

— Por que nós? — gemeu Bo enquanto eles entravam em fila única na curva da trilha enlameada, imprensando os bois entre si.

— Você deveria estar feliz. Nada melhor do que estar ao ar livre num dia como este. Não me diga que prefere pensar no passado a se ocupar. Além disso, esta é uma entrega importante; mostra que o oficial confia em nós — disse Jinyi.

— Ou isso ou ele quer que fracassemos, para encontrar uma desculpa para nos castigar — acrescentou Peru. Contudo, naqueles tempos os outros nunca tinham certeza se as palavras de Peru eram produto de um humor sarcástico ou de um excesso de irritabilidade. Sua expressão sempre pairava em algum ponto entre um sorriso e uma careta.

Jinyi já não se dava ao trabalho de apontar o óbvio: que eles não deveriam falar daquele jeito. Na verdade, à medida que os meses se acumulavam, ele ficava cada vez mais inseguro em relação a tudo. Os bois, ele finalmente concluiu, não os delatariam. Mas alguém tinha que manter os ânimos de pé.

— Não, eu não acho isso — suspirou Jinyi. — Nós conhecemos os bois, estamos sempre com eles, então a quem mais ele pediria? E, de qualquer maneira, a Vila do Lago Curvo precisa deles, portanto estamos fazendo algo bom em entregá-los. Isso deveria ser o suficiente.

— Se o vento parar de lamber nossas costas e a chuva da primavera não cair, vou concordar. Em todo caso, é melhor que capinar e plantar: minhas costas não aceitam bem aquelas tarefas. Não depois do equivalente a um ano agachando-me para esfregar aquelas latrinas fedorentas. Um inferno! — respondeu Peru.

Eles pararam para respirar no topo, observando a ordem geométrica dos arrozais abaixo e, atrás deles, as sinuosas linhas de irrigação e as trilhas marcadas e cortantes, o tipo de ordem que só o homem conhece, imposta de fora sobre a natureza emaranhada. Eles então começaram a descer para o outro lado, atravessando uma teia íngreme de arbustos e cipós. A cada curva no caminho estreito entre a vegetação voraz, um deles tropeçava ou levava um tombo, e assim eles se aproximaram até ficar quase ombro a ombro entre os animais, como presos acorrentados por línguas agitadas, pelos e bolhas.

∾ ∽

— É isso? — gritou o oficial do Lago Curvo.

Depois de uma tarde espinhosa e um pedaço da noite, eles chegaram à Vila do Lago Curvo, mas o oficial de lá, agitando um toco onde sua mão direita deveria estar, não pareceu tão grato quanto eles haviam imaginado.

— Um pouco magrelos, não? — continuou o oficial maneta, mexendo nas orelhas dos animais e examinando seus olhos leitosos. Ele listou os defeitos com ácida alegria. — Este está coberto de pulgas; este aqui manca um pouco; este tem uma bola inchada, maior que meu punho; este tem um cheiro pior que um cadáver; este tem o couro igual a um trapo amarrotado e escarrado. Qual foi o problema, não conseguiram encontrar bois mortos logo de uma vez? Estou surpreso por este grupo ter sobrevivido à viagem. Bem, eles terão que servir, acho.

Os três homens não sabiam como reagir ao oficial indiferente. Ele finalmente passou os olhos por eles e suspirou:

— Espero que estes animais tenham mais vida em si do que vocês três. Venham, vou lhes mostrar onde comemos, e depois vamos ao celeiro; estamos um pouco apertados aqui agora, mas a palha é muito macia, e, de qualquer maneira, imagino que vocês pretendam ir embora logo no início da manhã.

Jinyi abriu um espaço entre a palha solta e a sujeira e se rendeu aos piolhos, lêndeas, pulgas, percevejos, carrapatos, cupins, aranhas e formigas no velhíssimo celeiro. Os bois, entretanto, começaram sua nova vida mugindo um canto lamentoso, até que o luar finalmente os acalmou.

A viagem para casa foi o mesmo cenário tristonho repetido às avessas, começando pelas hortênsias cabisbaixas nos arbustos, o ar tomado por esterco e os passos ritmados pela percussão dos estômagos ruidosos dos três homens. A forma como o vento açoitava os galhos frágeis das árvores mais baixas imitava uma voz estridente e áspera, e Jinyi imaginou um eunuco cantando para o jardim deserto de um palácio depois que seus senhores imperiais partiram para uma guerra que certamente perderiam. Ele pegou um ramo e bateu as ervas e os arbustos espinhosos que se projetavam sobre a trilha de mulas, derrubando amoras do alto e tentando novamente esquecer. Mas, ainda que conseguisse afastar ervas daninhas e urtigas, não conseguia limpar a desordem de seus pensamentos, que insistiam em retornar à sua esposa, à sua promessa; à esperança tola que ele colocara nas mãos dela.

A tarde cedeu à noite sem luta, e em poucas horas a escuridão chegou com uma capa de chuva furiosa. Os três se abrigaram num pequeno enclave entre as rochas, salpicando uns aos outros com água cada vez que sacudiam as roupas pesadas e encharcadas.

— De onde você acha que veio? — indagou Bo, instalando-se no chão pedregoso.

— A tempestade? Pelo oeste, acho — respondeu Jinyi.

— Não, quero saber de onde realmente saiu. Escute, você sabia que há alguns anos o presidente americano veio aqui? Bem, e se eles estavam tentando nos enganar, e o que ele queria, na verdade, era perturbar o nosso clima?

— Não seja ridículo. Ninguém pode simplesmente mudar o tempo.

— Claro que pode. Você com certeza já ouviu falar de todas as coisas tecnológicas que eles têm lá.

— Talvez ele tenha razão — disse Peru. — A gente ouve todo tipo de coisas sobre o que esses estrangeiros podem estar tramando.

— Bem, mesmo que eles pudessem, por que desejariam mexer com nosso clima?

— Por quê? Porque nós os deixamos nervosos. Eles nos veem, e veem as maravilhas do nosso país, com todos trabalhando juntos e vivendo em paz e harmonia, e ficam com inveja — respondeu Bo.

— Ele está certo novamente — disse Peru. — Lembra o que aconteceu quando fomos ajudar nossos irmãos na Coreia, e os Estados Unidos simplesmente vieram e a dividiram em duas, dominando o Sul? Eles teriam engolido tudo se não fosse por nós. E Taiwan também.

— Eles amam mais o dinheiro que as pessoas, entende? — declarou Bo, como se fosse um professor ensinando uma turma particularmente trabalhosa. — Mas vou dizer uma coisa, se exércitos invasores aparecerem aqui, vamos esmagá-los sem piedade!

— Concordo que aquele fulano... Nixon, não? Bem, talvez ele estivesse tramando algo. Mas se quer saber minha opinião, ele só veio para tentar descobrir como a China se tornou tão grande, para poder copiar na América o que fazemos aqui. Mas, mesmo assim, você realmente acha que um punhado de americanos pode enganar nossos poderosos líderes? Não seja bobo. Só o *premier* Zhou Enlai sabe falar seis línguas, nada pode passar despercebido por ele!

Os outros assentiram, convencidos.

A chuva continuou, e Jinyi, Peru e Bo se perguntavam se realmente conseguiriam voltar para casa um dia. Eles não podiam saber que em apenas mais alguns anos Mao morreria, a Camarilha dos Quatro seria presa e as famílias começariam a se reunir. Muitos mortos, muitos desaparecidos, muitos irreconhecíveis, destruídos demais para permitir qualquer esperança no amanhã. Riachos de água da chuva contornavam a entrada do abrigo, e árvores gemiam e balbuciavam de longe para eles. Melhor viver na história que em seu coração: esta era a lição das comunas campesinas.

— Numa tempestade como esta — arriscou Peru —, caminhos podem ser apagados, repintados com lama e enchente.

Olhando para o borrão de garoa cinzenta, Jinyi se juntou à linha de raciocínio:

— Homens podem ser arrastados nos vendavais e levados embora por um rio.

— Ou despencar de algum morro, ou congelar numa caverna — disse Peru.

Bo olhou para os dois e balançou a cabeça. Ele não compreendeu a implicação tácita; que os três talvez pudessem usar a tempestade como um disfarce e escapar sob o véu das hipóteses que poderia evocar. O oficial suporia que eles morreram numa enchente ou deslizamento, e logo os esqueceria. Eles poderiam encontrar suas casas novamente, seus filhos, suas esposas.

Contudo, era apenas uma brincadeira, nada mais; cada aldeia era um fac-símile da anterior, cada novo rosto em cada novo lugar era tratado com igual suspeita e desprezo. Não era apenas a geografia que os prendia, mas também a psicologia: fugir seria abandonar pequenas partes de si mesmo, de suas vidas antigas, às quais eles haviam passado longos períodos tentando se agarrar; fugir significaria que tinham sido prisioneiros o tempo todo, e não homens se aperfeiçoando pelo bem do país.

— Existem lugares onde há mil anos não para de chover, onde os nativos nadam para o trabalho e os cães se alimentam dos peixes que pegam no quintal — disse Peru, esfregando os olhos.

— Humm. Mil anos, hein? Então talvez tenhamos que ficar aqui por um bom tempo.

Os três se amontoaram, tremendo sobre as pedras úmidas, aproximando-se pelo calor e buscando sinais de alívio no rio de folhas arrastadas e árvores envergadas. O trovão distante soou como o crepitar de um rádio, esperando para encontrar um indício de voz. O trecho de montes e campos ocres foi reinterpretado por um impressionista bêbado, transformado num borrão de cinzas e azuis noturnos. Eles continuaram em silêncio enquanto a tempestade entrava pela noite, esperando que alguma fenda entre as nuvens tornasse o mundo familiar mais uma vez.

Em vez de sentir desânimo, *fiquei apenas mais determinado a provar que o Imperador de Jade estava errado. Vivi dentro das cabeças de Yuying e Jinyi por semanas, meses a fio, só retornando à minha pequena cozinha no céu para refletir sobre a história e descansar um pouco, pois é impossível relaxar por um segundo sequer no furacão da constante química do cérebro. A mente é um labirinto — ainda que muitas ordens sejam regularmente bombeadas do coração, existem tantos sótãos, corredores, portas trancadas e becos sem saída que alguns sentimentos inevitavelmente se perdem e nunca encontram um pensamento correspondente ou motivo para a ação.*

Certa noite, depois que Jinyi e os outros haviam adormecido nas tábuas do chão da pequena cabana acima dos arrozais, eu me esgueirei para fora e logo me vi erguendo os olhos para o céu, lembrando o conselho do poeta para prestar atenção aos pequenos detalhes que nos levam à frente. De repente, vi um rasgo entre as estrelas, e logo divisei um grande rasto de nuvens de poeira e pegadas, como se um enorme cão corresse atrás da lua cheia.

Eu me pus de pé num salto, determinado a voar e agarrar o ofegante vira-lata antes que ele chegasse à Lua. No entanto, assim que meus pés se ergueram do chão, senti uma mão no meu ombro me puxando de volta para baixo.

— Aquele ali é um safado: você nunca vai conseguir detê-lo — disse uma voz rouca, e eu virei para ver o homem corpulento, cujo forte aperto me segurava. Suas feições pareciam ter sido malcinzeladas em seu rosto, como se feitas de improviso, e ele tinha um terceiro olho escuro, situado no meio da testa. Estava vestindo um velho uniforme de soldado.

— Conheço você — disse eu. — Erlang Shen, certo?

Ele resmungou uma confirmação. Erlang Shen, sobrinho do Imperador de Jade e um grande guerreiro. Ele lutou para subjugar o Rei Macaco quando este estava causando problemas para o céu, aventurou-se muitas vezes ao inferno em várias missões, e todos sabiam que era ele quem controlava os relâmpagos, direcionados às crianças desobedientes. Contudo, seu principal trabalho era combater demônios e outras criaturas diabólicas, o que fazia com a ajuda de seu fiel cão preto...

— Ei! Aquele é o seu cão, não é? — Olhei para cima, espantado em ver o grande cão devorando um gordo pedaço da Lua.

Ele riu.

— Sim, é ele mesmo. Ele faz isso toda noite, creio.

— O que você quer dizer? Você deixa que ele dê uma mordida na Lua todas as noites? O que vai fazer quando ele acabar com ela? — perguntei, horrorizado.

— Oh, não se preocupe com isso. Depois de algumas semanas, sua barriga vai ficar tão cheia que ele estará quase estourando. Ele não consegue digerir toda aquela massa esfarelada como giz, entende? Ele uiva e se contorce, dando um verdadeiro chilique, até que lhe ocorre cuspi-la, o que faz todas as noites até se sentir bem. Depois ele, de repente, percebe que seu estômago está vazio e sente fome, e então a coisa começa de novo. Mas, como eu disse, não há como detê-lo.

— Há quanto tempo isso vem acontecendo? — perguntei.

— Ah, há alguns bilhões de anos, mais ou menos — respondeu ele.

— Você não fica entediado com a mesma coisa acontecendo todas as noites?

Ele olhou para mim e riu novamente.

— Mas ele sempre come uma parte diferente. Há sempre um pouco de variação inesperada em tudo; é o que faz com que todos sigamos em frente.

Ele assobiou, sacudindo a longa coleira nas mãos gordas, e eu o deixei, sentindo-me um pouco mais confiante para realizar a minha tarefa.

10

1977
O Ano da Serpente

Há vozes de espíritos, como escreve Marco Polo, que desviam os viajantes de seus rumos e os atraem para o desastre. Segundo ele, ao cruzar os desertos cambiantes da Rota da Seda à noite, homens separados de seu grupo muitas vezes se perdem no caminho para seguir as conversas baixas de vozes desencarnadas. Eles ouvem vozes de seus companheiros ou entes queridos, ou então o diálogo remoto de tambores, gritos frenéticos e clamores de batalhas distantes; qualquer coisa que possa arrastá-los às profundezas desconhecidas das dunas. Os homens que seguem esses chamados jamais são vistos novamente. Por essa razão, aconselha Polo, fique perto daqueles com quem viaja, e não seja tentado a avançar sozinho, por mais que seus sentidos anseiem por isso. O viajante que Polo descreve é alguém que busca o próprio reflexo: ele não teme se perder, mas perder a si mesmo. Afaste um homem de sua casa, de seu idioma e de seus semelhantes; quanto do homem restará?

Marco Polo lembrava com espanto o uso chinês do papel-moeda como substituição para ouro e joias; as numerosas esposas mongóis e a aguardente fermentada do leite de égua; os 10 mil cavalos brancos do Grande Khan; o estopim dos fogos de artifício e foguetes cintilantes na nova capital, Pequim; a pedra mágica e negra que sustentava o fogo; e o estranho e detalhado calendário utilizado pela corte. E, ainda assim, o olho de corvo do viajante que nunca se detém num só lugar por vezes só vê novidade e assombro, e não a fome, as feridas e as cicatrizes e o esgoto espreitando por trás de cenários cuidadosamente construídos. É o privilégio e a punição para nós, deuses, que somos capazes de ver tudo.

O que, você talvez pergunte, esse italiano morto há tanto tempo tem a ver com Jinyi e Yuying? Todos três foram chamados por vozes de espíritos. Todos chegaram ao limite de se perder nos lugares que encontraram. Nenhum retornou o mesmo de quando partiu.

Durante a longa jornada para casa, Jinyi começou a questionar se tudo tinha sido real ou apenas parte de sua febril imaginação. Tudo que sabia era que a única razão para ter seguido em frente, quando outros a seu redor pereciam nos campos, era a saudade.

Os estudiosos divergem quanto a se Marco Polo realmente chegou à China ou não; o que esquecem é que, muitas vezes, as histórias são escritas no coração.

∽ ∾

O Jinyi que viajou de volta para Fushun parecia um tio esfarrapado e enrugado daquele que havia partido. O desenho recuado de cabelos negros estava salpicado de branco, a franja polvilhada por um amarelão de tabaco. As sobrancelhas agora ameaçavam encontrar-se no meio do rosto, que a um só tempo conseguia crispar-se rigidamente em torno dos olhos e cair flacidamente em torno dos ossos protuberantes da face. À exceção de uma única semana a cada ano (se tinha sorte), ele não voltava para casa desde os tempos áureos da Guarda Vermelha. Suas mãos, enrugadas como ameixas, atrapalhavam-se com a maçaneta rígida da porta; ele estava velho.

Dos nove anos que passara nos campos, o que mais pode ser dito? Imagine viver tão imóvel que a grama cresce através de seus poros; foi assim que o tempo passou. Agora Mao estava morto, eviscerado, bombeado com fluidos preservativos, recheado, encaixotado e enfiado num mausoléu no centro da praça da Paz Celestial, onde os fiéis vigilantes se reuniram uma década antes para ter um vislumbre de seu sorriso e acenar; a esposa do velho Presidente fora culpada pela desordem e se preparava para o julgamento-espetáculo do século; e os que restavam da geração perdida eram lentamente autorizados a voltar para casa.

Jinyi se juntou ao bando esfarrapado de trabalhadores raquíticos que imploravam por caronas em cada caminhão, caminhonete, carro do Exército, moto ou bicicleta enferrujada que passava por eles. A enorme migração espelhava os pássaros que acabavam de fugir do inverno em busca de algum calor familiar. Será que consegui me reformar, Jinyi se perguntava, ou foram eles que desistiram de reformar as pessoas? Ele conseguiu caronas através de pequenas cidades enfeitadas com lanternas remendadas e cordões de pimentas vermelhas ressequidas, passando por pontes bambas de rio, junto a arrozais fundos, campos e planícies, contornando florestas semidevastadas, cruzando aldeias de olhos arregalados e cidades enfumaçadas e adentrando o céu de carvão do familiar Norte. Ele concluiu que não lhe importava saber a resposta.

 Apesar de não ter dinheiro, negociou com a bondade de estranhos uma tigela partilhada de macarrão em paradas de vilarejos ou uma mordida na maçã ou *mantou* de alguém na traseira de uma caminhonete apertada, e passou a viagem para casa pensando no banquete que prepararia para o Festival da Primavera no mês seguinte, nas guloseimas e pratos que ele confeccionaria para sua família, novamente reunida. Ele cozinharia os bolinhos favoritos de sua esposa. Jinyi evocou o sorriso que veria em seu rosto, e o pensamento o acalentou mais do que qualquer refeição quente. Em mesas apinhadas de cantinas campesinas e nas imundas rodoviárias sem assentos, ele atraía olhares das centenas de outros indesejáveis em retorno quando suas mãos inconscientemente ensaiaram o ato de rolar a massa de bolinho, de abarcar o recheio e de fechar firmemente a pele como uma concha. Deve haver ratos roendo os miolos de sua cabeça, murmuravam os espectadores, alto o bastante para que ele ouvisse. Novamente, ele não se importava.

Jinyi finalmente conseguiu abrir a porta rígida e despencou para dentro, com os ossos endurecidos pelo gelo de janeiro, apenas para descobrir que a casa estava vazia.

 — Dali? Manxin? Liqui? Xiaojing? Tem alguém aí? — Ele tentava chamar, mas, ao descobrir sua voz congelada na laringe, contentou-se com um sussurro rouco. Não houve resposta.

 Quando seus olhos se ajustaram à penumbra, Jinyi avistou uma mesa de madeira torta, evidentemente de segunda mão e malrestaurada, cercada por quatro cadeiras incompatíveis, cada uma de um tamanho e um desenho diferente. Ele afundou numa delas, e se perguntou se o rangido era da cadeira ou de suas costas. Uma caldeira enferrujada estava caída sobre o fogão, conversando com um *wok* virado no chão ao lado. Um quadro torto pendia na parede principal, capturando o Presidente Mao e Zhou Enlai aproximando-se do microfone na praça da Paz Celestial em 1949, um passado de muitas vidas. Grandes homens, pensou Jinyi, destinados a viver suas próximas encarnações em livros, cartazes, filmes, poemas e visores de relógios.

De repente ele estava sorrindo, lembrando como acreditava, quando criança, que os espíritos aprisionados em imagens rastejavam para fora durante a noite para fazer o que quisessem. Ele até os culpava quando confrontado por seu tio enfurecido pelas marcas de mordida no pão de milho. "Devem ter sido aqueles monges pequenininhos e suas vacas gordas naquela pintura", gemia ele quando a surra começava. Afinal, sua tia advertia que meninos travessos podiam ficar aprisionados no espelho por 64 anos. Então por que não podia funcionar nos dois sentidos? Lembrando isso, Jinyi quase riu, mas se deteve. Pensou duas vezes, olhando em volta para verificar se não havia ninguém por perto para ouvir ou denunciar que Hou Jinyi estava rindo. E depois ele riu e gargalhou e cacarejou, dez anos de risos jorrando como refrigerante sacudido, até acabar exausto.

As prateleiras até foram reinstaladas, e tinham surgido um armário de madeira e um *futon* marrom felpudo e dobrável. A fábrica de pães continuara a pagar os salários de Jinyi e Yuying aos filhos todo mês, e Dali, Manxin e Liqui tinham sido alocados em outras fábricas, respectivamente fazendo casacos do Exército, comida enlatada e cadernos. As fábricas tinham inúmeros rostos, mãos e grandes planos; eles podiam substituir famílias antes mesmo que alguém tivesse tempo de bater continência.

Jinyi vagou até o quarto e se deitou no *kang* ainda quente, contente em ver que ao menos aquele canto ainda era o mesmo de quando ele partira, uma pequena fatia de seu antigo eu pendurada como um casaco esquecido que estremece no cabide, implorando para ser usado novamente. Jinyi se envolveu nos lençóis de uma das meninas, cedendo ao mais profundo dos sonos, do qual mais tarde emergiria como um pai, um marido, um homem comum de pão e forno, o modesto ocupante do n° 42 da Zhongshan Lu.

— Pai. — Ele foi acordado por uma mão em seu ombro, sacudindo a poeira das longas mangas de seus sonhos. — Como se sente? — Era Manxin, os olhos espiando com ansiedade sob o penteado puxado para trás. Jinyi esfregou os olhos: aos 24, sua filha mais velha era uma impressionante versão mais robusta da mãe.

— Pai, diga alguma coisa. — Liqui apareceu ao lado de Manxin, a boca enrijecida pela tensão enquanto ela remexia a trança.

— Eu estou bem, estou ótimo. Não façam drama — disse Jinyi.

Ele se levantava quando entrou a mais nova, Xiaojing, com o cabelo curto e o rosto equino, segurando uma tigela de caldo de arroz que ela enfiou entre as mãos do pai. Suas três filhas se enfileiraram à sua frente como soldados aguardando inspeção.

— Onde vocês estavam? — perguntou Jinyi à menina desengonçada no final da fila.

— Na escola. Manxin me levou para entrar na fila de registro. Ela vai reabrir depois dos feriados e eu posso ir para o ginasial! Afinal, já tenho treze anos — respondeu Xiaojing.

Treze. Jinyi assentiu com a cabeça; ele havia perdido mais da metade da vida dela. O que aquela adolescente magricela tinha feito com a menininha de língua presa que costumava arrastar uma boneca esfarrapada pela casa ensinando a fazer chá? Será que ela realmente o reconhecia?

— É claro. Vocês parecem todas tão fortes, tão saudáveis. Filhas de aço e ferro, não é isso que dizem? Estou me sentindo um velho aqui com vocês. — Ele tentou sorrir.

— Você ainda não está velho, pai — censurou Manxin.

— Muito bem, onde está meu filho? A vida dele é bem mais agitada que a minha quando eu tinha a idade dele. Em minha última visita, ele estava fazendo turnos à noite, então nunca o via, e antes ele esteve em viagem com um grupo de voluntários no campo. Eu nem me lembro do tempo antes disso. Não é possível que ele ainda esteja no trabalho a essa hora, é?

As meninas se remexeram nervosamente, uma fileira de lábios mordidos e mãos inquietas.

— Escute, pai. Nós não lhe dissemos nada antes porque não queríamos que você se preocupasse quando estava tão longe, mas Dali nunca trabalhou à noite e nunca visitou o campo.

— Então onde ele estava? Digam logo — ordenou, sua voz se erguendo fora de controle. — Droga, onde ele está?! Um segredo é como um demônio aprisionado numa garrafa de vinho, quanto mais tempo você o guarda ali, mais estragos ele fará quando escapar.

No entanto, ninguém precisava lhe dizer. Ele se lembrava das últimas vezes que tinha visto Dali, de como seus lentos grunhidos e ombros curvados se esquivavam de qualquer pergunta, de como os cantos de seus olhos escuros dançavam febrilmente. Contudo, Jinyi dormira muito profundamente durante as breves visitas para ouvir seu filho mais velho perambulando durante a noite, arrancando tufos de seu cabelo oleoso e listando e relistando seus problemas em voz baixa e num frenesi.

— Ele está morto. Pai, sinto muito por não termos contado a você.

Jinyi conseguiu assentir, mas sua cabeça se perdia num turbilhão, um cometa arremetendo seus sentidos. Ele sentia em seu estômago, no peito. Ele sentia em seus dedos trêmulos.

— Como? — gaguejou finalmente Jinyi, as mãos subindo pelo peito, agarrando-se com força para deter o choque.

Manxin tentou explicar, as palavras escapando e se derramando num jorro de lágrimas, com interrupções e suspiros de suas irmãs, até que os quatro acabaram jogados no *kang* quente num duro abraço de silêncio partilhado, cada um sentindo a dor lancinante do outro.

Sob o céu desbotado da meia-noite, Hou Dali deixara a casa na ponta dos pés. Era 4 de setembro de 1974, o último suor do verão prolongado ainda abraçando suas roupas. Ele passou o dia todo esperando que suas irmãs fossem dormir. Naquele momento já fazia meses desde a última vez em que ele se dera o trabalho de aparecer em seu posto na fábrica, verificando o forro e costurando botões nos casacos de inverno do Exército, seu ponto rápido e desinteressado mal escondendo o desprezo pelos encarregados balofos que repuxariam e apalpariam seu trabalho. Em vez disso, ele era mantido em casa por sua irmã, forçado a beber copos e copos de fétidos remédios medicinais, produzidos com raízes e ervas por Manxin na mesma panela que usavam para cozinhar o arroz. Era melhor do que se aventurar sozinho e se arriscar em mais do mesmo: ser atirado no banheiro local, arrastado por lanços de escadas apenas para ser empurrado para baixo novamente, despido e jogado na parte rasa do rio ou forçado a beber o mijo de antigos Guardas Vermelhos.

Após alguns passos na rua deserta, ele parava e olhava ao redor, sempre achando que estava sendo seguido. Os estandartes e cartazes rasgados que restavam em algumas paredes faziam seus lábios se crisparem, enquanto as centenas de varais exibindo casacos azuis idênticos, um flutuante exército de fanáticos sem corpo, deixavam-no tonto, desorientado. Sua perna direita se movia mais rápido que a esquerda, os nervos e tendões lacerados por um ferro quente da fábrica. Ele se abaixou para entrar num beco entre as fileiras de casa quando avistou os coletores noturnos das latrinas fazendo a ronda. Uma nesga de céu limpo apareceu entre as paredes de tijolos enquanto ele esperava, ofegante, um borrifo de estrelas sibilando como o açoite da cauda escamosa de um dragão.

Como, ele se perguntara pela centésima vez, suas irmãs conseguiam suportar? Talvez Hei, o líder de uma das gangues que o atormentavam nos últimos oito anos, tivesse razão quando disse que Manxin era mais homem que Dali e que provavelmente eles tinham se confundido no nascimento. "Isso é o que acontece com os traidores, nascidos da escória imperialista!", zombara Hei. Mesmo na escola, ele era perseguido porque preferia sentar-se sozinho com suas fotografias de aviões a chutar uma bola improvisada contra uma parede ou rolar pelo campo sujo numa brincadeira de pique. Não, ele se corrigiu enquanto se esgueirava pelo beco, aqueles meninos estavam enganados, ele não se julgava superior aos outros, ele teria dado qualquer coisa para brincar com eles, mas tinha muito medo de que as palavras erradas saíssem gaguejando de sua boca.

Pior que a perseguição, porém, eram os momentos em que eles não faziam nada. As vezes em que ele andava pelas ruas sinuosas até a fábrica e todo mundo o ignorava ou desviava dele. Ou a maneira como seus poucos amigos desapareceram sob um manto de silêncio, assim como acontecera com seus pais. Ou as vagas ameaças com as quais ele passava infinitas noites se preocupando, mas que nunca se materializavam. Ou mesmo suas irmãs, que, embora bem-intencionadas, acreditavam no Partido e o Guardas Vermelhos tanto quanto acreditavam na "loucura" de seu irmão.

Ele atravessou a rua onde tinha visto pela última vez seu melhor amigo, antes que fosse pisoteado e transformado numa massa ensanguentada e disforme, com filamentos rompidos, devido aos poemas clássicos em seu diário e aos óculos sob a franja oleosa. Melhor sempre ficar de boca calada, Dali dissera a si mesmo.

Passando pela cantina coletiva onde sua mãe e outros mil tinham sido criticados, atacados, marcados ou executados publicamente, e seguindo pela escola secundária com as pontas de vidro quebrados das janelas e a luz distorcida de pequenas fogueiras que mantinham as pessoas quentes no interior, ele galgou uma cerca onde começavam as plantações e comunas da periferia, confiante de que todos os cães de guarda locais tinham sido roubados e assados havia muitos anos.

Se eu não posso tê-los de volta diretamente, isso é o que me resta, ele pensou. Ele deslizou por uma ribanceira e seus pés descalços bateram nos pedregulhos, seu pensamento passando num borrão, sem que ele conseguisse prestar atenção aos arranhões e machucados inevitáveis.

Dali parou de repente, sentindo a trilha da madeira lisa sob seus pés. Ele agarrava uma das mãos com a outra para impedi-las de tremer. Quando o poder do Estado se estendia até os valentões do pátio da escola e a mulher na porta que observava como você lavava sua roupa, para onde poderia ir? Eu deveria ter previsto isso, disse a si mesmo; nós, chineses, inventamos a prosternação, pelo amor de Deus: a forma mais humilhante de reverência imaginável, enfiando o nariz no chão e lançando a bunda no ar para mostrar quão inferior você é. Algumas coisas nunca mudam. Eles podem fazer o que quiserem de mim, mas isto pelo menos eu ainda posso controlar.

Se tivessem lhe dado ouvidos, Dali se apanhou pensando mais uma vez, eles poderiam ter sido a melhor Guarda Vermelha no país, poderiam ter realmente transformado a China num paraíso socialista, e não neste buraco de mentirosos e bandidos. Ele sentiu o suor porejando no peito, acumulando-se entre suas nádegas. Para encorajar-se, Dali pensou nos hematomas, cortes, golpes, chutes, tapas, queimaduras, beliscões, murros, bofetadas, socos, empurrões, sufocamentos, cicatrizes, olhos roxos, luxações, fraturas, ligamentos rompidos, punhaladas, arranhões e, acima de tudo, nos xingamentos e sentenças e nomes e palavras de ordem. Ali estava então a lei de causa e efeito — esta era a única ação sobre a qual ele ainda tinha controle.

Fodam-se todos eles. Ele estendeu os braços e se lançou numa corrida, ruidosa e vertiginosa, imaginando que era uma criança novamente, imaginando que era um avião. Hou Dali não viu sua vida passando diante de seus olhos — ele só precisou correr à frente, os braços esticados e os olhos fechados, diretamente ao avanço inexorável do trem, o baque súbito e o esmagamento da colisão dispersando o último de seus pensamentos entre o cascalho dos trilhos.

〜 〜

— Por que não me disseram antes? — perguntou Jinyi.

— Como poderíamos dizer? — Manxin engoliu um soluço. — Você já tinha tanta coisa com que se preocupar. Por que lavar suas feridas com veneno? Nós pensamos que se lhe contássemos, talvez você nunca mais voltasse para casa. Há um limite para aquilo que um homem pode suportar ouvir.

Jinyi assentiu. Durante todo aquele tempo, ele pensara que era mais difícil ser levado do que ser deixado para trás. Durante todo aquele tempo, todo o país se enganou ao acreditar no impossível, e ele também.

— Eu sinto tanto — sussurrou ele.

Jinyi olhou para os três pares de úmidos olhos amendoados, os tentáculos vermelhos surgindo no canto de cada um enquanto olhavam para ele em busca de conforto, de segurança, de algo, qualquer coisa. Jinyi foi tomado pela mesma pulsão que sentira cerca de 25 anos antes pelos dois meninos perdidos — de mantê-los perto, de jamais deixá-los escapar de seus olhos novamente.

No entanto, isso não era igual ao rio de dor furiosa que ele sentira antes, quando os bebês pereceram. Isso era mais duro, mais forte: um dardo de gelo congelando sua língua, escaldando as pontas de seus dedos como milhares de comichões de urtiga, tanto que ele quis arrancar a pele queimada de seu corpo subitamente inútil.

— Meninas — ele lutou contra os gemidos brotando em sua garganta —, estamos no meio de uma enorme tempestade e nevoeiro. Ainda é quase impossível distinguir o certo do errado, o amor do ódio. Mas pelo menos estamos juntos agora; isso é tudo que importa.

— Mas vai melhorar, não é, pai? — perguntou Liqui. — A Camarilha dos Quatro foi presa, as escolas vão reabrir, e você e a mamãe logo estarão juntos de novo.

Jinyi as fitou, subitamente lúcido.

— Olhem ao redor. Ninguém sabe o que vai acontecer a partir de agora. Alguém por acaso poderia ter previsto os últimos dez anos, os últimos vinte anos? Não. Isso talvez seja apenas uma trégua, uma pausa breve. Tenham cuidado; cuidado com o que dizem, com quem falam, em quem confiam. Trabalhem duro e não critiquem nada nem ninguém, nem mesmo a Camarilha dos Quatro, até vermos o que acontece. Essa é a única maneira de sobreviver. Entenderam?

As meninas murmuraram em concordância e Jinyi deslizou de volta às profundezas abstratas daquele sentimento paralisante. Ele esperava que algo acontecesse, que a porta de repente se abrisse, que palavras fossem ditas, que seu coração vergasse sob aquele peso insuportável, mas nada ocorreu. Ele ouvia apenas os soluços descontrolados das meninas e, misturada a eles, a voz de um homem lá fora com um alto-falante, anunciando o jornal vespertino. O passado não termina, não desaparece, pensou Jinyi; ele sempre encontra uma maneira de se infiltrar por baixo da porta e azedar a atmosfera. Jinyi envolveu num só abraço as filhas, três cabeças afundando no oco de seu peito.

❧ ❦

No momento em que ele se arrancou do *futon* na manhã seguinte, suas filhas mais velhas já haviam saído para as respectivas fábricas e Xiaojing remexia silenciosamente um café da manhã de mingau de milho no fogão. Ele enfrentou as ações ordinárias de se lavar, se vestir, comer como se fossem direções de cena absurdas numa peça surrealista em que fora escalado. No entanto, se a última década havia ensinado alguma coisa, era a necessária primazia do desempenho sobre a verdade, das ações sobre os sentimentos. A dor ainda o dominava, mas estava agora ofuscada por outra preocupação: o que ele diria a Yuying.

— Pai — começou a filha mais nova —, talvez nós pudéssemos ir ao morro hoje. Fizemos um monte de pedras lá para Dali, pois não havia cinzas. Nós poderíamos ir juntos.

— Desculpe, mas estou muito ocupado. Vou para a fábrica de pão. Eles vão querer saber quando começo a trabalhar. Não posso deixá-los esperando, não seria certo. — Contudo, por trás de sua desculpa esfarrapada, o que ele queria dizer era claro: eu não posso, ainda não, não posso deixá-lo partir.

— É claro. Eu só pensei...

Ele engoliu em seco.

— A vida tem que vir em primeiro lugar. Pense no que as pessoas diriam se soubessem que fiquei enfiado aqui, chorando. Enfim, o que você costuma fazer com seu tempo?

— Eu era do Movimento da Juventude da Guarda Vermelha. Hoje em dia eu cozinho e limpo um pouco aqui, busco os seus cupons e os da mamãe na fábrica de pão e pechincho no mercado. Ah, às vezes vou para a fábrica de latas com Manxin, para observar e aprender, e tento não atrapalhar.

— Você costuma ver seus amigos?

— Amigos? Bem... Acho que a mulher dos legumes no mercado é bastante amigável... e também a sra. Tien da casa ao lado... às vezes, quando estou cozinhando, ouço pela janela as velhas histórias que ela conta a seu neto. E, claro, tenho minhas irmãs.

— E agora você também tem a mim — completou Jinyi, e Xiaojing assentiu educadamente, sem saber como reagir às coisas estranhas que seu pai estava dizendo.

Ele não era o mesmo homem que ela tinha na lembrança — era menor, mais baixo, mais fraco, mais lento; suas palavras eram um amontoado de sílabas hesitantes, que não mostravam nem a sabedoria nem a autoridade paterna que ela imaginava quando sua mente trazia suas primeiras memórias. Ele tampouco parecia ser o mesmo homem sobre o qual suas irmãs contavam histórias: o homem que podia criar pratos chiques a partir de restos e sobras, que podia transportar duas crianças em seus ombros e que apostava corrida com elas no parque como um animal selvagem fugido de um zoológico; que cantava longas canções sobre demônios e dragões depois de um copo de vinho de arroz. Não, ele era uma versão pálida e mais enrugada do homem na foto em preto e branco na prateleira, um homem com um sorriso relutante que não sabia o que fazer com as mãos.

Jinyi se levantou da mesa com um suspiro.

— Você pode vir comigo, se quiser — disse ele, ansioso por se aproximar dela.

Xiaojing gesticulou para as panelas ao lado do fogão:

— Tenho que lavar a louça e fazer o almoço.

Ele assentiu e atravessou a porta rumo à garoa da manhã. O novo patrão da fábrica disse que ele poderia recomeçar tão logo acabasse o feriado nacional de três dias para o Festival da Primavera. Contudo, após examinar o alquebrado cinquentão diante de si, o patrão sugeriu uma transferência dos fornos para a linha de produção de embalagens.

— Muito menos suor para um homem da sua maturidade — explicou ele com delicadeza. Jinyi murmurou sua gratidão, mesmo que o trabalho agora não fosse mais que uma âncora para impedir que ele se perdesse no espaço.

Um rápido passeio por seu antigo posto de trabalho e pela cantina foi suficiente para confirmar que os poucos trabalhadores que restavam de dez anos antes estavam quase irreconhecíveis, e determinados a não fazer contato visual. Não porque eles o haviam denunciado — não havia nenhuma vergonha nisso, já que todos tiveram de gritar bem alto sobre os outros para abafar o coro de acusações contra as próprias famílias —, mas porque algumas coisas não mudam. Todos eles ainda sabiam até os menores detalhes sobre a vida dos colegas, desde o número de dentes que ainda restavam a cada um até as canções que cantarolavam baixinho. Eu preferiria sofrer o desprezo deles, em vez da piedade, ele disse a si mesmo enquanto se arrastava de volta para casa, tomando o caminho mais longo e tortuoso possível.

⤙ ⤚

Yuying acreditava em redenção e renascimento, ainda que aprisionados nos termos da dialética de classes. Assim como o inverno varria as plantações mais altas e fortes do ano anterior para abrir caminho para a primavera, ela também aprendia a esquecer quem fora um dia. No entanto, avançando de condado em condado, e medindo as sementes e castanhas que guardara para a viagem, Yuying não tinha certeza de ser algo além do que outras pessoas tinham determinado que ela fosse. Ela fechou os olhos e deixou que o ritmo dos sacolejos do vagão desfizesse os fios de seus pensamentos. Da janela congelada derramavam-se campos vazios, cidades semiconstruídas espraiando-se em torno do vômito das chaminés, estações sem nome onde os trens nunca paravam, casebres de tijolos vermelhos tortos e fogueiras, barracas e restaurantes abandonados com leões de pedra em ruínas, e aglomerados de trabalhadores encardidos preparando-se para o turno da noite com uma jarra partilhada de chá rançoso.

Ela pensou nos filhos. Pensou no marido. E aí sentiu que um pouco da alegria que outrora a conservava de pé voltava a borbulhar na superfície.

O trem era um jardim zoológico fracassado. Havia velhas parecidas com lêmures mostrando as presas e acotovelando-se furiosamente para chegar aos assentos, e homens enormes como ursos, com a barba por fazer, balançando-se através dos vagões e despejando suas imensas trouxas de pano sobre os pés ou as mãos dos adormecidos. Havia os fiscais ferroviários dentuços e de lábios leporinos saltando como gomos entre os corpos encolhidos no chão, desviando das pernas inquietas que balançavam nos bagageiros, enquanto macacos tagarelas se empoleiravam nas mesas ou se agachavam entre bolsas, falando, cuspindo e jogando cartas de baralho, sementes de girassol e guimbas de cigarro em todo mundo à sua volta. E em cada estação, justamente quando parecia que o trem lotado estava prestes a explodir, outra centena de cães ferozes de bocas espumantes chegavam latindo, empurrando e se acotovelando para subir a bordo, farejando em busca de um centímetro de espaço no chão sujo, apinhado de coisas.

O cheiro de tabaco barato e sabão preto se misturava ao suor azedo e ao fedor putrefato do único banheiro, que consistia num buraco no chão. Yuying tentou mover os pés, livrá-los do emaranhado de bolsas de viagem, lanches apodrecidos e pele ressecada com sangue seco. O vagão chocalhava, ruidoso e estridente, e os diferentes dialetos se atropelavam e disputavam para serem ouvidos no burburinho. Yuying relaxou no seu assento, e trechos de conversas se infiltraram em seu meio-sono.

— Eles disseram que encontraram um porco para o Ano-novo; bem, as crianças nunca provaram carne de porco, e mesmo com a maior parte indo para redistribuição pelo Partido, só um pouco do caldo, um *jin* de banha, ah, quase posso sentir o gosto...

— Mao Tse-tung pode morrer, mas o Pensamento de Mao Tse-tung viverá para sempre...

— A esposa não era uma mulher má, ela só queria dar uma boa refeição para eles, e, para ser justo, aquele gato teve uma vida boa...

— Uma fila de mil lampiões vermelhos balançando entre as casas da aldeia, se iluminando com o fogo...

— Nós andamos todo o caminho desde Hengshui, o que levou quase uma semana, sabe? E quando chegamos lá, levantamos nossos pequenos livros vermelhos e o vimos acenando a distância, bem, eu não tenho vergonha de dizer que as lágrimas correram pelo meu rosto e não pararam por horas...

Embora as conversas se prolongassem até o amanhecer, Yuying logo caiu adormecida, enquanto uma província se seguia após outra, correndo pela janela. Quando ela acordasse, nada voltaria a ser como antes.

∽ ∾

Jinyi contemplava os buracos em suas meias de inverno quando sua mulher colocou nervosamente a cabeça para dentro da porta. Embora ele quisesse dar um salto para abraçá-la, foi incapaz de se mover — a mulher diante dele parecia ter encolhido, amarrada num emaranhado de pés de galinha e fios grisalhos. Ele largou as meias e perguntou às filhas se elas poderiam ir ao mercado para buscar algumas cebolas. Quando saíram, cada uma beijou a mãe no rosto, e assim ela imediatamente soube que algo terrível tinha acontecido. Sua bolsa caiu na entrada, onde ficaria até que as filhas a esvaziassem e a dobrassem horas depois, quando voltaram.

Jinyi não se recordava muito do que tinha dito. Ele tropeçava na fala mucosa e tossida, correndo para chegar ao fim e se livrar das palavras pungentes em sua garganta.

— ...elas também não me contaram, mas só tentaram nos proteger, evitar que o mundo desabasse em nossas cabeças.

— Eu sabia — respondeu Yuying, a voz vacilando como uma corda esticada de um instrumento afinando-se em oitavas cada vez mais altas. Ela não se moveu da porta, como se entrar completamente na casa significasse admitir cumplicidade com o que havia acontecido.

— Você sabia?

Jinyi se levantou, hesitante. Ele não sabia como se aproximar dela — não sabia se, após todos aqueles anos, ela ainda desejava que ele se aproximasse — nem o que fazer com suas mãos desajeitadas.

— Eu soube desde o dia em que ele nasceu, assim como com Wawa. Ambos eram bebês tão perfeitos, tão frágeis, que eu pensava que poderiam quebrar se alguém sequer passasse a ponta do dedo neles. A vida não suporta as coisas perfeitas. Eu soube quando nos disseram para colocar a fabricação do aço acima do bom senso; eu soube quando nos disseram para passar fome patrioticamente porque os nobres camponeses se aglomeravam nas fundições caseiras em vez de cultivar alimentos nos campos; eu soube quando o país inteiro começou a se erguer para destruir o passado. Durante todo esse tempo, senti isso na boca do estômago; só não sabia o que era; até agora.

Jinyi viu a cabeça de sua esposa despencando, os cabelos soltos em volta do pescoço, e como ela cambaleou em direção ao quarto, afastando o braço que ele estendeu para equilibrá-la. Estas seriam as últimas palavras que ela falaria durante todo um ano.

O vento do inverno socava as janelas e afiava suas garras na porta bamba. Jinyi esperara lágrimas, gritos, soluços, uivos, coisas sendo atiradas e quebradas. Acusações e dedos em riste seriam melhor que isso, pensou ele. O silêncio súbito inundou o pequeno quarto, e expulsou o ar. Ele não ousou tentar virar a maçaneta por medo de que estivesse trancada. Três dias para o Festival da Primavera, murmurou ele para si mesmo, é melhor começar a preparar as coisas. E assim, sua primeira hora a sós em dez longos anos, sua primeira conversa real numa década, terminou com Yuying sentada no *kang* largo, os olhos redondos fixos numa fita de sangue deixada por um mosquito esmagado, enquanto seu marido cansado e raquítico socava os punhos calejados num amontoado de massa.

Yuying ficou tão imóvel quanto podia, questionando se seu corpo conteria tudo dentro de si sem explodir. Após uma hora, talvez mais, ela ouviu seu marido cantarolando enquanto cozinhava. Era uma música antiga, mais antiga que as idades somadas de ambos. Por um momento ela ficou tentada a se render — a ignorar as linhas recuadas do cabelo, a flacidez dos braços, barrigas e seios, os cabelos nas orelhas, os rostos enrugados e os dentes de casca de trigo que mostravam como eles haviam endurecido e se afastado um do outro —, a abrir a porta e trazê-lo num abraço para junto de si. Ainda assim, ela não se moveu; a vida, ela disse a si mesma, não é mais daquele jeito. Ela ainda o amava. Mais do que tudo. Contudo, algo dentro de Yuying acreditava que ela estava sendo punida por se atrever a amar; algo que lhe dizia que todas as vezes que os dois se aproximassem, a história ou o destino, ou o que quer que fosse, conspiraria para separá-los. Os mapas que um dia cruzavam seu coração foram redesenhados, sobrescritos e rabiscados tantas vezes que as vias originais se tornaram ilegíveis.

— Pai, como ela está? — perguntou Manxin mais tarde, quando o entardecer turquesa se instalou nas ruas e as meninas pensaram que era seguro voltar.

— Eu honestamente não sei — respondeu Jinyi, sem erguer os olhos do canto da cozinha onde se entrincheirara, cercado por um pesado bolo de massa de pão deixado a crescer lentamente ao sol de inverno, frascos de azeite apimentado que ele passara a tarde marinando até que ardessem como chamas, e uma tigela de molho escuro e grosso em que ele planejava fazer flutuar um encharcado corte de tofu.

— Mas ela é sua esposa — arriscou Liqui.

— Eu sei — suspirou Jinyi. — Mas foram dez anos. Não sei mais o que dizer. Vamos apenas dar algum tempo para que ela se acostume com a notícia, algum tempo para aceitá-la. Se eu conheço sua mãe, logo, logo ela sairá e começará a mandar em todo mundo. — Ele tentou sorrir, mas o sorriso murchou em seu rosto.

— Bem, não serei a primeira a entrar — disse Xiaojing em desafio, e suas irmãs se entreolharam.

— Vamos esperar, como disse o papai, e dar algum tempo a ela — sugeriu Manxin, caindo em seguida sobre o *futon*.

O longo relógio de madeira pendurado na parede cantou as horas com um badalo agudo, o pêndulo preguiçoso balançando através do silêncio. Resgatado da casa da Vovó Bolinho, o mecanismo rangente era mais velho que sua antiga proprietária, e tão teimoso quanto. Xiaojing pegou a chave e deu corda, os dentes crepitando e gritando na fechadura, como se isso pudesse acelerar o tempo. As meninas tinham deixado seus livros, bordados, canetas e papéis no quarto, e nenhuma tinha coragem de entrar para buscá-los. Em vez disso, elas se prostraram e fitaram o pergaminho com o par de garças, um presente de Yaba para substituir aquele que fora rasgado pelos Guardas Vermelhos. As duas aves orgulhosas conservavam algo de sua graça esbelta, os bicos curvos preparados para dardejar entre as leves ondulações que se batiam em torno de suas pernas finas como fios. Contudo, as meninas já sabiam há muito tempo que não importava quanto olhassem ou quanto quisessem, as garças não dançariam para elas.

— Eu vou para a cama — disse Liqui assim que o relógio marcou dez horas, suas palavras finalizadas num bocejo. — Nós temos uma inspeção do Partido na fábrica às seis da manhã, não posso chegar atrasada.

— Leve isso para sua mãe, então — disse Jinyi, ainda sentado na cozinha, apontando para uma tigela com uma berinjela molenga cozida.

Foi ali que elas perceberam que, apesar de seu pai ter passado o dia inteiro laboriosamente preparando molhos e marinadas, ninguém se sentara para jantar. As meninas trocaram olhares, e decidiram não mencionar o fato — afinal, não era a primeira vez que iriam para a cama com fome.

— Você não vem para a cama, pai?

— Não, não, ainda tenho o que fazer aqui. Se eu conseguir deixar quase tudo pronto agora, podemos passar todo o Festival da Primavera como uma família. Como vou demorar um pouco, acho que durmo aqui mesmo essa noite; não quero entrar lá e acordar vocês mais tarde.

E assim ele continuou a cortar, dobrar e marinar, até que o cansaço sobrepujou sua preocupação, sua dor e raiva, e ele cobriu os pratos semiacabados com panos úmidos e os enfileirou no peitoril da janela. Quando as meninas acordaram no dia seguinte, o *futon* já estava dobrado e seu pai tinha ido ao mercado.

⧛ ⧜

Yuying continuou deitada no *kang* muito depois que suas filhas mais velhas saíram para trabalhar, deixando apenas os vincos nos lençóis. Seu corpo zumbia, suspirava, rangia, desacostumado à inércia. Era o primeiro dia em anos que ela não dormia de roupa — ela notou os dois casacos azuis ao estilo de Mao, distintos apenas pela braçadeira costurada num deles, e os dois pares de calças cinza amarrotadas como peles soltas ao lado da cama. Ela estendeu a mão e os afastou como pôde, como se vesti-los significasse repetir cada erro que ela já havia cometido. Recusou a oferta de companhia da filha mais jovem, e viu como ela se retirou arrastando os pés, silenciosa e confusa.

Ela apenas seria arrastada à minha infelicidade, pensou, justificando suas ações para si mesma; Yuying queria ser uma mãe perfeita, ser capaz de endireitar o mundo para sua filha, e não aquela massa de trapos e ossos de anos perdidos e decisões erradas. Talvez eu não tenha nascido para ser mãe, ou esposa. Talvez seja culpa minha. Yuying resistiu ao impulso de pegar o carretel de linha ou de fazer a cama, qualquer ação que pudesse ser vista pelo mundo. Em vez disso, ela apenas fitou o teto rachado, perguntando-se como uma única palavra — um simples "sim" ou "não" — ou mesmo um aceno ou um encolher de ombros podia reescrever a história. Palavras e ações escapam de nós e assumem vida própria, pensou, e seu significado muda e se transforma até explodir num furacão inexorável.

Tomemos, por exemplo, o velho gari de rua que de repente começou a cantarolar uma canção patriótica enquanto passava a vassoura, rápido, por poeira e poças. A mulher magricela que trabalhava na barraca de massas na esquina se virou de repente, pois a canção lembrava seu marido recém-falecido. Nisto, acidentalmente, ela derrubou um frasco de azeite picante. Ela enxugou a translúcida viscosidade vermelha da bancada, mas parte já havia escorrido para a panela fervente de sopa de macarrão. O engenheiro atrasado para o trabalho, utilizando mais dois minutos de que não dispunha, engoliu uma tigela de macarrão quente sem esperar que sua língua gritasse para o cérebro, e depois partiu para a ponte que estava em construção — atrasada — mais à frente sobre o rio, que ligaria Fushun à capital da província com mais facilidade. No meio do dia, graças ao excesso de pimenta em seu café da manhã, sua barriga começou a chiar e fervilhar, e ele logo estava correndo para o mato mais próximo, as calças meio arriadas entre os tornozelos antes que a torrente vaporosa irrompesse de seu traseiro ardido. Depois que esgotou o número de locais isolados em que podia aliviar suas trovejantes entranhas, ele cambaleou para encontrar o banheiro público mais próximo. Horas depois, o capataz, pensando que o engenheiro tinha terminado suas tarefas do dia, declarou que a ponte poderia ser aberta. Na manhã seguinte, um ônibus trôpego, cheio de jovens voltando para casa dos campos para o feriado, desabou nas fortes correntezas do rio quando uma das pernas de apoio da ponte se dobrou com o peso — sua segurança não fora devidamente verificada no dia anterior. Uma tragédia local, todos concordaram.

Mas por que parar aqui? O pai de um dos rapazes afogados era um oficial local do Partido. Ele aliviou sua dor com o envio de uma carta furiosa à Autoridade Central, prometendo também publicar nos jornais nacionais (todos controlados pelo Partido, claro), condenando a incompetência de uma revolução que não podia sequer garantir a construção de pontes seguras. Em troca, foi criticado publicamente e enviado para um posto humilhante nas campinas congeladas da Mongólia Central. Havia anos que a comissão local da madeireira do Estado vinha esperando que aquele mesmo oficial parasse de vetar seus planos, e sem demora subornou seu ganancioso substituto. Dentro de um ano, as florestas que cercavam a cidade foram todas derrubadas, o ar foi tomado por fumaça, crianças asmáticas chegavam sufocadas ao hospital todos os dias e as aves e raposas, privadas de sua alimentação habitual, partiram para as plantações e fazendas locais, provocando nova onda de fome. Caminhões cheios de grãos foram enviados do condado vizinho, mas não conseguiram atravessar a ponte quebrada. Centenas se atiraram no rio para atravessar a nado e chegar à comida, mas foram arrastados pela correnteza. Milhares de pessoas morreram de fome e desnutrição, e tudo devido à canção que um velho varredor de rua escolheu para cantarolar certa manhã.

E eu ainda poderia continuar. Mas voltemos a Yuying, afundando-se em prostração. Até mesmo sua imaginação tornava tudo amargo. Ela passou o dia peneirando sua vida, em parte dormindo e em parte revirando seu inquieto sofrimento, buscando raízes mais profundas para conseguir explicar por que tudo tinha dado errado.

No momento em que Yuying se levantou para encontrar algumas bolachas de arroz e encher a barriga, Jinyi estava de volta e colava versos na porta da frente. Ela escutou quando suas filhas chegaram e o cercaram enquanto ele colava as duas tiras de papel vermelho sobre a pintura descascada, ajustando a posição para cobrir alguns dos arranhões e riscos na porta.

— Pai, onde você achou isso? — perguntou Manxin. — Nós não jogamos fora os nossos anos atrás?

— Jogaram. Estes são novos em folha. Acho. Eu os encontrei no caminho de casa.

— Você não roubou, não é, papai? — perguntou Liqui com cautela, os nós dos dedos nervosamente erguidos para os lábios na expectativa de uma confirmação de seus medos.

— Não! — Jinyi franziu a testa, depois riu. — Você realmente não se lembra de quem eu sou, não é? Seu velho pai nunca faria nada parecido.

— Mas a Vovó Bolinho nos contou que uma vez...

— Ah. Humm. Sim, bem, isso foi quando todo mundo estava morrendo de fome, e os japoneses estavam comendo de graça por todo lado. Portanto, de certa forma, ao roubar comida eu estava garantindo que os soldados japoneses teriam menos. Eu só estava fazendo o melhor que podia para ajudar a pôr fim à ocupação.

— Sim, lógico — riu Xiaojing.

Jinyi acabou e se afastou para admirar sua obra. As duas tiras não estavam exatamente paralelas, e as letras douradas já começavam a descascar. Jinyi teve vergonha de dizer às filhas que, quando confrontado com as pilhas de versos, escolheu o primeiro par que viu, incapaz de ligar os ideogramas que sua esposa lhe ensinara às palavras em sua boca. Ele foi obrigado a pedir ao vendedor para ler os versos para ele, culpando uma miopia rapidamente inventada. Só um pouco fora de forma, só isso, disse ele a si mesmo.

— Enfim, eu não os roubei; comprei numa barraca do lado de fora do mercado, em troca de apenas um único cupom de comida. Não me olhem assim; temos o suficiente aqui dentro para um banquete. E não me digam que vocês não trocariam uma maçã por um ano inteiro de boa sorte.

— Quer dizer que nós vamos comemorar? — perguntou Liqui.

— É claro. Convidei Yaba também. Vai ser ótimo. Toda a família reunida novamente. Quero dizer, ahn, bem... — Ele percebeu o deslize, e as meninas também. Eles recaíram num silêncio constrangido.

Nesse momento, Jinyi lembrou o desenho de peixes vermelhos gêmeos dobrado no chão. Ele o sacudiu no ar frio antes de colá-lo entre as linhas verticais de leves ideogramas.

— Veja, Xiaojing — disse Jinyi enquanto afagava a cabeça das filhas —, nós colocamos imagens de peixes em nossa porta no Festival de Primavera para ter boa sorte. Sabe, a palavra "peixe" soa muito bem com a palavra "sobra". Bem, eu acho que a maioria dos deuses não escuta muito bem, porque se você põe peixes em sua porta, eles garantem que você tenha o bastante no ano que vem. Bastante comida, dinheiro, roupas; o suficiente para que você tenha, na verdade, alguma sobra.

— Pai, eu sei de tudo isso. Eu não fui para a escola ainda, mas não sou burra — respondeu Xiaojing, e Jinyi de repente se lembrou de como era aos treze anos.

— Sim, me desculpe. Tenho dificuldade em saber o que você aprendeu, do que se lembra. Eu fiquei longe por tanto tempo... — Ele se atrapalhou com as palavras, e tirou sujeira das unhas. — Se você um dia precisar de minha ajuda...

— Nós sabemos — respondeu Liqui rapidamente, vendo a expressão no rosto dele. — Então por que é que há dois peixes? — perguntou ela, a única maneira que imaginou para mostrar seu amor.

— Ahn... Eu não sei ao certo. Imagino que é porque tudo funciona melhor em companhia. Pessoas, marrecos, até mesmo os peixes. — Jinyi ergueu os olhos e avistou sua mulher na janela antes que ela voltasse para o quarto. — Vamos para dentro, está ficando frio.

Enquanto as meninas partilhavam pequenas fofocas à mesa da cozinha, passando rolos de fios e lã entre si, Jinyi bateu na porta do quarto da maneira mais delicada que pôde.

— Yuying? — sussurrou ele na fresta. — Posso entrar? — A pergunta de repente lhe pareceu ridícula. Era seu quarto. Não, era o quarto deles.

Não, era emprestado a eles pelo Estado, que era dirigido pelo povo. Por que estou me atrapalhando desse jeito?, murmurou para si.

— Yuying, quando perdemos os meninos... — Eufemismo idiota, ele pensou; ninguém jamais foi perdido: nós sabíamos exatamente onde eles estavam. — Nós sobrevivemos. Juntos. Você se lembra de que uma vez você me disse que eu era uma lombriga na sua barriga? Você quis dizer que eu conseguia adivinhar o que você queria, o que você diria, mesmo antes que você mesma soubesse.

Ele olhou por cima do ombro para verificar se as meninas ainda estavam rindo e conversando, antes de pressionar o rosto mais perto da porta.

— Bem, eu não sei o que fazer agora, e preciso de sua ajuda, Yuying. Eu amo você. Sempre amei.

Era a primeira vez que ele dizia isso.

Porém, não ouviu nada em resposta, e Jinyi finalmente recuou para o acolchoado irregular do *futon*. O frio era tão espesso naquela noite que ele sentia como se estivesse nadando nele, retesando-se e tateando seu caminho através das horas arrastadas até o amanhecer.

O Festival da Primavera é sempre a época mais movimentada do ano para mim. Quando a lua se esvazia no final do ano lunar, é hora de fazer o balanço. O Imperador de Jade estuda o comportamento de uma família ao longo dos doze meses anteriores e, de acordo com ele, atribui a sorte dela para o ano seguinte. Chame de carma, ou de justiça divina, se preferir. No entanto, num país com uma população que ultrapassa o bilhão, as pessoas não são tão arrogantes a ponto de supor que o Imperador de Jade examina pessoalmente todas as suas entediantes ações. Elas sabem que ele tem coisas muito melhores para fazer. Assim, o trabalho de dar um breve relato de cada família recai a este que vos fala, o Deus da Cozinha. Quem melhor? Afinal, a cozinha é o lugar onde a maioria das suculentas fofocas, dos sussurros mais clandestinos e dos amargos bate-bocas pode ser ouvida. Talvez por isso a maioria das famílias tente me subornar — durante o Festival da Primavera, eu encontro guloseimas adocicadas, bolinhos de feijão-vermelho, doces caseiros e pirulitos de caramelo dispostos no meu altar, para garantir que minha boca esteja cheia de sabores doces quando se abrir para fazer o relatório ao Imperador de Jade. Bem, o que vocês esperavam? Esta é a China, um lugar onde um suborno, uma referência a um tio bem-relacionado, um presente cuidadosamente escolhido ou um aperto de mão secreto pode conseguir qualquer coisa. As pessoas têm os deuses que merecem.

Yaba chegou pouco antes do meio-dia, entrando sem bater, meneando sua grande careca para Jinyi e as três meninas que se agitavam pela sala principal, antes de depositar um grande jarro de vinho de arroz sobre a mesa.

Jinyi sorriu.

— De onde veio isso?

Yaba simplesmente abriu as mãos, como se quisesse dizer que talvez sua incapacidade de falar não fosse uma coisa tão ruim diante de certas perguntas.

Os dois homens, um deles um tanto murcho e encolhido, o outro mais gordo, mais lento e calvo, viam diretamente através das máscaras de rugas e cicatrizes os rostos mais jovens, mais familiares, que se escondiam por baixo, e rapidamente retomaram uma familiaridade de piadas velhas e linguagem de sinais. Nenhum dos dois sentiu necessidade de mencionar todas as coisas que tinham acontecido desde seu último encontro, e logo Yaba acendeu dois cigarros em sua boca amarela e seca, passando um deles ao velho amigo.

Quando as três meninas se reuniram à mesa, Jinyi entregou a cada uma um pequeno pacote vermelho. Dentro havia uma única nota amassada, o suficiente para comprar não mais que algumas cenouras. Xiaojing foi a única que não conseguiu sorrir em agradecimento; ela estava muito ocupada estudando a marca-d'água e tentando desvendar o que poderia fazer com aquele pedaço de papel branco manchado de tinta.

— Manxin, não quer chamar sua mãe para podermos comer? — perguntou Jinyi timidamente. A filha mais velha puxou com cuidado o cabelo para trás do rosto redondo e respirou fundo antes de esgueirar-se pela porta do quarto, fechando-a atrás de si. Os ecos distorcidos das súplicas sussurradas de Manxin eram ouvidos na sala principal, e Yaba coçava o queixo enquanto o restante da família tentava, sem sucesso, abafá-los com conversa fiada.

A mesa balançava cada vez que um novo prato era disposto; bolinhos suculentos, lótus de fatias de laranja, coxas de galinha marinadas, tofu fumegante e toicinho de porco picado em molho quente cercavam o peixe de água doce, com seu olho erguido para os *hashis* em riste enquanto sua carne fatiada e tostada esfriava com um chiado. Jinyi estava determinado a desfrutar daquele jantar de união, mas descobriu que seu apetite desaparecia com o enorme esforço de fingir felicidade. Ele estava prestes a pedir a Yaba que começasse quando se lembrou de algo e deu um salto para escancarar a janela, antes de procurar um peso para manter a porta da frente aberta. De que outra forma eles deixariam entrar a boa sorte do Ano-novo? Deus sabe que precisamos, pensou ele. Jinyi instalou o *wok* sujo como peso de porta. Se fosse possível varrer os últimos anos junto com a pele morta e a sujeira dos sapatos e os bolos de teias de aranha, ele pensou, quanto do passado eu varreria?

Manxin surgiu com Yuying, que se sentou lentamente numa cadeira. Seus olhos eram mariposas alvejadas lutando para permanecer em voo. Para todos, exceto Yaba, que ainda a via como uma menininha rechonchuda saltitando em seu rasto, ela parecia pálida demais e a respiração chiada estava estranhamente alta, como se para compensar sua falta de palavras. Jinyi serviu doses de bebida para si e Yaba e eles fizeram o primeiro brinde.

— Tudo o que acontecer hoje, acontecerá no resto do ano, é o que nossos antepassados acreditavam — disse Jinyi, o gosto ardente escaldando-lhe a língua enquanto ele virava os copos. — Estar perto da minha família: é tudo que quero para o resto do ano. Por favor, comam.

— Obrigada, papai, é uma comida maravilhosa. Muito melhor que a de Manxin! — disse Liqui, e sua irmã mais velha lhe deu um tapa de brincadeira no ombro.

Jinyi ergueu seu copo, mas todos pararam de comer de repente. Eles abaixaram seus *hashis* e se viraram para procurar a origem dos estalidos rítmicos. Não demorou muito: Yuying batia o dedo com uma unha comprida contra sua xícara de chá. Ela olhava para o marido, um olhar triste, mas firme, as pupilas à deriva numa rede de circuitos injetados.

— Ahn, bem, é claro, sim, eu sinto muito.

Ele se inclinou e serviu uma medida de vinho de arroz no copo da esposa.

— Mãe, talvez você não... — começou Manxin, mas, enquanto ela falava, sua mãe pegou a xícara e virou o conteúdo. Yuying bateu a xícara de volta na mesa, os olhos lacrimejando.

— As pessoas podem *comentar* — sussurrou Liqui para a mãe à sua frente, concluindo o que sua irmã deixara em suspenso. As únicas mulheres vistas fumando ou bebendo em público eram geralmente prostitutas ou aquelas desgraçadas sem esperança alguma de reabilitação.

— Deixem sua mãe em paz — disse Jinyi. — Homens e mulheres deveriam ser iguais agora, não? Se ela quer beber, ela pode beber.

— Mas se ela beber hoje, pode passar o resto do ano de ressaca — comentou Xiaojing.

— Meninas, quando eu era jovem, havia velhos em cada esquina citando epigramas de Confúcio para todo mundo. Confúcio agora está proibido por ser uma influência corruptora, e com razão, claro, mas isso não significa que vocês devem parar de respeitar os mais velhos. Sua mãe pode fazer as escolhas dela, e vocês podem fazer as suas.

— Sim, pai — murmuraram elas.

Yaba bateu palmas e levantou os dedos para tilintar seus *hashis*, e todos seguiram sua diretriz para se empanturrar de comida. No entanto, não demorou muito para que os estalidos começassem novamente. Jinyi deu de ombros e empurrou a garrafa para o outro lado, permitindo que sua esposa servisse alguns dedos de bebida, que ela prontamente engoliu.

A conversa logo se desviou para os novos arranha-céus sendo construídos ao lado da estação, quanto se podia comprar com cinco *yuans*, as terras abandonadas às ervas daninhas e aos arbustos nos limites da cidade que foram compradas por empresas recém-registradas, quem se casou com quem e quantos filhos agora tinham, e, por insistência das meninas, os vestidos longos que de repente apareceram nas vitrines de algumas lojas pequenas perto do rio. As duas meninas mais novas implicaram com Manxin sobre o homem da oficina de motores que tinha acabado de lhe ser apresentado, fazendo perguntas sobre quando seria o próximo encontro e como era a aparência dele. Ela logo ficou vermelha e Jinyi teve de lhes dizer que parassem. Eles conversaram até que os pratos se reduzissem a restos e ossos, e a meia-

-noite chegou com uma explosão de fogos de artifício cuspindo luz no céu gelado.

Horas mais tarde, torcendo-se no *futon* em meio à névoa de um sono embriagado, Jinyi foi despertado pelo som de uma ave grasnando. Não, pensou ele, isso não pode ser verdade. Ele se virou e fechou os olhos, até ouvir novamente. Um gato de rua gemia por uma fêmea na porta da frente? Não. Seus ouvidos se apuraram — ruidosas golfadas e um jorro de vômito. Ele ouviu uma respiração pesada, depois outro arquejo áspero e o som sibilante de alguém tentando cuspir todos os gostos na boca.

Ele abriu a porta com cautela, caso fosse um embuste. Em vez disso, encontrou sua esposa, curvada para a frente no degrau e vomitando na rua. Ele não perguntou nada, mas estendeu a mão e gentilmente pegou seus longos cabelos, segurando-os para trás enquanto ela se inclinava para a frente mais uma vez.

⁓ ⁓

Em fevereiro, após três semanas de silêncio de Yuying, Jinyi e as filhas chegaram ao limite. Jinyi gritou até sentir que havia engolido um deserto, enquanto as meninas suplicavam às lágrimas; mas nenhum deles conseguiu fazer Yuying falar. Além disso, ela volta e meia se recusava a sair de casa. Quando o mês chegava ao fim, um dos novos chefes da fábrica de pão acompanhou Jinyi a casa. O chefe, que pedia que as pessoas o chamassem de Peng, era tão alto que teve de se inclinar para passar pela porta, e dava a impressão de ter sido costurado num corpo mal-ajustado. O sr. Peng parou junto à mesa da cozinha onde Yuying estava sentada e empurrou os óculos novos para o alto de seu longo nariz.

— Ora, ora, Bian Yuying. Meu antecessor... — Ele remexeu os documentos em sua prancheta e ajustou os óculos mais uma vez. — Sr. Wang mencionou você em alguns de seus relatórios. Deixe-me ver. Ah, sim: "Uma trabalhadora exemplar, mostrando espírito patriótico e ardor socialista." Uma recomendação brilhante, não acha?

Yuying olhou para os próprios pés.

— Não se preocupe — continuou ele, magnânimo —, não vim aqui para constrangê-la. Mas certamente poderíamos aplicar sua experiência anterior na fábrica. O que me diz?

Yuying continuou a olhar para os pés.

— Bem, não pretendo pressioná-la. Pense um pouco nisso, e, quando se sentir melhor, você sabe onde me encontrar. — Ele se virou bruscamente. — Hou Jinyi, vejo você pela manhã.

— Sim, senhor. Obrigado pelo seu tempo, senhor — disse Jinyi enquanto Peng se afastava tão rápido quanto suas longas pernas podiam levá-lo.

Jinyi se aproximou do fogão, mergulhando na rotina familiar de cozinhar e depois lavar. Ele não se importava com o trabalho extra — isso lhe dava menos tempo para se debruçar sobre o passado ou se preocupar com sua esposa. Ele tentava adivinhar o que ela talvez quisesse, o que diria se decidisse voltar a falar. Dessa forma, criava conversas imaginárias, que se enevoavam e se entremeavam às vozes de suas filhas. Empurrou o incansável aguilhão da dor para o poço de sua barriga, onde a dor dava nós em seus intestinos e alfinetava as laterais de seu corpo.

∞ ∞

Em abril, um médico foi enviado pela fábrica para verificar se Yuying apenas tentava evitar o retorno ao trabalho.

— O que, sinto dizer, precisaria ser comunicado às autoridades — disse o jovem médico a Jinyi, puxando-o de lado. — Imagine o que aconteceria se todos decidissem simplesmente parar de falar, parar de trabalhar. O país inteiro seria um caos. Não, isso não está certo, sinto muito, tio.

O jaleco branco de segunda mão do médico descia quase a seus pés e as mangas pendiam frouxamente de seus ombros. Ele verificou a língua e as amígdalas de Yuying, depois acendeu uma luz em seus ouvidos. Em seguida, passou um longo tempo fitando seus olhos com desconfiança e falando com ela como se Yuying fosse uma criança malcomportada, apesar do fato de ela provavelmente ter cerca de vinte anos a mais que ele. Verificou enfim o batimento cardíaco, a temperatura e a pressão arterial.

— Pois bem, sra. Bian, tem sentido uma, ahn, bem, tem sentido algum calor ultimamente? Não, não pelo clima, quero dizer, ahn... — O médico reduziu a voz a um sussurro. — *Calores?*

Yuying o encarou, erguendo as sobrancelhas para mostrar o desprezo que sentia, e depois balançou a cabeça.

— Não, ah, bem, ótimo... Ótimo. — Ele ajeitou a pasta às pressas e acenou para falar com Jinyi do lado de fora.

— Coisas de mulheres — disse o médico, fazendo um gesto de confidência conspiratória. — Embora ela talvez esteja simplesmente fingindo.

Jinyi pigarreou e olhou para o cesto de frutas no degrau da porta, dentro do qual uma grande garrafa de vinho de arroz estava, obviamente, aninhada. Ele empurrou o cesto para o jovem médico com o pé, e pigarreou mais de uma vez.

— Só um pequeno presente para agradecer por sua ajuda. Então, humm, o que pretende escrever no seu relatório?

— Ah, colapso emocional provocado por tragédia familiar, depressão da menopausa, e assim por diante. A fábrica não aguardará a volta dela por um bom tempo. — O médico pegou a cesta de frutas. — Certifique-se de que ela descanse muito e beba muita água.

Quando finalmente se convenceu de que ninguém notaria, Jinyi começou a usar o velho colete de seu filho por baixo de sua camisa de trabalho, saboreando o cheiro ligeiramente azedo, a proximidade. Quando ele conversava, brincava e cantarolava como se nada estivesse errado, não era porque não estava revoltado e exausto, mas porque sentia que tinha de prover um equilíbrio, um *yin* quente e barulhento para combater o silêncio e olhares fixos do *yang* de Yuying. Se o silêncio dela era um protesto, o bom humor dele era um teatro. E, como todos os teatros, se você o encena por muito tempo, começa a acreditar nele. Somente quando se penetra a mente de alguém, como eu faço, é que fica claro que os melhores atores são aqueles que enganam a si mesmos.

∽ ∽

Em maio, Liqui voltou para casa mais cedo depois do trabalho com um homem baixo que tinha rasgos minúsculos como olhos e tufos de cabelos grisalhos. Ele chegou carregando uma pequena caixa de madeira. O pai estava fora com Manxin, acompanhando a filha num encontro com o pretendente da oficina de motores. Yuying portanto estava sozinha no quarto, arrumando um punhado de margaridas murchas num porta-lápis. Liqui conduziu o homenzinho para dentro.

— Mãe, este é o doutor Ma; você lembra que a Vovó Bolinho costumava falar dele? O doutor veio para ajudar.

O doutor Ma fez uma mesura e se virou para Liqui:

— Se pudermos ficar a sós por um momento... — disse ele arrastadamente, e Liqui concordou, fechando a porta às suas costas.

— Pois bem, o corpo tem nove pontos de pressão que revelam seus pulsos, assim como nosso próprio sol, que conserva nove planetas em órbita. A partir de suas irregularidades, podemos identificar a origem de qualquer problema. — Ele segurou-lhe o pulso com firmeza, contando. — No entanto, há certos problemas que talvez não sejam problema algum; o corpo é um mestre dos truques e disfarces. Quero que você se concentre naquela mancha na parede para mim. Pode fazer isso?

Ele se virou e mexeu em sua pequena caixa de madeira. Então, com um grito repentino, ele se virou e atirou a caixa aberta em Yuying. De dentro saltou um sapo enrugado, que foi parar no peito dela. As pernas finas escorregaram sobre sua barriga antes de deslizar para o colo, e o sapo emitiu um coaxo rouco ao se atirar para o chão. O doutor Ma correu atrás dele e, por fim, conseguiu capturá-lo sob a caixa aberta. Ele fez deslizar a tampa e fechou a caixa.

— Ahn, certo, vejo que minha surpresa não funcionou muito bem. Deixe para lá. — Ele coçou o queixo. — Mas vamos prosseguir com o sapo. Talvez, se eu conseguir persuadi-lo, ele lhe dê sua voz para falar, embora isso talvez custe um pouco mais. Não? Tudo bem, tudo bem. Entendo. Claro, você poderia comprar o sapo de mim por um preço muito reduzido, devo acrescentar, e eu teria o prazer de lhe dar uma receita secreta para cozinhá-lo; isto certamente reanimaria seu espírito. Não? Mesmo? Humm, bem...

A porta se abriu e Liqui enfiou a cabeça para dentro, a trança deslizando junto com ela.

— Está tudo bem, doutor? É só que ouvi um barulho e...

— Sim, sim, está tudo ótimo. Foi apenas um pequeno experimento. Ah, vejo que o sol se pôs. Acho que preciso ir andando; outro compromisso, você sabe como é. — O médico contornou a porta, segurando o sapo encaixotado firmemente contra o peito.

— Desculpe, mãe. Eu só estava tentando ajudar — disse Liqui.

A mãe não respondeu.

Em pouco tempo, os dias se derreteram na bagunça pegajosa do verão. Por mais que amasse as filhas, e por mais que quisesse falar com sua esposa e convencê-la de que tudo ficaria melhor, Jinyi voluntariamente assumiu horas extras na fábrica, gastando seu tempo suado embalando pães quentes. Todas as manhãs, quando as meninas se levantavam para o café, o *futon* já estava dobrado e seu pai já havia saído, e, nas muitas noites em que jogava cartas com Yaba e um variado grupo de funcionários de fábricas e restaurantes em mesas apertadas de barracas de massas, Jinyi não retornava antes que todas estivessem dormindo.

∽ ∾

Não que Yuying não tentasse. Acredite, eu ficava olhando quando todo mundo estava fora; ela parava na frente do espelho e tentava modular sua boca nas formas corretas. Nunca parecia direito. Então ela fechava os olhos e tentava empurrar as palavras para fora da garganta. Um zumbido, um crocito, qualquer coisa. Mas sua língua estava estéril, sua boca era terra rachada.

E também não era por falta de amor por sua família. Era o contrário, na verdade. Ela os amava demais. Acreditava que tinha encontrado o demônio que os acompanhara por todos aqueles anos, o demônio que roubara seus filhos e rompera sua felicidade, o demônio que se tornara especialista em tomar seu tempo e aguardar até que tudo parecesse perfeito para então separá-los novamente. E porque ela amava demais cada um deles, Yuying não conseguia se obrigar a olhá-los no rosto e dizer aquilo em que passara a acreditar: era tudo culpa sua. Ela era o demônio.

— Hou Jinyi? — Havia um homem gordo num uniforme bem-passado batendo à porta, enxugando a testa com um lenço sofisticado.

Manxin abriu a porta e sentiu o ar abafado da noite entrar correndo à sua volta.

— Ele não voltou do trabalho ainda, desculpe-me. Mas sua esposa e filhas estão aqui.

— Claro — disse o gordo enquanto entrava na sala principal, forçando Manxin a sair do caminho. — Mesmo assim, parece que Bian Yuying será de pouca ajuda, se insiste em ficar em silêncio. Você deve ser Hou Manxin.

— Sim, sou eu. — Manxin o imitou quando o homem se sentou à mesa da cozinha e lançou uma olhadela aos pratos dispostos para o jantar. Ela sinalizou para as irmãs, que se levantaram do *futon* e se recolheram ao quarto. O homem gordo finalmente meteu a mão numa coxa de frango e começou a arrancar lascas da carne úmida com os dentes, engolindo-os ruidosamente, quase sem mastigar.

— Meu nome é Ru Tai, assistente do juiz-adjunto do Gabinete Popular de Segurança de Fushun do Sul. Talvez você queira me iluminar, minha jovem, quanto ao que sua mãe está tramando. Tenho certeza de que nós dois ficaríamos extremamente decepcionados em descobrir que alguma atividade antirrevolucionária tem sido levada a cabo na região pela qual sou responsável. Espero que possamos resolver isto entre nós. Pois bem, deixe-me ver.

Ele tirou um caderno de couro preto e folheou as páginas com um dedo gorduroso.

— Seus vizinhos relataram que sua mãe não falou desde que retornou. O que você tem a dizer sobre isso?

— Não é assim tão simples, senhor. Ela anda mal de saúde; um médico da fábrica onde ela trabalha nos disse que minha mãe precisa de mais descanso.

— Sim, li o relatório dele. Mas você não nega que ela não fala mais?

— Não, isso é verdade, senhor. — Manxin baixou a cabeça.

— Certo — disse ele, servindo-se de outra coxa de frango. — E por que você acha que isso está acontecendo? Lembre-se, sua resposta será mantida entre nós dois.

— Acho apenas que ela está triste, senhor. Desde que meu irmão morreu, ela...

— Sim, sim, sim — disse ele, subitamente irritado. — Já vi que você, de fato, não faz a menor ideia. Bem, é melhor eu falar com a própria mulher. Vá buscar sua mãe.

Manxin fez como ordenado, e ressurgiu do quarto com Yuying. Ela estava usando uma camisola comprida, o coque no cabelo preso com um único palito. As duas mulheres pararam diante do funcionário sentado.

— Não a tratarei como idiota, pedindo-lhe que responda às minhas perguntas verbalmente — disse ele —, mas eu gostaria de lhe pedir que seja cooperativa. Seria uma vergonha se eu tivesse que fazer um relatório sobre esta casa, ainda mais com as precárias situações de suas filhas em seus locais de trabalho. Portanto, queira, por favor, me responder batendo na mesa uma vez para "sim" e duas vezes para "não". Entendeu?

Yuying bateu na mesa uma vez.

— Vou direto ao ponto. Bian Yuying, seu silêncio é algum tipo de protesto?

Duas batidas.

— Você conhece alguma outra pessoa envolvida na mesma atividade?

Duas batidas.

— Você é uma inimiga do governo, membro de uma organização ilegal ou simpatizante do capitalismo?

Duas batidas.

— Você culpa o Partido por seus míseros problemas e erros?

Uma pausa. Em seguida, duas batidas.

— Você pretende voltar a falar no futuro?

Yuying não respondeu. Ela e o oficial se entreolharam, cada um tentando decifrar as intenções no olhar do outro. Finalmente, ela deu de ombros; como poderia prever o futuro? O oficial ergueu seu corpo tremelicoso da mesa, limpando os dedos no uniforme.

— Vou lhe dizer o que penso. Ou você é uma velha louca ou então é uma encrenqueira rebelde. Ficarei de olho em você; se ouvir que qualquer coisa está acontecendo nesta rua, a polícia virá, e, eu lhe garanto, não é tão fácil convencê-los a serem flexíveis como eu. Boa noite. — Ele se moveu lentamente até a porta antes de parar e se voltar para elas. —

Algumas pessoas talvez lhe digam que países são construídos por guerras, lutas, ações nobres. Talvez até estejam certos. Mas os Estados, Bian Yuying, as grandes nações, são construídos com palavras. Não duvide, porém, de que as palavras podem ser reescritas. Sugiro que você pense sobre isso.

Depois que o funcionário seguiu gingando na noite úmida, as duas meninas mais novas saíram do quarto e abraçaram a mãe. Pela primeira vez em meses, ela as abraçou de volta; e até mesmo sua filha mais velha, que era alguns centímetros mais alta, aninhou-se no calor de sua camisola. Quando Jinyi retornou de uma sessão de majongue pós-expediente com alguns novos colegas que não sabiam nada de seu passado, ele encontrou as quatro dormindo no *futon*, cabeças sobre ombros, sobre joelhos, sobre costas, um monte de roncos leves. Ele desfrutou do ruído, descansando o rosto nos cotovelos sobre a mesa; lembrou-se da música noturna dos primeiros dias de seu casamento, quando se deitava ao lado da jovem esposa e ouvia como ela murmurava em seu sono, sem saber se arriscava pousar sua mão sobre a dela.

∽ ∾

O outono chegou a galope, enroscando as folhas estorricadas e lentamente fazendo as borboletas evaporarem. Uma noite a chuva vestiu a cidade de uma névoa lilás, e a água penetrou por uma junta quebrada no telhado empenado, gotejando nos cabelos grisalhos de Jinyi. Ele se arrancou do *futon*, apenas para descobrir que o lençol em torno de seus tornozelos também estava úmido. Ele suspirou e entrou no quarto na ponta dos pés. As meninas estavam enfileiradas ao longo do *kang*, portanto, não querendo acordá-las, ele deslizou para a cama de madeira junto de sua esposa adormecida. Se o notou, ela não deu mostras. Ele adormeceu rígido, desajeitado, e acordou com o braço em torno dela.

Nas semanas que se seguiram, Jinyi procurou avançar um pouco mais, como se planejando manobras militares para encerrar um cerco prolongado. Começou a chegar mais cedo para conversar tranquilamente com Yuying — sobre seu dia, sobre as fofocas locais, sobre seus pensamentos e teorias sinuosas e, quando se sentia corajoso o bastante, sobre o passado — enquanto as filhas se revezavam cozinhando e lavando.

Jinyi começou a trazer roupas novas para a esposa vestir, a escovar e trançar seu cabelo tal como fazia com as filhas quando eram pequenas, e assim ele sentia que de alguma forma os enlaçava novamente, tramando uma rede para mantê-los a salvo de todas as coisas que outrora os separaram. Por mais que quisesse, porém, Jinyi tomava o cuidado de não pedir a ela que falasse — ele não queria perturbar o precário equilíbrio que haviam estabelecido. O silêncio dela era como um cão de rua que havia entrado na casa e que eles aos poucos tinham passado a aceitar como parte do ambiente.

Xiaojing fez quatorze anos e chegou da escola acompanhada por um homem corpulento, com uma barba preta cortada rente à face.

— Este é o pai de Weiwei. Ele insistiu em me trazer para casa — suspirou ela, deixando cair a mochila no chão antes de deslizar para dentro.

— O prazer é meu. — Ele sorriu para ela, sem captar a ironia da adolescente. — Minha filha, Weiwei, é colega de classe de sua filha. Ela acabou comentando... vocês sabem como as garotas adoram tagarelar... acabou comentando a respeito de sua doença, camarada Bian. Devo dizer que me intrigou. Talvez eu possa ser de alguma ajuda.

Yuying se levantou da mesa e o examinou de cima a baixo.

— Você vê, eu sou um intérprete de sonhos. Não em tempo integral, claro. Também trabalho na bilheteira da estação, mas o estudo dos sonhos é a minha verdadeira vocação. Além disso, posso me comunicar com os espíritos. Portanto, coloco meus serviços à sua disposição. Por favor, não pense em me oferecer dinheiro, pois nós, que temos um dom, precisamos usá-lo para o bem do povo. Ah, sim, só porque estamos conscientes do mundo espiritual que nos rodeia, não significa que não somos cidadãos patrióticos no mundo terrestre. Na verdade, talvez você se surpreenda com a forma como esses dois mundos estão estreitamente ligados. Enfim, estou me desviando do assunto, embora eu deva insistir que mantenhamos esse encontro só entre nós.

Yuying olhou para as filhas, e enquanto isso o homem barbudo esgueirou-se pela porta aberta do quarto. As três mulheres rapidamente o seguiram e o encontraram segurando a foto da família tirada durante o Dia do Trabalho de 1970, com os olhos firmemente fechados.

— Ahh! Seu filho. Ele está chamando, chamando por você. Sim, sim, fale, fale comigo. Ele está segurando a mão de uma senhora... Sua avó? E ela o leva por um rio de estrelas. Ah, é tão bonito lá, ele diz. Ele quer dizer que está seguro agora, ele... Aaaah!

Ele gritou quando Yuying virou o penico do quarto sobre sua cabeça. A urina morna e borbulhante grudou-lhe o cabelo e escorreu pela barba para escurecer o paletó. Ele tossiu e gaguejou, esfregou os olhos e tirou os cabelos encharcados da testa, antes de se sacudir como um cão saindo de um rio.

— Pff! Pfff! — cuspiu ele. — Sua... sua... diaba! Que uma horda de fantasmas se acumule em sua garganta até que você só possa tossir as palavras da morte! — gritava ele enquanto saía da casa. Yuying fechou a porta atrás dele, e as filhas riram.

Apenas alguns dias depois, Manxin chegou da fábrica, sacudiu as folhas secas de seu casaco e pediu que a família toda se sentasse à mesa. Seu rosto de lua estava aceso pelos fios de um sorriso que ela tentava conter numa expressão mais refinada. Todos sabiam o que ela diria antes mesmo que abrisse a boca: ela vinha encontrando-se com o rapaz da oficina de motores uma vez por mês, desde a primavera, e Jinyi até jantou com os pais dele em certa ocasião.

— Xue Jingtien e eu vamos nos casar! — anunciou ela.

Na barulhenta tagarelice de gritinhos e assobios que se seguiu — enquanto Jinyi tentava iniciar um discurso emocionado sobre como estava orgulhoso, Xiaojing e Liqui gritavam, riam e brincavam, e Manxin exultava com os possíveis planos — ninguém ouviu o rouco sussurro de Yuying:

— Parabéns.

HÁ UMA SÉRIE DE TEORIAS DIFERENTES *sobre como o mundo começou. Alguns dizem que ele saiu de Pan Gu, um homem que emergiu do caos primordial. Nos tempos em que só havia o nada cercado por mais nada, um ovo se formou, e nele cresceu Pan Gu. Depois de milhares de anos, ele irrompeu da casca, e com ele surgiram o céu e a terra, a matéria pesada que afundou a seus pés e a matéria de luz que se ergueu ao redor de sua cabeça. Alguns milhares de anos depois, ele morreu. Seus olhos se tornaram o Sol e a Lua, seus cabelos se separaram e se acenderam estrelas, seu sangue tornou-se rios, a pele tornou-se campos; suas últimas palavras tornaram-se nuvens, levadas pelos ventos de seu último suspiro. Das pulgas que se alimentavam de seu corpo gigantesco, os seres humanos evoluíram lentamente.*

Alguns insistem que a deusa Nuwa amassou um punhado de matéria escura como uma bola e a chamou Terra; do barro molhado que lá borbulhava ela modelou homens e mulheres para povoar sua criação. Também ouvi falar de uma grande explosão, que talvez tenha alguma medida de verdade, já que os deuses sempre gostaram de saraivadas de fogos de artifício — quanto mais barulhentos e perigosos, melhor. Outros falam até que o mundo foi montado numa única semana, como se por construtores com um prazo apertado. Quem disse que os estrangeiros bárbaros não têm senso de humor?

Mas a mim parece que as histórias mais antigas são mais próximas da verdade quando afirmam que não pode ter havido um começo, assim como não haverá fim. Tudo é percepção, até mesmo o tempo: ontem é apenas uma história, uma memória, o futuro ainda é apenas uma coleção de esperanças ou medos. Nenhum deles é real. Só existe o momento presente. Temos que lembrar de ter mais cuidado com ele.

11

1981
O Ano do Galo

— Entre lá e cá temos de retroceder cem anos. Vê aquela velha no parque, andando para trás? Algumas pessoas pensam que podem conseguir daquela maneira. Mas eles não conhecem o caminho secreto que conhecemos, não é, Lian? — disse Jinyi, e piscou.

A menininha mordiscou o pastel frito que sobrou do café da manhã e assentiu. Jinyi sorriu para a neta, ansioso por mostrar uma confiança que não sentia. Não fazia nem duas semanas que ele se pegara perambulando pelo parque, subitamente incerto do motivo para estar ali. Ele foi obrigado a pedir a um estranho que o ajudasse a chegar em casa, e a vergonha ainda o perturbava. Mas o pior era a suspeita sorrateira de que o destino estava mais uma vez em seu encalço. Ele estava reunido à esposa novamente, e agora que tinham sido convidados a uma aposentadoria antecipada para abrir caminho a trabalhadores jovens na fábrica, agora que suas filhas tinham saído de casa e seus problemas se recolhiam cada vez mais ao passado, eles redescobriam um ao outro mais uma vez. Contudo, algo lhe dizia que a vida não permitiria que ele desfrutasse da felicidade por muito tempo.

— Podemos voltar para o almoço? — A cabeça de Lian era uma pequena bola de cabelos pretos, seu rosto tão redondo e cheio de furinhos como um bolo de lua.

— É claro. Agora segure a minha mão, vamos; você não pode viajar no tempo sozinha. E não esqueça a sua avó — respondeu Jinyi, voltando os olhos para Yuying, que estava alguns passos atrás, segurando um guarda-chuva por cima de suas cabeças para evitar o sol do fim da primavera.

— Com que tipo de absurdo seu avô está enchendo sua cabeça agora, hein? — disse Yuying quando os alcançou. — Ontem, ele ficou falando de um cão no espaço para você. O que foi hoje? Ela só tem três anos, Hou Jinyi.

— Eu tenho três anos e meio! — bufou a menina.

— Muito bem — riu Jinyi. — E havia algo mais lá, não havia?

— Um macaco? — perguntou a esposa. Ela gradualmente se habituava à forma como as palavras de Jinyi se perdiam no ar. Elas desapareciam, junto com suas chaves, seus óculos, seus *hashis* de mesa e seus pensamentos. Yuying sempre tinha de cutucá-lo para impedir que ele flutuasse para longe do presente.

— Sim, sim, é isso. Havia um macaco no espaço, andando na Lua. Eu ouvi sobre isso no rádio. Eles fazem coisas loucas em certos países estrangeiros, vou lhe contar. Enfim, só disse a ela que estávamos viajando de volta no tempo, e essa é a verdade; basta olhar ao redor.

Ele estava certo. O bairro podia até ter sido enfiado em 1981 — a poucos passos de sua casa, uma loja grande e nova tomara a barraca do sapateiro, a loja de chapéus e a loja de suprimentos para caligrafia, havia muito desocupada —, mas, enquanto passavam pelas ruas rumo à periferia, eles se viam retrocedendo pelas décadas. Quanto mais andavam, mais as novas vitrines se desbotavam em telhados de zinco e barracos de lata, e os poucos carros particulares se metamorfoseavam em bicicletas aleijadas pelas ferrugem e seus sinos de estourar os ouvidos. Um homem com um alto-falante transpirava no calor da manhã, tentando vender sua pilha de jornais antes que a tinta barata se esfumasse num só borrão. Yuying fez um esforço para não tapar as orelhas em sinal de protesto. Ultimamente, ela por vezes se apanhava temendo que os menores ruídos anunciassem os mais terríveis portentos.

Os três pararam diante da carcaça de tijolos de um edifício em ruínas, onde um forno bufava vapor sobre cestas redondas. Estudantes estavam sentados em cadeiras de plástico banqueteando-se com bolinhos baratos. Eles compraram um gorduroso bolinho de feijão-vermelho para Lian. Um grande rádio, ligado a uma tomada descoberta e cercado por uma miríade de fios desencapados, bradava uma melodia que Jinyi achou difícil acompanhar.

— Que porcaria é essa? — Ele sorriu para a mulher de meia-idade enquanto lhe entregava as moedas pelo lanche.

— Eu que sei? — Ela apontou com a cabeça na direção dos estudantes. — Eles sintonizaram e agora não consigo colocar para tocar nada além dessa porcaria estrangeira. É igualzinho ao que se ouve pouco antes do horário de refeição no zoológico, se quer minha opinião.

— Sobre o que estão cantando? — perguntou Lian para distrair o avô enquanto tentava surrupiar o doce da bolsa aberta que balançava contra o quadril de sua avó.

— Não sei bem. Soa como se estivessem cantando em americano — respondeu Jinyi.

— Eles falam inglês nos Estados Unidos — corrigiu Yuying gentilmente.

Desde que decidira falar novamente, Yuying se esforçava para falar apenas coisas positivas. Não era fácil. Ela media cada palavra antes de abrir a boca, imaginando como irradiaria para longe dela. Já havia más notícias suficientes no mundo, ela concluíra, culpa e recriminação suficientes — e se não podemos alterar o passado, então devemos fazer o melhor para manter o presente longe de problemas. O tempo é um mestre estrategista que pode sobrepujar-nos em inteligência a qualquer segundo; não lhe dê qualquer oportunidade de virar tudo de cabeça para baixo. O silêncio era inútil — a única coisa de que ninguém pode escapar é de si mesmo. Além do mais, esta nova década, já trazendo um casamento e outro nascimento, a atara com mais firmeza ao futuro que ela outrora ousara imaginar para sua família, um futuro que antes parecia impossível. Cada novo ano apagava mais dos velhos rabiscos na areia.

— Verdade, é claro. Inglês. Eu nunca fui bom em línguas, Lian, não como sua avó aqui. Se você trabalhar duro, pode ser como ela. — Jinyi piscou, e a menina torceu o nariz. Por que ela haveria de querer ser velha, enrugada e com cheiro de jasmim?

— Sabe, na Inglaterra — continuou ele —, as pessoas se parecem com leões-marinhos. Todos os homens têm bigodes, que deixam retos com cera de vela, e usam cartolas o dia inteiro, até quando vão para a cama. Não me olhe desse jeito, Yuying. Vi algo sobre isso naquela caixa esquisita no apartamento de Yaba. Como você chama mesmo?

— Televisão, querido.

— Podemos ter uma televisão? — perguntou Lian, subitamente interessada.

— Um dia, quando você for um pouco mais velha, tenho certeza de que terá uma grande televisão em sua casa. E uma em cores, tenho certeza, e não um aparelho minúsculo em preto e branco, como o de Yaba.

A menina não ficou impressionada com aquela resposta. No entanto, eles estavam quase chegando — à frente, a estrada se transformava numa trilha de lama com rastos de trator, e surgiam cercas de arame farpado da fazenda particular que ondulava pela colina verde. Quando chegassem, eles se separariam; Jinyi passava as manhãs na cantina enfumaçada, ajudando a preparar o almoço quente dos trabalhadores, enquanto Yuying preenchia blocos de números como uma das assistentes do contador. Eles só trabalhavam de manhã, chegando em casa a tempo para a sesta do almoço, ambos aposentados da fábrica de pães para que as duas filhas mais jovens pudessem ocupar seus cargos, que tinham sido retiradas de seus antigos empregos por trabalhadores mais velhos que regressaram do exílio no interior. Os empregos estatais eram hereditários e, na verdade, não havia empregos suficientes para todo mundo, mas era melhor dizer isso o mais discretamente possível, e só quando se tinha certeza de que ninguém importante estava escutando.

Jinyi olhou para a neta, que já estava de olho no riacho que atravessava as hortas de batatas e vinhas. Talvez haja mais netos por vir, ele pensou, mas nada como a barulhenta orquestra de parentes que ele desejara outrora. Uma família, um filho, essa era a regra, embora Jinyi ainda lembrasse do tempo em que o governo dizia a todo mundo para ter mais filhos, para fomentar a revolução em seus primeiros dias. Melhor não pensar nisso também, ele disse a si mesmo, com seu censor embutido entrando em ação.

Um trator abandonado bufava na entrada da fazenda, o motor ainda ligado, e pulsava furiosamente contra o freio de mão. Um homem de meia-idade, descansando numa espreguiçadeira enferrujada, com a perna de pau esticada diante do portão principal, chamou-os para dentro.

— Cuidado, já, já vai chover — disse ele enquanto os fazia entrar com um gesto. Foi a única coisa que ele disse, e era o que dizia, invariavelmente, todas as manhãs.

— Fique onde eu possa ver você, certo? Pode ir brincar no riacho, mas não incomode ninguém. Quando se cansar, volte para a cozinha e eu faço alguma coisa para você comer — disse Jinyi a Lian, que assentiu com exagerada sinceridade, o movimento rápido da cabeça ameaçando dobrar seu corpo pequenino.

Jinyi entrou na cozinha e sacou o avental, depois se estabeleceu na estação de trabalho sob a janela, de onde podia ver sua neta arrancando flores silvestres e recolhendo as pedras que brilhavam para ela no riacho lotado de ônix que corria em torno de seus joelhos. Desconfiados peixinhos prateados passavam em disparada, mordiscando seus tornozelos, e ela se curvava e batia na água, seus dedos gordinhos tentando agarrá-los.

Duas lebres esfoladas, filamentos rosados de carne amarrada, pendiam de um gancho na parede. Jinyi pegou um cutelo e de repente pensou no horóscopo que tinha pedido para sua neta.

∽ ∾

Manxin estava no sexto mês de gravidez e vivia com seu marido num quarto tão pequeno que eles usavam a cama como mesa de jantar ou como sofá para convidados. Na véspera do dia em que Jinyi mandou fazer o horóscopo, Manxin esperou que o marido partisse para seu turno da noite, depois fez uma mala e apareceu na casa de seus pais. Eles abriram a porta para encontrar seus cabelos alvoroçados e seu rosto manchado por uma profusão de lágrimas.

— Eu não aguento mais. — Manxin sufocava e gemia. — Não posso! Eu não vou voltar, não com aquela mulher! Eu vou... Eu vou... Vou para Cantão, começar uma nova vida. Não posso viver assim; por que vocês não me disseram que eu não me casaria apenas com ele? Eu casei com toda a família!

A mãe do marido de Manxin era uma mulher pequena e curvada, com cabelos raspados e unhas com mais de dois centímetros. Logo que acabou a viagem de lua de mel para Pequim — mãos dadas e sorrisos trocados enquanto eles serpenteavam pelo Palácio de Verão, pela praça da Paz Celestial e pelo novo mausoléu —, Manxin descobriu que seus sogros viriam para jantar todas as noites: "Afinal, seu marido é nosso filho mais velho, e você realmente deveria colocar um pouco mais de sal na sopa e, oh, céus, é assim mesmo que você vai cozinhar esse frango, arriscando envenenar todo mundo? Não, não, não, é melhor seguir minhas instruções, sim, e que tal pensar em pentear o cabelo antes de sair, o que dirão os vizinhos?"

— Entre, entre, eu entendo — suspirara Yuying, puxando a filha para a sala.

Jinyi estava ao fogão, refritando as sobras do dia anterior.

— Você se sentirá melhor depois de comer alguma coisa — garantiu ele à filha. Yuying e Manxin se instalaram no *futon*, o pêndulo rangente do relógio na parede entrecortando os soluços de Manxin.

— Como posso ter um filho lá? Xue Shi me criticará cada vez que eu pegar o bebê, cada vez que me atrever a abrir a boca. Mãe, não posso suportar isso.

— Sua velha avó deixou sua casa, há uns sessenta e tantos anos, e nunca mais viu sua família novamente. As coisas mudaram desde então, claro, mas você não pode esperar que sejam completamente desfeitas. Algumas pessoas apenas têm uma maneira estranha de mostrar seu amor. Alguns fazem com conselhos intrometidos, alguns com comida, alguns com silêncio, alguns saindo para trabalhar todas as manhãs. O coração é uma máquina estranha.

Manxin assentiu, pensando em seu marido e em como os olhares tímidos de seu noivado e os sussurros amorosos e risonhos da lua de mel de quatro dias se transformaram em grunhidos indiferentes entre goles de cerveja e cigarros velhos. Ela pensou nas camisas sujas que ele atirava em sua direção e nos comentários depreciativos que fazia sobre a comida que devorava antes de seu turno da noite. O marido passava as noites trancado numa cabine na interseção da via férrea, a poucos quilômetros da estação, acionando as alavancas que reconfiguravam os trilhos em diferentes posições, dependendo do destino do trem. Até ali, ele só tinha cometido um erro, enviando um comboio em disparada pela plataforma errada — por sorte, um trem que estava parado ali havia acabado de sair. Acontece a todos, disseram-lhe os funcionários: "Ora, houve um acidente que matou mil em Harbin no mês passado... Não, claro que não foi parar nos malditos jornais. Ou seja, contanto que você não mencione o incidente a ninguém, nós só vamos reduzir seu salário por um ano." Xue Jingtien se arrastou para casa em seguida, para descontar na esposa grávida. Na noite seguinte, ela fez a mala.

— Por isso eu não posso voltar, entendem? — Manxin soluçava, olhando para os pais em busca de apoio. Jinyi colocou um prato fumegante na frente dela e sorriu.

— De dia, uma árvore em nosso caminho pode ser um breve incômodo, algo que temos de contornar para chegar ao nosso destino. De noite, a silhueta esguia e a sombra curvada fazem com que pareça um fantasma faminto por carne. As coisas parecem diferentes de dia. Volte, pense em nosso neto.

Ela baixou os olhos para a curva vigorosa de sua barriga inchada sob o casaco desbotado.

— Eu não posso viver assim.

— Você tem uma escolha. Mudar tudo fugindo, ou mudar tudo ficando — disse Yuying.

— Ouça — acrescentou Jinyi. — Volte, só por mais uma noite, isso é tudo que estou pedindo. Tudo será diferente amanhã, eu prometo. Confie na minha palavra. Faça isso, por seu pai.

Ela assentiu lentamente e, depois de terminar as sobras requentadas e duas tigelas de arroz um pouco queimado, deixou que eles a conduzissem de volta a sua casa. Yuying levantou o ânimo de sua filha contando mais uma vez os eventos dos primeiros meses de seu casamento, transformando os bate-bocas nervosos e decepções numa farsa de boas intenções, alinhavada com a resolução de um final feliz. O casamento é um tipo de teatro, ela sussurrou; para que tudo funcione, é preciso puxar um monte de cordas atrás do palco.

Jinyi deixara as duas na casa da filha, onde Yuying a ajudara a preparar o mingau de café da manhã para quando o marido chegasse resmungando. Ela presenteou Manxin com contos alterados de sua própria infância, do patriarca feroz e do império de restaurantes, da ocupação e da guerra civil, mas principalmente dos dias de casamentos arranjados, quando meninas pré-púberes eram mutiladas, rejeitadas ou vendidas, tudo em nome das aparências. Jinyi voltara à noite quente e, em vez de ir direto para casa, tomou uma estrada lateral, passando pelas janelas de vidro das casas de massagem, que enchiam a noite de luzes rosa fluorescentes, e cruzou o rio pela ponte de pedra em ruínas. Enquanto arrastava os pés em direção ao outro lado, seus membros doloridos e o peito ofegante fazendo-o lembrar de sua idade, ele já podia ver a ponta do pagode magro, vestido com as redes verdes e estacas de madeira de um andaime raquítico e elevando-se acima da longa fila de novos edifícios comerciais, dando vista para um mar de logotipos estrangeiros.

Ele ouvia os furiosos gritos do capataz a dois quarteirões de distância. Luzes noturnas pendiam à porta do templo de pintura descascada, e, à medida que Jinyi se aproximava, ele avistou um homem baixo escorregando pelo teto coberto de telhas até a metade e depois pondo-se de pé e continuando a caminhar. Os trabalhadores se viraram para observar Jinyi assim que ele entrou, os olhos escuros se agitando sob máscaras de poeira, linhas de pele limpa visíveis apenas quando gotas de suor lavavam semanas de sujeira. Eles o encaravam, mas não disseram nada. Depois que ele se abaixou para entrar no templo, ordens foram ladradas e a perfuração recomeçou, imitando o som de algum deus irado vociferando.

— Por favor, queira me desculpar pelos trabalhadores; eles parecem passar 24 horas por dia aqui. É terrivelmente barulhento, mas quanto mais cedo terminarem os reparos, melhor — disse o homem magro, de meia-idade e cabeça raspada, erguendo os olhos de um livro esfarrapado sobre o qual se debruçava onde estava ajoelhado. Um guarda-chuva aberto fora suspenso sobre sua cabeça, aparando a poeira que chovia do teto e protegendo as longas dobras de seu manto açafrão.

— Não tem problema algum — disse Jinyi, e a voz ecoou no corredor vazio.

— Está quase pronto. Incrível, não é? Quando pensamos no dano causado em... Ahn... Como nós chamamos agora?

Jinyi encolheu os ombros.

— A Grande Revolução Cultural Proletária? Um erro, acho.

O monge assentiu:

— O interior foi estripado, lançaram machados contra as paredes, e depois começou um incêndio. Por sorte, tomamos a precaução de enterrar a maioria dos livros antes que as multidões chegassem. Só não esperava que levaria tanto tempo para desenterrá-los! — Ele apontou para o livro esfarrapado diante de si. — Mas alguns deles sobreviveram. A Terra se move em ciclos cósmicos; nada jamais é uma surpresa. As garças podem partir, mas no fim das contas sempre retornam. Não importa o que muda, algo sempre permanece. Não importa o que permanece, algo sempre muda.

— Entendo — disse Jinyi. — Eu temia que a essa altura vocês estivessem fechados.

— A alma está sempre aberta. Posso perguntar se você está à procura de alguma coisa em particular? É só que tenho uma boa memória para rostos, por mais ilusórios e enganadores que possam ser, e não me lembro de tê-lo visto aqui antes, amigo. Você enfrentou tempos difíceis e, mesmo assim, outros mais estão por vir; não se preocupe, isso não é mágica, é apenas o que posso ver em seu rosto. Você está preocupado. Está aqui atrás de consolo, é isso?

— Não dessa vez. Eu estou... bem. Mas preciso de um horóscopo. Não para mim, para meu neto.

— Entendo. Também podemos verificar o nome mais benéfico, dependendo do horóscopo. Diga-me apenas o sexo da criança, a hora exata e a data do nascimento, e eu começarei a consulta.

Jinyi se remexeu, sem jeito.

— Bem, a questão é que a criança não nasceu ainda. Acho que está previsto para início de fevereiro. E, ahn, eles não vão nos dizer o sexo antes do nascimento; o médico disse que é contra a lei. Mas, se eu puder adivinhar, acho que provavelmente será um menino. Minha esposa não concorda. Mas, mesmo assim, nada disso é importante; só quero levar uma boa previsão para minha filha, para assegurar a ela que tudo vai dar certo.

— Entendo sua preocupação, mas não posso ser de nenhuma ajuda, a não ser para dizer que tudo realmente vai dar certo; o Universo tem uma maneira de reatar as pontas soltas. Chama-se carma. Talvez você deva falar com meu irmão. — O monge se levantou e pegou um pequeno sino, que fez badalar. O som de passos ciciantes se fez ouvir numa sala próxima. — A visão de mundo de meu irmão é bastante diferente da minha. Como, aliás, deve ser. Só podemos viver no universo em que acreditamos. Boa noite.

Enquanto ele se afastava, um homem maior e mais corpulento apareceu por uma porta lateral. Ele se aproximou devagar de Jinyi, com o crânio bulboso e careca brilhando à luz da lanterna, suas vestes amarelo-açafrão desbotadas num tom ocre.

— Sim?

— Eu gostaria de uma previsão, para meu neto. Sei que isso pode ser...

— Certo.

O segundo monge se instalou ao lado de uma pilha de livros, e fez surgir um pote cheio de finos gravetos de bambu.

— Bem, é assim que geralmente funciona: você doa algum dinheiro para a manutenção do templo, e depois escolhe um graveto de bambu. Em seguida nós puxamos o pergaminho que há dentro e veremos sua sorte. Tudo cabe às vicissitudes do destino. No entanto, como você pode ver, o templo precisa de muitos outros reparos. Assim, se sua consciência ditar que você deve fazer uma grande doação para ajudar seus irmãos pobres em suas orações, acho que poderíamos chegar a outro tipo de arranjo.

Jinyi puxou sua carteira e vasculhou as notas, todas com o rosto furado de Mao Tse-tung sorrindo para ele. Ele piscou por alguns segundos, tentando lembrar o valor de cada nota — os valores da moeda mudavam a toda hora. Ao final, ele enfiou o salário de uma semana inteira nas grandes mãos do monge.

— Capriche — disse Jinyi. O monge assentiu.

Enquanto o pincel do monge riscava o papel barato, rabiscando epítetos prolixos, Jinyi estudava a reprodução de um *tanka* pendurado na única parede sem rachaduras, buracos, manchas de mofo ou fumaça. No centro, um buda flutuava serenamente sobre uma nuvem; acima e ao redor dele estavam vários bodisatvas numa série de contorções acrobáticas, as entidades de muitos braços e muitos olhos dançando através de brilhantes vagas no céu. Abaixo do buda viam-se os rostos espumantes de demônios que faziam malabarismo com chamas, os corpos curvados e ressequidos, mas com expressões mais vivas e enérgicas que os sonolentos iluminados acima. Isto é uma charada, não é?, Jinyi perguntou-se; não renascemos em outras vidas, mas mil vezes em nossa própria existência. Não renascemos em diferentes corpos ou diferentes lugares, mas em diferentes sentimentos. É deles que temos de escapar para não nos aprisionarmos num só.

— Este é um dos reinos do céu ou um universo completo? — perguntou ele.

O monge deu de ombros sem levantar os olhos de sua escrita:

— Sei lá. Existem universos inteiros vivendo em suas meias, nos túneis enroscados de suas orelhas. Pois bem, estou quase terminando, então se você não se importar em fazer silêncio por alguns minutos...

Jinyi saiu do quarteirão do templo uma hora depois com uma das previsões mais impressionantes e retumbantes já criadas. "Esta criança é verdadeiramente abençoada", ele se imaginou dizendo à filha, e evocou o sorriso meio torto de Manxin com seus sonhos reanimados. E, ele pensava consigo, quando as pessoas acreditam numa profecia, trabalham mais ainda para torná-la realidade. Se ele havia aprendido alguma coisa no seu tempo de exílio, era que a verdade era maleável, escorregadia.

Foi somente no início da tarde do dia seguinte, marchando o mais rápido que podiam após seus turnos na fazenda, que Jinyi e Yuying retornaram à casa da filha mais velha. Manxin imediatamente os levou para fora outra vez, para que eles não perturbassem o sono suado do marido, e os três se instalaram do lado de fora num banco de madeira empenado pela chuva, assistindo a um rebanho de escavadeiras que rosnavam para destruir uma rua de casarões e dar lugar a um hotel.

— Sei como você deve ter se sentido na noite passada — começou Jinyi. — E que deve ter sido difícil voltar atrás. É sempre mais fácil fugir do que insistir com as coisas, mas nada jamais se resolve assim. Você fez a coisa certa. Enfim, tenho algo aqui que talvez ajude a ver as coisas de forma diferente. — Ele buscou o papel enrolado na bolsa. — Bem, você se lembra de minha promessa, de que tudo seria diferente hoje?

— Lembro e, pai, você estava certíssimo! — respondeu Manxin. — Mas como você poderia saber? É incrível.

Jinyi ficou confuso. Ele ainda não lhe dera o presente.

— O que é incrível?

— Bem, esta manhã Jingtien voltou do trabalho e trouxe consigo os pais para o café. Geralmente isso me daria vontade de chorar e gritar, mas ele foi realmente muito gentil. Eles até trouxeram comida, para que eu não tivesse de cozinhar. Jingtien disse que esteve conversando com seus pais sobre tudo isso, e que o pai dele poderia nos ajudar. Bem, o pai disse que não era certo que eu continuasse trabalhando numa fábrica enfumaçada, suja, fedorenta, quando tenho o neto deles dentro de mim, então ele ofereceu para me arranjar um emprego no colégio onde ele é diretor. Dá para acreditar?

Yuying sorriu e apertou as mãos da filha. Jinyi largou o pergaminho e fechou a bolsa. Talvez seria melhor guardá-lo para mais tarde.

— Então, o que vai fazer lá? — perguntou ele. — Você vai ser zeladora, cantineira?

— Não! Eu serei professora.

Seus pais abriram a boca, mas não foram capazes de pensar em nada para dizer. Jinyi coçou a cabeça, enquanto Yuying remexia o palito em seu cabelo. Ela finalmente se decidiu pelo tato:

— Ele não se importa com você não ter concluído o ensino médio, nunca ter ido à faculdade?

— Não. Por que se importaria? Ninguém da minha idade foi à faculdade; mas isso não significa que somos burros. Nós apenas caímos num buraco da história. Essa é a minha chance.

— O que você vai ensinar? — Jinyi se recompôs para perguntar.

— Bem, ele disse que a escolha era minha, mas eles tinham uma escassez de professores de ciências. Então escolhi biologia. Não sei por quê, mas passei dez anos cuidando de minhas irmãs, então acho que tenho uma boa ideia de como as coisas funcionam.

— Acho que deve haver um pouco mais do que isso na matéria — murmurou Yuying.

— Ah, não se preocupe, ele me deu uma grande apostila. "Basta cobrir um capítulo por semana e você se sairá bem", ele me disse. De qualquer maneira, não estamos autorizados a falar de nada que não esteja na apostila; na verdade, a lista de coisas que não podem é maior que a lista de coisas que podemos falar. Se algo não está nessa apostila, então não está no currículo, o que significa que não deve ser discutido com os alunos. Então tudo que terei que fazer é ler o capítulo alguns dias antes da aula, e depois explicá-lo aos alunos. Muito simples. Além disso, terei dois meses de licença quando o bebê nascer.

— Parabéns. Você tem sorte. Sabe, um dia também pensei em ser professora, antes da revolução — disse Yuying enquanto apertava as mãos da filha.

— Sim, parabéns — acrescentou Jinyi.

E com isso Manxin voltou à sua vida, conseguindo agora, com essa pequena mudança, ignorar os conselhos sarcásticos de sua sogra e as exigências exageradas de seu marido. Jinyi não lhe deu o horóscopo falso naquele dia, nem no dia seguinte.

De volta à cozinha da cantina, ele terminou de cortar a carne e olhou pela janela para ver sua neta deitada de costas junto ao córrego. Apitos de vapor se erguiam das três panelas de arroz, as tampas chocalhando, e Jinyi verificou o bolso da calça — ainda estava lá, a previsão secreta, um pedaço amassado de pergaminho falso que ele não ousava desdobrar. Já que o verdadeiro futuro era desconhecido e o falso horóscopo não fora lido, Jinyi quase se convenceu de que eles partilhavam de uma correspondência, que suas verdades eram inseparáveis e indistinguíveis. Se até mesmo as palavras ácidas de um vizinho intrometido podiam desviar um destino de forma tão completa, pensou ele, então por que não supor que algumas palavras escritas eram capazes de fazer o mesmo? Sua crença se baseava na condição de que o horóscopo não seria apresentado, e com isso ele passou a se considerar seu protetor e, por extensão, o guardião mais importante de sua neta.

Depois de devorar seu almoço, os agricultores saíram para as sestas sob as árvores mais frondosas, deixando uma confusão de bandejas e colheres de lata para ser lavada. Lian perseguia borboletas do lado de fora, seu corpo girando e se dobrando numa série de corridas entrecortadas e dedos esticados para apanhá-las. Jinyi esfregou as mãos com a lasca de sabão preto, massageando os vincos e cicatrizes, indagando se restava mais alguma coisa por baixo. No galpão convertido atrás das emaranhadas fileiras de vinhas, Yuying largou a grande calculadora que pegava todas as manhãs para fazer uma encenação, sem confiança para admitir a seu novo patrão que ela não tinha ideia de como usá-la, e preferia o enrolado ábaco de madeira e seu próprio lápis afiado com faca.

— Vamos voltar agora? — perguntou Lian quando se reuniram, cada um dos adultos inclinando-se para pegar as pequenas mãos da menina.

— É claro. Se você ficar no passado por muito tempo, vai se transformar num dinossauro. — Jinyi sorriu, enquanto sua esposa balançava a cabeça e suspirava.

— O que é um dinossauro? — perguntou Lian.

— Ah, bem, um dinossauro é metade dragão, metade lagarto. Não se preocupe, eles não existem mais. Eles viveram há muito tempo, antes mesmo do meu nascimento!

— Na China?

— É claro! A China é o país mais antigo do mundo. Nós desenvolvemos a escrita e a construção antes mesmo que a maioria dos países sequer tivesse desvendado como começar uma fogueira.

Eles passaram diante de um empoeirado canteiro de obras e contornaram o parque, onde criancinhas eram levadas para passear por aposentados em seu passo lento e vago. Era uma visão comum — filhos custavam caro, e os pais se arriscavam a perder o emprego se tirassem folga, então cuidar da criança cabia aos avós. É assim que as coisas sempre funcionaram por aqui, as pessoas diziam, famílias cuidando dos seus. Na maioria dos dias, Lian até dormia na casa de Jinyi e Yuying, seu berço situado entre o *kang* e a cama de madeira onde dormia a última filha solteira.

Uma carrancuda varredora de rua vestindo um macacão desbotado estava empurrando a poeira e a sujeira de um lado da rua para outro, do leste da cidade ao seu ponto mais ocidental. No dia seguinte ela empurraria o lixo acumulado de volta para o outro lado, seu trabalho um cabo de guerra no qual alguns lugares eram limpos apenas para que outros pudessem ficar mais sujos — um funcionário mais eloquente do departamento de saneamento público poderia argumentar que se tratava de um exemplo de eterno equilíbrio, de harmonia cósmica, de *yin* e *yang*. Sua vassoura erguia uma tempestade de fuligem, penas, tampas de garrafa, bolas de cabelo e embalagens de comida.

Num dos depauperados riquixás marrons a motor, um homem de enormes óculos escuros palitava os dentes olhando o espelho lateral. Os cabelos brancos estavam penteados sobre seu couro cabeludo para cobrir sua calvície, e uma cicatriz rosa-claro descia entre sua orelha direita e o queixo. Não tinha alguns dedos, mas isso não parecia impedir seu domínio do palito. Depois de jogar o palito preguiçosamente na rua, mantinha os olhos no espelho retrovisor enquanto cuspia nos dedos e ajustava os poucos fios remanescentes de cabelo.

— Com licença! — gritou Yuying para ele. — O que você pensa que está fazendo? Seu palito sujo acaba de cair no pé da minha neta, seu porco. Talvez você devesse ter mais cuidado!

393

— Ei, senhora, por que não... — Ele se virou no assento quando começou a responder, mas parou de repente, olhando boquiaberto para os três. Inconscientemente, ele começou a esfregar os cotos dos dedos desaparecidos com os poucos que ainda restavam.

Eles começaram a se afastar, empurrando com pressa Lian para a frente enquanto andavam, mas foram interrompidos pelo grito do homem:

— Hou Jinyi? Sou eu, Yangchen. — Quando ele se levantou do banco do motorista, Yuying e Jinyi se voltaram. — Ah! Não me reconhece, não é? Bem, também demorei um minuto, admito. E Bian Yuying, bem, eu ainda me lembro de suas delicadas sapatilhas de ouro. Ah, sim, algumas coisas não podemos esquecer, não importa quanto tentemos. E parece que foi ontem mesmo que estávamos todos rindo e jantando juntos. Vocês parecem não ter envelhecido um só dia desde então, ao contrário de mim.

— Yangchen? — murmurou Jinyi, pasmado. Ele não sabia se o ignorava e ia embora, se desabafava sua raiva ou se apenas agia com naturalidade. Em todo caso, não lhe restava nenhuma raiva; naqueles dias, todo mundo se arrependia do passado. — Bem... como você está?

Yangchen bateu na robusta lataria do riquixá. Sua mão deixou uma marca leve.

— Nada mal. Esta é a minha nova carreira. Vou ficar rico transportando empresários pela cidade nesta coisa. Claro, é cedo ainda. Voltei há poucos anos, depois de terminar minha sentença. Fiquei surpreso ao descobrir que não mudou muita coisa por aqui. Claro, há um monte de coisas novas, mas isso é só aparência. Todas as viagens nos levam para casa, não é isso que dizem?

— Humm. Você parece bem — respondeu Jinyi, notando que Yuying tentava impedir os lábios de se crisparem e os punhos de se cerrarem.

— Ah! Eu sei que você está mentindo, Hou Jinyi, porque você nunca foi muito bom nisso. Estou acabado como uma mula morta, certo. Mesmo assim, se essa é a pior coisa que você pode dizer de mim depois de tudo que passei, então estou indo para lá de bem. Os últimos vinte anos não foram gentis comigo, mas, enfim, por acaso foram bons para alguém? Eu sou um outro homem agora... bem, não somos todos?

Yangchen suspirou e olhou para baixo. Jinyi percebeu que provavelmente isso seria o mais próximo de uma explicação ou uma desculpa que eles receberiam, e, de alguma forma, era melhor assim. Apesar do que o país atravessara desde a revolução, e de quanto as pessoas sofreram, havia um acordo tácito de não sondar as zonas escuras do passado. Isso seria antipatriótico. O que quer que tivesse acontecido com Yangchen, ele certamente merecera, pensou Jinyi; mas concluiu que uma penitência de vinte anos é suficiente para qualquer um, lembrando o tempo que passara longe de casa.

Jinyi e Yuying tinham aprendido a refazer seu passado, a focar os telescópios de suas memórias somente nas coisas que os uniam: a soma de suas ações, a soma de seu amor — filhos, netos, trabalho, esperança, histórias, sussurros esquecidos, poemas, beijos. Quando se deitavam juntos nas noites quentes e insones, ou quando murmuravam no início da manhã, antes que Xiaojing ou Lian acordassem, eles falavam sobre os primeiros dias de seu casamento, reconstruindo cada tijolo da antiga casa, o cheiro de ópio e pétalas de jasmim branco, os fantasmas dos antepassados, os ferozes leões Fu do lado de fora dos restaurantes. Eles reconstituíam a cidade tijolo por tijolo até que ela se tornasse deles uma vez mais, recuperada pela memória. Os dias eram dedicados à necessária atividade de seguir em frente, de cuidar de filhos e netos, de colocar comida na mesa e dinheiro no banco. As noites eram para a linguagem secreta de sua juventude, redescoberta entre a escuridão, eram para as coisas que persistiam. Dessa forma, eles procuravam lembrar um ao outro quem eram, e quem talvez ainda podiam ser.

— Querem uma carona? Vamos, é por conta da casa! É o mínimo que posso fazer. Você parece um pouco cansada, querida, quer uma carona no meu *tuk-tuk*? — perguntou Yangchen a Lian. — Você já andou num desses?

A menina balançou a cabeça em negativa e se escondeu atrás da perna da avó, segurando forte, com medo do que podia acontecer se a soltasse.

— Ha! — Yangchen riu. — Não tenha medo. É melhor do que vinte cavalos, essa coisa! — Ele bateu no capô de metal antes de escancarar a porta.

Yuying recusou a oferta, uma vez, depois outra, mas, após a terceira insistência, ela soube que eles teriam de se render à cortesia comum, ou se arriscariam a rumores sobre falta de educação penetrando a vasta teia de boatos que se espalhavam até os limites mais distantes da cidade. Isso é um teste, pensou ela, para ver como nos saímos quando o passado retorna, para ver como lidamos com o perdão. Os três subiram na pequena caixa de transporte atrás do motorista.

Enquanto dirigia, Yangchen acendeu um par de cigarros, entregando um a Jinyi através da janela aberta que separava o motorista dos passageiros. Lian estava imprensada entre os dois adultos no fino banco de madeira do veículo apertado. Ela gritava cada vez que o veículo sacudia ao passar por lombadas nas estradas semiacabadas. Medalhões de ouro gêmeos, um gravado com um buda calmo e meditativo e o outro com um sorridente Mao, pendiam do teto, chocando-se cada vez que Yangchen freava ou acelerava.

— Quando você aprendeu a dirigir? — gritou Jinyi.

— Ah, eu sempre tive jeito para esse tipo de coisa. Fui cobrar um favor de um velho amigo no gabinete local de transportes e ele conseguiu me arranjar uma licença antes mesmo que eu comprasse essa porcaria. Aí aprendi sozinho; é tão simples que até um macaco poderia aprender. — Ele espremeu a buzina por meio minuto para prevenir qualquer outro veículo antes de se atirar às cegas na esquina, virando depois a cabeça e sorrindo para os passageiros. — Quando eu era moleque, ninguém podia se mover por aqui sem trombar com algum brutamontes de músculos gigantes e sem camisa que arrastava um riquixá pelas ruas. Vocês se lembram disso, não é?

— Certamente — exclamou Yuying acima do barulho. — Meu pai costumava nos mandar para casa neles o tempo todo.

— É claro, eles eram só para gente rica como seu pai, ou latifundiários, ou os japas. Graças a Deus todos se foram. Enfim, deve haver um mercado para isso agora, com Deng Xiaoping abrindo o país. Logo ele estará cheio de empresários ricos. E eles por acaso vão querer andar de bicicleta e amassar seus belos ternos ocidentais? Não, senhor!

O riquixá se espremeu numa pista estreita que passava pela entrada dos fundos da base militar, depois diante da escola militar adjacente e de lanchonetes servindo macarrão frio e melancia para soldados de passagem. Acima delas, uma série de mastros sacudia como uma fileira de capas de toureiro. Foi então que Jinyi se deu conta de que Yangchen não tinha ideia de onde estava indo. A cidade parecia diferente através das janelas manchadas. Eles viraram numa ruela que acabou se revelando um beco sem saída, e Yangchen começou a voltar. Jinyi raspou suas reservas de diplomacia para sugerir, com o máximo de delicadeza, uma nova rota. Se tivessem continuado a pé, já estariam em casa.

— Para onde a gente está indo? — Lian começou a reclamar. — Aqui dentro tem um cheiro ruim.

— Jinyi, você lembra quando trabalhávamos na cozinha e caçoávamos de você por algum motivo, eu acho... quando éramos apenas uns moleques estúpidos, antes que eu deixasse o poder me subir à cabeça e arruinar tudo... e você disse que a vida está onde o coração nos leva, nada mais, nada menos?

Jinyi inclinou a cabeça.

— Não posso dizer que lembro. Isso não soa muito como algo que eu diria, mas vou acreditar na sua palavra. Por que você ainda se lembra disso?

— Não sei. Só que isso ficou na minha cabeça. E eu estava pensando: a vida é mais como uma corrida de táxi. É por isso que gosto de dirigir. Você é simplesmente jogado com pessoas diferentes, problemas diferentes, e a única coisa que pode fazer é seguir em frente, continuar avançando. — Ele acendeu outro cigarro. — Deve ser bom ter uma família grande.

Nem Jinyi nem Yuying sabiam o que dizer. A fumaça do cigarro soprava de volta em seus rostos.

— Nossa filha mais nova se casará no mês que vem. Por que você não vem? — Jinyi deixou escapar, esperando uma recusa educada.

Yuying o encarou como se ele estivesse louco, com punhais nos olhos. Yangchen mordeu o lábio e pareceu pensar no assunto.

O carro parou na virada do beco que levava à casa deles, uma pista curta de casinhas de pedra agora apequenadas pelos conjuntos habitacionais nos lados norte e oeste, que engoliam a luz do crepúsculo e roubavam as horas do fim do dia. Yangchen abaixou o vidro quando seus três passageiros saltaram.

— É uma oferta gentil, Jinyi, e desejo sorte e um marido forte para cuidar de sua filha. Mas eu seria um balde de água fria em seus fogos de artifício. — Ele enfiou a mão no bolso do blazer desbotado. — Mas aqui, leve o meu cartão. Posso lhe oferecer corridas de graça, a qualquer hora que você queira ir para onde seu coração mandar. Eu sei que não compensa muita coisa, mas não me resta muito mais que isso.

O riquixá seguiu arrastando-se pela estrada, buzinando obsessivamente. Jinyi e Yuying se entreolharam. Aonde quer que fossem, o passado nunca ficava muito para trás.

∾ ⌁

Enquanto Yuying esperava o chá ferver no fogão, pensava no casamento iminente de Xiaojing com o homem magro e ossudo que ela conhecera na cantina da fábrica em que trabalhava. Eles nem sequer tiveram um intermediário! E ela contudo tampouco tivera. Yuying tinha ouvido todos os truques que as amigas e colegas usavam para analisar os familiares de pretendentes: escutar as conversas privadas com orelhas coladas em portas ou janelas, arrombar os intricados cadeados de diários escondidos sob o colchão, ou simplesmente aplicar a velha e boa disciplina. Ela sabia de pais que haviam deserdado seus filhos por causa da escolha de parceira, filhos que se suicidaram depois que seus pais insistiram num casamento indesejado, jovens que foram expulsos da universidade (ou, pior ainda, da escola) por ter uma namorada, e todo um exército de homens cujas novas esposas os abandonaram após alguns meses para voltar às suas cidades natais e suas famílias. Ela prometeu que nunca seria como aqueles pais, e que daria às filhas aquilo que ela nunca teve: uma escolha.

Ainda assim, algo a incomodava. Se você não tem de lutar e suar e praguejar e se sacrificar para fazer um casamento dar certo, tem realmente o direito de chamá-lo de amor? Yuying não tinha certeza, mas concluiu que não lhe cabia dizer. O amor veste milhares de disfarces. Ela tinha acabado de aprender que o amor pode retornar, pode mudar de forma, pode encontrar a paz naquele pequeno e intricado nó. Embora entendesse pouco de anatomia, sabia que o coração era mais forte do que muitos imaginavam — ele pode sobreviver a mil golpes e cortes; pedaços inteiros podem ser cortados e ele continuará batendo, e, embora talvez haja dor, você ao menos estará mais consciente das partes marcadas e remendadas que ainda lhe restam.

Era junho, e os campos estavam pegando fogo. As cascas amarelas crepitavam e chiavam nas chamas dançarinas. Logo as fronteiras da cidade seriam marcadas com cinzas negras, e o cheiro doce e penetrante da fumaça flutuaria sobre as casas, misturando-se com a névoa da chaminé, que reduzia o céu a uma vastidão opaca.

Yuying estava penteando os cabelos, espantada com o número de fios com cor de cascalho que ficavam nos dentes do pente. Ela vestiu seu casaco escuro de estilo Mao e pôs uma presilha de borboleta na cabeça, sua única concessão rebelde à modernidade. Ela pensou no casamento de Manxin, de Liqui, e agradeceu pela sua sorte, já que dessa vez a família do noivo concordou em realizar o banquete de casamento.

— Eu estava tremendo de medo antes de nos casarmos, e tentei esconder isso agindo com mais arrogância e nobreza. Mas não sei bem se funcionou — disse ela quando Jinyi entrou no quarto e pegou uma camisa para colocar sobre sua camiseta de mangas compridas.

— Funcionou comigo. Eu pensei que você fosse um dragão imperial. Ao menos você não teve que beber o licor branco de cem anos de seu pai. Não consegui falar por vinte minutos depois disso; só conseguia menear a cabeça e sorrir. Aposto que todos os comerciantes e oficiais ricos acharam que eu era um caipira bem simplório.

— Um dragão? Humm, você não vai pentear esse cabelo? Vamos lá, faça um esforço, pode ser?

— Tudo que farei será um brinde aos convidados. De qualquer maneira, no fim meu cabelo estará tão bagunçado quanto meu cérebro. Só me lembro de metade do casamento de Liqui, com toda aquela bebedeira que o marido dela começou.

— Isso não vai acontecer dessa vez. O marido de Xiaojing parece ser mais tímido até do que ela. Além disso, a maior parte da família da mãe dele desapareceu por criticar a fome depois do Grande Salto à Frente. Pelo menos é o que as pessoas dizem. Mas, por favor, não mencione nada disso hoje, está bem?

Passando por um beco longo e estreito que passava junto ao rio, eles chegaram à casa dos avós do noivo, onde o jantar comemorativo seria realizado. Yuying logo experimentou a sensação familiar de vergonha transbordando dentro dela: apesar das somas cada vez maiores que pediram emprestado a amigos, eles não podiam pagar as pródigas refeições e dotes para três moças com suas parcas economias. Yuying puxou as pernas das calças para evitar as poças amareladas e fedorentas e os resíduos espumantes de tigelas esvaziadas.

Os dois tinham acabado de chegar à porta quando uma chuva espessa como saliva começou a cair no beco com milhares de minúsculas refrações da luz penetrante, o primeiro estágio de um arco-íris.

— Último, não é?

— Último quê? Casamento?

— Sim. O último dos grandes, em todo caso — respondeu Jinyi enquanto eles se instalavam em uma das muitas mesas dobráveis no pátio em frente à velha casa.

— Ah, não sei. E quanto a Lian, e todos os seus primos? — Yuying sorriu para ele.

— É claro. Só quis dizer que se fechou um círculo completo agora. Nós fizemos a nossa parte, e as meninas pertencem a outras famílias daqui para a frente. Elas não são mais nossas.

— Certo. Então o que devemos fazer agora? — disse ela, provocando o marido.

— Ah, nós somos velhos demais para fazer qualquer coisa nova. Somos como pássaros agora: nossa gaiola foi deixada aberta, mas não lembramos bem como voar.

— Então vamos simplesmente ficar aqui e manter a gaiola limpa? — Yuying riu. A comparação era ridícula, mas ainda assim ela incentivava as pequenas excentricidades do marido; principalmente porque naqueles dias seus devaneios de imaginação eram volta e meia entremeados por longos silêncios ou murmúrios incoerentes. Quando Jinyi testava uma ideia com ela, algo que nunca diria a outra pessoa, Yuying sentia rever o garoto nervoso que chegou ao casarão, o jovem marido que não sabia o que dizer ou fazer, ainda incerto de quem ele era ou quem poderia ser. Será que aquela parte tinha realmente mudado?

— Não. Nós apenas faremos o que sempre fizemos.

Ela tomou a mão dele, e os dois continuaram sentados lado a lado, ouvindo o som do pai do noivo empilhando engradados de cerveja no canto.

Logo chegaram os convidados, levemente salpicados da intermitente chuva de verão, levando diferentes quantidades de dinheiro enfiadas em maços de cigarros, que seriam entregues em privado ao noivo quando cada família lhe oferecesse um cigarro de celebração. Até o final da tarde, o marido seria um mar de fumaça estagnada, despedindo-se dos convidados inebriados sob um manto nebuloso.

As doze mesas redondas na sala da frente pareciam demarcar diferentes épocas: as mulheres de meia-idade apenas começavam a misturar casacos e calças escuras com sapatos ou batons coloridos; os lascivos tios-avôs e primos distantes do noivo usavam os azuis desbotados e quepes dos rigorosos anos 1960; uma mesa de crianças em macacões vermelhos junto com seus orgulhosos pais; estudantes bocejando apesar dos olhares de desaprovação dos parentes idosos; trabalhadores de fábrica em ternos manchados de estilo Mao; jovens esposas controlando a bebida e os flertes de seus maridos; e toda uma mesa de semimortos babosos em diversos graus de decrepitude e decadência. Jinyi pegou um prato e se dirigiu à longa mesa do bufê disposta ao lado da porta. Num canto, o mestre de cerimônias brincava com os óculos enquanto ensaiava sua tagarelice.

O equipamento de som emprestado despertou gaguejando e uivando, e o animador tossiu ao microfone antes de começar a falar num tom de estourar os ouvidos. Jinyi e Yuying estavam sentados perto da porta principal com as filhas mais velhas: Manxin, corpulenta e descontraída com Lian no colo, e Liqui trançando mechas de seu cabelo ao lado do marido, entediado. Diante deles, Xiaojing estava sentada com sua nova família, seu corpo desengonçado apertado no terninho escuro de trabalho. Seus cabelos curtos só serviam para realçar suas feições longas e equinas. Ela manipulava a toalha de mesa nervosamente. Enquanto o mestre de cerimônias vociferava os obrigatórios cumprimentos e adágios, Yuying entreouviu um bando de jovens esposas sussurrando com as bocas cheias.

— Ouvi dizer que o dote dela foi simplesmente patético. Como se os pais tivessem procurado por uns trocos no armário. Eu teria morrido de vergonha.

— Mmm-Humm, verdade, também ouvi falar. Só uma máquina de costura de segunda mão. Nem sequer se deram o trabalho de lhes dar um rádio. Ela vai ficar muito entediada costurando o dia inteiro!

— Bem, o marido terá que comprar um agora, senão vai passar vergonha, exatamente como os sogros. Meu marido já disse que vai comprar uma televisão para nós ano que vem.

— Verdade?! Sua sortuda! Hum, você já experimentou essas coxas de frango? Muito alho. Claro, nós tivemos pescoços em nosso casamento...

Elas continuaram tagarelando e Yuying suspirou, sabendo que todos os outros também estavam avaliando o jantar, as roupas e a bebida, e contabilizando as despesas; ela tinha feito a mesma coisa em eventos parecidos. Afinal, como você sabe quem é você se não sabe tudo sobre as pessoas a seu redor? De que outra forma conheceria seu lugar, onde se encaixar, como lidar com os outros? Quando suas irmãs se casaram, o que as noivas queriam eram as "três rodas": uma máquina de costura, um relógio e uma bicicleta. No momento em que a pequena Lian se casasse, Yuying suspeitava que as jovens noivas estariam exigindo casas e carros.

O apresentador chamou o novo casal à frente da sala, incitando-os a cantar uma canção para seus convidados. Eles aceitaram com certo nervosismo, hesitando entre dois versos da última balada da moda em Pequim enquanto os convidados batiam palmas, assobiavam, gritavam palavras de encorajamento e ocasionalmente gargalhavam. Yuying olhou para o marido, seus lábios se movendo enquanto ele olhava para os dedos, ensaiando seu discurso em silêncio. Seu rosto mostrava a mesma calma estoica de quando eles enterraram o primeiro filho, de quando enterraram o segundo, de quando ela o abandonou e de quando ele retornou, e do dia em que o caminhão veio buscá-la para os campos. Foi preciso alguns anos até que Yuying aprendesse que aquilo era um teatro, uma forma de controlar sua confusão. Ela reconhecia os pequenos tiques — a contração de sua sobrancelha esquerda, o roer das unhas, as narinas dilatadas — que anunciavam sua incerteza, seu esforço para parecer calmo e composto quando o mundo a seu redor escapava de seu entendimento. Ela sorriu; o amor é o efeito cumulativo de tal conhecimento inútil.

— Você se sairá bem. Apenas pense no quanto vai sentir falta dela — sussurrou Yuying.

Jinyi assentiu, incerto, e o mestre de cerimônias o chamou à frente. Sua boca estava pegajosa, quente, e ele passou a língua várias vezes sobre a gengiva.

— Obrigado a todos por terem vindo — começou ele, e passou os olhos pela sala. As pessoas cutucavam seus pratos, abriam garrafas de cerveja e uma criança tinha acabado de começar a chorar. O que é mesmo que quero dizer?, Jinyi de repente perguntou a si mesmo, e entrou em pânico. Algum velho provérbio sobre o amor e a longevidade, algo sobre segurança e felicidade em dobro? Por que as coisas resistiam a ser colocadas em palavras, ele se perguntava, por que as verdades de repente parecem escorregadias e duvidosas quando ditas em voz alta? Ele estava transpirando.

— Obrigado a todos por terem vindo — repetiu. Jinyi coçou a cabeça, e então, com os olhos passando pelas mesas, ele se aferrou àquela ideia. — Obrigado a todos por terem vindo.

Agora os convidados pareciam nervosos, trocando olhares. Jinyi procurou pela esposa, mas não conseguia encontrá-la no mar de rostos ansiosos.

— O dia de seu casamento deve ser o dia mais feliz de sua vida. Eu me sinto feliz. Tenho uma esposa amorosa e filhas responsáveis...

Seus olhos procuraram até avistar Yuying sorrindo para ele, e só então ele encontrou forças para continuar.

— Estou orgulhoso de ser pai de três filhas. Todo ambiente em que elas entram se enche de luz, de amor. Desejo-lhes muitas vidas de felicidade. Todas as minhas bênçãos para Hou Xiaojing e... e...

Jinyi lutou para cruzar uma névoa de nomes. Qual era o certo? Dongming, Zu Fu, Qingsheng, Yangchen, Peru, Bo? Não, nenhum deles parecia certo. Seus olhos varreram a sala, até que finalmente se focaram no rosto ansioso do noivo. Ele modulava algo com a boca, e Jinyi respirou fundo e asperamente, tentando ler seus lábios.

— Sim, claro, Hou Xiaojing e Fei Shuyou.

Jinyi enxugou a testa com a manga enquanto escapulia de volta à sua mesa, ciente dos olhares confusos e sussurros indignados que enchiam a sala.

Yuying pegou sua mão e o fez sentar-se a seu lado. Ele não conseguia ficar parado, e olhava ao redor, procurando os membros de sua família.

— Você está bem? — sussurrou Yuying enquanto o apresentador pegava o microfone e começava a convocar o pai do noivo.

— Onde está ele? — perguntou Jinyi.

— O quê?

— Onde está ele? — sua voz tremia.

A resposta de Yuying foi abafada pelos aplausos e o retorno do microfone quando o pai do noivo falou perto demais do aparelho. Jinyi tomou um grande gole do vinho de arroz que estava à sua frente. Ele não conseguiu esperar pela rodada de brindes.

Seu discurso foi rapidamente esquecido; os recém-casados voltaram à frente para tentar morder lados opostos de uma maçã pendurada num barbante, e todos aplaudiram a brincadeira. Antes que os cigarros fossem oferecidos, o noivo recebeu uma grande garrafa de cerveja com um palito no interior, que ele teve de recuperar com a boca, fazendo-o tossir e engasgar quando virou a cerveja morna e espumante.

Quando esgotamos nossa vida, quando vivemos todos os cenários possíveis, todos os prazeres e tragédias imagináveis, cada tipo de amor e cada tipo de morte, o que resta? Jinyi de repente sentiu como se tivesse esgotado as coisas que lhe podiam acontecer, como se estivesse cheio. Sua cabeça doía, e mesmo assim ele ainda tinha de fazer a ronda pelas mesas, brindes aos convidados e abrir-se em sorrisos apesar dos olhares céticos de quando lembrassem a estranheza de seu discurso. Ele tentou não corar.

Jinyi pegou a mão de Yuying e eles ficaram de pé, prontos para fazer o circuito, para fazer o mesmo brinde em cada uma das mesas, para tolerar as mesmas piadas, os mesmos desafios de virar o copo. Quando esgotamos todos os momentos possíveis, o tempo começa de novo, e nós revivemos cada momento numa ordem diferente, com a menor das variações servindo apenas para sublinhar suas semelhanças. No final da tarde, Jinyi já não tinha certeza de quantas vidas tinha vivido, tampouco de quais eram realmente suas e quais eram apenas sonhos.

∾ ◡

— Espero que ela seja feliz — murmurou Jinyi.

Ele e Yuying estavam entre as últimas pessoas restantes. A maioria dos convidados já tinha se despedido dos recém-casados, que embarcavam num riquixá a motor emprestado. Deram uma volta pela cidade antes de pararem no apartamento dos pais do noivo, onde o casamento seria consumado numa cama mal-improvisada na cozinha. Jinyi e Yuying estavam embriagados, lentos, não exatamente dispostos a regressar a uma casa vazia.

— Ela será. Não há nada mais emocionante do que escapar de todas as coisas de que você achava que nunca conseguiria se livrar, como sua família — brincou Yuying.

— Eu sinto muito. Sobre o discurso, quero dizer — sussurrou o marido.

— Esqueça, Jinyi — disse ela. — Você a ama, isso é tudo o que importa. Enfim, as pessoas provavelmente ficaram muito mais chocadas comigo, que ousei brindar a seu lado. Não é muito elegante para uma dama... Mas eu nem tenho certeza de que isso ainda existe.

— Você foi mais elegante que todos aqui essa noite.

— Humm. Bem, pelo menos nós demos às pessoas algo para falar, assim elas não se concentraram no pouco que gastamos com o casamento.

— Sim, pelo menos eles terão um monte de coisas para fofocar. — Ele riu.

— Eu quase senti que deveríamos ter uma mesa a mais, para todas as pessoas que não estavam aqui — disse Yuying, colocando a mão delicadamente sobre o joelho de Jinyi. — Meus pais, os seus, Dali, Yaba, os Lis, todas as pessoas da fábrica que nunca mais voltaram, seus amigos do majongue... Os mortos não deveriam ter como celebrar?

Jinyi pensou sobre isso. Yaba falecera apenas oito dias antes do nascimento de Lian, e nas últimas horas antes que seu coração engasgasse em solavancos, quando Manxin se sentara e descansara sua barriga de balão junto à cama dele na enfermaria, ele pareceu confundi-la com a avó, a mulher grávida que transformara sua vida havia cerca de cinquenta anos.

Um ano antes, numa tarde, dois jovens apareceram na casa de Yaba, alegando que eram os netos do irmão desaparecido de seu pai. Yaba ficou espantado, e logo começou a notar as semelhanças físicas dos rapazes com seu pai morto, seus maneirismos comuns, seu sotaque.

— Talvez seja apenas sua mente pregando peças, porque você quer acreditar — alertou Yuying. — Você consegue mesmo se lembrar bem de um homem que morreu há mais de meio século?

Yaba ficara ofendido. Os dois jovens ficaram em sua casa e comeram a comida que ele cozinhou e, com a ajuda relutante de Manxin, até aprenderam a entender boa parte do idioma de sinais que o próprio Yaba inventou. No entanto, eles polidamente recusaram as ofertas de Yaba para ajudá-los a encontrar trabalho em Fushun. Ficaram por dez meses, planejando um empreendimento comercial que, devido à sua natureza competitiva, não podiam comentar, exceto para pedir empréstimos, o que Yaba lhes dava de bom grado. Quando eles enfim desapareceram, deixaram a conta bancária de Yaba vazia, o apartamento despido de móveis e pertences, e seu coração cravejado de buracos onde a esperança havia morado.

Jinyi finalmente falou.

— Há fantasmas suficientes nesse país. Se deixarmos que todos entrem, ficaremos sufocados. E, além disso, não há licor suficiente para todos os fantasmas que conhecemos.

Yuying não se mexeu.

— Às vezes sinto como se o ar estivesse repleto deles, como se eles se aglomerassem à nossa volta, determinados a nos empurrar para fora. Antigamente eu me preocupava com os vizinhos nos espiando, ou nossos colegas anotando cada pequena coisa que dizíamos, mas agora eu me pergunto se não é outra coisa que nos vigia.

— Você só se acostumou a desconfiar, só isso.

— Sim, veja só como estou ficando sentimental. Certo, vamos embora — disse Yuying, apoiando-se na mão do marido para se levantar, ainda que nos últimos dias ela andasse cada vez mais incerta sobre quem estava apoiando quem.

Enquanto desciam com cuidado os degraus, eles se seguravam um no outro para manter o equilíbrio. As poças no beco estavam quase secas, e dessa vez Yuying inconscientemente deixou as bocas de sua calça arrastarem pela lama. A chuva fina deu lugar ao ansioso canto das cigarras, à névoa suave do fim da tarde.

Os postes da rua chiavam.

— Perdemos o arco-íris — suspirou Yuying.

— Haverá outro — assegurou Jinyi.

Algumas pessoas dizem que cada arco-íris é único e irrefutável; isso é verdade se aceitarmos, como inúmeros mágicos aprenderam, que cada truque depende de que os olhos enganem o cérebro. Alguns afirmam que o fato de entendermos que a umidade cria esse espectro de luz prova que a ciência nos libertou de qualquer necessidade de deuses com os quais explicar o mundo; outros dizem que a beleza do arco prismático prova a existência de um inefável criador. Alguns sustentam que o arco-íris afirma a igualdade de todas as pessoas, pois todos, independentemente de seu país, posição ou riqueza, veem um arco-íris em algum momento de suas vidas; outros ainda argumentam que, uma vez que a localização do observador em relação ao Sol determina a suposta posição do jato de cores, duas pessoas jamais veem o mesmo arco-íris.

— Um arco-íris é uma ponte — disse Yuying quando eles se aproximavam da rua de sua casa.

— Você bebeu demais — suspirou Jinyi.

— Não. Ouça, um arco-íris é uma ponte que liga nossos corações a nossas esperanças. Onde acaba o arco-íris é onde vive o eu dos nossos sonhos, não é? Bem, estava pensando, ele também nos ensina algo sobre nós mesmos, já que é preciso um sol escaldante e uma chuva pesada para gerar esse filho tão estranho e inesperado.

— *Yin* e *yang* — comentou ele.

— Sim. Ou eu e você.

Jinyi tossiu na mão em concha.

— Isso faz de mim uma nuvem de chuva?

Eles riram e voltaram ao silêncio. Mas algo dentro dela não conseguia parar. Yuying pensou nas bombas que outrora sacudiam a rua, pensou no enterro do bebê e no natimorto, em Jinyi a abandonando, em suas discussões e brigas, em sua raiva reprimida que há muito se evaporara em aceitação, em seus filhos mortos e na mãe morta, nos últimos laços que ela tinha com quem costumava ser. O arco-íris era uma série de elos incompreensíveis, uma cadeia de cores que só fazia sentido a certa distância. Talvez, ela pensou, nossas tentativas de encontrar um sentido para nossas vidas, de ligar os eventos em algo mais que retalhos de memórias, sejam um truque do cérebro da mesma forma que um arco-íris é um truque da luz. Sua linha de pensamento se interrompeu quando o marido tropeçou e ela se retesou para firmá-lo.

— Qualquer coisa pode ser uma ponte — murmurou Jinyi quando eles chegaram em casa —, só que nem sempre vemos dessa maneira. Você se lembra daquela história sobre a ponte de estrelas?

Ela balançou a cabeça em negativa.

— Bem, não importa. Agora é tarde demais para tudo aquilo, de qualquer maneira. Venha.

Ele estendeu a mão. Ela a segurou com força, e eles atravessaram o limiar juntos, caminhando preguiçosamente em direção à cama.

✎ ✐

Ele se referia, é claro, à história de Niu Lang. Vocês conhecem aquela velha peça, não é? Não? Deixem-me refrescar sua memória.

Como Jinyi, Niu Lang também ficou órfão muito cedo e cresceu num barraco miserável no meio do nada com seus parentes amargos. Apesar dos espancamentos e das míseras humilhações, do gelo e das refeições de mingau ralo ou sopa de grama, ele também desenvolveu uma bondade que fazia contraste com seu entorno. E haveria outra similaridade também.

Os problemas de Niu Lang alcançaram o clímax quando a esposa de seu irmão começou a fazer falsas acusações contra ele, incitando o marido a expulsá-lo de casa. Ele vagueou abjetamente por uma floresta, buscando raízes com que pudesse fazer uma refeição improvisada. De repente ele ouviu um gemido baixo e trepidante subindo do meio da floresta. Até as árvores pareciam tremer, remexer seu peso nervosamente. Niu Lang sentiu como se seus ossos estivessem sendo atingidos por um diapasão, mas sua curiosidade o impeliu a seguir o ruído por entre os arbustos e bosques onde a trilha precária acabava.

Dez minutos depois, com as pernas picadas e arranhadas onde a sua fluida túnica *hanfu* erguida não alcançava, Niu Lang atravessou a última moita emaranhada para atingir uma pequena clareira, onde jazia um bezerro combalido. Niu Lang se aproximou devagar, observando como a língua mole do animal pendia para fora e moscas dançavam em torno de seus grandes olhos negros. A cauda batia no chão, e ele abriu mais a boca para emitir um mugido lamentoso, detendo Niu Lang em sua aproximação. No entanto, havia algo naqueles olhos escuros que Niu Lang reconhecia — o estranho tipo de aceitação que toma o lugar do medo quando ultrapassamos o ápice do pavor. Ele se ajoelhou e colocou a mão na cabeça pegajosa do animal.

Ele sentia uma estranha afinidade com o bezerro doente. Niu Lang de repente deu um salto e correu para o córrego pelo qual tinha acabado de passar; uma vez lá, apanhou tanta água quanto lhe foi possível dobrando a barra de seu manto. Ele então correu de volta para o indefeso animal. A língua preguiçosa abarcou porções da água, e Niu Lang logo retornou ao córrego mais uma vez. No momento em que a noite caiu entre as árvores, Niu Lang já havia alavancado seu corpo sob o tronco ossudo do jovem boi, fincando os calcanhares na terra e empurrando até que o animal estivesse de pé, trêmulo sobre as pernas frágeis.

Dentro de poucos dias o bezerro se recuperou do que o havia enfraquecido e, com a ajuda de Niu Lang, sua barriga flácida e veiada começou a endurecer numa musculosa pança. Juntos, eles partiram da clareira em direção à cidade para procurar trabalho.

— Na cidade — disse Niu Lang, descobrindo que gostava de conversar com o dócil bezerro — há homens que são justos e nobres e dedicam a vida a servir ao imperador celestial, e eles vão perceber que sou honesto. Eles certamente encontrarão um emprego para mim. Você vai ver.

No entanto, quando passaram pelos portões da cidade e sentiram o cheiro do esgoto a céu aberto e viram os mendigos aleijados e contorcidos, as prostitutas de dentes escurecidos e os restaurantes empoeirados vendendo qualquer criatura que pudessem agarrar nos becos imundos, Niu Lang ficou nervoso. Os nobres não só tinham escravos suficientes para fazer seu trabalho de graça, como juraram que arrancariam os olhos e a língua de Niu Lang se ele aparecesse para sujar os degraus de suas portas novamente.

— Deve ser outra cidade a que todo mundo comenta — concluiu Niu Lang, e eles partiram em nova busca.

Os dois caminharam por campos, atravessaram desertos pedregosos; adentraram pântanos e charcos e cruzaram rios na altura dos joelhos; galgaram colinas e deslizaram por represas. No entanto, quando chegaram à cidade seguinte, descobriram que era igual à primeira; assim como era a terceira cidade; e a quarta. Quando deixaram a última cidade, derrotados e deprimidos, a vaca — pois, depois de todas essas viagens, ela não era mais um bezerro — virou-se de repente para Niu Lang.

— Tenho uma ideia — disse ela, no mais refinado sotaque que Niu Lang já havia escutado.

Niu Lang parou de súbito:

— O quê? Desde quando você sabe falar?

— Ora, sempre fui capaz de falar — respondeu a vaca, indiferente. — Tudo tem uma voz, se você escutar; embora eu deva admitir que muitas criaturas optam por ficar em silêncio diante de sua espécie, pois descobrem que falar lhes causa mais problemas do que fingir mutismo. E eu concordava que os humanos são umas coisinhas cruéis, ignorantes. Mas isso antes de conhecer você.

Niu Lang se remexeu, constrangido.

— Oh, entendo. Bem, ahn, qual é a sua ideia?

— Bom, primeiro, você deve saber que sou uma vaca celeste, do rebanho do Imperador de Jade. Eu estava pastando num trecho de nuvem quando tropecei e caí na floresta, onde certamente teria morrido se você não me encontrasse. Pois bem, acontece que não estamos muito longe da curva do rio, para onde muitas das filhas do céu voam para se banhar. Meu plano é este: vamos lá para conversar com elas, que certamente o recompensarão por ter cuidado de mim.

Niu Lang concordou e seguiu a vaca até a curva do rio. No entanto, eles chegaram tarde demais; as mulheres já haviam tirado suas roupas e brincavam na água. A vaca puxou a manga de Niu Lang, incitando-o a se afastar, pois se fossem pegos espiando a nudez das filhas do céu, o castigo seria terrível. Contudo, Niu Lang estava farto de vaguear por cidades sujas, e farto de se alimentar de qualquer carcaça abandonada com que se deparavam — ele não queria perder essa chance. Pôs-se de quatro e se arrastou para a margem, o nariz raspando na lama. Seu coração soava como um gongo de templo sendo marretado em seu peito, e ele quase esperava que as banhistas se virassem pelo som das estrondosas batidas. Assim que chegou perto o suficiente, ele agarrou uma das longas túnicas de seda vermelha, deu meia-volta e voltou para as árvores onde a vaca estava escondida.

— Agora vamos esperar — sussurrou Niu Lang, respirando fundo.

Uma por uma, as mulheres emergiram da água, jogaram suas vestes sobre a pele luminosa e começaram a flutuar acima das árvores. Finalmente, Niu Lang se atreveu a espiar por trás do carvalho. Uma única figura restava, buscando, desesperada, suas roupas à beira d'água. Niu Lang engasgou, espantado com sua incompreensível beleza.

— Eu sinto... sinto muito — gaguejou ele enquanto a mulher cambaleava para trás, tentando recuar para dentro da água. — Eu n-n-não queria espiar, eu não sou... sabe... eu só err... Bem, eu estou com o seu manto.

Ela riu, e Niu Lang lutou para impedir que suas pernas tremessem.

— Então, posso pegá-lo de volta?

— Só... só se você me disser seu nome — respondeu Niu Lang.

— Tem certeza de que isso é tudo que você quer? — Ela riu de novo, pegando suas roupas. — Meu nome é Zhi Nu.

— Zhi Nu, você não... quem sabe... gostaria de talvez... caminhar... um pouco... dar um passeio? — perguntou ele, olhando para o chão. — Comigo, quero dizer.

— Seria um prazer — respondeu ela, vestindo o manto.

O pequeno passeio se tornou um jantar romântico junto a uma pequena fogueira, que se transformou num beijo e numa noite deitados lado a lado sob as estrelas vibrantes, que levou a um casamento e ao nascimento, alguns anos depois, de um menino e de uma menina. Niu Lang virou lenhador e construiu uma casa para eles na floresta; Zhi Nu passava os dias cuidando de seus bebês e as noites, colada ao marido, enquanto a vaca celeste passava seus dias como antes, comendo grama.

Zhi Nu gostava de sua nova vida na terra; não havia nenhuma pressão, nenhuma expectativa, apenas o simples prazer de passar tempo com alguém que a amava — não lhe importava que ele talvez parecesse um tanto rude em comparação com seus pretendentes anteriores (que incluíam um deus do inferno de oito cabeças, um meio-homem-meio-dragão e vários príncipes das nuvens). De qualquer forma, com certeza era melhor que sua antiga vida: como uma das filhas do Imperador de Jade, antes ela passava cada dia e cada noite fiando longas nuvens de seda para encher o céu. O amor era muito mais simples.

Talvez você já tenha ouvido dizer que o tempo é relativo. Isso certamente é verdade para os deuses — já que temos pouca utilidade para o tempo, muitas vezes ele passa correndo por nós. Quando a esposa do Imperador de Jade finalmente percebeu o que havia acontecido, ficou furiosa, antes de tudo porque se afeiçoara aos filetes delicados de nuvens que sua filha tecia, que cheiravam a jasmim e madeira de cedro. Ela gritou para que o marido fizesse alguma coisa, e ele concordou prontamente.

Na manhã seguinte, Niu Lang acordou e encontrou o outro lado da cama vazio. Depois de chamar pela esposa, ele decidiu se aventurar do lado de fora para ver o que ela estava fazendo, mas não a encontrou. Em vez disso, ele encontrou a vaca jogada no jardim, machucada e ensanguentada.

— Onde está Zhi Nu? — perguntou Niu Lang, subitamente em pânico.

A vaca bateu a cauda, seus olhos tristes fitando Niu Lang:

— Mais perto — respondeu ela roucamente.

Niu Lang caiu ao chão e colocou o ouvido junto à boca seca da vaca.

— Não há muito tempo. Eles a levaram.

— Quem? Quem a levou? — berrou Niu Lang.

A vaca apontou para o céu com um de seus cascos:

— Não há muito tempo. Pegue meu couro, por favor, pode pegá-lo, e... e... vá até ela. — A vaca emitiu um mugido profundo e trepidante, e cerrou os olhos.

Niu Lang passou as mãos sobre seus flancos que já esfriavam, em busca de um pulso. Ele sabia o que tinha de fazer. Depois de buscar uma faca na cozinha, ele começou a cortar o couro do pescoço úmido do animal. Talhou uma linha áspera e sangrenta sob a barriga até o coto da cauda morta, e depois passou a faca sob as abas abertas, separando os laços de tendões e cartilagens abaixo. Meia hora depois, arrancou a pele do corpo de sua amiga, deixando um emaranhado de músculos cor de rubi.

Com as duas crianças deitadas em cestos de vime suspensos por uma vara de madeira sobre seus ombros, Niu Lang jogou o couro sobre a cabeça. Nada aconteceu. Ele limpou o suor da testa e respirou fundo. Depois começou a correr, um galope estranho enquanto tentava equilibrar os bebês e o couro sangrento que se agitava na brisa da manhã. As crianças começaram a gritar e rir, e Niu Lang de repente notou que seus pés não estavam mais tocando o chão. Eles subiram por cima das montanhas, passando pelas nuvens, e adentraram a luz escura do cosmos.

Niu Lang aterrissou no reino celestial e jogou o couro úmido no chão. As crianças avistaram sua mãe, fiando numa roca gigante à sua frente. Zhi Nu deu um salto e abriu os braços, esperando um abraço que nunca veio. A esposa do Imperador de Jade emergiu por trás dela e, tomando um alfinete de sua juba negra, abriu um buraco no espaço entre eles. Niu Lang caiu ao chão, segurando seus filhos, enquanto o pequeno buraco se alargava num despenhadeiro. Ele puxou os bebês para longe do abismo, que continuava a aumentar, afastando-os cada vez mais de Zhi Nu. Os gritos histéricos de Zhi Nu logo foram abafados quando, com um rugido ensurdecedor, um rio de estrelas inundou o profundo vale. Ao finalmente abrir os olhos, Niu Lang viu que ele e as crianças estavam separados de Zhi Nu pela Via Láctea.

Nada podia ser feito, pois a esposa do Imperador de Jade era extremamente teimosa. Niu Lang se prostrou e começou a soluçar enquanto seus filhos o observavam, surpresos. Zhi Nu também chorava sem parar, as lágrimas caindo em seu tear gigante e criando monstruosas nuvens cinzentas que atiravam tristes tempestades ao mundo abaixo. Não importava que remédios eles tentassem, nenhum dos dois podia parar de chorar.

O Imperador de Jade não suportava ver sua filha daquele jeito. Contudo, não correria o risco de enfurecer a esposa ao desfazer sua mágica. Finalmente, chegou a uma solução. Convocou um bando de corvos e ordenou que, num único dia de cada ano, eles deveriam deixar a Terra para fazer uma ponte sobre a Via Láctea, em que os dois amantes teriam permissão de se encontrar. E é por isso que, todos os anos, no sétimo dia do sétimo mês lunar, todos os corvos desaparecem e cobrem a Via Láctea com suas penas escuras. Se você prestar atenção àquela noite, poderá até ouvir marido e mulher sussurrando um ao outro sobre a longa extensão de asas estremecidas.

∽ ∾

Foi só no meio da noite, desperta por sua bexiga latejando pela urgência, que Yuying lembrou que esta era a história à qual Jinyi se referira. Era uma história incomum, já que não terminava com morte ou tragédia, mas sim com a descoberta do consolo nas menores coisas, da esperança na mais estreita das possibilidades. Era uma história de fé tranquila e paciência. Talvez essa seja sua maneira de dizer "te amo", pensou ela, agachada sobre o penico. Ela deu de ombros: pouco importava o que ele quisera dizer — o que contava era como ela escolhia compreendê-lo.

Não demorou muito para que o Imperador de Jade me visitasse mais uma vez, a fim de verificar meu progresso. Eu estava numa cozinha deserta — pelo visto ele nunca aparecia quando havia outros por perto. Suas vestes eram de espuma e chamas, seus olhos viam tudo sem sequer olhar em volta.

— Quantos anos terrestres já se passaram agora? — perguntou ele.

— Numerosos demais para contar — respondi. — Mas, se eu não vir toda a vida do coração, certamente meu quadro ficará incompleto. Não concorda?

— Um dia, uma vida. Existe alguma diferença? O coração bate milhares de vezes por dia, vai e volta rapidamente entre milhares de sentimentos em questão de horas. Catalogar cada pequena pontada e salto do coração num único dia pode levar séculos.

Ele estava me provocando. Tentei não morder a isca:

— Se bem me lembro, foi você quem mandou que o tempo fosse dividido em anos para que o homem pudesse entendê-lo.

O Imperador de Jade sorriu:

— Sim, você me pegou nessa. Pedi ao rato, ao touro, tigre, coelho, dragão, serpente, cavalo, carneiro, macaco, galo, cachorro, porco e gato que disputassem uma corrida para determinar a ordem dos anos. Sabe, o rato enganou o gato e lhe disse a hora errada para a corrida, por isso acabei com doze animais e não treze, e desde então o pobre gato tem se vingado de ratos e camundongos! Aquele rato é um demônio de esperto, tenho que reconhecer. Ele também passou a maior parte da maratona na cabeça do touro, só saltando quase no fim para pegar o primeiro lugar. Você deveria ter visto a cara dos outros animais! Eles ficaram perplexos.

"Mas isso não faz diferença", continuou ele. "Por que não desiste agora e para de perder anos tão gloriosos com esta empreitada inútil? Venha, acompanhe-me num banquete, e eu vou promovê-lo a Senhor dos Dragões de Chuva. O que me diz?"

Foi a minha vez de sorrir.

— Minha mãe costumava me contar uma história quando eu era menino. Era sobre um tolo que vivia no pé de uma enorme montanha. Todo mês ele levava seus rabanetes para o mercado e ia buscar água no rio, tudo do outro lado da montanha. A viagem, em que ele serpenteava pelos passadiços rochosos e pelos gélidos vendavais antes de descer cuidadosamente do outro lado do pico, levava muitos dias. Por fim, o tolo teve uma ideia. Ele cavaria um túnel em linha reta através da montanha, e assim jamais precisaria fazer aquela viagem longa e tortuosa novamente. Durante anos, ele cavou; suas mãos murcharam, suas costas se curvaram, os olhos finalmente se acostumaram à escuridão, enquanto ele lançava sua picareta contra a rocha.

"Seu vizinho, um renomado sábio, veio visitá-lo um dia. 'Que diabos você está fazendo?', o sábio perguntou. 'Há quase vinte anos que está cavando, e apenas abriu um caminho que mal chega a um quarto de li. Sua ideia é ridícula. Levaria centenas de anos para um homem abrir um caminho através desta montanha. Por que não volta a criar rabanetes e se contenta com seu quinhão?'

"Mas o tolo não se impressionou com esse raciocínio. 'E você se diz um homem sábio? Em breve vou morrer, mas meu filho continuará esse trabalho, e o filho dele em seguida. Um dia, meus tataranetos poderão cruzar em linha reta para o rio e o mercado.' O sábio viu que o tolo estava certo, e o deixou com seu trabalho."

No momento em que terminei a história, os bigodes do Imperador de Jade se torceram furiosamente e seus olhos tinham a cor do mundo alguns segundos antes de um eclipse. Em um segundo, ele desapareceu.

12

2000
O Ano do Dragão

Um menino estava cuspindo. Suas narinas, que pareciam uma massa modelada, tremiam e seus ombros se erguiam enquanto o nariz estrepitava e ele puxava uma nova rodada de munição. Ele abria os lábios como uma carpa e inclinava a cabeça na direção da lâmpada nua. Depois fazia bico e disparava — uma saraivada de catarro misturado com biscoito era enviada ao outro lado da sala, aterrissando no chão de lajotas brancas. Sua avó roncava a seu lado, a cabeça pendendo sobre o peito imenso. As pernas do menino balançavam irrequietas na cadeira de plástico pregada no chão. O ciclo recomeçou, quando ele tentou repetir o perfeito arco do cuspe ao alto. Jinyi fitava o menino do outro lado da sala de espera; seus lábios se moviam como se em busca da palavra que descrevia aquela ação infinitamente repetida. Yuying censurou o menino e voltou ao seu livro.

Havia quanto tempo que Jinyi estava observando, involuntariamente movendo a boca enquanto o menino escarrava e cuspia? Ele não sabia dizer. Tudo que lhe importava agora era descrever aquela ação. O que aquele buraco na cara do pequeno humano estava fazendo? Vamos lá, pensou ele, está na ponta da língua!

Um número surgiu no visor eletrônico e o menino parou para examinar sua impressão amassada. Eles tiraram a sorte. Ele sacudiu a avó, que piscou e limpou a baba do queixo.

— Então vamos — disse a velha gorda enquanto se punha de pé desajeitadamente. — Se for bonzinho com o médico, compro um daqueles animais do parque cobertos de caramelo, tudo bem?

Enquanto eles atravessavam o longo corredor, Jinyi voltou sua atenção para as bolas de muco como ovos moles deixadas no chão. Sim, eu sei o que é isso, ele disse a si mesmo. Algo do periscópio da cabeça, aquela coisa da coisa. Ele coçou a parte de trás da calva descamada. Yuying notou e fechou o livro, colocando-o de volta em sua bolsa com o batom cor da pele, o rolo dobrado de papel higiênico barato, os doces de feijão--vermelho, o sabugo de milho pela metade e os dois pares de palitos de mesa descartáveis.

— Não se preocupe. Logo vamos ver o médico, e ele vai resolver tudo — disse Yuying, colocando a mão sobre a do marido. Ambos estavam curvados e salpicados de rugas e manchas na pele.

— Sim, sim, sim. — Ele estava impaciente, tirando a mão da dela. Por que, pensou ele, quando chegamos perto dos setenta as pessoas começam a nos tratar como se tivéssemos sete anos outra vez? Será que não conseguem contar tantos números? Só estou um pouco esquecido, isso dificilmente é o fim do... do quê?... da coisa.

Yuying sorriu e olhou para o relógio. Ela não queria correr o risco de irritá-lo ou aborrecê-lo. Na semana passada mesmo, ela voltou das compras e o encontrou gritando com a tevê, tremendo de raiva pela irrefreável torrente de vozes e imagens. Ele só se acalmou quando ela encontrou o controle remoto — inexplicavelmente colocado na gaveta de talheres e *hashis* — e desligou o aparelho. Foi um dia antes do último tombo de Jinyi.

Nos pontos pretos do visor da parede, a cor começou a se agrupar, a primeira luz do caos primordial. Yuying consultou sua senha: 247, agora piscando como uma sirene acima deles. Ela cutucou o marido, que deslocou seu peso à frente e avançou desequilibradamente, ainda orgulhoso demais para buscar apoio.

— Apenas seja sincero — sussurrou Yuying, mas Jinyi só ajustou seu rígido terno cinza e fingiu não ouvi-la.

O médico estava sentado diante de uma mesa branca de madeira numa pequena sala com paredes também brancas. Os lençóis brancos sobre a maca mostravam pontilhados de manchas marrons e a cortina branca para fechar em torno do leito estava irrefreavelmente encardida. Entretanto, este era o quinto melhor hospital da cidade, ou isso era o que a placa do lado de fora proclamava com orgulho. Era também o segundo mais barato; embora, em tese, o governo tivesse de pagar de volta oitenta por cento de todos os custos, uma vez que ambos eram aposentados de empregos estatais.

— Ora, olá. — O médico falava um pouco alto demais, pensou Jinyi; como se suspeitasse de que o casal fosse surdo. O médico estava no começo da casa dos trinta, o rosto iluminado pelas benesses que, ele esperava, cairiam sem esforço em seu colo, os dedos sempre ocupados, alternando entre as quatro canetas vermelhas no bolso da camisa e sua franja desleixada.

— Hou Jinyi, eu gostaria de fazer algumas perguntas. Tudo bem? — disse o médico depois que Yuying se curvou e sussurrou para ele por alguns segundos.

— Sim.

— Maravilha. Certo, ouvi dizer que você levou um pequeno tombo na semana passada. Foi isso mesmo?

— Bem, sim, acho. Alguém deve ter deixado... alguma coisa no chão, e eu não olhei para onde estava indo.

— Claro, claro — assentia o médico solenemente. — Pois bem, você pode me dizer quando nasceu?

— Bem, eu... — As palavras de Jinyi se dissiparam em silêncio.

— É difícil dizer, doutor — comentou Yuying para socorrer Jinyi. — Sabe, meu marido cresceu na zona rural e só viu um calendário de verdade quando veio para a cidade. Mas nós comemoramos seu aniversário em abril, e achamos que ele deve ter em torno de 75 ou 76 anos.

— Entendo. Do meio para o fim da casa dos setenta, faz sentido. Bem, você pode me dizer em que ano estamos agora?

— Sim. É, err, 19... bem, é 1976. — Jinyi sabia que era a resposta errada, mas achou que devia estar bem próximo.

— Humm, tudo bem, agora pode me dizer quem é o atual presidente?

— É aquele... homem... aquele homem com aqueles grandes trecos de olhos. Você sabe de quem estou falando. — A voz de Jinyi subiu, incapaz de esconder sua irritação.

— Grandes trecos de olhos? Ah, sim, os óculos escuros de Jiang Zemin estão um pouco para o grande. Haha. Muito bom. Acho que sei o que está acontecendo aqui. Teremos de fazer alguns outros exames, se você concorda.

— Vai ser caro? — perguntou Jinyi, e sua esposa o encarou bruscamente.

— Ah, não creio. Eles nos ajudarão a entender a extensão do seu problema.

— Qual é o problema, doutor? — perguntou Yuying, hesitante.

Ele respirou fundo.

— Bem, a falta de consciência espacial, a vertigem, os problemas de memória, o vocabulário confuso e a dificuldade com a fala são sinais de demência. Temo que seja apenas o que acontece ao cérebro quando envelhece, já que ele tem tanta coisa para guardar. Mas vamos saber mais depois dos exames.

— Onde estão as minhas palavras? — murmurou Jinyi.

— Você só está tendo alguns problemas para encontrá-las, só isso. E, além do mais, "nada que pode ser expresso em palavras merece ser dito". — O médico sorriu, satisfeito consigo.

— Lao Tsé — disse Yuying, e o médico concordou.

— Saberemos mais depois dos exames.

Ele rabiscou algumas notas indecifráveis numa folha de papel quadrada, que entregou a Yuying antes de conduzi-los para fora da sala. Eles pararam por um minuto do lado de fora do consultório, ladeados por gente que atravessava os corredores às pressas. Tudo anda tão rápido hoje em dia, pensou Jinyi. Não há tempo para nada.

— Vamos lá, vamos ver se encontramos onde eles fazem esses exames. Lá em cima, aposto. Talvez haja um elevador que possamos usar. Seria ótimo. — Yuying tagarelava porque não conseguia pensar em outra coisa para fazer; as conversas sem sentido eram mais reconfortantes que seus próprios pensamentos.

Não havia nenhum elevador, só uma escada rolante quebrada e um conjunto de escadas escorregadias, que eles venceram de mãos dadas. Quando chegaram ao andar seguinte, os corredores se ramificavam em todas as direções, dando a impressão de que o hospital era imenso, de que era semelhante a um labirinto do qual havia pouca esperança de escapar. Eles passaram por salas cheias de bebês em incubadoras; salas silenciosas, a não ser pelo tique-taque de soros intravenosos pendurados como balões de fala vazios acima da cabeça dos pacientes; salas de penicos espalhados, ocupados por exércitos de insetos; salas onde homens de meia-idade vestidos em ternos escuros davam trago em bebidas alcoólicas e fumavam infinitos cigarros sobre o leito de comatosos; salas com crianças salpicadas de erupções cutâneas, brincando com bolas de gude; e salas em que pernas e braços mecânicos pendiam de ganchos, como se estivessem acenando. Sempre que Yuying pedia ajuda ou orientações, as enfermeiras atarracadas a encaravam com desprezo.

— Eu sinto muito — sussurrou Jinyi para Yuying.

— Sente? Por quê? — disse ela, balançando a cabeça e sorrindo com indulgência.

Ele não respondeu. Tudo começara como uma série de pequenos segredos. As coisas que o faziam se sentir confuso, os pequenos escorregões e arranhões, os projetos que ele começava na casa e com que depois se deparava, surpreso, perguntando-se quem tinha deixado o trabalho inacabado — todas as coisas triviais e embaraçosas demais para merecerem menção. Depois a situação foi promovida a uma brincadeira de família: você não perdeu as chaves de novo, perdeu, Jinyi? Não precisa se dar o trabalho de se apresentar ao papai, ele esquecerá seu nome de qualquer jeito! Devo telefonar duas ou três vezes para lembrá-lo sobre o jantar? Jinyi ria com as piadas, como se quisesse dizer, sim, estou ficando um pouco velho e esquecido, mas é só isso, não vai piorar. O progresso lento significou que a coisa foi fácil de ignorar durante os primeiros anos, mas, algum tempo depois, se o assunto fosse mencionado, era apenas em tom de piedade pelas costas de Jinyi.

"Afinal de contas", suas filhas concordaram, "ele já sofreu humilhações e problemas suficientes para toda uma vida. Vamos deixá-lo em paz".

Jinyi agarrou o braço da esposa para se certificar de que ela não iria escorregar no piso recém-esfregado no final de mais um corredor. Ao menos ele podia fingir que estava no controle, que tudo ainda estava bem. Ele ainda recordava com perfeita clareza o dia de seu casamento, os mínimos detalhes de suas primeiras discussões, cada volta do rio e cada arbusto das florestas que atravessaram no caminho para a casa de seus tios. No entanto ele às vezes percebia que não lembrava uma só coisa que tinha acontecido logo na véspera. Dias, semanas inteiras pareciam desaparecer, apagadas do calendário. Só seus sonhos conservavam uma estranha clareza: os rostos de sua tia, de Dongming, de seus colegas do restaurante de massas, do bebê que eles levaram pelos campos para longe dos combates na cidade; todos lhe voltavam à noite, como se nunca tivessem saído de suas vistas. Contudo, havia dias em que seu bis-neto mais novo subia em seus joelhos e ele se via lutando para descobrir quem diabos era aquele menino. Mais uma vez, seu único recurso era sorrir e evitar ofender quem quer que fossem os pais da criança; sorrir e fazer o máximo para esconder o pânico.

— Deve ser aqui — anunciou Yuying, e eles se sentaram em mais um conjunto de cadeiras de plástico do lado de fora de outra salinha.

Uma menina à frente deles na fila improvisada estava prestes a ter seu sangue coletado e, quando vislumbrou algumas das coisas que estavam acontecendo através da porta entreaberta, começou a gritar com a mãe em protesto.

— Ah, preciso me lembrar de comprar um frango e fazer um grande guisado para quando Xiaojing e seu marido chegarem para jantar. Va-mos dar as sobras a eles também; eles precisam de tudo que puderem ganhar agora que sua fábrica foi "temporariamente fechada".

— Xiaojing. Sim, ela chegará da escola já, já. — Jinyi se agarrou a um segmento do monólogo diário de sua esposa. Desde que tinham sido obrigados a desistir dos turnos da manhã na fazenda, Yuying lhe dizia o que precisava ser feito todo dia antes que o fizessem. Era sua maneira de preencher o tempo, de ordenar o caos.

— Não, querido, ela está grande demais para isso. Sua filha vende DVDs agora, lembra? — disse Yuying, tamborilando os dedos na bolsa.

Jinyi tinha os olhos semicerrados. No final da dinastia Tang, o poeta confuciano Han Yu escreveu sobre o mítico unicórnio cuja visão é um sinal de boa sorte, como fica claro nos trabalhos dos estudiosos clássi-cos. Até mesmo as crianças reconhecem o nome e sabem que ele traz boa sorte. No entanto, Han Yu observou, ele também é uma criatura que resiste a uma definição — só podemos dizer o que ele não é, nunca o que é. Por isso, concluiu ele, talvez estejamos olhando para um uni-córnio sem saber o que ele é. Era assim que Jinyi se sentia quase todos os dias: as coisas familiares diante dele — colheres, chaves, meninos cus-pindo, médicos, netos — tornavam-se estranhas pela incapacidade dele de associá-las a seus nomes, de conferir-lhes sua definição. O mundo gradualmente se povoava de unicórnios; uma multidão de unicórnios de diferentes cores, formas e tamanhos, animais estranhos cuja presença parecia mais terrível que auspiciosa.

Jinyi lutou e finalmente forçou-se a pronuniar as palavras:

— Talvez devêssemos voltar amanhã.

— Aqui não estará mais vazio amanhã. Não se preocupe, nós estaremos em casa para o almoço — respondeu Yuying, usando o tom tranquilizador porém assertivo que passara anos praticando com os filhos.

— Mas será que realmente precisamos saber o... as coisas... o que... as... as coisas? — disse ele.

— Quanto mais sabemos, mais fortes somos. Se os médicos souberem o que está errado, podem fazer algo a respeito — garantiu Yuying.

Jinyi não estava convencido. A experiência parecia ensinar que, quanto mais você sabia, mais problemas provavelmente encontraria. Era muito melhor apenas cuidar da própria vida e deixar as respostas para outra pessoa.

Quando os exames foram concluídos, Jinyi e Yuying refizeram seus passos pelos corredores estreitos, passando por uma velha gemendo numa fileira vazia de cadeiras laranja de plástico e por um bando de meninos se revezando para correr numa cadeira de rodas enferrujada. Eles levaram meia hora para encontrar o caminho de saída, e outra meia hora para voltar pela cidade, passando pelos edifícios comerciais sujos e os neons das lanchonetes próximas até poder se refugiar na trincheira de sua casa, onde faziam o máximo para evitar que o presente se infiltrasse demais. Yuying passou o resto do dia preparando um ensopado de legumes mofados e velhíssimos temperos encontrados no fundo do armário da cozinha quase vazio, tendo gasto a pensão mensal dos dois nas contas do hospital, e Jinyi abriu seu livro de aventuras de artes marciais e atravessou a tarde fingindo não se preocupar com os resultados dos exames.

— Vou lhe fazer um chá-verde, querido, e logo você esquecerá esses exames — disse Yuying da cozinha, mas logo se arrependeu da escolha de suas palavras. Ela mergulhou a colher na panela borbulhante para tirar alguns fios quebradiços de cabelo branco. Quando não prendia os cabelos nevados atrás das orelhas, ela os encontrava pousados em todos os lugares, assim como acontecia ao cão barulhento do vizinho.

— O que não sabemos... é um oceano — respondeu Jinyi. Sua esposa assentiu, sem necessidade de responder. E nós estamos encalhados nessa praia cada vez menor.

Como podemos matar o tempo enquanto esperamos que o resto de nossas vidas comece? Essa não é uma questão nova, e não há novas respostas. Jinyi fazia o mesmo que tinha feito em suas caminhadas descalças para Fushun, nos campos de volta à casa de seu tio, no restaurante abafado e na fábrica suada, com os bois preguiçosos e com o silêncio de sua esposa: ele se escondia atrás de um sorriso dócil. Pelo menos antes ele tinha algo mais em que pensar; agora não havia nada além da espera, que ele transformava numa penitência por algo que tinha esquecido, brincando com seus próprios medos para ver quem pisca primeiro enquanto se encaram.

Depois de um telefonema do hospital, Yuying deixou o marido, dizendo-lhe que ela sairia para fazer compras. Quando ela voltou algumas horas mais tarde, Jinyi não notou a falta de sacolas; ele estava muito ocupado folheando o calendário, estudando as marcações rabiscadas nos pequenos quadrados e tentando separar o que já havia acontecido do que ainda estava por vir.

— Como se sente? — perguntou Yuying a ele.

— Ótimo. Ótimo — respondeu ele, distraído.

Foi então que Yuying decidiu que não lhe contaria sobre os resultados dos exames: seria de pouco conforto saber que os médicos previram apenas uma lenta deterioração. Ela iria ao hospital sozinha, sempre que pudesse; faria um registro diário do comportamento de Jinyi, anotando todos os problemas; ela se preocuparia por ambos e seria forte por ambos. É isso o que fazem as mulheres, disse Yuying a si mesma.

≈ ≈

Há mais de um tipo de demônio. Eles não são todos ladrões de criancinhas com presas afiadas e caudas de serpente. Oh, não. Jinyi aprendeu que alguns são tão pequenos que podem se enfiar em seu ouvido enquanto você dorme e, com um par de pequenos palitos, fazer seu cérebro virar uma espuma, como se fossem ovos batidos para uma omelete no jantar. E enquanto antes ele podia recorrer às lembranças em busca de conforto — quando separado de sua esposa e família por zonas de guerra, pelo trabalho, pelos caprichos da política ou pelo peso do sofrimento —, agora elas eram descartadas como caspa dos ombros de um terno escuro.

No entanto, em seus momentos de lucidez, ele percebia que o amor também muda de forma. Já não era mais magro, ágil, nervoso e não fazia mais as mãos suarem. Já não vivia insone, pesado, como se houvesse uma pedra instalada dentro do peito. Agora ele era morno, lento, macio, um cobertor velho e esfiapado em que podemos nos aconchegar no escuro. Era a última brasa de uma promessa feita décadas antes, ainda brilhando em vermelho mesmo com as chamas já apagadas.

E assim, nos primeiros minutos depois de despertar em certas manhãs, se ele tinha dificuldade em reconhecer a mulher gorda e idosa a seu lado, não era porque a esquecera, era porque, ainda inebriado por sonhos prolongados, ele tentava ao máximo conservar a lembrança da jovem com o sorriso tímido e a pronúncia das palavras, as sapatilhas de ouro e a força dos dragões.

∾ ❧

Yuying acordou com a agitação do marido, as pernas chutando e batendo nas dela. Seu primeiro pensamento foi para os hematomas que surgiam com cada vez mais facilidade em sua pele flácida. Seu corpo se tornava estranho para ela; as partes não dominadas pela gravidade estavam agora enrugadas e abraçavam seus músculos em busca de consolo. Tudo a machucava agora — como um pêssego do outono, ela pensou. Jinyi gemia, se debatia, girava; seu corpo era uma jangada frágil arrastada por um maremoto. Ela se aproximou dele, estreitando-se contra os ombros e braços magros, tentando acalmá-lo.

— Ei, ei — ela o apaziguava. — Acorde. Ei, o que foi?

Ele abriu os olhos e os disparou à esquerda e à direita. Finalmente relaxou, entre os braços dela. Era uma dádiva estranha, pensou Yuying, ser presenteada tardiamente com a ternura pela qual ansiara nas primeiras décadas de seu casamento, percebeu a delicadeza só depois que já estava endurecida com bolhas e calos. Ela acariciou os cabelos ralos de Jinyi. Estavam empapados de suor.

Yuying esticou o braço e ligou o abajur.

— O que foi? Um pesadelo? O que aconteceu? Você viu algo horrível?

— Não. — Sua voz era baixa, rouca.

— Então o que foi que assustou você?

— Eu... eu não estava assustado. Só pessoas.

— Pessoas? Que pessoas?

— Antigas.

— Como você e eu? Nós não somos tão velhos assim, viu?

— Não, não, não. Pessoas. Idas.

Ela acariciou seu braço. Nos últimos tempos, eram sempre os fantasmas.

— Que tal se eu ferver um pouco de água e fazer um pouco de chá para nós? Que tal um pouco daquele dragão negro Fujian que guardei, hum? Afinal, não vamos voltar a dormir agora.

Ela entrou em seu roupão esfiapado e ajudou o marido a vestir o seu. Enquanto Yuying colocava um pouco de água para ferver no fogão, Jinyi se acomodou no sofá em ruínas, roendo as unhas. Será que nossos sonhos são o lugar onde é possível que os dois mundos se encontrem, indagava Yuying, como um buraco no telhado por onde a água penetra? Ou eram apenas um truque do cérebro? No fim das contas, ela ponderava, havia mesmo alguma diferença entre as duas teorias? Elas chegavam à mesma conclusão: a lógica é deixada para trás nas fronteiras da morte e dos sonhos. Ela derramou a água no pequeno bule de barro e levou a bandeja para Jinyi.

— Você quer falar sobre isso?

Ele deu de ombros, levantando o pequeno copo até o nariz. "O primeiro copo pelo cheiro, o segundo pelo gosto." Quem lhe dizia isso?

— Quem você viu? — perguntou Yuying entre os goles.

— Todo mundo.

— Oh. Entendo. — Ela queria perguntar: Eles estavam bem? O que disseram? Alguém falou de mim?, mas não queria perturbá-lo, dar credibilidade à ideia de que seus pesadelos talvez não fossem apenas um truque de prestidigitação da memória. — Lembra quando as crianças eram pequenas e tinham pesadelos? Elas vinham para a nossa cama sorrateiramente, lembra? Às vezes todas migravam e se espremiam juntas, mesmo nossa cama sendo muito menor que o *kang* que elas compartilhavam. Não tínhamos mais que meia hora de sono durante a noite, para depois trabalhar por doze horas ou mais. Eu me pergunto como conseguíamos. — Ela riu, e depois deu uma olhada no marido em silêncio.

Jinyi conservava o copo erguido diante de si, uma oferenda a algum resíduo invisível do sonho.

Ela o levou de volta ao quarto e embalou seu corpo trêmulo com firmeza entre as cobertas, entrando depois nas antiquíssimas curvas que seu próprio corpo havia deixado no colchão ao longo dos anos.

Yuying tirou a dentadura e fechou os olhos. É assim que a vida funciona, ela pensou; você ganha o que queria só quando já aprendeu a não precisar mais daquilo. Com semelhante dádiva de sinceridade e confiança, ela teria feito centenas de perguntas a ele quando tinha dezesseis, vinte, até trinta anos; mas, hoje em dia, ela podia adivinhar o que Jinyi responderia antes mesmo que ele abrisse a boca. Yuying disse a si mesma que era melhor assim. Aos poucos, as conversas do dia no hospital lhe voltaram e ela se perguntou sobre os sonhos do marido. Se ele perderá tudo, suas memórias, nossa vida juntos, até mesmo eu, então deixem que ele ao menos conserve seus sonhos, ela murmurava aos deuses cujos nomes não conseguia lembrar.

Talvez, Yuying começou a pensar, deitada na cama que os dois partilharam intermitentemente por quase cinquenta anos, o amor seja isto: um esquecimento voluntário para recordar apenas os melhores dias, as pequenas alegrias e os tempos em que eles sentiam como se estivessem voando por suas vidas. Ainda restava algo do velho Jinyi, ela dizia a si mesma, uma parte daquele jovem que cozinhava bolinhos para ela e que caminhou mais de mil *li* para encontrá-la, que tinha sempre uma piada para trocar por uma lágrima.

Pela primeira vez, enquanto eu vasculhava os pensamentos dela, fiquei completamente perplexo. Pela primeira vez, me vi questionando se minha própria vida não fora bem melhor justamente por ter sido curta. Ao menos eu jamais cheguei ao ponto de me perguntar se o amor tinha virado um emprego em tempo integral. E, mesmo assim, era como se não importasse o que acontecia ao amor: o coração seguia em frente.

Enquanto isso, Jinyi mantinha um olho aberto: ele estava à procura de um lampejo nos quebra-ventos, uma sombra na janela, qualquer coisa que pudesse anunciar o regresso dos fantasmas. Ele se assustava não porque seu sonho era terrível ou inevitável (embora de fato fosse ambos), mas porque era na verdade reconfortante ver todos aqueles antigos rostos novamente, porque o sonho fazia mais sentido para ele do que muitas de suas recentes horas de vigília.

Os dois bocejaram, depois fingiram roncar, cada um tentando convencer o outro de que estava dormindo.

O IMPERADOR DE JADE CONTINUOU A APARECER com presentes: um punhado de vaga-lumes; um par de asas escamosas que, ele imaginou, caberiam perfeitamente em mim; um espelho em que era possível ver como as coisas teriam sido se eu tivesse evitado todos os erros que cometi na vida; um exemplar perfeito do livro da morte; algumas extensões do espaço celeste onde os planetas ainda estavam por nascer; e muitas outras ninharias. No entanto, eles só me tornavam mais seguro de que eu estava perto de ganhar a aposta. Recusei todas as suas propinas.

— Estou quase terminando — eu finalmente lhe disse.

Ele não respondeu.

— Ouça, posso perguntar uma coisa?

O Imperador de Jade inclinou a cabeça para a frente, o que resolvi tomar como um sim.

— Após viver tanto tempo na mente das pessoas, bem, isso me fez lembrar de quando fui humano. Não mudou muita coisa desde meu tempo como um deles. O amor, é claro, continua. Mas também continuam as guerras, os ditadores, os tiranos, as torturas, a doença, a fome, as enchentes, os terremotos, os atos aleatórios ou as explosões de violência. Então... queria apenas saber, por que você não faz nada quanto a isso?

— Os taoistas chamam de wu wei: deliberadamente não agir. Imagine um rio; ele não faz nada além de seguir o Tao, e ainda assim pode erodir colinas e montanhas lentamente, ou levar homens para casa. Eu ajo de acordo com a natureza. Muitos monges taoistas até fugiram, foram mortos ou reprimidos, mas nenhum esqueceu o wu wei. Por que você acha que todas aquelas pessoas nunca se ergueram e continuam a não se erguer contra o governo, contra a corrupção ou apenas contra o terror? Por que aceitar a Revolução Cultural ou as denúncias que a acompanharam? Wu wei significa não resistir. Até eu devo tentar seguir o Tao. A única maneira de melhorar a vida é que todos estejam em harmonia com o Tao, deixar que o mundo retome seu curso natural.

— Entendo. Deixar que se virem lá embaixo, que cometam seus erros e aprendam com eles. Mas as pessoas não parecem aprender com os erros. Elas continuam cometendo os mesmos, uma vez atrás da outra — comentei.

De novo, o Imperador de Jade inclinou a cabeça para a frente:

— Se eu impedisse uma inundação hoje ao desviar um rio, outros apenas sofreriam amanhã pelas terras áridas e pela fome. Os seres humanos são criaturas volúveis; não sabem o que é melhor para eles. Pense na felicidade. A felicidade é um vislumbre de água para o homem no deserto, e um vislumbre de terra seca para os perdidos no mar. Como eu disse antes, há somente o círculo, apenas uma viagem que cada pessoa faz, uma vez após outra. Tomemos por exemplo o seu precioso coração. A vida flui do coração para a artéria, da artéria para a veia, da veia para os capilares e de volta ao coração. O mesmo movimento continuará incessantemente. Esse é o segredo que você tem procurado, que eu lhe contei no início da sua saga. Você não encontrará nenhuma outra resposta além desta: as pessoas seguem com suas vidas porque não têm outra escolha. Isso é tudo que você vai aprender ao observá-las.

— Não — eu retruquei. — E quanto ao amor? E quanto a fazer a coisa certa? E quanto ao arrependimento e à reparação?

Mas nesse momento eu já estava falando com uma parede. O Imperador de Jade tinha desaparecido, e percebi que não havia nada que eu pudesse fazer a respeito, a não ser terminar a história.

13
O Ano do Gato

Onde o pico escarpado encontra os retalhos baixos de nuvens, as lascas de gelo começam a derreter, a crepitar e a cuspir, escorrendo devagar pelas vastas encostas da montanha nevada de Geladaindong. Os vestígios mais baixos de neve se transformam em lama mais ao fundo e se juntam às gotas que escorrem, até que logo se tornam um pequenino córrego. Ele desce palpitando pelos montes Tanggula, que formam a espinha da fronteira entre Qinghai e o Tibete, e desliza por faces rochosas e desfiladeiros até vencer a queda de 6 mil metros até o nível do mar; até que se torne o grande rio Chang Jiang, o Yangtsé, o terceiro mais longo do mundo, em sua jornada por oito províncias rumo a Xangai e ao mar oriental da China. É um rio que brinca com a vida e a morte como se estas fossem destroços, troncos à deriva.

A meio caminho de sua viagem para o Leste, onde botes e jangadas outrora carregavam grãos e folhas de chá por entre as Três Gargantas rumo às cidades costeiras distantes, ele passa por Fengdu, a Cidade dos Fantasmas. Fengdu fica no topo de um monte com vista para o volumoso rio e, aglomerados na margem oposta, para os cruzeiros atracados para reabastecimento e o neon de restaurantes de frutos do mar e modernos prédios comerciais da cidade de Fengdu. Só podemos rezar para que as almas inquietas que fazem o caminho até ali — pois é para lá que todos os mortos devem ir — não se confundam quanto ao lado do rio em que devem desembarcar.

Seria tedioso enumerar os vários demônios, diabos e outras aparições infernais que lá residem, e, além do mais, serviria apenas para inflar mais ainda seus egos já dantescos. Contarei então que é apenas um lugar de escuridão e desespero, um lugar onde grupos de sábios mortos há muito passam seu tempo pensando em novas e engenhosas torturas, e mesmo assim nunca conseguem divisar tantas quanto os generais e presidentes na terra dos vivos. É o lugar onde mais se celebra o potencial uso da carne e dos ossos.

Após a subida pela encosta íngreme, depois dos primeiros portões e pagodes magros, o recém-falecido alcançará a Ponte Inevitável. Se a alma atravessa a ponte segurando a mão de seu ou sua amante em exatos nove passos, eles então devem progredir juntos, com seus corações a salvo; se chega sozinho, ou atravessa a ponte com um passo a mais ou a menos, a alma esquecerá tudo o que já aprendeu sobre o amor. Ocorrem então julgamentos terríveis, julgamentos em que os mortos recebem uma última chance de contar a verdade sobre suas vidas, de pedir perdão àqueles que prejudicaram na terra dos vivos. Há pagodes de cinco nuvens, dragões parecidos com serpentes, mulheres vampirescas e outras feras contorcidas e miseráveis que talvez um dia tenham sido humanas. Entretanto, é no ponto mais alto do monte da Cidade dos Fantasmas que fica a torre mais importante. É uma estrutura alta e estreita, semelhante a um posto de vigilância, pintada de azul esmaecido e coberta de parapeitos arruinados pelo tempo. Esta é a Torre das Distantes Terras Natais. É uma das últimas paradas para os mortos, que devem subir ao topo e, da grande altura, localizar sua antiga casa em algum lugar na extensão abaixo. Seus corpos já estão alquebrados pela morte; ver pela última vez os lares a que nunca poderão retornar serve para dobrar-lhes o espírito. Depois, a alma se torna irreconhecível. Não direi mais nada sobre aonde vão em seguida, pois não quero causar pesadelos a vocês.

Jinyi talvez fosse poupado de algumas dessas provações, pois já havia perdido grande parte de seu passado, seu lar, muitos dos pequenos momentos de conforto e amor que nos sustentam, além de quase um quarto de seu peso. Ele se deitava de lado devido às escaras que desenhavam uma escura colcha de retalhos sobre as costelas visíveis em seu dorso. Um de seus olhos estava escuro como uma ameixa, fechado e encolhido, resultado da noite em que Yuying arrebentou o abajur em seu rosto ao acordar com o marido gritando e tentando estrangulá-la. Foi a única coisa que ela conseguiu fazer para detê-lo. Os médicos haviam avisado Yuying e as filhas de que não demoraria muito para que ele iniciasse aquela infame jornada. Suas palavras exatas foram: "Por que diabos vocês não o trouxeram aqui antes?"

Não havia resposta simples. A lentidão do declínio dele não lhes dera certeza de quando levá-lo, especialmente porque ele se tornava cada vez mais temeroso de se aventurar fora do apartamento de sua filha. Yuying fora obrigada a vender a casa — que primeiro teve que comprar integralmente do Estado com dinheiro emprestado — para pagar as contas do hospital e a montanha de medicamentos, e havia um ano e meio que eles viviam no antigo quarto de seu neto no apartamento de Liqui. A família sentia que dar entrada permanente no hospital seria admitir duas coisas que não queriam reconhecer: primeiro, que já não conseguiam lidar com o tratamento dele e, segundo, que havia poucas chances de recuperação para Jinyi. Seria muito melhor deixá-lo morrer em paz numa cama familiar, rodeado pelos rostos amorosos de sua família. No entanto, seus violentos ataques e fobias agora excluíam essa possibilidade.

∞ ∞

Yuying passou o dedo sobre a fotografia do marido, seus cabelos negros incontroláveis e elétricos como durante todo aquele verão quente de 1946. Depois ela fechou o álbum, colocou de volta na gaveta do quarto de seu neto e o cobriu com algumas roupas de inverno. Era hora de ir.

Ela esfregou os olhos. Dava-se conta do entorpecimento, de uma dor nas costas curvadas por passar tempo demais na cadeira de madeira junto ao leito do marido no hospital. Ela fez seu caminho até a cozinha e encheu uma caixa de plástico com bolinhos. Jinyi sentiria sua falta se ela não voltasse logo, dizia a si mesma.

Sem ele, ela pensou, serei apenas uma pessoa pela metade.

Como agimos ao lidar com a morte? O primeiro imperador, Qin Shi Huang, decidiu que a morte não o deteria. Quando sua busca pelo elixir da imortalidade fracassou, ele teve outra ideia. Criou réplicas perfeitas de pedra de todo seu exército, homem a homem, desde os arqueiros e espadachins até os cavalos que trotavam com eles. E ao lado de seu Exército ele replicou sua corte, desde mandarins e músicos até os bobos da corte e mesmo as aves. Uma vez que a aparência de cada homem — os bigodes e as sobrancelhas e os lábios de peixe e os furos nos queixos — era esculpida na pedra, deveria ser guardada nas profundezas dos subterrâneos da capital imperial de Xian, parte do túmulo gigantesco do imperador, do qual apenas uma pequena proporção já foi redescoberta. Teria ele imaginado, talvez, que com um exército imperecível ele poderia conquistar qualquer mundo que fosse com a mesma facilidade com que provara sua mestria na vida? Ou estava convencido de que a relação entre uma coisa e seu duplo revelaria a natureza dual do tecido do mundo?

Parece mais provável que ele acreditava que, se pudesse controlar percepções e crenças, poderia mudar o mundo: se apenas algumas pessoas acreditassem no exército de pedra, talvez fosse o bastante para trazê-lo à vida. Este foi, afinal, o mesmo imperador que iniciou a construção da Grande Muralha e ordenou a queima de livros antigos, declarando que a história recomeçava do zero com ele. Yuying teria dito que tudo isso foi desnecessário, assim como a queima de livros ordenada por Mao, pois acreditava que cada geração tinha apenas memória de curto prazo: as pessoas lembravam dos últimos anos e de seus pais apenas o suficiente para contrastá-los consigo próprios e decidir ser diferentes. Com certeza esta era a única explicação para a natureza circular da revolução e do capital, o motivo pelo qual o novo século lembrava a época de seu nascimento mais que qualquer outro período intermediário.

Yuying caminhou de volta ao hospital, passando pelo rio sinuoso, pela antiga mansão onde nascera, pela fábrica onde trabalhara, com seus pensamentos golpeando sua carne como um furacão. Eles a puxavam, alfinetavam, sacudiam por completo.

Seu marido e sua filha mais velha estavam dormindo, o primeiro no leito velho e bambo, a segunda na pequena cadeira de madeira ao lado. Havia um pequeno criado-mudo coberto com algumas revistas, uma cama vazia na parede oposta e um penico esperando no frio chão de pedra. A janela trêmula dava para o pátio de uma oficina onde serras elétricas cortavam tiras de metal. Restos sangrentos de mosquitos pontilhavam as paredes brancas descascadas. Ela acordou Manxin e a mandou para casa.

Jinyi estava coberto de suor. Ele dormia a seu lado, chiando e balbuciando com a boca aberta, o soro intravenoso colado à sua testa, onde estava desde que ele se arranhara e o arrancara das mãos. Seus olhos estavam fechados, o peito subindo e baixando, inquieto. De sua bolsa, Yuying removeu a caixa cheia de bolinhos quentes, e esperou que ele acordasse. Ela esperaria o tempo que fosse preciso.

As pequenas porções de massa a lembraram do ano anterior, quando Liqui trouxera para casa uma variedade de bolinhos de uma pequena cafeteria, e Jinyi, ainda vagamente capaz de se alimentar sozinho, devorara todos como se talvez jamais voltasse a ver outra refeição, poupando apenas os que tinham recheio de carne de porco e cebolinha.

— Posso comer algum desses? — perguntara-lhe Yuying.

— Não! — gritou ele, e jogou os braços em torno dos bolinhos, os olhos dardejando pelo quarto para surpreender possíveis ladrões.

— Por favor? Ora, vamos, Jinyi, divida um deles comigo — disse Yuying.

— Não! Ninguém pode tocar! — vociferou ele. No entanto, um segundo depois ele amoleceu, seus olhos afundaram e ele sussurrou: — Estou guardando para minha esposa. Este é o sabor favorito dela.

Yuying não sabia se começava a rir ou chorar. Ela apenas decidiu comê-los mais tarde, esperando que seu marido a reconhecesse ou que esquecesse os bolinhos, o que viesse primeiro. Ele esqueceu os bolinhos.

∾ ⤬

Poucas horas depois, Yuying sentiu uma mão em seu ombro, suavemente tirando-a de seu sono. Ela ergueu os olhos para ver o rosto crispado da filha mais nova entrando aos poucos em foco diante dela.

— Mãe, sou eu. Por que não vai para casa e descansa um pouco? — disse Xiaojing.

— Não, não, eu quero ajudar — respondeu ela, com um leve gesto. Sua filha puxou outra cadeira de madeira e se sentou a seu lado.

— Você não vai ajudar muito desta maneira, mãe. Se tentar levantá-lo ou alimentá-lo, você pode se machucar. Liqui virá pela manhã, e depois Jingchen após seu turno da noite, então haverá muita gente aqui — disse Xiaojing.

— Eu sei, eu sei. Sou inútil agora, eu sei.

— Não, não foi isso que eu quis dizer, eu...

— Eu sei que não. Perdoe-me, estou cansada. Mas não posso sair, não agora. Talvez eu não seja capaz de levantá-lo direito, ou de limpá-lo, ou de segurá-lo enquanto o alimentamos, mas ele ainda precisa de mim. Se ele acordar e eu não estiver aqui, quem sabe o que ele vai fazer? Certos dias, sou a única que ele reconhece.

— Eu sei. Mesmo quando ele está calmo, eu posso ver aquela expressão em seus olhos; como se ele tentasse descobrir quem eu sou, como cheguei até aqui e se pretendo machucá-lo ou não. Isso me assusta.

— Seu velho pai ainda está lá em algum lugar, no fundo, nunca pense que não está. Essa doença é... ela apenas confunde a forma como ele vê as coisas, só isso. Não é culpa dele.

— Só que às vezes é difícil ver isso, mãe. Bem, fique se quiser, mas há uma cama quente esperando por você na casa de Liqui, e eu posso lidar com o papai se ele acordar antes que Jingchen chegue.

— Vá. Se eu quiser descansar, deito naquela cama ali; o velho que dividia o quarto conosco morreu há alguns dias, então agora ela é toda nossa.

Xiaojing olhou para o leito de metal e torceu o nariz:

— Mas está limpo?

— Por que não estaria? Os mortos levam suas doenças consigo.

— Mas isso lhe trará má sorte, mãe, dormir onde dormiu um morto.

— Já tive azar suficiente; um pouco mais não pode fazer tão mal. E, além disso, estamos num hospital, querida. Se você acha que há alguma cama aqui em que não morreu ninguém, você está de miolo mole.

Xiaojing suspirou e encolheu os ombros, pegando uma das revistas amassadas que todos já tinham lido e relido uma centena de vezes. Restavam algumas horas para o amanhecer. As filhas e seus maridos se revezavam em diferentes turnos, dependendo do trabalho de cada um e das necessidades dos netos, e traziam comida caseira — os hospitais já não forneciam refeições — e pijamas limpos dos "acidentes" diários. Esse era o ritmo de suas vidas, alguns deles rezando para que acabasse, outros para que Jinyi resistisse para sempre. Yuying tentava peneirar aqueles últimos anos, identificar a data exata em que aquele homem que berrava, infantilizado, nervoso, agressivo, havia chegado e levado embora seu marido. Mas não conseguia. Ela desistira de contar os deslizes, os tombos, as birras, os ataques de raiva e gritos; eram apenas parte de sua rotina agora. Um bom dia era aquele em que ele sorria, ficava calmo e tranquilo; os maus dias passavam num corre-corre de atividades. Na semana anterior mesmo, dias antes de ele tentar sufocar a esposa, Jinyi acordou no meio da noite e começou a gritar. Para acalmá-lo, Liqui, que tinha assumido o turno enquanto Yuying dormia, ofereceu-lhe comida e ele murmurou algo sobre macarrão. Já que não havia macarrão em casa, Liqui correu para buscar um pouco, depois de acordar o marido e pedir que ele tomasse o posto na cabeceira, caso Jinyi começasse a bater a cabeça na parede novamente. Jinyi chorou até que não lhe restassem mais lágrimas, até que seus olhos fossem manchas vermelhas numa máscara de papel amassado. Liqui revirou a cidade em busca de uma loja 24 horas, até que conseguiu comprar o macarrão. Voltou para casa, ferveu a água e finalmente levou a tigela fumegante ao leito.

— Eu não vou comer — gritou ele —, você não pode me envenenar! E eu odeio macarrão!

∽ ⌒

Quando a aurora se infiltrou e o pátio da oficina ao lado despertou rugindo para a vida, uma velha enfermeira entrou para trocar o soro.

— Ele é difícil, não é? — disse ela, sorrindo para as duas mulheres exaustas sentadas junto à cama.

— Como você acha que ele está indo? — perguntou Xiaojing.

— Ah, aposto que ele sobreviveu a coisas muito piores que estar confinado aqui. Meu velho marido era igual, também era um fiapo de homem, mas com a força de um boi. Eu me pergunto de onde vem tudo isso.

— Ele certamente fica forte quando está irritado — murmurou Xiaojing.

— Ah, sim, é verdade. Ele é um lutador e tanto, esse aí. Se quer saber minha opinião, quanto mais vida eles perdem, mais se apegam ao que resta. Estarei no fim do corredor, quando a bolsa de soro se esgotar; só precisam gritar para me chamar, está bem? — completou a enfermeira, desaparecendo do quarto.

Todo mundo tem um conselho, pensou Yuying, breves palavras de sabedoria que logo se reduzem a pó. Tudo parece tão simples, tão preto no branco quando não se tem que viver isso cada minuto de cada dia. Todo mundo é um especialista da vida dos outros. Ela recordou um dos primeiros médicos que tentaram argumentar com ela que Jinyi tinha sorte, já que todo o resto do país fazia de tudo para esquecer à força o passado, e ele recebia um alívio daqueles anos terríveis. Ela bufou, e sua filha se virou para encará-la antes que a mãe recaísse mais uma vez em sua inquietação.

Jinyi fungava, tossia; seu olho sadio se abriu, estreitado. Ele olhou em torno da sala, as mãos se torcendo no lençol.

— Bom dia, Jinyi, como se sente? — perguntou Yuying, a voz calma e clara.

Ele parou de se contrair e olhou para ela, intrigado.

Yuying arrastou sua cadeira para perto da cama enquanto respondia à pergunta não formulada dele:

— Não se preocupe, estamos num hospital. Não há nada com que se preocupar. Eu estou aqui. Eu sou sua mulher, Bian Yuying. E aqui está sua filha mais nova, Hou Xiaojing. Quer algo?

— Nnh — chiou ele, e se encolheu, chocado com o som de sua própria voz.

— Uma bebida?

— Nnh.

— Precisa ir ao banheiro?

— Nnh.

— Gostaria que eu lesse o jornal para você, então?

— Nnh — grunhiu ele, e começou a gemer enquanto tentava mover o dolorido braço direito.

— Jinyi, não! Não faça isso, você vai acabar deitado de costas de novo, ou então cairá de bruços e vamos ter que chamar a enfermeira para ajudar a ajeitá-lo. Quer outro travesseiro?

Ele não respondeu, os olhos se fechando como um leve talho. Sua boca continuou aberta e franzida, o ar úmido e pesado entrando e saindo com um assobio. Sua mente era um quebra-cabeça em que peças erradas tinham sido encaixadas à força; seus pensamentos eram resquícios inexplicáveis de naufrágios e ruínas. A luz tremulava pela janela enquanto as serras circulares rilhavam cortando sucata. O tempo era uma série de momentos indivisíveis, dissociados — ele já não conseguia ligar aquela estranha série de eventos, ordená-los e chamá-los de vida.

Liqui chegou com comida e roupas limpas, e as mulheres se cumprimentaram entre bocejos. Elas notaram uma mancha escura se espalhando na parte da frente do pijama de Jinyi, e tentaram abrir os botões sem perturbá-lo. Puxaram a calça para seus pés, revelando suas pernas finas, raquíticas, os tufos esparsos de pelos púbicos acinzentados, o caracol enroscado do pênis murcho. Yuying sacou um lenço umedecido e limpou a sujeira pegajosa, cuidadosamente ungindo-lhe a carne mapeada de veias. Suas filhas o vestiram com pijamas limpos, erguendo as calças desde os pés até a cintura. Jinyi chiava e gemia, os olhos apertados, já imune à vergonha.

— Agora vá, por favor, mãe. Você precisa descansar. Vá, a casa está vazia; você pode dormir por um bom tempo e voltar em seguida — disse Xiaojing.

— Não. Eu não vou deixá-lo. De novo, não.

— Certo. Então pelo menos vá pegar algo para comer na cantina — disse Xiaojing.

Yuying suspirou e se levantou.

— Creio que não tenho escolha, senão você vai continuar a me repreender. Volto num minuto.

Ela se inclinou sobre a cama, apoiando seu corpo frágil na cabeceira de metal, e sussurrou ao marido. Ele não respondeu. Ela vestiu o casaco pesado, substituiu as sapatilhas por seus sapatos pretos baixos e dispôs a bolsa no ombro, protelando a partida ao máximo, esperando por um sinal de que ele a ouvira antes de sair.

— Não esqueça isto — disse Liqui, enfiando um telefone celular nas mãos de sua mãe. — Só para garantir.

Yuying assentiu e se retirou da sala, segurando o telefone prateado dobrável na palma da mão. Ficar a sós com a própria companhia a assustava; se não estava ajudando os outros, vendo-se através dos olhos dos outros, Yuying não tinha certeza de quem era. O celular apitou, e ela se atrapalhou com o aparelho, abrindo-o para ver que ele estava com pouca bateria e precisava ser carregado. Ela deveria ter imaginado que era isso, pensou. As mensagens que recebia pelo telefone eram perturbadoras; ela conseguia vê-las muito bem, mas não sabia como responder, como ordenar as pinceladas dos números numa série coerente, e por isso a comunicação só acontecia em mão única. Na verdade, ela percebeu que todo aquele negócio de bipes a incomodava. Telefones em casas eram aceitáveis; a ideia de ter prédios ligados por fios através do céu era clara para ela; fazer uma chamada era como fechar um circuito elétrico. Mas aquelas bugigangas desconectadas pareciam, de certa forma, fantasmagóricas — como armazenar milhares de vozes prisioneiras em seu bolso.

Ela entrou na fila da cantina em silêncio. Quando se lembrou de como pensava outrora — como todos pensavam outrora —, que, ao mudar a maneira como agia, ela poderia ajudar a mudar o mundo, seus lábios se perderam num sorriso seco. Agora, cada pequena coisa que ela fazia, desde cozinhar, sussurrar, lavar, dar as mãos, até discutir com médicos, era para tentar impedir que o mundo mudasse. Era uma tarefa impossível, ela considerou, mas é nisso que nós, chineses, somos bons.

Num canto da cantina havia uma televisão velha e gasta, transmitindo uma tradicional história de amor na forma de novela. Violinos discretos se alçaram num crescendo quando os atores, de olhos arregalados, se entreolharam. Era uma história que já ouvi uma centena de vezes — mas essas são as melhores, não? Posso lhes contar? Afinal, não podemos ficar choramingando na cabeceira de Jinyi o dia inteiro, certo?

A família de Zhu Yingtai era tão rica quanto conservadora e tradicional. Assim, quando, com doze anos, a jovem perguntou ao pai se podia ir à escola, o velho não sabia se caía na gargalhada ou se buscava sua velha bengala para tirar aquelas ideias loucas da filha de uma vez por todas com uma surra. Após um momento de deliberação, ele escolheu a segunda opção. No entanto, os hematomas na parte de trás de suas pernas não detiveram Zhu Yingtai. Desde que aprendera a ler sozinha, ela passava os dias vasculhando a coleção de tomos clássicos de seu pai;

enquanto suas irmãs avançavam nos bordados, aprendiam a preparar o chá para convivas e criavam bichos-da-seda, Zhu Yingtai virava com cuidado perfeitas páginas de tinta, perdida entre as intricadas pinceladas. Como ficaria tragicamente claro mais tarde, ela não era o tipo de pessoa que desistia de sua esperança sem lutar.

Ela pegou uma extensão de seda e a envolveu firmemente em torno do peito; roeu as unhas até o sabugo; se enfiou num par de calças retas e vestiu um casaco folgado; praticou um sorriso desdenhoso e caminhou com os pés para fora e as mãos balançando junto ao corpo, como um macaco; e aprendeu a escarrar e cuspir. Finalmente, Zhu Yingtai respirou fundo, tomou uma tesoura e cortou fora sua longa trança, até que seu cabelo estivesse tosado rente à cabeça. Depois saltou pela janela de seu quarto.

Contudo, em vez de fugir, ela simplesmente deu a volta para a frente da casa e começou a bater o mais alto que pôde no portão. Um servo apressado abriu o grande portão de madeira e espiou para fora.

— Sou um conhecido do Velho Zhu. Por favor, conduza-me a seu aposento — disse Zhu Yingtai, tão sonoramente quanto pôde.

O servo saiu correndo e, ao retornar, chamou-a para o *hall* de entrada. Ela fez um esforço para se sentar com as pernas meio abertas na frente do corpo, e começou a estalar os dedos quando o pai entrou na sala. Ele encarou com desdém o visitante de aparência estranha.

— Isso é algum tipo de piada? — perguntou o Velho Zhu. — Responda-me, rapaz! Que negócio é esse de afirmar ser um conhecido meu? Você tem alguma mensagem para mim, ou é um mendigo que veio aqui para perder tanto o seu tempo quanto o meu?

— Então não me conhece? — perguntou ela, engrossando a voz o máximo que pôde.

— Basta dessa bobagem! — gritou ele. — Nunca o vi em minha vida. Agora saia daqui antes que eu mande os guardas para cima de você!

Zhu Yingtai começou a se aproximar do Velho Zhu. Ela pigarreou e falou com sua voz natural:

— Pai, olhe bem. Sou eu, Yingtai.

O velho a fitou nos olhos, e de repente perdeu a voz.

— Já que eu enganei até você com meu disfarce, certamente aqueles que nunca me viram também acreditarão que sou um rapaz. Portanto, se você deixar que eu vá à escola vestida assim, não correrei o risco de trazer desonra para a família. Ninguém me reconhecerá, e você pode dizer aos vizinhos que estou de viagem, em visita a parentes de outra província. O que me diz, pai? Por favor, deixe-me ir à escola.

O Velho Zhu se recostou numa das elaboradas poltronas de madeira:

— Se você está disposta a fazer tamanho esforço e a se rebaixar dessa forma apenas para conseguir o que quer, então vejo que não poderei detê-la. Permitirei que você vá à escola, com a condição de que, quando voltar, você se submeta às minhas regras, pelo bem da família. Uma mulher não deve acreditar que pode fazer tudo que quer.

Zhu Yingtai concordou e, depois de beijar a mão do pai, correu para o quarto para começar a fazer as malas para sua nova vida. Três dias depois, ela disse adeus à família e cavalgou rumo à renomada academia em Hangzhou, até que viu outro cavaleiro na planície à sua frente. Estreitando os olhos, ela percebeu que ele — pois era pequena a probabilidade de haver uma mulher viajando desacompanhada num campo cheio de bandidos como aquele — também levava muitas sacolas consigo, e viajava na mesma direção que ela marcara em seu mapa. A jovem acelerou a um galope, determinada a alcançá-lo.

A primeira impressão que Liang Shanbo teve de Zhu Yingtai não foi especialmente favorável. Quando o rapaz de rosto vermelho e suado se aproximou, Liang Shanbo suspirou consigo: ótimo, outro fedelho sabe-tudo querendo grudar nele na esperança de que sua amizade o protegesse das brigas depois da aula. Baixo, desengonçado, não exatamente atlético, decididamente afeminado e com o pior corte de cabelo deste lado da Grande Muralha! Era típico de sua sorte que ele tivesse de aturar aquele menino nos próximos 2 mil *li*.

— Muito prazer... colega! Você está indo para a Academia de Hangzhou? — perguntou Zhu Yingtai quando emparelhou com ele.

— Estou — respondeu ele.

— Ah, ótimo! Estou tão animado! Já li os quatro clássicos, e mal posso esperar para saber mais sobre o que aprenderemos. Qual é o seu nome?

— Liang Shanbo — respondeu ele, ainda olhando para a frente. Zhu Yingtai esperou que ele prosseguisse com as perguntas de cortesia, mas se deparou apenas com silêncio. Ela decidiu preenchê-lo com uma lista de todas as coisas pelas quais ansiava.

Liang Shanbo começou a estalar a língua contra os dentes com irritação; mesmo assim, à medida que as planícies se erguiam em morros, que por sua vez tornavam-se trilhas cerradas de bosques e matagais, ele descobriu que parte do entusiasmo do rapaz mais novo o contagiava. Talvez, Liang Shanbo pensou consigo mesmo, esse fedelho não seja tão ruim assim. No momento em que as calhas de chuva da escola surgiram acima dos cedros, os dois já haviam partilhado tudo sobre si — tirando um ou outro segredo vital. Mais tarde, quando as aulas começaram, já naquela semana, eles se viram sentados lado a lado no chão de pedra, dividindo um potinho raso de tinta de pó azulado em que se revezaram mergulhando seus finos pincéis.

— Misture o bastão de tinta com um pouco de cuspe, e assim sua escrita realmente brilhará na página — sussurrou Liang Shanbo ao colega de classe, enquanto o velho mestre marchava pela sala, explicando como a Terra flutuava numa esfera de água celeste.

— Obrigado — respondeu Zhu Yingtai, e em seguida começou a mostrar ao novo amigo como limpar a cera do ouvido com a ponta fina do pincel.

Liang Shanbo e Zhu Yingtai se tornaram inseparáveis; eles eram os primeiros a sair com seus arcos longos pela manhã e os últimos a dormir nas longas noites de verão, quando testavam a memória um do outro com versos recém-compostos enquanto passeavam em volta do lago. Criaram uma coleção de piadas internas e o hábito de terminar as frases que o outro começava. Portanto, não foi nenhuma surpresa para os colegas e professores quando eles escolheram um ao outro para dividir o quarto — depois que uma grande admissão de novos alunos, no início do segundo ano, reduziu o espaço disponível.

Esse novo arranjo apresentava alguns problemas para Zhu Yingtai, mas ela resolveu com sua habitual determinação. Desenvolveu uma reputação de melindres no que dizia respeito à higiene pessoal, fazendo suas abluções em privado todos os dias (um contraste gritante com os banhos semanais dos outros meninos), mas apenas depois que todos os outros tinham ido para a cama. Ela se orgulhava de que, após quase três anos, apesar de comentários sobre seu estranho físico, ninguém tinha descoberto seu segredo. Em seu quarto sem janelas, onde os melhores amigos estudavam juntos à luz de velas, Liang Shanbo e Zhu Yingtai dormiam lado a lado na mesma cama de pedra, cabeça contra pé. E assim Zhu Yingtai começou a desejar que seus dias na academia jamais terminassem.

— Ei! Ei! Está acordado?

Zhu Yingtai foi desperta pelos sussurros urgentes de Liang Shanbo. A escuridão era intensa e abafada, como se estivessem deitados no fundo do estômago de um dragão. Ela esfregou os olhos antes de responder.

— Qual é o problema? Você está bem?

— Estou bem. Eu só queria lhe perguntar uma coisa — respondeu Liang Shanbo.

— Ah. Que horas são? — bocejou ela.

— Não sei. Enfim, só estava pensando... bem, você sabe que esse é o nosso último ano e nossos estudos vão acabar no próximo período...

— Sim, claro. Qual é o problema?

— Bem, acho que estou um pouco confuso. Você tem os negócios de sua família para os quais voltar — Zhu Yingtai corou no escuro ao ouvi-lo repetir sua mentira —, mas e quanto a mim? O que vou fazer quando sairmos daqui?

— Você deve fazer o exame imperial — respondeu ela. — Você certamente vai tirar a maior nota de toda a província. Daí será capaz de fazer qualquer coisa.

— Eu sei, eu sei. Mas qual é a razão de ter dinheiro, poder ou sucesso, se eu não tiver meu melhor amigo perto de mim para tirar sarro da minha cara e me trazer de volta para a realidade?

Zhu Yingtai percebeu que essa era a oportunidade que ela vinha esperando:

— Escute, tenho uma irmã que tem quase a nossa idade e é solteira. Eu poderia providenciar uma união entre você e ela; se vocês dois se casarem, nossas famílias serão entrelaçadas e sempre poderemos manter contato.

— Parece uma ideia perfeita. Vou me casar com sua irmã, mesmo que ela seja tão feia quanto você! — brincou ele, e se virou para voltar a dormir.

No último dia do período, depois que seus professores lhes entregaram pergaminhos especialmente escritos e lhes desejaram sorte no futuro, os dois amigos repassaram o plano novamente. Eles concordaram que Liang Shanbo viajasse à casa de Zhu Yingtai para o casamento assim que ele concluísse o exame imperial. Zhu Yingtai raciocinou: como seu pai poderia recusar casá-la com um mandarim? A única questão era saber se Liang Shanbo ainda desejaria seguir com o casamento depois que descobrisse que seu velho colega de escola seria sua noiva. Seus cavalos se separaram na mesma planície onde eles se conheceram três verões antes, e cada um partiu com o tipo de sorriso inebriado que os deuses maléficos do destino sempre tomam como uma provocação.

Quando ela chegou em casa, Zhu Yingtai ficou surpresa ao encontrar um vestido de noiva de seda vermelha já disposto em sua cama.

— Está surpresa? — perguntou o pai enquanto suas irmãs se postavam às costas dele, dando risadinhas.

— Muito. Como você sabia? — perguntou ela.

— Como eu sabia? Arranjei a coisa toda. Você se casará com o honorável Ma Wencai semana que vem. Eu não poupei em nada; será a festa de casamento mais grandiosa que essa vila já viu! Que tal isso como presente de retorno, hein?

— O quê? Ma Wencai? Quem diabos é Ma Wencai? — gritou ela.

— Cuidado com suas palavras, mocinha! Ma Wencai é um grande cavalheiro, e em breve será seu marido, portanto é melhor que você comece a mostrar algum respeito pelo nome dele! — retrucou o pai.

— Eu não posso me casar com ele; não vou me casar com ele!

— Vai, sim! O pai dele já ajudou nossa família em muitos momentos difíceis, e nos recomendou ao governo local para permitir minha promoção. Como repercutiria se eu lhe pagasse com uma humilhante negativa? Mais importante, você me deu sua palavra de que, quando retornasse de seus estudos, seria obediente às minhas regras. Você esqueceu sua promessa?

— Não, pai — soluçou ela.

— Então pare de chorar e chame suas criadas. Há muito trabalho a fazer se queremos transformá-la de um garoto em uma bela noiva em apenas cinco dias. Experimente o vestido, arranje uma peruca e não me perturbe. Tenho trabalho a fazer!

E nisso o pai saiu bufando do quarto, deixando Zhu Yingtai enxugando os olhos e limpando o nariz na manga.

Fiel à sua palavra, o Velho Zhu planejou uma cerimônia tão pródiga e elaborada — com uma lista de convidados que se estendia aos milhares e, diziam os boatos, incluía o magistrado local em pessoa — que a notícia do casamento iminente logo se espalhou por toda a província. E foi assim que, deixando a sala de exames na capital da província e sentindo-se bastante confiante, Liang Shanbo por acaso entreouviu dois dos avaliadores mencionando uma aldeia cujo nome lhe parecia estranhamente familiar, mas que ele não conseguia lembrar por quê. Assim, ele parou nos degraus para ouvir o resto da conversa.

— ...e os leitões, e parece que haverá algum tipo de dança de leões também. Todo mundo está indo. Fico surpreso que você não tenha sido convidado.

— Pois é. Bem, isso não me incomoda. A família do noivo pode ser muito importante, mas ouvi dizer que a noiva cortou todo o cabelo para parecer um homem! É possível uma coisa dessas?

— Tenho certeza de que não é verdade esse antigo boato. O Velho Zhu é um oficial respeitado. Tenho certeza de que sua filha é...

— Um momento! Perdão, mas você disse Velho Zhu? Da Vila da Garra do Galo? — interrompeu Liang Shanbo.

Os dois idosos avaliadores fitaram o jovem mal-educado diante deles, notando que seu rosto empalidecia.

— Talvez — respondeu um deles. — O que você tem com isso, menino?

— Diga logo! — gritou ele. Os velhos balançaram as cabeças em reprovação.

— Não que seja da sua conta, mas, sim, nós estávamos falando sobre o casamento que será realizado em três dias na Vila da Garra do Galo, entre Ma Wencai e Zhu Yingtai. Você deve ter ouvido falar a respeito. Ei, contenha-se, qual é o problema? — O avaliador se dobrou para tentar segurar Liang Shanbo quando seu corpo desmaiou e ele tombou para a frente.

— Tragam-no para a minha casa, depressa! — gritou o avaliador para os carregadores de sua liteira.

No entanto, apesar da atenção cuidadosa dos servos da casa do avaliador, Liang Shanbo não se recuperou. Ele acordou apenas uma vez e, quando se lembrou da conversa e percebeu não só que amara uma mulher disfarçada durante todo aquele tempo, mas também que ela agora seria separada dele para sempre, sentiu uma pequena farpa, como a ponta de um pincel de caligrafia, enterrando-se em seu coração e o partindo ao meio. Na manhã seguinte, sua família chegou e carregou seu corpo para as montanhas, onde o sepultaram sob um velho teixo entre uivos e soluços. A notícia da estranha morte do rapaz correu como fumaça por todas as aldeias no vale abaixo.

Zhu Yingtai estava inconsolável. Ela acordou na manhã de seu casamento para ver o céu azedo, com uma penugem de mofo cinza deslizando ao alto. Ela se enfiou em seu vestido e penteou a peruca de crina de cavalo enquanto enxugava as lágrimas, ciente de que, com ou sem tempestade, seu pai não cederia. Escondendo sua tristeza sob camadas de maquiagem, ela se juntou à ansiosa família. Ainda assim, quando a procissão de casamento estava prestes a serpentear pelas colinas até seu novo lar na mansão da família Ma, Zhu Yingtai sentiu sua liteira sendo baixada ao chão e ouviu os servos murmurando entre si. Ela espiou por trás das cortinas de seda e viu o que os perturbava. Um grande furacão estava arrancando as árvores no horizonte longínquo, arrastando-as para o desastre. No entanto, não foi a tempestade o que lhe chamou a atenção. Havia apenas um teixo solitário de pé no topo da colina. Ela puxou a longa cauda vermelha de seu vestido de noiva acima dos tornozelos e se arrancou da liteira, chapinhando na lama.

Zhu Yingtai ouviu os servos gritando em pânico, mas ela era rápida demais para eles. Arrancando os sapatos, ela subiu correndo a colina, em direção à tempestade. A chuva a fustigava e o vestido ficava meio pesado com água; ainda assim ela se arrastou à frente, até alcançar o velho teixo onde Liang Shanbo fora enterrado. Ela se virou para ver que os servos quase a alcançavam, prontos para contê-la e cumprir as severas ordens de seu pai. Quando seus corpos arfantes se aproximaram, ela fechou os olhos e se atirou em direção ao túmulo.

Os servos pararam, confusos. Eles esfregaram os olhos e se entreolharam, incrédulos. Zhu Yingtai parecia ter desaparecido na própria terra. Em seguida, eles ouviram o som de algo rachando, e o solo sobre o túmulo começou a tremer. Enquanto os criados davam as costas, fugindo de pavor, o túmulo se abriu e de dentro duas borboletas brancas alçaram voo, finalmente unidas.

Yuying pegou apenas os últimos minutos do filme, antes que os créditos passassem na tela. O arroz e a beringela da pequena cantina esfriaram no prato à sua frente. Que fim melhor, pensou ela, que borboletas? Quem dera ela ao menos pudesse acreditar que a morte era apenas uma mudança, uma súbita correção dos erros da vida: sombras tramadas na frágil crisálida da qual renascemos. Talvez fosse verdade, pensou Yuying; ela esteve enganada tantas vezes antes... e se o mundo podia mudar de forma tão absoluta, por que ela não poderia?

Yuying voltou à ala de Jinyi com a cabeça zumbindo. Ela tinha sido filha, aluna, esposa, agricultora, mãe, membro de comuna, camarada, colega, traidora, revolucionária, muda, avó, enfermeira, guardiã. O que restava? Ela despira tantas peles que já não sabia se restava algo abaixo. Mas algo devia restar, considerou Yuying, pois ela não se transformara numa borboleta; sua história não havia terminado.

Ela se sentou mais uma vez e fechou a frágil mão de Jinyi na sua. Quem dera todas as histórias fossem tão simples quanto a história das Borboletas Apaixonadas. Mas ela sabia que Jinyi não seria transformado, e não importava o que suas filhas dissessem para tentar evitar que ela se preocupasse. Tudo o que podemos fazer, pensou ela, é tentar nos apegar às coisas que amamos enquanto o vagalhão da história desfaz todos os nossos planos cuidadosamente tecidos.

Os olhos amassados de Jinyi se abriram. Ele não viu as duas borboletas flutuando em sua direção. Viu dois rasgos de uma cor que não sabia nomear, num lugar que não reconhecia, uma sala que entrava e saía de foco. Ele via coisas. Coisas e outras coisas; seus nomes e propósitos situados fora de seu alcance. Ele via coisas que achava que deveria saber, coisas que achava que deveria reconhecer, mas não conseguia, não importando quanto tentasse apreendê-las na escuridão. Como a velha sentada a seu lado, ressonando levemente, com um livro aberto no colo. Não seria aquela... aquela?... aquela. Ele se sentia nervoso, e tão frio que tremia; estava assustado, e tão quente que seus olhos ardiam em chamas. Ele sentia medo, e o fato de que não sabia bem o que era tão assustador só servia para torná-lo ainda mais apavorado.

Seus lábios eram folhas de lixa, rilhando uma contra a outra. A dor deslizava por seu corpo, enterrando seus dentes mais profundamente sempre que ele começava a se agitar. Mas havia algo mais, uma dor mais profunda e embotada, que retesava seu corpo. Talvez, se os cirurgiões tivessem cortado bem fundo, tivessem encontrado a promessa que atava suas coronárias ao músculo latejante, e que fazia com que ele continuasse bombeando vida por seu corpo quebrantado. Jinyi conseguiu erguer os olhos mais uma vez para a velha de vigília junto a seu leito e, por um segundo, antes de recair em seu sono aflito, ele se sentiu um pouco menos assustado.

Yuying abriu sua bolsa mais uma vez e puxou um carretel de linha e um par de agulhas. Ela tricotaria. Isso seria o bastante por ora, pensava ela. Fazer algo útil. Amarrar esses dias num padrão que pudesse reconhecer. Seguir em frente. Era o que ela sempre fizera, ponderou; tricotando, atando e tornando a desatar, transformando-se em qualquer coisa que precisasse ser. Ela se enlaçaria ao futuro; afinal, as pessoas estavam sempre crescendo para além das roupas velhas, e novos bebês estavam sempre nascendo. Ela tramaria a si mesma no tecido de suas vidas, para que algo pudesse permanecer quando ela e Jinyi tivessem partido e todo aquele triste século estivesse esquecido. Ela faria o que sua mãe havia feito, e o que suas filhas agora faziam, e preencheria o tempo com os cliques entrecortados das longas agulhas.

Assim que iniciou, ela começou a se sentir estranhamente confortada. Lembrou-se de como tricotara para o tão esperado bebê na casa de seu pai, quando as escolas foram fechadas durante a guerra civil, e se lembrou de como enterrou as mantas com seu primeiro filho. Yuying se lembrou de como bordara roupas no barraco dos campos, a fim de ganhar dinheiro para bancar sua fuga do pesadelo. Ela se lembrou de como costurara para uma casa de bebês chorosos quando voltava da fábrica de pão, enquanto Jinyi ficava ao fogão, esperando que os bolinhos subissem à superfície de uma panela fervente. Ela se lembrou de como costurara roupas para si e para as outras mulheres que seriam reeducadas nos campos infinitos. Recordou como tricotara para sua neta Lian enquanto Jinyi contava histórias à menina sobre suas viagens ao Norte, e de como fora afortunada por ter uma família que a amava. Ela recordou os mil e um pequenos detalhes que se somaram para lhe dar uma vida. Ela seguiria em frente, porque era o que sempre tinha feito.

⁓ ⁓

Os olhos de Jinyi se abriram mais uma vez, poucos minutos antes da meia-noite.

— Eu amo você — sussurrou a velha curvada à sua cabeceira.

— Onde estou? — indagou ele com voz rouca.

— Você está bem aqui, comigo. Não se preocupe, tudo vai dar certo — disse ela, e fechou sua mão firmemente na dele.

— Quem é você?

Ela então lhe respondeu. Ela começou pelo dia de seu casamento, com o som dos cascos batendo contra a rua do lado de fora da mansão dos Bian, e avançou seu conto através dos anos. E à medida que cada história alçava voo de sua língua, Yuying percebeu a mesma coisa que há muito tempo aprendi em minha aposta com o Imperador de Jade: o coração sobrevive nos mínimos detalhes — impulsionado pela fome, fortalecido pela esperança. Corações são construídos, pedaço a pedaço, forjados na fornalha de nossos sentimentos e medos, dúvidas e anseios. Jinyi e Yuying apostaram seu coração contra a história, e venceram. Sem amor, estaríamos perdidos entre sonhos. A verdade, o socialismo, a história, a revolução — todos são ilusões. O amor é a única coisa que sustenta, que impele os homens à frente, que os liga à terra. Isso é o que eu diria ao Imperador de Jade, e percebi que não me importava se ele compreenderia ou não.

Deixei Yuying e Jinyi no pequeno quarto de hospital. Ao começar minha viagem de volta, pensei em meu velho amigo Chang Tsé, que, despertando subitamente no meio da noite, perguntou se havia sonhado que era uma borboleta, ou se era uma borboleta sonhando que era Chang Tsé.

EDITORA RESPONSÁVEL
Izabel Aleixo

PRODUÇÃO EDITORIAL
Mariana Elia

REVISÃO DE TRADUÇÃO
Ana Julia Cury
Rachel Rimas

REVISÃO
Eduardo Carneiro

PROJETO GRÁFICO
Priscila Cardoso

DIAGRAMAÇÃO
Filigrana

ESTE LIVRO FOI IMPRESSO EM AGOSTO DE
2012, PELA PROL GRÁFICA. A FONTE USADA
NO MIOLO É DANTE 12/14,5. O PAPEL DO
MIOLO É PÓLEN SOFT 70G/M², E O DA CAPA É
CARTÃO 250G/M².